张　抗　抗　文　集

中篇小说

把灯光调亮

张抗抗 著

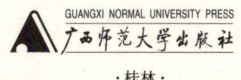

GUANGXI NORMAL UNIVERSITY PRESS

广西师范大学出版社

·桂林·

图书在版编目（CIP）数据

把灯光调亮 / 张抗抗著. --桂林：广西师范大学
出版社，2022.11
　（张抗抗文集）
　ISBN 978-7-5598-5445-2

　Ⅰ．①把… Ⅱ．①张… Ⅲ．①中篇小说－小说集－
中国－当代 Ⅳ．①I247.5

中国版本图书馆 CIP 数据核字（2022）第 179726 号

广西师范大学出版社出版发行

　广西桂林市五里店路 9 号　　邮政编码：541004
　网址：http://www.bbtpress.com
出版人：黄轩庄
全国新华书店经销
珠海市豪迈实业有限公司印刷
　珠海市香洲区洲山路 63 号豪迈大厦　邮政编码：519000
开本：880 mm × 1 230 mm　1/32
印张：16.625　　字数：343 千
2022 年 11 月第 1 版　　2022 年 11 月第 1 次印刷
印数：0 001~6 000 册　　定价：72.00 元

自序

很久以前，在炎热的夏夜，我常常看见小小的萤火虫，闪着幽绿的微光，从眼前一闪而过。它掠过潮湿的空气，穿透浓稠的夜色，燃起尾灯，在黑暗中起起伏伏，或是匍匐于低矮的草丛里忽明忽闪。

它似乎并不打算照亮周围的黑暗，它只点亮自己。

从我少年时阅读文学作品开始，心里总有晶莹的光斑在跳跃。

那星星般、火焰般的亮光，闪烁着移向远方，引领我一步步走上文学之路。五十年中，我写下了八百多万字的作品，精选成这部三百万字的十卷文集。

文集是一部生命的史诗，文集是一次对自己严格的拷问与检验。

偶然间，从百十部旧作里，我发现了一个秘密：

1972年幼稚的小小说《灯》、1981年的中篇小说《北极光》，一直到 2016 年的中篇小说《把灯光调亮》——我对"光"似乎特别敏感。回望我的文学路，大半生的写作，始终被微弱或是宏阔的光亮吸引着。

阳光炽烈、圆月皓洁、星空邈远。我是一个心里有光的人！

为了寻光，我用文字把雾霾拨散；为了迎光，我用语言把黑暗撕开。

人类的进化和变异，从骨骼开始。骨骼支撑着生命，使人能够站立起来。当生命的血肉之躯不复存在，最后留下了坚硬的骨骼。作品的内涵与思想，正如骨骼一样。骨骼是一支烛台、一只灯架、一座灯塔，让光束高高、灼灼地挥洒和传播，成为江河湖海的森森烟波中鲜明的标识。

当然，还有灵魂。灵魂飘飞出窍，升天入地，灵魂就是永恒的光。

编选这部文集的过程中，审视五十年来的旧作，我常常纠缠在截然相反的复杂心情中。有时我会惊叹：那时我写得多么好啊，那些流畅有趣的句子、独特的人物，新文体的尝试；那时的我，文思喷涌，认知超前……有时我也会沮丧懊恼：早期的文字太粗浅简陋了，细节不够讲究……更多的时候，我会深深感慨：我应该写得更好些，我完全可以写得更好。

可惜，年过七旬，一切都不可能从头来过了。

已落笔的每一字每一句每一篇每一部，都是生命留下的真实印记。是用书页压缩、凝聚而成的人生和历史。

写作的人在写作中享受寂寞。书籍和文学都是寂寞的产物。

寂寞中，我听见自己内心的声音，自由自在无拘无束地飞扬。

在我大半生的写作中，"写什么"和"怎么写"同样重要——"写什么"体现自己的价值观，"怎么写"是价值观实现的方式，用文学表达对自身、人性及对世界的认识。其实，最为重要的是"为什么写作"。整理文集的过程中，我无数次叩问自己，杂糅的思绪渐渐清晰：少年时，文学是对美好理想的向往；青年时，写作是为了排遣苦闷；中年时，写作是为了精神的坚韧与丰厚；进入晚年，写作是为了抗拒人生巨大的虚无感。一生写作，其实都是为了解决自己的种种疑惑、困惑，可惜始终未能达至不惑。

我已与文学相伴半个世纪。于我而言，身前的赞誉非我所欲，身后的文名亦非我所求，写作不是我的全部生命，而是人生的组成部分。我在写作中不断成长——成熟，在文学中日臻完美，从而成为一个合格的公民、一个有尊严的写作者、一个善于思考的人。

近年来，我留意到萤火虫已越来越少，它们被污染的环境和滥用的农药灭杀了。我心黯淡进而悲凉。我梦想着变成一只萤火虫，让我书中的每一个字，能在暗夜里发光，孤光自照。

是为序。

张抗抗

2022 年 3 月 2 日

目　录

沙暴

沙暴

一

那场风来得挺邪。

它如同面目狰狞的黄风怪，扑进了这座北方城市。天空在它尖厉的呼啸声中一点一点塌陷，像一个爆炸的水泥仓库，飘落下铺天盖地的细密浑黄的粉末。于是突然间，天空消失了，空气中充斥着呛人的沙尘气息。城市在这疯狂旋转的黄色烟雾中渐渐模糊，似乎正被风怪吐出的气流一口一口吞没。

尽管这几年春天，这种被气象台称为"扬沙天气"的天气，每年都会出现，辛建生心里却还是觉得有点邪门。

他顶着风骑车，听得见沙子被风刮在车轮钢圈上的簌簌响声，人和车都不住地摇晃。昔日光滑的柏油马路已变成一块块黄土地，任凭驰过的自行车轮，在沙子上留下蛇状的辙印，又很快地被风抹去。在他左边骑车的一个姑娘，头上脸上被一块透明的纱巾严严实实地包裹着，像个蒙面女侠。右边的一个姑娘干脆在脑袋上扣了一顶浴帽，把一头秀发包在其中，倒像是在洗黄沙浴。

八仙过海，各有一招。他对自己说。近年来，旅游观光，这邪风恶沙，已经成为春天的都市一景。

正想着，就差点和右边冲来的一辆自行车迎头相撞。那人说你瞎了眼吗？他说你才瞎眼，不是刚亮的黄灯吗？那人就乐了，说你再瞧瞧，今儿还能有什么别的色吗？他很费劲地抬头眯起眼辨认红绿灯，眼前一片混沌，也就不再计较。回头看一眼十字路口中央的交通警，那黄绿色的警服上落了厚厚一层黄沙，一动不动地站着，像个刚出土的兵马俑。

他找到金城饭店那幢高楼时，觉得自己已是筋疲力尽，腰部隐隐作痛，身上的每个毛孔，都被汗水和沙土堵住，黏糊糊地裹得他透不过气来。连发根里也落满了沙子，头皮一阵一阵地痒痒。就像当年去草原插队，坐在拖车的尾部，在荒天野地里颠了几天几夜似的……

他在饭店门口迟疑了一会儿，不知自己有没有记错。印象中，金城饭店是一座风格别致的白色大厦，今天却整个儿朦朦胧胧，灰不溜秋，呈现出一种可疑的黄色。

玻璃门自动开启，他走进去。紧接着额头被什么碰了一下，鞋尖也遇到了障碍。他发现自己面对着第二道玻璃门，只是因为那扇巨大的玻璃门干净得透明，以致他根本没有察觉它的存在。系着金色佩带的年轻门卫懒洋洋地替他开门，斜视的眼神里掠过一丝难以捉摸的微笑。他从那拉开的半扇玻璃门中，看见自己一头冲天的怒发、两只被风沙吹得通红的眼睛、歪斜在黑黄脸上焦干的嘴唇。他下意识地拍打衣服上的灰尘，门卫竟朝大厅左边的方向对他做了一个"请"的手势。

也许是应该"打的"来这儿？辛建生觉得有些别扭。如果"打的"，就绝不会弄得这样一身黄土。可"的"是随便打的吗？打一次"的"，起码花一个月工资的五分之一甚至更多。再说，不就是内蒙古的哥们儿在一块儿聚聚会吗，就算有人举行婚礼，也用不着"打的"摆谱。

辛建生一向认为自己是个淡泊之人。如果不是念着内蒙古哥们儿当年的交情，他是不会轻易到这种豪华饭店来凑热闹的。

门卫手指的方向，是一扇写着 WC 英文字母的门。他恍惚记得这是洗手间的意思。他明白自己确实需要整理一下形象。看来高级饭店就是不一样，连门卫都善解人意。他轻轻推开门，一地的彩色釉面砖光亮晃眼，不知从哪儿散发出一股淡淡的香味儿。四面走过来几个身穿白色礼服的老头儿，笑容可掬地低声问他：先生，需要什么服务？

他以为自己走错了地方。定定神，发现眼前其实只有一个老头儿，刚才的那几个人是四壁镜子的折射。他望着这彬彬有礼的老头儿，禁不住往后退了一步。他没有料到上厕所还需要别人服务。当然更为重要的是，这种服务到底收不收小费？大街上的收费厕所最低一毛钱，由此推算，这儿的小费最低也得一块钱。如果不收费，厕所里弄一个大活人守着干什么？他倒不是付不起这一块钱，而是实在觉得有点冤。

不用不用谢谢了。他连声回答，急急地溜进单间插上门。尿其实只有很少几滴，早都在路上变汗水蒸发了。他在里头粗粗捋了捋头发，掏出手绢抹了抹脸上的灰，在他认为不需要收费的范围内，简略地把自己收拾了一下，然后洗了洗手，等不及用干手机烘干，就走了出去。

他重新来到大厅。一时竟有些发蒙。

起先是脚底滑了一下，镜子般光亮的大理石地面上，斑斓的图案很是晃眼；大厅空旷而幽深，使他难以确定自己站立的位置。四周的壁画，奇形怪状的绿色植物，蓬松而低矮的沙发，都给人过于柔软和虚假的感觉；浓重的香水味儿袭来又飘去，让人呼吸十分憋闷；悠悠的钢琴声，也许是泉水声，从香水味儿的间隙中穿过，令他有些不知所措。

一些人正从玻璃门那儿进来，器宇轩昂地彼此打着招呼。他注意到一辆赭红色的小卧车，一直开到门边上。门卫迎上去弓着身子打开车门，有人从车上光彩照人地款款走出，很多人围上去。一会儿工夫，那位穿粉红色长裙的新娘怀里就拥满了鲜花。她抱着鲜花的那双手上，齐齐地排列着八只金光闪烁的戒指。她身边那个矮胖胖的男人，西服领子上别着一朵像是纯金的饰物，伸出手同周围人握手时，短粗的手指上，竟也戴着三只灿灿发光的金戒指，每只都有针箍那么宽大。

俗不可耐。辛建生嘴角泄出一丝鄙夷。他往边上靠了靠。他又一次想，自己是不是记错了地方。他甚至有些后悔接受这次也不知到底是由哪个哥们儿转发来的邀请。就在那时，他的肩膀被人重重地拍了一下，他回头看见了那些熟悉的面孔，他知道现在即使想溜也是不可能的了。

后来，他就随着贺喜的人群进入餐厅。后来他才知道，那个戴三只戒指的男人，就是十年前与他同一个牧场下乡的、外号叫作"板栗"的知青。据说"板栗"这几年入市深交所做股票，大大地发了一笔。没人知道那钱的数目，但"板栗"这一回重新结婚，娶的是一位刚刚淘汰下来的时装模特，就看这婚礼的排场气派，可知"板栗"绝对是今非昔比了。

直到落座后，辛建生才明白，原来内蒙古的哥们儿只不过占了全部宴席的几桌。陪客中，总得有几位当年患难的旧交，至于是张三还是李四，"板栗"其实是无所谓的。

不知怎么，他心里有些不得劲儿。

有人给他递过来一张烫着金字的卡片，他看见某某主任的字样。

有一张淡蓝色的卡片是从空中飞过来的，上面有彩色的照片头像，注明是某某总经理。

人人面前的餐桌上，都摆起了一沓名片，交叉起伏着。

有人高声问："哎，辛建生，你的呢？留个电话，以后联系也方便。就这回，为了找你，费大劲了。"

他笑笑，回答说："我，没这玩意儿。真的。"

一个工厂设备科的工程师，印了名片给谁看去呢？他心想。却仍然微微有些发窘。

抽烟，喜烟不抽白不抽。这几个月，健牌涨到九块了，旁边的人扔过一支烟来。

他把烟放在一边。他戒烟已有七八年的历史了。

他坐在靠窗口的角落里，背着身后壁灯的光亮，不希望有更多的人注意到自己。无论他愿意承认还是不愿意承认，他发现自己的处境有些尴尬。

所有在宴席上就座的宾客，几乎全是西装革履，衣冠楚楚，唯独他一个，穿着件半新不旧的涤卡面料夹克衫，邻座的人蹭着他的衣袖时，衣服上就散发出一股灰尘的气息，连他自己都能闻到。他还从黏糊糊热烘烘的衣领那儿，嗅到脖颈上不断传来的汗味儿。露在外头的那一截衬衫领子，一定让那该死的黄风怪涂抹得脏兮兮惨不忍睹了。

也许还是应该"打的"来这儿。他又一次对自己说。他开始觉得浑身不自在。他怎么就没想到，如今早已不是蒙古包那时候了。他以为自己衣着随随便便能体现往日的亲切，可你的境遇你的失败，全都暴露在那只衣领上，大伙儿一目就了然了。就算你并不在乎这些，可是，面对着那些尤其是过去不论从里到外、论本事论名声统统不如自己的老友，那雪白的名牌衬衫领子配着百十块钱一条的鲜艳领带，在你眼前晃来晃去，你不是突然就莫名其妙地感觉着失落了吗？

宴席终于开张，酒杯频频举起，气氛越发热烈，辛建生几乎听不清前后左右的人都在说些什么。也无非是谁谁出了国，谁谁升了局长，谁谁发了财；再以后，就是说些本城最新发生的抢劫案诈骗案还有足球羽毛球赛事什么的。互相好久不见，话题实在是很丰富。

辛建生小心翼翼地抵挡着周围人发起的干杯攻势。按当年的酒量，五十度以上的白酒起码是半斤。但他拿起面前的五粮液，只喝了一口，顿时就没了情绪。他听见沙子摩擦着牙床的声音，沙子在牙齿的缝隙间流淌，又顺着喉咙流向食道，碾磨着他的胃壁，这种感觉弄得他很不舒服。他便试着猛劲吃菜，却是一口一个牙碜，沙子在香酥鸭和鱿鱼片之间翻卷不息。但这种场合，吐，自然是吐不得的，就只好咽下去吧。如此一番拼搏，牙缝里的沙子仍是层出不穷，如再吃下去，胃就不成了鸡腔里的嗉囊了吗？他心里更有些怨恨今天这场邪风恶沙。

他正拿不定主意是否应该下决心再去一次洗手间时（漱口想必不该收费），"板栗"和他的新夫人端着酒杯就到这一桌来了。

"托大伙儿的福哇！""板栗"很响亮地给大家敬酒。胖得眯成一条细缝的小眼睛，漫不经心地从众人胸前掠过，黑亮的头发好像一根根要滴下油来，酒杯碰撞的响声连成一片，又升起一片恭喜声。"板栗"说抱歉抱歉失陪失陪，只是很礼节性地抿了一小口酒，便挽着夫人往前面一桌走去。走了几步，突然回过身，从西服口袋里掏出三张大票，往桌上一扔，说了句："这是交通费，给哥们儿大伙儿回家'打的'"。

他走开后，大伙儿才发现，那票子，每张是一百块面额的。

"板栗"的"福"发成这个样子，胖得都快没形儿了。辛建生闷闷地想。"板栗"的眼神压根儿就没看着谁。他觉得他和"板栗"之间，其实隔得老远。

这天晚上，辛建生一直干坐着，听当年的内蒙古哥们儿借着酒兴大侃。他们已经在谈论彼此的生意，探讨互利互惠的合作可能性。辛建生对此兴趣索然。他不喝酒也不抽烟，好像一个局外人，连他自己也觉得自己怪乏味的。但他仍是无话可说。

终于是散了。有人问他住哪儿，大伙儿正好分几条路线"打的"，捎个脚也就到了。他站起来，用很夸张的声音说："我骑车，自行车还在大门口呢！"

忽然有个人从人群里急急挤过来，一阵温热的酒气喷在他脸上，接着伸过来一双软绵绵的女人般的手，紧紧地抓住他不放。

"建生好你个小子，我总算找到你了！"

他愣了一愣，目光从那人突出的眼镜上闪过，尴尬地张了张嘴。

"嗨，我是吴吞啊。一个牧业队的知青，八中的，不记得了？"

那人不由分说地把他拉到角落上，那种过分的惊喜令辛建生很有点纳闷。

他望见窗外路灯下被狂风刮得东歪西倒的树影。黑暗中，看不见白昼肆虐的烟灰，夜晚把黄沙也染成了黑色。

二

那地方曾经有五棵松树。

一马平川的宝力格牧场，方圆几百里，牧草如浪，肥羊遍地，望见帐篷，望见牛倌马倌，望见蓝天白云，却望不见一棵树。

那五棵松树，生长在宝力格牧场人迹罕至的边缘地带，快马再往北跑几程，就到了同蒙古国交界的区域。一直到它们从草原上消失以后，他们才知道，在当地边防站的地图上，它们是一个重要的地理标志。有人说它们三百岁，有人说它们五百岁，还有人说，它们的年龄是不可猜测的。当地的牧民谈起这些松树的时候，脸上的神情就像见到了老佛爷。

五棵松树矗立在一个缓缓的小山坡上，如一只张开的手掌。那是到达草原后的头一个夏天，辛建生第一次见到它们时，感觉就像是有五员身披斗篷的剽悍卫士，在淡淡的云影下，远远地策马奔来。风吹起骑士身上鲜绿的袍子，在正午浓烈的阳光下翻滚，渐渐近了，那五棵粗壮笔挺的树干上一层层碗大的鳞片，如红鬃马背上油亮的毛皮……

吴吞说："栋梁之材呀，真是天生我材必有用！"

那一天，他们围着松树转圈，拼命拍打着树干直到把手拍疼。树却依然屹立着纹丝不动，手掌拍出的嘭嘭声，在空旷的原野上，听起来微弱无力。

自从离开城市，在新结识的知青伙伴里，辛建生还是第一次看到吴吞如此兴奋。吴吞可以说是个不动声色的人，在那个二十郎当的年龄，这种习性标志着成熟。

吴吞从一开始就是他们的头儿。是查干窝拉牧业队的知青小队长。在查干窝拉的第一年，知青都住在牧民的蒙古包里，但小队长却管着全队的知青。

所以，当吴吞突如其来地重新出现在辛建生面前时，辛建生记忆中那些最难忘同时也许是最耻辱的往事，就像在风天被吹散的羽绒枕芯，漫无边际地随风飘开去。

吴吞那时不叫吴吞。吴吞在下乡前改名叫吴军。但八中的知青还是管他叫吴吞。他们说有时天在口下，有时天在口上，一个吴吞，放之四海而皆准。

第二年，知青有了自己的蒙古包，吴吞和辛建生住在一个包里。

有了新家就得有家当。比如，游牧民族搬家的毡篷车、柜子车、面板锅盖什么的。队里给准备了一些，人多却是不够分的。何况，吴吞那会儿正在酝酿着一个广阔天地大有作为的宏伟计划，计划为牧民办一所小学校，计划在每个蒙古包门前竖立一块黑板报，等等。办学首先需要课桌板凳，黑板报也得用木头来做。

那么，木头呢？在这块只长草不长树的地方，听说牧民用木料，就得赶着牛车在草原上走十天半月的，到阿尔山林场那边去买。

吴吞却显得胸有成竹。等到那年冬季草场的事安排停当，他领着七八个人去了五棵松。

许多年来，辛建生一直清楚地记得伐树那天的情景：一场大雪刚停，静谧无声的草原上，响起了雄壮的歌声。歌声震落了如五顶巨伞高擎的松树树冠上的积雪。一只褐黄色的老鹰，恼怒地从高高的树顶飞起，凶狠地扇着翅膀，绕树依依转了一个大大的圈儿，无声地钻入蓝天。在它站立过的地方，有一根粗壮的枝条，突兀地展翘着，似乎被它锐利的爪子占有得过久，树枝光秃秃地发青发亮，像一根横插的羚羊角。辛建生听牧民说过，老鹰喜欢蹲在高处，它的视力可以从一千多米的高空觅见草丛中的耗子。在这之前，它几乎每天都盘踞在这根树枝上，好像把它当成了自己的专用宝座。

歌声停下来的时候，有一滴金黄色的松脂，掉在他黑色的棉手套上。他听见风从松针细密的缝隙里穿过。松涛舒缓起伏，彼此的树冠如手牵着手搭在一起。

松树的呼吸在最后一分钟里仍然平静。钢锯响起来的瞬间，辛建生曾感觉到一种被撕裂的疼痛，而后便好像冻僵了似的麻木。他们为那五棵松树很费了一番力气，直到太阳西斜的时候，他们终于听见了那一声轰隆的巨响，一个巨大的黑影朝着白茫茫的雪原踉跄扑倒下去，像一个从身后被击中的武士，毫无防备地倒毙。撅断的树枝弹落四散，像一只只金灰色的羚羊角，蹦在他的靴面上。光滑的枝条上，还留着鹰爪的痕迹……

几天后，当牧民闻讯赶来时，雪地上横倒着五棵大树，像五座折断的佛像。雪地已被人的脚印踏得破碎发黑，而松树的树冠树干却明洁如初。

牧民们惶恐地勒马而归。第二年春天，牧民小学开办，没有一个牧民把孩子送来上学。那些未曾干透便粗制滥造的课桌板凳，歪歪斜斜地扔在草地上，最后在干牛粪被淋湿的雨季里，成了知青生火的柴火。

牧民的状子一直告到盟里。边防站、林业局也火上加油。为此，吴吞不但没有当上知青的先进典型，还被盟里的知青办暂时免去了牧业小队长的职务。吴吞对此很是不解。他曾愤愤地告诉辛建生，可见愚昧与落后是那么顽固，我们要建设一个新牧区，而牧民却在祈求神灵的保佑，不彻底破坏并砸烂旧世界，又怎能建设一个红彤彤的新世界呢?

那五棵冠盖如云的草原古松,从此就从宝力格牧场边缘永远消失了。它最终留下的纪念,是一辆厚如砖块的木板做成的柜子车。六年以后,当吴吞赶上最后一届工农兵大学生,最终离开草原的时候,柜子车的板材被整块整块地拆下来,做成了一只奇大无比的木箱,装满了旱獭子皮、黄油和干口蘑等草原特产,随同吴吞运往城里……

因此,辛建生对吴吞的感觉,比较不容易说清楚。

三

一只灰褐色的老鹰,从一棵秃树上,箭一般地俯冲下去。

树下是一条湍急的河流,翻腾着蓝色的浪花。有一条大鱼在水面浮游,刚露一点脑袋,那只老鹰已接近河水,同时猛伸出双爪,把那条大鱼活活地抓出水面。鱼在鹰爪下挣扎,而鹰却从容不迫地飞回树枝,在树上开始享受它的美餐……

"爸爸,那是一只鱼鹰吗?"女儿问。

"你没听解说词吗,那是一只非洲老鹰。"他回答。

将满四十岁的辛建生,还是第一次从电视上看到老鹰抓鱼。刚才屏幕上的情景,就像二十年前他曾亲眼看见过的草原老鹰抓羊羔、抓兔子、抓老鼠那般惊心动魄。

每个星期天晚上电视里的《动物世界》节目,他是必看无疑,每集不落，这个习惯差不多已经持续了十年。但每次打开电视选择频道的时候，他不知为什么总会有些犹豫。就好像是去会见一个很久以前的恋人，想见却又是怕见，最终还是见了，缠绵中想起了自己一度的负心，就有些不好受。

因此他总是征求女儿的意见："你想看哪个节目呀？"

"《动物世界》。"女儿总是这样坚决地回答。

女儿喜欢动物，他心里略有安慰。

某国的一个野生动物保护区内，一头母豹叼着一只捕获的羚羊，身后跟着几只小豹子，好像在寻找一个可以安全吃食的地方，找来找去，竟然钻进了游客停在树林里的汽车底下……

真是难以置信。他盯着屏幕吃惊地想，人和豹子可以和平相处。

妻在厨房里喊道："有人敲门，听不见哪？我占着手呢！"

他去开门，冷不丁觉得门口蹲着一只豹，定定神，发现原来是吴吞。吴吞穿着一件有迷彩图案的牛仔上衣，顿时就像换了一个人。

吴吞说："今天有点空，天又不刮风，出来溜达溜达。上次见面，说好了要来看看你的。"他说着就脱了外衣，主动挂在门后的钩子上，像是在自己家里。

辛建生平日最不愿在看《动物世界》的时间被人打扰，因此脸上的表情就不够热情。但吴吞毕竟是多年不见的老友，那天自己又给人留了地址。他招呼吴吞坐下，从抽屉里找出一包"红梅"烟，又让女儿去拿火柴。

妻以极快的速度端上一杯热茶，家里凡有客人造访，妻总是十分高兴。

吴吞笑眯眯地打量着他这两室一厅的住房，目光从彩电冰箱组合柜上一一掠过，似乎很羡慕地说："过得不错嘛！"

"嗨，马马虎虎吧。"辛建生心里有几分得意，又补了一句，"还不是靠她，勤俭持家呗。"

"这房子，单位分的？"吴吞随意问。

"哪儿呀！"妻插嘴说，"是孩子她爷爷那一年落实政策，学院给补差的，就让我们先住着。就凭建生那单位，又是三角债又是亏损，工资都差点发不出来，上哪儿分房去？"

吴吞淡淡一笑说："我最近刚买了一套商品房，三室的，等有闲工夫，上我那儿玩去。"

"三室一厅的？那得多少钱？"妻的惊讶露在脸上。

"也就十万二十万的。其中还有原来单位分房折的钱呢。"吴吞很谦虚地说，"如今，光省钱不行，得会挣。"

建生忍不住问："那天晚上，你给我那名片，不是写着，你在什么部，当着一个什么处长吗？走红道的，有权还有隐形收入……"

"不行，不行，你不明白。"吴吞一个劲儿摆手，"那些小权，能办什么大事啊？所以，去年就决心不干了。正和朋友们弄个公司呢，执照快下了。给你那名片，早先的。"

建生一时不知该说什么。像吴吞这样的人，该上学时就上了学，该立业时就当了处长，按说是混得够可以，却还琢磨去下海，他有点儿替吴吞惋惜。

……成千上万只小海龟，密密麻麻地拥挤在海滩上，一步步艰难地爬向大海，像一只只游在沙地上的蝌蚪……

建生有些心不在焉，不时地瞟一眼屏幕。他想，吴吞来得可真不是时候。

"把电视关了吧。"吴吞收了笑容，口气里就有了二十年前当队长时的尊严，"今儿来，还想和你商量点儿正事儿。"他的口气很认真。

建生说："那就上小屋去谈吧，这节目，孩子爱看呢。"

他想，会不会是吴吞要拉他上那个公司去呢？按他的技术，搞一点儿新产品开发，还是可以的。不过，自己那个厂虽穷，待的年头多了，人缘还蛮好，一天天得过且过的，也没觉得过不下去。吴吞若要请他出山，铁饭碗变瓷饭碗，总得有个正正当当的理由才能答应。

然而，吴吞同他商量的事儿，却完全出乎他的意料。

吴吞说，除了他自己的那个公司，他还想联络一些人，成立一个草原经济开发联谊会，用来协助当地牧民发展畜牧业、农副业的深加工，也算是老知青在现有条件下，为牧区做的一点新贡献。

他侃侃地讲述了一个诸如此类的宏伟计划。据他了解，这个联谊会将有广阔的开拓前景。所以，他目前要做的第一步，就是找上几个哥们儿，亲自到原来的牧区去实地勘察一番，拟一个可行性规划。

"怎么样，够劲儿吧？"吴吞有些激动的样子，"算上你一个，跟我一块儿回宝力格去一趟，工资路费可以由联谊会出，你可以和单位请个病假，实在不行，请事假也可以，我给你报销。"

辛建生很有些疑惑。这种公关性质的活动，他认为自己根本不是合适的人选，吴吞怎么会看上自己？

他就问了一些比如联谊会的经费从哪里来，活动方式和经济效益等方面的问题。吴吞含糊其词地对此似乎有点不耐烦，只说："你先不用管那么多，先说说你到底想不想回宝力格。"

辛建生没有回答。这件事来得太突然。

"其实，回去看一看，就当是旅游嘛。"吴吞又说。

"不，我不想去。"辛建生站起来。

"为啥？"

"不为啥。"辛建生打了一个嗝，胃里很不舒服。自从那个扬沙天气，他吃进去一嘴的沙子以后，他老是觉得像是有沙子在胃里碾磨。

吴吞也站起来，笑笑说："那你再考虑考虑吧，反正也不急。只是，别错过机会了。"

吴吞似乎还有许多话没有对他说。他能感觉到。

他送走了吴吞，妻过来问："那人找你有什么事儿？"

"我也不知道。"他有点儿心烦意乱。

虽然他曾许多次梦见绿草如茵的宝力格牧场，但他明白，自己是再也不会有勇气回草原去了。

四

无论在任何时候、任何地点，只要你抬头往天上看，碧蓝碧蓝的天空极高处，总有几个黑点儿，一动不动地悬停在那儿，像是白天出没的星星。有时，星星稳稳地坠落下来，蓝色的光晕化成了两只雄厚硬硕的翅膀，在半空中被强大的气流托举着，悠悠地穿过阳光，划过天空，盘旋在这片偌大的草原上空。

在草原牧羊的寂寞日子里，对于辛建生来说，可以称之为娱乐的快活时刻，便是把羊群赶到一片茂密的草场，任羊群自由自在地吃草，然后找一面向阳的草坡，四仰八叉地躺下来，头枕着自己的胳膊，无心无事地观赏天空中的老鹰。

突然，那只老鹰如同流星一般，往地面斜斜地俯冲下来。他惊诧地仰起脖子，只见前面半人高的草丛里，窸窸窣窣蹿过去一只灰兔，连蹦带跳地直往沙柳丛林里钻。那鹰呼扇着翅膀掠过草尖，草叶被纷纷折断。兔子惊恐地往前奔跑，鹰紧追其后不舍。猛地，老鹰伸出一只利爪，死死抓住兔子的尾部，那爪子如同一只铁钩，深深嵌入兔子的皮肉之中。兔子疼痛难忍地回身挣扎，刚一回头，老鹰的另一只爪子便牢牢地箍住了兔子的颈部。兔子再也动弹不得，长长的耳朵顿时就耷拉下来。老鹰沉甸甸地飞起来，爪子垂直地抓紧它的猎物，一直往小山顶上它的鹰巢方向飞去。

这种场面，辛建生见过多次。他嚼着草根，反复琢磨老鹰为什么总是伸出一只爪子去抓兔子的尾部。后来有牧民告诉他，鹰的两只爪子是横着长的，兔子却直着往前跑，鹰要想抓住兔子，先用一只爪子掐住兔子的尾部，兔子一疼一回头，身体横了过来。这时候老鹰才伸出两只爪子，双管齐下，就把兔子牢牢地逮住了。

辛建生很佩服老鹰的智慧。在草原上，老鹰有勇有谋，可以说是天下无敌。老鹰有铁钳般的爪子和铁钩似的利嘴，没有一种鸟类会自不量力地袭击老鹰，更没有一种猛兽能够侵犯老鹰。它们在这片天空随心所欲地翱翔，成为草原千年万年世袭的统治者。

只是极偶然地，老鹰会遇到一只狡猾的老兔子。那兔子或许有过惨痛的教训，即使躲避不及被老鹰钳住了尾部，却强忍住疼痛，死不回头，用尽全身的力气继续拼命地往前跑，只要钻进了沙柳林，老鹰便将遭到杂乱枝条的抽打，再无用武之地了。那时，老鹰只好悻悻扔下兔子，缓缓升空，恋恋不舍地在沙柳林上空久久盘旋。

草原上有句谚语：人老奸，马老滑，兔子老了鹰难拿。可见兔子与鹰的较量，可以作为彼此角力的参照。

刚到草原的头一年夏天，辛建生外出放羊，总带着牧民送给他的那条大黄狗，肥羊四散开去，他松了马嚼子，在草地上远远地欣赏空中的老鹰消磨时光。有一天，却没有想到同老鹰意外遭遇。

那天他躺在山坡上看书，阳光下小风又温和又凉爽，他不知不觉就睡着了。过了很久，他似乎被什么声音惊醒，慌慌地坐起来，见羊群还在坡下低头吃草，平安无事，并无狼的踪影。刚放了心，侧过身子，却见斜坡下方的草地上，立着一个毛茸茸、灰乎乎的东西，差不多有半人高，正埋着脑袋一顿一顿地啄着什么。他揉揉眼，顾不上细看，吹一声口哨唤过大黄狗，就命令它朝那家伙冲过去。正是下坡，黄狗撒开四蹄一阵风就冲到了那家伙跟前。那东西一激灵，张开翅膀飞起来，因是仓促起飞，又是下坡，尚需一个贴地滑翔的过程，起飞的速度相对缓慢，在绿草地上投下一大片黑影。只见大黄狗狂吠着，纵身一跃扑了上去，竟把那家伙扑翻在地。他觉着不对劲，赶紧奔到近前一看，差点吓了一跳：原来那是一只老鹰。

老鹰被黄狗打翻了个儿，灰褐色的脊背贴地，麻黄色的胸脯朝天，被狗的两只前爪死死按住，一时有些发蒙，黄狗叫得凶极，声势咄咄逼人。但奇怪的是：它不像往日那样，将脑袋直对着自己的猎物，而是拧歪着脖子，把眼睛冲向另一个方向。

辛建生看一眼狗，又看一眼鹰。他的目光忽然与鹰的目光对视。

——那是怎样尖锐、深邃又凶狠的两只眼睛啊。辛建生清楚地记得自己打了个寒噤。在苍茫的天穹和恬淡的白云下，它冷冷地逼视着他。琥珀般棕黄色的眼珠，漆黑的瞳孔像两个黑洞洞的枪口。利眼中似乎收藏了宇宙间亿万年的锐气，傲然藐视着一切生物。那目光深处，透出一种威严的金光，一眨不眨，肆无忌惮地直射他的五脏六腑。

他急忙移开了自己的眼睛。他不敢正视它，也不敢再被它正视。怕被它的目光灼伤。

难怪那条敢于与恶狼撕咬的大黄狗，刚才都把脑袋转过去了。

他哆嗦着吹了一记口哨，命令黄狗放开它。这道命令竟使黄狗如获大赦，顷刻间足球般地弹出老远。

于是老鹰从容不迫地翻过身，竟然没有忘记抓起它刚才捕获的一条长蛇，很有大将风度地乘云而去。

那条背上有一轮轮黄黑色花斑的蛇，吊在鹰的爪子上，很像一架直升机垂挂的软梯。

辛建生有过这样的经历，对于老鹰，就有了格外的敬畏。

然而，他见老鹰抓得最多的，却是原野上的耗子。

那个时候，草原上的老鼠还不像后来他们离开的时候那样猖狂，凡是有人有草的地方总有老鼠。草原鼠的兴趣爱好比较独特，它们不啃衣服不吃书本，却嚼草叶草茎草根，掏沙打洞以及快速繁殖。它们在草场上做窝，一个老鼠窝就有七八个洞口；隔一个月又制造出新的一窝，一出门浩浩荡荡几十只，蔚为壮观。凡有老鼠洞的草地，地面上的草便稀稀拉拉地发黄。秋风一起，草原鼠们就把结了草籽的草秸，早早地咬下来，一堆堆整整齐齐地码在洞口旁，十天半个月晒干后，再一点点拖进洞去。牧民说，一窝鼠一年差不多要吃掉一只羊的口粮。千百年来，老鹰就自觉而又义不容辞地承担了捕捉老鼠的职责，如同地面上的猫，血管里奔腾着视耗子为世仇的遗传基因。

辛建生躲在放羊的草坡上，在每日无声无息寂寂流动的时间里，最得享乐的趣事，便是欣赏老鹰的狩猎表演。

通常，鹰在高空长长地滑翔与巡视，沉着地寻找它的目标。但它们也常常降落到离人畜很近的草场上，站在木桩、土墙或牛头骨上四下观望，等待着耗子出动，以便进行近距离的突然袭击。

金黄色皮毛上有黑色花纹的金花鼠，长长的尾巴像一把毛刷。它出门之前喜欢蹲在离洞口不远的地方，探出它的小脑袋东张西望，毛茸茸的身子一会儿伸长一会儿缩回，当它确信安全的时候，才会鬼鬼祟祟地跑到草地上寻食。一种被知青称为"萝卜鼠"的老鼠比较傻帽儿，它们经常一个个直着肥硕的身子，东一只西一只地立在草场上，远远看去就像一只只大青萝卜。

小灰鼠的洞口彼此间很近，从这个洞口出来又进了那个洞口。

还有些个专门用来临时避难的死洞，钻进去半天也不出来。

老鹰却显得挺有耐心，雕塑似的，伫立在洞口，一动不动。

老鹰抓耗子，从不用嘴帮忙。只等这些小动物一探头，老鹰雄赳赳伸出爪子，一只爪子踩住一个。

有时不留神让老鼠溜了，它会气急败坏地去追。耗子溜得飞快，钻进草堆就没影儿，而鹰，别看它在天空中翱翔得那么潇洒，在地面上就没了优势。只见两只鹰爪笨拙地迈着八字，像个醉汉横着身子摇摇摆摆，跌跌撞撞，跳着当时还无人领教过的迪斯科。但是，老鹰依然锲而不舍，它巨大的翅膀拍打着地面，卷起阵阵灰沙。鹰在自己扬起的尘埃中迈着坚定的步伐，一有机会，它就抬起尖利的爪子狠狠朝耗子踩去，踩住一只，便低头一口囫囵吞下这小肉蛋似的美味，饱餐多个之后，才悠然飞回山顶上去。

很多年以后，辛建生和他的伙伴们才发现，当年老鹰们都健康地活着的时候，草原很安宁。那时的草原才是真正的草原。

五

星期天一早，妻便催着他起床。妻总有许多家务活儿，留给他星期天解闷。妻的理论是，如果星期天出门逛商店，必然要花钱；如果探亲访友，自然也要花钱；请朋友到家来玩，就更得花钱。所以既省钱又省心的办法，当然只有干家务。

妻是很贤惠很懂得持家的女人，辛建生一向很重视妻的指示。

因此，他的星期天总是在家里度过，连父母那儿，他也只是在过节时才礼节性地去拜访一次。他已经习惯了这样的生活。

妻说，这几天风停了，阳台上落满了土，该打扫阳台了呢。

他便换了一件在家干活儿穿的旧涤卡中山装，拿了扫帚簸箕，去打扫阳台。果然，阳台上堆放的杂物和极小的一块空间，都已积了一层厚厚的黄沙土，冷不丁一看，就像黄土高原似的。他一扬扫帚，大风天呛人的气息就扑鼻而来，将人闷头闷脑地埋在其中。好容易铆足劲儿一口气扫完了，低头一看，满地仍是横七竖八的黄道道，沙漠似的。再扫一遍，仍然如此，那些极细的沙尘，像黄色的颜料粉，渗透到水泥地面的每一道缝隙里。

他嘴里就有了那天晚宴上沙子磨着舌头的感觉。

从酒店回来后的这些天，由"板栗"婚礼所引起的种种不快，已在他自认为一向我行我素的生活习性中归于平静，但这会儿他重新觉得有些恶心起来。胃里的那些沙子，也不知是否已经屙出去了，他想，莫非就没完没了吗？

他取来湿墩布，仔细拖擦阳台地面。连栏杆上夏天摆花的水泥棱子上，也揩擦了一遍。做完这些以后，他又到厨房的柜子里，悄悄抓了一把小米，撒在栏杆上的水泥棱子上；每次擦完阳台，他便要瞒着妻干这件事。他喜欢看着不知从哪儿飞来的一只只小麻雀，落在他眼前的阳台上，啄着他撒下的小米粒那种快活又紧张的样子。

远处的树，已有了蒙蒙的绿色。像积雪化尽后嫩芽刚刚萌动的春季草场，在向阳的暖坡上被轻风温存地抚摸……

从窗口那儿，传来吱吱呀呀的小提琴声。女儿又开始了她星期天的功课。妻说女儿的提琴老师认为她很有音乐才能。如果是伯乐，该给女儿买钢琴的。他告诉妻说，他从小一听钢琴就会犯一种叫癫痫的毛病，且无药可治。

女儿的提琴声突然中断。他听见阳台上有什么东西扑腾的声音。妻正好出门去倒垃圾不在屋里。他冲着阳台喊："别抓我的麻雀啊！"女儿却冲着他喊："爸爸快来，一只鸽子，咱家飞来了一只鸽子。"

女儿的胳膊肘里，紧紧抱着一只白色的鸽子。那鸽子的腿上有一只小小的铜箍，刻着几个数字，另一条腿上有一道血痕。鸽子似乎站不太稳，咕咕叫着，有气无力地把脑袋靠在女儿的胸前。

"咱们收养这鸽子吧，爸爸。"女儿的眼睛很热切地望着他。

妻不知什么时候进来了。妻从女儿怀里把鸽子接过去，在手里掂了掂，拍拍它的背说："怕是有一斤多重呢！"

女儿说："它找不到家了，没人要它了。我要，我要养鸽子。"

"那次你姨结婚，酒席上，一只乳鸽就要四十多块钱呢。"妻的呼吸突然就急促起来，眼睛放出了亮光。

辛建生扭头到抽屉里找出一块创可贴和纱布，替那鸽子缠了腿上的伤口，板着脸说："把它放了！放了，听见没有？"

妻和女儿都�’起嘴来。他看见她们的嘴唇在动，却听不见她们在说些什么。他好像是吼了一声，抱过那只鸽子走上阳台。他的手臂往前用力地一扬，那鸽子像一只白色的羽毛球弹出去，飞过淡青色的树梢……

他避开妻子惊愕的目光，轻轻摸着女儿的头发。他不能说出，他放走鸽子，是因为害怕妻子会趁他不备杀了那鸽子吃。很多次，只要面对那些活生生的飞鸟和小动物，他便觉得自己是个罪孽深重的人。

妻愤愤走开去。他回到房间，发现门厅里站着吴吞。

吴吞春风满面，笑嘻嘻地对他说，今天是星期天，天气又好，约了几个朋友去郊外遛遛，楼下就有辆面包车等着，什么都现成，你要是不去，可就扫了大伙儿的兴了。

他愣着，他不明白吴吞为什么又来找他。去宝力格的事，其实那天他已经一口回绝了不是？

吴吞又说："今天我请客，你嘛，带张嘴就成。"

妻走过来，推推他的胳膊，说你去吧去吧，在家待着也是待着。

每次他在家和妻有了口角，妻便想方设法支他出去，妻从不扩大战事。况且，妻对吴吞找他很感兴趣，他有直觉。

吴吞为什么事先不往他单位打个电话呢？当辛建生莫名其妙坐上了吴吞的"大发"车之后，觉得自己像是被绑架了。

汽车穿过市区。街边又立起了一座座新的大厦，奇奇怪怪的名字令人炫目，辛建生只有在经过那些大楼时，才会突然觉得自己对于这个城市已十分陌生，甚至，他已被排斥在城市之外。

"建生，你看那家美发厅，门口的广告牌上，写的什么呀？"

红灯亮的时候，吴吞从车子的前排座回过头问他。

他想吴吞真是没话找话。这一车人，闹了半天他一个不认识，自然就无话可说。他瞟了一眼美发厅的门面，慢吞吞地答道：

"最新发型，潮在其中。"又忍不住评论了一句，"现在潮水都值钱啦。"

"嗬，这么远的字你都能看见啊！"吴吞由衷地兴奋起来，"我就记得你的视力是咱牧业队最好的。怎么，念了几年电大，没把眼镜儿戴上？还是当年的2.0？"

他忽然觉得吴吞刚才让他看字，像是一次考试。吴吞从不白白关心他人。这么说，他辛建生还有一双值得骄傲的眼睛？可惜，自从离开草原，到去煤矿到返城到上电大到去工厂当技术员，这双眼睛再也没有派上过什么特别的用途。在城里，人都只需看眼前的东西，还有电视。

这样闷闷地想着，觉得路很长。车子已上了郊区的路，又开了十几分钟，车停了。吴吞进去找了个熟人，车便开了进去。那人领着七拐八绕的，又停在一座健身房似的建筑物前。下了车，辛建生跟着吴吞走进去，看见墙上一大排黑白分明的靶子。竟然是一个室内射击场。吴吞说这儿有朋友，可以免费打枪玩儿，打多久都行。跟着吴吞车来的那几个年轻人便跃跃欲试。不一会儿，就听见枪声乒乓响成一片，那自动替换的靶子像个鬼脸一上一下，枪眼却都落在远离靶心的外环。

"废物！"辛建生听见吴吞嘀咕。吴吞像个教练似的，冷眼站一边盯着。那枪声震得辛建生耳膜嗡嗡直响。他转身走了出去。

"哎，建生你去哪儿？"吴吞马上跟了出来，"怎么不试试？机会难得呀。"吴吞笑着说，"其实，这是专为你安排的。这些人，吹呗，一动真格的，全熊了。也就是你，准行！"

辛建生说："谢谢了。我，想回去。"

吴吞的脸色一下就黑了。他说那怎么行，你要是走了，今天就全白费了，全乱了套了，求求你还不行吗？就算给我个面子……

说得辛建生心里有些不忍，便反问："你知道我再也不想摸枪了？"

"哎呀，你这人怎么这样死心眼子？"吴吞笑着撇撇嘴，"这是靶子，和你那不是一回事。"

有几个人跟着出来，吴吞像看到救星，拦着他们说：

"这个辛建生，我们在草原插队的时候，知青里头数他枪打得最准。那些野鸭子在水里游着，他说是打脖子，决不会打在胸脯上。来来，还不快让他给你们露一手！"

那些人便围着哄着，连拉带拽地把辛建生推到靶场上。

他别无选择。举起枪托的那瞬间，他想这下肯定要丢丑了。他的手一直在微微颤抖，眼前一片模糊。有十七八年，也许更多，他没摸过枪了。而他拒绝打枪的原因，却无法对这些人言说。

枪声响了。他觉得自己的心猛然一震，整个人都被弹了出去。

随枪声响起的，是众人的叫好声。他睁开眼，见子弹中了八环。

这不是当年最好的成绩。他想，他完全可以打得更好。

他深吸一口气，眯起眼，轻轻扣动扳机。那会儿，他头脑中一片空白。他听见枪响，抬头看见靶心的黑窟窿。他浑身的血液开始涌动，一种久已淡忘的欢悦，从他心底升上来，帮他重温了往日的激情。他觉得手指尖传来一种难以忍受的瘙痒，胸腔里有什么东西在撞击着他麻木已久的心。鼻翼一阵一阵抽动，口干舌燥。

他按捺着内心的冲动，连连扣动扳机。枪响的那一刻，他突然获得一种极度的快感，如同多年以前第一次满足青春热欲那般过瘾。

六

三条银亮的小河，蜿蜒着流入夏季草场那片四周环山的盆地。盆地中央漾着一摊清粼的湖水。从小山包上望下去，湖泊便像是一面光可鉴人的镜子，将天边层层叠叠凝固不动的浓云收入其中。密集的芦苇如同灰绿的纱帐般蔓延开去。太阳西斜时，有丝丝缕缕白烟似的水雾，在湖面上悠悠浮荡。雾气从那些一直站在水中纳凉的棕红色马群中间，穿过去又穿过来，经久不散。土红色的本地牛，吃饱喝足了，懒洋洋地卧在湖边的草滩上闭目养神。刚出圈的绵羊，风卷乱云一般咩咩叫着冲向水边。十几只灰麻麻的野鸭子，慌慌张张地拥成一团，从被绵羊染白的湖面钻进了密匝匝的苇丛……

唯有孤独的老鹰，居高临下地俯瞰和瞭望着地面，永远离群索居，独往独来，傲然凌驾于万物和苍天之上。

辛建生和他的伙伴刚到宝力格牧场那几年，差不多每个山包上都住着一只或一对老鹰。它们各占一个山头，各领一方天空，各自划分着心照不宣的势力范围，彼此互不侵扰，相安无事。

每当老鹰开始在天空盘旋的时候，草原狼和金红色的狐狸便竖起了耳朵，躲在草丛深处自己的窝边，翘着脑袋仰望着鹰的去向。一旦老鹰向下俯冲，它们就会鬼鬼祟祟地尾随其后，期待在老鹰捕获猎物之后，做一个明火执仗的抢劫犯，至少也能分到一些残羹。

老鹰是当之无愧的草原之王。辛建生确信无疑。

他记不清究竟是从什么时候开始，蒙古包里的知青，都在悄悄谈论一种神秘的药材，对于治疗风湿性关节炎极有特效。什么麝香虎骨熊掌，与这个东西相比，简直统统不在话下了。从城里探亲回来的知青说，在南方，这东西一对就值几百元，而且压根儿买不到。

到底是什么呀？在蒙古包昏暗的油灯下，他好奇地追问。

鹰爪！

他浑身一颤，出了一头冷汗。

听明白了吗？就是老鹰爪子！你们想想，虎骨熊掌治风湿，稀罕吗？裹着那样厚实的虎皮熊毛，自然抗寒。可是老鹰爪子呢——草原的冬天零下四十多度，老鹰整天露着那对光秃秃的爪子，飞在刺骨的"白毛风"里，蹲在滴水成冰的雪峰上，爪子上连一根保暖的毛也没有，它怎么从来不会冻僵？那爪子还特别有劲儿，一家伙就能抓透黄羊的五脏六腑。这种高寒草原的老鹰，爪子里准有一种特殊的抗寒成分，只不过以前没被发现罢了。用蒙古老鹰爪子泡酒，无论是京城还是大西北的人，都认这个，据说清朝那时候，还曾是一种宫廷秘方呢。

辛建生听得目瞪口呆。

隔了些日子，辛建生放羊回来，见蒙古包的地毡上放着一个布包。有人把布包打开，他看见一对灰黑色如同铁锚般坚硬的鹰爪。

他还从未这么近地看过鹰爪——

它差不多有壮汉的大拇指那么粗，大半根筷子长的脚骨上，紧紧裹着一层纽扣般大小的鳞片，像是涂了一层釉，泛着铁青色的亮光。三长一短的四根脚爪，弯成一个坚韧的钩形，在爪子的顶端，伸出尖刀般锋利的爪甲，发出半透明的黄褐色光泽，如一件精致的稀世珍品。

在鹰爪靠近根部的地方，残留着几处血痕。是被利斧齐根斩断的。

怎么样，明儿你也去吧，你的枪法那么准，一打一个中。

这家伙好打得很！胆子忒大，不怕人也不躲人。

吴吞那儿有的是子弹，是上头发下来给民兵打狼用的，各包都有一支基干民兵的半自动步枪——人们七嘴八舌地对他说。

那一夜，辛建生听着草原上远远传来的狼嗥，眼睁睁看着蒙古包顶盖上的天窗一点点发白。他感觉到自己的血管在突突跳动，热血就要喷涌而出。他觉得自己一直所渴求所盼望的日子就要到来了。在那之前，甚至连他自己也不明白自己所期待的究竟是什么。在宝力格的三年里，他打过无数旱獭子野鸭子还有黄羊、狼和狍子。但如果同打老鹰相比，那些地上跑的傻东西，能算什么野物呢？！那次在草坡上与老鹰的近距离接触，把他震慑得胆战心寒；那么，如果反过来，他也能降服老鹰，让它翻着跟斗从空中倒栽下来，该有多么过瘾哦！

还在中学念书时，他就被学校选去参加军训打靶了。在一个全民皆兵的年代，神枪手是男子汉渴慕的一个人生目标。也许就是为了这个原因，他才千方百计报名来了草原，可至今他还未尝过对空射击的滋味。

第二天，当太阳升起来的时候，辛建生拿起猎枪走出了蒙古包。他抬头仰望蓝天上那个遥远的黑点，第一次真正觉得草原的天地广阔无垠。坦荡辽远的旷野上，他站立着，像一个圆规的中心支点，勾画出四边圆弧形的地平线。除了空中的老鹰，周围甚至没有一个比他更高的东西。

　　枪声在空旷的野地震响，草叶发出簌簌的战栗声。他从来也没有听见过如此震耳欲聋的枪声，空中的那个黑点像一块陨石沉重坠落，巨大的翅膀遮住了半个太阳。那一刻天空暗了一暗，绿色的草地被一阵黑云覆盖，他的枪筒上落着几朵山丹丹花憔悴的花瓣……

　　在辛建生以后的梦中，那始终是他一生难以忘怀的辉煌时刻。但在白昼的阳光下，面对死去的老鹰那双依然凶光毕露的眼睛，他却不能不惶恐不悚然——硕大的老鹰绵软地倒在他的脚边，翅膀四边黄黑色的羽毛血迹斑斑。而鹰的眼睛却至死瞪着他，如它生前，一眨不眨。

　　在老鹰死不瞑目的恶视中，他或许曾经感到过愧疚、恐惧和疑惑。但是知青们的蒙古包，却一连多日喜气洋洋。一粒粒基干民兵的专用子弹，无须花费成本，轻而易举换来的战利品，开始被盘算着各种用途。很快大家都心照不宣——鹰爪将是一种可打开种种后门的珍贵礼品。

　　很快就有了由吴吞主持的牧业小队集体召开的批判会。批判对象是二次大战时希特勒党卫队的帽徽——谁都没想到，但吴吞却想到了。那帽徽上的标志就是一只张翅的老鹰，老鹰同法西斯有某种不可否认的内在联系，要打倒资本主义就必须打倒老鹰。况且，老鹰还叼羊羔。虽然鹰主要是以老鼠和兔子为生，叼羊羔只是偶尔为之，那也掩盖不了老鹰凶残的阶级本性。吴吞做了以上一鸣惊人的发言，慷慨激昂，一下子便抓住了事物的本质，使得全体新牧民对吴吞心悦诚服。有一个原来叫洪茵而下乡后改叫红鹰的女孩，被大家叫成"红色资本家",她大哭一场后,只好又改成了红缨。

自从老鹰的阶级属性在那个秋天被正式确定之后,无敌的老鹰突然成了知青们共讨共诛的敌人。

七

辛建生走出厂子的办公楼时,天已快黑了。

为了修改一个设备改造方案,从厂子到科室到车间都已反反复复地磨了几个来回。许多年来,辛建生就干着这种拉锯的活儿,在产供销的严格计划中,为厂子寻找活下去的缝隙。他忠于职守却不善言辞,疲于奔命却碌碌无为,对于他这样一个从未做出过特殊贡献的小职员,厂头甚至都没有认真看过他一眼。辛建生年轻时曾有过的很小一点抱负,在这把岁月的大锯年复一年、日复一日的销蚀损耗中,被黄沙般不断撒落的锯末子所掩埋,性情变得越来越寡淡和沉默。

他取了自行车,推到厂门口,用气泵给轮胎打气。

老百姓怕官,官怕洋人,洋人怕老百姓……他一边充气,一边脑子里不知怎的就跳出来这小时候念过的民谣。人有时候会突然出现一些莫名其妙的念头。他想,这倒是一个极妙的连环套、关系链。可是假如洋人不怕百姓而且和百姓串通一气呢!这个连环套就进行不下去了……奇怪的是,这几天他干吗总想起连环套?

他胡乱想着,正要跳上车,车把却被一只手拽住了。

"等你半天了！"

吴吞一张瘦削的脸，在暮色中显得格外苍白。

"走走走，跟我走，今天晚上就咱俩，有话同你说。"

对于吴吞的出现，辛建生似乎已不感到突然。吴吞在最近短短两周内一再找他，他自然明白还有未说出来的话，只是他不愿意吴吞如此诡秘地到单位门口来拦截自己。他回答说，家里等着吃晚饭，要谈，就到家里去谈好了。

吴吞说，我已经给你老婆打电话请过假了，我请你吃饭。

辛建生想问吴吞怎么会知道他老婆单位的电话，话到嘴边没出口，问了就跌份儿了。他想起那天在射击场打枪的事，无论如何，那天是他回城后屈指可数的开心日子，回到家半夜没睡着。扣动扳机的食指，在被窝里兴奋得直抽筋。这么说，蒙古包的哥们儿在一块儿，也不是一点意思没有。

犹豫之间，就让吴吞在一边领着，进了一家个体餐馆。

饭馆人挺多，放着刺耳的流行歌曲。吴吞要了酒菜，掏出一包万宝路放在桌上，自己点了一根，开门见山就说：

"那一次，在你家说的那个草原经济开发联谊会，目前看来，还缺少开办资金，还得大伙儿想想办法呢！"

辛建生没说话。资金是个敏感的话题，他疑惑地看了吴吞一眼。

"哎，我的意思可不是让大伙儿掏钱，都挺不容易的。"

辛建生觉得有些发窘，就端起杯子喝了一大口啤酒。

吴吞用筷子拨着菜，闷着头说："我倒是有个两全其美的计划，想让你帮我参谋参谋。"

"不用这么客气，说吧，我听着呢。"辛建生这才觉得有些饿了。

吴吞四下看了看，小声说："倒是想先听你说说，这些年，你究竟混得怎么样啊？见了两次，也没得空儿好好聊聊。"

辛建生又喝了一大口啤酒。这几天，那种碜牙的感觉总算没有了，胃也似乎光滑了许多。

"你不是都看见了吗？"他随意说着，"不够小康，也算个小小康吧。人这一辈子，钱多多花，钱少少花，生不带来，死不带去，想那么多，有什么用？"

"你真的就不打算动弹动弹，挣它一大笔钱，为你老婆孩子做点贡献？"吴吞说着就把眼睛眯了起来，像广告上那种自我推荐的样子。

"没劲。"辛建生摇摇头，"我不想当那部分先富起来的人，也不想当那部分后富起来的人。我，不穷不富，收支平衡，胸无大志，知足常乐。老婆孩儿跟我，别的好处没有，有一个好处却是别人没有的，你猜猜是什么？——平安无事。"

吴吞嘿嘿笑起来，被烟呛了一口，直咳。待咳嗽止了，沉下脸道："建生，不是我说你，这么多年过去了，你怎么还跟那时候一个德性，死不开窍。都什么年头了，还有你这样死守几个工资过活的人？说白了，这叫犯傻；说文明点儿，这叫迂腐；在医学概念上，这叫痴呆。话不好听，理是这么个理。咱们是一个锅里吃过手扒肉的老朋友，不和你见外，我先把丑话说在头里，再过几年，就你这样的，准保成为一部分先穷下去的典型了！"

辛建生也不生气，给自己添了酒，慢条斯理地回答：

"干吗我就非得跟别人一样活呢？买房子买汽车？还累赘呢。回城这些年，光知道置冰箱彩电洗衣机，就跟草原上那羊群似的，成天跟在几只头羊屁股后面，让人赶着，赶时髦，我可真受够了。"

辛建生听自己的声音，有一点口是心非。

吴吞狠狠地掐着烟蒂，似笑非笑地干咳一声，说："那你干吗不领导一次新潮流呢？也好发挥你那些在厂里用不上的'剩余价值'。"

"我？除了打枪，别的本事，好像没有。"建生对自己还有点自知之明。他的目光落在吴吞的万宝路上，心里忽然就有了一丝恼恨。

"你这么说，只不过因为没有遇到机会罢了。"吴吞冷笑了一声，"如今到手的机会再不抓住，你可就真的对不起祖宗也对不起自个儿了。"

吴吞突然做了个结账的手势。他的眼睛通红，发出燃烧的亮光。他拉着辛建生走了出来，走进了街对面的一家歌舞厅。

辛建生还从来没有来过这种叫作卡拉OK的地方。灯光闪烁，人影幢幢，旋转的光环掠过头顶，衣服一会儿发紫一会儿变绿；缭绕的烟雾中，有疯狂的歌声直刺他的耳膜，令他透不过气又有些莫名其妙的亢奋。

他们在一个角落坐下来，吴吞又要了两杯啤酒。

他听见那个年轻人似乎在唱："没有你便没有我，没有你便没有我……"前面一方大彩电的屏幕上，有一行字迅速滑过："请跟我来，请跟我来……"吴吞一仰脖，把那杯酒一气喝干了，喷着酒气，贴着他的耳朵说："听着，哥们儿，假如你照我的计划办，不出半年，我准保让你发财！"

又有一个粗哑的女声唱着："宁可等到将来去后悔，也不愿现在挽回……"辛建生觉得有一个像二重唱一般的声音在他耳边说，如果他参加了这一个计划，所得的收入，个人和联谊会对半分。既可促进草原的经济发展，又使个人无本致富，还可满足有关人士保健和治病的需要。真可谓一举几得，国家集体个人三方得利，何乐而不为呢？何况，还有有关方面提供交通工具，一旦准备完毕，就开车直驱牧场……

他听得稀里糊涂，问这到底是由哪个部门主办，谁是头儿？

"这你就别问了。这些事，比较复杂，不能随便说。说了你也不明白。"昏暗的灯光下，他看不见吴吞的脸，只听见一个低沉而神秘的声音，从很远的地方传来。

"你知道吗？那天看你枪法还是那么好，我可真乐坏了。咱内蒙古的哥儿们里头，我最后就选了你。这种事，人不能多，要是泄了密，就没咱的戏了。要知道，在关里，鹰爪的价钱，一对就是好几千，比当年翻了十几倍，就因为这是天然药品……"

"你说什么？你刚才说，打……打什么？"辛建生突然就结结巴巴了。

"鹰爪呀。老鹰的爪子。去弄它个百十对，不费什么劲，一次就能赚好几万哪！"

"可是，可是老鹰是国家保护动物，你知道不知道？"辛建生有些愤愤地咬着嘴唇，"又不是 70 年代，如今猎杀老鹰是犯法的！"

"犯法？"吴吞满不在乎地哼了一声，"你就不会不让人抓住？草原那么大，半天见不着个人影，打下鹰，就地剁下鹰爪，把鹰埋了，几十对鹰爪也不过一书包大小，车座底下，车前厢盖里，哪儿不能藏？"他拍着辛建生的肩膀，"就算是让人发现了，你放心，我自有法子让他们乖乖放行……"

辛建生猛地推开吴吞，站了起来。他呆呆怔了一会儿，摇摇晃晃走了出去。

八

自从把老鹰与人民群众之间的矛盾定性为敌我矛盾之后，宝力格牧场上空的枪声就再也没有停过，甚至还波及其他牧场和公社。

一般来说，老鹰喜欢立在山包顶上，或是很久以前留下的残垣和木桩上，在视线所及的制高点不倦地瞭望。即使是有人走到离它十几步远的地方，它也不屑一顾。有时，它甚至飞到离人很近的场部住宅区，窥探那里的老鼠或是母鸡的行踪。

有人说过，强者是最容易被打败的，因为他傲视一切而忽略了对方。无敌的老鹰不幸应了这句名言，它把自己如一座雕塑、一个目标，暴露给所有觊觎它的枪手。

辛建生又一次猎射老鹰，是在去场部买粮的路上。一只灰褐色的老鹰，就立在路边的一根电线杆子上，看来这是它经常盘踞的领地。电线杆的顶部已被老鹰的粪便刷成白色，远远望去像是涂了白色的石灰水。他瞄准它的时候，手微微有些颤抖，而老鹰却纹丝不动，锐利的目光投向很远的地方。他似乎踌躇了一会儿，也许他是在期待老鹰突然飞走。但那时老鹰却把脑袋转了过来，闪电般的眼神在枪的准星上亮起一块耀斑。他哆嗦了一下，枪声便响了。

那只老鹰砸在地上的时候，扑通一声，竟把他胯下骑的马吓得退了好几步。

他把老鹰的腿和翅膀用绳子缚起来，倒挂在马鞍子的一侧。当他走近场部的商店时，发现许多人围上来看他的马，嘴里还发出啧啧的赞叹声。他低头一看，原来是捆老鹰翅膀的绳子松了扣，老鹰爪子虽然还吊着，两只翅膀却横着摊开，马一走，老鹰那两扇硕大的翅膀忽悠忽悠直扇，从马肚子到马尾，占了整整大半匹马身子宽。

许多孩子跟在他身后尖叫，辛建生第一次有了英雄般的自豪感。

第三只鹰是他在草场上打的。当时他正躺在草坡上晒太阳，一只鹰低低地在他前方的羊群上空盘旋，他拿过枪，把枪托支在地上，身子还斜着，瞄准了，就那么一扣扳机，鹰便栽了下来。

他记不得自己一共打了多少只老鹰。打下了老鹰，他拿回蒙古包，扔给随便什么人，就拉倒了。他从来不干用斧子剁鹰爪的事儿，他要的不是鹰爪而是打老鹰的荣耀。一般鹰爪都由吴吞亲自处理。吴吞那小子眼睛近视，枪打得挺臭，辛建生从未见他打落过一只老鹰，就有一次打中一只黄羊，还打在羊屁股上。但他剁鹰爪却干得干净利索。建生无意看到，吴吞连睡觉都掖在枕边的那只面口袋，里头支棱八翅的，正一日日鼓胀起来。

吴吞剁下了鹰爪，烧一锅开水，把鹰毛煺了，然后开膛剖肚，把老鹰身子洗净，为大家炖鹰肉吃，蒙古包里终日飘荡着鹰肉的香味。鹰肉的表面裹着一层金黄色的肥油，炖熟的鹰肉如一块块白金闪耀。肉质细腻，肉汤鲜美，人说吃一口鲜得眉毛都掉了。吴吞总是一边吃一边说，宁吃飞禽一口，不吃走兽半斤。吃过鹰肉，第二天浑身都是力气，好像连胳膊上的肌肉都会鼓起来。辛建生爱吃老鹰肉，有一次，他甚至壮壮胆，吃下了老鹰的一只眼珠。那只眼珠直到被他夹到嘴边时，还死死地瞪着他，以致他没敢嚼就囫囵个儿咽了下去，自然是什么滋味也没尝到。以后的很多天，他都觉得自己两眼往外冒火。

偶尔地，香味会把过路的牧民引来。牧民爱吃汉人包的饺子，爱喝知青从城里带回的油茶面。但是，牧民走进蒙古包，掀开锅盖，见是一只肥嘟嘟的老鹰，就会像看到乌鸦似的，扭头出了蒙古包，跨上马就走。

当时谁也没顾得上想，牧民为什么不打老鹰也不吃老鹰。反正牧民既落后又守旧，除了牛羊肉，连鱼都不吃。后来吴吞就给牧民们上了一课，做了个报告，题目叫作"保卫草原"。在那个报告里，他声讨了老鹰的十大罪状，并用通俗易懂的比喻，把老鹰叼羊羔的行为，比作旧社会草原上牧主欺压牧民。报告果然有效，以后凡是打老鹰，如与牧民相遇，他们只是远远地在一边看着，并不阻拦。

慢慢地，有人就觉得用枪打不过瘾。他们不知从哪儿弄来些炸药，灌在玻璃瓶里，放在老鹰常去的地方。等上几天，突的一声轰响，老鹰血肉横飞，绿草地上五色斑斓，黑黄羽毛沾着鲜红的血迹随风飘扬，又缓缓地落地，像是夏日的一场黑雪。

但炸药常常会把鹰爪炸飞，得不偿失，于是仍然改用枪打。附近山头的老鹰被打得统统不见了，便到远山的秋季草场，或是更远的冬季平原草场去。又有人提议捕捉小鹰，说小鹰的肉比老鹰的肉更鲜嫩。

辛建生曾在一个暮春的下午，在一个山顶裸露的岩石上，找到过一只老鹰窝。那块棕红色的岩石四周，覆盖着一大片一大片白色的鹰粪，瀑布般垂挂着。鹰巢如同一只巨大的祭器，供放在石头顶部，面向蓝天，无遮无拦。说是巢，其实只不过是由几块破羊皮和碎毡子漫不经心地围成，简陋粗糙得像一个临时栖息场所。他在那奇特的鹰巢边站了很久，心想，也许这才是傲视万物的老鹰真正的王者之尊。普天之下，苍穹之上，唯有老鹰，根本不需要一个遮风避雨的鹰巢为自己提供庇护，因为整个天空都是它的家园。

在那些破碎的羊皮上，摆着两只灰黄色的老鹰蛋，与鹅蛋差不多大小，蛋壳上有黑褐色的麻点。他忍不住伸出手，把鹰蛋捡在自己随身带的黄挎包里。正要爬下岩石，头顶突然刮来一片乌云，一只老鹰如旋风般出现在他面前，恶狠狠地直朝他扑来，甚至可以说是冲着他的眼珠扑来的。他吓出一身冷汗，便一边用胳膊挡住脸，一边用极快的速度，将老鹰蛋放回巢中，然后连滚带爬地出溜下岩石，跳上马一口气跑出几里地。待人和马都大汗淋漓气喘吁吁，才敢站定了回头去望，只见那只老鹰还在山顶上久久巡视。

这次历险，他从未对人讲过。后来有人捡回七八个老鹰蛋来，炒了盆香喷喷的野山葱鹰蛋。他不吃。他只是对同一个蒙古包的哥们儿说过，如果你们把老鹰蛋都吃完了，将来就没有老鹰可打了。

但没人在乎他的想法。

假如那时辛建生真的知道，几年以后老鹰被打光后草原是个什么情形，当时他会像着了魔一般去打老鹰吗？他说不好。他打老鹰打得心安理得问心无愧，是因为他没有剁下鹰爪子去换钱，或是把它作为什么珍稀贵重礼物去打通上大学、招工返城的关系。他打老鹰是因为他有本领打下老鹰。打下老鹰的瞬间，他觉得整个天空都属于自己。

所以他仅仅只是在盟里的一个煤矿，将他和其他几个知青招工去当了矿工以后，才把自己做的一只老鹰标本，送给了盟里知青办的人。他做过好几只老鹰标本，还用鹰翼上粗硬的羽毛，做过一把粗糙的鹰毛扇子。但送给了什么人，他全忘了。到知青返城回到他出生的城市，他连一根老鹰羽毛也没带走。

吴吞比他先离开宝力格牧场。吴吞回城探亲时，带走了整整半面口袋老鹰爪子。有人透露说，吴吞用鹰爪去"慰问"了兵团几位当年爬雪山过草地的首长。但人家既然曾为革命出生入死落下风湿性关节炎、寒腿病，享用几只鹰爪治病实在也理所应当。蒙古包的知青私下议论一番，自是无话可说。吴吞探亲回到草原不久，上头来人招收工农兵学员，吴吞就悄悄上大学走了。临走时还让大伙儿打几只老鹰解解馋。

那天，建生在草原上转了半天，天上空空如也，连个黑点儿也没有看见。

九

星期天上午，辛建生端了一大盆洗好的床单被罩，拿到楼下的空地上去晾。才一会儿，又原封不动地端了上来，对妻说：

"不能晾，刮风了。"

妻问："是刮黄沙吗？"

他说好像不是，只是单崩儿刮风。妻说没有沙子，还是晾在楼下吧，否则当天干不了，晚上还得晾在卫生间里，怪占地方的。辛建生又端着盆下楼去。

总是刮风。从打辛建生记事起，这个城市的春天总是刮风。风里即使没有黄沙，也好像裹着涂料，刮着刮着，树就刮绿了；花也刮开了；刮下人身上穿了一冬的厚羽绒服，街上的女人就换了色彩鲜艳的外套。早晚的风依然寒飕飕刺骨，穿外套的日子很长，等到脱了风衣的时候，夏天也就到了。

辛建生觉得这个城市其实没有春天。

他晾完被单刚想上楼，邮递员来了。他看着邮递员往自家的信格里塞进一封信去，便说："哎，师傅，你没弄错吧？"

"辛建生，502 室。错不了。"绿衣使者说完转身就跃上了自行车。

他急忙把那封信抽出来。他家的信格一向形同虚设，通常有信也是寄往单位。会有什么人给他写信呢？

竟是一张烫金的请柬，里头用毛笔字工工整整写着：

特聘请辛建生先生为草原经济开发联谊会常务理事

底下有朱红大印，还签着一个他从来没有听说过的名字。

他慢吞吞走上楼去。他不知道该不该把这事儿告诉给妻。说实话，他有点儿兴奋，他还从来没有收到过这种玩意儿。信封太大，塞不进裤兜，而毛衣又没有口袋，手里还有一只空盆。

他进了屋，只好把请柬扔在了饭桌上。

妻正在摆弄一条项链，见他进来，把项链塞给他，说：

"你看看这是怎么了，好端端地就扣不上了。"

他试着弄了弄，果然是扣不上。再细细看，是搭钩坏了。这会儿他正没心思，就说，这玩意儿，差一环都不行，我弄不了。

妻就有点急，说过几天单位要去郊外野游，她就这一条项链，好容易有个机会戴一戴，怎么就断了扣襻。再说，项链不戴也就罢了，可是扣襻无缘无故地坏了总不是个好兆头。

妻还想要借题发挥往下说什么，女儿抱着小提琴走过来，一眼发现了那张亮晶晶的请柬。她结结巴巴念完上面的字，笑嘻嘻地问：

"爸，这是广告吗？"

辛建生有些哭笑不得。

女儿是个电视广告迷，洗头液香皂面霜还有小食品的牌子，广告上没露过面的坚决不要。就连平日说话的语言，也活学活用，立竿见影。你要是说，哎这个菜同上回做的不一样，她就会回答说：不一样就是不一样。你要是说，乖乖你别缠着妈妈买呼啦圈，她就会对你说：挡不住的诱惑嘛。你若问她这东西好不好吃，她准保回答：味道好极了！你若是称赞某个相声节目真逗乐，她就跟着喊：万家乐，乐万家……简直就拿她没办法。她生活在一个广告世界里，她的生活中只有一个权威，那就是流行的时尚，而时尚则通过广告作为最佳媒介。

辛建生至少在理论上是一个极其讨厌时尚的人。他设法阻止广告对家庭和女儿的骚扰，所以只能尽量少看电视，即使不留神被电视连续剧中的广告偷袭了，也一律关闭声音。但一段时间以后，他发现收效甚微。女儿放学回家，照样把那"卜卜松脆，真正好吃"的营养麦圈嚼得卜卜响。广告已经成为空气，成为自来水，成为挥之不去的尘埃，无孔不入，无处不在。广告引领着城市的最新潮流，如一场又一场旋风接力赛，几乎每个人都在广告牌下失去了判断。没有一个人敢于抗拒或者能够抵挡广告的渗透力，谁都担心被广告排斥和疏远。如果你家中竟然没有一件广告上认可的物件，你会被人认为是一种不可理喻的落伍和愚昧，甚至是一种没有文化的表现。辛建生曾经对他所厌恶的广告文化做过一点探究，按照他自己的思路，他认为其实人们未必真的需要依赖广告选择商品，而是人这种动物，天生无法摆脱价值和精神的相互认同。他们中的大多数人都恐惧游离在时尚之外的孤独，害怕自己会成为人群之外的丧家之犬。

于是他很痛心地挥挥手对女儿说："去去，就知道广告广告的，拉你的小提琴去吧！"

妻这才注意到那张发亮的请柬。她走过来仔细研究了一番，脸上有一种会意的微笑，却只是轻描淡写地说了一句：

"理事理事，倒是管事还是干事？没准就是没事找事吧。"

他没料想妻竟然并不在意，一时有点失望。

这几个星期，吴吞没有再来找他，他反倒有些纳闷。按他了解的吴吞，定是不达目的不会罢休的。现在寄来了这张请柬，这件事看来就还没完。说真的，如果是为草原发展搞什么活动，按说他不该推辞，即使不愿去牧场，也该干点别的。但吴吞怎么就会想到去打老鹰？他那天晚上回家后，一连几天做梦都梦见老鹰恶狠狠地朝他扑过来。

"这些天你是怎么了？整天心神不定的，是不是又要评职称啦？"妻突然问，还给他倒了杯水，坐在一边择着韭菜。

"评高工还早着呢，起码五十岁吧，你着什么急，慢慢熬呗。"妻很通情达理地开导他，"这些日子，眼看粮食又涨价了，说是一人发十二块钱粮食补贴，你以为还赚了，其实，粮食一涨什么都得跟着涨，是个人都得吃粮啊，你就是挣得再多，也没辙。刚把冰箱彩电洗衣机买齐了，这又出来个录像机，要是买了录像机呢，还有什么微波炉、电子游戏机在等着。再有钱没地儿花，可以买个空调凉快凉快。家里有座金库，也能填进去。到明年，指不定家家都想闹辆汽车了……"

"你说些什么呀。"辛建生不耐烦地打断妻子的话。虽说妻在安慰他；虽说妻从不像那些小市民，成天跟丈夫打架逼着男人去弄钱；虽说妻从不说他不爱听的那些话，可她越是表现得那么深明大义，就越让他心里不好受。有时他甚至觉得她是故意摆出一副哀兵必胜的架势，让他自个儿去体悟她的弦外之音。女人如果懂点心理学，男人肯定败下阵来。

"我的意思是说，你就死心塌地当你那个工程师呗，咱家反正比上不足比下有余。"妻仍是心平气和，"孩子将来让她自个儿闯荡去。老师说她有音乐才能，该给她买架钢琴，可咱家买不起，就让她拉小提琴，我看也挺好。人这一辈子，怎么过不是过呢……"妻的眼神暗淡下去。

辛建生心里终于有些隐隐的愧疚，他接过妻手中择的菜，说明天我把项链拿到厂里去，找个师傅给你修修吧。

从阳台上传来女儿悠悠拉着小提琴的声音。他忽然想，当初干吗让女儿学小提琴呢？让她懂点音乐，性情就会比一般人高一个档次，这种想法其实也未能脱俗。为什么就不让她去学学谁也看不上的书法或是古诗词呢？人摆脱不了环境的约束。他想，以为自己活得与众不同，活得轻松潇洒，可是如果想要在人堆里独树一帜，比别人活得更累。

他站起来，把那张请柬一撕两半，扔进厨房的垃圾篓里。

他觉得胯骨那儿针刺般地扎了一下，莫非是腰间的老伤真犯了吗？

十

辛建生当然认为自己是一个无神论者。只是在极偶然的瞬间，他怀疑过那次从马背上摔下来，会不会是一种报应。

他喜欢骑着马在春天的草原上疾驰。

风一天天变得温柔。春天的风使他想象着女人亲吻的滋味，身子就有燥热的感觉。太阳如一个成熟的果子，一日日透出紫红色的光亮，蜕去冬天的惨淡无力，渐渐丰满圆润。

阴沉沉的残雪无声无息地融化，闪烁着鳞片似的蓝色光泽，钻入毛茸茸的绿草地。从腐草和青草的根部，渗出一股股甜蜜而又清凉的潮气，撩得人心痒痒。清晨薄雾刚刚散去时，四周的山包裸露出杂色的砂岩，被一层羊绒般柔软的青草隐隐遮掩，草叶的顶尖上冻凝着眼泪般的露珠，马蹄飞过，溅起一片浅绿色的波浪。山脚下那条小河的水开始鼓胀，阳光在水面掀起一层金黄一层银红的波纹，蒸腾的湿气浓重而芬芳……

辛建生的枣红马像一团火从草原上掠过。

风在他耳边吼叫着，充满弹性的土地，在飞奔的马蹄下发出快乐的呻吟，犹如拨响一排韧性的琴弦。

突然，马蹄似乎被什么东西绊了一下，马的身子整个塌陷下去，甚至没等他反应过来，他已连人带马重重地滚落在地上，一股沙土的气息劈头盖脸地罩住了他。他感到腰部一阵刺骨的疼痛，久久地站不起来。马在不远处惊恐地望着他，不安地甩着尾巴，打着刺耳的响鼻，马背上大汗淋漓，一根根红色的鬃毛，如同滴着串串晶莹的血珠。

他清醒过来时，发现在他跌倒的地方，有一大片起伏不均的沙包，马蹄印清晰地显现在一个歪斜的沙坑里，沙坑连接着一个个土洞，洞口或深或浅，竟然覆盖了周围偌大的一片草场。

是耗子洞。枣红马因此一脚踩空，失蹄栽倒。

这片肥美的草场，竟然冒出这么一大片耗子洞？他觉得奇怪。仿佛草皮底下有一座老鼠城，开凿出纵横交错的地道网。草原被掏空了，承受不了马蹄的重量。

那天，他带着一肚子懊丧，一瘸一拐回到蒙古包。不等他的伤痛痊愈，同一个包的伙伴中，相继又有几个，在遛马的时候被耗子洞暗算。一位哥们儿有匹心爱的快马，竟被鼠洞折断了腿，落了个终身残疾。蒙古包里一片迷惑不解，说这好好的草原怎么就闹起鼠害来了。众人愤怒咒骂声讨仍不解气，相约结伴去草场弄个究竟，发誓要教训教训这些该死的老鼠。

春季草场一般都选在背风向阳的缓坡和平原上，青草早早发芽生长，肥肥嫩嫩一片新绿。早春时大批母羊产羔，全靠这片最早的新鲜牧草滋养乳汁。小羊羔断奶后，靠的也是这片嫩草，所以春季草场也叫接羔草场。一直要到雨季来临，牧民才把羊群赶到山里的夏季草场去。牧民有句话，叫作"夏活、秋肥、冬瘦、春死"。春死指的就是羊群熬过了长达七个月的漫漫严冬，耗尽了皮下和尾巴中的脂肪，只剩一身骨架，一旦春寒雪灾，跟不上新鲜的草食，牧民会眼睁睁看着羊群一批批死去。

春季草场是蒙古包四季游牧的长链中，顶顶重要的一环。

那天黄昏时分，辛建生在漫天深紫和玫瑰红的晚霞中，走过蒙古包近处碧绿的草地，在云雀啾啾的鸣叫声中，走向春季草场的深处。眼前的情形令他瞠目结舌，如果他在许多天以前就仔细观察，他早就该发现，昔日一片天鹅绒般油亮的草地，如今三步五步一个沙包。老鼠在打洞时，把浅浅的土层下的沙子全都掏了出来，像老鼠屎一般拉得满地都是。它们还咬断草根，吮吸草汁，噬食草叶，往日齐靴高的墨绿色牧草，已一丛丛变得萎黄干瘪，那一片草场简直就像个瘌痢头。

一个叫乌力吉的牧民远远地牵着马冲他走来。走近了，他看见乌力吉满面泪痕，嘶哑着嗓音用汉语吼着：

"老鹰没有了，草场也没有了！"

"老鹰没有了，老鼠大大的有！"

乌力吉的吼声在暮色沉落的草原上，狼嗥一般令人毛骨悚然。

宝力格的草原鼠，果然以惊人的速度大量繁殖，几乎在很短的时间里，便占领了整片整片的草场，成为新牧场的统治者，就连蒙古包也开始受到老鼠的袭击。有一天，辛建生起床的时候，竟然在自己的棉靴里，发现了一窝粉红色正在蠕动的小老鼠！

往年干爽的秋风，裹挟着沙子呼啸而来，打在蒙古包的毡墙上，沙沙作响。初冬的第一场雪像是枯黄的落叶翻卷。风清日朗的草原不知从什么时候起，变得混混沌沌，草原沙化像一场可怕的瘟疫，悄悄蔓延开去，一口一口地吞噬着往昔翡翠般的绿草地。

第二年春天，接羔草场的草长得稀稀拉拉，羊羔由于母羊奶水不足而大批死亡。家家户户门口堆起了小山似的羔皮，收购站又因羔皮毛疏板薄质量太差而拒绝收购。宝力格牧场上空开始被一种恐怖的气氛笼罩。更糟糕的是，秋初向上交头售羊毛的时候，宝力格牧场维持了许多年的优质羊毛，一下子降了两个等级。那羊毛里混杂了风沙带来的沙子和草棍，以往云朵般柔软洁白的羊毛，变得如同一堆粗糙干硬的破棉絮。有几个牧业队的牧民，已和知青动了刀子。

当辛建生和他的伙伴们终于明白自己闯下大祸的时候，一切似乎都已经太晚——他们一天天站在蒙古包外凛冽的寒风中，翘首仰望空旷的蓝天，期待着能发现一只老鹰的踪影。然而，黑色的乌鸦飞过去了，灰色的大雁飞回来了，老鹰却再也没有出现。

无敌的老鹰原来只有一个敌人，那就是人。

人消灭了羊群的敌人的敌人，结果却亲手伤害了自己的羊群。莫非那是阴魂不散的老鹰最终的报复吗？

辛建生站在沙尘滚滚的原野上，陷入了对自己的疑问。他想起那个"螳螂捕蝉，黄雀在后"的典故。那么黄雀之后还有什么？螳螂不知，黄雀也不知。万物皆有克星，正如人在捕杀老鹰的时候，人的视线无法超越近前的诱惑，而没有老鹰之后的黄沙和草荒，将会危及人自身的生存……

风吹草低，他看见脚下的原野一片迷茫。

牧民从呼伦贝尔运来一车车桦木，在草原上竖起一根根木桩，召唤着喜欢居高临下瞭望草地的草原雄鹰，希望它们能被这些木桩吸引，回来时有落脚、歇息而且便于观察、捕捉老鼠的地方。

但老鹰始终没再回来。宝力格牧场上空的老鹰，它们的爪子早已被泡在酒瓶里；雏鹰在蛋壳里就已化作人们贪婪的血液。孤独的老鹰，终于很不孤独地一起消失了。

当辛建生和他的伙伴离开宝力格的那年春天，牧场的三条小河都已干涸，水泡子也已被风沙淤死。祖祖辈辈生活在那片草原上的牧民，扔下已经用了上百年的甜水井，赶着一群群瘦骨嶙峋的牲畜，迁徙到很远的深山里去了。

如此推断，辛建生根本不明白吴吞说的所谓宝力格牧场，如今到底在什么地方。

十一

"不，我不能去，单位走不开。"

他用手捂着话筒，一边低声说，一边回头望着办公室的同事。

话筒那一端传来的声音却有一种不可抗拒的尊严，辛建生只听见对方说，一切准备工作都已经做好了，近日内就要出发。

"再说吧，回头再说。"他小声恳求。他实在不愿意让单位的人知道这件事。"明天我再给你打电话吧。"他说，他本想说算了吧，吴吞你别再缠着我了，我不会去的。可他没说。他不明白自己为什么不干脆拒绝，他的声音听起来有点发虚。

快下班了，没有什么人注意到他。办公室里的人今天都没情绪。不知怎么回事，那个方案听说又不行了。

好像是起风了。有人叨咕，怕是又要刮黄沙了，早点溜号吧。

"都快立夏了，怎么还有扬沙天？也真邪门了。"有人说着开始收拾东西，"快走快走！刮了风没法骑车了。"

从办公室肮脏的窗玻璃望出去，天空果然昏暗下来，一片破抹布似的彩旗在风中抖动，朦朦胧胧地看不清颜色。西斜的太阳如一块长了毛的蛋糕，被随意抛掷在高楼的尽头。靠近楼窗的那棵杨树，昨日还鲜艳明亮的片片绿叶，顷刻间蒙上了一层厚厚的灰沙，叶子便如黄色的谷穗沉沉地耷拉下来。

辛建生最后一个走出厂门时，那一个多月前曾侵袭过这座城市的黄风怪，又肆无忌惮地卷土重来。呛鼻的尘土味儿弥漫着整条街道，浑黄的尘雾中行人如皮影戏蠢蠢攒动。辛建生只觉得眼前一片迷迷沌沌，抬头望不见天，低头找不到地。头脑昏涨，连呼吸都窒息了。

大地也会埋葬天空。他想，如果在厂里继续干下去，就会像是在这种天气里走路，看不到什么前途。

那么难道吴吞的事就有意义吗？你根本搞不清他打算做什么。如果说当年他们打老鹰是出于无知，出于物质的极度匮乏下为改变自己命运不得已的掠夺，那么今天呢？今天却有了一个精心策划的冠冕堂皇的名义。按照目光远大的吴吞的理论，你若甘愿放弃自己所属的资源，便是绝对的观念陈旧或是神经错乱了。

人真是一种健忘而又阴险狡猾的东西。

辛建生往地上狠狠吐了一口含沙的唾沫。他的嘴里又有了那天苦涩而碜牙的感觉。他甚至想，吐出的那些沙子，会不会是从宝力格牧场沙化的草原上刮来的？他抹了一把脸上的尘土，决定不再继续骑车。他把自行车存在附近地铁的出口处，随着人流匆匆钻入了地铁站。

坐环城地铁到崇文门那一站上去，再换公共汽车就可以到家。但他平日很少坐地铁，以致连地铁票已经涨价他都忘记了，挨了售票员的白眼。

地铁车厢拥挤不堪，似乎人们都像他一样，是为了逃避风沙或许什么别的事情，而躲入这个封闭的地下世界。车厢里的空气浑浊又闷热，他的身体随着车厢不断晃荡，觉得比地面上更加昏沉……

可是吴吞却干得很来劲。不像他总是这样疑虑重重。吴吞比谁都明白，他在这世上要的是什么。车少人多，车厢总有挤满的时候，你不拼命挤上去别人就会把你挤掉。你两手空空被扔在站台上回不了家的时候，你以为自己很潇洒，而别人却真正潇洒地坐在沙发上看电视，而你最后还得设法挤上车回家。你不把别人变成多余的人，自己就会成为多余。这块土地上的人实在太多太多，多得就像戈壁滩上的沙子。人挤碰着人，活活卷起一场场沙暴。

车到一站，有人下车，辛建生幸运地得到一个座位。他坐下去面对站台时，才发现自己坐反了方向。

本来他可以立即下车走到站台对面去换一辆逆行的车，但他却不想放弃这个座位。反正是环城地铁，顶多是绕一大圈儿，坐下去总会到站。这种天气，他宁可在地底下无休止地兜圈子。

有人从车厢里穿过来，低声叫卖着当天的晚报。他注意到卖晚报的老头儿穿着一件肥大的长风衣，如有人递过零钱，他便从风衣的内襟里抽出一张报纸来。很偶然的一瞥，他看见那件风衣的夹里上，缝着几只大口袋，一沓沓报纸便插在其中。一看便知这种流动零售是没有执照许可的，一旦有什么身份不明的人出现，老头儿把风衣一扣，便若无其事地走人。

如今，人们琢磨的就是怎么把别人兜里的钱，合理合法地掏到自己的兜里来。

辛建生想起在那个雾气隐隐的歌舞厅里吴吞说的话。

可他没有说，为什么我们都尽心尽力工作，但我们依然贫穷。

车厢如笼子闷得难受，辛建生解开领扣，却还是觉得透不过气。

到了他老年的时候，是不是也会沦落到在地铁里偷偷卖报以补贴家用的地步呢？他心里有丝丝战栗，如地震的余波从远处传来。

那么，究竟是现在的人生重要，还是虚无的未来重要呢？他问自己。如果没有了现在，将来又有什么意思？凭什么宝力格牧场的那一场浩劫，要由他来愧疚呢？人人都参与了抢劫了，他却被排除在分配之外。他干吗要维护一个自己根本得不到的东西，到头来却被人当作傻帽儿嘲弄？"破坏"的责任就该让知青来承担吗？贫穷到底是谁的过错？因你改变不了贫穷，人们只好自己来设法改变。牧民依赖羊群生存，人和羊互相占有。到底是人制约了羊还是羊制约了人呢？也许草原统统变成一片沙漠，牧民就会从落后野蛮的游牧生活，越过华夏古国的农业文明而直接进入工业文明了；也许落后国家就得用破坏作为投资才能进步；也许只有疯狂才能拯救疯狂……再往下想，他越想越糊涂。

这些事，干吗要他这样一个小小老百姓来劳神费心？

辛建生终于切实感到了自己的可笑，心烦意乱地闭上了眼睛。

他蓦然明白自己需要借口，人都需要借口。他之所以甘于被吴吞的借口纠缠，也许就因为他还期待着有更好的理由来说服自己。

他恍恍惚惚走出了地铁站，出口处一阵强烈的穿堂风吹得他几乎站立不稳。他原以为地层的深处能给他片刻的宁静，以为他能躲过这黄风怪。但沙尘已顽强地钻进了他的神经，磨砺着他的血管，暴虐着他的躯体，他终是无法逃脱，无处藏身。

如果没有那次扬沙天的聚会就好了。他想。那样，就不会有吴吞，不会有请柬，后来的这些麻烦也都不会有了。但如果他没有参加那次婚礼，也许他永远不会发现自己已是这般无足轻重地被排斥在社会需求之外；也许他就错过了一生中一次千载难逢的机会——如今只有对于吴吞，他才是举足轻重的，除了吴吞，再没有别人真的需要他。

扪心自问，像他这样一个小职员，自身还有什么潜在的资源可待挖掘呢？年轻的女人有"性"资源；大款有"票"资源；达官显贵有"权"资源。而他却一无所有。里外搜寻个遍，才发现唯有一手射击的好枪法和草原猎鹰的经验，可算作"技术资源"。而这资源如果不经吴吞开发，便如同深山的矿石不见天日。他辛建生即使再愚钝固执，也不会悟不透这个新潮的"真理"。

一切智慧和德行必须转换成金钱才有实际价值。

人已无善恶之分，而只有成功和失败的区别。

——他，能抗拒到底吗？

昏黄的路灯下，蜷缩着一个人，怀里抱着什么东西。大风中竟有许多人围着观看。他听见有人说，二十块钱一只不贵呀，果子狸在北方可是稀罕物，尝个新鲜呗！他果然看见一只毛茸茸的小动物在蠕动，那一刻忽然有一种悲天悯人的怜爱油然而生，他真想掏出钱把那玩意儿买下来，然后让女儿到郊外去把它放了。

他的手停留在口袋里，他的衣兜里没有那么多钱。这么说来，保护动物也得先有钱才行。他站了一会儿，悄悄走开。他想即使他把它买下放生，难道就不会有人再把它捉住然后吃掉吗？！心里有一种无可名状的悲哀浮上来。

当他一身沙尘走进自己家门时，妻已摆好了晚饭。他洗漱之后，疲惫不堪地坐下来。餐桌上竟然有他爱吃但已很久不曾见到的红烧肘子。气氛与往日似乎有些不同，妻用筷子爽快地划开肘子，不断给他夹肉，脸上有慷慨的笑容。

后来妻就吞吞吐吐对他说："我们单位有个同事她爹，得了风湿病，跑遍了全国的大医院，花掉了上万块钱，也没有治好。前几日，有人给她个偏方，就是用蒙藏高寒地区的老鹰爪子泡酒，泡上九九八十一天，再喝上七七四十九天，有效率百分之九十九点九。你看这药神不神？可她上哪儿去弄这老鹰爪子呀，想来想去，想起我说过你以前在草原插队的事，就求我让你去给弄几对鹰爪来。记得你以前说过，你好像会打枪来着不是？看那人，怪可怜的……"

"别说了。"他打断她，"我明白了。"他突然长长松了口气。

治病救人和保护老鹰哪个更重要呢？保护动物是为了动物还是为了人？为了眼前的人命，也许就只好先挪用一下动物的利益了。毕竟人保护地球，只不过是保护自己的另一种方式。

他冲着妻笑了一下。在妻不善撒谎的眼睛里，他看到另一个煞费苦心的策划者。但他还是很感谢妻的聪明，妻是真正懂得他脾性的人。妻从不逼他去做什么，只是给了他一个充分的理由，使他在做出最后决定时，能够心理平衡。

女儿忽然问了一句："今晚有《动物世界》，爸你看吗？"

他擦擦嘴，匆匆回答说："你先看吧，爸爸要出去打公用电话。"

临出门的时候，他看见那张撕成两半的请柬，已被重新粘好，很庄严地立在柜子里。

一辆白色的北京吉普，悄没声儿地停在辛建生的楼下。

辛建生把背包扔进后座。车子前排的副驾驶座上，坐着吴吞。

他关上车门坐定，朝吴吞正色道：

"我可把话说在前头，这次去，弄点儿就回来。可不能像以前那样，实行三光政策啊。"

"你尽管放心，要是一次都打光了，下次再去就没有了嘛。"吴吞很痛快地回答。

辛建生张了张嘴，咽下一口唾沫，终于没再说什么。

车子发动了，天上没有一丝风，沙暴已平息。车窗外妻子和女儿的面孔，很快被车轮扬起的阵阵灰沙遮没了。

1992 年

写于北京花园村 ①

---

① 发表于《小说界》1993 年第 2 期，《中篇小说选刊》1993 年第 4 期选载。

残忍

　　牛锛死后二十年，当他的忌日将近的时候，在当年的知青中，唯有马嵊一人想起了这个日子。他记起这个日子也许有点偶然。那天他接到一封加急电报，告诉他北方的某个边境小城来了一批土耳其皮货，物美价廉。电报上要求他在某一天前必须赶到，购买皮货用支票和现金都行。他盯着电报，觉得那个日子很怪又有点眼熟，好像同他有什么关系似的。

　　后来他忽然想了起来，那天就是牛锛的忌日。

　　回城最初的那几年，牛锛每一年的忌日，他都会摆上酒壶和两双筷子，点上香烛，对着北方的天空，为牛锛祭洒一番。后来，就有些顾不上了。他想牛锛不会见怪。

　　他一直是想着要到那儿去一趟的。自从离开那儿以后，他还从没有回去过。

既然现在恰好有了一个顺路的机会；既然在同牛锛之死有关的人中，只剩他一个人回到了这座城里；何况又是二十周年祭；他理应亲自到葬着牛锛的那个地方，去看望他当年的哥们儿。

那地方很远。往北再往北，若是过了江，就是俄罗斯了。那时叫苏联。

马嵘做买卖，算是个小老板，钱不算太多也不算太少。单身男人出门很方便，买上火车票就走人。

牛锛临死前对连队有个请求，说用不着把他送回城里去了，就把他埋在那片草甸子里，坑挖得深些，平上土，不起坟，也不立碑。等来年青草长起来的时候，就跟世上从来没有过这么个人一样。

然后他又补了一句：你知道成吉思汗吗？至今后人谁也无法找到这位蒙古帝王的陵墓，因为他躺在一棵对剖开的大树干中，树干镂空，合上后用三圈金箍箍紧，最后深埋于地下，再让马群把土地踏平，那儿像是什么都没发生过。

牛锛在死前，对马嵘单独说的最后一句话是：日后你替我娶了她吧，拜托了！

牛锛说出那句话时，刚满十九岁。如今牛锛死了已有二十年了，马嵘却始终没能娶她。

这不能怪马嵘不守信用、不忠人之托，或是没本事把她搞到手，或是压根儿没看上她，等等。对于像杨泱那样的姑娘，当年连队几乎所有的男生，假如政策允许，都愿意为她决斗一次的。

问题出在杨泱本人。自从那件事情终于突然被牛锛揭秘以后，杨泱便不告而别，从此销声匿迹。严格地说，杨泱是在傅正连失踪两个月后重又"露面"的那天夜里失踪的。女生们回忆说，杨泱半夜起来上厕所，好像就再没有回来过。

隆冬一月，茅楼冻得梆硬，一锤一个白点。杨泱不可能消失在粪池里。

那床印着粉红色牵牛花的被子，还软软地摊在她的铺位上。昏暗的灯光下，粉红与鹅黄相间的被面闪闪烁烁，搅和成一团迷雾。马嵘偷偷伸出手去摸了一把，被窝里已冷冰冰地没了热气。炕前木箱上的那只搪瓷口杯里，还留着半杯白开水。马嵘认识杨泱的杯子，那上头有"广阔天地"四个红字，一次让牛锛碰掉在地上，磕破了一块皮，那四个字中间就少了一个，变成了"广阔地"，没有天了。

马嵘呆望着那只杯子，忽而浑身毛骨悚然。他不知道这个失去的"天"字，同那件事情到底有没有某种不可告人的联系。抑或是命运的某种暗示？怎么偏偏就没有了"天"呢？为什么不是没有"地"呢？假如没有"地"就好了，没有"地"，土地的地，草地的地，地方的地，如果没有那片"地"的话，也许什么事情都不会发生了。起码傅正连不会死，牛锛也不会死，杨泱当然也不会失踪了。

那是马嵘当年的想法。过了几年以后，马嵘才渐渐明白：有时候，一种人活着，那么另一种人便不得不去死。他们无法相容于同一片天空底下，就像牛锛和傅正连。人说天有九重，那是神话。人间的天空却太低太薄也太狭窄，狭窄到窒息时，人便只能沉入地下，入土为安了。

那一天，杨泱木箱上的小圆镜和蓝色塑料梳子，还有墙角上一双破旧的棉胶鞋，都依然原封不动地待在那里。她离开时几乎什么都没带走，就好像她随时都会回来。或者，像一个幽灵，伴着呼啸的朔风，将夜夜叩击连队宿舍的窗户。那些东西在三年后才被人收起来，送回她江南的父母家中。此后整整二十年，杨泱从所有人的视线中彻底消失了，消失得无影无踪。谁都不知道杨泱究竟是死了还是活着。她的亲戚始终坚持她在广阔天地以身殉职的说法，要求有关方面赔偿的官司打得旷日持久，却因无人能够证明她的死亡，所以至今无法了结。但杨泱似乎不想表明自己仍然活着，在不断升温的各种知青聚会、知青名录、知青联谊活动以及老三届的同学会上，杨泱从未露过哪怕一根眼睫毛。

同当年的傅正连相比，杨泱才是一个真正的失踪者。二十年中，马嵘为了寻找杨泱，几乎走遍大江南北。马嵘没有放过任何一种可能的线索，以便使杨泱重返人间，但皆以失败而告终。杨泱固执的失踪，意味着马嵘将继续他单身汉的生活。他不可能违反他和牛锛之间的生死誓盟。他至今仍活在人世，是牛锛用命换来的，而那条命只不过要求他娶了杨泱，代替哥们儿牛锛，一辈子不再让任何一个别人去爱杨泱而已。

那是马嵘和牛锛之间一个绝密的阴谋。在那么多年寻找杨泱的过程中，马嵘始终无法消除自己心中的罪恶感。但他不结婚并不说明他守身如玉或洁身自好。光棍马嵘也许比那些有家室的男人，过得更加滋润更加潇洒。马嵘自从有了钱以后，身边一直不缺女人。他照例寻找着失踪的杨泱，但那一点也不妨碍他泡妞或被妞泡。在他看来那完全是两回事。

不过马嵊知道世上的任何事情都是需要付出代价的，一次永远的失踪，便是另一次暂时失踪的代价。从一开始，从傅正连失踪的一开始，一切就已经被注定。只是马嵊计算出那代价的价格，花费了差不多二十年时间。火车开动的那个时刻，马嵊想的是，他付出的那些代价，早晚总得有个"了"了的时候吧。

指导员开始怀疑连长已失踪，是在连长去团部开会的三个星期以后。

连长去参加的那个会议并不长，按说应该在一星期后回来。

但一星期又过了一星期，连长还是没有露面，就连电话都没打来过一个。以往连长外出，走到任何地方，都会从电话那头频频发来各种指示。但这次确实有点反常，连长自从走上通往公路的那条小道后，好像就从连队突然消失了。蛛丝马迹原本都在，只是大家都放松了警惕。指导员后来痛心地回忆说。

连长外出"开会"的那三个星期中，十三连地界上方的天空格外晴朗，白云格外温柔，小河格外缠绵，庄稼格外招摇；牛镨和马嵊留意观察过，全连的人，就连指导员本人，眉头都缓缓地舒展开来。人们大口大口地呼吸着深秋爽朗的空气，大声谈笑，再不必左顾右盼，随时提防着连长从背后忽然出现。

起初的两个星期里，十三连的战士们几乎忘记了地球上还有连长那么个人。没有连长的日子过得很快很轻松。直到有一天，作为兼职文书的杨泱，在清晨被隔壁屋子杀猪一般的电话铃声吵醒，梦中那铃声让人心惊肉跳。

电话是从团部打来的，询问傅永杰同志是否已经回到了连队，为什么到现在还迟迟不向团部汇报上次会议的布置落实情况。话筒里遥远而嘶哑的嗓音十分严肃地质问说，以往十三连对上级的指示总是一丝不苟，如今傅永杰的十三连，还想不想当典型了？

杨泱拿着话筒愣了一刻，她好一会儿才反应过来，傅永杰其实就是傅正连本人，傅正连就是傅永杰。她很想对着话筒告诉对方，在十三连没人管连长叫傅永杰，而是叫傅正连。原因很简单，连长姓傅，一开始大家就叫傅连长，傅连长听起来就是副连长，于是傅连长整日一脸乌云。于是有明白人及时改口叫正傅连长，正傅连长叫得太绕口，一含糊就变成"征服连长"，连长的眉头暴风雨即将来临。全连战士总结经验教训，经过反复练习，最后演化成傅正连三个字，不仅朗朗上口，而且含义准确，能够全面体现出连长的姓以及职务。"傅正连"这一名字诞生后，就连傅永杰本人也十分满意。后来傅正连全方位笼罩了十三连全体。

不过杨泱很快打消了那个念头。她嗯嗯答应着，慌慌张张放下了话筒。

她对指导员说，团里来电话，说连长早就该回了。

指导员说，那他去哪儿了呢？怪了怪了。

杨泱又说，让汇报呢，十天前，团里的会就开完了。

……要是路上耽搁了呢？顺的话，得走两天，要是不顺呢？搭不上车什么的，还有公路，公路坏了？……指导员扳着手指头算了算，浓黑的胡茬里积满迟疑。迟疑在腮上徘徊了多时，忽而微妙地收敛了，闷着头走开去。

指导员不说，杨泱心里也猜到几分。指导员不说，是因为指导员不能说。不能说自然是因为傅正连的暂时失踪，多半具有某种不便声张的性质。人说兔子不吃窝边草，既然傅正连在自己连队都下得了手，出差在外，怎么就不会趁机打点野食充饥。指导员深知连长的这一嗜好，也许由于同病相怜，也许是家丑不可外扬，宽容的指导员适时收敛起他的迟疑，准备给傅正连创造继续失踪下去的机会。

这些情况都是杨泱后来悄悄告诉马嵘的。 马嵘又转述给牛锛。记得牛锛当时问了一句："那杨泱呢？你看她急还是不急？"

马嵘回答：她急什么？！她说傅正连要是永远不回来了，那才好呢！

停一停，马嵘又补充：杨泱还说，傅正连的胳膊上，是带着她扎的伤口走的，说不定是流血过多，死在半路上了。就怕他不死，又去祸害别的姑娘，还不如当初把他一刀扎死算了……

马嵘记得当时牛锛的眼圈忽的一下子就红了。

第三个星期过去之后，指导员终于沉不住气了。

据说他让杨泱起草了一份电报，拍往傅永杰的安徽老家。指导员亲自骑着自行车，到十几里地外的营部，拍出了那份电报。又过了一个星期，安徽那个什么县的回电来了，营部的邮递员送报来时，邮件摊了连部一炕，有人无意就把那份电报拆了，电文说，傅永杰根本就没有回老家探亲，家中也无人生病，等等。

那份电报在连里引起了一阵不小的骚动。等指导员赶来时，全连已一片议论纷纷。谁都没有说出那两个字，但谁的嘴唇上都写着那两个字——十三连连长傅永杰同志失踪了。真的失踪了。

傅正连失踪了。一个大活人，一个曾经趾高气扬、说一不二的大连长，忽然活活地，就不见了人影。没人知道他去了哪里。

指导员无法继续隐瞒傅正连的失踪。在十三连，那已是一个公开的秘密。指导员让杨泱往团部打了一份关于失踪的报告。于是，在傅正连失踪后的第五个星期，团部工作组正式进驻十三连。

马嵘在后来许多年里，反复回忆的是：从傅正连离开连队，到此人被发现失踪的整整一个多月期间，牛锛和自己始终表现正常。能吃能喝能拉能睡能干活儿能发言能批判能写信还能下棋打扑克。他和牛锛一次也没去过那个地方。几场阴冷的秋雨下过，地头冒出一层最后的青草，像是光头上长出稀稀落落的头发，若是扒拉扒拉，草丛里还能找出几个褐色的蘑菇也说不定。

傅正连的失踪，是70年代初轰动26团，以至后来波及整个农垦兵团的一件大事。

方圆几百里黑土地，除了彼此间相隔几十里路的小小连队，荒无人迹。

在连队营房的五里地外，有一条坑坑洼洼的公路经过，通往更偏僻的连队。那条布满沟壑的公路，将与世隔绝的连队和附近的村落勉强连接起来。雨季来临时，公路隔上一段，便被一根长长的圆木卡子挡上，那是禁止通行的标志。那个季节，连队就像黑色海洋里的一座孤岛。

工作组夜以继日开展调查，初步认定是因为一团沼泽地的烂泥。陷进去就没了顶，咕嘟咕嘟冒几个泡儿，连撮头发都看不见。

　　十三连的知青们主动热心地提供线索说，傅正连每顿必喝老白干儿，临走的那天中午，还让食堂做了小灶。傅正连是酒足饭饱后独自一人离开连队的。有人看见他走上了通往公路的小道，兴许是他喝糊涂了，误入草甸子，踩了一个空，陷进沼泽里了呗。再说，甸子里有狼，白脸瘸腿的那种，记人仇。去年傅正连想弄张狼皮褥子，带人下过狼夹子，夹住过一只小狼，那老狼拖着夹板跑了，后来每到半夜常在连部四周嗥叫，也许就是那只老狼等在路边，撕回去一张人皮褥子，报了它的私仇。还有，怎么就不能怀疑傅正连是跑到江那边儿，或是蒙古国去了呢？哪儿不能去？老毛子馋酒烟，他们缺的傅正连都不缺，正好拿去换媳妇也难说。傅正连亲口说过：老毛子娘们儿，乳房圆圆，屁股大大，像个大列巴（面包），可暄乎了，要能摸上一摸，别提有多得劲儿！

　　一派胡言！工作组的首长那几天失望得很愤怒。失望是由于这些所谓的线索毫无参考价值，愤怒是由于十三连是建团以来，全团连续两年的先进典型——这些证词无论对傅永杰本人还是对团部都十分不利。

　　还有一种猜测认为，傅正连是在搭车去团部的路上，遇到了不测事件。比如他携带了某种贵重物品，遭到了盲流抢劫。此类事件在这一带虽然闻所未闻，也不能绝对排除在外。于是工作组兵分两路，一路去负责查询那段时间里，途经十三连连部外公路上来往的车辆，另一路检查了傅永杰宿舍里的全部物品。

杨泱在工作组进驻的最初两周内，曾作为连队文书，协助工作组调查。她后来告诉过马嵘，傅正连留下的东西藏得十分隐蔽。有好几块崭新的手表和野兔皮、獭子皮，还有成条的烟和关内才能买到的酒。她说工作组长命令将这些物品查封起来，任何人不得翻看。后来又再三重申了工作组的纪律，要求每个人都要对傅正连未曾失踪的财物守口如瓶。

两周后，杨泱突然接到通知，让她去马圈小号接受隔离审查。

指导员脸色阴沉地告诉她这个消息时，鼻孔里一直呼哧呼哧地喘着粗气，似乎有什么东西憋得他透不过气来。杨泱对指导员宽宏大量地笑了笑。她觉得这原本就在自己的预料之中，他们早晚会把她列为怀疑对象的。

就在那天晚上的全连大会上，工作组长宣布说：对公路车辆调查的结果证明，傅永杰同志根本就没有搭上任何一辆车，没有一辆过往车辆载过他；也就是说，傅永杰根本就没有离开十三连，他是在十三连连区内失踪的。所以从现在开始，将对十三连所有涉嫌人员进行排队审查。

杨泱满不在乎地走进马圈隔壁的小黑屋时，忽然想起来，去年冬天，马嵘曾在这里被傅正连关过三天禁闭。只是因为马嵘对人说了傅正连克扣知青伙食费一类的话，于是马嵘被几个干临时工的盲流绑在马圈的柱子上，挨了几十马鞭子，又冻了整整一夜。后来还是杨泱替他写了检讨书，送去交给傅正连的。

杨泱蹲了小号的那天夜里，隔壁的马群不断打着响鼻，马蹄焦躁地落地，重又提起，在干硬的地上敲打出嘚嘚的声音。杨泱觉得自己的思维已快被深夜的寒冷冻僵，于是抱紧自己，试图从那些马蹄声中，听出一种神秘的启示。朦胧中，黑暗的马棚屋顶似有一道微弱的月光划过——假如连长真的是从十三连的地面上消失的，杨泱忽然明白，他的消失绝不会是一次偶然。

天亮的时候，她听见马圈的门被打开了，一阵杂乱的脚步声往隔壁的屋子踢踏过去了。从她身后的木板缝里，传来了马嵘粗声大气的喘息。

马嵘靠在墙根吸烟时，发现了自己同隔壁屋子中间的那个破洞。缕缕烟灰顺着墙沿，往一道缝隙袅袅飘去，他蹲下身，在破洞那头窥见了杨泱的一只眼睛。他喊了她一声，缝隙那边飘过来一丝杨泱嘴里哈出的热气，有点甜。

马嵘对着洞口说，嘿，我也来了，来给你做伴，别害怕。杨泱说，那不是我干的，你相信吗？马嵘说那当然，你干不了。杨泱又说，也不会是你干的。马嵘说，那可难说，如今全连的知青差不多都成了犯罪嫌疑人，人心惶惶、人人自危；工作组根本不听知青们提供的那些材料，一心护着傅正连，凡是被傅正连整过的人，都被认为有报复的动机。何况像我这样出身不好的人，就是阶级报复了。

在马嵘以后不断重复的记忆中，那是他和杨泱之间的最后一次谈话。他一直希望能记起这次谈话更多的内容，但他的回忆中却充斥了马圈里浓重的马粪味儿。他只记得杨泱反复说，尽管她用水果刀把傅正连的胳膊扎伤了，但那是他咎由自取，她并没有杀害傅正连。

最后她忽然用肯定的语气说：不过我知道是谁干的！

马嵬打了一个寒噤。

你知道？谁呢？谁？

我不会说的！永远不会！

死也不说吗？

死也不说！

那就永远不会有人知道是谁干的！马嵬松了口气。

马圈悄无声息。从破洞那边，传来窸窸窣窣的声音。他猜是杨泱手里在捻着一根干草茎。

似乎过了很久，杨泱轻声说：牛铧呢？他为什么没进来？

马嵬没有回答。

昨天晚上，我总是好像听见窗底下有脚步声，绕着马圈走……牛铧……

他和杨泱的那次谈话就终止在牛铧那两个字上。门开了，又有新的人被送进了这个临时小号，在后来的两天里，他和杨泱再也没有机会说过话。

牛铧？！……马嵬在长达二十年的时间里，始终回味着咀嚼着琢磨着杨泱最后留在他记忆中关于牛铧的那两个字。他无法肯定在牛铧那两个字后面，究竟是一个问号，还是一个惊叹号，或是一个句号。这个标点对于解释杨泱在牛铧死后的失踪至关重要。但语气飘散在空气中，时间一点点擦去了那个本来模糊的符号，他再也无法听清它们。

落了一场小雪，雁群一日日飞尽。

大雁陆续走完了以后，空旷落寞的荒原，显得越发寂寥苍茫。

拱形的天穹一览无余、平展的原野一目了然。蓝天白云之下，清晰地凸现出连队营房一栋栋红色的瓦顶，在雪地上赤身裸体、坦露胸怀。

营房前的空场上，还有一眼孤独的水井、一个牛圈、一个马厩、两大排红砖瓦房、三台熄火的东方红拖拉机、收割机和四挂卸了套的大车——这就是十三连的全部。

眼睁睁地看着太阳从东边出来、又从西边落下。月亮也是一样。你想不看也办不到，它们悬挂在你的视线里，无遮无挡。

在如此简单到接近纯粹的一个地球角落，能隐藏什么样的秘密呢？

谁敢相信，一个堂堂七尺男儿，会失踪于这样一个连麻雀都无处藏身的地方？

长长的一个月之内，十三连所有知青的来往信件，都被工作组暂时封锁并一一拆阅、检查；所有的探亲申请都被拒绝，得等那个失踪的连长有了下落，再做打算；知青们轮流着一个个被叫去连部谈话，白天谈了晚上再接着谈，前半夜谈了后半夜继续谈。如此几日轮番轰炸下来，十三连的人个个面色铁青、眼圈发黑，连吃饭都打着哈欠。与马嵘关在同一屋的老高中生说，这都同逼供讯差不多少了，还不如干脆用刑呢，大家都当一回李玉和风光风光。

审讯自然是毫无结果，知青们互相证明说，自己在任何时间任何地点的任何行为，都有据可查。傅正连即使真被人干掉了，也不能随便弄个人当替罪羊！大伙儿议论说，反正傅正连目前不在场，鬼才知道他究竟能不能回来。人不在场，还不敢说实话吗？一开始玩笑着说的那些线索，如傅正连行贿受贿拷打知青，如今反话正说，向毛主席保证，那些事都是傅正连失踪的原因，由此顺藤摸瓜，准保没错——如此再往下审，工作组骑虎难下了，闹不好真倒成了傅正连的控诉会了。

越发没有头绪。ABCD，甲乙丙丁，没头没脑，无凭无证。

只剩下那片沉默的土地，紧闭唇舌。而谁能撬开它的嘴，让它说话呢？

傅正连失踪得很彻底。光天化日之下，就那样变作了一缕风一丝烟一粒尘一滴水，消失得无声无息，杳无踪迹。

马嵘隔壁的小屋里，杨泱始终一言不发。她甚至拒绝提供那个夜晚傅正连同她之间发生的难堪之事的任何细节。

第二天晚上，马嵘屋子里的人，都清楚地听见了从破洞里传来的对杨泱的审讯——

你承认自己扎伤过傅连长是不是？

…………

目前，在十三连所有的知青中，你是傅连长失踪事件最直接、最重点的怀疑对象。无论你说还是不说，只不过是你的态度问题。我们早已掌握了大量的证据，证明你有谋害傅连长的强烈动机和愿望。今天再次向你交代政策：坦白从宽、抗拒从严！你的抵触情绪很大，这样是不会有好结果的！

…………

你如果承认，是你对傅连长下了毒手，组织上可以考虑你的阶级出身和一贯表现，对你从宽处理。再说，傅永杰同志欺负了你，他确实也是有错误嘛，你是一气之下误伤了他的嘛……

…………

你再这样对抗下去，我们只好把你尽快送往团部处理了！团部和师部的首长都不允许我们再拖下去了……

马嵘忽然听见了一记响动，像有什么东西从窗外跃过。

什么人？出去看看！

像是有个人影，一晃就不见了。回来的人丧气地汇报。

从那以后，对杨泱的审问就改在连部的办公室进行了。杨泱每次从连部回来，马嵘留意着那边的动静，总会听见杨泱长久低声的啜泣。马嵘曾不顾一切地对着那个破洞大声嚷嚷说：杨泱你可千万要挺住啊，不是你干的，你不能承认！

杨泱没有回答。有一阵儿，那个屋子静得没有一丝气息，杨泱像是死了一样。听送饭的人说，杨泱已经好几顿不动筷子了，是不是真要绝食呢？还听说，杨泱再不认罪，真有可能被押送到团部去。

马嵘在心里骂着：我操你个牛锛，这个时候你都干啥去了？还不快想个法子，把杨泱赶紧弄出去呀！

又过了几天，一位皮肤白净的年轻人，也是所谓的工作组组员，前来"释放"了马嵘。马嵘记得自己临走前是往那个破洞里看了一眼的，他想对杨泱说，等我出去了就来救你！但那儿黑乎乎的，他什么都没看见。马嵘昂首挺胸走出臭烘烘的马圈时，听到从连队宿舍那边传来一阵令人毛骨悚然的哭笑声。他问路边的人，说是二排曾与傅正连暧昧过的一个女知青，多日就这样哭哭笑笑疯疯癫癫语无伦次。马嵘回头对那人说：瞧，再这样下去，十三连的人全都会发疯的。

马嵘在那个重获自由的时刻，由于极度兴奋也由于极度疲倦，忽略了那个工作组成员对他的回答。当牛锛死了以后，他在彻夜的不眠中，想起那个年轻人有意无意的话，才如遭电击雷轰般地抱头捶胸，后悔莫及。

——不会发疯的，这事已快结束了。现在主要的怀疑对象是有了，可以肯定的是，傅永杰同志是因公殉职、受人迫害致死，工作组已经决定……要把他作为光荣牺牲报上去……

牺牲？谁牺牲了？

傅永杰啊，就算是牺牲吧！我们总得对上头有个交代啊……

扯！牺牲个述！马嵘嘟囔了一声，骂骂咧咧地甩手而去。

那天傍晚马嵘回到自己宿舍，看见牛锛叉着手站在门口，离老远他便闻见牛锛嘴里喷出的酒气。牛锛把一个酒瓶子往他怀里一塞，说：喝吧！

马嵘那一觉睡了很久。从傍晚一直到第二天中午，热炕和酒精使他酣睡不醒。醒来后他终于恍然大悟，在那次贪婪的大觉中，他已铸成大错，他居然没有防备牛锛酒瓶里的预谋。于是紧接着，就发生了那个最糟糕的结局。而当他发现时，他和牛锛创下的丰功伟业，已万劫不复地割裂成两半。

曾经属于他的那一半，在傅正连突然重新"露面"时，同步失踪。

马嵘在睡梦中，只觉得有一双手使劲地摇撼着他，直到把他摇醒。

有一个声音在他耳边说：日后你替我娶了她吧，拜托了！

他听出那是牛锛的声音，便猛地坐了起来。只见眼前一个人影带一阵风，往门外飞快刮过去了。

马嵘跳下地，拔脚就跟，却在门槛上绊了一下。

牛锛跑得像只兔子，一溜烟往食堂那儿去了。

马嵘抬头看天，明晃晃的日头当空，正是中午。

有人敲着食堂门口那一截专管开饭用的铁轨，当当的响声一记一记传得老远。

从地里收秋回来的人，正陆续往食堂拥。

工作组的一溜人，从连部办公室走出来，拿着铝制的饭盒。

牛锛像是没命地跑着，迎着那些人，迎着风。他跑过了所有的人，忽然一个急转身，在工作组的人面前，站下了。

马嵘听见牛锛呼呼地喘着粗气。

哎你们找到傅正连了没有呢？牛锛笑嘻嘻地问。

这是组织的事。

听说你们要把傅正连作为牺牲的烈士上报？

这不关你的事。

好，那么你们想不想知道，傅正连究竟在哪里呢？！

开玩笑！

不要逼人太甚了，实话对你们说，不用查了，那都是瞎耽误工夫。傅正连早在两个月以前，就让我给干掉了！

残忍

…………

不怕吓着你们，是真的，我把他埋了。

…………

作为谈判条件，你们想知道他埋在哪儿，得先把杨泱给我放了！

…………

我的耐心有限，你们放是不放？

四周一片死寂。悠悠的钟声被众人的呼吸沉沉压住，牛锛的额头冒出一层油黑油亮的汗珠。

那个声音说：去通知杨泱，从今天开始，回连队宿舍住吧。

牛锛弯腰系好了鞋带。当他看见杨泱的身影从马圈那边出现时，他一扭头说：

大伙儿去找几把铁锹，跟我来！

通往公路的小道，在途经路边的一丛灌木林时，很不经意地打了一个弯。走在前面的行人，在这一段拐弯处，背影被灌木的枝杈遮挡住，后头的人，在差不多两三分钟的时间里，看不见前面的人。

灌木林紧挨着一段废弃的水渠，水渠往东，便是一大片平展的草场，地势低洼，雨季浅浅积水，草却长得茂盛。当年开荒时，翻了个开头，终因秋涝拖拉机下陷而作罢。后来把这里改作家属队的放牧点，赶了些牛羊来吃草。有一年，发现羊得了一种胀肚的怪病，才发现这片草场里，竟长着不少不为人察觉的狼毒花。野生的毒草无法根除，放牧毒死了牲畜。从那以后，这片草地便撂了荒，百无一用，年年闲置。于是这块地方，除了远处的过路人，平日人迹罕至。

二十年以后，马嵘仍然无法解释，当年在这里发生的那件事情，究竟是由于先有了傅正连其人，他和牛铐才会发现那片草甸；还是因为先有了那片草甸子，他们才会想起来给傅正连那样一个结局呢？

牛铐大步走在头里，空着两手，一甩一甩的，像是骑着马在套马。

一左一右，紧跟着工作组长和指导员。

很多把铁锹在马嵘前面一闪一闪的，像古代的兵器，寒光凛冽。

马嵘微微眯起了眼。他浑身软绵绵一点力气都没有，像一叶芦苇漂浮。

他已经不可能阻止牛铐了。牛铐在说出那句话时，一切都已无可挽回。

牛铐消失在灌木丛后面。牛铐又出现了。牛铐越过了水渠。牛铐往草甸子里奔去。就是那片草地。斑驳的荒原连着天边的地平线，萎黄的草茎从薄雪中探出头来，一根根支棱着，像一块巨大的钉板。正午温煦的阳光下，草甸松软柔润，雪地一踩一个脚印，才走一会儿，鞋底就拖泥带水，灌了铅一般，死沉死沉。

除了草地还是草地，除了太阳还是太阳。

甚至，每一寸土地都极其相似，每一片草叶都一模一样。

没有标记，没有异常，没有任何痕迹。

没有人能够发现这个地方。没有人能够找到这个地方。

如果那天牛锛不说出来，傅正连就将永远地失踪下去，亘古难觅。

但牛锛却在最后的时刻，说出了那个地方。

牛锛终于在草地中央一棵孤零零的蒿子秆那儿停了下来。

就这儿，挖吧！他跺了跺脚下的草地说。

人们围过去，铁锹铿铿作响。几个女知青，抱成一团躲得远远的。

天空霎时就暗了，太阳模糊成铁青的冷光，雪和草的原野一片紫酱色。

马嵘下意识地支撑着手中的铁锹，一头深深地插进土里，两只手死死地握着锹把，下巴伏在锹把的横杠上。他的身子随着铁锹晃了几下，又站住了。

时间似乎停滞了。没有时间。当生命终止后，时间是什么？

黑的雪，白的泥土，血红的草茎，灰绿的天空。

牛锛一动不动地站立着，始终没有回头。牛锛在最后的时刻，就连看他马嵘一眼的意思都没有。

地球被掘出一个黑洞，洞穴渐渐扩大，像一个地狱的入口。

从黏湿僵硬浑噩斑杂的泥土中，首先跳将出来的，是一点刺眼的猩红。

——红色的帽徽……还有两块红色的领章。

马嵘睁大了眼睛，那个瞬间他甚至感觉到一种微妙的快意。他没有想到，当傅正连的尸体已变得丑陋不堪、模糊难辨时，这个足以证明傅正连身份的三点红色，竟然保持得如此鲜艳动人。

那具尚未腐烂的躯体被几把铁锹翻过身，然后拖上了地面，发黑的泥土沾在红色上。

女生们都把身子背过去了。有人跑开去，拼命地呕吐起来。

后来马嵊听见了牛锛的声音。那个声音像是从外星球传来的，忽忽悠悠、飘飘荡荡，那不是人类的声音，也许上帝才会那样说话。不，也许在很久很久以前，远古的地球人，曾经这样宣告他们自己的法则。牛锛说过，只有人才有权利制定自己的法律，他只不过是想重温一遍在这个地方失踪许久的原则而已。

牛锛说：我假如不说出来，就出不了我这口气！

牛锛又说：如果让傅正连这样不明不白地失踪，太便宜他了！

牛锛还说：我宁可当一名罪犯，也不能让傅正连变成牺牲的烈士！

枯草肃立，万籁无声。

……牛锛你，你、你也太、太狠了……你比那小日本……还乡团还……指导员结结巴巴地说不下去。

……是你一个人干的？工作组长直愣着眼问。

——那还用问？老子干这点活儿，还不是白玩儿！

马嵊浑身的血涌到了头顶。他的脖颈耸了耸，也许只差一点，他就要喊出来了——还有我，是我同他一起干的！但马嵊的舌头好像不听使唤，他咽了一口唾沫，两排牙齿紧紧咬住，如一道生锈的闸门。

牛锛从怀里掏出一张纸，扔在了指导员脚边。

牛锛最后的一句话是：看好了，这是傅正连画了押的自供状，我为什么要这么干，都在上头写着，甭再问我！

除了风啸，除了鸟鸣，原野上自古以来没有其他声音。而牛锛的声音，从此留在了荒原上，直到许多年后知青全都离开了这个地方。

牛锛说完那些，自己转身往通往团部的公路上走去。一个黑色的影子，渐渐融入血红色的天空。在马嵘永远的记忆中，牛锛最后的样子，就像是荒野上慢慢移动的一棵树。苍茫无垠的天地之间，一棵笔直而倔强的树。

马嵘回头时，看见杨泱苍白的面孔，了无人色。

她的嘴唇动了一下，她的声音只有她自己才能听见。她肯定是说了什么，似乎是两个字。马嵘当时无法听清。其实马嵘是猜到了那两个字的意思，只是他后来再也没有机会亲口问杨泱了。

二十年以后，初冬时节，马嵘在北去的列车上，昏昏沉沉地回想当年他和牛锛处置傅正连的情形。自从牛锛死后，他每想起那一次惊泣鬼神的壮举，在逐渐淡漠的负罪感中，更多的痛快淋漓之感油然而生。有时候，他像是在细细欣赏品味着某一部电影中的精彩场景。这部电影本来是由牛锛和他共同编导的，他和牛锛都扮演了主角。但牛锛最后不由分说地剪去了同马嵘有关的全部镜头，使马嵘天衣无缝地渺然失踪，而只留牛锛自己一人领衔主演、独占银幕。

马嵘和牛锛从小学到中学，一条胡同里混了十几年。再加上那几年史无前例的训练，无论是偷书还是打架，他们始终配合默契。马嵘一向都跟着牛锛，马嵘佩服牛锛。"破四旧"那年，学校操场跪着许多遣返回乡的地主分子，一个红卫兵用铜头皮带狠狠抽打那些跪着的人，而牛铮气呼呼上前，一脚就把那根皮带踢飞，皮带像一条会飞的蛇，在空中翻跟斗。

按照马嵘对牛铮生前那些逻辑的理解，马嵘若是肯将惩治傅正连的荣耀，全部让给牛铮一人，马嵘才能同牛铮一样够哥们儿，才能算得上真正的男人。

牛铮一开口，救下了马嵘和杨泱两个人。怎么说，都值。

况且，牛铮还需要观众。

需要一位能在以后的岁月里继续活下去，以便不断重新播映、回顾这部片子的忠实观众。

马嵘做到了这点。打了一点折扣的仅仅是：在日后马嵘自己偷偷复制的拷贝里，把那部电影里失踪的马嵘本人，恢复成了当初的原样。

不露声色的勘察早已完成，剩下的只是行动。

在他们即将成年的那些混乱年月，流血或不流血的战斗，都早已烂熟于心。模仿只是游戏，如果想要干点什么，就应该索性再伟大些！

那年夏天，当一个周密的计划，在十九岁的牛铮和马嵘心中日渐成熟之后，牛铮在收工回连队的半路上，向走在队伍最后面的傅正连提出，要在灌木林那边的草甸子里打一眼井。打了井，明年开春那地方就能开一块菜地，让大伙种一些油豆角、花生、红薯什么的，将那块闲置的土地变废为宝，用以补充知青食堂。他强调说，这个建议完全是为十三连这个先进典型。既然食堂总是缺菜缺肉，那就多种蔬菜、养鸡养猪，成为丰衣足食的样板连队。

傅正连哼了一声。一般来说，哼就是不置可否。

没有人得知这件事。傅正连后来也从未问起过。

"打井"是在绝对保密的情况下进行的。在那几天有月亮的晚上，挖坑的速度很快。除了表面的一层草根，底下的土质松软，人站在坑里，把着锹往上扬土就是，两个人轮着挖，才花了三个晚上就完工了。

那眼"井"有三米多深，四壁笔陡。等到出了水，底部一池稀泥。

又隔了些日子，看看动静。没人察觉，神不知鬼不觉。

再等了些日子。耐心再耐心，小不忍则乱大谋。

机会终于来临。杨泱无意中提起，傅正连就要去团部开会。秋收正忙，连里的"热特"拉庄稼走不开，傅正连得自己走到公路上去搭车。

那个中午，连队的人都在很远的一块地里割苞米。

牛锛赶车送饭到地头，马嵘突然肚子疼得满地打滚儿。赤脚医生给了药，马嵘却像是疼得快死过去了。指导员让牛车把马嵘送回连部去，除此之外恐怕也没有更好的办法。

那辆牛车颠颠簸簸地绕一个弯，消失在路边的灌木丛里。

等待令人焦虑，还有莫名的兴奋。幸亏带了烟。

傅正连终于出现了。背一只瘪瘪的草绿挎包，醉醺醺哼着小曲。

牛锛和马嵘从灌木丛后头走出来。

傅正连，向您汇报，那眼井已经打好了，您想不想去看看呢？

什么井？井？这里哪来的井？

就是明年开菜地用的那眼井啊，不是经过您批准的吗？说来也怪了，刚才我们路过这儿，看见一只狐狸，兜来兜去地绕圈子，我们去追，它一家伙猛跑，一窜就窜到那眼井里去了……

狐狸？

还是只银狐呢，没看过电影吗？银狐皮的大衣领……

傅正连两只迷迷糊糊的小眼睛忽地闪出狐狸般幽幽的绿色。走！看看去！你们带路！傅正连在落入事先为他设计的陷阱之前，显得十分豪迈。

他就那样毫无防备地接近了那眼干井。他是怀着对银狐的美好向往，轻而易举地走向死亡的。当他的一只脚踏上干井边沿的那个时刻，牛锛大叫一声：快看银狐，就在那儿——话音未落，牛锛伸出胳膊重重一推，傅正连没来得及哼出声，就栽入了井底。

假如这部电影就到此结尾，牛锛以为那将是非常平庸而拙劣的。牛锛和马嵘在构思脚本的当初，已设想了一个不同凡响的高潮。也许正是为了这场高潮戏，他们才精心策划了这口井。关于这口干井的场面，是全剧不可缺少的布景。当井中的审讯结束时，牛锛和马嵘才能完成自己的英雄壮举。

你就先在井底下待一会儿吧！马嵘十分礼貌地向傅正连打着招呼。

栽入井底的傅正连被浑凉的泥汤解了醉意，此时大梦初醒。他挣扎了几个来回，总算踩住了井底的泥水，然后把半截身子伏在井

残忍

壁上，用手抠着泥土，试图从井壁上爬出来。但泥水没膝，他动作笨重，鼓捣了一会儿，却是徒劳，再爬，已是气喘吁吁了。

你们……你们到底想干什么？

牛锛从棉袄内襟里掏出一支笔和一个小本。

从现在开始，你必须如实招供。你仗着自己有个什么叔伯，当了个什么三结合的狗官，以为没人敢管你，在十三连干了那么多坏事。一件件一桩桩，你都得给我们说个明白！

傅正连突然像只孤狼一般恶狠狠号叫起来。

好你们这两个兔崽子王八蛋，等老子回去再同你们算账！你们敢这样整治我，不要命了！你们知道这叫什么？这是反军、反革命！死罪没跑！你们要是现在让我上去，还赶趟儿，咱们两下拉倒谁不该谁！

马嵘摸了摸腰上的皮带。

你慌啥？等你都招了，一伸手就把你拽上来了！好办！

牛锛二话没说，扬起铁锹往井里填了一锹土。那挖井的土就堆在四周，现取现用，往下扒拉扒拉就成。

傅正连抬起头眼巴巴望了望周围，眼神萎靡下去，嘴里嘟囔说：

你们弄死我，你们也不得好死……

牛锛又往井里填了一锹土，吐一口唾沫，说：

这荒天野地，有谁会知道你躺在这儿呢？填上土，过不几天草就长起来了。长上草，这儿就跟原来一样，连鬼都找不着。你听说过成吉思汗的陵墓吗？几百年过去，直到今天也没挖出来，成了千古之谜！为啥？就是因为埋得深，再让马把土踏平了，连一丝儿痕迹都没有，上哪儿去找人？世上如同从来没这个人一样。俺俩要是真就这么轻松把你埋了，我看你的级别还不够这个待遇！

傅正连的脑袋耷拉下去。

牛锛和马嵘把铁锹搁在井沿上，坐在铁锹把上，各自点了一根烟。

一只田鼠从井台下溜过，仓皇逃去。

说吧，两年中，你一共收了知青多少块手表？

……五六块吧，记不清了，都是想上工农兵大学的……

还有些什么？

烟……酒啥的……

你克扣了知青多少伙食费？明确点说！

大概……大概七八百块……

都用来干什么了？

……招待团部下来的人……过年过节的，给团部的人送礼……

那次食堂失火，你非让事务长冲进火里去抢救豆油，房塌了，把事务长砸死了。他知道你好多事，你说，你这是不是杀人灭口？

这……哪能这么说呢？

牛锛用脚把土块往井里踢下去。

傅正连慌忙说：我是有这个心思，该死该死，后来不是追认他烈士了吗？

你还想要赖？少跟我们来这套！谁有罪？你有罪！你不说，我替你说，看你服是不服！马嵘也黑了脸。

——你私设公堂，吊打不服从你命令的知青，把那些不听话的人，派去干重活儿；让盲流临时工，替你打兔子采蘑菇干私活儿；什么会计出纳小卖店售货员，但凡你看上的女知青，都给安排好工作。谁有事求你，你就下黑手。不是一个两个知青的事，你祸害的人多了，我操你个奶奶的！

在马嵊的记忆中，那场大义凛然的审判持续了半个多小时。那天是牛锛和马嵊下乡以来最解气的一日。他们盘腿坐在松软的井沿上，居高临下蔑视着井中之物。阳光灼热而微风清凉，远远的云雀声此起彼落。十三连的人总是说天高皇帝远，但此刻，正义之神却与他们同在。

后来牛锛扬起脸看了一眼日头。

牛锛把写满字的那张纸从小本子上小心地撕下来，叠成四折，插在那支圆珠笔的别儿里，扔进了井中——写上你的名字！牛锛的声音不容反抗。

马嵊补了一句：不写你更别想活！

那张纸条与圆珠笔被重新扔上来。傅正连已整个身子瘫歪在井壁上。

马嵊似乎已做完了自己想做的事，他用一只眼看着牛锛。

牛锛又点燃了一根烟，急促地吸着。粗大的喉结一下下滚动，那烟全都吞进了肚子里。

最后牛锛往井里探了探头，艰难地咳了一声，哑着嗓问：

我问你最后一句：杨泱呢？你究竟把她怎么了？说实话！

傅正连气息奄奄地伸出一只胳膊，说：她把我扎伤了，男人，一激灵，那玩意儿就不好使了，还能干啥？……

马嵘后来想，也许恰恰是傅正连的最后一句话，刺痛并激怒了牛锛。牛锛的脸色突然由青发紫，整个脖颈都变得黑红黑红。他将手中未燃尽的烟猛地往井里一扔，抓起脚边一块干硬的土疙瘩，往傅正连脑袋上狠狠砸下去。傅正连哎哟了一声便瘫倒在泥水里。牛锛又抄起脚边的铁锹，把井沿上的泥土朝着井里劈头盖脸扬去。铁锹发了疯一般旋转、挥舞，实沉而厚重的黑土，如同推土机的铲斗，往井中狂泻一气。他一边拼命掀着铁锹，一边声嘶力竭地喊道：

傅正连你听好了，你民愤太大，罪不可赦，老子今天代表十三连全体知青，宣布你死刑立即执行！谁也帮不了你救不了你！别以为这世上没有制裁你的王法，老子是替天行道为民除害，我哪怕明天就死，也不能让你这样的人再在世上多活一天！

马嵘觉得自己手脚冰凉。他想牛锛一定是疯了。

你还愣着干什么？！踩啊，给我踩！踩实沉了，狠狠踩！那兔崽子今天是死定了，他甭想再活过来！我让他死他就得死，我不活也得让他死！我让他死得不明不白活不见人死不见尸，才出了我这口恶气！

井边的泥土，终于是一粒都不剩地填回到当初挖出来的地方去了。

开始还听到傅正连几声微弱的呻吟，到后来，终于一丁点动静也没有了。

那口干井原来所在的地皮上，留下了一个黑圈。在偌大的绿色草场上，像一块不见血的伤疤。

牛锛斜着脑袋看了一会儿，从附近铲来几锹草皮敷上。他做这些时，似乎已恢复了平静。马嵘觉得牛锛最后的动作显得从容不迫。

后来他们赶着牛车，不紧不慢地离开了那里。

那天傍晚连队收工时，马嵘躺在被窝里依然揉着肚子痛苦不堪；而牛锛，正坐在连队宿舍门口的一块石头上，修理着他的马鞭，一扬手，打了一个清脆的响鞭。

什么事情都没有发生过。

软卧车厢里明亮舒适。马嵘一路喝着一瓶长城白，就着一只烧鸡，细嚼慢咽。这会儿他的时间多多，多得不知如何打发。不想看书也不想聊天，只想发呆或睡觉。

当他睁眼时，车窗外已是一片灰蒙蒙阴沉沉的雪原。路边偶尔掠过一排苍郁的松林，枝上的残雪被呼啸而过的列车震落，如惊鸟的羽毛一片片脱卸，在空中飘零飞散。有几朵湿雪借着风力，猛地粘贴在肮脏的窗玻璃上，久久悬挂不去，像是一串串祭奠用的白花……

牛锛被师部判处死刑以后，十三连的知青做过许多小白花——用信纸用手绢用白色的床单，做成一朵朵月季菊花牡丹与百合……一丛丛一串串，悬挂在连部门前空场的旗杆上。那些白花一冬天都开在那儿，直到第二年猛烈的春风把它们刮得七零八落。

马嵘木然望着车窗外，那片看起来宽广宽厚又宽容的土地，在二十年后，却使他感到了疏远和陌生。虽然那口井那块草地，依然常常惊醒在马嵘的噩梦中，但背景已渐渐远淡，如一幅古老的山水写意。真正令马嵘不安的，是背景里那些仍旧鲜活的人物，他们似乎在一步步往马嵬身边挪移，不怀好意地窥测他、觊觎他，企图将他眼前平静快乐的日子，一点点往回拽，倒回牛铧死去之前那会儿。

有一刻，马嵬突然怀疑，当初牛铧决定让他活下去，是不是为了在以后的岁月里，让马嵬独自一人来承受这种记忆的折磨呢？如此说来，牛铧的行为，岂不是有点太……太那个了吗？马嵬不想说出这两个字，这两个字，也许同杨泱最后说的那两个字，有一点相似。

马嵬心里很有些别扭。

列车路过一个小站稍停。马嵬抓起一张旧报纸，跳到月台上，把车窗玻璃上的雪花，统统抹了下来。

傅正连的遗体被人们挖掘出来的当天夜里，杨泱忽然失踪了。

牛铧当然不会知道杨泱失踪的事。他自首的结果，是被工作组的人五花大绑地送去了团部，与傅正连的遗体搬运前后脚。

十三连与此事有关的四个人——傅正连、牛铧、马嵬、杨泱，几乎做了一次失踪的轮回。

杨泱是最后一个。

全连知青都出动了，对杨泱尽心竭力地搜索、寻找，却徒劳而归。那个年代，杨泱好像知道世界上有一种东西叫作单程车票。

最初那几天，马嵬想对大家说，根本就不必去寻找杨泱。杨泱和牛铧之间的事情，只有他们自己明白。当失踪的傅正连被牛铧再现时，杨泱是一定会失踪的。杨泱如果不肯失踪，牛铧让傅正连失踪，就简直毫无意义了。

但马嵊没有说。牛锛在马嵊醋睡的那个时刻，决定使马嵊从这个事件中隐形失踪以后，马嵊就懂得这个从此"失踪"的自己，该为牛锛做些什么。

马嵊给团部的人送过许多烟酒，但最终也没有得到单独同牛锛会见和告别的许可。有人悄悄告诉他，上头一直在怀疑他是牛锛的同伙，只是牛锛一口咬定是自己所为，说那天中午，他把肚子疼得直不起腰的马嵊送回连队宿舍以后，是一个人独自赶车到草甸子那儿去的。后来团部把牛锛转送去师部审讯，上头有了另一种意见，认为不要再继续扩大事态，对马嵊的追究暂时放一放。但马嵊企图看望牛锛，有串供的嫌疑，绝不能让他得逞。

马嵊却不肯善罢甘休。他甚至很自信地断言：一旦让牛锛重新回到十三连，那个暂时失踪的杨泱，必定会现形复出，如期而返。

那年初冬，十三连的鸡不鸣狗不吠、猪不打盹儿马不撅蹄儿。营房宿舍夜夜烛光恍惚，十三连的人惶惶然凄凄然愤愤然，任由豆荚苞米冻在地头、小麦烂在场院，被一场接一场的大雪压住，像一座座连绵起伏的坟山……

根本无须马嵊费心张罗，十三连全体，已经自动发起了一场为牛锛鸣冤请愿的"群众运动"。尽管在私下里，许多人都说牛锛那家伙下手实在太狠了，但那份申诉书，仍然写得哀婉动人却又义正词严。众口一词，都说傅正连长期迫害知青而逍遥法外，是可忍孰不可忍，罪有应得。而牛锛同傅正连并无个人恩怨，牛锛为了伸张正义，将个人安危置之度外；还说傅正连仗势欺人，上头有人偏袒他包庇他，就是破坏上山下乡运动……

申诉书被马嵊送到团部，在政治部武装部知青办转了几个来回，无人接收。那个冬天里，马嵊到过许多城市。他像乞丐似的在铁路沿线游荡。明明知道世界上有个地方叫作法院，但即便走遍天下，那时的中国唯独没有法院。又过了些日子，听说上头有人过问了此事，事情眼看就闹大发了，后来不知为什么又不了了之。

马嵊精疲力竭地回到十三连。他在茫茫雪原中绝望地想起，也许牛锛在关键的地方犯了一个错误。牛锛不该把傅正连亲笔签名的那份"罪状"，在那天中午的草甸子里，随随便便就扔给了工作组组长。

十三连的知青们，得知牛锛判处死刑立即执行的消息，是在一场大雪过后。

刑场很远，十三连的人都没能听见那声枪响，马嵊也没有。

牛锛作为杀人犯的代价，如他生前所愿——傅正连没有当成那个烈士。

大雪覆盖了通往公路的小道。一切都已草草收场。

风吹起雪原上干爽的雪末，天地一片混沌。太阳出来了，像一张惨白的脸，隐没在深紫色的雪雾里。

很久以后，十三连的人还是恍恍惚惚地觉得，深埋于地下的牛锛，只不过是一次调皮的失踪游戏。他的躯体暂时离开了这儿，而灵魂还在草甸子上徘徊，等待杨泱的归来。说不定哪一天，牛锛会在他们当年一起出发的那个城市里，与杨泱挽着手一同出现。

所以后来他们渐渐一个一个地离开了这片土地，以便不会错过同牛锛邂逅的机会。

没有人再提起杨泱。

只有马嵘明白，牛锛死了，杨泱也再不会回来了。

杨泱是受伤最重的一个人。

但如果杨泱的失踪，是一种真正具备法律意义的失踪，那么，马嵘将永远无法完成牛锛在最后时刻交给他的使命了。如果杨泱继续失踪下去，那么，事情是否已完全违反了牛锛让傅正连失踪的初衷和动机了呢？还有，如果马嵘活着是为了等待一个永远不再出现的人，那么，如今马嵘的存在，同一个失踪的人，实际上又有多大的区别呢？

马嵘无法明白，也不想搞清这些。后来的日子匆匆忙忙，没有多余的时间来为一些遥远的问号伤脑筋。说实在的，马嵘的生活中，还有许多比这更急迫更能产生效益的事，得用心思用计谋用手腕用钞票，动真格去一个个解决。

马嵘租了一辆"拉达"，到达曾经属于十三连地界的那片草场，已近黄昏时分。

他的脚一踏上松软的草甸，火车上的那种陌生感便荡然无存。昔日的营房依然远远地趴在原地，裸露着赭红色的瓦顶，静静地悄无人声。几缕浅淡的炊烟从红砖砌成的炉筒中升起，在灰色的天空里写出修长的1字形；小风掠过，那1字忽而改成个2字，又渐渐弥漫开去，散成个3字形，再散，便没了形状。一切都似乎没有任何改变，一切都与二十年前惊人地相似。只是，旧日的营房那儿，不会再有他认识的人了。

马嵘往草地中央走去。他用手扒拉开枯草上的积雪，在地上坐下来。

就是这儿了。他说。锛子啊，我站在哪儿，你就在哪儿。

他点着了一根烟，然后用这根烟头上的火，又点着了另一根烟。他就那么两只手各执一根烟，轮流吸着。

我来看你来了。他说。啥也没带，就带我自己。

没别的，就和我一块儿吸一根烟吧！他又说。还是烟解闷。

他一小口一小口地抽着烟，他想让那两支烟燃得慢些。

烟灰从手指的夹缝里落下，落在干草的根上，像是被弄脏了的雪。他坐了一会儿，觉得屁股发凉，便站了起来，掸了掸裤子上的雪末。

他那么站着，又咕哝了一句：不说悔了，不是悔的事，悔也没用。过了这么些年，再想想那事儿，你说值吗？

一阵风吹过，他感觉有点冷，才想起自己的围巾手套，忘在了车里。

喉咙里憋了一口痰，他重重咳一声，吐了。还是堵得慌，觉得嗓子眼儿里像是塞着许多话，是今天站在牛锛面前，忽然觉得非说不可的话。

值吗？我看不值。不怕你生气，如今想，那时候咱们可真傻。为了一个女人，为了那个看不见摸不着的正义，搭上一条命。你要是活着多好，咱俩一块儿做生意，你下手狠，准保是把好手，一赚一个准。房子汽车早都置下了，夜夜卡拉 OK 娱乐城。想上哪儿上哪儿。世上有的是快活地儿，只要咱有钱，什么样的女人搞不到手呢？

　　马嵘抽完了烟，从衣袋里摸出一瓶酒，用牙咬开瓶塞，将酒小心地洒了。雪地吱吱地响，塌下去一条缝，像是很不快乐地答应着。

　　荒原被纯净的白雪密密环绕着，如一座巨大的灵堂。几只乌鸦飞过，高处有了黑色，显得庄严肃穆。

　　马嵘环顾四周，觉得这儿环境不错。他想，当年的牛锛，还是会找地方。

　　这地方大是大了点，弄不清牛锛究竟是在哪块草皮底下。

　　但也许正因如此，牛锛就显得无处不在。

　　马嵘的脊背忽而渗出了一层冷汗。

　　他愣愣地想，假如牛锛当年没死，假如牛锛活到现在，同他一起搭档做买卖，老板恐怕就轮不到自己来做了。牛锛将永远是老大，他充其量是给牛锛打工的，就牛锛那样的人，假如有一天想要整治他马嵘一家伙，还不是白玩儿吗！

　　再说，生意场上，亲兄弟也明算账，说翻脸就翻脸。自己若要做点小动作，牛锛抬抬手就把他灭了。牛锛心狠，啥都干得出来。

　　马嵘哆嗦了一下，身子有些发冷。

　　如此看来，也许牛锛还是留在这个地方，更妥帖更恰当更让人放心。

　　马嵘心底浮上一阵庆幸，还有一丝坦然。他下意识地用皮鞋踩了踩松软的雪地，他记得大家把牛锛的遗体弄回来，挖了一个大坑，埋得很深。无坟无墓、无字无碑，这里曾经什么事情都没有发生过。牛锛甭想再回来。

晚霞慢慢往西边的天际滑落下去，如一匹殷红橘黄相间的织锦，被远处的地平线一寸一寸地剪断，飘入冉冉升起的黑暗中。

马嵘的眼前掠过杨泱留在炕上的那条被面，那条印着粉红色牵牛花的被面。

失踪其实真是一个不错的结局。他恍然大悟，心里涌上一种对杨泱真诚的感激之情。如果杨泱不是这样永远地失踪下去，如果他真的娶了杨泱，而杨泱心里又始终想念着牛锛，他马嵘还会有现在的好日子过吗？真把杨泱娶回家，身边那些女人们，还能呼之即来挥之即去吗？闹不好打了离婚，他的财产还得分给杨泱一半呢……

假如假如……马嵘倒抽一口冷气。

幸亏幸亏……幸亏他没同牛锛一起死掉。

马嵘抬手看了看表，急匆匆往公路上的轿车走去。他不想在这里停留得太久，他得坐夜班火车赶到那个边境小城去签合同。这把皮货生意弄好了能赚一大笔钱，趁着轿车上的这点闲空儿，他得好好琢磨琢磨怎么砍价。

他边走边点着了一根烟。二十年了，他能做的都已经做了，他已和牛锛两清。那个叫作马嵘的人，不会再到这个地方来了。

天暗下来。雪地黑乎乎一片，而天空洁白如银。

1995 年

写于北京花园村 ①

---

① 发表于《上海文学》1995 年第 4 期，《小说月报》1995 年第 6 期转载。

银河

上篇：都市男人

摘引：银河星云由星际气体和星际尘埃组成。如果星云附近有光度较大或温度很高的恒星，星云便反射星光；或者受高温恒星的紫外线辐射而发光。称为"亮星云"。例如"猎户座"。

老穆亲自派去机场接人的那辆奥迪，过了晚上八点多还没有回来。

电话早已来过了，说是飞机晚点。晚到什么时候呢？司机也不清楚。

一直守在办公室里等待的老穆也没闲着，确切地说是桌上的座机始终没闲着。老穆每天千头万绪的工作，说白了就是打电话。这会儿他已经把明天的事情都用电话安排妥了。他不能再等，今晚九点钟，他在银河大饭店有个约会。

临走前老穆检查了一遍那只黑色的真皮皮包。钱夹和手机是他出门时必须配备的两个前轮，加上汽车的两个后轮，老穆的地球才能转动。不过今天没有公车可用，因此，他担心同那位小姐的约会，"开盘价"不会太高。

他在洗手间把自己仔细整理了一番，头发刚用貂油黑发霜处理过，乌黑润泽，足可以假乱真。真丝领带飘柔熨帖，纯金的领带夹将深灰色的西服衬出一片亮色。老穆在任何时候任何场合外表总是一丝不苟，他深信男士着装讲究是身份的标志，半点不能马虎。所以他一出场必定衣冠楚楚，气度非凡，只需向四周的女人递去几个眼神，不愁没有"下家"来接。

老穆至今已同各种风格、各种职业的女性约会不下几十人次。老穆算不上大款，但在情场一向如鱼得水。更绝的是，情场得意，赌场也得意，刚泡完妞就上牌桌，手气依然过人。问题不是有没有妞想要"傍"他，而是他想不想让那些妞"傍"。每次得手都太容易，脱身却费点劲。虽不是钱的交易，但总有妞会给他出些难题，让他去利用上头各种各样的关系，来偿还她们的付出，可总是如愿以偿后就"拜拜"了。在老穆自己看来，在同年龄的男人中，他即使算不上"龙头股"，至少也算是"优质股"吧。却纳闷如今的那些女人，那几个曾经真让他动了心思的女人，眼看着刚刚将他填入了买单，可还没等把他捂热，随手就抛了出去。扣去手续费，没赚倒赔了，她们也不在乎。至少到目前为止，还没有一个女人，愿意把他长期留在床上，耐心等着暴涨升值，然后一次赚足，交割后将收获之物入库封存，不再转手。

原因也许很多。但老穆心里明白，那些他迷恋的女人，多半都是成天热心倒腾男友、擅长低价购入、高价抛出的"证券专业户"。

老穆并不气馁。有时，他觉得同这样的女人周旋才是真正好玩的事情。女人的乐趣，说到底就在这耍心眼儿的游戏之中。

老穆出了单位大门，在街上等了好一会儿，才有一辆两元一公里的皇冠开来。已是初冬，好像突然降温了，一阵阵冷风呛人。但老穆仍是慢慢伸出一只手，很有派头地将那车拦下，打开了后边的车门。

老穆不喜欢坐在前排。根据他的观察，有身份的人，大多坐后排。

皇冠起动时，咯噔一跳，远不如奥迪的不动声色。开出几步远，感觉颠得很。好在银河大厦不远，将就吧。在一切同享受有关的方面，老穆的鉴赏能力堪称一流。

车过闹市，街上花花绿绿的霓虹灯眨着媚眼噗噗地往车里钻，一时令老穆心醉神迷。这座曾经昏沉沉的城市，如今一到夜晚就光彩照人，像街上浓妆艳抹、招摇过市的女人，让人忍不住想入非非。

十字路口的红灯亮时，车不得不缓缓停下。快九点了，竟还堵车。

忽然就从老穆百无聊赖的视线里，跳出一位窈窈窕窕的小姐。

她站在前方街口的拐角那儿，看样子是在叫出租车。

首先引起他注意的，是被车灯照亮的那位小姐的一双长腿。

那双腿几乎裸着。灯光将她薄薄的贴身丝袜幻化成一种肉质的色调，短过膝盖的棕色皮裙，泛出柔和的皮肤质感。上身是一件紧身的短款毛衣，小小的开襟皮背心，被丰满的胸脯撑开了，扣子形同虚设。一条浅黄色的丝巾轻轻地飘着，如同她的身子，在寒风中瑟瑟抖动。

身高一米六五，误差不超过两厘米，体重五十三公斤左右。正符合老穆的口味儿。

最后他浏览了她的脸，两片冻得发紫的嘴唇依然鼓胀饱满，微微翘立。老穆在那个瞬间，触电般掠过一种微妙的联想，腿上一阵酥麻。

只有当黄色的面的经过时，她才向前抬起胳膊。但绿灯通行的马路那边，不仅没有面的，也没有一辆普通出租车经过。

该！冻死才好！沉默多时的司机突然恶狠狠地骂了一句。要想俏，也不看看天气。如今这女人，你说都是怎么啦？！

老穆沉下脸，说：把车开过去！

司机冷冷地回答说，去"银河"不往那个方向走。

让你把车开过去！我付你加倍的车费！老穆又说了一遍，很坚决。

车门在那个女人面前敞开时，她似乎并没有感到特别的惊讶。她裹着一股香喷喷的寒气，几乎连滚带爬地落在了老穆怀里。坐稳后好像才发现车里还有个人，便往一边挪了挪，冲着司机说，怎么没到九点就用上保镖啦？

老穆问她要去哪儿。她说，随便，先暖和暖和再说，实在太冷啦。

司机把车往路边靠，停下说：这车没法走了，你们到底先去哪儿？

不是说好了吗？先送这位小姐，我会付双倍的等车费。老穆一边慷慨地说，一边盘算着。盘算不需要很多时间，只一会儿，老穆就打定了主意。他哗的一声拉开了皮包的拉链，毫不犹豫地掏出手机，嗒嗒按了一串键，然后对着手机喂了一声。他掏出手机时，一张名片顺便就掉到了车座上。电话通了，他十分抱歉地告诉对方，今天晚上怕是不能赴约了，单位临时有一件重要事情需要处理，请务必谅解，下次再约下次再约。

那小姐听着，恍然说，不好意思不好意思，原来你是先人后己呀，这样的人现在可不多了。她低头看一眼那张名片，大咧咧地问，你是什么主任啊？

总务部主任。相当于正处级。嗨，也就是个管家呗。

还是个部级单位？部里怎么会有公司？哎，你们公司做什么生意？

什么赚钱做什么。

官办的？那你是官商了？

老穆很谦虚地解释说，在今天的中国，官办公司才具有最强大的实力与后盾，这是一切私营公司无可替代无可超越的优势，处在经济主动脉的位置上，是未来经济不可动摇的发展趋势，等等。那小姐似乎听得津津有味，从她渐渐变得红润生动的面孔上，老穆看出她对自己很有兴趣。这正是他盼望的。

敢问小姐贵姓呢？

姓方。你就叫我方小姐好了。

请问方小姐做什么工作呢？秘书，美容师，还是礼仪小姐？

是记者。她纠正他。不过，那是一家小报。报纸刚办不久，你大概还没听说过吧。今天下午出来采访，吃了晚饭，没想到突然降了温。

竟然是个记者？老穆颇感意外。但他很快想起来，记者通常都善于交际，见多识广，不至于碰一碰就大惊小怪的。

于是老穆说他无论对报纸还是记者都非常感兴趣。读报如同吃饭，每日必不可少。既然是遇到了记者，他真的有许多想法，许多建议，想同新闻界的人士谈一谈，于国于民都会有利。今天偶尔相逢，必然有缘。小姐如果肯赏光，他非常想请她到他的家里去坐一坐，他们可以就当前的经济形势、社会动态，再进一步交谈交谈。那一定是极有意义的。

他望着方小姐的眼睛。他的眼神很诚恳。根据他的经验，这样诚恳的眼神是很难拒绝的。果然，方小姐只是略略犹豫了一小会儿，并没有一口拒绝。她笑笑说，好呀好呀，我们这一行就是和各种各样的人打交道的，什么意见都要听一听……

看样子她是把他当成采访对象了？

老穆心中暗喜，他见的人多了，还不知谁采访谁呢！

皇冠车掉了一个头，往银河大厦相反的方向开去。

老穆十分庆幸今天没有用单位的公车，倒是因祸得福。假如是本单位的司机，老穆断不敢采取如此速决的方案。他在部里一向很注意影响。

车开到那栋高层住宅楼下，老穆给司机一张一百元，说不用找了，不过得开张发票。

方小姐跟着他上楼时，像只燕子似的，悠悠地飘上去。

她到底是真不懂还是假不懂呢？老穆心里有点打鼓。该不是那种女人吧？倒也不像。再不就是有点没心没肺的，如今的女孩，刚认识十分钟就上床，也不是什么新鲜事儿；她大概还是初出茅庐，一钓就咬钩？看来还是自己那张名片生效了，对于年轻女人，他名片上的头衔总是百发百中的。

老穆用钥匙开门时，手有些颤抖。他觉得他和方小姐彼此都满怀着一次冬夜艳遇的渴望，就像那些外国电影里的镜头，真他妈的刺激！

人到中年的老穆事业正如日中天，别看处长官儿不大，实惠可不少。房子车子票子啥都不缺，就是生活中缺少点刺激。男人被一个老婆套牢十几年，连本带利，该是多大损失？幸亏他及时解了套，上一次做亏了，还有许多机会翻本儿。即便偶然有透支行为，也无非是想趁着自己还不算太老，抓紧时间浪漫浪漫，风流风流而已。

老穆轻轻打开了墙上的开关。哇——方小姐发出一声惊呼。

客厅的天花板上现出一个雕花的大圆圈。从凹进去的弧形顶池里射出一道宝蓝一道金黄一道翠绿的灯光，镶木地板上像是变出一块绚丽的波斯地毯，让人眼花缭乱的。灯光下的方小姐，像一块五颜六色的魔方。

老穆接着打开了卧室、餐厅还有厨房、洗手间的灯。霎时满屋子灯火通明，一片辉煌。所有的窗帘都是用电子遥控开关的，电视是 29 英寸画王，紫红色真皮沙发。小小的仿酒吧柜台上，随意撂着一瓶喝得剩一半的轩尼诗 X.O。

似乎在无意中，老穆忽而觅见方小姐眼角上几丝细细的皱纹。明亮的灯光下，方小姐显然不像刚才在街边上看起来那么年轻而纯情。

像是有三十了？不过他暂时不想冒昧地问她的年龄。不是处女，也许更够味儿。

那一间是什么？方小姐满不在乎地在屋子里走来走去，倒像个主人似的。

是——是书房。老穆唯独没有打开那间房子的灯。说是书房，目前还基本上没有什么书可陈列。他不太想让她参观。

方小姐把脑袋探进去看了一眼，也就作罢。

她在屋里转悠了一圈儿，忽然有些诧异地问，你太太呢？

老穆很熟练地回答说：没有太太没有太太。原来有，现在没有了。原因嘛，很复杂，一言难尽。主要嘛，主要是因为我的工作太忙，太敬业，工作起来就玩儿命似的，对家庭关心不够——我想你能够理解……

方小姐没有想要问下去的意思。她好像对他和他太太的分手压根儿没有兴趣，只专心地把玩着一台镶着银边儿的汽车打火机，一按方向盘，就打出火来了。

老穆还是第一次遇到不想追问他离婚原因的女人，不觉有些扫兴。转念又觉得，眼前这个方小姐不俗。

他从未把自己离婚的真实原因，告诉给任何一个离婚后邂逅的女人。

真实的原因无论如何是不能说的，就连他这样久经沙场的人也难以说出口。

那时候他还没有现在这套三室一厅。浪漫的意念终日徘徊，却受到客观条件的限制，煎熬而难以兑现。后来就发生了那件事。是他从南方的一个城市出差回来以后。那座城市是一个陷阱，他付出了许多宝贵的人民币，换得了梦寐以求的几夜风流。酣畅淋漓的代价是一种奇痒难忍的隐私，当他发现它时，已无可挽回地波及他的妻子。

妻子不依不饶绝不原谅。若是私了，得把那所房子留给她和孩子。

说起来其实也没什么。妻原来就是不解风月之人。结婚十几年，在床上还像个黄花闺女，像一截木头，像一条冰箱里拿出来的冻鱼。他的渴望就是从那时候一点点积攒起来的。积攒的愿望憋在腹腔，就像日益膨胀的气球，随时都会炸裂。妻的驱逐令使他彻底解放，从此一个个女人来来去去，如此循环往复，他觉得自己对世上可爱女人的欲望，像一个永远填不满的无底洞。

所以离婚后的老穆，平日绝不会多看一眼周围像妻那样的女人。老穆若是再娶，定要娶一个风情万种、千娇百媚的尤物。老穆要的女人不仅要会做饭，还得懂得做爱。不懂得做爱的女人能算什么女人呢？像眼前玉腿架翘、胸脯高耸地歪在沙发上的方小姐，就能在瞬间里让老穆的欲望迅速膨胀。

窗帘已关上，灯光暗下来。只留一盏墙角的壁灯，幽幽地很迷离。

他走过去，把一只手搭在方小姐肩上。

方小姐没有拒绝，笑吟吟地呷了一口杯子里的酒。

他的手往方小姐的腰上滑去。他觉得自己腹中有无数条鲜活的小鱼在游动。

他的手越过她腰上的皮带，开始去拽那双丝袜。

方小姐将他的手轻轻按住了。

哎，你这个人怎么一点过渡都没有呢？她说。

过渡？老穆觉得这个词儿挺新鲜。还需要什么过渡呢？就像股票，只有一个选择：买还是不买，抛还是不抛。只要一犹豫，点数就错过了。所以每一次艳遇，老穆从来都是迫不及待地直奔目的地而去。

老穆不得不按捺住满腔的激情，暂且做一次违心的过渡——还有什么呢？他讷讷说。你要是留下来，这儿所有的东西就都是你的了！不算存款，光是请客吃饭、汽油费、长途电话费，统统可以报销的，你想那是个什么数？你别看我不是老板，可架不住工资以外的那些好处啊，还不行吗？……

讲完这些，老穆已是热血沸腾、身不由己。他一把将方小姐按倒在沙发上，然后很快抽出一只手，去给自己开门。方小姐在他身下气喘吁吁地笑着嚷道，不行不行，这太没意思了，你就不能再等等？

等等？等什么？没有时间了，我没有时间啊……

怎么会没时间呢？我什么都没有，有的是时间……

我真的没有时间。白天我的时间都是别人的……

时间怎么会是别人的呢？

你不懂，求求你快一点，别再磨蹭了……

不行不行，我不是那种人……

那种人又怎么？我就喜欢那种人……

老穆一边说着，一边发起了第二次猛烈攻势。这一次比较顺利，他的手已经触摸到了她温暖而丰满的胸脯，令他一阵眩晕又一阵迷醉。方小姐似乎已经不再挣扎，她仰着脸，扭着身子，嗲声嗲气地说，那好，有个条件，你得先给我讲讲你们这些官办公司的内幕，行不行啊？

老穆腹中刚才还在骚动跳跃的游鱼，顿时随着一团冰冷的潮汐退出了沙滩。

那一刻，手提电话的铃声却不合时宜地响起来。

老穆后来回想，也许他当时是不该接那个电话的。不接那个电话，也许他和方小姐就"成交"了，至少也能达成一个意向性协议。但他不可能不接电话。他的每一个电话都很重要。每一个电话都不能错过。或许是一笔生意，或许是头儿有什么指示，再或许是以前填过买单的哪个女人，又想同他再炒作一番……

老穆其实是很想再结一次婚的，娶一个夜夜都愿意同他做爱的女人。

所以老穆就去接了那个电话。

但他不想让这位多少还不知底细的方小姐，听见他电话的内容。

于是他接通电话后，就走到隔壁屋子里去了。

那电话讲了好长时间。是一位港商从银河大厦打来的，想要委托他物色一块地皮。他的回答有些心不在焉。但是对方没能体谅他的苦衷，依然喋喋不休。听着话筒里嗡嗡的声响，他想等会儿自己一定要对方小姐说，你看你还不相信，刚才就那么一点时间，不充分利用，现在你知道我确实是没有那么多时间了吧！

当他终于收起机子时，听见门厅里传来砰的一声巨响。

他慌忙走到客厅去，客厅已空无一人。

他曾恭恭敬敬递给方小姐的那张名片，显眼地留在沙发宽大的扶手上。

空气中飘荡着一股淡淡的香水味儿。

收盘价大跌。老穆想着，讪讪地点了一根烟。他在沙发上坐了一会儿，觉得屋子里有些发闷，便打开客厅的门，走到阳台上。

城市依然睁着眼睛，街灯宛若长龙。小汽车前灯金黄，尾灯血红，烁烁闪亮，来来往往，像夏日的萤火虫，在密密的都市丛林里匆匆交媾，而后各奔东西。城市被夜晚的灯光装饰得如此灿烂时，夜空便倏然暗淡下去。老穆抬头望天，乌蒙蒙的天空中没有一颗星星。

老穆知道自己属于猎户座。

摘引：银河星云由星际气体和星际尘埃组成。如果附近没有光度较大温度较高的恒星，星云便不发光，称为暗星云。暗星云隐蔽其后面的星，所在的天空区域星数特别少，显出暗星云形状。例如马头星云。

布工在街口的公用电话亭已排队等了十几分钟，前面的人还在讲个没完没了。

他家里目前没有电话。虽然装电话的钱早已交了，电话机子也买了，电话却依然固执地沉默着。听人说，交了钱还得再偷着付一份额外的小费，那电话线才能通。

安装电话的钱是她付的，说是为以后联系接送孩子的事情，有电话就方便了。她既已为他花了那么一大笔钱，安电话的小费，自然是不好意思再开口了。

但布工不想付什么小费。布工向来是原则性很强的人，他认为这等于是助长不正之风。再说，那么多年，没有电话都过来了，还在乎这一天两天的？

事实上，并没有什么人会给布工打电话。布工每天按时上下班，有事在单位就办了。若是安了电话，以后月月还得交电话费，哪怕一个电话不打，起价三四十块，得少买好几本书呢。算算也真是不值得。

排在他前面的人总算放下了话筒。布工走上去，似乎是犹豫了一会儿，深吸一口气，伸出一个指头，小心地按了一串电话号码。在他的生活中，不需要记太多的电话号码，就这个电话也是一个暂时的例外。

话筒里传来嘟嘟的忙音。占线。布工痛快地放下了，如释重负。

每次给她打电话都让布工觉得别扭。既然已经离了婚，最好永远不要再见面了。他可不想同她藕断丝连，指望着有朝一日破镜重圆。但实际上他和她无法不见面，他和她之间还有一条割不断的纽带——孩子。协议离婚的时候，他坚决把孩子留下了。理由很充分——她那么忙，哪有时间辅导孩子的功课呢？她既然想要发展自己，就别耽误孩子的学习。他即使真像她说的那么平庸无能，可是教育培养孩子，总还是绰绰有余吧。她终于让了步，但条件是每个大礼拜的周六和周日，他必须把孩子送到她或是孩子的姥姥那儿，让孩子与母亲团聚。

如此一来，每隔两个星期，周末下班前往她办公室打电话约定接送孩子的时间地点，就成了他必须履行的职责。她确实很忙，所以那时间地点老变，布工的电话打得十分艰难。不知为什么，她从不使用手机。若是打到她的 BP 机上，等那电话回过来，公用电话必是占线了，还是联系不上。有时候，布工在公用电话亭一站就是一小时。

但这也怨不得她。布工单位里，没有人知道他已离了婚，所以他不能在办公室给她打电话。何况他又不愿让邻居看见她开着车来接孩子，布工是很讲面子的人。所以每次都得约好了地方，他亲自送孩子在外面等着。

布工离婚后的生活，就这样被孩子分割得支离破碎。他觉得离婚后比离婚前还累。不同的只是，如今再累，累的是手和脚；而那时累的是心。

所以某一天夜里，当她提出离婚时，他第二天早晨就同意了。从街道办完手续出来时，她说，她和他结婚九年，这是他第一次像个男子汉。

虽已分手，她说话还是那么伤人。布工发誓这辈子再不找这样的女人。

那部公用电话好容易空了出来。布工又拨了一次电话号码。这一回，电话算是通了。铃响了好一会儿才有个声音来接。他说找一下狄总。对方说狄总正在开会。他说，我有急事，麻烦你叫她一下。那声音说，你是狄总孩子他爸吧？狄总留话了，说她今晚在饭店有个酒会，走不开。麻烦你把孩子送到饭店来，五二三八房间，六点。

他正想说什么，对方又补充说，今天公司的车没空，狄总吩咐，让你打的来，她会把车费付给你的。

电话挂断了。布工愣了一会儿。

一口一个狄总、狄总的，真是莫名其妙。布工愤然想。他以前的老婆，孩子她妈，不到两年时间，就这样变成了一个至高无上的狄总。倒像是一个电视连续剧。人说女大十八变，十年八年的，竟像换了个人似的。那句俗话也没说清楚，女大十八变，莫非得变到八十岁才能消停？

布工看了看表，暂时咽下心里的不悦，回家接了儿子，直奔地铁站。

他当然不会按她要求的那样，打的去银河大厦。他要是真打了的，好意思收她的车费吗？而不收她的车费，就他那点工资，打的岂不是太奢侈了？再说他为什么非得按照她的吩咐，说打的就打的呢？

他偏要带儿子坐地铁去。别以为他和她离了婚，他还得处处服从她的指示。从儿子脸上，他明明看出他对出租车的向往，其中包括对他妈那辆丰田车的无限崇仰。他想儿子早晚有一天，也会不再满足于他那套两居室的房子，早晚会离他而去，重归母亲的怀抱。但他眼下顾不了那么多，眼下他必须带儿子去坐地铁。地铁是一种人生态度、一种做人风格、一种运行在地下的抗议。她应当明白，世界无论怎么变，唯有他的品性是不可改变的。

正是下班时间，地铁里拥挤而闷热，人挨着人，脚碰着脚。儿子紧紧牵着他的一只手，随着车厢的吊环晃来晃去，一句话也不说。自从他和他妈分开以后，他一直都是这样，脸上一副成年人的漠然。

布工与"狄总"原是大学同学。布工那时的学习成绩在全系遥遥领先。想当年布工曾经无比优秀，无比杰出，差一点就拿全额奖学金到哥伦比亚大学去读硕士了。他厚厚的眼镜和矮小的身材吸引了全校女生的目光。那个现在被人称为狄总的女人，有一天当着全班同学的面，把他脸颊上的眼镜一把抢了下来，然后用自己的手绢将眼镜擦到差点看不出玻璃镜片为止。

所以那时布工的视线终于停留在这个女生身上。镜片很亮，他看见她咄咄逼人的眸子里只有他一个人。

后来哥伦比亚落空了，布工被分到一家研究所。后来研究所被解散了，布工就去了一家工厂。工厂的效益每况愈下，布工在那里无所事事。后来布工就想起考硕士，一连考了几年，导师说他年龄偏大，专业也不对口，硕士没当成。布工开始写书，写了书没地方出版，后来终于出版了，又让他自己去卖，家中窄小的门厅里堆满了印着他名字的书。后来工厂评职称，总共只有一个高工的名额，大家争得死去活来，布工宣布放弃竞争。所以布工到了四十五岁那年，仍然是一个落魄潦倒的普通工程师。人称布工布工的，布工就成了他十分顺耳的别名。

而那个后来成为狄总的女人，在为布工生下了一个儿子以后，跑到深圳去，找到投资人，开发了一个高科技产品。产品似乎很畅销，还没等布工反应过来，她已经成了一家大公司的副总经理。离婚后，索性就成了总经理。

她曾经请布工到那家公司去当一个部门经理，遭到了布工的坚决拒绝。

布工喜欢自己这种悠闲散淡的日子。那些书即使现在卖不出去，再过几十年，没准儿就洛阳纸贵，万古长青呢。

但狄总似乎并不这样认为，有一次，她甚至骂布工是不思进取、得过且过的庸才。她一直企图把自己的那套人生哲学强加在布工头上，她习惯在家里指手画脚、吆三喝四，如果哪天晚上她早早地回了家，一晚上家里就噪声不断，不得安宁。然而身为女人，她却连猪肉鸡蛋多少钱一斤都不知道。几年来，儿子的家长会她都从来没去参加过一次。每回她和他发生冲突后，布工反省自己，便觉无限委屈，想想家里柴米油盐的，都是他在操心料理，买菜做饭、洗洗涮涮，不抽烟不喝酒，还不够模范丈夫吗？而妻的不满情绪却与日俱增，就连在床上也一天比一天失去了以往的热情，一天比一天冷淡下去。

就算她挣的钱比布工多上几倍，那女人的价值也就得跟着翻倍吗？

女人一旦事业成功，就非得变成个悍妇模样吗？

在地铁车厢的热风里，布工依然解不去心头的憋闷。就算他能够善于自我心理调节，无条件地崇拜自己的老婆，甘当老婆的附庸，难道狄总就会满意他吗？在一种不平等的关系中，彼此如何和平共处？

所以布工还是选择了长痛不如短痛，一了百了。

布工不相信这世上，找不到一个贤妻良母。

地铁停靠在一个大站。哗哗下去一群人，又哗哗拥上一群人。下一站就到银河大厦了。他拉着儿子往车门口挤。

布工忽然觅见前面车门口，有一个女人的面孔很是眼熟。他再仔细地看了一眼，心里咯噔地跳了一下。他又悄悄往前挤了挤，终于挤到那人旁边，轻轻叫了一声，是方小姐吗？

那女人回过头来，瞥了他一眼，一脸茫然。

布工讷讷地说，方小姐不认识我了吗？前不久你到我们厂里去过，采访关于破产的事，我还——还给你提供过——材料……

布工的额头上沁出一层汗珠。

方小姐恍然大悟地笑了笑，好像是想起来了。

她笑得很迷人。笑容中有一种善解人意、恰到好处的温柔，令人感到亲切。那次去厂里采访，同去的还有一个女记者。方小姐看上去有三十出头了，她话不多，慢声细语的，问一句她记一句，微微点着头，不像那个女记者那么咋咋呼呼，你说一句她反问一句，好像是来同你吵架的。也许正是方小姐脸上那种有涵养的微笑，给布工留下了很好的印象，那个瞬间布工觉得自己心目中的理想妻子就是像方小姐这样不显山不露水、有文化而不张扬的女人。那天在送两位记者去食堂用餐的路上，从她们之间的打趣中，他无意中听出了方小姐尚是单身，当时心里竟涌起一阵胡思乱想。

时隔多日，他和她，竟然在这茫茫都市的地铁里重逢，布工心里升起了一丝朦胧的希望。但愿这意味着一次可遇而不可求的天赐良机，能把那根断了的线头重新接上。

地铁广播报着站名，下一个车站很快就要到了。

我们该下车了吧？儿子抬起头问。

这是你儿子？方小姐摸了摸男孩的头。

是的是的。布工连声说。我和他妈分开后，他一直跟着我过。

他很高兴有机会这么说，方小姐应该能听懂他的意思吧？！

地铁明显减速。布工忽然决定放弃下车。今天只要方小姐还在地铁上，他就决不轻易下车。反正地铁绕着城转，过了这站还有下站。无论到哪一站下车，几步走到站台对面去，往回坐就是，也不用重新买票。

车门开了，又合上。人似乎少了许多。他看见了方小姐灰色风衣下摆处露出的黑呢裙边。两个人就这么面对面站着，一时却又无话。话其实很多，只是不知从何说起。方小姐也不主动开口，布工觉着有些尴尬。

还那么忙吗？总这样呗，说忙也忙，说不忙也不忙。报纸销路好吗？不好不坏吧，反正总能卖出去。最近有什么新闻呢？满大街都是，弯弯腰就能捡着，瓜皮果壳的，报纸就像个垃圾箱。方小姐俏皮地撇撇嘴。明显地，她比那天在厂里活泼幽默了许多。布工想，如果能给她留个家里的电话号码就好了。地铁虽然往前开着，但总是要到站的。那一刻，布工终于很懊悔没有早些跟电话局通融通融。

我，我想——你能给我留一个——一个电话号码吗？布工说。

方小姐迟疑着回答说，我，这会儿我没带笔……要不等下了车，你可以在站台上买张我们的报纸，那上面有。再说我也老不在办公室，不大好找的。

地铁又开始减速。车驶入站台的那一刻，方小姐挪了挪身子，往前走一步，又回过头对他笑笑，很有礼貌地说，我到站了，再见。

方小姐的身影很快消失在黑暗的地铁隧道里。

当布工赶到银河大厦，时针已指向七点差一刻。狄总的秘书等在大门口，面孔拉得老长。他把儿子交到她手里，一句话没说就走了。

布工在寒风凛冽的马路上徘徊，闻到了烤白薯的香味儿，突然想起自己还没吃晚饭，就在街角上买了一个烤白薯充饥。他暂时不想回家，也不知道自己有什么地方可去。

那个方小姐竟然连给他留个电话号码的意思都没有，实在有点太过分了。布工恹恹地想。似乎在方小姐眼中，他这样的男人连交个朋友的资格都不具备。方小姐那双优雅温和的眼睛，只一眼就把他看得很透；她那两只清清爽爽、干干净净的瞳孔，毫不犹豫地把他过滤、排除，驱逐到外星球去了。

好不容易遇上这么一个能让布工欣赏的女人，却根本无法继续下去。

布工沮丧地在街头徘徊。双腿绵软，几口烤白薯下肚，心里越发堵得慌。

莫非他真是个如此不受女人欢迎的人？他的嗓子眼儿里一阵阵往外冒火。离婚两年来，他也并非无人问津。一个中级职称、中等收入的中年知识分子，按理说是供不应求。他的那些熟人亲戚曾找出各种理由，想把一些大龄女青年塞给他，统统被他给拒绝了。三十好几的姑娘没嫁出去，不知道有多么挑剔多么怪癖，他可不想再自投罗网。眼看着厂里的那些同事，连零花钱都让老婆给管得一文不名；远远近近的，如今谁家的女人，说话不是军令如山？可见女人们早都异化得不像个女人了，报纸上还嚷嚷什么女权主义，就像狄总那样，有了权和钱，却没有一丝女人味儿。

其实约会也不是绝对没有过的。布工在离婚之后，对未来重新开始的新生活也曾充满自信。他认识过一个女医生，看样子优雅斯文，后来才知道她是个麻醉师。他想起一部电影，叫作《女人比男人更凶残》，担心有一天医生累得弄错了对象，一家伙把他给麻醉过去，那可就再也醒不来了。于是赶紧草草收场。后来又认识了一个女会计，会计倒是十分小鸟依人，第一次约会就挽住了他的胳膊。那天去逛公园，阳光下他突然发现那会计嘴唇两边，居然生着一层淡淡的绒毛。嘴上有毛，毛即等于是胡子。女人长了胡子，还能是个贤惠的女人吗？看来那小鸟依人多半是个假象，等胡子再长长些，獠牙就该露出来了。他快快逃离了那片胡子的怀抱。

后来还有过一个外省的远房表妹，不知从哪儿听说了什么，在一个雨夜赶来，敲开了他的房门。她湿淋淋地站在屋子中央，把身上的衣服一件一件地脱下来，直到露出贴身的胸衣。一边脱一边直截了当地对他说，她还在童年时代就早已爱上他了，出了五服的亲戚结婚不算近亲，生了孩子不会畸形。今天晚上她就住在这儿了……

布工拿着热水瓶的手突然哆嗦起来，把一半的开水都洒在了杯子外头。他躲进了卫生间，隔着小窗玻璃连声说不行不行，她不把衣服穿上，他就不出来了。一直等到雨停了，他把她送到了附近的一家宾馆。那宾馆很贵，她一连住了三天，花去了布工整整两个月的工资。

布工不悔。他抱定了宁缺毋滥、决不将就凑合、决不受骗上当的决心。

但今夜的布工何去何从？天下之大，难道就再也没有一个能与他一样清心寡欲而又温柔体贴的女人了吗？

昏暗的马路上，他的目光突然被一道刺眼的霓虹灯吸引过去。

他看见了一块巨大的广告牌，上面写着电脑红娘四个字。

电脑红娘？布工似乎听人说起过有这样一种婚姻介绍所。

不必见面，不必难堪，不必浪费时间。只要交一点手续费，就可以把这个城市里所有想结婚的女人，一个不漏地调到自己面前的屏幕上，应有尽有。然后把那些麻醉师会计师理发师还有须在雨夜送去宾馆的女人统统删除。只需用排除法，排除到最后，剩下的就是你想要的那个人了。

布工一时精神大振。他借着霓虹灯的光亮，摸出钱包点了点钱。

然后他推开门，大步迈了进去。

就在服务小姐笑容可掬地向他迎来时，他看见一长排电脑后面掠过了方小姐的倩影。

布工站住了。一丝僵硬的微笑凝结在他的颔下。

这么说，方小姐是宁可找电脑帮忙，也不愿和他交往？他和方小姐真是咫尺天涯……

布工把钱包塞回兜里，说了声对不起，回身悻悻地走出了那所房子。

马路上空空荡荡，路灯稀稀落落。夜幕吞没了城市的一切亮色，城市如同死去一般沉默无语。布工抬起头望天，只见一道璀璨的银河从他头顶上越过，无数星星在遥远的天际，发出微弱冰冷的光芒。

如今宇宙星际间的距离也变得越来越宽阔了吗？布工疑惑地想。

他决定过几天再来这儿。

摘引：有一种亮的银河星云，形状接近圆形，称为行星状星云，也叫环状星云，例如天琴座。行星状星云以外的亮银河星云，形状不规则，比较松散，称之为弥漫星云。

在屋子里澎湃激情的钢琴声中，突然钻出一种尖锐而刺耳的声音：BB——BB——

那声音娇弱、急促，一声紧接一声，如同一只蟋蟀或是蝈蝈，在室内雄浑的琴声中穿来穿去，把回荡在空气中的那些大漠疾风和九霄星辰般旋转的音符搅得个乱七八糟。

有没有可能把它当作和声的一种配器来处理呢？最初西希脑子里掠过了这样一个念头。搞作曲的人，耳朵里不会错过或混淆任何一种发声的乐器。

西希没有理会那个声音，继续着他键盘上的演奏。

BB——BB——那个声音依然固执地呼叫着。

西希终于明白，是他皮带上的 BP 机正向他传递着来自人间大地，确切说是城市人群中的某种信息。

本来西希应该在坐到钢琴那儿以前，就把这该死的 BP 机给关掉。但是目前西希不能这样做，西希正在等待着一个生死攸关的电话。

会不会是银河大厦的咖啡厅终于打电话呼唤他，愿意同他洽谈，继续聘用他，去为那些脑满肠肥的食客们演奏小夜曲或是流行音乐了呢？

西希刚想到这点，手指下的行云流水立即停止了疯狂的运转。耳边突然降下一种戛然而止的静寂，天花板下久久振荡着嗡嗡嘤嘤的回音。

他拿起那 BP 机来辨认上面的号码。只一眼，就把那机子扔到身后的躺椅上去了。

又是她！又是她！总是她！

想要的电话偏偏不来，而不想要的却缠着他不放。

西希打定主意不回电话。

他重新在琴凳上端坐，一只脚伸出去，搁在钢琴中间的踏板上，深吸一口气，准备开始。

那只脚并没有踩下去，却感到了一阵钻心的疼痛。

一阵阵袭来的疼痛，就像 BP 机的呼叫，把西希脑子里的乐谱搞得残缺不全，高音低音互相错位，奇妙的旋律就此无影无踪。

西希恨不得在键盘上狠狠地砸下去。

这半年多来，自从接到那个越洋电话以后，西希可谓祸不单行。

先是剧团搞什么聘任制，找了个理由，就把他给解了聘。

剧团本来就不景气，团长成天托着个钵，乞丐似的到处化缘。广告多施主少，实在开不了锅，团里就拿西希实施改革。西希从音乐学院作曲系毕业，分到这个市级歌舞团，一心想搞交响乐，交响乐既不民族又不传统，既不先锋又不那么不先锋，既不现代又不后现代。前几年，有朋友给弄来一笔赞助，倒是找到乐队排练演出了一场，但曲高和寡，观众的掌声都鼓得不是地方。

剧团需要赢利，聘的是为那些当红歌星写曲的人。西希被人忍痛割了爱，但西希很理解。过了一段时间，无所事事的西希，反倒觉得自在又自由。

于是，西希每天晚上到银河大厦敞亮的大堂，去弹钢琴，每晚两个小时，收入不菲。

饭店的演奏很容易对付，就当是每天练手吧。挣的钱，足够让西希继续写交响乐了。西希可不愿意像历史上那些伟大的艺术家一样，生前贫困潦倒，非得死后才能将乐谱拍卖得儿孙们纷纷争夺遗产。

西希的 BP 机和摩托车就是为此而置办的，有了这两件武器，到各处混些饭钱，随叫随到。

本来一切都很顺利。那首题为《银河》的交响乐，气势磅礴地写出了第一乐章，却没想到刚写完就出了事，人说祸不单行，他却是接二连三。半夜从"银河"回来，骑着摩托车，在路边稳稳当当地就把自己给摔了。摔得不远，当时自己爬了起来，还把车骑回了家。第二天就站不起来了，腿肿得像个水桶。后来送了医院，拍片子说是骨折。在医院住了一个多月，上个星期才算脱去了那一身斑马似的病号服，让人背回了自己家。

"银河"那肥活儿算是丢了。刚攒下的一点钱也花得差不多了。

摩托车撂在屋角，上面蒙了一层厚厚的灰。

算起来，这一连串的事故，都是那个越洋电话打来后发生的。

她在电话里说得倒是若无其事。既然她已经等了他整整五年，既然他没有办法把自己弄到大洋那一头去，既然也许他根本就不想去与她团聚，既然……

他打断她，冷冷地问了一句，要请律师吗？

对方说也许不必，手续其实挺简单，资料寄过来，签上字什么的，寄过来再寄回去，过一段就生效。

他写《银河》最初的灵感，就来自曾经是他妻子的那个女人，那个像江南丝竹一般幽怨的声音，在地球那一端的电话里渐渐消散、沉落，然后越来越遥远、越来越飘浮，直至完全消失……

那个时刻，一幅极其灿烂的星系图景，在他眼前横跨苍穹，冉冉升起。

他本来就不想去那个地方定居。他所有的音乐素材都来自脚下的土地。他担心自己一旦离开了这块地方，就会像那些企图自杀的巨头鲸，搁浅在彼岸的沙滩上。他认为这同什么爱国主义毫不相干。他的英语不算太好，一开口就使他觉得像是一首拙劣的课堂音乐习作。五年中他曾硬着头皮，一次又一次地去那个大使馆签证，然后一次又一次地被拒绝。他之所以仍抱着一丝侥幸，希望能飞越一次太平洋，说穿了并不是因为那个地方有他的前妻，他只是极想借机到真正的皇家歌剧院去欣赏一场真正的音乐会，还有随处可见的广场爵士摇滚乐。

曾是他妻的那个女人，在许多年前是他的低年级校友，天生一只夜莺，歌声夜夜在校园上空盘旋，把男生们搅得彻夜不眠。那只夜莺后来被他养在了笼子里，时间很短暂。其实他早就明白夜莺养不住，他只想品尝占有夜莺的滋味。果然没出半年，那只夜莺就飞出了笼子，她的歌声漂洋过海，鸟窝筑在了新大陆。

离婚手续还没有完全办妥时，他听同学告诉他，夜莺早已投入一位奥地利鬼子的怀抱，据说是真正的瓦格纳传人。

她爱过他吗？他不知道。他对爱情这个古老的话题一点也打不起精神。自从她走后，他这杂乱无章的笼子里，断断续续养过鹦鹉喜鹊黄鹂鸽子，偶尔还有芦花鸡什么的，羽毛都很美丽，只是叫声不同。她们轮流在这里过夜，乐谱从床头一张张滑落，飘飞在房间的各个角落，第二天再重新拼接，即使排错了序列，更有一种失衡与不和谐的奇效。他觉得每次和不同的女人做爱，都像谱写一首新的乐曲。看似每一架钢琴均由标准化的零件组成，无非是七个音符加高音区低音区的音阶，再加上升降的半音，等等。但通过他的手指，却能将她们塑造得风格迥然相异，无论是协奏曲变奏曲，其中无主题有主题无调性有调性慢板快板各种技法，都可变幻无穷，随心所欲。

西希在音乐和女人两个方面，基本都是才华横溢。

所以那只夜莺的离去并不怎么使他痛苦。那些来去自由的鹦鹉喜鹊，很快抚平了他心上浅浅的伤痕。假如不是最近一连串的倒霉事，这种无牵无挂的日子使他觉得妙不可言。

BB——BB——那焦虑的呼唤声又响起来。

肯定还是她。西希连呼机号码都懒得再看。她有一个专用的代号：F147，是她自己起的。她说这是麻将中一组十三不靠的数字。彼此互不相连。

第二乐章开头，是一个降F调。为什么非得用降F调呢？西希自己也不明白。又是F，F，那不是调名，而是一个女人姓名的缩写……

西希重新在钢琴旁坐下来。他觉得今天的思绪纷乱，简直就无法工作。

腿依然疼着，跌坐下去时，琴键在他胳膊肘下突兀地发出一声巨响。

他愣愣地发了一会儿呆，曲谱模糊成一团飘柔的黑发……

那一天，他猛然一下子把她抱起来，放在了琴凳上。她的高跟鞋无意间落到一长排雪白的琴键上，十几个键同时发出一声怪诞的混合音响，就像一阵冲天的海啸摧毁了堤岸，践踏着肥美的良田。那一天，她温柔的身体紧贴着钢琴的柱脚，欢快地呻吟了很久，直到他们彼此筋疲力尽……

后来她哭了。她说她还从来不知道——不知道原来可以这样。就像外星人，像在太空遨游，或者就像死亡之前，灵魂正从肉体中分离出来……

在西希所有的经验中，他觉得那是最到位的一次。他一点也不觉得这是亵渎艺术。他从来都认为，只有在害怕亵渎的人那里，艺术才会被亵渎。

但事实上他到现在为止也不知道她的全名。只知道她姓方。朋友们都叫她阿方，听说是个什么小报的记者。

这位阿方小姐是他在一次朋友家的派对上认识的。那天晚上，由于大伙儿起哄架秧子，他不得不弹奏了自己刚写完的一首钢琴独奏曲。一曲终了，那个穿一条白色亚麻长裙的方小姐就朝他走了过来。她抬起他的一只手，在每一根指尖上轻轻吻过。他记得那整整一晚上，方小姐的眼睛都没有离开过他的手。

那天凌晨分手时，他给她留了自己的 BP 机号码。

后来的日子，每当他的 BP 机快乐的声音响起后不久，方小姐美丽的胴体就会像打开了琴盖的白色键盘，展现在他的眼前。那个时刻世界都已沉默，唯有高亢而激扬的华彩乐段，在狭小的屋子里横冲直撞、跃动流淌。

但西希却再也不想继续下去了。就像乐谱上突然出现的休止符，是一个必须遵守的空白。

自从交响乐《银河》的整体构思诞生的那一刻起，从那个越洋电话中断在黑暗的夜空中开始，西希已不可改变。

虽然他曾多次对她说过，艺术其实无法被某一种风格局限。风格即模式即锁链。某种主义一旦形成，便是它的死亡之日。西希在艺术上崇仰变幻无定的自由，只要它不被主义所吞噬。

但生活中的西希，却奉行与此截然相反的原则。西希抱定了他的独身主义，就像粗暴的手指将他与琴键割裂成两半。

纷杂的思绪中，西希忽然听见房门被轻轻叩响的声音。

会有谁来找他呢？西希犹豫要不要去开门。今天他没有开门的兴致，他的《银河》第二乐章阴云密布。几乎每一个在脑中闪现的音符，都像流星一般迅速从大气层陨落下去，无影无痕……

敲门声很有耐心地继续着。西希不得不想起来，好像是有人同他约好，今天要来借用他闲置的摩托车的。

他一瘸一拐地向着门那儿走去，无奈地打开了门。

门外站着一个女人，那个他眼下最不想见的女人——阿方小姐。

西希有点哭笑不得。他将凌乱卷曲的长发往后使劲地甩去，侧了侧身子。

穿着黑色长大衣的方小姐如一团乌云，无声无息地飘了进来。

乌云顷刻间化作雷霆，阿方小姐暴怒的咆哮声震得西希耳膜生疼。

从早晨开始，我一连呼了你七次，你到底为什么不回？

雷鸣夹着闪电，黑大衣连同红围巾，还有手套和拎包，一股脑向他扔过来。

你必须给我解释清楚，你为什么不回电话？

西希将手叉在腋下，冷冷地说：

不回就是不想回呗。

为什么不想回？

不为什么。

什么叫不为什么？不为什么又是为什么？

西希淡淡一笑说，我不能给你回电话了，我们之间已经结束了。

那个叫阿方的小姐伸出手扶住了钢琴，她的脸色苍白，白得像遥远的星光。她就那么呆呆地站着，后来她便把脸埋在手掌里，低声啜泣起来。雷声已息，浓云依旧，闪电化作滂沱大雨，劈头盖脸地往西希脑袋上砸下来。

她哭了很久，哭声稍停时，她抬起头说，可是西希，你知道我是多么爱你……我真的已经爱上你了！

西希不吭声。

我从来没有真正爱上过一个人，但是我爱你……

西希咬着嘴唇，觉得有点怪不好意思的。

别说什么爱不爱的，多不现代啊！他说。

想了想，又追一句，爱这玩意儿可不是随便说的，我从不与人说爱。

后来他又补充了一句，其实你和我都未必知道什么是爱，更不知道世界上究竟是否真的存在被人叫作爱情的这种东西。反正我不知道。

西希耳边忽然掠过一个奇妙的旋律，如精灵的翅膀，扇起一阵微风。

他抓起一支笔，趴在琴凳上草草涂抹起来。

阿方小姐的声音像是从天外传来：可我知道你爱我，西希你别骗自己了。你虽不知道爱是什么，可你已经爱了。爱当然不是说而是做的，可假如你不爱，你又为什么要做呢？

西希终于恼怒地扔开手里的笔。他想既然今天不再做爱，也许必须说一回爱了。就让他说出来好了，他本不想说，是阿方小姐逼着他说的。

我们之间本来好好的。他匆匆说。可是自从你爱上我的那个时候，咱俩就完了。因为我根本就不想结婚。我不能和一个爱上我的女人继续相处，就是因为我害怕我有一天会屈服于爱，再次陷入婚姻的牢笼。

阿方小姐颤声笑了起来。我根本就没说过要和你结婚啊……

你是没说过。但你总有一天会说的。那时就晚了。你会失望，你会愤怒，没准还会让我赔偿你的青春损失费，而我会说我根本不知道你损失的是什么……

BB——BB——呼机又一次固执地响起来。西希悄然想到，既然阿方此刻是在他的住处，自然不会是她在呼他。这么说，他很有必要察看一下呼机上留下的电话号码。

他看了一眼，又朝着窗口的亮光看了一遍，眉毛跳了一跳，然后回过头对她说，实在对不起，我得出去打电话！是银河大厦的人呼我。我还得混口饭吃啊。

阿方小姐冷笑了一声，站直身子，用了一个夸张的动作披上了大衣，抢在他前头走了出去。

西希蹒跚地挪着步子走出电梯。一股冷风卷起他的长发，遮住了他的眼睛。

他撩起头发，抬头看看天。天上没有银河，只有几颗孤零零的冷星，互不搭界地高悬着，漠然以对。像一只只老乌龟悠悠自得地游过江河，彼此相望而又相忘，漫步于浩渺的天际。

第二乐章得推倒重来。他想。可以试着把西方打击乐和中国腰鼓的节奏结合，这样就会有悬空感，并且断裂、阻隔，弦乐的滑音要一颗星一颗星地变化，每颗星都是一个寒冷孤独的个体，虽然彼此的光芒可以互相传递互相照耀，但它们之间的距离却永远不能移动不会变更，就这样来表现银河的构成……更重要的是，银河无法过渡，没有船没有桥什么都没有，银河不是黄河，银河就是银河……

多日以后，老穆在银河大厦咖啡厅一次新的约会中，与手里牵着一个孩子的中年男人擦肩而过。那人走得太急，差点把老穆手里的手机碰掉。但老穆很有风度地对他笑了笑，他希望给身边新来的女人一种处变不惊的印象。

后来老穆看见了坐在咖啡厅里的方小姐。她虽然远远地缩在僻静的一角，但老穆还是一眼就看见了她。她好像是一个人在此，一只手静静地托着腮，专心地听着什么，那眼神迷蒙，浮游于云里雾里。另一只手拿着一把小勺，慢慢地搅着杯中的咖啡。

一种若有若无的钢琴声在大厅里低低回荡。弹钢琴的是个长头发的年轻人。

老穆对身旁的女人说，银河大厦这个咖啡厅太闹了，咱们另找个地方怎样？

下篇：都市女人

摘引：银河星云由星际气体和星际尘埃组成。如果附近有光度较大或温度很高的恒星，星云便反射星光；或者受高温恒星的紫外线辐射而发光。称为亮星云。

放下电话，狄总将整个身子埋入柔软的转椅靠背，轻轻地舒了口气。

她知道自己一直在盼着这个电话，很久。

她按了一下通往套间外屋的电铃，然后用高跟鞋的鞋尖微微点了一下地毯，椅子迅速地朝窗口旋转过去。从玻璃的反光中，她看见秘书小姐出现在她的视线里。她仍然将脸冲着窗户，背对着秘书说，真是不巧，今天晚上有个同学会，外地同学来出差，推不掉。吃饭谈天，可能……可能结束不会太早。

秘书冲她莞尔一笑，说，又是周末了，总经理也该放松放松啦。

紧接着又补了一句，没关系，还像上次那样，我去替您接孩子好了。

狄总犹豫了一会儿，想了想说，那就把孩子送到我妈那儿去吧，告诉我妈我明天上午就回去。哦，假如孩子他爸来电话，你就告诉他还在老地方，带着孩子等公司的车去接。

您不用车了吗？秘书小姐很体贴地问。

不用不用，我可以打车。狄总有些心不在焉地回答。

她看了看腕上的表，指针跳得出奇地快，就像一辆越野摩托车旁若无人地在高速公路上奔驰，没有红灯拦阻，站站不停。她被这种感觉弄得心慌意乱，就连宽敞的办公室也像车座似的晃荡起来。

还不到下班时间，但狄总决定早些离开。在今夜那个约定的时间之前，她还有许多准备工作要做。

临走之前她又向秘书叮嘱了一遍各种注意事项，诸如下周洽谈业务的日程、各种报表的汇总、公司成立五周年的庆典活动筹备，以及最后离开办公室前，不要忘记检查传真机并打开录音电话……秘书小姐嗯嗯地答应着，脸上的表情变得木呆呆。

不要这么不耐烦嘛。狄总话到嘴边，却没有说出来。她知道秘书小姐不喜欢她这么事无巨细，没准在心里嘀咕她婆婆妈妈呢。但狄总一向自信地认为，女人管理公司，优势就在于比男人更细致更周到更具体。都说男主外女主内，那么几千年下来，女人管理家政的经验，早已成为女人的遗传基因，无非是把小家的概念扩成大家，换个地方当家长而已。女人有了权，就能够更全面地体现女人的优势，比男人更善于下达命令，更敏感更严厉。担任经理一职，比男人更加得心应手！

尽管——尽管狄总在离婚以前，实际上对家政管理并没有太大的兴趣。

不过狄总此刻没有心思对秘书循循诱导，她不想再耽搁时间，只觉得脑子晕晕乎乎，身子绵绵软软的，随着电梯的启动，心猛然下坠，说不出是痒还是疼。

她走出电梯，在一楼大堂略略迟疑，走进了中庭一角上的那家美容院。

公司所在的银河大厦内设各项服务和各类时髦的娱乐设施，有求必应，像一座专供人享乐的独立王国。

狄总其实是美容院的常客，只要公司的业务忙得开，她每周必然抽出两个小时，到这里来将自己抚慰一番。

有时候，就连她自己也惊讶，离婚以后她像是完全换了个人似的，身心时时都有一种像是要长出翅膀来的感觉，然后悠悠升空，飞过城市玩具积木一般的楼群建筑物，往遥远的星辰飞去，一个人在浩瀚的苍穹下遨游，独往独来。过去她也曾习惯于独行，但那时她像一只风筝，胸前总吊着一根线，会把她收回地面。她不能飞得太高，他常给她背诵什么"又恐琼楼玉宇，高处不胜寒"一类的诗词。那个人称布工布工的工程师，也就是她的前夫，曾十分认真地告诉她，若是从物理学上解释，那些行星其实都是冰冷的石头。

但她还是离开家走了，挣脱了风筝上那根原本就太短太细的绳。她从小就喜欢星星。她不能真的上天，难道还不能"下海"吗？她的星星在"海"里，大海同天空一样辽阔，何况除了风还有浪，让她很过瘾。

每当她飞得累了，游得倦了，她便来美容院歇息，任美容小姐柔软的手指，一点点揩去她脸上的泪汗，一丝丝剔去嵌入皱纹里的辛苦。

空气里浮漾着一股素雅而恬淡的香味儿，不艳不俗，恰到好处，厚厚的紫色丝绒窗帘隔绝了街市的喧嚣，房间里宁静得悄无声息。离子发生器喷出一片云又一团雾，萦萦缭绕着，弥漫了填塞了外面坑坑洼洼的世界，弥漫着一种温馨的气氛。

狄总像往常一样，在窄窄的小床上躺下来。对于她来说，这是一片都市里的人造沙滩。

她忽然觉得身子底下有点硌，用手一摸，竟然是一只打火机。

那只打火机很精致，极薄极轻，金灿灿的外壳镀一圈银边，轻轻一按便吐出金黄色的火苗，继而转成暗红色，稍后又由红变蓝，蓝色的火焰尖端围着一层紫红色的光晕……

刚才这儿有男的来过？她问美容小姐。

小姐说是。是有个男的来过，如今男人来做美容很平常啊……不过，他用过的东西，我已经全部换过了呀。

那怎么还会有打火机呢？她用了质问的口气，表达着自己的不满。

她不想问那个男人是什么人、长什么样。尽管她已经不记得他使用的那只打火机，是不是这个样子，但眼下的枕巾上留下的那种男用香水的气息，却使她突然泛上一阵恶心。自从发生过那件事后，任何时候任何地点，只要她一闻到与此类似的气息，胃里马上就会翻江倒海。

她欠身下地，对小姐说，再换一次，统统换，我加付服务费！

如果不换她就走人。但事实上她不能走，她今天必得通过美容，使自己容光焕发。即便是换个美容院，时间怕也不允许了。

狄总再次在新换的床单枕巾上躺下来时，心里依然别扭。

那种气味固执地飘散不去，就像那天晚上他久久纠缠她的情形。那个叫作老穆的男人，是她公司业务往来已久的某部合作伙伴。此人仪表堂堂，颇有人缘，嘴里总有一种甜腻腻的口香糖味儿，能把周围的人都摆布得十分熨帖。他的圆通从不让人讨厌，很得各方的赏识。据说他很快就要从正处提为副局了，他虽然经商，但不知怎的，仍然具有一种似是而非的公务员身份。

应当承认，狄总自从摆脱了那个平庸懦弱的布工，她对那些事业上有成就的男人，尤其是精明强干的男人，抱有难以抑制的好感。她从不认为一个成功的女人背后，必须有一个不成功但诚心的丈夫辅佐。按照狄总的理论，一个成功的女人，应该拥有一位更为成功的丈夫，那才是女人真正的成功。

所以那一天，在银河大厦菊花厅的晚宴散了以后，他向她索要一份资料，她便带他一起上楼到了自己的办公室。那天她喝了不少酒，脑子已有些晕晕乎乎，秘书早已下班，办公室里只有她和他两个。她觉得浑身燥热，斜靠在平日接待客人用的长沙发上。她不记得同他说了些什么，后来他走过来坐在她身边，然后抱住了她。起初她拒绝了，肯定是拒绝了，但他没有松手。后来他说了一句话，就这一句话，击中了她的要害，顿时令她瘫软无言，乖乖缴械。

他说，女强人也是女人啊，至少要像个女人。

后来的许多日子，她一直在反复回忆这句话。她明白在自己的内心深处，其实最害怕的就是这句话。她虽然曾经渴望做一个成功的女人，但当她被人们称为那种固定意义上的女强人后，她发现所谓的女强人，其实在大多数人心目中却是个贬义词。

那个时刻她渴望为自己平反。她感觉自己身体的各个部位强烈地涌上来一种难以克制的欲望。心的深处有个声音对她说，你很寂寞很孤单，你需要他你需要一个男人，是的你同别人没什么两样……

于是便发生了后来的那些事。她任由他从上到下一件件褪去她的衣服，那个过程中她始终闭着眼睛。但她没有等到温热的肌肤，却触摸到了他冰凉的衣扣。她睁开眼，发现他根本没脱衣服，只暴露出身体的某个部位，这个场面令她有点尴尬。他解释说没时间了，这是在办公室，时间太长不合适。他没有抚摩她也没有亲吻她，很快，甚至没等她感觉出什么滋味，一切就已经结束了。

在她穿衣服时，他向她提到了那笔生意。他的神情与口气就好像他刚刚做出了莫大的牺牲，为她雪中送炭，现在轮到她来偿还了似的。

她冲进洗手间，将自己五脏六腑内的污物吐了个天翻地覆……

美容小姐柔嫩的手指从她扭曲的面孔上轻轻滑过。小姐已不止一次地称赞过，说她的面部皮肤保养得非常好，依然富有弹性。她的身材虽然略略显胖，但结实丰满，没有多余的赘肉。小姐问她是否还定期去做美容保健操，她说是的，而且每天早上她还坚持做仰卧起坐。眼前的云雾消散了，蒸汽已经关闭。有针刺般的小锤在额头或腮上移动，她知道美容小姐是在用精华素按摩。手指有节奏地敲击着头顶、太阳穴、颈椎的各个穴位，最后用软刷在脸上涂抹面膜，鼻孔里钻进一阵清凉的水果味儿，慢慢渗入颜面，沁人心脾……

这双手对她皮肤的触摸和照拂，是她用钱购买的，不是恩赐不是强暴。只可惜，美容小姐悉心的按摩，依然无法消解狄总的身心饥渴。这一双手和那一双手彼此不能替代，那么，在这个世界上，究竟还有没有既非恩赐也非雇佣的一双手呢？一双既能真心抚爱她，又能支撑她雄心的大手呢？

狄总从中学到大学，从单位到公司，一直梦寐以求做一个出类拔萃的女人。她知道自己离目标已经不算太远，她或许能成为一个出色的企业家，但她不知道自己是否算一个幸福的女人。她渴望的那双手，是一座遥远的雪山、一个西绪福斯神话、一颗永远与地球保持距离的行星……

狄总在偶尔遭遇过老穆这样的男人以后，曾有很长一段时间对男人失望至极。她终于明白了，春风得意的男人，早已不属于她这个年龄的女人，却已为时太晚。她借口原来的房间位置不对，向银河大厦交涉调换了公司的写字间，以免每天对着那只沙发，时时让她觉得恶心。但狄总毕竟已在商海沉浮多时，人情练达化作一种喜怒不形于色的隐忍。那笔生意虽然免谈，但她同老穆的公司依然保持着友好互利的原则，他们时常见面，彼此心照不宣，就像什么事情都从未发生。

有一阵子，狄总脑子里甚至掠过同前夫布工复婚的念头。那个念头刚刚闪过，她就怀疑自己的脑子是不是出了毛病。那些居家过日子琐琐碎碎、鸡毛蒜皮的往事，他那种平庸，那种懒散，那种无所事事却又自以为是，那种忌妒猜疑和小心眼儿，真是想一想都会让人丧气。到最后，上了床彼此也是无动于衷，一个心气孱弱的男人，身体的那一部分似也同步地萎缩下去……

世上的弱男人不可求，而强的男人却又求而不得。看看周围适龄的中年男子，不是太俗就是太雅，不是太风流就是太迂腐。剩下的就是那些五六十岁的老头儿。这几年，她的身边一直不乏许多人老而心不老的追求者，可只要想一想他们松弛而干瘪的皮肤，就让人起腻。那些日子，狄总陷入一个难以排解的悖论之中，这道左右枯竭无源的夹缝，莫非真的没有优秀女人的立锥之地？

一直到他出现，一直到他用那双白皙而修长的手捧起她的脸亲吻，她整整一冬天的惶恐才随着春雪流淌而去。

她终究还是信奉产品质量第一的。在她经手的生意中，绝不允许假冒伪劣。如今，她终于等到了。

狄总走出美容院时，在镜子里观赏了一番自己。她已恢复自信，在今晚。

大厅里几棵米兰盆花开得正盛，金黄的米粒隐藏在浓密的碎叶中，若有若无、淡雅的芬芳远远近近地散开去，含而不露地走过暮春最后的日子。

狄总加快了脚步。她在饭店的快餐厅简单吃了一份砂锅排骨加炒饭，然后进了美发厅，吹洗了一番头发。又来到饭店二楼的商场，买了一些小食品和水果。她在商场徘徊了好一会儿，似乎没有她想买的东西，便匆匆走出前厅，招手叫了一辆的士，赶往另一家名牌商业城。

当她拎着一只大纸盒从商业城走出来时，时针已指向九点。

街上华灯闪烁，车流如织。和煦的晚风像一双温暖的手，轻轻抚弄着她的脸颊，然后慢慢地抚上她的额和唇、肩和胸，以及全身……

透过那只纸盒，她看见一只白色的摩托车头盔，戴在他乌黑油亮的长发上，长发潇洒地飘扬起来，追赶着她乘坐的蓝鸟轿车。那摩托时快时慢，发出泉水般剔透的声音，沿着马路流淌……

狄总抱着那只纸盒从的士上下来，走出电梯，打开房门时动作有点费劲。两道门上了三道锁，有时连她自己也觉得像是住在一所防卫森严的监狱之中。

而这道排斥一切男人的大门，很快就向那个叫作西希的男人打开了。

粉红色的丝织窗帘软软低垂，温柔得像一团水汽，湿润了干燥的夜空。

占据了整面墙的镜子里，有一个脱下名牌西服套裙、匆匆换上柔软的棉布睡裙的女人，正在走来走去。她卸下了常常令她觉得像是枷锁的纯金项链，让胸口完全袒露，连一丝点缀也不要。耳环也去掉吧，免得碰疼了他。戒指当然也得摘了，对于一个真正具有魅力的女人来说，她呈现的应该是她的天然之美；而对于一个能够真正欣赏这种成熟之美的男人，女人的任何饰物都是多余的。

这一切关于女人审美情趣的学问，都是她在离婚后，确切地说，是在认识了西希以后，才慢慢品味到的，就像第一次嚼槟榔，尝出了生活里曾被她忽略的那种滋味。

她走进洗手间，打开热水淋浴器。雾气和水流缠绕了她全身的肌肤，像他激情澎湃的拥抱，把她从里到外浸透……

最后一道工序是化妆。妆是一定要化的，尤其在她这样的年龄。但要化得不留痕迹。那位布工以前说过一句唐诗，叫作"草色遥看近却无"，用在这里倒是很贴切，只是勾出一个形、匀上一层色、点出一星眼神、咬住一种神态而已。粉底与腮红的色度，差一毫便远去千里……

　　她终于把自己收拾得满意，然后在客厅的长榻上坐了下来。

　　房子很宽敞，是公司去年为奖励她而购置的，装修精致得无可挑剔，家具不多，显得有点空荡荡，这便是她今后的家。但有房子能不能就算是有家了呢？她不知道，她太忙，忙得没有时间来享受她的房子，更不用说享受一个家了。房子里缺什么家具，可以随时添置更换；而一个真正的家，要有家人的呼吸和声音，坛坛罐罐样样珍贵……

　　光滑的镶木地板上，一只猫悄然走来。没有他的气息，没有他的声音，没有他用过的东西。他像一盏灯或一支蜡烛，只能在黑暗中与她相伴。那一刻，她甚至怀疑世界上从未有那么一个人闯入过她的生活……

　　那个初冬的夜晚，她因为处理一个急需的文件，离开银河大厦时已近午夜。她也许本来可以住在办公室，但她还是想回家，这样第二天可以换一套衣服来上班。就在电梯里，她遇见了那个叫西希的年轻人。西希每天晚上都在饭店大堂弹钢琴，距咖啡厅很近。她常陪客人喝咖啡，所以也常听他弹琴。对于他的琴声，她不敢妄加评论，但她有点喜欢这个沉默寡言的大男孩，他的模样虽然温文尔雅，但坐在钢琴边时，手指和头发一阵一阵弹跳得疯狂。那天夜里他像是喝醉了，拼命地按着电钮，说要上九十九层去吃夜宵。她说这座大厦没有九十九层。他说有。她陪着他到了顶层，他死活还要往上去。再走就是露天平台了，她担心他这个样子会出什么意外，任由他沉重的胳膊搭在她肩上，进了电梯。她想，让他到自己办公室去暂住一夜吧，醒醒酒，第二天再说。

走到办公室门口，才发现自己居然怎么也找不到钥匙了。夜已深，服务员也早不见踪影。问他家的地址，他晃着脑袋嘟哝说，不是在天鹅星座，就是在巨蟹星座，你自己找吧……

于是，万般无奈之下，她把这个无处可去的年轻人弄回了自己家。

他一觉睡到了第二天中午，狄总为等他醒来，只得请了一天假。

他醒来后发现自己待在一个陌生的地方，似乎并没有什么惊讶。喝过她亲手冲的咖啡后，他显得精神焕发，不知为什么，他向面前这个亲切的女人、诉说了自己的烦恼。他的叙述语无伦次却滔滔不绝，一种带有胸腔共鸣的嗓音犹如即兴的钢琴曲，在她的房间里横冲直撞。她默默倾听着他的诉说，后来她总算弄明白了，这个年轻人是个作曲的，他生活得很不如意，而他目前最苦恼的，是他那些女友们总是缠着要同他结婚……

他讲完那些以后，突然起身告辞，就像一个中途卸去了身上所有重负的人，了无牵挂地重新上路。

后来他时常来这儿与她闲聊。他出现时往往是深夜，是在他结束了银河大厦每晚的演奏之后。有时他会在半夜突然给她打电话，听着他慷慨激昂莫名其妙的话语，她知道他准又是喝得半醉了。但他一次也没有去过她的办公室，即使偶尔在大堂或电梯相遇，他也是视而不见，就好像除了这所房子里的她以外，那个被人称为狄总的女人根本与他没有任何关系。

狄总已记不清，这个西希每次来她家，自己都对他说过些什么。

也许她说什么并不重要，他需要的只是有人能听他说些什么，甚至他说什么也并不重要，重要的只是叙述与聆听这种形式本身。有一次他似乎突然想起来问她，像她这样的女人善解人意又温存体贴，可为什么从没遇见过她的男友。她回答说她没有。他说这绝不可能。她说这是真的。于是他感叹，说她这样的生活方式不是真正的现代女性，她可以不结婚但她绝不该浪费生命。他说得很急切很真诚，却把他自己忘在一边、排除在外，眉宇间有一种孩子般的纯真无邪，令狄总怦然心动。在风浪险恶的商界，狄总已久违了男人脸上的这种真诚的神态。

她终于变得焦躁不安。那个苍白的冬季过得没完没了，就像她和他一次次漫无边际的闲聊，只将养料储存在包裹严密的树根里，并不发叶不开花更不结果。冬季将尽，从城市街道两边的树坑里，不可遏制地冒出了暖洋洋的地气。那是一个冬末的雪夜，他浑身湿漉漉地出现在她面前，融化的雪水在地板上溅落成一个花环。她拿毛巾替他擦干了头发，又为他倒了一杯热茶。

时间似乎过了许久，她终于开口说：你真的以为，像我这样比你大几岁的女人，仅仅只配与你聊天，为你分解忧愁，仅仅只是，只是你的一个谈话对象吗？

他愣住了。远远地，有雪水滴落的声响从阳台上传来。

她又说：和我在一起，你仍然是自由的。

后来他站了起来。他伸出两只修长的胳膊，迎着她走过去。他从容而舒缓地环住她的腰，将她慢慢抱紧。他的嘴唇湿润灼热，那里再没有话语没有旋律也没有酒味儿，唯有树叶与花瓣从雪地上钻出来……

第二天早上他们醒来时，窗外已是一片银白。

雪化了以后，春风便与西希一起来临，将这套宽敞的公寓刮得一派生机。

电话铃急骤地响起。

狄总伸出去接电话的手，却在半空中停住了。她不愿意在这个时间里有人来电话，并非担心公司会有什么紧要的公务，即便是再紧急的业务，她也能尽快处理妥当。她害怕电话，是因为那个雪夜西希留在这儿以后，她唯一请求他的事，是希望每一次他无论来还是不来，都务必先给她一个电话。她不喜欢突然袭击，在她这个年龄，她需要时间准备，准备好自己的最佳状态。

但狄总还是接了这个电话。她听出话筒里是秘书小姐的声音，小姐说狄总吩咐的所有事都已处理好，请她放心。但下班前接到一个姓方的女记者电话，说下周希望采访狄总，问狄总能不能接受，她好提前做些安排。记者催得很急，她只好这么晚打扰狄总……

狄总尽力克制着恼怒，冷冷地回答说，星期一再说吧！一个记者，至于吗？

她抬头看了一眼墙上的挂钟，时针已指向十点。这会儿，它们已明显放慢了速度，不紧不慢地画着圆圈。那根短针尤其走得涩重，似乎每一步都要付出极大的气力。长针和短针互相追赶着又逃避着，它们将在午夜十二点时，会合并拢成一个整体。那个时刻只有短短的几秒，然后它们又迅速分开，重新开始各自的旅程，在那个相交却不能厮守的圆盘上，继续它们永无休止的循环……

他每次都在这个时间到达。那是银河大厦的一天终于结束，新的一天即将开始的时候。

今晚，她想要告诉他，公司不久将举办五周年庆典活动，她希望他能来参加。如果他愿意，她将借这次活动，在银河大厦为他安排一场西希交响乐作品演奏会，所需经费全都由公司承担。

她走到阳台上。她的目光搜索着楼下空旷的街道。

没有摩托车的踪影，唯有一阵悠远的钢琴声从高高的天际飘来……

她抬起头凝望着夜空，银河璀璨，星云密布。然而，对于这些铺满天空的星星，她实在已是熟视无睹。

却没有月亮。

没有月亮的夜色，看起来是何等寂寥何等虚空。而那个炽热发光的太阳虽能照耀月亮，却无法驱逐月亮周围的乌云，太阳的光芒是多么微不足道多么辛苦徒劳啊……

但她依然崇仰太阳。在那幅绚丽的星图中，它必定要作为燃烧的恒星存在。

一声门铃低低的吟唱，终于在身后响起，她缓缓退出洒满星光的阳台，朝房门走去。在宽大的穿衣镜里，她看见一个妩媚而端庄的女人，正飞快旋转着生硬的门锁，脸上浮现出一种娇羞而又欣悦的神态。

每一次约会，她都将此看成最后一次欢乐的诀别，那个叫西希的年轻人，他也许下一次就不再来了。她随时准备着他的消失。唯其如此，她才能像那些发光的恒星一样，让大大小小的行星们永远围绕着她旋转。

摘引：银河星云附近没有光度较大温度较高的恒星，星云便不发光，称为暗星云。暗星云隐藏其后面的星，所在的天空区域星数特别少，显出暗星云形状。

叶女士比约定的时间晚到了几分钟。在街口那个巨大的电子广告牌下，她老远就看见了他身上那件土黄色的夹克衫。

还是上次那一件嘛，这个人好像不讲究穿戴？邋遢？这样一想，她心里有些不满。

就是上次那一件。不过男人同女人约会，穿得这样俭朴，这样随随便便的，肯定不是那种拈花惹草的人了……她又一想，心里便有些高兴起来。

叶女士是通过电脑红娘认识这位姓布的工程师的。他输入在电脑中的全部档案资料，基本上令她感到满意。见过几次面以后，更坚定了她的想法——年龄、工作、职称、两室一厅的住房，还有电话。虽然这些都是外在的条件，但总得先有外才有内啊。要说内嘛，在叶女士目前认识的单身男士中，布工也可以算得上第一人选了。从见面的第一眼，叶女士就认定布工是个老实人。她和他并肩在公园里逛了一大圈，他离她始终有两拳之隔，生怕碰着她似的；走渴了，他去买了两盒纸盒装的梨汁递给她，还特意倒了一遍手，拿着那盒的上端，将下端腾出来，放在她手里，一副男女授受不亲的样子。走到背静处，见有一张长椅，她说，歇会儿吧。他推一推眼镜，打量一番四周，说，这里恐怕不安全呢，再往前走一会儿吧。又走了一会儿，最后总算是坐下了。是在湖边，身后是条路，旁边是个游船码头，来往都是吵吵嚷嚷的游客，互相说什么都听不清……

但叶女士却偏偏因此而喜欢上了这个布工。

在经历过前夫老穆那样的男人以后，她为自己制定的再婚标准是，未来的丈夫必须是一个忠实可靠、有家庭责任感、能同她一起度过后半生的人。

据说布工的前妻现在是一家大公司的总经理。女人当了什么总经理，难道还会安安分分地过日子吗？可见他们的离异是必然的，无可非议。离婚以后的布工，快三年了都没有再婚，自己一个人带着一个男孩生活，既当爹又当妈的，多不容易。身边有孩子拖累，上班下班、洗衣做饭的，没有那种时髦男人成天惦记女人的心思和工夫。若是嫁给这样的男人，两个人一心一意地过日子，还会有什么烦恼呢？

当年老穆留给她的创痛，依然时不时地使她心有余悸。天下的男人，任是张三李四金猴银猿，只要没有老穆那种见女人就腿软的毛病，即便再穷再丑，都有可能进入她的选择名单。可惜如今的单身男人一个比一个"坏"，一个比一个疯狂，四十岁的想找个二十岁的处女，六十岁的竟还想找个三十来岁风韵犹存的女人。就她这样快奔四十岁的半老徐娘，还能怎么挑剔，往哪儿挑剔呢？她可早就打定主意，不到万不得已，是决不嫁老头儿的。

所以布工是目前电脑呈现给她的极少几位理想人选之一。

看起来布工对她也还满意。他对女人别无所求，唯一求的是贤惠，是温和，是能让男人觉得自己还是个男人的那种女人。他说，小叶，你也受过委屈，受过感情折磨，我们难道不应该互相理解互相珍惜吗？

当时她一听这话，心里就感动得想落泪。她在一个机关当出纳员，收入不算多也不算少，老穆临走前给她们娘俩留下了一笔钱，还替她们买下了原先的旧房。那笔存款的利息，每个月用来补贴家用，日子过得还算滋润。这位布工虽说钱不多，有他这份体贴的心，她也就知足了。几个月相处下来，该说的都已经说了。最后剩下的就是关于结婚的一些具体问题。比如说婚后的住房，婚后双方的孩子如何安置，等等。一旦过日子，针尖大的事情弄得不好，都会在两个人的感情上留下个碗大的窟窿。

想到这儿，叶女士脚上新换的高跟鞋，生风似的在马路上踩得嗒嗒响。她想快些和布工坐下来谈判，虽不说签字画押什么的，至少也得达成个口头协议，免得以后横生枝节。

来了？哦，你晚了九分钟。他说。一边把腕上的表抬起来给她看。不过没关系没关系，今儿星期天，反正也不上班。

车挺挤的，她说，没想到星期天路上也堵车。

孩子呢？

送她姥姥那儿去了呗。

她不缠着跟你出来吧？

不的，我闺女怪懂事，还说哪天让布工叔叔上咱家玩去呢。

这孩子，看着就有个机灵样儿。

你那儿子呢？又上他妈那儿去了？

昨儿下午就走了，待会儿吃了晚饭，我还得去接他回来，明天一早上学……

两人说着些不咸不淡的话，在街角站了一会儿。叶女士张望着四周的餐馆，看好了门口垂着瀑布般灯帘的那家，说，就上那儿吧，还是坐下来边吃边谈踏实。布工便跟着她往那家餐馆走。走到门口，布工的脚步忽然停了，犹豫着说，不行不行，还是换个地方吧，我看这家——肯定是要宰人……叶女士心里有点那个，嘴上说，嗨，咱俩不是头一回吗？该宰也得让它宰啊。约好了一起出来吃饭，菜在其次，主要得有个幽静的环境你说对吧？布工讷讷地应着，只是不动。她脸上有点发烫，心里一急，便说，今天我请你，你别想那么多行不？布工连连摇头，又迟疑了一会儿，很快说，那咱俩实行AA制吧，各付各的，你看怎么样？说好了啊！

总算在餐桌前坐下了。叶女士情绪略略有些受挫。

她要了一个凉菜拼盘、一个咕老肉、一个香菇鸡翅、一个清炒小油菜。布工直摆手说够了够了。问他喝什么酒，他说他什么酒也不喝，就喝点菊花茶算了。她想，一个男人若是不喝酒，生活中将会减少多少麻烦？不觉心情又好了起来。何况布工不仅不抽烟，连烟味儿都闻不得一点点。

等着上菜的那会儿，布工摘下眼镜，仔细打量了她一番。

你怎么戴上耳环啦？他显得惊讶的样子。她伸手摸了摸耳朵，不好意思地解释说，刚刚穿了耳朵眼儿，不戴上点什么，那耳朵眼儿就会闭上的。那你怎么能戴金耳环呢？他又说，你脖子上还挂着珍珠项链哪，可是这两种首饰根本不能戴在一起嘛。还有这只景泰蓝手镯，和你的衣服颜色也不配⋯⋯

他絮絮叨叨地说着，全然不顾及她的反应。起初，由于他对自己的关切，她心存感激，后来觉得这个人好像有点婆婆妈妈。再说下去，她忽然想起他的前妻，那位总经理，高级职业女性，当然有本事把自己收拾得气质高雅。而他这些有关女人的服饰常识，还不都是从他前妻那儿贩卖来的吗？

叶女士的脸上有了愠色。她觉得今天从一开始就不大顺当。但叶女士毕竟是善于克制自己情绪的人，情绪好坏直接影响事情的成败。即便想发脾气，也得忍到结婚以后。幸好菜已及时上了桌，她为他斟上茶，把手镯往毛衣袖子里塞了塞，便与他慢慢吃起来。

很快，她便把话题引到了房子和孩子的事情上。

看起来布工对此也早就胸有成竹了。他慢条斯理地说，假如我们真的准备结婚，按我的想法，可以把双方的两套住房加起来，换成一套三室或四室的大房子，我们两人住一间，一个男孩一个女孩各住一间。若再有富余，可以为我布置一间书房；没有富余，书房就和客厅合在一起，也将就⋯⋯

这是一个最理想的方案了，他很兴奋，就是得费些工夫想法换房⋯⋯

叶女士不吭声，其实她早就知道他会这么盘算。

然而按照她的计划，事情就不该是这么个逻辑。他儿子占一间，他再占一间书房，明摆着她和女儿不就吃亏了吗？他难道就不能为她想一想？

她说，可是你不知道，我现在那房子产权不是自己的，没法换啊。

他愣了一下，说，那——那你不等于没有房子吗？

有房，没有房产权。是政府补贴的福利房，产权丢了还得追究责任呢。

他夹起一块咕老肉放进嘴里，嚼了一会儿，含糊地说，那——那你说怎么办啊？

她抿了一口茶，想了想说，你的那个儿子，你已经带了几年，难道就不能借着你再成家这个机会，送还给他的母亲，让她去抚养几年吗？

话音未落，布工就急急打断她说，这绝对不可能，我决不会把儿子给他妈。听他的口气，他宁可放弃同她结婚，这个方案也没有任何商量的余地。

她笑着点点头说，那可也是啊。又吃了几口菜，放下筷子问他说，既然你不愿把儿子给他妈，那么也许可以请一位保姆，让儿子和保姆住在你原来的那套房子里？不等他插话，她忧心忡忡地补充说，根据许多再婚家庭的经验，双方的儿女在一起生活，早晚会产生种种意想不到的矛盾，尤其是一个男孩一个女孩，很不方便，还是井水不犯河水为好……

你的意思是……布工扶了扶鼻梁上的眼镜，身子往后仰去。你的意思很明确，分式相加，还没统一分母呢，就先准备约分了？那可绝对不行。你这样解题根本无法运算，用计算机也不行，连题目都出错了。

他一口气喝干了杯子里的茶，像是打算走的样子。

叶女士心里有点慌慌的。她可不愿现在就把他惹恼，放跑了他，再逮回来可就费劲了。他既然坚守那个宝贝儿子的阵地，看来就得她让一步了。但让步也得适可而止，总不能由他得寸进尺吧？于是她一边给他添茶，一边连连向他解释，刚才她只不过随便说说而已，办法总得一个个去想，这个不行，可以再想下一个，何必说说就恼了呢？过日子本来就有一大堆烦心事，她正是因为有同他结婚的诚意，才会考虑一劳永逸地消除事故隐患呀。

布工垂下头，好一会儿没说话。

她夹起一只鸡翅放在他盘子里，笑笑说，那你说吧，你说个办法我听听。

他伸出两只手，使劲挤着脑袋两边的太阳穴，忽然冒了一句，小叶，你说这家到底是个什么概念呢？

家？什么概念？什么什么概念啊？叶女士一时有些发蒙。

他自言自语地说，一男一女住在一起，那是不能叫作家的，那只是个巢，是个窝，可以是同居关系，也可以是搭伙做伴，好则好，不好就散了，两不相欠。可是孩子是骨血，是你的另一个生命。有孩子的家，那才是真正的家，这个家无论走到哪里，都拆不散分不开的，你说是不是啊？

叶女士仔细品味他的话，觉得也是。是那么个道理。其实她也何尝不是把相依为命的孩子，当作自己的全部的家呢？她点点头，一时想不出什么话，可以反驳这位别人家的男性家长。

所以——布工顿了一下，抬起头，一口气说了如下一大段话：所以按我的想法，咱们结婚以后爽性各住各的，各自带着孩子，还住在原来的房子里，你按你的方式生活，我按我的方式生活。你可以来看我，我也可以去看你，当然这个看的意思，我不必说明了，就是说，我们彼此都要经常尽夫妻的义务，这样对身体健康是有好处的。再说双方不天天住在一起，还可以避免你刚才所说的那种摩擦，不至于为了各自的孩子，还有油盐酱醋什么的，一次次做疲劳试验消耗人生……

布工的镜片闪闪发亮。他已完全沉浸在自己关于家的美好设想之中。

对了，我们还可以先做一次婚前财产登记。他补充道，不管什么方法，我们为什么就不能试一试呢？

叶女士那一刻眼睛酸了一酸，忽然就有了想哭的念头。

那还叫什么家啊？她苦着脸说。

那怎么就不叫家呢？

那……那不成了……成了牛郎织女了吗？

牛郎织女？牛郎织女才现代呢。最古老的往往也是最现代的，要不是那道银河的相隔，一年才得一聚，他们如果日日相守，没准早就打得不可开交了……

叶女士觉得自己若是再坐下去，定是要哭出来了。她恨不得马上站起来离开这儿。

两人都没再动筷。这顿饭是没法吃下去了。布工已伸手看了几次手表，示意他还得去接孩子。她扭过头，向服务员小姐打了个手势。一张单子送到桌上，她瞄了一眼，一共一百六十七元八角。

布工开始掏他的钱包。她也掏出了钱包，抽出两张一百元的票子。

布工严肃地说，不是说好了 AA 制吗，一个人实付八十三元九角。

叶女士犹豫了一会儿。刚进门那会儿，她确实诚心想付这顿饭钱的。但现在，她想自己即使坚持付了，布工也不会领情。

于是为了零钱，两个人又让来让去地凑了一阵子。最后是她付了八十五元，布工付了八十二元八角，才算把饭钱结清。

出了餐馆，彼此说了再见，也没再约见面的时间，只是说再打电话吧。她一个人往电车车站走。布工骑车，要往相反的方向去。

她刚走了几步，听见身后有人叫，小叶。回头看，见布工骑着车追上来，从口袋里掏出一只红色的信封，递到她手里说，我还差点忘了，下个星期六晚上银河大厦有个舞会，咱俩一块儿去参加吧！

她借着路灯把那张请柬看了一眼，诧异地问，银河大厦，你儿子他妈不是就在那儿上班吗？

就是就是，是庆祝她那个公司成立五周年，把我也邀请了。挺友好的，估计是做给儿子看的。他有几分得意地笑着说，我要去的，而且要你也去！我想让她认识认识你！让她明白我不在乎同她分手，我生活得挺好。

叶女士心想，连房子的事情都还没有个眉目，他倒像是和她真有那么回事了似的。不过她和他在舞会上露了面，他们的关系是不是就变成既成事实了呢？也许她倒可以借此机会，让既成事实来改变他关于房子的那些奇怪想法。

叶女士把请柬收起，放进了自己的包包。

电车来了。车门在她身后关上。隔着车门，她听见布工在下面喊，你若是去，可别戴那些首饰啊，什么都别戴，记住了……

她坐下来，从车窗里望出去，晴朗的夜空满天星斗。银河像一道瀑布，把整个天空截成了两半，却找不出哪颗星是牛郎，哪颗星是织女。她漠然看了一眼，便把目光移向了地上的街市。夏天眼看就来了，要为女儿准备换季的衣服，她得在前一站下车，到商场去遛一圈。

摘引：有一种亮的银河星云，形状接近圆形，像行星，也称为行星状星云，在其中央常有一颗高温恒星。有些行星状星云呈圆环的形状，例如天琴座内的环状星云。行星状星云以外的亮银河星云形状不规则，比较松散，常称为弥漫星云。

方小姐迈着轻松的步子，悠悠穿过一个个明亮如镜的柜台。

都市的春天是从超级商场的精品屋和时装柜台上走来的。

裙子风衣运动服 T 恤衫短裤还有紧身衣，各种最新款式，像冰河解冻像孔雀开屏像热带植物园，占据了柜台内外所有的空间。今天是这个样子，明天又变成另一个样子。柜台像一座座开放着奇花异草的花坛，开了又谢，谢了又开，日日绽放出五光十色的花朵，招引着顾客来扮演蝴蝶蜜蜂。

她喜欢这个叫作大宇宙的商场不夜城。几乎每个星期，她都会到这个地方来闲逛。即使不购物，在这里随便走走，也可让人放松心情。

在这个钢筋水泥铺筑的都市丛林中，还能有什么比一种幽雅的购物环境，更惬意更忘我的休闲去处呢？

方小姐在都市出生，在都市长大，她几乎不知道都市以外的世界如今是个什么样。都市生长的速度，比她从少女到女人的发育过程更快得惊人。城市无限地膨胀着，像无数条蠕动的蚕，一层层蜕着老皮，一天天甩掉了原先的花园、树林和绿地，在城市的夹缝中，结出一个又一个封闭而细长的茧子。污浊的空气淹没了花香，就连树叶都变得真假难分。她早已对那些假惺惺的公园感到腻味了，她宁可在那些茧子似的高楼大厦中，选择一个比较透明的茧子，一次次走进去将它衔住，然后把它柔韧的丝缠绕在自己身上。

宽敞的大厅里弥漫着一阵阵忽而浓郁、忽而素雅的馥郁，经久不散。她知道那是化妆品柜台在挥散它的香味儿，像一座盛开的玫瑰花坛。她甚至能分辨出哪一种香味儿的化妆品，属于哪一种牌子，是雅芳是高丝还是雅诗兰黛……香水中自然是法国香奈儿的气味最高雅，甚至可以使用高尚这个词，但价格令人咋舌，她暂时还无法将其供奉床头。所以每次来逛大宇宙，她都会深深吸气，熏上一星半点余香在衣服上，也够让人陶醉一阵的了……

方小姐迈上了通往二楼的自动扶梯。她今天不打算购买化妆品，今天的采购任务很紧急也很明确，她必须在五点以前为自己买妥一只真皮女包。

她一向喜欢用那种宽宽大大的包，比如说佐丹奴仿真，式样简洁明快，容量还大，装什么都行。干她这行的，整天在外面跑新闻，那种板板正正的女式坤包根本不实用。原本的一只式样已过时，很多次倒是想买只新的，七混八混的就拖下来了。

但再拖不过今天了。六点，她将出席在银河大厦举行的一个庆典活动，还有自助餐和舞会。其实类似这种活动，平时隔三岔五就有，她参加得多了，何必单为这一次，把自己重新武装一番呢？她的钱本来就紧巴巴的。

不是为了西希，她在心里对自己说，决不是为了西希。她和他的关系早已了了。只不过她偶尔路过银河大厦，若是觉得累了，会去咖啡厅坐一会儿，听听他的琴声而已。即便在以前，在他们彼此很亲密的时候，他也从来不曾注意过她用什么挎包。她当然也不是为了什么别的男人，她向来是一个我行我素的女人，根本不在乎在任何场合下，遇到以前的任何男友……

只有她自己明白，她如此煞费苦心，是为了那家公司的总经理狄女士。

一个星期前，狄总接受了她的采访。初识这位仰慕已久的女企业家，方小姐感到她的握手间，有一种冷而硬又说不清楚的东西。那位狄总首先解释说自己很少接受记者采访，她喜欢做得多些说得少些。但这次恰好在公司成立五周年前夕，有必要对社会适当做些宣传，三年的拼搏，自然也有许多可以探讨的话题。采访比她预想的顺利。狄总不仅善于辞令，而且擅长总结经验。她只用了半个多小时，就把公司三年来的经营方针，也就是她本人对于市场运作的基本思想，有条不紊地陈述清楚了。方小姐对狄总的初步印象，觉得她属于那种思维理性、性格强健的女人。

狄总停顿了一下，那是个明显的句号。于是方小姐开始提问，提问是女记者方小姐的强项，既要沿着对方的思路，在大脑曲曲折折的沟回中，挖出更深层更宝贵的体验。又得不被对方所牵制所迷惑，而是挖掘疑团消除疑团，一丝丝剔去芜杂的材料，最后把那根主脉剥离出来，再将所有的毛细血管与之贯通。方小姐干记者这行时间并不算太长，但她觉得这是自己干过的工作中，最为得心应手的一种。她喜欢同各种各样的人谈话，只有在与人交谈的时候，城市才因此呼吸。

她感觉出狄总对她提出的那些问题开始产生了兴趣，脸上最初那种带有戒备的线条，正快速地变得柔和而明朗。狄总似乎渴望某种表达和阐释，她避开了锋芒，委婉而巧妙地绕过雷区，再做出回答，让人觉得她已尽了最大的诚意，但她必须将那些最要害最核心的地方，留给你自己慢慢去体味。这样，在最初有些生硬的感觉里，狄总的语音就透出了一种富有弹性的韧劲。

方小姐不觉对狄总本人产生了一种好奇与好感。

严格说，狄总像大多数事业成功的女人那样，长得并不漂亮，却有一种耐人寻味的气质，从她丰满的身材上洋溢出来。那天狄总穿着一身浅棕色的西服套裙，露出胸前咖啡色与淡黄色小碎花相间的真丝衬衫领子，卷曲的长发随意地盘在脑后，一只与她衬衫花色几乎完全相同的发夹，十分鲜艳醒目地点缀着。没有多余的首饰，只是在耳垂上嵌着两粒淡黄色的琥珀，里面有影影绰绰的花纹浮动。简练而雅致的职业女性风格，服饰无可挑剔。

单单是那件衬衣和发夹的颜色搭配，就得花去多少心思？方小姐在心里感叹。妆也化得恰到好处，不留意或是不懂行的人几乎就看不出来，而这种含而不露的修饰，才是一种真正的讲究！需要审美的品位、知识和时间，当然最重要的，手头还得有较为宽裕的人民币。那个瞬间，她几乎很快改变了自己以往对那些所谓女强人的偏见。在这位狄总面前，她甚至觉得自己像一只尚未长成的丑小鸭。她无法确认狄总的年龄，但女人若是活到狄总这份儿上，大概也不枉为一个女人了。

那一刻方小姐有些走神。这位狄总在她的采访后面所呈现的色彩，恰恰触动了方小姐内心最为苦恼而又矛盾的一份心思。

方小姐承认自己一直渴望做一个成功而又不失魅力的女性。但她磕磕碰碰走到今天，终于明白女人的成功与魅力，如鱼和熊掌一样不可兼得。她的目光扫过都市那些成功的女人，她们身上似乎总是缺少了什么，变得不那么可爱；而可爱的女人，天生注定她们无法成功甚至不屑成功。所以最后那些成功的女人，总是让男人敬而远之，望而生畏。男人们永远都在追逐着必须依附他们的女人。女人因依附而可爱，女人一旦不依附，那可爱又由谁来欣赏呢？

方小姐不喜欢没有男友的生活。而与男友们自由相处的第一要素，是一个属于自己的小窝。男友与房子，与家的概念决然无关。多年来，她为房子所困，周旋于一个个男友之间，恰如她每日周旋于都市的新闻垃圾之中。

后来她便有意无意地向狄总谈起了那个关于女人的话题。

事隔多日，她仍不明白，狄总到底是有意还是无意，那个话题刚一开场，就被她客气地打断了。她又谈了些别的什么，无关紧要的什么。她依然彬彬有礼，但在方小姐看来，狄总就像忽然间披上了一件斗篷，将自己包裹得严严实实。在她脸上重新绷紧的微笑中，方小姐读出了狄总内心难以掩饰的隐情……

最后狄总站了起来。她让秘书小姐拿出一张请柬，邀请方小姐下个周末来参加公司的庆典活动，然后吩咐派一辆公司的轿车，把方小姐送回家去。

那只大红色的信封曾让方小姐的眼睛亮了一亮。她以为那是一个红包。采访最后毕竟得落实到文字，关系到宣传效果的好坏，应该说是狄总有求于她。在方小姐的采访活动中，对此类红包她总是来者不拒。这是她每个月用以添置服装、化妆品等女性支出的主要来源。但遗憾的是，眼前这位光彩照人的女企业家，似乎全然没有那个意思。

但第二天，狄总竟然亲自给方小姐打了电话。

她在电话中强调说，希望方小姐一定抽空来参加周末的活动。那天的采访，她本人对方小姐留下了很好的印象。因此周末那天，她将有一个重要的事情想同方小姐面谈，请她一定来。语气间似有一点神秘，不愿说破究竟是什么事。

什么事呢？这个电话很让方小姐费了一番猜测。

正因为如此，方小姐今日出席狄总主持的招待会，便格外小心。自尊也好虚荣也好，女人在另一个比她更强的女人面前，即使她口袋里只剩下了最后一分钱，即使她再需要帮助，也绝对不能让对方察觉她的窘迫。

方小姐站在琳琅满目的女式挎包柜台前，一时有些手足无措。

牛皮猪皮羊皮仿羊皮山羊皮绵羊皮，方形圆形椭圆形梯形锥形三角形，棕色蓝色黑色赭红色墨绿色米色乳白色即便是棕色也还分为深棕浅棕偏红的棕偏黑的棕艳丽的棕和沉闷的棕，还有长带短带卡口金黄还是银白内里三层五层以及带一道拉链还是带三道拉链……

每一种式样细细观赏下来，方小姐倒抽一口冷气，脑子有些发晕。

款式颜色质地还有价格。她的目光久久审视着各种不同的货物，忽然发现这种种因素想要集中在某一只坤包上，搭配得天衣无缝恰尽人意，几乎没有可能：款式满意颜色却不妥，质地精良而价格实在太贵，价格合理可款式不合适，颜色柔美但质量不敢恭维……

再说还得考虑怎么同服装搭配哪，一种颜色往往只能配一种服饰啊！

方小姐怔怔地站着，在柜台前陷入了突然而至的困惑和茫然。

就在她愣怔的那个瞬间，有很多男人从挎包里钻了出来，高大威猛的深沉冷峻的温存憨厚的精明狡诈的风流倜傥的猥琐木讷的，俊美的丑陋的得意的潦倒的狂傲的谦恭的还有学者商人艺术家官员大款小款……她试过一些，却没有一个真正令她倾心。唯独那个作曲家西希，她爱过他，却又爱得那么失望。好像曾有一个叫老穆的中年男人，那寒冷的夜晚，他骑士般的侠义风度曾使她差点入迷。然而绅士的外表下面，却是一场俗不可耐的交易。过后再想起他气喘吁吁的那些俗话，真让她忍不住喷饭。老穆虽然色欲强旺，但若是给她做性伴侣，怕也是不合格的。男人再坏再损，也不能像那个穆，除了上床再无半点情趣。还有像布工那样的单身男人，就算他是一座尚未被开掘的富矿，那矿藏却埋得太深，她可不愿花费转瞬即逝的青春年华，去开采他的未来。那么既然她不想在此投资，又何必去招惹他胡思乱想呢？得罪也就得罪了。她眼下急需的是一座露天煤矿，煤层厚而煤质优良，开采又极现成，铲斗一撮就装车……

可供选择的东西太多时，居然与无可选择时有一样的结果：没有选择。

方小姐的眼前迷迷蒙蒙，一片浑噩。

她把眼前揣摩多时的一只精巧黑包往柜台上一推，对售货小姐说了声谢谢，转身匆匆离去。

上帝造人时显然缺乏敬业精神，常常偷工减料，粗制滥造，全然不像天上的那些星宿，无论发光的还是不发光的，入了夜，每一颗都晶莹闪烁。

而天下的男人和女人，也许都只是些盲目空转的卫星，在早已注定的轨道上，围绕着另一颗事实上并不存在的行星盘旋。那颗行星却又追逐着更遥远更壮丽的恒星，周而复始，织出一幅虚妄迷幻的星图，供都市的人们消遣……

天色刚刚暗下，街灯已迫不及待地亮起，敞开了不夜之城的天幕。

方小姐觉得自己像一颗漫无目标的流星，湮没在都市的辉煌里。

她出现在银河大厦门口时，已换成一身牛仔装束。浅蓝色的弹力牛仔裤，配一件精工制作的镂空牛仔背心，脚上一双旅游鞋，肩上随意搭着一只牛仔背包，看上去精神利索。她明知道这身装束不适合今晚的场合与气氛，但她偏喜欢以与众不同的风格来出奇制胜。当然，还因为那只最终没买成的坤包。

绚丽的灯光下，她看见狄总正站在饭店门口迎候客人。

这一晚，狄总穿着一条淡紫色的羊绒长裙，那紫罗兰色水一般柔和，汩汩垂坠，不经意地勾勒出她身上丰满的线条。羊绒衣料一眼看去就是高档优质的，薄而轻盈，有滑润的丝绸效果。长裙低开领，衬托出她颈项与胸口白皙的皮肤。她似乎什么首饰都没佩戴，只是在羊绒裙的领口上，缀着一只硕大的紫水晶胸针。那若有若无的亮光时不时幽幽闪烁，为她染上了一层暖色，使她的整个脸都变得生动起来。

方小姐到得似乎晚了些，客人入席的高峰已过，恰好台阶上寥寥无人。

今天晚上您真漂亮，显得特年轻。方小姐对狄总说。

您也是，您好可爱啊！狄总很高兴的样子，您来了真是太好了！

方小姐从她的牛仔包里拿出一沓报纸，说，报道出来了，给您带了几份。

狄总接过报纸将标题扫了一眼，把报纸交给了身边的人。往后退了一点，站在灯角的暗处，对方小姐浅浅一笑，说，你来得巧，客人差不多都进去了，我这会儿倒正有空儿。我们这就谈谈，好吗？等一下酒会正式开始，我怕就忙不过来了……

方小姐矜持地点点头。她不想让狄总看出她也同样迫切。

她听见狄总说，她公司目前的经济效益仍在持续上升，业务量日趋增大，她急需增加秘书，尤其是得力的秘书，可以兼管公关。她原来的那位秘书小姐已派驻香港，目前多方物色，遍寻无着，有很多女孩子来应聘，但没有特别合适的。情急中，忽然就想到了方小姐。她和方小姐虽然接触不多，但谈话中发现她有一种潜在的资质，尚未有效地开发利用起来。方小姐假如愿意到公司来，她不仅感到十分荣幸，对方小姐本人来说，可能也是一次极好的发展机会……

狄总娓娓的言谈中，却有一种居高临下、不容拒绝的语气。虽然她始终用赞赏和欣悦的目光望着方小姐，方小姐仍然觉得有些不自在。

最后狄总轻轻说，至于你的工资报酬，将会参照本公司中层管理者的标准，这大概将是本城一般记者收入的五倍以上。

方小姐睁大了眼睛。她觉得自己脸上的肌肉都绷直了，然后她悄悄咽下了一口唾沫。

狄总伸出手，把她额前的一缕碎发撩起，亲切地说，不必急于回答我，你考虑考虑，最好能听到让我满意的回答。

这天晚上的谈话如若到此为止，方小姐将会度过一个无比兴奋激动也无比美好的夜晚。然而接下来发生的那些事情，却在很短的时间里改变了一切。

一辆奔驰而来的摩托车箭一般蹿到了饭店门口，一个戴着白色摩托车头盔的男子从车上急急地跳下来。他把车往门边的台阶下一甩，便直奔大堂而去。他走得很慌乱，但方小姐还是看清了——那是西希。

在银河大厦遇见西希，本没有什么奇怪。但令方小姐吃惊的是，西希刚一露面，狄总匆匆对她说了声再见，眼里掠过一丝微妙的欢愉，然后紧随西希走进了大门。

那种急切而温柔的眼神，方小姐懂。

隔着几乎透明的玻璃门，方小姐看见大堂大理石方柱的阴影里，两个渐渐靠拢的身影。西希把那只修长而潇洒的胳膊，揽在了狄总的腰上。

那晚的自助餐极其丰富，方小姐却一口也咽不下去。

一直到狄总宣布庆典活动开始，并介绍了今天晚上的庆典内容，方小姐才如梦初醒，原来舞会已被取消。取代舞会的是青年作曲家西希的作品演奏会，将由市歌舞团乐队演奏他的一首交响乐新作《银河》。

方小姐当然不会忘记，她离开他的去年冬天，交响乐《银河》刚有了第一乐章。她无法知道西希后来的灵感是从哪颗星上接收来的。但她懂得，举办一场非营利性的音乐会，没有一大笔经济赞助，根本不可能。

方小姐找了一个不引人注意的位置，悄悄坐下来。

大厅里依然人声纷杂。她感觉到有束滑腻腻的目光，从侧面的座位上递过来。她没动身子，只是将眼角的余光往那儿瞥去。她看见一身考究的西装和油亮的头发，还有一张笑眯眯的胖脸。她觉得此人面熟，却忘了他叫什么。不一会儿他身上发出一种蝈蝈的叫声，他拿起手机开始低声说话。方小姐忽然想起来，这个人竟是老穆。

她回过头去，冲着他嫣然一笑。

有两个人从她前面的座位上站了起来，离席而去。那是一个男人和一个女人。那女人穿着一套颜色鲜亮的扎染套裙，图案和款式显然不伦不类。只是她没戴任何首饰，刺眼的蓝色被抹淡了。她一边错开座位上的人腿，一边对后面的男人嘀咕，明明说是舞会，怎么开上音乐会了？真没劲！后面的男人似乎不大情愿地跟着，眼睛却瞄着老穆。后来他们走到狄总面前，好像说了些什么，彼此都微笑着，很有礼貌地握了握手，然后一前一后地消失了。

音乐响起来的时候，方小姐斜靠在椅背上，闭上了眼睛。

那个时刻，世界都已沉睡，都市的喧哗被音乐的雨帘隔断，净化为一片宁静的太空。宇宙原本万籁无声。一团团气体与尘埃在深不可测的渊薮中回旋、升降、膨胀、聚合。它们彼此渴求着企盼着对话，微弱的声音以光年的速度传递，那声声探询与问候掠过长空，星系间从此有了音乐的颤动。它们翻滚着战栗着，偶尔脱离了自己原有的轨道，而侵入了对方的空间，于是摩擦，纠缠，崩裂，分离，坠落，爆炸。无垠无际的银河星云，从此充斥着光与声的暴力，日冕银晕还有强烈的星际耀斑，交替变奏着永恒的怨仇与绝望……

弦乐的滑音一颗星一颗星地变化着，断裂，阻隔，悬空感——西方的打击乐和中国腰鼓的融合——这一小节表现了极度的不和谐、狂躁而迷乱，互不关联。每颗星都是一个寒冷孤独的个体，虽然彼此的光芒可以互相照耀，但它们老死不相往来。星回石移，没有鹊桥……

两行冰凉的泪，似琴弦的颤音，沿着她的面颊簌簌下滑……

她不知道音乐会是什么时候结束的。她听见了一阵稀稀拉拉的掌声，然后是一片嘈杂的人声，如铺天盖地的阴云，覆盖了她湛蓝色的天空。当她睁开眼睛的时候，大厅里的人走得空空，只剩下乐队正在收拾乐器。没有狄总，也没有西希。

她背上她的牛仔挎包，快步走了出去。

她想也许应该向狄总告别一下，顺便对狄总说，她已经做出了决定：她不会到她的公司来当秘书。如果狄总需要解释，她会直言相告，她历来不习惯在女上司的手下工作，狄总也不例外。

她当然没有必要对狄总说明，其实真正的竞争是在女人之间进行的，女人的竞争对手只能是女人自己。

当都市的女人重新回归女人之时，都市已失去了男人。

她不需要狄总为她提供的机会，她的竞技场不在这里。

她用目光寻找，但在互相寒暄着陆续退场的客人中，仍然没有看见狄总。

她走出饭店的大门，发现地面上湿漉漉的，天空中飘着雨丝。

她在台阶上站了一会儿，犹豫着是不是该打一辆的士走。

忽然从刚才西希扔下摩托车的那个角落，她听见了西希恼怒的声音：应酬应酬，我知道你一直在忙着应酬那些无聊的客人，那些人根本就不懂得音乐，让我给他们演奏，白瞎了我的时间，糟蹋了我的《银河》！而你，你根本就没仔细听我的《银河》，你只关心人们对你的赞美，那是一帮聋子，听不懂音乐的聋子……

一袭浅紫色羊绒长裙的背影在雨丝中默立。

方小姐急急走下了台阶。

袅袅雨丝在大厦霓虹灯的光亮中，千条万条熠熠生辉，像五彩缤纷的焰火。

一辆摩托车轰鸣着从她身后赶上来，在她身边戛然停下。西希掀起摩托车的头盔，懒洋洋地对她说了声：上来吧，我送你。

她摇了摇头。

摩托车溅起细碎的水花，轰然远去。

漆黑如墨的夜空里没有一颗星星，但她知道银河存在并横跨天穹。世间那么多男人和女人，只能隔银河而相望。星星落地，化为珍稀的陨石。

雨下得大了，一辆辆出租车从她身边驶过，招手不停。

方小姐把牛仔包顶在脑袋上挡雨，心里暗暗庆幸自己没有买那么贵的包。

她只是不明白，自己出门怎么总是遇到坏天气。

1994 年

写于北京花园村^①

---

① 发表于《作家》1995 年第 1 期，《中篇小说选刊》1995 年第 2 期转载。

工作人

工作人——既不是工人也不是干部，其实就是城里人所说的农民工。但农民工自己不管自己叫农民工。在华北一带的农村，他们喜欢把那些在城里干活儿的农民工，叫成"工作人"。

一

梁百川把倒煤渣的双轮车往墙根一扔，朝着街角的那个邮筒快跑了几步。

冷风旋起一片煤砾，沙子似的打得脸生疼。

他揉着眼，掏出口袋里一只皱巴巴的信封，塞了好几次，才总算对准了邮筒口那条窄窄的缝隙。他听见手里的信封落在空荡荡的邮筒里，发出咚的一记响声，像是石头子儿掉进井里的动静。

他每回寄信，都得这么来回瞧了又瞧，听了又听。那邮筒张个大扁嘴，一口就把信吞下了。中国的外国的，往哪儿邮的都有，谁保证它从这里进去，都能往信皮儿上那地方落脚呢？百川进城打工四年，往家写的信，虽然一次没丢过，但他还是放不下心。

月儿盼着这信哩。这个月百川从家回城里时，月儿嘱他去大商场问问录像机的价儿。

结婚以后，这几年添了洗衣机和收录机；彩电早有了，村里的年轻人都说，电视机配上录像机，好比是好马上了好鞍，过日子啥啥都不缺了。

信投下后，梁百川心情很好，就手在冰凉的邮筒上轻轻拍了一下。

这一拍，他发现自己顺手摸来了一手红不红黄不黄的铁锈。

他看着手掌心从邮筒上蹭来的铁锈，仔细琢磨了一会儿，心里就犯了嘀咕。

没准儿是个废邮筒吧，谁知道它每天开还是不开呢？今天是趁着倒煤渣的空儿，以前可从没往这邮筒扔过信。要是邮筒根本就没人开，自己这封信不就走不了了吗？它躺在这城里睡大觉，耽误了家事，让他落月儿的埋怨不说，那信皮上，好歹还有五毛钱邮票呢！

百川有些心疼。

他绕着邮筒转了三圈，那邮筒横眉冷眼地蜷缩着，看不出个真假。但按着他在城里干活儿几年来积累的经验，他认为对城里各种公用设备，必须抱着高度的警惕。比方街上一排排杵着的那些个红红绿绿的自动电话亭，看着像个大立柜，可等你把钱扔进去了，那话筒却一个个全都不言语不出声，没一个好使的；百川在街上见过一种什么自动取款机，有个款爷模样的人，把一张卡片塞进去，一边用鼻子哼着歌儿等着它往外掉钱呢，还一个劲儿赶着旁边看热闹的百川快走。百川走了，边走边斜眼瞅他，嗨，一分钱的屎蛋子都没下一个，连那张卡片也不吐出来了，急得那人直跺脚，用手去抠，抠得指甲都出血了。

那天，百川幸灾乐祸地冲那人吹了一记长长的口哨。

这样想着，百川就往邮筒上狠狠地踢了一脚。然后，又往筒盖上重重地捶了几下。绿铁皮在干爽的空气中，发出春天成群结队的蜜蜂般的嗡嗡声。百川仍觉得不解气，他想莫不如就把邮筒里的那封信弄出来得了，弄出来再送到邮局去寄还保险些。于是他猫腰在地下捡了半块砖头，开始砸邮筒的底部。百川年年冬天在城里烧锅炉，人虽细高高干巴瘦，手腕子可有劲儿。他把邮筒敲击得像战鼓雷鸣，听见自己的那封信，炒豆子嘣爆米花一般在邮筒里头颠腾，有一会儿工夫，快要像那些气功表演密封药瓶取药似的，自个儿从邮筒里钻出来了……

"干什么的，找死呢！"接着，百川的头顶响起一声炸雷。

百川一回头，见有两个身穿警服的人，正一脸阶级斗争地朝着他走来。

百川扔下砖头，撒开长腿就跑。跑几步，想起那辆运煤渣的双轮车，只得回身去取，车若是丢了，少说得赔百八十块。可就因耽误这么点工夫，他的肩膀头上狠狠地挨了警察一家伙，直到半夜在被窝里还麻辣辣地疼……

——我没砸邮筒真的没砸啊，我砸邮筒干什么呢，那里头又没有钱没有存折没有粮食没有酒，我干吗要砸邮筒？一个人做事总得有目的，有动机吧，你们说说我是什么动机呢？说了你们也不信：我是看邮筒上的一个螺丝松了，想着给它敲严实了，怕有人往外偷信呢……

——你还不老实！你咋不说自己在学雷锋呢！可惜雷锋那会儿还没农民工呢！

百川咳了一声，垂下了头。

——好吧，那就换个说法。您听好了，这可是实话：我刚把信寄走，就后悔了。信是写给我媳妇的，你们城里叫爱人叫夫人叫太太叫什么都行就是那个意思。我到城里来干活儿挣钱，她一个人留在家里，我不放心她，我才明白过来，她要是真来了，往哪儿住呀？！这又不是部队还让家属探亲。一间工棚好几十人哩……

——百川涨红了脸，脖子上的青筋不停地跳。

——我最后说个理由，你们再不信，就算我真是砸邮筒的行凶打劫，把我带派出所去得了。我告诉你们，这邮筒里有我刚寄出的一篇稿子，说是散文也行小说也行，反正是我一个字一个字写出来的。你们知道在锅炉房里写稿，是个啥滋味？那边是泵房，火车头似的轰轰响着，这边一张值班用的破桌，桌上的煤灰厚得都能当黑板使了。我写了几行，就得戴上手套到炉子那儿去扔几锹煤，手套早破了，手指头黑得像煤块儿，把稿纸摸得黑一道灰一道，钢笔水写上去都看不出来印儿了……

百川还没说完，就听见一阵刺耳的笑声，震得他耳朵疼。

——我真的不骗您，刚寄出的稿上写错了一个字，我想把它从邮筒里取出来改改，才……

——甭废话了，破坏公物，罚款五十元！

百川咬紧了牙。他早料到，说什么都是他没理，说什么他们都不会相信的。

其实下午当警察出现时，百川一句话都没分辩。以上的对话，都是百川事后在研究院锅炉房的值班室，靠着床上的铺盖卷儿想象出来的。百川自从进了城，就不爱说话了。他觉得在城里，用不着也轮不上你来说什么，嘴巴这东西除了吃饭，其他的功能都是多余的。城里只需要一双眼睛去看，就够了。有时一双眼睛都不够用。除了眼睛，最好能再多长点脑子和心眼儿。

城市是一头猪！

百川在心里诅咒。

它不是头猪，还能是个啥呢？整天蹲在圈里好吃懒做的，等着人喂。城市不像牛不像马、哪怕像只羊或是像条狗也行，都会漫山遍野自个儿打草找食。城市是个圈，城里人是头猪，得把食剁碎了煮熟了才动嘴，等着吃饱了喝足了，再把圈里的垃圾，像上粪肥一样运到城外的农村去。

百川瞧不上扫马路的清洁工，他觉得清洁工和起猪圈，意思差不了多少。

百川在城里受了气，每次都努力想象村里过年时宰猪的情形。

这种想象令他产生一种杀戮的快感。可惜百川并不会真的杀猪，甚至也不太擅长杀别的动物。这是因为从他出生以来，山里和村上可杀的东西，无论是野生还是家养的，都不算太多了；另外，百川十六岁以前一直在镇上读书，读过九年小学加初中的百川，打小就对动物有些害怕。这也是他在十七岁那年离开豆庄，到八里地外的铁矿去干活儿的原因。后来千军捎信让他到城里来，他不搭理；千军捎了几回信，最后亲自跑到矿上，扛走了百川的行李卷，百川才跟着千军进了城。

千军是百川的亲哥。高中毕业差几分没考上大学，进城当了水暖工。没过几年，在城里承包了一家工程队，干得挺红火，混得挺滋润。

但百川不喜欢城里。

他第一次进城的时候，就觉得城里怪憋屈的。高楼大厦一幢紧挨一幢，见不着一个囫囵的太阳，风吹在身上，好像撕成一片片了；马路上挤着那么些汽车，走得比羊群还慢，不拉屎光放屁；城里的味儿也不对，弄得人鼻根痒痒老想打喷嚏，三天两头地犯鼻炎。

刚进城那会儿，除了干活儿，百川常常不知道手该往哪儿放，脚该往哪儿站，眼睛该往哪儿瞧。百川出门总低个头，胳膊像鸭掌似的甩了又甩。千军就在一边怒目圆睁，冲他低声吼道：你给我站直了！把胸挺起来！

谁不想昂首挺胸地当一回城里人呢？百川也想。

第一年夏天，百川做绿化工，拽一根碗口粗的橡胶水管，给研究院大院里的树浇水。那鼓胀的胶皮水管横在路上，过来一辆卸货的卡车，百川看见了，急忙跳了几步想把管子顺过来，让车过去。那车却不等他，猛地加大了油门，轮子一压上水管，管子就裂了，水柱喷得一人高。路边正有个女人领着小孩玩耍，没躲开，孩子让水给滋了一身，惊天动地地哭号起来。百川吓得一哆嗦，抓着管子结结巴巴说了三遍对不起。那女人冲着他走过来，二话没说，上前就踢了百川一脚，正踢在脚脖的筋上，疼得百川直龇牙。踢完了，还不依不饶地骂一句：干什么吃的，你这个臭临时工！当时只差那么一点，百川手里的水管就要冲她扬上去了，他真想用水狠狠滋她一脸。但百川不敢，他不想丢掉这份工作。这个饭碗要没了，他还得回家去种地。

那年百川刚满十八岁。

这些年，百川在城里受的气多了，只要能忍的，都忍下了。

忍不下的，也忍了。

所以百川不喜欢城里，可是百川还得在城里待着。七年前，哥把第一个月的工资拿回家时，爹扬着手里的票子告诉给百川，城里最好的工作就是水暖工，又有技术，活儿又轻巧，一个人要是能在城里当上水暖工，一辈子都不愁了。

等到百川真的在这家研究院当上了水暖工，却发现水暖工和锅炉工其实没什么区别。秋天把暖气水管收拾利索了，一冬天剩下的事儿当然就是烧锅炉了。不烧锅炉，哪儿来的暖气呢？所以水暖工得先把暖气烧出来，才有水暖工可当。他们这些所谓的水暖工，其实一冬天都在烧锅炉。

进了锅炉房的，出来时全成了坦桑尼亚黑人；那黑黑的煤灰嵌到肉里头，囫囵个儿的黑；洗澡时用丝瓜筋搓背，连丝瓜筋都跟墨斗鱼似的；吐口痰也漆黑，能让人当煤核拣；眨眨眼，眉毛上直落黑霜；伸出手，就像动物园里的黑猩猩……

锅炉工和水暖工应该是两码事儿，一是体力活儿，一是技术活儿，性质不同呢。百川曾私下对千军嘟囔说。自打农民工进了城以后，最苦最累的活儿，都让农民工包了。一人顶好几个正式工呢，跟旧社会的剥削有点像……

千军不吭气。千军是高中毕业，懂的不比百川多？！

百川又说：你给我说说，啥叫农民工？我翻了《新华字典》《辞海》还有大百科什么的，就是没有农民工这个词儿……

千军瞪他一眼，低声说：你吃饱了撑的！

这城里真是没法子待了！百川常常这样想。

百川抬头看看钟点，打开炉门。炉火烧得正旺，火光映红了一面墙。

百川清了炉渣，添煤，通风，上水，扫地；然后就去看温度计。

有个声音在他背后说：炉子怎么又冒黑烟啦？！

百川不言语，用袖子去擦温度计。玻璃管上头有水汽和灰尘，总看不清。

那个声音说：甭看了，肯定不够高，说多少次了，总也烧不够二十六度，真是不长记性，去找你们头儿来！

百川说：……您不是派我哥千军出去办事儿了吗？

那人嗯了一声，背着手，慢悠悠走到值班室去打电话。百川不用听，就知道他打电话的顺序——先是打到院党委书记家，然后是院长家，再是副院长和办公室主任家。他打电话不用看号码本儿，每家的电话他都背得滚瓜烂熟，每次打电话的内容也全都一模一样：哎哎，我是锅炉房啊，没别的事儿，就是问问领导家的暖气热是不热？温度合适不合适啊？——是高了呢还是低了？再提高一度还是二度呢？是降低一度还是二度呢？啊啊，知道啦，马上就办，您老放心吧……

总之，相差一度也是不能含糊的。

百川每次听他打电话，都憋不住想要乐出声来。他觉得那人很像电影里的太监。对，就是太监。这人每次给领导打电话的时候，那种像娘儿们一样温柔的声音，同他平时对临时工们说话的口气，就好像换了一个人。其实他也就是个房管处的助理员，撑死了算个科级，可他就能把个千军训得像孙子似的。千军常常脱口叫他徐主任，在百川看来，千军肯定是故意的。但徐主任一听，脸上顿时就变得笑容可掬，肚子也随后挺起来，千军要说个什么事儿，主任挥挥手就批准了。

据百川观察，主任这官儿虽不大，但正好就管着千军的承包队。

百川从来见不着主任忙什么。城里的人，每天都穿得那么干干净净，所谓的上班，也就是到各处溜达溜达罢了，把烟头扔得哪儿都是。

百川第一次上主任家去安装管道煤气，主任正在沙发上看报纸。主任那会儿还没管着千军的队，连名义的主任也不是，没人通知他家里要施工。主任冷着脸说：谁让你上这儿来的？以后记住要先打电话！百川转身要回，主任说算了算了，来了就先干吧。主任老婆对百川说：把你的鞋脱了，没见我们这地板打蜡呀。百川就把鞋脱了，袜子露着脚趾，一屋子咸菜缸味儿。百川窘在那里，一咬牙把袜子也脱了，却不知放哪儿，放大门外怕丢了，更舍不得扔簸箕里，愣一会儿，问：你家厕所在哪儿？主任和主任老婆都不应声；他又问一遍，还是不应声；急了，自个儿奔一屋去，却一把让人给拽住了，恶声道：你也忒过分了吧，还想在我家上厕所哪！

那一天，百川发了疯似的凿地板。那还是十多年前地震期盖的房，钢筋水泥结构，死硬死硬。百川跪在地上，从上午九点一直干到中午十二点，跪了整整三个小时，在地板上凿了一个供管道通行的洞，大得像个篮球。

主任倒抽一口冷气说：这该不是要安装升降机吧。

他斜着眼看主任，嘴角抿住几分得意。他望见墙上的大镜子里，自己的头发上蒙了一层白粉，像树林子里的白头翁。他手腕上的关节明显地肿了起来，那是锤子落偏了砸的，麻麻的已经没有感觉。

主任老婆给他倒了一杯白水，他连碰都没碰一下。

主任家的煤气管道，足足被他晾了一个星期没去接着干。最后是主任让管千军的那个主任再请了千军亲自去给弄好的。

那天百川约了几个哥们儿，到院外的小饭馆里去喝酒。酒过三巡，百川扬着筷子，眉飞色舞地对大伙儿说：你们瞧瞧那些城里的男人，有几个像样的？到了礼拜天，抱一大堆老婆孩儿的衣裳，到锅炉房来洗，热水放得哗哗的，敢情是公家的，不花钱。也叫个男人？多跌份儿哪！不够丢脸的呢。要我看，咱比人家，差在哪儿啊？咱谁也不比城里的男人次，是不是？

大伙儿塞一嘴土豆丝，都点头说是。

有个胖子，还给他老婆洗裤衩子呢！我都看见了。有人小声说。

一齐哄哄大笑，够痛快的。

却没想到这个主任，后来就真管到他们这段来了。主任上任后，从没给百川好脸子看，动不动就找碴儿，要不怎么叫主任呢。但主任对付百川没有什么过硬的招儿，百川心里有数。百川是农民工，百川的工钱归千军而不是归主任开。百川不想提干不想转正，开除也开除不到哪儿去。百川早已不是当绿化工那时的百川，他伺候锅炉那两下子，队里几十号人中，除去千军也就数他了。百川话虽不多，但说一句顶一句，只要千军不在，大伙儿都听他的。主任要是想撵他走，剩下的人，怕是没人能拢得住。

主任放下电话，脸上的笑容还没来得及收起，扭头吆喝说：

风门还得开大，多添煤往高了烧！没个记性，说多少遍了！

然后就在值班房的床上坐下来，架起了腿，摆上一副百川熟悉的架势。

百川侧了脸，装没看见。他这会儿虽想抽烟，宁肯憋着。

山子放下手里的活儿，颠颠跑过来，掏出一盒瘪瘪瞎瞎的"北京"递过去。主任看都不看，自己摸出一盒硬盒的"红塔山"来，山子慌忙划着了火柴，才算是把主任的烟点上了。

主任悠悠弹着烟灰，自言自语地说：你们爱怎么干怎么干吧，就是烧锅炉这活儿，你们也干不了几天啦。等明年，这几条街全改成集中供暖，锅炉都得取消……

山子的铁锹哐当落在地上，当时面如土色。

百川瞟了一眼山子，弯腰把铁锹捡给他。

百川早听千军说过集中供热。到时候暖气就像管道煤气一样，自动就从地底下送过来了。热力站将代替锅炉房，烟囱统统地全部拆掉。百川听说这个消息的时候，几乎有点儿幸灾乐祸。他早就恨透了锅炉房，任是它爆炸了也好取消了也好，反正等什么时候自个儿再也不用白天黑夜地烧锅炉了，才不算是个假冒伪劣的水暖工。

百川冲着山子说：不烧锅炉了更好，你当城里就长着锅炉啊？

主任拉下了脸，起身走了。

主任回头哼一声：能耐的，有你们哭的时候！

百川当天晚上下工回宿舍，意外地收到了月儿的来信。他拿着信要拆没拆那会儿，想起下午跟邮筒的那场战争，觉得有点好笑。那邮筒也太神了，就像是他的信刚发出，回信立马就跟来了。

月儿没问录像机的价格，信上就一句话，让他赶紧回一趟家。

百川觉得蹊跷。从月儿信上的口气看，他觉得家里好像发生什么事儿了。

百川没顾上洗脸，就去找千军请假。千军正同一帮人打牌，头也不抬，只说昨儿入了三九，气温低，暖气不好烧，正是取暖的节骨眼儿上，你回啥家呢，等春节吧。

百川说，哥你上外，我把信给你看。

千军不看信，也不挪步。有人讪笑说：百川你想老婆了吧，回来才几天？

百川有些愤然。可也犯不上跟这些没文化的家伙较劲，他们知道啥叫感情吗？

第二天早起，百川写了个纸条，让山子交给千军，自己就奔长途汽车站去了。

汽车驶出城，上了郊外的公路。百川长长透了口气，呼吸忽地畅通许多。拥挤的车厢里，百川想象着千军恼怒的样子，心里一阵快活。他发现做农民工其实挺自由的，想干就干，想走就走。要是愿意，就留下，不愿意，打起行李结账走人。这不比那些一辈子都拴在一个单位，拴在办公室或车间里的城里人强多了？

百川总是能及时发现自己处境的优越性，这就是百川与众不同的地方。

二

汽车顺着曲曲弯弯的盘山公路，在山腰上慢吞吞盘旋的时候，百川的视线越过灰蒙蒙的山谷，远远望见了山脚下的那个豆庄。

一条鱼肠似的小河从村边流过，一座座红砖砌的大瓦房，在河滩旁的高地上，毫无规则地排列开去。小河对岸有一片小小的平原，连着山腰的梯田，是全村的粮食产地。遇上旱冬，坡上地里都不见雪，光秃秃地裸露着。

百川1967年出生，豆庄来了知青，等百川上了小学，知青就都走了。知青没给百川当过老师，但村里的小学校，有知青留下的黑板和课桌。百川的学习成绩好，初中考上了镇里的重点中学，过了三年又考上了高中。但那时爹病了，家里没钱供他上学，高中刚毕业的千军哥，就进城去打工，但打工也不够供百川上高中，百川只好去了矿山背石头。背了两年石头，哥让他进城，说挣得比矿山多，还能学技术。那会儿吃饭不要粮票了，百川这才到了城里。在城里待了几年，挣了钱给爹抓药，爹的病一天天好了，能下地还包了果树和鱼池，爹妈惦记给百川说媳妇。到了百川二十三岁那年，娶了村东头关家的闺女月儿，然后同哥千军分家，自立门户，从此百川就成了一家之长。

百川在村口的公路上下了车，正是中午，村口的水泥桥上空荡荡没几个人。说是个桥，三季都没水，只在夏天走山洪，顺便带走河床里堆积一年的垃圾。

桥头是豆庄的"王府井"，也是发布豆庄各种重大新闻的广场。

百川同熟人匆匆打个招呼，只觉得今儿豆庄的人表情都有些古怪。

当百川站在自家小院的门楼跟前，心里忽然就踏实熨帖了。

四间瓦房是结婚时新盖的，院里有一棵花椒、一棵香椿。院墙东头养着自家的鸡，屋里即将笑吟吟迎上来的年轻女人，是自家的老婆——白面馍馍样脸蛋、油栗子般亮眼睛的月儿。

百川推推院门，才发现大门从里头闩上了。

大白天的锁啥门呢？百川有些纳闷。不是月儿自己写信让回的吗？他琢磨，心里突地跳出些念头，猛然就警觉起来。他四下望了望，踮脚往院墙里瞅，墙太高，瞅也是白瞅。要是能翻墙进去就好了，即便有个天大的秘密，也能一目了然了。百川倒不是不相信月儿，只是百川在外面听说过太多打工仔心酸的故事——你一年到头、长年累月地把老婆留在家里，谁能保准不出什么邪性的事儿呢。

百川定了定神，看见了院墙西头那块拦着篱笆的一角。

结婚一年多了，那个角没砌上墙砖，一直就那么空缺着，像个豁牙子。砌墙的时候，南头的李家人说，这个角本是他家的宅基地，死活不让百川把墙砌直了。月儿怕李家把事儿闹大，两家邻居一辈子抬头不见低头见，相互都难受。就让百川留了个空儿，说等着慢慢把理说通了，再砌也不晚。百川一两个月回趟家，这一年里头，同李家交涉了不下七八次，一点眉目都没有。

一年前临时插上柳条篱笆，风吹日晒的，也早已东歪西倒了。

百川走过去，轻轻把篱笆前的杂物扒拉扒拉，憋一口气，猫一样钻了进去。

院里静悄悄的，屋门紧闭，没一点动静。百川趴窗户往里瞧，窗帘拉得严实，一丝光都不透。拽门，门从里头反扣了。敲门，半天也没个答应。百川脑子嗡嗡直响，手也哆嗦了，一生气，就用脚踹门，踹了两脚，一股火拱了上来，拉开嗓门儿就喊月儿的名字。明人不做暗事，男子汉大丈夫，他要月儿知道是他回来了。

窗帘拉开了一条缝，他看见玻璃后头闪过月儿一双红肿的眼。紧接着门就开了，月儿像一床棉花套子，软软地倒在他的怀里，两只冰凉的手，死死地箍住了他的脖子。

屋里冷冷清清，他傻傻地环顾四周，里里外外，只月儿一个人。

月儿没等他说话就放声大哭，哭声如山洪暴发，惊天动地。月儿的泪水蹭在他的胸口，月儿的热气呼在他的腮帮上，月儿不停抽动战栗的身子，缩在他的怀里，那么柔软那么弱小那么孤立无援；

月儿的双手勒紧他的肩膀与后背，好像一松手，他就又回了城里，剩下她一个人留在家中……

百川被月儿哭得莫名其妙，终于不耐烦起来。他摇着她说你说嘛说嘛，出了啥事？我这不是接到信就回了嘛，大白天你还插个门不让我进。

月儿又抽泣，眼看着要平息了，用手一指外面的院墙，又泣不成声。

百川耐着性子，总算断断续续地把月儿的伤心事，听了个含糊大概。

五六天前，刮着大风的夜，有人敲月儿窗，让她开门，还隔着窗户对她说些月儿说不出口的话，也听不出来是村里哪个狗男人的声音。月儿吓得一夜没敢睡，第二天找了百川的娘来做伴。娘的胆儿大，半夜又听声响，抄着锄起来捉人，那人一闪身，从缺了一角的篱笆墙那儿，轻轻巧巧地钻了出去，连个影儿也逮不着。娘在院子里转了几个圈，发现那流氓出来进去，根本不用走大门，大门的锁头不管啥用。

第二天娘破例没在院墙外骂街。娘在屋里骂百川，说是他给贼人留的狗洞。

村里有人在"王府井"那儿说话了，说是月儿不让垒墙，就为招野狗。

月儿说到这儿，又哭。百川明白了，其实月儿压根儿没受到实质性的侵犯，月儿是被人伤在心里了。所以在百川从城里赶回来之前，她锁下两道门，连屋都不出。百川心里庆幸着，顿时又越发心烦意乱。他搂着月儿的手松开了，倒在床上发愣。

月儿止住了哭声，咬着牙，一个字一个字对他说：

你要是再不把这院墙给我垒直了，你就不是个男人！

百川听着月儿气汹汹下达的"最后通牒"，心里倒有几分感动。月儿这么在乎自己，在乎他百川，在乎他们俩的小家，证明月儿是真心对自个儿好，也证明他俩真有爱情。

爱情到底是什么呢？百川不知道。只是从书上小说中见过。一般来说，爱情好像都发生在城里。

百川结婚以前，一直都希望着经历一次真正的爱情。他内心关于爱情的渴望，是跟着千军进城打工以后，突然觉醒的。城市的空气里飘浮着太多同爱情有关的气味，城市的街头到处都是袒露着肩膀和大腿的女人，多看几眼，爱情这玩意儿也就无师自通了。但城里女人的爱情是献给城里的男人的；没有钱的女人，爱情是献给有钱的男人的。百川很有自知之明。他只是想把城里的爱情，暂时借回豆庄去用一用。

那会儿，百川在工余，正读着一个叫李宽定的作家写的小说，读得废寝忘食，心潮起伏。李宽定小说里的女孩，个个清纯善良，很是让百川着迷。

百川在城里整天挥动着煤铲，但跟前都是豆庄南头刘家燕儿的影子。燕儿曾是百川小学时的同学，等百川有一次从城里回来，猛然发现燕儿已是个大姑娘了。燕儿长得有些苍白，他好几次无意发现，燕儿静静地坐在小河边，用手托着腮，望着远处的山，像藏着许多心事。猛一眼看去，活活一个李作家笔下的女主人公，叫人生出许多怜爱。百川在村里一打听，这个燕儿原来已经和邻村的一男人订了婚。订婚这个词儿很刺激，撩得百川热血沸腾。原先他还觉得燕儿朦胧又遥远，一听燕儿有了主，百川顿时产生了强烈的竞争意识。

百川在城里待了几年，任千军说城里这么好那么好，说破了天去，百川觉得有一样好处，是千军看不到的，那就是，城里能买到许多新出的文学杂志和书，要是在镇上和矿上，借都没地儿借去。研究院大门外有个收破烂的摊儿，每天都有人来卖旧报纸旧杂志，百川隔三岔五给那老头儿买盒烟，然后挑些有意思的杂志借回宿舍去，下了工，躺在铺上看杂志打发时间。在那些杂志里头，百川发现了《收获》《钟山》什么的，那是上初中的时候，老师推荐给他读的。中学时，百川的作文经常受到表扬，所以，喜欢文学的百川，认定自己不能与其他农民工混为一谈。

那年回家过春节，百川下定了要和燕儿尝试爱情的决心。

二十一岁的百川，把以前看过的书翻了又翻，竞争燕儿的计划就有步骤有目标地落实下来。

百川执行计划的第一步，是准备鱼饵。年前，他故意去燕儿家串门。按着乡里的习俗，未婚男子不宜单独拜访订了婚的女子。那么百川的突然袭击，传递给燕儿一个强烈的信号：别看燕儿订了婚，燕儿还有别的选择；何况百川串门时，跟燕儿爸有一句没一句地说些闲话，搞得她爸莫名其妙。那其实只是打个招呼而已，比较含蓄有礼貌。

第二步是撒网。百川认为自己必须尽快引起燕儿的注意，并让燕儿对自己产生好感。所以大年初二上午，当村里的年轻人，男的一拨儿、女的一拨儿，都集中在"王府井"闲聊天的时候，百川说话的声音，在人群上空像蝗虫一样飞舞起来。他不停地说着，说城里的汽车和房子，说世界公园的游乐场；再把研究院那些研究员们说话的酸劲儿，尽量夸张地模仿出来。百川听见自己滔滔不绝的话语，如水库开闸，瀑布般一泻百里，真叫个才华横溢。他看见所有的人都在听他说话，姑娘们早就闭嘴了，像屋檐下的家雀呆头呆脑，一个个都表情迷茫地望着他。而他，根本就不瞧燕儿一眼，这叫作欲擒故纵。然后，说到最精彩之处，突然打住，扔下所有的人，径自回家了。

百川在城里只用眼睛。百川的嘴，留着回到豆庄，才有用武之地。

第三步，百川要收网。他要把爱情的信息，直接传达给燕儿。正月初五那天，村口的桥上又聚满了人。百川悄悄走过去，找个离燕儿很近的位置站下了，两眼就死死盯住燕儿看。燕儿一抬头，同他的目光对上了，眼神慌忙躲，躲也躲不开，再一抬眼，还是百川的眼睛，看得她浑身一阵热。百川觉得自己的眼睛直溅火星子，把燕儿的红袄都烫得一个洞一个洞的；燕儿看懂了他的爱情，终于顶不住了，一扭头，羞得钻入人堆里不见了。

百川觉得已是水到渠成，自然迈向了第四步。第四步才是真正的关键时刻。百川特意选了正月十五的晚上，他认为爱情的表达应该注重环境和情调。百川穿上了在城里才穿的呢子大衣，一个人去了燕儿家。燕儿的妈在炕上躺着，见他进来，闭了眼装睡。百川对燕儿说：燕儿，咱俩出去遛遛？燕儿一噘嘴，说：不去，你没看我妈睡了。百川说：你妈睡了，咱俩在这儿说话，碍事呢。一把拽住燕儿的胳膊，燕儿就乖乖跟着他走了。豆庄那么大个地方，也没别处可去，百川和燕儿上了场院。当空一轮圆月，地上像是下了一层新雪，燕儿的脸也和月亮一样，惨白惨白的。

百川在场院边的墙根站下了。燕儿站得离他有十步远。

百川想挨得燕儿近些。可是，他刚往前走一步，燕儿就往后退一步。

百川有些尴尬，先前准备好的词儿明显地用不上了，就干脆说：燕儿，我想娶你。

燕儿不吭声，好半天，说一句：我订婚了。

百川激昂起来，问：你把我和你男人比比，是我好还是他好？

燕儿又不说话。半晌儿，蚊子样的声音哼哼：我订婚了呢。

百川心头有火拱上来，大声说：你没看人家城里，结了婚都能离，订婚算个屁！

百川说得激动，一口气往前走了好几步；燕儿不答话，慌慌地退后了好几步。

两个人在月亮地儿站了好一会儿，都说不出话。小风飕飕的，刀子似的刮脸。百川身上有些打战，对燕儿说那你考虑考虑吧，我明儿就回城，开春了还回来。

两个星期以后，百川又从城里回来。他给燕儿带来了一瓶“华姿”洗发水和一瓶“大宝”洗面奶。他去燕儿家，燕儿不在，他把东西留下了，燕儿妈也没说啥。晚上他去找燕儿，让燕儿跟他出去，燕儿痛快答应了。那晚没风，满天星星像城里的灯火一样；他和燕儿在村里转着转着，就从岔道上了山。百川打小就在山沟里打柴，山上的道儿他都熟。他把燕儿领到一棵苹果树下，猛地就把燕儿抱住了。他又对燕儿说了一遍，等他再挣些钱，他就回来娶她。这么说着，他就在燕儿的脸上亲了一下，燕儿忸怩着，气都透不过来；后来他就把手伸到燕儿的衬衣里头去了，那儿紧绷绷地鼓鼓着还挺暖和。可惜燕儿胸口上戴的那个东西，像是用布缝的，粗粗拉拉地硌手。他想把那玩意儿拽下去，燕儿死活按着不让拽。燕儿说话的声音带哭腔，她说：上回你走以后，他来过了。给我爹搬了一箱"二锅头"、两大盒子点心，给我一块头巾，我都没要；他想帮我爹修猪圈，我妈不让，怕欠了他的情。我跟我爹妈说了，想跟他吹，爹妈都同意了，说他不如你，你打小就聪明，家境虽然不算好，但庄上的人都说你以后能成气候。你如今又是城里的工作人，以后过日子也有个依靠。只不过……不过我爹说了……

燕儿的话吞吐起来，百川的心绷得紧紧。好不容易等燕儿说完，他长长松了口气，手里抓着的树枝都咔嚓掰断了，事情竟比他想象的要简单得多啊——不就是你爹花了他家八百块彩礼钱吗，这太没问题了，我给还上，他拍着胸脯回答。你想让我啥时候送去，我就啥时候送去！

百川忽地感觉到自己在城里打工的无比巨大的优越性。如果他不是在城里烧锅炉，虽然他一直是村里人见人夸的好小伙儿，但能说拿就拿出八百块现金，能具有一举打败燕儿未婚夫的显著优势和实力吗？

百川拉着燕儿的手往山下跑。只觉得脚下的地平展展的，这山也不像座山了；头顶的星星伸个手就能摘到了，那天空也不是原来的天空了；爱情除了伸手可触摸苗条的燕儿，还使他变成了一个力大无穷的男子汉。

燕儿跑得气喘吁吁的，燕儿没忘了说，下次再回，给她买瓶"华姿"洗发水。

百川回城的第三天，就收到了燕儿的信。信上写着十二个字：还要我不？快送八百块钱回来。信尾连名字都没署。

百川二十一岁那年初次尝试爱情，眼看就将大获全胜了。但缺乏经验的百川，偏偏忽略了一个最最重要的环节——百川打工挣下的钱，存放在天下最最可靠的娘手里。百川想要取出那八百块，赶到家的第一件事，必须首先获得爹娘的批准。

娘听得眼都直了，娘半点儿都不认为百川的爱情值八百块。

娘说：燕儿那么瘦，白得不见血色，像个黄皮臭虫，中看不中用哩。

一晚上百川软磨硬泡，娘就是不给钱。半夜里百川敲开了爹的房门，严肃地对爹声明说，他已满十八岁，有权支配自己的劳动所得。爹当了几十年大队干部，懂政策，爹对娘吼道：你拿给他！

第二天一早百川拿着存折，骑车去了柳树镇信用社。但等他怀里揣着那八百块钱回到豆庄时，他的爱情已经风云突变，一败涂地，毫无挽回的余地了。

据燕儿后来哭诉说，是因为百川的娘。

那天上午，百川的娘去供销社买咸盐，在路上遇到了燕儿的娘。

百川娘就对燕儿娘说：俺家百川是城里的工作人，哪能娶本村的媳妇呢。

燕儿娘回家就同燕儿翻了脸。说人家百川的爹妈都没同意，百川是骗你玩儿呢。

燕儿哭得死去活来。她已经让百川亲了一口摸了几下，她觉得亏得慌。

当天晚上百川揣着钱去找燕儿，燕儿说啥也不跟他走了。燕儿就站在她家大门外的院墙根下，百川和燕儿中间隔着一辆卸了牲口的大车。百川把八百元钱拿给燕儿看，燕儿的眼皮都不抬。百川从大车东边绕过去，燕儿就从西边绕回来。百川踩着燕儿的脚跟，就差没跪下了：燕儿你倒是听我说……燕儿一个劲儿摆手说：你别过来别过来。百川依旧勇往直前，燕儿绕着大车兜圈子。两个人围着大车转了好一会儿，也没个结果，倒像是一头驴赶着另一头驴在推磨，磨出好些唇边的白沫沫。

百川终于急了，猛地站住，大声说：你到底是为啥嘛？

燕儿的身子僵在昏暗的墙根下，像个影子。燕儿这会儿没哭，燕儿说得很坚决：你在城里没学好，我不信你了，真要是嫁你，你骗我一辈子……

那一刻百川很绝望。燕儿怎么就能认为他在城里没学好呢？在城里打工也成了他的错？他的优势怎么忽而就变成了劣势呢？再说，他先前怎么就没想到，农村人的爱情，中间还隔着男人和女人的爹妈。他把爹妈和爱情的关系弄颠倒了。在他周密策划的爱情方案中，这是一个功亏一篑的大漏洞。

百川的手插在衣兜里，触到了他在城里给燕儿买的那瓶"华姿"洗发水。他把瓶子掏出来，悲壮地递给燕儿。燕儿把头扭过去了。他重又递了一次。他想就算燕儿不干了，仍该好说好散。但燕儿又一次拒绝了。

更可气可恼的是，燕也不和他说再见，一扭身就推门回了家。

只听得一声巨响，百川手里那只精致的小瓶子，已狠狠地砸在了燕儿家的院墙上。他能看见那些金色的液体，从瓶里愤怒地喷射出来，追着燕儿的背影迸裂四溅，黏糊糊地涂满了燕儿家的墙缝。那天夜里，百川在熟睡中，从炕上掉到了地下。百川尝到了失恋的滋味。

百川再从城里回来时，路过燕儿家的院墙，还能闻到从墙砖和地缝里传来"华姿"洗发水的阵阵香味儿，招了一群蜜蜂，绕着他的裤管打转转，轰也不走。

百川二十一岁那年的爱情，就此告一段落。由于出师不利，首战受挫，百川在很长一段时间里无精打采，对爱情也暂时失去了兴趣。

但是爹妈却因此对百川的爱情问题，引起了高度重视。

提亲的人突然就一个接一个地来登门了。本村的外村的都有，嫂子说姐也说，弄得百川每次回家休假，都像是赶集似的，有些眼花缭乱。

但百川不敢说不。百川知书识礼，懂得尊重父母。爹妈就哥和他两个儿，哥早娶了媳妇，他也该娶媳妇。娘虽破坏了他和燕儿的爱情，但娘是为他好。

麦收前，燕儿就嫁了，夫家用摩托来接亲，村口的爆竹皮红红绿绿散了一地。

百川回家麦收，燕儿已经走了。百川曾暗暗发誓，三年不再恋爱；如今燕儿一走，他的誓言失去了对象，三个月还是三年都无所谓了。

月儿就是在麦收以后，像一束成熟饱满的麦穗，跃入了百川的空箩筐。

其实，事后想想，他和月儿的故事一点也不浪漫。月儿住在村东头，说起来，还是百川的初中同学。但百川上学时，从来没同月儿说过话。月儿爹是大队会计，月儿没考高中，在大队当了几年广播员。百川很少看见月儿，月儿从不上"王府井"那儿闲聊。前几年百川每次回家，还能听见月儿清脆的声音从喇叭里传出来，伴着炊烟，贴着屋檐低飞；久久缠绕在树枝上，好像是豆庄的空气。

有人把百川领到月儿家去了。自从前年村里的广播停了以后，月儿包了一面坡的果树。以前那个无形无色的声音，忽然变成了一个实实在在的姑娘，红唇皓齿地面对着百川。百川顿时觉着新奇和欣喜，心想自己怎么早不发现，隔着几栋房几片园子，原来眼皮底下就有个月儿呢。

百川一时也不知对月儿说些什么，翻着月儿家炕头的一摞报纸。他问月儿可是喜欢看书呢，月儿说是；他又问月儿喜欢看什么书，月儿就说她自己订着一份《读者文摘》，还买过刘恒和刘震云的小说。百川转身回家，给月儿抱了一大堆从城里带回来的杂志。百川还没有从失恋的打击中解脱出来，他渴望爱抚和安慰。

工作人

百川和月儿的事儿，这么着就成了，简简单单、痛痛快快的，一点都不费事。

百川到了娶的仍是本村媳妇，百川的爹妈似乎求之不得，早先同燕儿娘说的那个理由，压根儿就不存在了。若是按燕儿的逻辑，百川岂不是又骗了她一回。

结婚以后，百川有时恍恍惚惚想起燕儿来，奇怪自己当初怎么竟会看上燕儿，明摆着月儿是比燕儿强多了。至少，月儿看书而燕儿从不看书。不喜欢书的燕儿，当然不能懂得百川的爱情，燕儿心里只有那八百块，燕儿才是自己骗了自个儿呢。

百川自从成家以来，对于爱情的认识，有了根本改变。他和月儿一没看电影二没逛公园，定下日子就结了婚。月儿心眼儿好、脾气好，对爹妈也好，百川在城里挣钱，回家交给月儿管着，两人的小日子过得和和美美、有滋有味的。

百川开始怀疑，城里人的那些爱情，也许都是扯淡。

可是眼下，百川的爱情突然面临着考验了。

考验就来自这个缺了一角的院墙。

按村上的老理儿，一家的院墙不砌个方方正正，财气肥水都从那缺口处跑了。落实到百川，更多了一层心思：这院墙不砌直，他和月儿的爱情，时不时得受到骚扰。那个半夜入侵的贼人没留下线索，全村的男人都成了犯罪嫌疑人。百川的这口气没处出，憋得义愤填膺，心里明白问题的症结，还是首先得解决同李家院墙的边界之争。

天下事都有个来龙去脉——百川结婚时，分了宅基地，是三间房的面积；院子倒有富裕，于是百川又接出一间，按四间的面积找齐，房建好了，打算再把院墙砌完整。但李家死活不让，因为百川的院墙砌成了正方形，院子就占了李家房后的一小块闲地。百川三番五次地提醒李家，当年李家接房时，也曾占了梁家房前的一块闲地，梁家当时一点都没难为李家。他凭什么就不行？凡事得讲个公平吧。

公平归公平。谁又能说，公平的事就非得按公平来办呢？

任百川磨破了嘴皮，李家男人只是闷头抽烟，一声不吭。

等到李家女人一回来，开始破口大骂，百川反倒变成个没理的了。

李家女人说：你一个毛孩子，你知道啥叫公平啥叫不公平！这天底下有公平的事儿吗？你爹当书记那会儿，分自留地，少分俺家一垄地，我告诉给你爹，这不公平，你爹不理我，连屁都没放一个。你不是识几个字儿嘛，你给我算算，俺家一年少收多少粮食？这些年下来，俺家受多少损失？你这个小兔崽子还想到老娘这里来贫嘴！

每次都骂得百川抱头鼠窜，落荒而逃。

所以院墙的事一拖再拖，至今毫无进展。

百川为了同李家缓和关系尽释前嫌，曾想去为李家免费安装土暖气。安装暖气的技术，是百川在城里几年最实在最重要的收获。百川早就在自己家和爹妈屋里，装上了烧蜂窝煤的土暖气。每个屋子还都装上了暖气开关，过年人多时，多暖几个屋，人少时集中火力暖一个屋，真是先进又科学。爹说，就冲着百川学了这一手绝活

工作人

儿，城里也不白去。每次只要百川一回来，月儿就使劲添煤，把屋里弄得暖融融的。

可是托人把话带给了李家，李家女人呸的一声倒来了气。她说她家睡惯了土炕，安了暖气，以后谁管月月供给蜂窝煤呀？那不是往炉子里扔钱吗，想坑人呢，听着就知道没安好心！

爹妈曾建议百川给李家送百十块钱去，你让一步他让一步，也算是破财消灾。

但李家女人把百川的钱扔到了当院。她说你就是往我家扔金元宝，我也不能让你家合适了。一寸也不能让，一辈子也不让！

百川从此明白什么叫作深仇大恨和不共戴天了。

但百川不甘心。百川能让却不能忍。忍是在城里，回豆庄再忍，还叫人吗。再说百川是在城里待过几年的工作人了，百川不能就这样任凭一个大字不识的女人，骑在自己脖子上拉屎。更不能让这个女人委屈了自家的女人。

百川不信，明明自己占了理儿，却没有讲理的地儿。

这天早起一睁眼，百川对月儿说：咱家有"土地法"吗？

月儿翻身跃起，趿着鞋到柜里去找。后来月儿把一本破旧的白皮书扔到他怀里。他把月儿抱住狠狠啃了一口。他说月儿呀，土地的事儿就得找土地爷才行。

百川躲在屋里认真研究了一番"土地法"，就骑车到镇上去了。

他在镇政府门口等着镇长来上班。镇长没来，副镇长来了。副镇长耐心听他说完，对他说，你在外等着，我去查查她家的闲地是怎么回事儿。一会儿他出来了，说：没事，她家接房以后，屋后那块地就归集体所有了。你回家写个申请，让村里批一下再到镇上批。国家有土地政策，按政策办理。百川回家写了申请，写申请对于他来说，小菜一碟。用不几天，村里镇上都批完了，同意他把院墙砌直。他把那张纸拿给李家女人看，李家女人冷冷地说：我不识字，那玩意儿没用。我跟村主任说了，让我家在场院占一间房，我立马就让出这一角地儿！

百川心想这农村人真是没文化，胡搅蛮缠的，那场院是你家能随便占的吗，里外一个不平等条约。他就对李家女人说：现在可由不得你了，我有镇上的批示，合理合法的，明儿我就找人开槽砌墙！李家女人一听就尖声嚷起来：你有批示，那算个屁呀，还不如擦屁股纸呢！想砌墙？门儿都没有，不信你试试！

第二天，百川骑车到公路上的一家小店买了油饼豆腐脑，请一个瓦工两个小工吃了早饭，打算开工挖槽。还没等动土，李家女人从房后蹿出，猛熊一般扑过来，高声叫道：我看哪个杂种敢再刨一下我的地！然后一屁股坐在镐把上，呼呼喘着粗气，不停地朝百川翻着白眼。百川厉声说：你起来，再闹我就不客气了！李家女人顺势横倒在地，两手在空中挥舞，用哭腔喊道：咋，你还想打人？你打你打，老娘今儿就死在这儿啦！百川手攥着铁锹，血直往脑门儿上涌，真想一锹往她脖子砍下去。月儿闻声跑出来，对那几个帮工说，今儿不干了，你们都先回吧。收了百川的铁锹就往屋里推。百川在床上悻悻抽了会儿烟，心想自己一个大老爷们儿，咋连这么点儿事都办不了呢？！

第二天清早，他对月儿说，他得到县城去一趟，找找熟人想想办法。百川坐汽车到了县城，找着一个初中的老同学，在县委当电工。老同学领着他去了一趟土地局，他把那份盖着两个大红印的申请书给人看了，又给那人塞了一个信封，里头装了二百元钱。那人就说，改天我亲自上豆庄去一趟，给你们调解调解。

百川回到豆庄的第三天上午，县土地局真来了两个人。在村里转悠了一个来回，到百川的院子里瞧了瞧，哼哼呀呀地点头；又到李家坐了一小会儿，然后就走了。也不知道他们都对李家说了些啥，只听得李家女人的声音倒比他们高出好几倍去。他们一走，李家女人就蹦到院子外头开始骂街。

李家女人站在门前的一块石头上，面冲着百川家的门楼，摆开了决一死战的架势。她的脖子梗着，身子往前倾，散乱的头发和衣服的下摆，随着胳膊的挥动一扇一扇的，像一只正同鹰蛇搏斗中的老母鸡；她的眼珠血红，嘴边唾沫飞溅，像一支支利箭，射向周围围观的村民；随着一连串的脏字出口，她的唇边堆起越来越多灰白色的泡沫，像磨盘边上往下流淌的浆汁，尖厉的噪声同远处的狗吠鸡鸣声声呼应，狂风一般卷过冬末死气沉沉的村庄……

月儿在屋里，用手掩住了耳朵。

直到天黑下来，那女人嘶哑的声音依然此起彼落。

百川站在寒风瑟瑟的小院子里，忧心忡忡地望着那个用篱笆挡上的缺口。砌直院墙，究竟得"占"人家多大个地方呢？百川在心里估摸。

昏暗的暮色中，他看清那狭长窄小的一角，恰好等于一张单人床的面积。

就像百川在城里工棚的铺位那么点大小。

百川突然有点儿想念城里了。城里的人毛病再多，却没见过像李家女人这种压根儿不讲理不懂法的人。

百川进屋对月儿说：我得写一份起诉书，上法院告他们。我就不信，这么点事儿，真没有法律能管着了吗？

三

过完正月十五，百川把起诉书交到县法院，就回了城里。

他对月儿说，是个男人，不能老在家守着媳妇；等着也是等着，还不如回城里研究院去干活儿，还能挣点儿钱。

他又说，谁也帮不了咱，咱只要有理，总有赢的那天。

月儿不提"最后通牒"那些话了。月儿为他收拾东西，笑着说：你走吧，我还让娘过来跟我做伴。

百川临走前，夜里骑摩托到十几里地外的矿上，乘黑弄了几捆粗铁丝，然后把自家院墙缺口的篱笆，结结实实又缠了几道。

风暖了，村口的小河冰面上漾起一层亮晃晃的水，像是要化冻的样子。

百川一进城，望见街上来来往往的汽车和乌泱泱的人群，胸口又开始发堵。在乡下偶尔惦念城里的那种好感觉，一下长途汽车，就剩不多少了。

气势宏伟的研究院大院，一个偏僻的角落里，前几年搭起这座破砖旧瓦凑合成的两层简易楼，专门给农民工住。工程队的人陆续都回来了。一间间能住十几个人的大屋里，回荡着百川熟悉的气味，臭袜子劣质烟酱豆腐咸菜还有廉价香皂，百川能准确地辨别出其中复杂的成分。

队里有一大半农民工都来自柳树镇，沾亲带故，都是投奔千军来的。

他们同百川打招呼的眼神，显然同见了老板千军很不一样。千军1984年进城当水暖工，一卷行李上扣一个脸盆。十年后，千军不仅拥有了一个五六十人的施工队，还在县城置了商品房，一辆"捷达"每个周末农村城里来回溜达。若不是千军承包了这个队，老家的人能在城里月月开上好几百块钱吗？

千军理所当然拥有一种相当于救世主的自我感觉。

千军单独住一个小屋，在走廊的紧里头。嫂子来住的时候，他们就自己开伙。

百川不想先去千军那屋报到。路过县城时，他也没到千军家去。千军是他亲哥，但千军给他的感觉太像一个领导。百川没有巴结领导的习惯，准确说，百川一向没有固定的领导，所以不擅长同领导相处。

百川穿过大屋里横七竖八的上下铺中间曲里拐弯的过道，找到靠窗口自己的铺位，把手里的东西放下，胡乱抹了抹床上的灰尘，掏出烟来点上了，身子在行李上斜靠着半躺下来。有人同他搭话，他勉强敷衍几句，懒得多说。只是一眼看见那个叫响泉的人，竟然在这乱哄哄的地方，埋头抱着一本英语书，缩在自己铺位上，便笑着喊了响泉一声，扬手扔了一根烟给他。响泉接了烟，并不抽，仍是低头看他的书。

百川在喷吐的烟雾中，忽见床边墙上的那张招贴画，乔丹硕大而发亮的黑色头颅，正像一头公牛似的迎面冲过来。这张画是他从摊上花了好几块钱买的，在那么多世界级球星中，百川唯独喜欢乔丹。乔丹一抬腿，身子就像要飞起来，飞越世上所有的高山大川。乔丹是黑人，但乔丹能让所有的白人为他欢呼。勇猛的乔丹天天同百川做伴。乔丹的足迹遍布整个地球，而百川蜷缩在乔丹的脚边，守着自己窄小的铺位，想象着乔丹在那个陌生的世界里叱咤风云。

然而，就这么二尺宽六尺长，一张床大个地方，眼下毕竟是属于他的。他要是愿意，就可以一直在上面睡下去。只要他拥有这床，他就可以挣到不算多也不算少的工钱。这和乔丹完全是两码事。

而在豆庄自家门口，也是二尺宽六尺长，像这铺位那么大个地方，想"统一"到自家名下，却那么费劲。起诉书是送上去了，希望却很渺茫。法律要想装聋作哑，你就算是个"工作人"也干没辙。

那山沟沟本来有的是土地，可如今每一寸每一分，都争得你死我活的。这城里本来挤得像个蜂窝，可那么多农民工进来了，倒是各有各的所在。百川在城里拥有这六尺空间，百川在乡下倒没有了自己的位置——百川这样一想，觉得有些发蒙，像是一件安错了榫的家具，摇摇晃晃地站不稳也看不明白。

这时百川就听见有人喊他，说是千军让他上那屋去一趟。

千军说：回啦？

百川说：回了。

千军说：爹妈都好吗？

百川说：好着呢。

千军说：本想正月十五再回去看看，事儿忙，没顾上。

百川说：去不去都一样，娘给你拿了一瓶泡好的野杏瓣。

百川把手里的瓶子搁在了桌上。桌上刚换了一台29英寸的彩电，是千军新买的。

千军扔给他一根烟，就开始给百川讲今年工程队的生产任务。千军和下属说话从没有半句废话，三言两语就把话说完了。百川用心听着，明白千军的意思是说，到今年冬天，这一片地区实行集中供暖，锅炉全部取消。所以从开春到秋天，工程队只有一种活儿可干——全力以赴挖土方埋管道，确保冬季顺利供暖。

百川问：那到了冬天我们干啥？还能当水暖工吗？

千军笑笑：那得看情况。管理热力站，得有技术。

百川又问：那以后冬天不烧锅炉了，那些锅炉工咋办？

千军扔下烟头，说：你操这份心呢，管他们干吗。我找你来，是让你有思想准备，你也得去挖土方，明天就开始。

百川的脸就阴了。愣了一会儿神，说：你不是一直说，让我进城学技术吗？

千军很快接了话茬儿：要是你嫌挖土方钱少，可以再打一份工——兼管食堂伙食账，每月加一百元。这可是额外收入，算优惠我老弟的。

百川的喉结上下蹿动，唾液咽了又咽，甩甩手，走了出去。

千军算个啥呢？百川愤愤地想。自己虽然是给千军打工，但千军难道就真是个老板了吗？别看千军在简易楼里说一不二的，出了这楼，一进研究院的办公室，千军就跟三孙子似的，见个司机打字员都点头哈腰，脸上的笑容一堆一堆。

千军不过是比百川早了几年进城。刚进城那会儿，骑车上立交桥，找不着东南西北，在桥上转了半个小时，又从原路下来了，警察罚他一块钱，兜里只有五毛，回研究院找人借。千军拿了头一个月工资，到摊上买了套最便宜的西服穿上，领带系得跟红领巾一模一样。千军那时候管谁都叫主任，谁跟他打扑克，他都毫不犹豫地输给人家。这些小秘密，可是千军喝多了酒以后，自个儿说出来的。

千军上任前，原先的老队长是柳树镇杏庄的，把个工程队管得溃不成军，研究院基建部门想把这队解散了。那队长去给主任送礼，灰头土脸，衣服脏了吧唧，拎着一书包苹果核桃，进了门往墙角旮旯一蹲，连句囫囵话都不会说。转身一出门，那书包就让人给扔出来了，苹果核桃一个一个顺着楼梯往下滚……老队长弯着腰在楼梯上把苹果一个个捡起来，回到工棚里，老泪纵横。他说这队算是没法混了，要想不散伙，你们自己另选个队长吧。千军就是在这种情况下，亮出承包标底，翻身上马的。千军早就偷偷算好了一笔账，要是由他来驾辕，不用边套，稳稳地只赚不赔。

百川从小跟哥一起长大，哥虽是豆庄公认的人尖子，可以前没人看出来，千军和城里人打交道真有两下子。管基建的头儿无意流露了想吃鱼的意思，千军立即就到早市上花钱去买，用塑料袋兜几条欢蹦乱跳的大鲤鱼，给头儿送去了，却说是自己在朋友的鱼池里钓的。要不说钓的，人家就不好意思明目张胆地收下；而自个儿钓的鱼，除去交易的成分，还含有友情在内，让人收得理直气壮，还挺亲切；千军给头儿送金丝蜜枣，也说是家乡的土产，可柳树镇那一带根本就不产小枣，头儿也默认了。千军送礼有一套理论一套学问，什么样的人该送什么样的礼，在什么时候送，都恰到好处。各送所需，不可乱了方寸。若是同研究院的知识分子打交道，千军一般是送家乡的土特产，苹果板栗什么的，让知识分子觉得价廉物美，心安，又不必再花钱去买。如果同处长局长一级的干部打交道，最好是送茶叶，再进一步，就送喝茶的瓷器、茶具，像系统工程一样要配套，流水作业，一环扣一环。那个管基建预算的处长，是千军目标中的重点人物，千军偶尔发现处长喝的是花茶，就很惋惜地告诉处长说，喝花茶上火。第二天给处长拿来一罐上好的绿茶，似乎随意地让人家试一试，就只是试一试，您看看是不是真的解毒败火，试一个星期，您告诉我喝绿茶的感觉，这有什么坏处呢，什么坏处也没有。喝不好再拿来还我都行……那处长从此喝绿茶喝上了瘾，茶叶当然都是千军送的。随着高档绿茶价格的逐年扶摇上升，千军每年从承包预算中额外得到的收入，也一年高于一年。百川后来逐渐看明白，应把工程预算看作一项魔术，其中的奥妙怕是连鬼都琢磨不透。比如盖一栋楼房预算一千万，表上指定该用直径一点五厘米的钢筋，四二五标号的水泥。可你包工头实际上购买的是一厘米的钢筋，三二五标号的水泥，等到钢筋灌入水泥，预制板上墙到位，谁能查出那钢筋缩了零点五厘米？仅仅这一项，就能为包工头省下又赚下多少钱呢……

　　等百川进城的时候，千军已经像一条滑溜溜的鱼，在城里那没有水的立交桥底下转圈游荡，悄没声儿地畅通无阻了。

千军早已今非昔比了。走在研究院那么大个大院里，有文化没文化的城里人，他都能跟人侃上一阵。他会同老局长谈谈有关养生之道的建议，给年轻人讲周末郊区旅游的窍门，和中年人谈物价和农贸市场。个头矮小的千军，任何时候总是西服革履，头发梳得整整齐齐，打上摩丝，湿漉漉地油光锃亮，那风度气派，真比城里人还城里。如果不是他黑黢黢的肤色即使去美容外科磨砂也刮不掉，一般情况下很少有人能一眼看出千军原先是个农民。简易楼千军的小屋里，麻将哗啦哗啦洗牌的声音常常响到天亮。千军手气好，但千军总输牌。千军在牌桌上的损失，自然会有人从别的渠道给他加倍地补偿了。如今给人送个茶叶茶具什么的，实在太微不足道了，所以千军必须通宵达旦地输牌，只有通过输牌才能挣到钱，才能使他的工程队站稳脚跟。七八年间，研究院下属的国营企业，已陆续破产了好几家，可唯有外县里来的这支包工队，仍然稳稳地立于不败之地。百川每天早晨出工时，千军那屋总是房门紧闭，千军说不定才刚睡下哩，要到午饭那会儿，才能看见千军睡眼惺忪地从小屋里走出来。但千军是老板，老板打牌就是工作，千军只要把心里那一本账，出来进去的都管住了，千军就能继续往百万富翁的方向大步前进。

百川不能不佩服千军，但佩服归佩服，百川心里却不喜欢进了城以后的千军。千军学会了变脸，对城里人一张圆脸，对队里的临时工一张长脸。千军总用首长的口气对百川说话，好像是他在养活百川。百川觉出这种不平等，渐渐就同千军有了别扭。他明明和千军一同在支撑着这个队，他在工程管理的具体事务上付出的心血和体力，不说比千军多，起码也占了一半。为什么千军一当了头儿，兄弟之间就不是那么回事了呢？百川有时觉得自己和哥的关系很微妙，像是停在站台铁轨上两节交错的车厢，看着挨挺近，拉手说话的，车一开，就各奔东西，越走越远了。可那到底是贫富差距还是什么别的什么差别，百川一时还说不上来。

百川有时还能想起千军刚当上包工头那会儿，有一次回豆庄，咬牙切齿地对爹说，他一定要给全队的临时工，每人做一套西服，让城里人再瞧不起咱农民工！后来由于全体农民工的坚决反对，说有做西服的钱，还不如直接发给大伙儿得了——千军为大伙儿改头换面的宏伟计划才落了空。

也许是因为穷日子太长久了，从出生到长大，从念小学到上中学，百川的记忆中，哥哥和他从没有放开肚子吃过一顿饭。百川还记得，千军高中毕业那年夏天，县中全体高二学生照毕业照，老师要求每个人穿白衬衫蓝裤子，衬衫可以向别人借，却忘了自己光脚穿着一双布鞋，连袜子都没有。千军急得跳脚，赶紧用蓝墨水在光脚杆上涂上了两截，冒充蓝袜子，等集体照拍出来一看，那袜子画得像真的一样。

那张照片千军也不当回事，让爹妈捡了，宝贝一样挂在自己的屋里。

百川觉得贫穷就像一台机床，能把人的心，像钢丝像铁索，麻花似的旋拧、卷曲起来。他揣摩千军的心思，千军肯定是想让自己变得比城里人更有钱，千军相信乡下人有了钱，就能让城里人刮目相看。但偏偏百川不这么想。

锅炉的暖气停了以后，百川开始同大伙儿一道挖土方。百川没有理由不去挖土方，除非他辞工离开这队，回豆庄去种地，那他就同哥彻底掰了。他细想想，觉得不值，挖土方这活儿累是累，也不是干不了。

研究院大门口的马路，像是开膛剖肚，挖出一道深沟。马路手术过无数次了，死去活来的，缝了一遍又一遍，也不用麻药。玉米面似的黄土，堆积在马路两侧。遇到刮风天，尘土飞扬，眯得眼睛几步外看不清东西，同在豆庄的地里干活儿没什么两样。可若是在豆庄刨土，是决然挣不出在城里这每天十几块工钱的。同样是扒拉土疙瘩，城里的疙瘩也比庄户的疙瘩值钱啊。

百川听见沙土在他耳朵里旋转，像黄豆一粒粒滚过磨盘，发出金属一样铿锵的声音。他身上的汗味儿和热气，同铁锹一起挥舞着，在阳光下蒸腾出一道炫目的白光。深沟像一座墓穴将他围困埋葬，他挣扎着喘息着，喉咙好像着了火一般⋯⋯

轿车卡车面包车吉普车，牛群羊群似的，一群群一堆堆从马路上驶过去。宝马奔驰本田雪铁龙尼桑蓝鸟那外国名牌数都数不过来。城里怎么就能有这么多的好车，开车的又是什么人呢？路边几十层的高楼，远的近的山峰似的耸立着，仰脸看像是老家山上的烽火台；这个花园那个广场一幢幢烟囱似的耸立，山上人工种植的林子，也没那么密实；城里这么多大厦，住的都是什么样的人？谁能掏得起房钱？⋯⋯

在城里的时间越长，百川积累起越来越多的疑问，把脑子搅得像糯子一样。

百川想要解决自己脑子里的问题，只有去看报纸。

每天下了工，百川洗了脸换上干净衣服，吃了晚饭看完《新闻联播》，就到研究院的老干部活动室去看报纸。那些离退休老干部，曾经和气地把他询问了一番，以后一次也没轰过他。百川发现那空荡荡的屋里如今多了个年轻人，他们其实是很高兴的。

这天晚上，百川照例去看报。报纸太多，他每次只看一两种，但总是看得很仔细。他喜欢看《中国青年报》和《作家文摘》，几乎每一篇都不落。

百川看着看着，忽然就趴在报纸上不动了。

他看见了左下角有一加框的小方块，标题是：中国远洋轮招聘海员。

他把那条消息反反复复又看了好几遍，然后跳起身飞奔出去，一口气跑到简易楼，把那个叫响泉的小伙拽了出来，一直将他拽到了老干部活动室，把他的脑袋按在那张报纸上。

响泉也趴在报纸上不动了，半晌儿，抬起头，迷迷瞪瞪地问百川：能行吗？

咋不行呢？百川的嘴唇都打架了。你没看上头写着，年龄二十五岁以下，有高中毕业文凭，不限城市和农村户口，都可报名参加应聘海员的英语考试。我还是头一回看见报上登，农村户口的人，也能去考试哪！你自学了那么多年英语，不就等着有个用它的机会吗？

响泉直直地盯着百川，眼睛里一片闪闪烁烁的灯火，光芒四射。

响泉的老家不在柳树镇，响泉是从山西来的，他怎么进了这个队，百川没问过。只知道响泉老家有个爹和妹，爹想用妹给他换亲，他说妹太小，不忍心，就跑了出来。响泉瘦，干活儿没劲儿，千军看不上他，好几次要撵他走，百川都给说了情。百川喜欢响泉，因为响泉也爱看书。而且响泉看的是英语书，让百川望尘莫及肃然起敬。响泉不像队里其他那些民工，凑在一起就说女人，还有男人和女人的那点事儿。城里女人乡下女人都在嘴上糟蹋够了。但是响泉一有空儿，就在角落里抱着一本英语书，嘀嘀咕咕念念叨叨；或是抱着一只破旧的录音机，叽叽嘎嘎地说着没人能听懂的话。为了这个，响泉在队里招人烦，没少受千军和那些农民同事的奚落，只有百川护着帮他。百川问过响泉学啥不行，非学个英语，隔山隔水的上哪儿换钱花？响泉说也不为别的，就因为上学时候英文特别好，就喜欢上这玩意儿了。百川觉得这和自己喜欢文学是一回事，从此将响泉视为知音。其实他并不认为响泉日后真能有什么出息，只是因为响泉那份不切实际的心思，多多少少分担了百川心里那个朦胧又遥远的梦。百川觉得自己有了携手的同路人，好像一支队伍壮大了。用书上的话说，他和响泉的友谊中有一种患难与共的成分，惺惺相惜。所以百川当然要极力鼓动响泉去当海员，哪怕就算玩儿一把呢，百川的口气像城里人一般潇洒。为了落实这潇洒，百川掏出五十元钱，让响泉去交上报名费，否则响泉还是光学不练。过了两个星期，有通知寄来，让响泉到一家大饭店去考试，百川陪着去了，在考场外给他买了瓶杏仁露喝下。响泉考完出来后，说他写字时尽想撒尿来着，百川气得给了他一拳。又过了两个星期，有一封信寄来，让响泉去口语复试。再过了两个星期，竟然有电话打到了研究院基建办，通知响泉说他被录取了。

那一天，百川比响泉还兴奋，对哥说，你让伙房炒两个菜，大伙儿喝点酒庆祝庆祝吧。千军的脸上很不是颜色，说你要庆祝，自个儿领着响泉下饭馆去，他考上考不上，关我屁事！百川扭头就走了。他拉着响泉上麦当劳，说这回你要上外国，先开开洋荤。却没想到那麦当劳不卖酒，嚼了两盒炸土豆条子和面包夹肉，灌一肚子凉可乐，两人吃得没滋没味的，感慨说那远洋轮船上，也不知是吃的中国饭还是外国饭，若是天天吃土豆，还不如在国内呢。

第二天，百川请了假，陪着响泉去报到。那远洋公司的大楼倒很气派，百川留着心眼儿，让人拿文件给他们看，确定不是假冒的才算真正放心。等交了身份证，小姐说，还得交五千块钱，是押金和培训费，一个月以后，就要到新加坡去培训了。响泉一听，顿时就傻了，转身就走，一迭声地说，不去了不去了，我要有那五千块，还上太平洋去浪荡干吗。百川忙着追响泉，心里的气不打一处来。他说响泉你真傻，等你上了船，你就是挣上大钱了，那五千块要不了几个月就还上了，一辈子能挣多少你算一算。响泉愣一愣，停下脚说也是，可我上哪儿去弄这五千块呢？百川说，借啊。上哪儿借去？你在这城里可有老乡亲戚什么的，你把这录取通知给人看，人都会信你不是？响泉站那儿琢磨一会儿，脸色缓过来些，当时就去办了手续。小姐说那钱可以在一周内交上，剩下就等通知了。

响泉就此辞了工，一心一意地去借钱做准备。过了几天，响泉垂头丧气地回来了，把百川悄悄叫到一边，把手里的纸包打开了让百川看。百川一看那沓钱薄薄的十分可疑，问是多少，响泉说，一共才借到两千五百块，再也没有了。百川想了想，说明天正好发工资，我借你五百吧，凑上三千整，就还差两千了。

响泉呆立着，眼圈有些发红，揉着纸包说，再过三天交不上，我真去不了了。又用鞋使劲踢着地，低着头说：还能帮我想想办法吗？哪怕借高利贷呢。

百川不吭气，百川的鼻尖上沁出了汗珠，手掌也潮乎乎的。

响泉绝望地看着他，好像自己唯一的生机，都寄托在百川身上了。

百川咳了一声，避开响泉的眼睛，点起一根烟抽。百川知道有一个人，可以帮助响泉。只要他真想帮的话，这点钱对他来说不会太为难。也许响泉寄予最后希望的，也是这个人。这个人就是千军，一家近在眼前的信用社。只是百川不知道千军肯不肯借钱给响泉，千军似乎是从一开始就立下了规矩，从不借钱给队里的民工。但响泉的情况例外，响泉就要到远洋轮上去了，完全有能力偿还。

百川把烟头猛地扔下，说了声走，就在头里朝着千军的小屋走去。

他心里有一种大义凛然的冲动，就像在河边面对溺水者见义勇为。

那会儿碰巧千军一个人在屋里看电视，百川把电视的声音拧小了些，怕响泉开不了口，就替响泉把来意说了。反正响泉是队里的人，这考远洋轮的事儿，前前后后千军都是知道的。他说得有些结巴，因为就连他自己，也从来没有向千军借过钱。千军听着他说，脸上一点表情都没有。他说完了，屋里突然静了，就像半夜似的。

响泉的头更深地低了下去，连鼻子都瞧不见了。

后来千军就笑了一笑。千军说：响泉，你可是结了账的。那天我已经把你三个星期的工，发一个满月的工资给你了。

不等响泉答话，千军又说：这么的吧，你考上了远洋轮，是个好事，我就算是赞助你吧，再给你加上二百块，咋样？……其实呢，我也有我的难处，看着像个老板，可维持这一个队五六十人的开支，哪有多少流动资金……

千军从裤腰上解下钥匙，打开床头的保险柜，从里头点出二十张十元的票子，又数了一遍，然后递给了响泉。

响泉嗫嚅着，似乎是想说什么，却没有说；把手在裤子上蹭了蹭好像又摆了摆，明明是不要的意思，却终于还是伸出手去，把那钱接下了。

百川的脸唰地红到了脖根。等响泉回过头，发现百川已经不见了。

百川突然做出了离开工程队的决定。

从千军的小屋蹿出来以后，他在楼底下转了两圈，脑子里空空荡荡的，忽然就觉得说什么也没法在城里再待下去了。

当哥的千军，见死不救，还叫个人吗？明知是他百川张罗的事儿，却连个面子都不给，这回百川真的恼了。千军明摆着把响泉当成个乞讨者，这等于将百川的人格都降低了档次。百川如果默认了这个事实，就是默认了千军的无情。他如果不反抗千军，以后千军还不知道会怎样得寸进尺，让他乖乖地俯首帖耳呢。百川觉得自己再也不能容忍千军的傲慢和自私了，他必须用行动来让千军明白，百川可不像别的民工那样，想揉成个什么样就揉成个什么样；他宁可不挣这份钱，也不愿变成一个像千军那样的城里人。

响泉冷不丁将百川推到了山崖边上，响泉有些进退两难了。

不走还怎么着？打工的炒老板，赢的就是那么一口气。

再说城里原本也不是自己的家。

第二天早起，百川不吃早饭就开始收拾行李。旁边的人问，也不搭理。他知道会有人去报告千军，他就等着千军来问，问他为什么要走，也许千军还会假惺惺地说几句挽留的话。那时他便冷冷地回答说：为什么走？你心里明白！千军讪笑着说，是为了你家打官司的事吧，也是得回去催催了。百川反问：你难道真不知我为什么走？千军说：小麦该上肥了，玉米也得间苗了。百川打断他大声说：你少给我扯，我这一走，不回来了！千军这才慌了神，忙说何必那么认真呢，我这就上银行去。百川摇摇头说不必了，你自个儿留着那钱去当地主资本家吧……

可惜等到百川把行李系上最后一扣，千军也没有出现。百川真是高估了千军。千军连问都没有打算问一下响泉的工作，这下子百川看来是不走也不行了。

百川走前，让响泉把那二百块还给千军，响泉照办了。百川没忘了领着响泉又到那远洋大楼去了一趟。他对响泉说，就当是山穷水尽，死路也就这一条了。响泉把那三千块给公司的人看，说他再交不上更多的钱，如果他们真想录取他，他就打上个借条，剩余的钱先欠上，等工作了再月月扣着还。他若是公司的人，死也死在船上了，还能往哪儿跑呢？几个头儿模样的人，走进里屋研究了一会儿，出来对他说，那就先交了三千吧，欠下的两千块以后按月扣，要加利息。

百川发现城里人办事其实挺讲究规矩的，表面看，也不像乡里县上的干部那么贪。城里人有时比农村人更有同情心，那同情虽有些居高临下，但你要真有难处，人家还真帮你。不像那豆庄的人，这几年好好坏坏的，全都原形毕露了，耍钱的偷摸的抢劫的，谁管谁啊；有一家人过年时，给生病的爹放两个冷馒头在床边，外出串亲戚去了，过了三天回来，那老头儿身子早就僵了，不知是饿死还是冻死的……

城里既然还有可让百川留恋之处，百川又为什么要走呢？百川理不出头绪。现在百川总算把响泉的事儿办妥了，办妥了他更不能不走了。临走时，他把自己的铁锹擦得锃亮，把工具收拾利索了，又在研究院大院里转了一圈儿。望着家属区宿舍的楼窗，他想每一家的暖气管道都是他亲手安装的，可等他走了，谁还会记得他呢？

弯弯的山路两边，杏花开得云一片雾一片，惹得百川心里隐隐地疼痛。

四

香椿树发叶了，攀树上摘下几枝，洗净剁碎了，拌上盐末子，在面条碗里撒上一撮，出溜出溜的，能鲜掉牙；小葱水萝卜蘸酱就烙饼小米粥，撑不死你；山上有的是野菜，莴苣龙须草花椒叶木枥芽，凉拌也行包饺子也行，嘴边肚里都是野菜的清香。

靠山吃山。回了家，从春到秋，顿顿饭都体会着山沟里的好处。

百川想起城里包工队伙房炖得烂乎乎的白菜，汤上浮几片白灿灿的肥肉，更在心里认定城里的日子是没法过的。在家里，你想干啥就干啥，你想几点起就几点起，再没人会像训孙子一般训斥你，也没人能随意支使你。村主任都没人管，谁管你呢。除了兜里没钱，当农民还是有一丁点儿自由。

爹对他的归来抱着不置可否的态度。他曾当着爹说了千军的不是，爹哼哼说，回来也好，家雀和盐面虎飞不到一块儿去。百川记得庄上的老人说过，耗子吃了盐，就会变成盐面虎。盐面虎学名蝙蝠，昼伏夜出的，和家雀正相反。只是百川拿不准，爹这句话究竟是向着自己，还是向着千军。

百川既然从城里回来，就像以前的知青回城探家，首先得为自己做些补偿，充分享受回家的乐趣。天天晚上把那台只有一个频道的电视看到再见，睡了早觉再睡午觉，午睡起来扛一根鱼竿去河边钓鱼，钓上了就让月儿熬鱼汤，钓不上就权当练气功了。补上了城里两三个月来欠下的困倦、欠下的油水、欠下的温暖之后，百川悠悠哉哉浑身轻松。

遇上有人来家里闲坐，让百川讲些城里发财的事，百川总是按着城里人的习惯，给人沏上茶水。来人有些受宠若惊，把鞋上的泥在门槛上蹭了又蹭。庄上有些无所事事的年轻人，闲得无聊总喜欢扎堆要钱，百川说声不去，他们灰溜溜就走，再不敢多说一句，更不敢硬拽。百川感受着自己在豆庄受到的尊敬，似乎都是由于自己是从城里回来的；但实际上他在城里却是那样地微不足道，他在城里受了那么多的委屈，就像扎了一背的芒刺，从来没有感觉自在过。但他回到乡下，却又把芒刺当作名牌T恤衫一般来炫耀。百川自己也觉得有点自相矛盾，只是他没时间细想。

现在该轮到百川，来为月儿和这个小家做补偿了。百川开始在院子里出出进进，忙乎着在东边搭葡萄架、西边栽柿子树；鸡窝要修，菜窖要扒，压水井的管子得检查，厕所的化粪池得清理……月儿到村办的服装厂去上班了，天天早出晚归，家里的一摊都扔给了百川。百川忙不完的活儿，做不完的事，披星戴月，脚不沾地，看来人要是给自家打工，总是打得心甘情愿。何况百川是在城里待过几年的人，百川见城里的那些男人，无论是坐办公室还是当领导的，回家买菜做饭洗衣真比劳动模范还劳动模范。有一回他调侃地问过徐主任，徐主任一本正经地回答说，结婚以后家务劳动就是爱情的具体表现，没有家务就没有爱情。这句话使婚后的百川刻骨铭心。百川除了给老婆洗裤衩这一条难以实施以外，在村里已成了大姑娘小媳妇暗中赞颂的对象。百川娘常见百川一早起来扫地抹桌子，叹口气跟百川爹说，你年轻时候要是进了城，我这辈子就有好日子过了。

百川一心一意进行着豆庄的家庭建设，这里是他永久的根据地。小家初建时，就是完全按照城里单元房的格局安排布置的——东西正房中间的外屋灶间，是一个正式的客厅，摆上冰箱电视，还有一大两小自己打的沙发，一进门就跟城里的住家没两样；东屋是卧室，一张从县城大商场买的双人床，覆盖着粉红色床罩，火炕这种落后的东西，早就被他淘汰了；厨房利用最西头的空屋改建，正房里根本闻不到柴火味儿和油烟味儿，用墩布擦洗了屋里的水泥地，同城里的地板一样光溜。他还在西屋为自己做了一只书柜和写字台，桌上放着一只台灯和一只石头笔筒，透过书柜的玻璃，能瞧见隔板上参差不齐的书，正在一天天满起来。百川兴致勃勃地经营着他的小家，被城市暂时中断的那种"掌柜的""当家人"意识，像一株扦插的柳条，在雨后蓬勃地复苏生长。

每当百川穿过自家的门楼，望见那缺了一角的院墙时，心里就会咯噔咯噔跳个不停，院没堵上，心却堵得发慌。自从他将篱笆缠上粗铁丝以后，没有人再来骚扰月儿了，但是三个月以前交到县法院的起诉书，却至今也没有判下来。就像一条脱了钩的鱼，在深水里逃得无影无踪。

自打他从城里回来不走了，李家就在院墙缺角那篱笆底下，搭上了一只窝棚，单人床大小，仅够躺下一个人，李家男人从此夜夜都睡在窝棚里。百川不解，问月儿，月儿打听了回来说，那是怕我们半夜砌墙，提前做防卫呢。百川哭笑不得。

百川只好请老同学去县法院说情。同学说，空嘴怎么说？总得喝酒吧。

喝酒没问题，嘴和肚子都现成。只是百川这几个月在家闲待下来，眼看就有了经济危机。最后一个月的工钱给了响泉，带回家的钱所剩无几。月儿说是在服装厂当了领班，可是每月的工钱都是拖了又拖，承包服装厂的头儿，还是月儿家叔伯哥哥的"一担挑"，工资却是照样发不出来。月儿偶尔领了百十块钱，那钱就放在抽屉里，月儿说你想花就花，钱留着也不下崽儿。百川心想，要是用这点钱去请法院的人喝酒，闹不好该把院墙一角判到李家去了，百川不敢。那些日子百川想戒烟，心里烦着，一时半会儿戒不成，只好改抽一块一毛钱一盒的"高乐"了。嫁到县城当了工作人的姐回家来串门儿，说我弟都抽上这牌子的烟了，日子还咋过？红着眼圈儿当时就到村口小卖店给百川买了盒"阿诗玛"。姐说，你再没钱也得想法子请客，要不那判决书二年也下不来。院墙不垒直了，做人不硬气。哪怕朝你哥借一些呢！

百川点着头。但百川打定主意，即使穷途末路，也决不向千军借一分钱。

百川当初一气之下离开千军跑回老家时，并没有把经济上的事想得那么清楚。如今日子过得捉襟见肘的，才觉得问题有些严重了。村里女人们的眼色也变得丑陋起来，有人把"王府井"那儿扯的闲话传给百川，说男人靠老婆的钱养活，可不就得在家倒尿盆嘛。百川真想揍她们，可月儿在枕边对他柔情耳语：我就愿意你在家，一辈子不走才好，以前总留我一个人在家，结婚一年多了都怀不上孩子……月儿把他搂得紧紧，弄得百川晕晕乎乎地倒觉得自己穷得很英雄。

第二天醒来，百川还是决定要找份活儿干。他想回矿山去，一打听，才知矿山前些时候刚出了一个大事故，正停业整顿。想要承包鱼塘，年初就被村上各户瓜分完毕了。如果承包荒山种树，买树苗和工具的成本首先就是一大笔投资。豆庄方圆十几里，就这么几道山沟几道山梁几片山坡再加一小块儿盆地一条小河，还能有什么用武之地呢？村里的年轻人能走的都走了，翻过门前的大山走到城里去了。城市就像九层重叠无边无际的天空，蝇也飞鸟也飞蝙蝠也飞老鹰也飞，还有飞机和火箭，任这地球上有多少可飞的东西，城里的天空都填不满。百川没想到，他一旦离开了城市，竟然就像折了翅膀的鸟，一下子栽到地上。

眼看着走投无路了，那一日月儿下班回来，满面春风地对他说：给你说个好消息，有人请你到服装厂去当副厂长，明天就去上班。

百川想起来，前几天在桥头，遇见过村办服装厂的厂长，人家是对他说了那个意思，说他在城里待了几年，见多识广的，要是到服装厂帮着干，服装厂立马就能转亏为赢了，当时百川没敢答应。听月儿说，服装厂做的衣服质量不行，卖不出去，钱也收不回来，一直靠贷款维持着。他即使去了，发不出工资，还不等于白干？

但白干总比啥也不干强些呢，百川犹豫着。在家待得憋闷，过了几天，想了又想，还是去了。人家让他当副厂长，说啥也比在千军的包工队里职务高多了，属破格提拔呢。

百川到了服装厂上任，一排新盖的厂房，都是贷款贷来的。车间里摆着几十台缝纫机，几十个姑娘媳妇的脑袋冲他转过来，叽叽咕咕地乐，都是一个村的，没有一个不认识。百川在过道里走了个来回，找不着一点厂长的感觉。

过了一个星期，百川发现自己这个副厂长，其实并没有什么生产任务可以管理。厂里最近一直没贷到款，也没有接到订单。他的主要工作，就是像个治安警察一样，严密看管工人，防备他们偷厂里的东西。

偷东西在服装厂已是习以为常的公开秘密，大概除了厂长本人和月儿以外，所有的人都偷。车间的缝纫机线、布料、扣子、拉链以及塑料袋，都是人们顺手牵羊的目标。她们说那不叫偷，叫拿，自家厂里的东西，不拿白不拿的，况且厂里已经好几个月不开支了呢，她们拿的那点东西，折算成工资还远远不够呢，理直气壮的。厂长没办法，宣布一条纪律，每天放工的时候，派人守在厂子门口，每个人的身上都得搜查。百川来了以后，厂长就把这个艰巨而光荣的任务交给了他。厂长布置下工作后，就又外出奔波搞贷款去了。

晚间，百川对月儿说：这活儿可不好，你说，能不能不搜身呢？

月儿说：我都替她们臊得慌，你要有招儿，能让她们不偷，当然不搜的好。

第二天下班，等待搜身的女工在大门口排成一队。百川搬过一张凳子，站上去，清清嗓子，正色说：现在我说点事儿，大家听好了。我来了十几天，我知道你们最关心的，就是啥时候开支；但是发工资不是你们要管的事儿，你们应该操心的，是怎么把活儿干好，把衣服上的线码直了，把每一道工序，都做得让人挑不出毛病。可是你们因为暂时没发工资，就偷厂里的东西，今儿卷走个袖子、明儿塞走个裤管。后儿呢，偷成习惯了，没准儿就能去翻邻居家的箱子。我想告诉你们，坏毛病不是一次养成的，村上的老人说，贪便宜必惹祸，爱小必丢人。你们都是当了妈和要当妈的人，这么下去，将来怎么教育孩子？厂长设了岗，是让你们闹的，我不希望那样。报纸上说了，搜身是对人格的污辱，你们是愿意继续偷下去，天天让人当贼防，还是愿意像当年的八路军，啥时候也不动厂里的一草一木？

百川发现自己只要回到乡下，说起话来，伶牙俐齿口若悬河。人群鸦雀无声。女人们一个个都低下了头。

百川又说：从今天起，厂子不设岗了，我相信你们！

有个粗哑的声音冒出来：要是厂里再不发工资，哪样办？

百川甩着额上的头发，朗声说：再不发工资，我领你们上厂长家揭瓦。

人群哄笑着，散了。从第二天开始，厂里再没有丢过一件东西。过了些日子，厂长从外面弄来一批加工服装的活儿，交货日期要得猴急，全厂工人加班加点地突击。百川夜夜手里拿一只录音机，给工人们放歌听；工人都困得趴在机器上睡着了，百川干脆就给大伙儿唱歌，唱一个《爱上一个不回家的人》，都乐了，干到后半夜不说累。

直到三个月后，服装厂实在坚持不下去，终于停了工。人们为了追回工钱到镇上去静坐，厂里仍然再没丢过东西。村里一个老头儿，儿子结婚需要用钱，给厂长跪下了，厂长叫人把老头儿轰走，就是没钱。大伙儿一看这情形，也没让百川领着上厂长家揭瓦，当初百川为挽救她们赌的誓，就那么拉倒了。

百川没上厂长家揭瓦，心里觉得对大伙儿有愧。临了厂长还欠着他好几个月的工钱没发，他本可以从产品报账的单据里扣下，却是一分钱也没动，他不想让奄奄一息的服装厂再把窟窿捅大。于是这位刚刚建立起威信的梁副厂长，总共在任三个半月，终于两手空空地自动下台了。

百川仍然没有挣出足够的钱，去请县法院的人喝酒。而李家的男人，却仍然夜夜睡在百川院墙角下那秫秸搭成的窝棚里。百川看得生气，故意在院子里拉上一根电线，就在那窝棚的顶上，挂了一只四十瓦的灯泡，夜夜亮着灯，照着李家男人的眼睛，让他睡不踏实睡不安生。有一夜，百川起来撒尿，用手电往那窝棚里斜过去，见李家男人歪着脑袋，光脚蹭在干草上，嘴边的哈喇子流了一腮帮，猪一样打着呼噜。百川忽然觉得那男人其实十分可怜，骂一声靠，把院里的灯拉灭了。

百川只能天天晚上在家闷闷地看电视。山里的信号不好，大多数时候，屏幕上一片银光闪烁雪花纷飞。他想自己若是有钱，真该把屋顶的天线接得再高些，高出大山去，高过山顶上的烽火台，那样全国所有的频道包括卫星转播就应有尽有了。这重重山沟把世界都隔绝在外，他发现自己心里其实挺惦念城里的。

那天中午刚吃过饭，百川听见爹妈住的前院有汽车声，探头看，见一辆深蓝色的捷达喷着白气，停在大门外的猪圈旁了。百川前几天就听爹妈念叨说千军该回来一趟了，见那果然是千军的私家车，故意倒床上睡午觉。

睐了一会儿，其实没睡着，听爹的脚步踏踏地过来，在他床边说：你哥回来了，要上山去看看他今年刚分的那棵栗子树，我怕他找不着地儿，你领他去吧。

千军后脚就跟了进来，在他屁股上拍一巴掌，笑着说：起来，懒的你！

百川只好嘟囔着嘴，不情愿地坐起来，一时也找不出什么理由说不去。

初秋的山沟沟，草叶把秃秃的岩石都盖住了，漫天漫地的一片绿。苹果柿子梨野酸枣都结了果，可惜这季节果子大大小小还青涩着，吃不得摘不得的。

百川在前头走，千军跟着，离有七八步远。百川不说话，千军也不说。一气儿到了山腰，百川歇下脚，指着山洼里一株一人合抱的栗子树说，那就是。千军走过去，拍了拍树干，连声说好树，又自言自语地说，这树遇上大年，一年能结个百十斤栗子，够爹妈的零花钱了。百川仍不说话。千军在石头上坐下，掏出烟抽，也给百川一根，百川把烟抽到一半就掐了，扔在千军脚边。

千军抬头望着山顶羊群似的云彩，问百川说你那院墙的官司办得咋样呢？我知你是回家办这事儿了，不催你回。听爹说到现在没办下来，我想，等哪天，我去找县上的朋友给你疏通，找一家够档次的饭店请他们喝酒，里外我全管了。

百川有些吃惊，起身往山下走。其实他不信哥的话，哥许下的愿太多，像城里的空头支票。哥往家给父母拿钱，从来没个整数，每回都是二百三百的，像是撒鱼食。

这回百川更不懂了，精打细算的千军，为啥要给他管酒钱？心里纳闷，在头里走得飞快。到山脚，路过别人家的鱼塘，千军喊他停下，说要看看里头的鱼苗长得咋样。百川站在塘堤上，看千军走到鱼塘边上，凑过脑袋去观察水面，又绕到塘堤下，用手去提那闸门上的铁环，像是要放出些水来试试。千军打小就是这脾气，根本不干他的事，他也得弄个门儿清。千军费了些力气，把铁环提溜下来，一股水流急急地从鱼塘的底部涌了出来，往沟里流去。千军忽地就啊了一声，提着闸门的手，悬在半空，喊说百川你看坏事了呢，那闸不灵了。他又使劲地晃荡，想让闸门落下去，闸门只是不动。百川也有些心慌，赶紧滑到塘堤下，帮千军去关闸。这闸再合不上，人家一池的鱼苗，就全得跑完。两个人合力奋斗了一会儿，还是不行。千军精疲力竭地甩着汗，叹气说：倒是不常干活儿，胳膊没劲儿了，我看，咱俩还是赶紧走人，要让人看见，就不好办了。百川瞪一眼千军，回答说，这山上有人放羊打草的，你当人不长眼睛，跑了也会有人知道是谁干的，都是一个村的人，以后咋见面？千军说，那你说怎么办？百川说：我回家去拿大锤来，好歹得把闸砸下去，把水关上啊。千军犹豫一会儿说，我看还是我回去拿吧，你在这守着。要是那家来了人，你就承认是你弄坏的，你在村里比我有人缘，不会要你的命；可我要在这儿，谁都知我有钱，弄不好讹上我了，我吃不了兜着走，你咋就不明白哩？

百川恍然大悟，眼看着千军一溜烟地跑回村里去了，心里有一点发酸。回头望着那咕嘟嘟淌水的闸门，只觉得一池的鱼苗，分分秒秒都在往外逃窜，也顾不上多想，脱了鞋蹚下水去，站在沟里，用脊背和胳膊抵着那闸门的缺口，心想堵一点算一点少钻出去几条算几条吧。初秋时节，鱼塘的水冰凉，衣裤全湿透了，身上一阵阵哆嗦，等到千军扛着大锤气喘吁吁地赶来，百川的手脚都冻木了。千军把个水淋淋的百川从沟里拽上来，抓住他的手，当时哽咽得说不出话。

两个人又忙乱一阵儿，总算用大锤把闸落下了。

太阳落下山去，暮色苍茫的山林里，百川只听见自己的湿衣裤，走一步咕叽响一下，像归窝的山雀，在林子深处诉说着谁也听不懂的心事。

走了一会儿，千军忽然站下身，回头对百川说，今天的事儿太让他感动，亲兄弟毕竟是亲兄弟，无论到城里哪怕到月亮上，也是一根绳上的两只蚂蚱。千军诚恳地说让百川还回城里去，一个队几十号人，谁谁偷懒耍滑，百川走了，他管不了。他说以前对百川太严厉了，其实也是无奈，外国那些资本家，对亲生儿子都和工人一样，就怕弄成个家族公司。百川莫非还理解不了吗？他还说，自己一直在考虑让百川当工程队的副经理，再过上几年，就让百川分一摊出去单挑，百川自己当头，包上一个队干。要是百川运气好，接上一个油水大的工程，让工人好好干，半年的活儿，三个月拿下，他挣的钱，够在县城里买一套商品房了……

百川的心动了动。西山晚霞红透了半个天空，像城里街上夜晚的霓虹灯。

快到家的时候，千军又一次停下等他，同他并肩走着，低声说：还生我的气啊？我借钱给谁也不能借给响泉，你想他上了远洋轮，满世界乱转，要是不还钱，上哪儿找他？

百川刚被焐热的胸口，倏地又凉下去。

回家换上了干净衣服，百川一边和月儿吃饭，一边就把今天下午的事儿对月儿说了，说哥想让他回城里去干。月儿放下筷子，走到他跟前，轻轻搂住他的脖子，贴着他的耳朵说：你想回就回吧，今儿我上卫生院了，大夫说——我有啦！说着，月儿的脸也唰地红成了一片彩云。

五

百川驮着初秋干爽的艳阳，重新回到了城里。

两个小时的长途汽车，百川从未觉得大山如此之厚，出山的路如此之长。车在山里绕了一圈儿又一圈儿，周围还是一模一样的峰峦和谷地；百川有一刻甚至感到了绝望，好像遇到了"鬼打墙"似的，任你怎么转也转不出这山去了。

人说好马不吃回头草。百川重新回队，自我感觉就矮了一截。

但千军这回算把支票兑现了，是打折的兑现。虽然他把大大小小具体的人事管理，都交给百川了，可是在名义上，仍然没给百川副经理的衔。百川只是不用干体力活儿了，还有了一些小权，比如记工、派活儿，工资也涨了一百块。队友背后管百川叫工头。百川不喜欢这名，他觉得工头和工贼汉奸差不了多少。可是实事求是想一想，自己确实是个工头，再是个头儿，也是工人的头儿。

再细究下去，就更没啥可高兴的了。事实上，整一个队的人，就连正式的工人还不是呢。只不过是一群农民工罢了。什么是农民工呢？百川早就同千军探讨过，但千军总是含糊其词。后来百川只好独自研究，研究出一个绕口令一样的结果——说农民不是农民，说工人不是工人；说农民还是农民，说工人也是工人；工人刨去劳保住房，等于农民工；农民加上包工头再加最低工资，等于农民工；若要了解农民工，到哪里去寻找呢？到锅炉房，到工地，到厕所化粪池边，到下水井旁，总之，你如果到城市最肮脏最艰苦最丑陋最危险的地方去——准能在那里找到农民工。

因此百川的研究有了副产品，他发现真正的城里人，好像已经死光光了。这样说当然有点恶毒，但城里一切需要人的地方——卖菜的理发的拾垃圾的当保姆的，甚至当保安的开出租汽车的还有研究院总机的接线员商店的售货员，统统不是城里人，他们虽然不全是农民工，但这么多的乡下人待在城里，城里人都干什么去了呢？难道是城里人特意当了下岗工人，把工作让给了农民工？

有一点百川可以肯定，自从农民工进了研究院以后，原来这个国营单位干重体力劳动的正式工人，都变得不那么像工人了。至于像什么，百川说不上来。那个不像个工人的工人，若是对你挑点儿毛病，你还只能乖乖听着，连个屁都不敢放。百川有时不服，嘴上不说，脸上却不是个颜色，逮着机会，乘机搞点儿小动作报复。偶尔让千军看见了，千军就像塌了天一样，拉下脸训斥他：你看他不是个东西，我能不明白？咱队的人干活儿，哪个也不比他们次，哪个也不比他们笨，哪个都比他们聪明。可人家哪个头皮都比你硬，哪个的脑袋都比你值钱，你要是惹了人家，哪个人都能到上头告状，最后倒霉的还是咱自个儿，要是把包工队搅黄了，你那臭脾气顶啥吃？

百川觉得自己这个工头当得窝囊。

一日又挖沟，挖在院子里的交通干线上。早上派工时，千军突然露了面。他在路上画了道白线，然后迈开大步朝前走，他人虽矮，那步子迈得却是出奇地大。他使劲迈步，等把步子停下时，说那正好十米远，每人就按这个距离挖。百川估摸起码是有十二米多了，也不好当面纠正。等他走了，又重新用米尺量过，算准了才开工。那土梆硬，十个有八个手上出了血泡。到傍晚下工时，一个个都累得东歪西倒了，勉强挖成了形。那时千军陪着一位穿中山装的老头儿过来，像视察的样子。后来千军就对大伙儿宣布说，吃了晚饭就开始加班，连夜把管线埋上再填上土，必须在第二天早晨上班以前，全部恢复原样。大伙儿耷拉着脑袋说不出话，心里都不想再挣那加班费了；百川也不忍让大伙儿拼命，可是千军下达的指示，他即使不理解也得坚决执行。百川心想到时候给大伙儿多记点工吧，就吩咐大伙儿开干；千军照例去"修长城了"，只由百川监工。大伙儿一气儿干到后半夜，个个都面无人色的，连铁锹都扶不住了。百川打着呵欠，望着天上的星星，只觉得天空模模糊糊一大片，像是布满窟窿眼儿的破背心。到天亮前，道路如期恢复原状，连路面都扫得干干净净。大伙儿回屋睡了三小时，迷迷瞪瞪地又被打发去卸砖头了……

第二天中午，百川问千军，昨晚加班共七个小时，该按几个工记？千军不假思索地回答，算半个工吧。百川的血涌到脖子上了——半个工五块钱，还把不把人当人呢？他忍不住对哥说，半个工少了点，要不是大伙儿顾着咱队的信誉，谁玩儿命要这五块钱呀？千军说不少了，一天挣双份呢，扭头就走了。百川的泪一下子就冲到了鼻腔里，他使劲咬住了嘴唇，不让它往嘴里灌。那会儿百川忽然觉得，千军是比城里人更城里了；城市里所有的恶行与邪气，已经附在了千军身上，同千军那个农民的魂灵搅拌在一起，把千军弄成了一个农村和城市所有的坏毛病杂交出来的怪物。百川当着这个工头，岂不是在工人和头儿之间受夹板气吗？

百川琢磨了几日，悄悄把加班那夜记的半个工，改成了一个整数。却不知让谁看见了，为了讨好老板，竟偷着报告了千军，千军逼着让他改了回去。

百川心想，自己这工头，不过少了个"包"字，差别怎么就那么大呢？

千军闭口不提曾许愿让百川当副经理的事。但周末时千军开车回了趟县城，回来告诉百川，他已经请法院的人在皇家大饭店喝了酒，法院答应按照法律中"排除妨碍"的规定，尽快处理。百川不知该怎么谢千军，只好继续把工头当下去。

又过了一个星期，百川收到月儿的来信，说法院的人已经到豆庄来过了，找了村里好些人做调查研究。那天李家女人一直追着法院的人，在他们身后骂骂咧咧，弄得法院的人连百川爹递的烟都不敢接，水都没喝一口就回了县城。

院墙的官司，看来是遥遥无期了。

有一阵儿，嫂子到城里来探亲，每天晚上都炒几个菜，让哥喝酒。

嫂子给哥沏了茶水，要是那杯子的上面还浮了茶叶，嫂子就用嘴轻轻吹着，一直到茶叶都沉了，才给哥端上去。嫂子是吹习惯了，自觉自愿、自然而然的。每当嫂子给哥吹茶叶的时候，百川就会想起书上的一句话："世上最可敬的是女人，最可怜的也是女人。"嫂子从不对哥说个不字，事事都顺着哥的意思。

嫂子炒好了菜，满走廊飘香，就来招呼百川过去同他们一起吃饭。百川总找个理由推托。其实百川闻着饭菜的香味儿，就不停地咽着嘴里的唾液。但他不愿上千军那儿喝酒，千军那种颐指气使的样子，实在影响食欲。

嫂子不在时，千军每晚也喝酒，常去一家牛肉面馆，据说那儿煮牛肉放了罂粟壳，吃得人上瘾。有时是哥请人，有时是人请哥，反正哥从不在队里伙房吃饭。

这天晚上过了九点，百川想着千军的酒应该是喝得差不多了，就去敲千军的门。他刚看了报纸，有一个想法，要跟千军说说。

嫂子开了门，百川发现千军还捏着筷子坐在那张小圆桌跟前，屋里酒气熏人。千军见是他，举起酒杯说来来来一块儿喝吧。百川一时走也不是坐也不是。嫂子立马就把杯子放上了酒也满上了，是"红星御酒"。百川盯着酒瓶发愣，不知"红星"和"御酒"之间有什么联系。百川其实有点酒量，只是不馋酒，喝不喝都行。

两个人闷着头喝了一会儿，千军晃着脑袋，眯着眼睛，瞥一眼百川，喃喃说：

我知道……我知道你不满意我。我当着包工头，可你啥也不是，啥也没有，你想当副经理，想自己拉一支队伍。其实呢，你不明白，你是我亲弟，我是你哥，在乡下是分了家，进了城就得一致对外，哥兄弟得一鼻孔出气，才能成气候。只要我有钱，啥时候还不都有你一份？我当哥的能不护着你吗？只要你全心全意地帮我干，等我的实力再强些，资金更雄厚些，我就不在这儿受气了，将来回县城搞公司做生意，当个名副其实的老板，白玩儿！我在城里待这么些年，什么没见过，就算是免费培训吧。以后等我生意做大了，你想要什么没有？！上回我不跟你说了吗，到那时，给你在城里买个房，你和月儿在城里找上工作，就是城里人了。

百川的脑子很清醒，他想说：你的钱是你的钱，我想拥有我自己的一份产业。但话到嘴边，他只是说：我不想变成城里人。

你不想变成城里人？千军似乎很惊讶。那你想咋样？你能咋样？

百川仰面喝了一大口酒。他心里知道自己应该咋样，但他一下子说不出来。何况他也不想同千军说。

千军无可奈何地笑了笑，放下杯子，点着一根烟，那口气很是语重心长。千军说，其实人都是有命的，不信命也不行。小时候就有神婆给他算过，他长大了是必定要发的。在豆庄，他是第一个进城打工的人，当时谁也没有这样的远见。到了研究院以后，顺顺当当就成了包工头，谁也没有他走运……

嫂子在屋角织着毛衣，插话说：可不是嘛，前些时有人给你哥算命，说哪天哪天，是他的交运日，那天必须找上一个属鼠的人，和他一块儿吃饺子。嗨，可也真神，到了那天，他早把这事儿忘了，偏就有个远房亲戚来找他，中午你哥就领着他上饭馆吃了饺子。这事儿过了以后，他回县城去，我想起来问他，他寻思半晌儿，想起来那天真是有个人来找，和他吃了饺子。等我赶紧打电话去问那亲戚，一打听，他真就属鼠呢……

千军一边说巧合巧合，一边很豪爽地把杯中酒一饮而尽。

隔着弥漫的烟雾和酒气，百川修正了前几日自己对千军的看法。他感到千军其实还是豆庄那个千军，千军在骨子里仍是个不折不扣的农民。

百川把酒杯在唇边沾了沾，忽地冒出一句，说：我看过一本书，那上有一句话认为，极度自信其实是自卑的另一种表现。

千军的身子顿时就从座位上弹了起来，他把酒杯往桌上重重一摔，大声说：

少给我扯这些，我没上过大学，我还没看过书吗？柳树镇方圆几十里，有几个能干到我这份儿上？！我得让别人来适应我！

百川站了起来，但百川不能就这样退出去，他要想和哥说的事儿还没开口呢，他本是为这个事情来的。他担心到了明天，自己也许就没了勇气。

百川用很快的速度说：哥，我想去考个本儿！

考本儿？你还想考了本儿给我当司机呀。

不是，是土建工长的本儿。报纸上登了招生启事了，我想去学，六个月结业，学的是大专两年的课程，给发证书。

千军好一会儿没吭声。他瞥了一眼百川，像不认识他似的。后来千军哼了一声说：那好吧，知道你打小就有主意，不让你去也没用。我早就明白，你看着蔫巴，心里鬼着呢。

停了一停，千军又补了一句：学费我可以先替你交上，不过，你要考不下来，上课耽误的工，我可一个子儿也不给。你这初中文化，小心白给人送钱！

那个秋天，百川觉得自己好像在跑马拉松。

他跑过街道，穿过马路，经过一家家商店学校，绕过一个个警察岗亭；他从研究院的大门跑出来，又跑向另一个研究院附设的课堂。他揣着课本和钢笔，跑得汗流满面、上气不接下气；他的衣角随着自行车轮卷起的风，翅膀一样地扇动；他的头发在城市污浊而干燥的空气中，像无数根旗杆迎风而立；他听见自己因来不及吃饭而空空的肚子，发出一阵阵悦耳的欢歌；他闻到书包里讲义上浓重的油墨味儿，如同满街飘扬的煎饼果子羊肉串糖炒栗子一样香得叫人咽口水……

整整六个月，百川一次也没有迟到和缺过课。他不停地换圆珠笔，不停地买眼药水和清凉油，不停地给自行车打气，不停地吃方便面。他已经把除了讲义以外所有的书都给忘了，把月儿也给忘了；有时偶尔想起豆庄的院墙，依稀如梦地很是陌生，那些红砖一块块地从墙上脱落下来，像薄薄的纸片一样被装订成册，变成了一本本厚厚的书，再重新码到墙上去……

百川像一匹勒不住缰绳的马儿，天天在城里和汽车竞赛。

他发现城市原来很深奥。透过玻璃橱窗、玻璃幕墙、汽车玻璃，隔着大酒店商场迪厅酒吧，城市朝着人们看不见的地方，一直延伸下去。城市的空气中除了香水和废气，还像幽灵一样游荡着飞舞着各种各样的字码和符号。只要他学会识别那些力学结构施工技术建筑识图的符号，他就能找到通往城市深处的钥匙。

百川那么跑着的时候，常常想起在榆树镇上念初中的日子。每个星期六下午，他都是这样沿着公路，翻过一座大山梁，一步步走回家去的。他的衣兜里连买张汽车票的两毛钱也没有，到了星期天下午，他紧紧抱着一兜子窝头和咸菜，再一步步从公路走回学校去。那时他如果能一直往前走下去就好了，百川就不是现在的百川了，百川会考上大学，考上大学的百川，一辈子就是另一番光景了。

可是就算没上大学，自己哪点也不比城里人次啊，百川愤愤地想。说是六个月的学习课程，加起来统共才等于上了一个整月的课。从初中文化一家伙蹦到大专，坐火箭似的，要比别人多付多少力气？同桌那个城里人，还高中生呢，刚上了两星期人就没影了。

一天天冷了，百川跑过长街，看见自己嘴里哈出的热气，像个火车头似的。

终于到了考试那一日。傍晚时，百川精疲力竭地从考场出来，一仰脸，望见漫天的雪花，帘子似的从天顶垂下来，像是天底下都撒满了白色的考卷。他推着自行车，哭丧着脸，在雪地上慢慢走回去。自己究竟考得啥样，心里一点底没有，他不知该怎么对千军报告。百川心想，整个柳树镇的人，谁考不上都没说的，唯独他百川考不上就成了笑话。他在心里骂那老师站着说话不腰疼。那一天上下午，一口气考了四门课，他前座那人，刚考了两门就再也没进教室。百川估摸自己一定也考不上了，去年千军考电气工长的本儿，不也没考下来吗？要是真那么容易考上，这满街的人不都成了工程师了？！

雪花密密匝匝的，如烟如雾，把百川罩在里头。城里的雪也脏，刚落下就成了一摊泥浆，再踩上千人万人的脚印。百川一步步挪着，心想这城里其实根本没有自己的位置，甭说是当工长，能当个直腰挺胸的农民工就不错了。他真想跟谁说说自己的心里话，可他却连能打个电话的人都没有。等他走到研究院大院里的简易楼前，才发现自己浑身上下都已精湿，额前的头发像雨后的房檐瓦一条条滴水……

那个春节百川都没过好，天天算计着学校发榜的日子。月儿说管它呢，考上本儿，哥也不一定让你当工长。除夕那天，千军一家三口回豆庄来过年，大年初五，他到镇上请人吃了饭，告诉百川说院墙的地界快有结果了，百川却无动于衷。百川和月儿逗乐说，别惦着院墙的事儿了，等哪天我成了鲁迅或是茅盾，国家还得主动给咱修故居呢。千军在家住了七天，出来进去的，偏不和百川提考本儿的事儿，那眼神分明有些幸灾乐祸的。百川惦记发榜的事，过了正月十五就回了城。

到了通知发榜的那天，百川却忽地没了勇气。他说活儿忙，不去看了吧，管它呢。哥突然来了劲，说我今儿给你放半天假，你去学校看个究竟，心里就踏实了。百川觉得千军比自己更想知道考试结果，磨蹭了一会儿，只好顶风骑车去了。到了学校，见办公室门口贴着一张大白纸，上头密密麻麻写着学员的名字。有人嚷嚷说，这是全市统考，考上的只占总数的百分之四十八，那蓝字的是及格，红字的是不及格。一个个都伸长了脖子挤着。百川打定主意，先从那红字里头找起。红字的人多，映山红似的一大片。从头看到尾，也没见着梁百川三个字。心里咯噔噔跳得发慌，只怕是学校给漏了。再从蓝字里头找，眼睛挨排溜过去，竟然看见自己的名字在白纸上竖着，像只灰喜鹊，川字那一撇，喜鹊尾巴似的翘翘着。他眨了眨眼，又揉了揉眼，定定神，再看了一遍，确信是自己的名字。却还是不踏实，挤出人群到办公室，愣愣地问老师：那名儿不会搞错吧？老师问：红的蓝的？他说当然是蓝的。老师问了他的名儿，拿出一本厚册子，查了一会儿，笑呵呵说：小伙子，恭喜你啦！

梁百川弯下腰，给老师深深作了个揖。

回去的路上他把车骑得飞快。大风中浑黄的城市像一块巨大的飞毯，驮着百川穿云破雾飞沙走石。他心里想到哪里去，闭上眼，飞毯就把他送到了地方。

可当百川把自己千辛万苦考下来的"建筑施工技术员证书"递给千军，千军根本都不用正眼瞧上一瞧。千军的语气酸不溜溜的，他说即便拿下了证书，技术也不一定过硬，等眼前这个工程完了再说别的吧。哥的意思是说，百川为考本儿耽误了不少工，现在该加倍偿还了。千军满脸堆笑地拉他去喝酒，那天千军喝了大半斤酒，百川却不知为什么，一口酒都喝不下去。满脸通红的千军拿出一份商学院的录取通知书，说他要去读管理专业了，毕了业就是中级职称，然后把那瓶酒喝了个底儿朝天。百川去队里叫了两个人来，才把他扶了回去。

后来百川就揣着他的证书上了工地。

那是一栋刚盖成个壳的架子楼，大风穿过黑洞洞的门窗，狼一般嗥叫。百川走上水泥楼梯，背着手，悠悠哉哉地在预制板的楼面上巡视。怀里有了证书，感觉就是不一样。那叫工长，不再是工头。城里的事情，一个字都不能差。

百川觉得脚下的楼板吱吱扭扭地响动，他低头，发现自己踩在一块木头上。他听见那木头发出咔嚓一声巨响，眼前一黑，身子便直直地坠落下去。他重重地摔在地面上，腰部一阵剧烈的疼痛，随后就什么都不知道了。

百川醒过来时，已经躺在医院的病床上，山子正趴在床沿上打盹儿。百川的身子一动就钻心刻骨地疼，脑子有点昏，却还能想事儿。他记起那座空空的架子楼和木板，心里很是懊丧，把山子喊醒了，问他千军在哪里，正说着，千军和医生一起来了，有护士推着移动床，等在门口。医生说马上去拍片，拍了片才能做诊断。拍完片子，千军对百川说，我已交了五千块押金，你放心住着吧，让山子陪你，队上给记工。今天晚上徐主任找我有事儿，他最近刚升了处长呢……那一夜，百川睁大了眼，一分钟都没睡着，他想怎么就偏偏伤着腰了呢，一个人若是直不起腰，还能干啥？他刚要挺直腰板扬眉吐气做一回工长，莫非这世道真要逼着他把腰弯下去吗？……

过了几天，诊断出来了，说是腰椎损伤，既不用手术也不必打针，只需在硬板床上卧床三个月，护理得当，可以自愈。百川听得仔细，长长松了口气，千军的脸色也和缓了不少。到第三天中午，月儿突然来了，眼睛红红的像只兔子，往百川床头一站，眼泪又扑簌簌滚下来。月儿哭哭唧唧地告诉百川，是千军给镇上打了电话，镇上派人去豆庄通知她的。爹妈急得都上了火，牙疼腮肿，连口水都喝不了。百川说你看这不没事了吗，我要是光荣牺牲了，一个农民工，你连个烈属也当不上，不值。

月儿扑哧乐了，一直腰，那隆起的腹部已很是显山露水了。

月儿一来，百川就让山子去上班。为了护理自己，还得记队里的工，百川过意不去。山子不肯走，说哪怕队上不给记工，他也愿意伺候百川。百川一摔伤，大伙都想起了百川的好处。若不是百川办事公平，队上的人一年下来，还不知少拿多少钱呢。山子嘟嘟囔囔地说，千军之所以不让百川单干，就怕人都跟着百川走了……

又过了三天，千军不知从哪儿借了一辆带斗的小货车，在车厢里铺上一块木板，再垫上褥子，然后把百川小心地抬到车上，躺好了，盖好被子，让月儿坐在旁边，千军对司机叮嘱了几句，就把百川送回豆庄去了。

百川被人抬出病房的时候，那个中年医生笑着对他说：回去好好养着，你还年轻，自愈力强，恢复得快。乡下空气好，食物又新鲜，就当是疗养吧。在城里挣着钱，农村还有别墅，连我都羡慕着呢……

百川想这医生真能安慰人，一路上把医生的话又想了想，心里舒坦了许多。

六

那是百川一生中最漫长的一段日子。

除了吃和睡，暂时再没有别的事儿可做了。若要看电视或是看书，身子就得坐起来一半，那是月儿绝对不许的。月儿把卧床的规矩定得死死，像是三大纪律八项注意似的，违反了就不给饭吃。香椿又发叶了，月儿给他做香椿炒鸡蛋；榆树开花了，月儿用榆钱和上面，给他烙饼吃；月儿的胃口也一天天大得惊人，只要百川受了罚，月儿能把他那份饭统统包圆儿了，她有两个人的食量呢，百川不生气。

百川只好身子不动，把脑袋侧过来，目光成抛物线投向电视屏幕。那些日子，他看的故事片专题片，人物全都横卧侧立飞檐走壁，看得自己惊心动魄。

月儿说他快成斜眼了，建议他改听广播。在收录机上旋转了几个来回，他发现文艺台经济台交通台都有很好听的节目，只是以前没注意到。百川一时成了电台的忠实听众，如果床头有电话，他一定要打热线电话给那些个主持人，和她们探讨一些问题。他还喜欢听流行歌曲，在城里的时候，就给月儿买过好几盒磁带，都是走红的歌星。现在他有了足够的时间来反复欣赏或是模仿这些歌曲了，在嗓子里哼哼，伤不了腰部。他常常翻来覆去地听一盒磁带，直到把每一句歌词都背得滚瓜烂熟，再唱给月儿听。有一首歌唱道：我的心在颤抖。可那女歌手把颤抖的颤字念成了占，听起来就像是我的心在战斗——百川心想那些所谓歌星的文化水平其实还不及自己呢，就很有些自得其乐。

歌听烦了，电视看腻了，百川只好两眼呆呆地望着天花板。

开始那些天，村里总有人来看望他，问的说的都是同样的话，百川也烦。他们最关心的，是百川这次在工地上摔伤，药费和病假，队里究竟管不管？没看谁谁谁给村上打井砸死了，遗下一堆孤儿寡母，连一分钱抚恤金都拿不着。没看谁谁得了癌症，家里三个儿谁都不愿给钱，最后活活疼死在炕上……

百川说他不知道，是真的不知道。当时哥送他走，临走时忘了问。但住院费是哥也是队里给掏的钱，还能咋样呢？

人都散去，院里屋里突然静了。静得百川能听见自己腕上脉搏的跳动。

许多许多的事、许多许多的想法，从百川的脑子里慢慢爬过，像春天涨水的河床，淹没了两边宽阔的河滩地；又像漫天飞舞的柳絮，蛾子似的扑腾，缠得人睁不开眼。天渐渐黑下来，能看见窗角上影影绰绰闪烁的星星。豆庄的星星多透亮啊，近得一伸手就够着了，哪像城里天空的星星，永远没睡醒似的眯着眼打哈欠。不知为什么，百川忽然觉得心里很乱，理不出个头绪。脊背躺得酸麻，又不能翻身，那思路就一条道直直地僵持下去。

百川想起爹的一辈子，爹在豆庄当了几十年村干部。百川小的时候，爹在村里喝五吆六的很威风；可是那几十年间，豆庄的人过年，一顿饺子一顿面就打发完了，爹的辛苦全都白费。到老了，爹叹着气说分田到户责任承包，可比人民公社强多了；百川又想起娘的一辈子，娘十二岁就跟着大人在山里躲日本鬼子，大冬天挤在羊群里取暖。十八岁那年抗战胜利了，娘嫁给了爹，一口气生下五个闺女之后，才盼来了哥和百川。娘是用什么养活那七个孩子的呢？百川至今不愿喝棒子面粥，他觉得自己的哈气都是一股棒子面味儿……百川还想起了燕儿。他有一次在桥头看见燕儿来回娘家，燕儿臂弯里抱着个娃，脸上没精打采，一点亮光都没有。他喊了燕儿一声，想着该跟燕儿说说话。可燕儿瞪了他一眼，不理不睬地就走过去了，弄得他好狼狈。听说燕儿的男人守着燕儿种地，镇上城里哪儿也不去打工，燕儿身上的衣服式样都过时了，哪像月儿的衣裳，城里时兴什么式样，她总也落不下……

豆庄的人啥时候才能全都富起来呢？豆庄的人非得外出打工，才能富起来吗？但是豆庄的人即使走遍天下，最后还得回到豆庄来。豆庄人的身份证上写着豆庄，豆庄人的祖坟都在豆庄四周的山上，豆庄人娶的媳妇来自豆庄、嫁的女儿大多也留在豆庄；除了你考上大学分配在城里或是当兵转干再或是祖坟的风水好，碰上一个机遇让你农转非了，豆庄的人世世代代祖祖辈辈只能在豆庄苟且下去。豆庄人真正的根不是祖坟，而是那张薄薄的户口卡片。那户口啥也不当，却把豆庄人死心塌地地拴在豆庄的土地上。如今闯世界不用粮票了，但豆庄外出做工的男人，到了农时一定会按时回到豆庄来，柳树镇一带的库区从不用交公粮，他们种地，只因自家种出来的粮食白吃到肚里，才算是真的粮食。他们在城里风餐露宿哪怕活得像狗一样，春节前几日，他们仍然喜气洋洋背着在城里买下的年货，像狗一样直奔他们永远的家园而来——只有豆庄的土地，才生长着他们永远的根。

百川忽地感到一种极度的悲哀。普天之下，唯有豆庄是属于他们自己的，可是他们所有的青春年华，都献给了同他们毫无关系的城市。

豆庄什么时候才能变得像城市一样富裕、清洁、美丽呢？百川不知道。

难道他就一辈子这样打工打下去吗？假如豆庄的男人一辈子在城里打工，他们挣下的钱，能不能让他们的妻儿老小过上城市的生活呢？百川也不知道。

百川就那么直直地躺着，不知道想了多少天，想得头疼头晕头昏。忽然有一天，他发现腰竟然奇迹般地不疼了，他能坐起来了，还能下地撒尿了。

现在他可以靠在被垛上看书读报了。自从他能坐起来，月儿常常到村委会去为他找报纸，或者让到镇上办事的人给捎。月儿已是"大腹便便"了，百川可不敢让她骑车。百川只盼自己的病能快些好利落，到时候好帮月儿一把，别弄得他和月儿一块儿躺在床上坐月子。

有一次百川在一份《青年报》上，看到一则征文启事，眼睛很是亮了一亮。那征文专为农民打工仔而设，每篇一千字，说让农民工写出自己的真情实感。

这回百川没怎么费神，在床上半躺半坐的，提笔就唰唰写了起来，一晚上就写完了。末了他在文头写上了题目，叫作《我们都是茇茇花》，就是田野上到处生长的那种野花，又按报上说的写好地址，让月儿贴上邮票寄了出去。那几日，百川已经能自己扶着墙，直腰站起来，每天在院子里遛几个来回了。

百川几乎已经忘了院墙的诉讼一事，法院的判决书倒是突然就下来了。虽然全家人都欢天喜地地拥护那份判决书，可百川却认为法院判得不够公正——尽管法院把院墙那一角理直气壮地判给了梁家，允许梁家把院墙垒直，并要求李家付给法院诉讼费。但是，法院没让李家赔偿百川精神损失费。哥那次请人吃饭，人家就露过口风，说因为李家骂人，百川就让人付精神损失费，这在农村的案例中是头一回也是独一份儿，恐怕不符合农村的"村情"，这一条就免了。百川泄了气。若是在城里，骂人就算犯法，这农村和城市，怎么不是同一个法呢？

愣怔着，沉默已几个月的李家女人的叫骂声又破墙而来：

……我就骂你，骂你咋啦？我骂你，你听了响儿，还想找法院跟我要钱？让人笑掉大牙了，要脸不要啊？还想让我拿诉讼费？门儿没有！给你个鸡巴毛吧！

百川把脸埋在掌心，苦笑，继而又觉得自己可笑。农村妇女骂大街，本是她们生活中不可缺少的娱乐活动，说不定，还应该让你给人家拿钱呢。月儿说别理她，法院都判了，咱占着理不怕。再过些天，等你腰再好利索些，咱就动工。

过了一星期，百川娘发话说，再过个把月，月儿就该生了，这墙得在孩子生下来前整完了，百川腰不好，请个帮工，能砌就砌吧。

月儿请了她弟，先清理了那篱笆，又挖了沟，拉了砖，就等砌墙了。

可那墙基的沟里，第二天早起就发现被人填上了石头，砖也被人砸碎了。

李家女人也不避讳，干脆就亲自睡在那窝棚里，夜夜守着，看谁还敢动土。

百川急得冒火。法院明明不是已经判了吗？这个法怎么就不管用呢？去同他家论理是白搭，更不能动手去揍那女人。一个爷们儿，也不能整天同月儿絮叨这事儿，心里怪委屈，憋得难受，又去翻书，把法律书从头捋到尾，总算找到一条依据。便一步步蹭到村委会，去给县法院打电话，法院的人说，交五十块钱，可以请求强制执行。就让人送了五十块钱去，又耐心等了一星期，执行庭也没下来个人影。

百川的腰不疼了，可整天抓耳挠腮的心神不定，在屋里团团转。这天中午，月儿给百川炒了两个菜，说你喝点酒消消气儿，好好睡一觉吧，执行庭的人说来就来，你攒点精神好办事儿。月儿说完就到前院娘那儿去了，百川一个人喝起了闷酒，把一瓶二锅头一气儿干下去半瓶。正喝着，有人来串门，说李家女人又在场院上骂你呢，那女人说，他家要真敢砌墙，我就同他拼命，人就活这一口气，我倒要看看，是他的命值钱，还是我的命值钱！

百川的脑袋，当时嗡的一下就炸了。他想自己为了这院墙，已足足等了两年多，受了两年多的窝囊气。他一个大男人，活活就让一个乡下女人给挡了道，他的脸面往哪儿搁呢？他在豆庄还有个立足之地吗？百川觉得自己的一腔热血在使劲地往上拱，立马就要从脑顶上射出来了；他的脑袋像一颗点着了引信的地雷，即刻就要爆炸了；他的脚下轻飘飘，身子像是在腾云驾雾，不由自主地就往外飞出去了。

百川顺手在桌上抓起一把水果刀，几步冲进李家院子，一脚踹开了李家房门。

李家男人一下从炕上仰起，说：你来干啥？百川杀气腾腾地答道：你女人呢，我宰了她！李家男人挤出笑容说：兄弟你回去，这事儿好说，法院都判你家了，不是早晚的嘛……百川拿着刀子的手直晃悠，四下搜寻那女人，却只是不见。

事后百川想，幸亏那女人当时在场院没回，她如果真在家，他这一刀子浑不吝地扎下去，那么被"执行"的就该是他百川了，谁的命都一样不值钱了。

百川高高举着刀子，同李家男人对峙着，有点骑虎难下的意思。

忽然间月儿就一阵风似的刮了进来。她一把拖住了百川的胳膊，然后用另一只手去夺百川手里的刀子。百川擎着不让，月儿的手心捂在了刀刃上，用力一甩，愣是把百川的刀子给掰了下来。那刀子也真不结实，一掰就折了。百川丢了武器，一时有点发蒙，大概是刚才传话的那人，去给月儿通风报信了。又看见外面拥进来一大群人，把他死死抱住。他拼命挣扎着，再次向李家男人扑去，一拳打在村里一个哑巴的胸口。哑巴当时疼得眼泪都下来了，呜呜叫唤着，却不还手。百川借着酒劲儿，还想继续同李家拼命，忽见自己西服领子上红彤彤洇开去一大片，连袖子都变红了，用手一摸，摸一巴掌红，定睛一看，竟然是血。脑子一激灵，顿时清醒了不少，低头看看自己身上，哪儿都没伤着，再往人群中一看，吓得一哆嗦，月儿站在一边，正龇牙咧嘴地抱着自己的手，手掌还在往下滴血，娘抓起一件白褂子要给她包扎，她却还死命地拽着百川，不让他靠近李家男人……

娘厉声呵斥百川：你一个工作人，咋能和他们一般见识！给我回去！

百川的勇气一下子散失殆尽，再无心恋战，拉着月儿就往自己家走。

刚进院子，听见一声巨响，厨房的窗玻璃被一块大石头击中，玻璃碎片四处迸裂，像玉米糁子哗哗淌了一地，在阳光下发出凛冽的寒光。李家女人重开战事，叫骂声冰雹一般袭来，老鸹似的聒噪着，在房檐屋顶下徘徊不去……

当天下午执行庭就来了人。据说是村主任给法院打了电话。

百川后来听说，执行庭的人让李家人到法院去讲理，李家三口人一窝蜂气汹汹地跟着去了。到了法院，人家就不让回了，说他们损坏他人财物，赔偿费加诉讼费，这回得一块儿交。李家男人女人和儿子三人被送到看守所蹲了一夜，第二天，法院执行庭让李家女人回来取钱，说是一天不让梁家砌墙，就一天不放人。李家女人蔫蔫地走进自家院子，再也没了先前的精气神儿……

月儿当天就让她弟动工砌墙，到了这天傍晚，墙基就结结实实地垒起来了。

很多天以后，百川走在村里的"街"上，还有人拍着他肩膀，说他是好样儿的！人说村上最浑的女人，到底让他给治住了，还是法律这玩意儿厉害，亏得没动刀子呢。那哑巴见了百川，直跟他跷大拇指，倒叫百川满心惭愧，低个头就悄悄走开了。

院墙终于是砌成了，方方正正一个院子，坐南朝北，棱是棱、角是角，那西角上新垒的红砖颜色明显深些，像百川小时候穿的那种接了一截袖的衣服。大门的门楼下铺出一条水泥小道，通到正房的屋檐下，挨着四米宽的水泥平台，晒粮食晾衣服干啥都方便。

百川呆呆地望着自家院子，心里空落落的，感觉不到多少喜悦。院墙总算是垒完整了，但他的心里却像是缺了一角，四处撒气漏风。有一种难言的悲哀，从院里的水井深处蹿上来，化作一股苦涩的艾蒿味儿，贴着墙基若有若无地飘忽。百川回想起自己以前在城里的种种窘迫，又面对着豆庄的种种无奈，觉得自己真是走投无路了。城里没法待，乡下其实也没法待了。城里虽有他的一张铺，但城里没他说话的地方；城市只需要他的一双手，却不理会他的心。他的心本是留给豆庄的，可这荒僻残破的豆庄，除了月儿谁也不懂他的心……

有一会儿，百川觉得自己的躯壳在城里的街上游走，而他的灵魂却依然守候在豆庄的苹果树下；又有一会儿，他觉得自己的躯壳留在这四方的院墙内，而他的灵魂，却早已归属于城市。他在这城乡交接的边缘地带，已经被切割分裂成了两半，然后把它们分置在自家的院墙内外，院墙是一道界，任他的游魂来去。他憎恨城市讨厌城市，但他已经离不开城市。他热爱家乡依恋豆庄，但却难以同它相处。他想自己是无法改变农村的。他能改变的，只有自己。人说伤筋动骨一百天，百川到受伤满三个整月时，除了偶尔觉得腰部有些僵硬之外，基本上已没有什么不舒服的感觉了。

那天有人来通知他，让他到村委会去一趟，有一份外国来的邮件，邮递员等着本人签字才能给。百川好生奇怪，他想一定是弄错了，他又没申请到外国去留学。

他拿到那只长长的白信封，上面盖着椭圆形的外国图章。信是从新加坡寄来的，确实是用中文写着他的名字。打开看，里头有一张淡蓝色的大票子，全是外文字母，第一格像是他的外文名字，他能结结巴巴拼出来。他越发地纳闷，给人签完了字，再去掏那信封，竟然被他掏出一封信来。信是用中文写的，他一看就乐了，原来是响泉那兔崽子，到了外国，倒没忘了给他写信啊。百川一目十行地把信扫了一遍，才知道那张淡蓝色的大票子，是响泉寄给他的外国支票，上头写着100$，响泉信上说那是一百美元，折合成人民币就是八百块，算是他归还临走前向百川借的那五百块加利息。信上还说他在新加坡是如何如何地好，百川也没顾上细看，心里一高兴，当时就掏钱在小卖店买了一盒"红塔山"散发给围观的村民。然后夸张地扬着那只信封，一路很招摇地走回家去。

响泉那家伙还把利息都算上了，中国人一到外国，也变得像外国人似的了。百川兴奋地摇了摇头。哥要是知道响泉还钱还付了利息，不定有多后悔呢。

百川正这么想着，走过桥头，忽见公路上扬起一阵烟尘，一辆深蓝色的"捷达"正往村里驶来。刚想到千军，千军就来了。他卧床三个月，哥还没回来看过他。这几天，真是好事儿都赶一块儿来了。

千军给百川带了一条"三五"烟和两大包"龙牡壮骨冲剂"。还有一摞杂志，花花绿绿的封面，都是千军自己消遣过了的刊物，算是废物利用。千军给爹带了两瓶"孔府家酒"，给娘带了一条"神功元气袋"。千军到百川砌成的院墙下去视察了一番，顺便把过年那会儿请法院人喝酒的事儿又提了一下，百川脸上的喜气就剩下不多了。百川把千军让到屋里坐，千军看看表，说我下午就回县城呢，只坐一小会儿吧。百川就把响泉那信和支票拿出来给哥看。百川本没显摆的意思，他想千军见多识广的，能告诉他怎样才能把支票上的钱给取出来。结果千军看了信和支票，脸上就沉沉地严肃起来像是蒙上了一层灰。千军只字不提响泉，说那支票麻烦着呢，你得拿上身份证到县银行去办手续，再等上三个月才能取出钱来，还得扣下去好几十块手续费，你以为哪！百川有些扫兴，闷下头抽烟不再说话。

后来千军简单过问了一下他腰的情况。千军说：看你的样儿，也知道你好利索了，要没什么问题，你打算什么时候回队里去上班呢？

百川边想边回答说：再歇个十天半个月吧，总得再巩固巩固。月儿的预产期还有一个星期了，我想等月儿把孩子生下来，就到城里去把腰复查一下……

千军打断他说：你的病假已经到期了，要是再超，就得算事假了，我就不能再给你开支了。

百川问：那病假……按啥算的呢？身体刚好个大概啊。

千军从兜里掏出一张纸，扬一扬说：你看，我有医生诊断书嘛，上头写着，卧床三个月。

百川结结巴巴说：那也不是假条，只是个诊断。医生可没说，到了三个月我立马就能下地干活儿了。我还没复查，现在说啥都早……

千军站起来，把那张纸小心揣回兜里，沉下脸说：

你是我弟，你要是开了这个头，以后我在队里不好办。又付医药费又发工资，这么惯下去，将来我还得给办医疗保险和养老保险啦？

百川说：可我是工伤啊。

千军说：稀罕，几百年几千年，听说过农民生老病死有人管的吗？

百川涨红了脸说：可现在90年代了，农民工，好歹也算是个工作人哪！

我还是个包工头呢，可谁管我啊？千军把门一甩，走了出去。

百川在屋里闷坐了一会儿，拿起杯子咕嘟咕嘟灌了一肚子凉白开，猛地站起身，冲出小院，快步往爹妈住的前院走去。

千军和爹正在炕上坐着抽烟，屋里烟雾弥漫，像城里的工地。

百川站在屋子中央，咽下一口唾沫，不紧不慢地说：

千军，你可知道，如今农民工也有劳动保护法。

千军把脑袋背过去，哼了一声，不言语。

百川又说：你要是不执行劳动法，你是我哥，我也可以去告你！

千军撇了撇嘴，喷出一口烟，鄙夷地瞧了一眼百川，说：

你告我，我不怕。别忘了，你那院墙，还是我托了法院的人，才完事儿的！

一股凉气像条蛇一样，忽地蹿上百川的脚背，狠狠咬上一口，又冷冷地箍上他的腰，使他动弹不得，跌入冰窖似的寒彻骨髓。百川觉得自己站在悬崖边上，无法往前再走一步，更没有丝毫退路。他想如果自己的腰真的折了就好了，一辈子再也不用害怕弯腰了。其实早就应该明白，他和千军的关系，早晚是要走到这一步的。谁让他是棵黄瓜秧，非缠在千军这副架子上，才能开花结果呢。他为啥不是山上的松树柏树，谁要是敢砍伐一棵都得去坐牢。这么多年，他跟着千军，得了许多也失了许多，他不知究竟是得的多还是失的多。但是，即使他得的再多，他好像仍是没有得到自己想要的东西。他到底想要什么呢？那东西就在嘴边，却说不出来。他只知道，千军虽然有钱，但自己其实比千军更富有。他拥有许多千军没有也不想要的东西。就为了这些，其他所有的好处，他都宁可放弃的。

于是百川就对千军说了那句话，他说得很平静，就像早已想过一百回似的。

他说：我不在你那队干了，我不信找不着别的地儿。

说完这话，他连自己也有些吃惊。难道他忘了上次辞工的事了？他不在千军的队干，他能上哪儿去呢？

千军冷笑了一声，抓起柜上的汽车钥匙，抬屁股起身就往院外走。

百川听见大门外汽车发动的声音，像一群老母猪哼哼。

爹妈都追着千军出去了。爹妈决不为了他，去说千军一句不是。千军不回家时，爹妈都拿百川当梁柱子；千军一回来，爹妈干啥都看着千军的眼色，千军恼谁，爹妈就跟着轰谁；百川给爹妈的钱，不如千军那么多，百川还能对爹妈提啥要求呢？

百川慢吞吞地走出去，望见小汽车后尾的那溜尘土，已卷到山梁上了。

爹站在当院，冲着娘吼道：那年亏得没给百川起名叫万马，看他这回翅膀硬了，可得了！

娘从厨房端着泔水瓢出来，一边嚷嚷说：老头子你这话可不在理儿，要我看，既是做了工作人，就得按工作人的规矩办，要不，咱上城里去干啥？

百川夺过娘手里的瓢，噔噔就往猪圈跑，眼里一片模糊。百川回到自家小院时，太阳正偏西，月儿坐在平台的小凳上，见他进来，扬着手里的一张报纸，欢喜地叫道：你跑哪儿去了，快来瞧瞧这个！刚才我上小卖店，学校的杨老师给我的……

百川接过报纸溜一眼，报纸已有些脏了，沾着些汤渍，上头啥啥也没有。

你瞧这儿！这儿呢！月儿急得直拽他衣角。

百川拖过一只小凳，挨着月儿坐下了，随着月儿手指的位置凑近去，终于看见一排极小的黑字，写着"我们都是芨芨花"。题目下的空当儿里，蚂蚁一样趴着梁百川三个字。

百川目不转睛地看着那三个字，顿觉眼珠子都不会动了。

那是豆腐干大小的一块，不注意看，根本没有人会发现它。它嵌在一整版横排竖卧的黑字里头，就像自家院墙后砌上去的那段新砖。百川把那短短的几百字默念了一遍，脸上有灿烂的笑容漾开去，他想自己头一回投稿，怎么真能发表了呢。

月儿把报纸拿过去看了又看，埋着头问：发表了有钱吗？

他说：也就十来块吧，当不了饭吃。

月儿忽就哎哟了一声，脸上抽搐着，捂住了肚子。

百川慌慌地问她咋了，他想月儿会不会就要生了呢？

月儿又嘻嘻地乐，脸上转眼就晴了，笑着说：踢我哪，准是个男孩。

百川纠正说：我想要女孩。人家城里都愿意要女孩呢。

月儿说：一直让你给孩子想个名字，最好男孩女孩都用得上……

百川说：我早准备好了，本想等你生下了再告诉你的。

月儿说：这会儿就说吧，要是不说，这报纸我还给杨老师去……

百川飘忽的眼神掠过院子里葱翠的菜畦，又跃上墙外那株油绿的枣树。屋檐下，那对年年归来的燕子，又筑起了新巢，像一只剖开的干葫芦，悬在半空中。

百川拧开机井的泵，往菜畦里灌了半池子水。清水瞬息就被土吸干了，那菜地便油汪汪地发亮。百川撅一根树枝，猫下腰在那黑土上，一笔一画地写了两个字。

蓬——勃，是蓬勃吗？月儿问。

蓬勃。就是蓬勃。这名儿好吗？

月儿使劲点头，一边说不过还得有个小名儿，叫着才顺嘴。百川暗暗决定先不告诉月儿，等她生下蓬勃那天，自己就在这一笔一画的土沟里，撒上些花籽儿，像城里过节时候街心公园的花坛。等月儿满月了，满院子都是用叶子写成的"蓬勃"两个绿色的大字，也让村里祖祖辈辈种地的人，开一回眼。

那孩子将来的日子，会是什么样呢？孩子长大了，会有一份好工作，但不是百川这样的"工作人"。

1997 年

写于北京花园村①

---

① 　发表于《北京文学》1997 年第 6 期，《小说月报》1997 年第 8 期边载。

钟点人

8：00——

　　……远远望去，它有点像一条河的样子，饱满而舒缓的河水鼓胀着，漫上了两边的堤岸。河面无风无浪，不动声色地蛰伏，上游和下游都是白茫茫一片，看不见尽头。她的身子整个浸泡在河水里，只露着一双眼，半睁半闭地晃悠。她感觉不到河水的流动，但她知道自己每一秒钟都在失去它们，并且是永远。它们离开了这里便不再回来，她也许将在下一个世纪或是另一个星球上同它们相遇。倏忽间，她又觉得自己正在顺水漂流，冰凉的水流簇拥着她，她与这条河已难分彼此。她将每时每刻与它同行，直到凶险的漩涡把她甩上荒芜而永恒的河岸……

　　有一刻，她甚至听见了流水的声音。把耳朵紧贴着河床的底部，她听到河水的汩汩声，竟然如同时钟的节奏，严谨而有序地行走。她一时竟不知那究竟是钟摆还是流水，是时间本身还是河的呼吸，它不像大江汹涌，也不似小溪淙淙；河由小溪而生，因此它没有开头；河因大海而终结，因此它没有尾巴——河便是如此无始无终，所以没有人能使它停下来……

梅子在睡梦中，常常听见时间行走的声音。但每次当她试图抓住它，它就化成河的模样急速流动起来。

梅子醒了。她睁开眼，看见床头上那只白色的电子钟，时针正指着8点整。

蒙眬中，梅子觉得自己似乎正在盼望着什么。

——来弟今天还是没回来吗？

梅子有些生气。已经是第六个星期了，来弟还是没有出现。往常每周一上午8点差5分左右，来弟的敲门，总是会准时把梅子从床上叫起来。

来弟是梅子雇佣的钟点工，已经在梅家干了三年多了。作为保姆的来弟，手脚麻利勤快干净，做饭洗衣样样活儿都拿得起来，算是保姆中难得一遇的好手。可惜就是每年过春节，来弟必得回到她那个安徽无为的老家去过年，一走就是一个月。因而每年春节前后，梅子的家务活儿都会变得堆积如山。

来弟临走的时候，再三保证说她三个星期后一定回来。梅子当时表示，不怕她晚回，就是怕她不回，只要回来干，哪怕是六个星期也等她。梅子说的是真心话，自从三年前朋友介绍来弟到梅家干活儿，梅子就再没打算换保姆。梅子在一所大学教书，课虽不多也不坐班，但搞些课题研究加上为了晋升高级职称，写论文学外语，每天都忙得昏天黑地。梅子的先生芦迪在电视台，三天两头动不动就出差，家里什么忙都帮不上，还得带回一大堆脏衣服，指望梅子赞助。梅子的女儿去了外地上大学，家里平时就梅子和芦迪两个人，如果请个全日的保姆，既没有多余的房子可住，也没有那么多的活儿。偏偏梅子在生活上又不是那种能干的女人，曾有好几年时间，梅子被那些琐碎烦心的家务折磨得好生羡慕"单身贵族"。

……那条河流着，托起远航的客轮帆船木筏；却也在清晨的雾气中，送来一叶轻舟，船舷上蹲着一只只鱼鹰，代替了渔夫的网……

钟点工应运而生是城市妇女的福音。有了来弟以后，梅子觉得妇女解放运动才算初见成效。如今来弟暂时离开了个把月，梅子的日子已变得狼狈不堪，地毯和厨房的灰尘已积得老厚，玻璃窗倒像是一幅点彩派的现代绘画。梅子常常觉得，其实是来弟每一次的钟点服务，在支撑着自己每日的钟点。这根支柱一撤，她的时间顿时就变得捉襟见肘了……

梅子起床匆匆洗漱，8 点 30 分，梅子开始打电话。打给本院的一个同事，问她来弟可曾去过那里。是梅子把来弟介绍给那一家的，每周去一个半天，排在星期六的下午。那个同事说，我也正要给你打电话呢，来弟怎么到现在还不回来？真不明白那个乡下有什么可待的。可我又不敢另找，一时怕也找不到那么合适的呢。梅子讷讷地说你再等等，我有消息就告诉你。刚放下电话，铃声就响了，有一个电话打进来，正是梅子接着要找的另一个朋友。那人说，记得来弟去你家是排在周一，她今天来了没有？梅子说，没有哇，我也等得着急。那人说，来弟临走时对我说，有人要介绍她去开电梯，工资不算多，但活儿可比干钟点工轻巧多了，你说来弟回了北京，会不会直接就去开电梯了呢？梅子疑惑地说，不会吧，她要走，也该通知我们一声，哪能说不来就不来呢。那人说，你可不知道，现在的农村人鬼着呢，哪儿钱多就往哪儿跑，她能管你死活？她再不来，我家可得乱套了，你得想个办法找找她呀……梅子说，我连她住的地方都不知道，上哪儿找她？那人叹口气说，钟点工好是好，就是管不了她，说来就来，说走就走，真是来去自由……梅子说，那就再坚持一星期吧，说不定她在老家被什么事儿拖住了，我倒是听她说过一句，说这次回去，要给她女儿把对象定下来……

梅子放下电话，忽然觉得自己其实挺想念来弟的。就是那么个钟点工来弟，做保姆做得家家户户都离不了她，用芦迪的话说，她俩天生有缘。

来弟和梅子同岁，1951年生，都属兔。来弟二十七岁到北京做保姆，正是梅子从北大荒返城的那一年。算起来，来弟拥有二十年"保龄"了，令人不可小视。来弟刚到北京时，在人家家里做全日的保姆，换过许多家，到了90年代，才开始做钟点工。因此来弟认识北京城里大街小巷许多地方。但来弟不识字，来弟有个姐姐叫招弟，招弟到年龄上了学，家里没钱再给来弟上了。等下一个弟弟真的被她们姐妹招来，她家就更不会让来弟读书了。梅子知道安徽无为是个穷县，女孩长大了，就出去给人当保姆。几十年前，许多女人在主家当保姆一直到老。

来弟虽不识字，来弟却识数。来弟管阿拉伯数字叫洋码字。来弟手腕上有块表，不知是哪家人给的。她每次一进门就先看墙上的钟点，对一遍她的表是否准时。梅子有一次问她，不识字却怎么识洋码字？来弟觉得奇怪，回答说：梅老师笑话我呢，要是再不识数，我不成了个瞎子，怎么看钟点啊？

所以来弟从不迟到。梅子甚至怀疑来弟总是把手表拨快，要不她为什么每次都会提前几分钟到。

到了8点50分的时候，梅子失望地想，来弟今天肯定不会来了。

9：00——

来弟和她的一家人，大包小包的，刚刚走出北京站的出口，就听见头顶上响起一记雷声。来弟抬头看天，太阳像个灯笼，就挂在马路边那栋高楼的窗户上，阳光亮得让人睁不开眼。来弟嘀咕说，这好好的大晴天，怎么就会打雷？正说着，那雷声又响了一下。儿子臂弯里抱着他一岁半的女儿京京，用胳膊肘捅捅她说，妈，是钟声响呢，你回头看——来弟转过身，见车站那排楼的中央，耸着一座高高的小亭子，四面都嵌着一块方方的大钟，雷声就是从大钟那里发出来的。钟面上的指针，短的停在洋码字9上，长的在12上。

来弟在二十年间，已经到过北京站十几次。但听它敲钟，还是第一次。

它一声接一声地响着，声音传得老远，那声音真是好听得很，像是一个喉咙里装着麦克风的女人在唱歌，震得阳光都有点发抖。广场上走来走去的人，都停下脚，仰脸去看它。来弟的孙女京京让钟声给吵醒了，大声哭了起来。

6——7——8——9——来弟一声声数着，没错，一共是九下。来弟看看自己腕上的表，真是9点钟了。

她心里突然就有些发紧，招呼了一声自家男人，脚步也快了。

快到103路汽车站的时候，来弟放下东西，回头对儿子说：这一次，豁出去了，我们打"的"好不好呢？

儿子显得很吃惊。儿子说，回一趟家，钱都用光了，还打"的"呢？！

来弟不理他，冲着迎面来的一辆"面的"就举起了手。这个家，她说了算。来弟还是第一次"打的"，那手伸得僵硬，像是敬礼一样，缩回来还抻着。"面的"倒不计较，咔的一声就把车停在了她面前。儿子看一眼车厢，说就一排座位，这么多人，坐不下哩。来弟说上啊上啊，都给我上去再说。一边就把抱着孩子的儿子和媳妇推了上去，又把男人推了上去。最后是女儿和行李，关了车门，来弟和女儿就坐在行李上，正好满满一车。司机回头看这一车人，乐着说：真新鲜，如今农村人也坐上出租了。来弟回答说，你没看有个小孩吗，坐公共汽车没有座位，怕把小孩挤坏了。司机又乐，说打工还带小孩啊，真把全家都搬来了？去哪儿啊？来弟说了地址，用袖筒擦一把汗，松了口气。车开了一会儿，来弟从倒退的车后窗里，望见路边的高楼上又耸着个小亭子，上头有只大钟，已经指着9点25分。

来弟想，到底是大城市呢，连马路上都有钟表，还让人白看。城里人好像是守着钟在活，一时一刻都不能差的。如果在老家，就用不着钟点了，天亮起身下田，太阳正中了回家吃饭，天黑了就回。那钟点是太阳，挂在天上，你想看成几点就是几点。她长到十几岁，闹钟没见过一只，不用说手表了。可如今回去过年，家家都有电子钟，台灯上镶着钟，墙上的挂历镶着钟，就连温度计旁边都镶着钟，一间屋里，钟表真比人的眼睛还多。可惜，乡下人的眼睛，硬是不往钟表上落，麻将一夜打到天亮，一觉睡到中午，晨昏颠倒的，哪里有一点时间观念呢。

在城里做惯了钟点工的来弟，回老家过了一个半月不需要钟点的日子，还真有些不习惯。轻松倒是轻松，只觉得人都散漫得虚软了。

但老家是不能不回的。来弟的娘家早就没人了，夫家除了自己男人，还有一个七十一岁的婆婆。来弟出去做工二十年，一儿一女都是男人和婆婆养大的。

"面的"停了下来，噔噔地抖着身子哼哼，好一会儿也不往前走，司机说前面肯定是堵车了，急也没用。十字路口那里有块牌牌，上头的洋码字一会儿一变，来弟留心看，已是9点37分了。不由很有些心焦。再回头，驾驶台那只盒子上的洋码字也开始蹦字了，一蹦就是八角钱，蹦得来弟心惊肉跳，胸口也一抽一抽地发疼。

来弟有些后悔"打的"了。这"的"是她这样的人打的吗？

来弟生下来到现在统共只坐过两次出租车，上一次，还是因为有一次她干活儿时突然胃疼，那个梅老师付钱打了"的"，用"面的"把她送到医院去的。这一次过年回老家，儿子媳妇女儿和她四个人，光是一个半月不干活儿，损失多少工钱呢，少说几千块了；来回的火车票钱呢，春节高峰买不上票，只好买黑市的高价票，又是上千块；还有回到乡下各处打点的钱——亲戚结婚送份子的、哪家孩子满月办酒席的、压岁钱、待客的烟酒钱……凡是动一动都要花钱。在城里辛辛苦苦干一年挣的钱，回趟老家就去掉了一大半。幸好新屋早几年就盖成了，楼上楼下四大间还有晒台；儿子结婚用的都是她和儿子这么多年在外面做工攒下的钱。前年，儿媳妇还给她生下一个胖胖的孙女京京。头胎生了女孩，按说还可以再生一个，儿媳妇说不要了，男孩女孩都一样。来弟也说不要就不要吧，没看城里人都喜欢女儿呢。自从有了孙女，儿媳妇在家看孩子，有一年多上不了班，家里的进账少了，开销却一下大了许多。钱这东西，不会有够的时候，若是她不像现在这样一天到晚按钟点跑来跑去挣钱，攒下一些养老钱，再过些年，到了她做不动的时候，回到老家乡下，她用什么来养活自己和男人呢？

男人一直缩在车厢的角落里，一面朝外头张望一面唉声叹气。

来弟心想，要是照这样堵下去，这一笔车钱，可够她干上大半天的了。她一个钟点一个钟点挣出来的钱，正在一分钟一分钟地跳进出租汽车司机的腰包。城里的钟点，根本不是个钟点，城里的钟点是个张大嘴吞钱的妖怪，城里的钟点就是钱。

总算到了地方，三环边上一条胡同的大杂院儿门口，来弟让家里人把行李一件件拿下去，自己掏出钱来付车费。儿子在她耳边说，妈，总共二十一块，其实就合一人三块多，比坐汽车合算。来弟说那当然，我早算过了。她看看表，是9点55分，问儿子：今天星期几呢？儿子说是星期一。来弟略一思忖，对男人说：你们进去，先把屋子收拾收拾，我得上梅老师家去，她要是在家，我就往下做了……

女儿说，坐了两天硬板，人都吃力煞了，你怎么一下火车，就变得像城里人一样了……

来弟瞪女儿一眼，说：等你做了娘，你就晓得了……

10：15——

梅子已在案头工作了一个多小时，到了9点55分，她准时打开电视，跟着电视里的音乐节奏，开始做健美操。这项每日的功课，她已经坚持了一年多时间。梅子认为室内健美操，是知识妇女最便捷又见效的体育运动。

音乐刚停，梅子好像听到有人敲门。她想这时候能有谁来呢，懒得去开。敲门声持续了很长时间，锲而不舍的，梅子还是不理，就听得门外有个熟悉的声音大喊：梅老师是我，我是来弟呀……

梅子喜出望外地开了门，果然是来弟，头发乱蓬蓬的，面色铁青，眼角上留着眼屎，像是没洗过脸。梅子吓一跳，说来弟你怎么这个样子，没出什么事吧。来弟说我不偷不抢，能出什么事？怕你着急，刚下火车就先来报到了……

梅子心里有些感动，先前一肚子的怨气，都咽了回去。说来弟你也真实在，就家里这点破事儿，天塌不下来。来弟笑着说，哪呀，我从到了家就打喷嚏，回来时，喷嚏打了一路，我一想就知道，你们家家都在骂我呢！

梅子也乐，说看你坐火车脏成这个样子，还是先去洗个澡吧。知道你爱干净，不在这里洗，回家用凉水也得洗……

来弟说，我就等你这句话，可别以为我赶到你家来，就是为了洗澡啊。我这次走得太长，真对不住了，就想来告诉你一声，好让你放心。到 12 点还有一个多小时，我能干多少算多少吧……

梅子一边给来弟开热水器，一边问着她这趟回去的情形。梅子知道来弟喜欢她那个孙女，就问她这次到底把京京留在老家了，还是又带回来了。来弟笑着，嘴巴有点合不上，说那孩子又会走路又会说话，都会叫奶奶了，正好玩儿呢，哪里舍得把她留在老家啊……

梅子想，自己和来弟同岁，来弟都当奶奶了，真是不可思议。

来弟说，你一定想不到呢，这一次，我们全家六口人，除了婆婆，都来了。

梅子有些吃惊，问她家怎么变成了六个人，莫非她的先生也来了吗？

来弟哧哧笑着，把脸侧到一边去，背对着梅子，笑得气都憋住了。

先生……哟哟哟……还先生哩……城里人才叫先生，你家芦先生上班去了？中午不回来？

那叫什么？梅子不解。噢，你们那儿，叫老公，对吧？

老公……呵呵，我们那块儿才不叫老公哩，你知道老公是什么，是妱头呀，真笑死我了……

梅子也忍不住笑，笑了一会儿，想想又问：那你告诉我嘛，到底叫什么？

叫男人嘛，还能叫什么？来弟的笑容里，颇有些奇怪梅子竟然连这样简单的称呼都不明白。梅子又乐，便问她男人到北京来，打算找一份什么样的工作。来弟回答说：都五十多岁的人，还能找到什么样的好工作？梅子热心地说，要不要我帮你打听打听呢？我有个朋友在建筑工地承包施工，也许正需要人呢。

来弟洗澡的工夫，梅子就给那个朋友打电话说了这事儿。那朋友听完，问来弟的丈夫多大年纪，梅子记得他比来弟大五岁，应该是五十一岁。那朋友一听就说算了吧，农村人没技术没文化，过了五十岁，重活儿干不了，技术一点不懂，等于白养活，要他干什么。梅子想再说几句，对方说正忙着，改天再联系吧。梅子悻悻放了电话，才知道来弟比自己懂行情。等来弟洗了澡出来，她把刚才的电话复述了一遍，为了不让来弟失望，又加了几句评语，说现在的人都唯利是图真没办法。来弟听了，像是在意料之中，擦着湿头发，反倒安慰梅子说：

梅老师，你不用再费心，我知道活儿不好找，这次让他一起来北京，就是打算让他在家带孙女。你想想，那么大点小孩，又不能送托儿所，留在家就得有人管着。儿媳妇原来在西单地铁里帮人看摊儿，已经耽误一年的工了，再不上班那份工作就拿不回来了。我儿子打电脑，女儿在饭馆上班，都有工作，任谁留在家里看孩子，都少一份工钱……我想来想去，这份工作，只有让我男人干了……

来弟的眼神里，闪过一丝亮色，透着些精明的算计。像是梅子没有为她男人找到工作，恰恰倒正合乎她的心意。

轮到梅子惊讶了。梅子还是第一次遇到来弟这样的农村女人，能分配她丈夫在家里带孩子。梅子问她丈夫是什么态度，愿意不愿意，来弟很干脆地回答说，在家时就商量好了，那有什么不愿意的，牛耕田马拉车，谁能干什么就干什么，还不是一样吗？梅子说那是因为你在城里，如果在老家，肯定你不敢让男人在家带孩子，他也不会乐意……

来弟想了想，点点头说：那倒是。走时，他就不敢告诉他娘。

来弟抱起一大堆脏衣服，说梅老师我不同你讲话了，还有一个小时，我得把这些衣服洗出来，你不难受我还难受哪！

梅子回到房里去写论文，思路好一会儿进不去。

11：00——

来弟一抬头就能看见墙上的钟。梅老师家的每一间屋子，连走廊、门厅都挂了钟。到处都是嘀嘀嗒嗒的声音，好像整天在下雨似的。来弟不明白，梅老师又不做钟点工，一个星期才上几次课，大部分时间都在家里待着，要那么多钟干什么。

但来弟没有问过梅老师。凡是不该她知道，或说同她没关系的事情，来弟从不打听。

来弟把自来水放得哗哗响，一边仔细地检查着脏衣服上的油迹。然后沏上洗衣粉，开始把脏衣服一件件泡到大盆里去。除了被套、床单这样的大件，梅老师让她开洗衣机，平时的衬衣、线裤、外套和长裤等，梅老师是一定要她用手工洗的。梅老师总是说洗衣机是个大锅饭，一勺烩没有轻重，而且不能用热水，那衣服上的汗迹油泥怎么能清洗彻底？只有来弟亲手漂洗的衣服，梅老师才能放心贴着皮肤穿在身上。来弟到梅家三年多，梅老师总是夸奖来弟洗衣服比她自己还干净。

若是洗丝绸的衣裙，来弟用手搓；若是洗厚些的衣服，就得用搓衣板了。将盆里的洗衣粉泡沫揉得老高，像一座棉花堆起的小山，一双手就在棉花堆里浮上来又陷下去，只可惜那棉花既不是棉花糖，也不能用来做棉衣，搓着搓着，白棉花就变成了一摊灰水。来弟每次用搓衣板洗衣服，就想起在老家做姑娘时候，蹲在井旁河边洗衣服的情形。那时候洗衣服都用搓衣板，或者用棒槌敲，洗蚊帐还用脚踩，女孩们聚在一起，一边洗一边讲笑话，不知有多热闹多开心。哪像现在城里人家家都有洗衣机，还带甩干的，可是一整天也没个说话的人，好没意思……

所以来弟还是喜欢搓衣板。她只是担心将来的家用电器，样样都符合了梅老师那样讲究人的要求，自己是不是就会失业呢？

来弟机械地重复着她每日的功课，有时候觉得自己其实是一台高级洗衣机——普通洗衣机只需服务一家人，而她这台洗衣机，每

钟点人

天都得换个人来使唤——面对各个不同的人家，就像鸡喂糠猪喂泔水羊喂草马喂料，家家的臭毛病都得一样样记牢，各对各来回调换。世上可有这么先进的洗衣机吗？

她记不清自己这二十年，在北京城里已经做过多少户人家了。自从开始做钟点工，平均每天要走三户人家，梅老师家是一个星期两次，算下来，一个星期最少也有十几户了。每家每户每天的钟点都不一样，张家是星期二早上 7 点，李家是星期三早上 7 点 30 分；赵家是星期四下午 6 点，孙家是星期五中午 12 点……有的人家最不愿自己做饭，有的人家最不愿洗衣；张家看重搞卫生，李家最要紧的事情是买菜，赵家管做饭，最喜欢吃饺子，孙家让她到幼儿园接小孩……每一天每一个钟点都不能搞错，她也真一回都没有出过错。梅老师有一次说，来弟你真是个好记性，就差没上过学，可惜了。

来弟每天敲开一户户不同人家的大门，出来又进去，有时觉得自己就像穿过一块菜地又进了一片稻田，刚才在插秧一会儿就除草了；比如说有的人家吃东西恨不得碗筷全都要用酒精消毒，可房间里到处都是灰尘却不在乎；有的人家穿的都是名牌衣服，吃饭是炸酱面加一截生黄瓜……家家的习惯虽然都不一样，但在来弟看来，有一点总归家家都差不到哪里去——家家的女主人都刁，男人都好说话；家家的女人都勤快，男人都是能不动就不动，尤其不爱洗袜子……还有，家家都是女人当家管钱，男人干什么都得问过女人，每次给她付工钱，都是女人拿钥匙开抽屉……

来弟把衣服搓好了，就开始用清水"投"衣服。北京人管漂洗叫作"投"，来弟学了北京话，也管叫"投"。北方人投衣服不讲究，顶多换两盆水，那水还浑着就拿去晾了。衣服不投净，怎么能结实呢？她每次总是把衣服投了一遍又一遍，直到盆里的水清爽了为止。可要是碰上一个抠门儿的主家，还怪她浪费水，说她用水太多，不知城里的水要花钱。所以来弟心里，有点瞧不起城里人。

来弟侧身看钟，已是 11 点 50 分，便把在楼下小铺买的两个馒头在锅里热上，端着盆就到阳台上去晾衣服。她穿过书房的时候，梅老师从桌子上抬起头说：哎，来弟我忘了问你，这次回家，你婆婆身体还好吗？

来弟回答：好着呢，有粮吃，有钱花，能不好？

来弟把衣服穿上衣架，一件件挂在晾衣绳上。来弟个儿矮，踮着脚尖够，有一只空衣架晃了一晃，掉下来，碰在她脑袋上。她听见竹木衣架落在头皮上咚的一记声响，那声音很熟悉，她的头发忽地一根根竖起来，脑壳隐隐作痛，犹如二十年前在老家的堂屋里，婆婆敲在她头皮上的那双竹筷子……

来弟已经记不清是因为什么事惹得婆婆大动肝火了。也许是儿子不小心跌了一跤，也许是因为她男人给她买了一双尼龙袜子，也许是因为她把一条刚洗净要去晾的湿内裤，顺手放在了桌子上……婆婆破口大骂，骂得她忍不住顶了一句嘴，男人刚要帮腔，婆婆的筷子就下来了。她心想婆婆要是再敲一下呢，再敲一下，她定要把婆婆手里的筷子夺下来折断的。但婆婆没有再敲，婆婆说你有本事就别在家里吃闲饭让人养活……

来弟嫁过来，田里屋里什么活儿都会干，就是不会插秧。

来弟的婆婆敲过来弟的脑壳以后，过了几个月，来弟把七岁的儿子和五岁的女儿留在家里，就坐火车来了北京。来弟有个远房的姑姑在北京当保姆，除了吃住，一个月还能挣十五块工钱。来弟让人给她写了信，说让她帮着找一户人家，十块钱一个月也干。

来弟到北京以后，第一次过年回家，带给婆婆的礼，是一盒紫红色的漆筷。

来弟晾完衣服，对梅老师说：到点了，我带着火车上剩的干粮，这就先吃饭了啊。

12：00——

梅子一看已是 12 点了，放下书本到厨房去做饭。芦迪中午不回来吃，她煮一把挂面，再把昨晚的剩菜倒在面汤里，就可对付一顿了。梅子走过来弟身边，见来弟手里拿着个白馒头在啃，也没有菜，猜想她今天刚下火车，家里还没开伙，赶忙从冰箱里找了一包袋装榨菜和一个咸鸭蛋给她，来弟只要了一点榨菜，说什么也不肯吃那只咸鸭蛋。梅子知道来弟的脾气拧，也不再勉强。

梅子等着锅里煮面的水开，就在厨房门口和来弟闲聊。梅子问她这次过年回去那么长时间，是不是到芜湖去看望她姐姐招弟了。招弟比来弟大五岁，当年不愿像无为县的大多数女人那样，出去给人当保姆，就设法嫁到了芜湖城里，但因是农村户口，一直没有正式工作。招弟去年突然来了北京，说她到了五十岁才明白，给自家人当保姆，真不如在外当保姆，还有工资好赚。她想留下做全日的保姆，由来弟介绍，在梅子家干过一个月。来弟平时话多，爱说爱笑，招弟却是整日沉默寡言，满腹心事的样子。当梅子为她联系好了长期的主家，她丈夫却赶到北京把她领回去了。梅子一直挺惦记招弟，来弟回去前，叮嘱她最好去看看招弟。

来弟大口嚼着馒头说：倒是想去看她，我娘家人，就剩这一个姐姐了。

梅子好奇地问：记得你以前说过，你家有七个兄弟姐妹呢……

来弟反问：那我也没说过他们都还在世呀。如今活着的，就这个招弟……

梅子说：怎么会呢？七个呢，你又不是最小的……

来弟把嘴里的馒头咽下，避开梅子的目光，低着头说：梅老师要不问，我还真不愿说……我上头两个哥哥，早就饿死了，那年，我爸也饿死了，死时还不到五十岁……我下头有个弟弟，发大水那年，让水冲走了，是淹死的……还有一个弟弟，生了伤寒病，没钱看医生，也死了……最下面还有个妹妹，家里实在没东西给她吃了，我妈把她抱到公路上，说让人捡去，说不定还有条活路，后来也不知是死是活……

梅子傻傻地问：什么时候啊，还饿死人？

来弟回答说：还有什么时候，1958年嘛……我们那个地方，隔几年不是大旱就是发大水……

梅子听得触目惊心，如果不是来弟亲口对她说，真不敢相信。没想到，来弟一家还是历史的见证人。梅子心里有些后悔，怨自己不该触痛来弟的这番心事。怔了一会儿，也不知该怎么安慰她，叹口气说，三年困难时期，自己虽然在城里，还吃过豆腐渣呢。下乡到北大荒，天天窝头咸菜，虽没挨过饿，但苦是吃了不少。看来来弟也是命大，天灾人祸的，总算活了过来。来弟笑笑说，要不怎么长得矮呢，我家儿子女儿哪个个头都比我高。我捡条了命，可没钱上学，不认字，只能算是个残疾人。梅子说，熬得过那一段，大难不死必有后福的，你1977年来北京，这十几年的政策，你说好还是不好呢？

来弟认真想了想，点头说：这些年，比以前好多了。

水开了，梅子进厨房去煮面，将面条下了锅，又走出来。

梅子说：既然这样，你和你姐相依为命那么多年，这次还不去看看她？

来弟说：说是这么说，可哪里走得开呢。

梅子说：回家一趟，还挺忙啊，都忙什么呢？

来弟说：还不是为了女儿土莲订婚的事情，麻烦着呢。

梅子问：总说土莲土莲的，哪个土啊，是不是石头的石呢？

来弟不好意思地笑笑说：我哪知道怎么写，好像……就是……我看人家下象棋，象棋里头就有这个字，两横一竖那个……

梅子恍然大悟地点点头。想起以前听来弟说过，土莲去年回家，就相好了对象，是邻村的一个小伙儿，在镇上做木匠，人品和家庭都好，两人见了面，彼此都满意。土莲在北京打工，两个人通了一年信，这次回去订了婚，明年春节就可以结婚了。梅子曾问过来弟，土莲出来几年，眼界也高了，怎么不想办法在北京找一个？

不是好多女孩都想嫁在城里的吗？来弟一听，当时就咻了一声说，在北京找？我可看明白了，要是个有本事的男人，根本就看不上农村人；想找个农村女人的，不是残疾就是老大不小的光棍还有死了老婆带个孩子的，好人能给你留着？我家士莲不缺胳膊不缺腿，在老家什么样好小伙子找不到？到城里受这个罪呢！真以为嫁在城里能享福呀，看看招弟姐姐这几十年，因为自己的农村户口，让人瞧不起，受气还受苦，犯得上吗？我家士莲说了，自己挣钱自己花，在北京多干几年，以后回家盖楼养鸡鸭种菜，日子比北京人自在多了……

梅子心里挺赞成来弟和她女儿的想法，却不明白这订婚一事，还能有什么样的麻烦。就问来弟那个未来女婿的村子离得远不远，来弟说：不远，端一碗稀饭走到我家都吃不完。梅子又问，那是不是为了彩礼。来弟摇头说，什么彩礼，我们那儿早就不时兴了。梅子说那究竟是为什么，来弟站起来，走到厨房去洗碗，看了看钟，急急答道：如今不兴彩礼了，可订婚总还得有个讲究嘛。我说让那家给买块进口表，戴在手上又实用又神气。你别看我做钟点工，一辈子还没戴过一块好表。可士莲非要买戒指，说城里如今流行订婚戒指，还专门戴在哪一个手指头上，人家一看就知道她是订了婚的人。那小伙儿就到县城去买戒指，买回一个24K金的，士莲说太土，不喜欢；人家又去换了一只翠的，士莲说那翠的成色不好，还不要；你想那县城的商场里哪有好货呢，弄得那个小伙儿也没办法，专门跑了一趟合肥。我们只好一天天在家等着那只戒指，要不然订不了婚呀……

最后到底买成了没有？梅子好奇地问。

你猜他最后给买回来一个什么？来弟放低了声音，显得有几分神秘——他给士莲买了一块戒指表。梅老师你见过戒指表吗？那样子像个银戒指，指头朝上那块，却镶着块圆圆的小表，还嘀嗒嘀嗒走呢，我们那地方人，谁都没见过，把士莲稀奇得一夜没睡觉，成天戴在手上，再冷的天，那手冻得通红也在外面露着……

来弟忽然惊呼一声，说哎呀都 12 点 25 分啦，梅老师我该走了，下一家是 1 点钟，还有半个小时，我走到那里正好……

梅子笑笑说你快走吧，哪里知道订婚还这么复杂。

来弟走到门口，又回过头补充说：你看我那女婿多有心眼儿，他对别人说，我丈母娘要我买手表，士莲要买戒指，我听谁的？我给她买个戒指表，两样都有了……

梅子见来弟脸上一丝一丝浅浅的皱纹里，藏着满足的笑容。

13：00——

来弟到了赖家，赖家老太来开门，见是来弟，劈头就是一句：

你还知道回来呀？！

来弟赔笑着，一连声道歉，讷讷解释着自己在老家耽误的原因。并说自己今天上午刚下火车就赶着来了……

赖老太沉下脸打断她：小点声，不知道赖局长正在午睡啊，没个记性！你也甭跟我说那么多，我知道农村人都那个德性，想来就来，没一点组织纪律性……

来弟一路上的好心情一下子都没有了。心里有点委屈，忍下了。

赖家老太说你先擦玻璃吧。来弟问那么多房间，先擦哪一间呢？老太说你要是有眼力见儿，当然应该知道先擦客厅啦，家里成天来客，玻璃脏得像农村似的，我可丢不起那个人。来弟心想，又不是我弄脏的，丢人的也不是我啊。来弟忍下了，动手去擦玻璃。一看抹布脏得像墩布，又破又烂的，拿都拿不住。就说阿姨您给换块抹布吧，这抹布没法干活儿，也该扔了。赖家老太气呼呼地说：跟你说了多少遍，让你别叫我阿姨，要叫主任。现在人家都管保姆叫阿姨，倒好像我成了保姆了。那抹布你就将就着用吧，你就干那么点活儿，讲究还挺多……

来弟闷着头开始擦玻璃。赖家住在一层，一冬天的风沙和热气，灰尘都粘在了玻璃上。来弟刚把里头那一面擦完，就出了一身大汗，又穿上棉衣，搬了凳子到外面去擦。

来弟第一次来，就不喜欢这户人家。官儿不大，脾气不小。那赖局长从不和来弟搭话，局长在家里就是老婆说了算。赖局长和赖老太都离休了，但还常常坐着小车出去开会。他家孩子都出国了，家里就剩老两口，听说请过无数个保姆，没有一个干长的，最后就换成了钟点工。来弟每次到他家，总是提心吊胆的，生怕做错一点事，又得听赖老太长篇大论的训斥。来弟一直想找个借口把工辞掉，但因为他家和梅老师同一方向，回家时正好顺路，也就坚持着干下来了。

其实当官的，也不都像赖家公婆这样难缠。来弟想着，一边爬上凳子，用蘸了洗涤灵的湿抹布，在脏玻璃上用力地蹭着。中午太阳很暖，跟老家也差不了多少。来弟想起二十年前，她刚从老家出来，姑姑介绍她到一位部长家去做保姆，她进了那所大房子，站在地中央，部长还走过来跟她握了握手呢。部长一家人和她在一个桌吃饭，不让她等他们吃完了再吃，部长说她的工作也是为人民服务，同她说话从来都是客客气气的。她在部长家一干就是四年，后来如果不是因为家里寄来一封双挂号信，说儿子爬树摔下来骨折了，让她回去一趟，她还真舍不得离开部长家呢。等儿子腿上的石膏拆掉，她从安徽老家回来，部长家已经找了新的服务员，她才换了主家。

　　一阵风过来，来弟的眼里眯了沙子。她停下手，用手背去揉眼。

　　……城里人也是有好有坏的。来弟的眼泪都流出来了，她只好把眼闭上，靠在墙上歇息。到底是好人多还是坏人多呢，来弟说不准。从部长家出来，她换过好几家，过了一年，有老乡介绍她到一家做生意的人家里去，那家女人成天不上班，夜里打麻将，白天逛商店。她总嫌来弟吃得多，每天吃饭都将来弟的饭菜盛在一只饭盒里，够不够就那么一点。来弟觉得自己每天都吃不饱，想换地方也不知上哪儿去。恰好家里来了电报，说是她妈死了，让她回去。来弟回去不到一个星期，做生意那家发来一封电报，让她快点回来。来弟本想在家多住些日子，接到电报就回了北京。没过半个月，那女人有一天为她买菜回去晚了，骂她在外面勾搭男人，来弟气得和她对骂起来，那女人说，你不干就给我走人！来弟说走就走，你得管我路费，是你把我从老家叫回来的，你让我上哪儿？那女人说你想得倒美，还给你路费，你当我是慈善机构呀？来弟说，你要不给，咱俩就上居委会去评评理。那女人说，今儿礼拜天，居委会休息。来弟说，我知道居委会从来不休息。那女人没话说了，给了来弟一百一十块火车票的钱，来弟当天就走了。

来弟闭了一会儿眼，觉得好多了，用肩膀头蹭去眼角的泪，赶紧把剩下的玻璃擦干净了。跳下凳子泼了脏水正要走，回头看见楼前蹲着个收旧报纸易拉罐的男人，有点面熟。那人和她打了个招呼，问她回家过年了没有。来弟想起那人也是安徽人，算是老乡，就和他搭了几句话，问他可是刚从安徽回来，坐的是火车还是长途汽车……这么来回说了一会儿，来弟才进屋。一进门就发现赖家老太拉长了脸，冷冷地说：擦块玻璃用了一个小时，工作要讲效率懂不懂？我花钱不是让你来闲聊的……来弟的脸一下子涨得通红，申辩说刚才是风沙眯了眼又碰上了个老乡……老太打断她说，别狡辩了，没看还有那么多活儿吗，别在这儿浪费时间……来弟忍了又忍，问说那么还干什么？她的话音未落，赖家老太把一件脏衣服扔过来，从来弟的耳朵边擦过，落在地板上。

洗衣服呗，你没看这一大堆，还想指望洗衣机呀……老太叨咕着。

来弟觉得自己的血都涌到头顶上了，脑袋嗡嗡直响，像是让马蜂叮了一下。

来弟扯下围裙，咬着嘴唇说：我不在你家干了。还是高干呢，我看连我们农民都不如……

赖家老太一时就愣在那里。

来弟拿上自己的东西，连工钱也忘了要，自顾自走了出去。

来弟走到路口，停下脚步，看了看手表。难得有这么早早收工的时候，一时不知到哪里去好。她盯着表面上那长针短针出了会儿神，心想这钟表的两根针也真奇怪，一只长一只短的，有点像个跛脚（瘸腿）。所以时间那个东西，走起来总是一颠一颠的，有时候快有时候慢，肯定就是一个跛脚。

来弟决定回那个大杂院儿的家去，帮儿子收拾那间闲置了一个多月的屋子。

14：00——

梅子每天的作息时间十分规律，她喜欢这种有条不紊的生活方式。

中午，梅子小睡了一会儿刚起，正要在桌前坐下备课，来弟就准时到了。梅子想起离那天来弟来干活儿，已过了三天。今天星期四，来弟排在下午2点到6点。

来弟一进门就递给梅子一个湿漉漉、沉甸甸的食品袋，说是她去年秋天腌下的一缸雪里蕻，让梅老师也尝尝。雪里蕻在院子里放了一冬天，再不吃，开了春就都该坏了。梅子说了谢谢，给来弟剥了一个橘子。

来弟说她胃不好，不能吃凉的东西。梅子多看了来弟一眼，觉得来弟今天有点儿无精打采的，问她可有什么不顺心的事儿，来弟连声说没有。

来弟问她今天干什么，梅子说，你自己看着办吧，反正你走了一个多月，哪儿哪儿都脏了，这几个星期，你得辛苦点儿。

梅子忽然想起来，说：对了，别忘了先把楼道扫一扫，再用湿墩布好好拖一拖，拖到下面一层的楼梯口那儿。你如果养成了习惯，以后就不会忘记了。每次我不提醒，你就不肯打扫楼道。

来弟一边系围裙戴帽子，一边嘻嘻笑着，反问道：

我说梅老师，那楼道是大家公用的，凭什么总让我们一家打扫呢？

梅子说：那不是我的家门口吗，我每天都从这里走，也算是我家的一部分吧，楼道太脏，谁都有责任打扫的。

来弟瞪着眼睛想了想，又问：那别人家怎么总也不打扫呢？

梅子耐心地对她说，别人家也许太忙想不起来；别人家也许不在乎楼道脏；别人家没有请钟点工，等等。但若是谁都希望别人去打扫，就不会有人打扫了。

来弟眨眨眼，反驳说：我看，你读书读太多了，有些书外的事儿，你不懂。如果每次楼道一脏了你就去打扫，慢慢就把他们惯出毛病了，以为这就是你的事情，更没有人打扫了……我们村里有个跑买卖的人，捐钱为村里修了一条路，后来路坏了，谁也不管，好像该着是他的事情，最后还是他再拿出钱来修路……

梅子有点哭笑不得。她想来弟在城里二十年，可她脑子里还留着那么多的小农意识。她不知道应该怎样去说服来弟，难道对来弟讲什么公共道德公共卫生和群体意识？那些大道理，对于来弟太奢侈了……

来弟磨蹭着，取来墩布和扫帚，又在梅子耳边嘟哝：

梅老师你忘了，上次洗墩布的那个水池子堵了，我掏了好半天，才弄通的。我后来搞清楚了，咱家的墩布那么干净，那水池本来根本就不会堵的，就是因为常常冲洗拖楼道的墩布，那墩布多脏啊，尽是碎毛毛沙子尘土，你想想，那水池能不堵吗？……

梅子无可奈何地放下笔说：

好好好，你不愿拖，我去拖行了吧。你走了这一个多月，一直都是我自己拖的，有你说话这工夫早就拖完了……

我这可是为你好，我干哪样活儿还不一样干……是你花钱雇我的，倒给别人干活儿，我替你觉得亏啊……

来弟唠叨着，用盆端着湿墩布走到大门外去。

15：00——

来弟打开了吸尘器，开始清理地毯。

地毯是化纤的，用了几年，上面的毛都掉了，疙疙瘩瘩的又硬又秃，就像老家河滩上的盐碱地。

梅老师家其实也不算富裕。来弟那么想。连个微波炉都没有，还有那种放进去一张薄薄亮亮的小圆盘，可以看电影的机器也没有。来弟从没见过梅老师戴金项链和戒指，也不知是她不喜欢戴还是根本没有。按说，她家芦老师在电视台，应该挣得多，芦老师一天总不在家，不是在外面挣钱在干什么呢？可芦老师总穿着电视台发的夹克衫，来弟从没见他穿过西服。有一次来弟看见芦老师把一沓钱交给梅老师，梅老师还给他说：你还是去买国库券吧。看起来，芦老师挣钱再多，这个家还是梅老师说了算。梅老师家就是书多，除了满满一面墙的书橱，还有许多书就堆在屋角，从地毯上一直快顶到天花板了。来弟不明白梅老师究竟要那么多书做什么，不能吃不能用的，还占地方。

来弟把堆在地毯上的一些书搬开，吸了那一角地毯上的灰，又把书重新摆整齐了。在搬书的时候，她摸了一下书的封面，书皮是光滑而冰凉的，有一股说香也不是香，不是香又有点香的味道，弄得她鼻子发痒。她看不懂那是些个什么字儿，也不知道是什么意思。梅老师整天看这些书，那脑子里装的全是字儿了。

梅老师和来弟同岁，梅老师是女人而来弟也是女人。可是梅老师当老师，而来弟连个字儿都不识。来弟想到这一点，心里就有些酸酸的难受。

假如三十多年前，她的父母也送她去了学堂呢？假如她来弟也像招弟那样读到高小毕业，哪怕是初小，她今天的日子会是什么样呢？来弟想不出。按说，应该和现在不大一样吧。比如去年有人要介绍她去开电梯，后来又不要她了，说是开电梯还得管分晚报和信什么的，不识字的人干不了。来弟要是读过书，肯定能在城里找上个好工作的。但是话说回来，招弟念过书，又嫁到了城里，结果怎么样呢？来弟觉得招弟的日子还不如自己，受累受气，买件衣服还得跟男人要钱，她识的那些字儿好像也没啥用……

来弟至今还记得那一年春天，田里的油菜花开成一片金黄，亮得眼睛都睁不开。她去田坂打猪草，几只蜜蜂围着她飞来飞去，赶也赶不走。回到家里，妈告诉她说，有人来给她提亲了，让她像招弟一样嫁到城里去，那人的老婆病死了，留了个孩子要照顾。话没讲完，来弟就哭了。来弟心想，要是像招弟一样嫁过去给男人和孩子当保姆，不如在乡下嫁个好人，以后再想办法到城里去做保姆，还能挣钱呢。但来弟不敢说出这样的话，来弟只有不停地哭。来人被她哭烦了，问她到底为什么，来弟止了泪，怯怯说：你们没看如今城里那些男学生女学生，都在上山下乡，城里要是真好，他们为啥到农村来落户嘛。说得那人饭没吃，掉头就走了……

来弟虽然不识字，但这几十年中，凡遇大事，都是自己拿主张。

吸尘器嗡嗡响着，那声音像一群大鹅吵吵闹闹地在河滩上争食。大鹅伸长了脖子，扁扁的嘴巴从草地上呼噜噜地掠过去，就把地毯缝里的灰尘都吸进肚子里去了。来弟觉得吸尘器这个东西真是好，能把灰尘都一粒粒挑出来，就是扬谷机和筛子也做不到的。

她吸完了卧室的地面，又在吸尘器的头上换了一个尖嘴的角拐，把角角落落积了一个多月的灰尘，仔细吸了个干净。

来弟认为干活儿就得这样——要么不做，要做就得做彻底了。"彻底"这个词，还是那年在部长家时学会的，后来发现许多地方都用得上。

其实，就这点家务活儿，梅老师自己就干了，何必要花钱请人来干呢？有钱买衣服下馆子，钱咋花也比雇人干活儿强。来弟虽然做了二十年保姆，但对城里人为什么舍得花钱请人做家务，还是搞不懂。来弟思考了许多年，得出的结论是——城里人实在比乡下人懒多了。除了懒还有什么别的原因呢？他们有时间看电视看电影听音乐卡拉 OK 喝茶聊天还旅游，怎么会没时间做家务？城里的女人更懒，上班去一天换一套衣服逛商场做美容都有时间，却买些冻饺子、切好的盒菜熟食，十分钟就能吃到嘴里……

懒就懒吧。来弟对自己笑了一下。城里人要是不懒，就没有乡下人的活儿干了。城里人懒，农村人才能挣上城里人的钱。城里人再懒也饿不死……

来弟吸完了卧室的地毯，把吸尘器搬到了客厅兼书房的那间大屋。

梅子朝来弟点点头，抱着一个大本子躲到卧室里去了。

来弟觉得梅老师哪样都好，就是不太会做家务。来弟在北京做了二十年保姆，北方的饭菜，像烙饼擀面条蒸馒头包饺子样样都学会了，主家常夸她比北方人做得还好。但梅老师连焖个米饭都不会，不是煳了就是生了，要不她男人芦迪怎么不爱在家吃饭。梅老师的女儿也不知是怎么养大的，从小给她吃煳饭还考上了重点大学。梅老师平时稀里糊涂总是把钱乱放，连抽屉也不锁，要不是来弟手脚干净，换个人，早把她的东西偷光了她也不会知道。有时候轮到来弟来做钟点工，梅老师正好有事要出去，她就会把来弟一个人留在家里干活儿，顶多嘱她走的时候一定把门锁好。像梅老师这样的人，若不请保姆日子就没法过了。来弟虽然认定了城里人请保姆是因为懒惰，但唯独梅老师是个例外。

来弟在梅家三年多，梅老师总共跟她生过两次气。一次是为了书。来弟不小心碰倒了花瓶，把水洒在梅老师的一本书上了，梅老师大惊小怪地叫了起来，眼睛瞪得老大，急得脸都红了；还有一次，是来弟在阳台上擦玻璃的时候，顺手就把一只纸盒和几个塑料袋，从阳台上扔到楼底下去了。那次梅老师真的发了火，当时就让她跑到楼下去把那些东西捡起来，重新扔到垃圾箱里去。来弟觉得梅老师有点怪，扔到楼下的空地上和扔在垃圾箱里，有什么不一样呢？那空地又不是她家的地方……梅老师总喜欢说保护环境什么的，环境那么大一个东西，怎么保护？

吸尘器又响起来，有点像杀猪时的猪叫，再过一会儿，就是猪的哼哼声了。

来弟侧过身，看见梅老师正趴在卧室的桌子上写着什么。

来弟在心里叹了口气。来弟想梅老师虽然不会做家务，但梅老师是真有学问的人。梅老师是女人，自己也是女人；梅老师虚岁今年四十六，自己也是虚岁四十六——人和人之间，一个天上一个地下，差别怎么就那么大呢？

16：00——

梅子听见有人敲门，想想下午4点并没有约邀客人，因手里的工作正忙，就不想去开。但来弟已经走过去把门打开了。

梅子一看，原来是同事老刘，他说好晚上要来取一份资料的，不知怎么突然就闯来了。梅子有些不悦，正想把资料隔着门槛递给他，他却大模大样地进来了。

老刘落了座，压低了声音问梅子：开门的那个人，可是你家保姆啊？

梅子说那是个钟点工，名叫来弟，从安徽来的，在北京二十多年了。

老刘喜出望外地说，他在进行一项关于农民工的课题研究，正想搞些调查，是否可以和来弟聊几句呢？

梅子到厨房去和来弟说，让她休息一会儿，那个朋友想和她说说话。

来弟说我有什么说的啊，都是些没用的话，就干活儿还行。

老刘把来弟打量了一番，说你还真看不出是农村人，到底在城里年头长了。

来弟说，我这个人，生下来长得就白，城里人也有黑的呢。

老刘就问她，钟点工一小时的工资是多少，一个月下来，总共是多少？

来弟也不坐下，看了看墙上的钟，像是随时准备要走。匆匆回答说，如今一个小时是三块五毛钱，一次一般做四个小时，半天可以挣十四块钱，一天是三十块左右。如果晚上也做，大概可以挣到四十块。

老刘惊讶地说，那一个月差不多就有一千多块了，比我工资还多呢。

来弟淡淡说，那还不算每天在路上的时间呢，从这一家到那一家，路上的时间又不算在工钱里。还有公共汽车票，车票涨价了，一上车就是五毛钱，一天下来，还不得两三块呀。还要租房子住呢，一间房那么点大，就要五百块六百块的，说涨就涨，这两年就涨了三回了。还有回家的火车票钱，火车票一年年涨价，从北京坐到合肥，硬座票从十九块涨到四十几，再涨到一百多，涨了好多倍了……

梅子插话说：来弟，过年前你走时，我就说工资该加了，什么东西都涨，你们的工钱也该随行就市的。要不然，我从今天就给你按四块一小时算吧……

来弟连连摆手，说梅老师今天先别着急，也不是你一家人，我得一家家都说好了，大家都没意见，再一块儿涨也不晚，这样谁也说不出什么。有的人家嫌贵，我就不给他做了，不能一家一个价，那不公平。刚过一个年，正好重新开始，做事总有个道理，我们钟点工也一样……

老刘长叹一声，说想不到如今的保姆说话也这么头头是道的。愣了一会儿，又问来弟每天从这家到那家，累计工作时间一共是多少个小时。

来弟问：什么叫——累计？

梅子说就是总共。来弟想了想，说从早上出门算起，总共十六个小时还多些。

老刘感叹地搓着手，连声说，那你们太辛苦了太辛苦了，这……不符合劳动保护法……

来弟的眼珠转了转，扑哧一笑说：什么劳动保护，在外就靠自己保护自己。不好的人家，他要我干，我还不干呢！挣钱哪有不辛苦的，要想舒服回家去呀。再说，我看梅老师，每天的工作时间，累计也和我差不多少……

来弟这么快就学会使用"累计"了，梅子笑起来。

来弟抬头看了看表，扭头就想走，老刘叫住她，说最后还有一个问题。

老刘的问题是：既然做钟点工那么辛苦，居无定所，食无定源，像来弟这样的"资深保姆"，如果有一家人愿意出高工资来聘请她，请她住在家里做固定的保姆，报酬和她每月做钟点工的钱差不多，她愿不愿意干呢？

来弟有点兴奋地回答说：噢噢，真有这样的人家呢。我以前做过的一家人，男的不知干什么的，好像发了财，那女的一次在路上碰到我，让我回去，开的就是你说的那个价。我怎么回去呀，我那么多主家，已经干了那么些年，一下子都辞了，家家都受影响。再说，我要是在她家干不长，不干了，怎么办？回头来找这边的主家，谁还要我？那不是把现在的主家都丢光了吗？

老刘说：那你可以尽量往长了干嘛……

来弟想也不想，坚决地摇了摇头：那也不干！

老刘大惊，问她为什么不？

来弟不语，想了一会儿，说：我不愿住在人家里，像个佣人，受人管。我干钟点多自由啊，出一份力拿一份钱，干完了就走，谁也不烦谁。再说，我自己还有个家呢，再破再小，也是自己的家啊……

来弟又看了一次表，脸上略略显出了焦急的神情。她扭头对着梅子说：我还得去下一家干活儿，今天就先说这些吧。

来弟走开后，梅子对老刘说：我发现，钟点工极少有重新回到人家家里，去做全日保姆的。据我对来弟的了解，除了她自己说的那些原因以外，还有一个很重要的方面，就是来弟自从做了钟点工，早出晚归，开始产生了一种上班感觉。整天奔波虽然很累，但她不再觉得自己是在给人做保姆，她的心理自我认定，这是一份正式的——工作。

老刘点点头，又讷讷地问了几句，拿了资料便走了。

梅子想，老刘做的调查，也不过是一项工作而已，他能真正懂得来弟这样人的想法吗？进城来做工的农民，每个人心里都有不同的伤痛，那是城里人不容易知道也并不想知道的……

梅子看看表，已近 5 点。本打算在下午把论文的初稿拉出来，让老刘这一搅，今天的工作计划就打乱了。梅子恼恨那些不尊重别人时间的人。

17：00——

来弟在厨房，开始擦洗油腻的炉台、水池和油烟机。

她想那个姓刘的老师问那些干什么呢？就算上了报纸，又有什么用？钟点工按钟点拿钱，一天做十六个小时，是自己愿意。放着老家楼上楼下的新房不住，跑到城里来住大杂院儿，不是为了多多挣钱拿回家去，到城里来受这些罪？

电话铃响了，一连响了好几声，梅老师才去接。说话的声音有一搭没一搭地灌进来弟的耳朵，她听出那电话像是梅老师的女儿从外地打来的。来弟在梅家几年，发现梅老师的女儿多半在下午这个钟点打电话来的。梅老师每次接女儿电话，总是听得多说得少，听着听着就哈哈大笑，倒好像那不是她的女儿，而是一双挠痒痒的小手……

来弟想起自己每天晚上回到家，小孙女都已经睡着了；她早上出门时，小孙女还没醒来。一星期差不多只能见到小孙女一回醒着的样子，她张嘴打个哈欠，自己就开心得忍不住笑，笑得像个弥勒菩萨。

梅老师放下电话，到厨房来续茶水。

来弟和梅老师打趣说：女儿离得这么老远，想不想啊？

梅老师说：怎么不想啊，晚上做梦，都是她小时候的样儿……

来弟觉得自己的魂灵一下子就从窗户里飞出去了，在城里一座座高楼的尖顶上游荡。魂灵轻得没有分量，像云彩一样任风吹着走。来弟喜欢刮北风，假如在刮西北风的冬天里，她的魂灵顺着风就飘到老家去了。她离开老家跑到城里来的时候，大儿子七岁，小女儿五岁，孩子长大之前，她还没有本事在北京租房那些年，她每天想起老家的孩子，精神气一下子就泄了……

来弟刚到北京那时，主家说她梦里都在叫着一个人的名字，问她那是不是她的丈夫，她羞红了脸，说那是她儿子的名字。儿子九岁那年，有一次掉在门口的水塘里，差点没淹死。事情过去两年后，男人才写信告诉她。那是她来北京的第四年，一连四年咬牙没回家。看主家那孩子，饭桌上总是东挑西拣，今天不吃肉明天又不吃鱼。

来弟想起自家的孩子，大概连肉的滋味都忘了，心里一酸，抱着碗就躲到厨房里，眼泪啪啪掉在饭碗里，饭粒子都是咸的……

那时隔上三五个月，男人会有一封信来，三言两语的，给她说一说孩子的事情。她看不懂信，每次都让主家上学的孩子给念。家里来过两三次信了，她便求主家的孩子，帮她写一封回信。平日里攒了那么多想说的话，看着那孩子不耐烦的眼神，她又一句话都说不出来了……

她在梦里想了一百回的话，就是让孩子好好念书。她虽然想他们，但是想又有什么用？如果她不出来做事，两个孩子恐怕连学费都交不起，认不下字，又得像她一样做文盲，他们这一辈子还会有出头之日吗？

来弟认为自己鬓角上一丝丝隐隐的白头发，就是这些年想孩子想的。

到了儿子高中毕业，那年她回家过了年，就把儿子带到北京来了。来弟去求她的主家，给儿子找一份儿事做。儿子先是在饭馆给人刷碗，又蹬过送货的三轮，替人换啤酒什么的，还在一家建筑包工队里挖过土方。儿子太老实，干的都是力气活儿。有一天，儿子说如今光有文化没有技术不行，把挣的钱都交了学费，去上什么电脑培训班。后来儿子就进了路边的一家誊印社，给人打电脑。来弟有一次特意绕道到儿子的店里去看他，见他两只手在一架机器上来回忙活，敲出嗒嗒嗒嗒的响声，比钟表的嘀嗒声还要快。桌上的电视里，噼里啪啦地往上蹦字，像田坂里的蝌蚪一样密密麻麻，一会儿工夫，蝗虫似的飞起一大片。来弟看得发傻，欢喜得不行，心想自己到底是没白辛苦，儿子真是有出息了。儿子就在那店里认识了他后来的老婆，两人一说都是安徽老乡，没几个月就定下了。来弟的儿媳妇是替人看摊儿卖衣服的，一个月挣得比来弟的儿子多好几百块，但她偏偏看上了来弟的儿子，说他脑子够用。

来弟的儿子结婚到现在，一直还跟来弟在一起过。一间房拉个帘隔两半，儿子媳妇睡里边。来弟和女儿睡外面。来弟有时在睡梦中听见那边的动静，翻个身拽上被子捂耳朵，心想若是让男人也来北京，这屋子可怎么个住法呢？

来弟的女儿士莲是初中毕业那年来的北京。女孩工作好找些，在一家餐馆当服务员。来弟宁可一家人挤在一起，也死活不让女儿在饭馆里住。来弟认为那些进了城学坏的女孩，都是因为没有爹妈在一旁看管的缘故。

其实，来弟在乡下那个时候，要说生上三胎四胎也是可以的，顶多交点超生费。但来弟不愿意。来弟对男人说，就是十个八个我也生得出来，你能养得起吗？你要让他们当文盲，我宁可断子绝孙的。男人就不再提生儿子的事。婆婆兴许就是因为这个，才把那双筷子敲在来弟脑壳上的……

来弟，快到点了啊——梅老师去卫生间路过厨房门口，敲了敲玻璃喊道。梅老师每次都是这样提醒她的。

来弟看了看墙上的钟，还差十二分钟到6点。她低头对了对自己的手表，发现梅老师家的这一只钟，慢了七分钟。

来弟觉得自己的魂灵忽然就从窗外飞了回来。她每次干活儿的时候总这样胡思乱想，可从来也不会耽误手里的活计。这些活儿对她来说实在是太熟门熟路了，不用脑子也能干下来。钟上的指针嘀嘀嗒嗒地转，就像是蒙眼的驴拉着磨，一圈一圈地顺着磨盘走，就把米碾成了米粉……

来弟告诉梅老师那只钟慢了。梅老师笑笑说，我看，是你的表快了吧？

18：00——

梅子见来弟解了围裙，洗净了手，却不忙着要走的样子，赶紧对来弟说，这一周的工钱放在门口的小柜子上了。来弟却说：梅老师，我想借你家电话用用，我跟李家大娘说好了，她让我今天6点给她打电话的。

来弟打电话的时候，梅子在屋里听见她好像在说着有关租房子的事情。

过了一会儿，来弟放下电话，自言自语地叹道：我的妈呀，这么贵啊！这可叫人怎么活呀？

梅子出来送她，问她为了什么事。

来弟这才吞吞吐吐地告诉梅子，说这次她从老家回来的当天晚上，房东就限他们一周内搬家。他们全家磨破了嘴皮，说尽了好话，那房东就认准几个字：赶紧的吧你！可是一个星期之内，上哪里去找现成的房子呢？全家六口人，也不是说搬就能搬的。何况她去老家过年以前，刚刚交了两个月的房租，现在又不让住了，那两个月的钱都扔水里了不算，一搬家还得花钱。来弟做钟点的李家，答应帮她去找房子，刚才在电话里答复她，说在六里桥有个大楼的地下室，十六平方米，一个月八百块。路远且不说，价钱比这大杂院儿要贵二百块呢……

梅子这才想起来弟今天来的时候，那副无精打采的样子，就像心里有事儿。但来弟并不打算求助于自己，她大概知道梅子这样的大学老师，是帮不了她什么忙的。

梅子便问来弟，那房东到底为什么要撵他们一家人走？是不是为了提价，故意找个理由，你不想搬就得加钱；或者是嫌他们家里人太多孩子哭闹；如果是那个地区房子要拆迁，就必须早想办法了。

来弟气呼呼地回答：搬家搬家，我这七八年，搬过多少回家了，从来还没遇上这样的事呢——那房东说了，不是他有意难为我们，这回是上头的命令，为了维护首都的安全，这一片地区统统不允许住外地人。

梅子第一次听来弟使用"维护"和"首都"这样的言辞，觉得新鲜；又想来弟这样一个目不识丁的钟点工，也被迫纳入城市的政治概念之中，心里很不是滋味，一时竟不知说什么好。

来弟委屈地抱怨说：我们又不是坏人，我们一家都是本本分分、规规矩矩的老实人，要说三证齐全，我们家三个孩子，身份证、暂住证、做工证，一证都不少。就我还缺个做工证……可是谁来发给我呀？我不过是给人家里搞搞卫生的嘛……不让住外地人？北京人全靠外地人服务呢……

梅子说：来弟你先别着急，等我家老芦回来，我让他去想想办法……

来弟的眼里闪过一丝亮光，嘴巴动了动，像是说了声谢谢。

19：00——

来弟赶到周家的时候，天已经完全黑了。

周家夫妻俩白天上班，孩子上学，所以周家的钟点工，只能排在晚上。

这一家的活儿特别多，每次都没有固定的时间，什么时候把活干完才算完事，然后按做的钟点结账。

来弟一早从家出来，只能带一顿午饭；遇上必须连着晚上一直干下去的那天，她的晚饭就没了着落。好几年，来弟出了这家又进那家，时间都是一环扣着一环的，耽误不得，根本没有吃晚饭的工夫。她路过街上的小吃铺，闻着一阵阵冲鼻的香味儿，把口水咽了又咽，也舍不得掏钱给自己买上一个热包子充饥。来弟的这顿晚饭，一定要等到干完了活儿，回到自己家里去吃。走出主家门的时候，来弟每次都觉得自己已经一点力气都没有了，像喝多了酒似的，腿也软头也晕身子也晃，等到回家端上碗，有时是10点多，有时是11点，人都已经饿空了，前心贴后背的，只剩下两张皮，像一只瘪瘪的布口袋，倒进去两大碗饭，都看不见鼓起来。

来弟每次到周家时，周家已经吃完饭了。问来弟吃不吃，来弟总说吃过了。来弟不想占人家的便宜，做钟点有规矩，不在主家吃饭。

今天来弟真的是吃过晚饭了。来弟在路边上买了一个小小的烤白薯，花了一块一毛钱。那白薯好烫手，捧在怀里，像一个小火炉，吹在脸上的冷风都一下子变暖了。白薯的瓤儿很甜，烤得松脆焦黄的白薯皮边上挂的浆汁，有点像蜜糖。来弟小心地咬了一口，慢慢咽下去，她能感觉到稀软黏稠的白薯浆，顺着她干渴的食管一直往空荡荡的胃里流下去，那个缩成一团的凉肚皮，顿时暖和地酥胀起来……

来弟再不敢像以前那样不吃晚饭，空着肚子一直干到十一二点钟了。

春节回家前一个月的时候，来弟天天一到晚上就胃疼，像是有一根铁丝在一下一下扯着她胸口的肉，疼得她睡不着觉。那天来弟到梅老师家干活儿，胃突然就疼起来，疼得她一身冷汗，实在撑不住了，只好向梅老师要药。梅老师给她倒了水，看着她把药吃下去，让她马上到医院去检查。来弟不肯去，她说胃疼死不了人，哪里有那么娇气呢。梅老师生气地骂她是要钱不要命，当时就把她拽到楼下，打了一个"的"，送到医院里去了。好乖乖，那一次看病，一家伙就花了一百多块，说是先验血再预约做什么胃镜。那可是一百多块啊，来弟要做二十多个钟头，才能挣得出来呢。来弟后来觉得自己胃不疼了，倒是心口疼得要死。到了预约的那天，女儿陪她去医院，她躺在一张床上，医生拿一根皮管子从她喉咙里插进去，在她胃里来回搅个不停。她那天真是担心那根管子，会不会把自己的肚皮戳破了……

过了几天，来弟把化验单和病历，拿去给梅老师看过。医生说没事，来弟信不过；梅老师看了说没事，来弟才能放心。但梅老师说，医院的报告单上，医生诊断有胃炎，就是经常饿着肚子干活儿，吃饭不正常引起的。梅老师说：你说你是得了病又花钱吃药，又不能干活儿划算呢，还是每次花个块儿八毛，买个面包先垫一垫，身体健康合算呢？

来弟让儿子给她算了一笔账，承认梅老师说得有道理。

但来弟还是坚决不买面包。面包咸不咸淡不淡的一点滋味都没有。来弟只有在走过热气腾腾的包子铺馄饨摊儿和烤白薯的车子时，脚步才会犹豫不决地慢下来。如果哪天时间来得及，来弟会给自己买一碗馄饨，烫得嘴里发麻吃得头上冒汗。那会儿她想起在乡下的婆婆，心里就觉得有点对不住她。

从那以后，来弟不常胃疼了。有时一口气干到半夜，也不觉累。

但来弟不知道自己这样一年年做下去，什么时候突然又会得上个什么病。如果真的得了大病，她攒下的钱，不是都要送到医院里去吗？那时候她一定要让儿子去找医生问清楚，她可不愿意把自己这二十年里，一个钟头一个钟头做出来的钱，拿去一个钟点一个钟点换自己的性命。她要把钱留给孙女或是外孙子，给他们将来读大学预备着，等孩子读完大学，她挣的钱才能留着养老……

来弟咽下最后一口白薯，掏出手帕擦了擦嘴。她发现自己把烤白薯的皮都吃下去了，吃得一点不剩。她走进周家的时候，微微打了一个嗝。

时钟敲响 7 点的时候，周家水池里积攒的盘子和碗，还只刚刚洗了一半。

这家人有个习惯，让来弟觉得好笑。一家三口，吃了饭谁也不愿意洗碗。来弟第一次来周家，发现厨房的柜子里没别的家什儿，全是盘子和碗。他们吃了饭就把脏盘子全放在一只塑料筐里，攒上一星期，等着来弟来洗。那些碗和盘子上的油早都腻住了，每次都得洗上一两个小时。好像他们家请钟点工，就是为了洗碗。

城里人真是什么样的人都有。来弟想。还老说农民如何如何不讲卫生，他们自己其实才是假干净。要不然，城里人得的病，怎么都和乡下不一样……

来弟听见周家女人在走廊里对她男人说：你明天到合同医院去开点药，就说你牙疼。那男人说：可我没牙疼，你这不是咒我吗？那女人声音就高起来：真是不明白，你没听孩子老嚷嚷他牙疼吗，给他买药，一次又得花十块八块的……

那男人不说话了。

后来周家女人走到厨房里来，递给来弟十块钱。说是春节前来弟走得急，忘了把年终的奖金发给她了。来弟连声说春节都过了，心意她领下，钱就算了。那女人便把钱往来弟的兜里塞。来弟占着洗碗的油手，没法推让，侧身躲着，心里一急，脱口说：钱我不要，我向你要一样东西，你要是有就给我，算是奖金好了。

那女人瞪着眼，疑惑地看着她。

来弟说：你家要是有闲着不用的旧褥子，就给我一条。我男人从老家来了，家里正缺一条褥子，要是去买条新的，少说也是二三十块……

那女人欢喜地收了钱进屋去了。来弟听见卧室里翻箱倒柜的声音……

来弟心里有点后悔。她想刚才还不如让周家男人在医院里给她开点药呢，小孙女万一伤风感冒的，也好有个准备……

20：00——

梅子一个人吃了晚饭，看完《新闻联播》，接了两个电话，看了看钟，已近8点，到了每天晚上散步的时间了。虽然是星期天，梅子的丈夫芦迪还是一早就出去忙他的"活儿"了，说了也许晚些回来，他今天必须把那个栏目的新节目做完。

梅子走下楼梯，往院外的马路上走去。那里有一条夏天的林荫路，冬天虽落了叶，宽宽的人行道依然幽静。除非有客，梅子每天晚上都要去散步，有时一个人，有时是和芦迪两个人。这几乎已是梅子每日雷打不动的日程之一。常常地，听见收音机里嘟嘟的报时声，梅子总是正好走在那棵最粗壮的榆树下。

梅子漫无目的地走着，抬头望天，星星像一些碎冰碴，散在灰蓝色的湖面上。

前面忽然掠过一个人影，脚步匆匆，几乎是跑着想要冲过马路去。

梅子定定神，喊了一声来弟。接着，又喊了一声。

来弟站住了。回头见是梅子，转过身向她跑过来。

梅子问来弟去哪儿，来弟说是回家。梅子又问今天怎么这么早就做完了？来弟的声音有些兴奋，说是王家帮她在西直门那里找到一间房，虽说是地下室，但租金一个月只要三百块，实在很上算。所以今天她早点回去收拾东西准备搬家。可惜那间房只能住一个月，那房主也是外地人，最近到南方去跑生意了，等他回来，还得再搬一次。不过有了一个月时间，就能慢慢找到合适的房子了……

梅子问那房有多大，来弟说是九平方米；梅子说，你一家六口人，怎么住得下？来弟回答说：住是能住下的，怎么住不是住，那些建筑包工队的工棚，有的才十二平方米，要住十六个人呢。只是，那是个地下室，儿媳妇不愿意，她说她一天到晚在地下商场看摊儿，回来再住地下室，又潮又黑的，会得关节炎，这两天，天天跟我儿子生气……梅子说那怎么办啊，你和你儿子儿媳妇能不能分开两下住呢？来弟低声说：我看时间长了，以后是得分开住了，像你们城市人，各过各的，互相不碍事。梅子说，我家老芦倒是帮你们找了个地方，在新疆村那里，是他们单位一个人的亲戚的房子，一直闲扔着，不是地下室，就是太小了，才六平方米，月租也是三百块，我差点就把房子回掉了，又想还是等到明天星期一你来时，问问你再决定……

要要要！来弟急得跺脚。早知道还有这个房，我也不发愁了。就让他们小两口去住吧，孩子还跟着我们……来弟把头上滑下来的围巾拉上去，又捋起袖口看了看手表，说：明天一早我7点就来，活儿忙完了，我就去那里看一看，好不好？

梅子点点头。昏暗的路灯下，梅子看来弟的脸，这几天瘦了许多。

来弟有些不好意思的样子，说梅老师你真是个好人，我怎么谢你呢？梅子说谢什么，你在我家也不是一天两天了。来弟又看了看表说，梅老师要没什么事，我就先走了。还有一大堆破烂要去收拾，等明天晚上儿子下了班，就把家搬了。房东说最晚后天，一定要我们全都搬走……来弟刚走几步，又回过来，急急忙忙说：老家有个侄女来了，也想在北京做钟点工，梅老师如果方便，可问问朋友要不要钟点保姆……

梅子说我知道了，你快走吧。

来弟冲过马路，朝着刚进站的一辆公共汽车快跑过去。

望着来弟的背影，梅子想，来弟的劳累恐怕是没完的，每个钟点里都有可能发生新的麻烦。若是能帮她就帮她一把，有时也不过是举手之劳的事儿。其实自己对来弟好，也并不完全是为了来弟，而是为了自己。因为她担心来弟万一搬得太远，就不方便来她家了。她不愿失去来弟，她对来弟已经有了依赖，她的工作成果，其中有一部分，要靠来弟的服务和劳动来换取……

21：00——

来弟急急忙忙赶到家，小孙女已经睡着了。从这次回到北京，她一直是和爷爷睡一张床的，早晚两头见不着爹妈和奶奶，她除了爷爷谁都不要。

炉子上热着留给来弟的饭。她爷爷带孙女还管买菜做饭，做得一点不比自己做的差。

来弟大口大口地吞咽着，一会儿就把饭菜打扫干净了。

来弟给炉子添了块蜂窝煤，坐上了一壶水。冬天用炉子烧水做饭还能取暖，到了夏天，只好用煤油炉电饭煲瞎对付。儿子刚来那一年，还到人家单位的木匠房，去捡碎木头刨花用来烧火……

大杂院儿的平房，没有暖气也没有煤气，屋子里比外头暖和不了多少。

水热了，来弟开始洗衣服。孙女的儿子的媳妇的女儿的，还有自家男人的，每天总有那么几件。来弟虽是在外挣钱，但来弟不管孙女不买菜不做饭——要是连衣服也不洗，来弟还像个女人吗？

来弟一边洗着衣服，一边就把房子的事对全家人说了。

她说那两处房子加起来，一共才六百块，值。一家人分开两下住，饭钱是要比以前贵，但各人都住得自在些。她和老头儿还有士莲和小孙女去住地下室，如果嫌潮，可以每天晚上把孩子接到新疆村的平房里住，第二天一早上班前，再送到他们这里来……或者，干脆就让她爷爷每天早上到平房去上班好了。

她说完了，屋里一点声音没有。

后来她男人咳了一声，说莲她娘，你说怎么就怎么，我听你的。

士莲说就这么办吧，儿子也点了头。最后儿媳妇说了一句：妈你说的那个地方，明天我找个空儿，跟你去看看……

来弟沉下脸说：明天一早大家 4 点起床，起来就把铺盖行李都捆好。等我们去看了房，要是还过得去，晚上就分两下搬。谁要想享福，以后回老家享去！

一个个都钻被窝里，悄没声地躺下了。

来弟收拾着床角绳上的干净衣服，把它们装到几只纸板箱里去。

大家都挺齐心合力的呢。来弟满意地想。人要吃得下苦，这日子就有盼头了。

来弟把窗台角落上搁着的一只旧闹钟拿过来，对准了4点，狠狠地上满了发条，又用手掌轻轻揩了揩钟面上的灰尘。

闹钟是老式的，少说也有二十多年了，圆圆的顶上还有两只铃，钟背后淡绿色的漆磨得像一块块疤。不过，这只钟虽然不好看，却是准得不能再准，它若是走到12点，你准保就能听见收音机里的报时声，一分都不差。就为这个缘故，来弟每次搬家都得先把它带上——钟表是给你看时间的，好看难看，只要准点就能用！来弟想起那家人大扫除的时候，想把它扔了，幸亏让来弟捡了回来，在自己家里派上了大用场。

来弟轻手轻脚地归拢着她的家当——一只旧电风扇、一台黑白电视机、一只电饭煲，还有几只大纸箱。纸箱如今空着，原来塞得满满的棉服旧毛衣裤子衬衫什么的，都在过年回老家的时候，大包小包地背回去，分给村里的乡亲了。那些衣服旧是旧，都干干净净的，干活儿穿挺结实；身下这只带轱辘的床，是孙家给的；吃饭的方桌是赵家给的；那些家什电器，有的是张家，有的是李家。别看样子过了时，用起来差不到哪儿去；东家给一件、西家给一件，来弟做了七八年钟点工，攒起来的东西足够她凑起一个家了。来弟身上的衣服，从头到脚没有一样儿是花钱买的，连皮鞋和拎包都是主家给的，来弟从来不嫌，给什么来弟都要。好好的东西扔了可惜，谁用不是一样用呢。再说，来弟在城里打工，不用城里人的东西白不用。这又不是在老家，穿谁的衣服人家也不知道，谁笑话谁呢。

妈，你瞌睡了吧，早点睡觉哦。儿子的声音从布帘子后面传来。

来弟嗯了一声，这才觉得自己的眼皮都抬不起来了。

来弟封好煤火，倒了一盆洗脚水，把脚浸泡在热水里。一股热烘烘的水汽顺着脚杆直往上升，浑身都软软地酥下来。她想，当初幸亏是早早出来到城里做了保姆，要是一直蹲在老家那个地方，一辈子受穷不说，还不知道要受婆婆多少气，定是比做保姆还不如呢。自己虽说在外面做保姆，但回到家里，就是她说了算，一家人都听她的，凡事都是她拿主意——外面做用人，家里做主人——来弟在心里同自己说笑话，这样也蛮好。许多城里人，别看他走在马路上挺神气，其实还不知道家里家外，他在给谁当用人呢……

22：00——

晚上将近 10 点的时候，梅子接到芦迪的一个电话，问她是否在看电视，今天的电视节目临时有调整，10：05 左右，八频道将要重播他的一个专题片，让梅子这次一定不要错过。

梅子放下手里的报纸，把电视打开了。按到八频道，把声音关了，一边翻着报纸，一边等着屏幕上出现那个专题片的画面。

梅子很少看电视。以前订过电视报，总是把这一周中想看的节目时间，用红笔画上道道，提醒自己不要忘记。但真到了那个时间，不是想不起来，就是预告不准时，让人没有耐心再等。电视把每天的时间都割成一块一块的，电视的每一个钟点，都把不同的人钉在了不同的频道上，生命也因此被分割成若干个板块，你消磨时间，同时让时间也吞噬和消磨着你……

房间里很安静，能听见各个角落里传来的时钟和表细微而急促的嘀嗒声——梅子觉得，像是自己脉搏的跳动，是生命的节律，一步步在行走……

忽然就有脆而尖锐的笛声响起——嘀嘀两声，稍纵即逝。

是手表的报时声。10点钟。到时间了。

到时间了——已成为城里人使用最频繁的词。梅子苦笑。电梯到时间关闭，你就得一层层爬上去；飞机到时间起飞，你误了点因此失去了一次重要的发展机会；股票市场你提前抛出或是过时吃进，都可能使你一次性损失大笔财富……核武器的起爆装置，更是用倒计时方式，精确程度可至零点零零几秒……城市是用钟点维持生存的，钟点是城市的筋城市的轴城市的骨架城市的心跳，在城里，只有钟点才是至高无上的统帅……

梅子恍悟，发现自己其实也是一个钟点人。

每一个钟点里，她都在服从时间的支配和调遣——她为早日解决高级职称而拼命工作，为曾经被北大荒吞噬的青春而追赶自己的生命；然而，当她企图超越时间的那一刻，时间其实已经征服了她。

……屏幕上终于出现了一个巨大的钟，转圈儿的十二个数字，像是十二张不同肤色、不同发型的面孔，神态或狰狞或安详或恐怖或欢乐。指针像两支长短不一的利箭，正顺时针方向嗖嗖地从每一张脸上掠过。二十四小时中，每日仅有两个时辰，它们能重合在一起……

梅子缩在沙发上，一阵孤独的感觉突然袭来。她觉得自己似乎已经很久没有见到芦迪了。她和芦迪都好像越来越忙，像是被时间的暗器捕俘的猎人，分置于不同的陷阱之中。有一种无影无状的东西，横在他们中间。梅子无法知道，隔开他们的究竟是什么……

23：00——

来弟的脑袋刚一挨在枕上，就昏昏地睡过去了。

……她走进一间好大的屋子，屋里有床有柜，煤气管道像晾衣服的绳子一样盘来盘去。屋里很热，床底下呼呼冒着热气，原来那床就是暖气片。她问男人说：这回再不用搬家了吧？男人不说话，指着屋角的墙让她看，她看见那墙基上凿着"来弟"两个大字。屋子中间有一张大圆桌，摆满了饭菜，婆婆从厨房里端出一大碗红烧肉，放在她面前，用筷子把碗沿敲得当当响，叫她吃。她一会儿就把肉都吃完了，婆婆笑眯眯地说，你慢点啊，当心噎着。她说我一向都吃得快，那一家人还等着呢。婆婆说，你在外面太辛苦了，这次回来就不要再回去做了。她看看周围，发现自己原来是在无为老家的房子里。她对婆婆说，我要回去的，我要让京京在北京读书呢。婆婆说那是，我们家全都靠你了。婆婆把京京抱了过来，婆婆说，京京去了北京，如今说的话我都听不懂了。来弟让京京唱个歌给太婆婆听，京京不肯，把脸扭过去。来弟哄她说，那就跳个舞吧，京京忽然开了口，用北京话说：傻×！来弟气得给了她一巴掌，说你这孩子，城里的骂人话倒先学会了，真没出息，我们回老家算了。京京笑一笑，像城里的孩子那样，把手背在身后，脑袋晃晃的，小嘴念道：锄禾日当午，汗滴禾下土……来弟睁大了眼看，发现京京穿着花裙子，站在电视机里……

　　来弟突然听见闹钟铃铃地响起来，响个不停。她想到时间了，该起床了。要翻身爬起来，身子却重得像磨盘一样。她伸出手去够那只闹钟，想把它的铃按住了，怕它把京京吵醒。她一把抓住了闹钟，黑暗中只见闹钟上的洋码字，一个个发着绿光，像一只只狼眼睛。再细看，发现那只钟上的指针根本就不会动，那只钟已经坏了。钟停了，不知道几点，今天不用去上班了？来弟松了口气，那只钟顺着被子就滑下去了。来弟翻了个身，觉得身下硌得很，用手一摸，是一块手表，手表嗒嗒地走着，喘气一样。来弟想看看到底是几点了，却怎么也看不清楚。就再睡十分钟吧，她对自己说，千万不要迟到了，她还从来没有迟到过……

　　后来京京就骑了一辆摩托车，把她送到梅老师家去了。京京说奶奶我不等你了，我还要去上课呢。京京朝她挥挥手，洋腔洋调地说了声"拜——拜"。

　　拜拜？来弟听起来有点不习惯。

来弟一刻也不会忘记自己是个外地人，在北京做钟点工。可她的孙女京京，长大了会不会像梅老师那样，识得洋码字，还会写洋码字呢？

此刻她想不了那么多，她做钟点工，从来没迟到过。

1997 年

写于北京花园村 ①

---

① 发表于《东海》1997 年第 8 期，《北京文学》1997 年第 6 期选载。

集体记忆

蔷薇的记忆

在大多数人的记忆中，五十年前的那个春天，澹城的街头巷尾，在一夜之间绽放出无数艳丽的鲜花。那些血红色的花苞从茎蔓上密布的尖刺中昂然钻出来，爬满了墙根屋角的每一寸缝隙，密密麻麻的花朵，像红蝴蝶一样覆盖了澹城所有的窗棂，使得这座城市的房屋看起来像刷了一遍红色的涂料。那些花朵开得如此轰轰烈烈无处不在，甚至可以说极其狂野，它们在强烈的阳光下肆无忌惮地扇动着抖落着花粉，一连多日满城都飞舞着刺鼻的花香，鲜艳的花瓣在飘扬的春风中散开去，蓝天被扑腾的红蝴蝶撞开了无数个缺口，涡旋的暖风穿梭往来，带有红色的意味，使得天上地下一派喜气洋洋。据说某天夜里下过一场小雨，清晨时有人发现小巷的石板上落满了厚厚一层沾湿的花瓣，像是给澹城铺上了一条通往仙境的红花地毯。

历史久远的澹城，确实以蔷薇盛开而著称，不过五十年前的澹城蔷薇却不是这种颜色。澹城世世代代的市民，种植的蔷薇一丛丛一朵朵粉红粉白，每年春天蔷薇灿烂时节的澹城，好像闺阁的女子全都倾城而出，个个手中旋转着一顶滴水的粉红纸伞，在小巷深处的雨雾里悠悠行走。

那么五十年前的春天，为何澹城的蔷薇会在一夜之间突然变成大红色或是火红色的呢？并且年复一年地火红下去，五十年间从未冒出过哪怕一朵娇嫩的粉色蔷薇。按说天下的蔷薇有史以来都是粉红色的，大红色的花朵，应该是月季是玫瑰或是茶花石榴花等等。大红色的蔷薇还能叫蔷薇吗？澹城的蔷薇变了色是否也变了种呢？这一壮观而神秘的现象，始终令澹城的百姓暗暗激动却又困惑不安。

一直到20世纪澹城最后一位百岁老人朴素辞世，临终前的遗言，使得他的子孙茅塞顿开。百岁老人一向眼不花耳不聋健步如飞，去世前三天双眼突然失明，卧床不起茶汤不入沉默得像个哑巴。那天深夜他突然睁开双眼，伸手示意家人将长孙朴实从睡梦中唤醒，他死死抓住朴实的一只手，含糊不清地对朴实揭示了一个重大的秘密。

朴素老人讲完那些话以后，便从容撒手西归。朴实久久呆坐在老人的床头，抚弄着老人雪白如丝的银发，无泪无语。天快亮的时候，朴实总算悟出了那么一点意思，他抬起头，把爷爷临终前说的那番话，翻译给围坐在四周的兄弟姐妹们听。他们都早已等得不耐烦了，好像朴实正在蓄谋把某个密窟的宝藏一人独吞。

爷爷说，澹城的蔷薇其实从来都没有变成大红色，那只是澹城人的一种错觉。朴实慢吞吞地转述。不过爷爷说他弄明白这个，花去了整整半个世纪。他年轻时看到的蔷薇，从来都是粉红色的，自从五十年前的 5 月，大军进城那天开始，蔷薇就改变了颜色，还不只是蔷薇，好像澹城所有的花都变成了红色。一直到前几天爷爷的眼前突然一片漆黑，他在黑暗中整夜望着天花板，忽然，有刺眼的光束从断裂的天花板缝中射下来。一颗颗又亮又大的星星掉在他的床前，从星星溅落的地方，泉水似的涌出一丛丛粉白色的蔷薇，就像小囡粉嫩的脸孔，同他五十岁之前看到那种蔷薇一模一样。他说他眼睛瞎了才总算把蔷薇看清楚，这五十年间，不是蔷薇变了颜色，而是人的眼睛，自家的眼睛多了一层红色的云翳；如今不是蔷薇还原，而是他的眼睛还原了……

朴实转述到此，人群中已是一片窃窃私语，那些熟悉的眼睛中放出愤怒的红光，像燃烧的烟头灼烫了朴实的眉毛。朴实知道没有人会相信爷爷留下这样的临终遗言，那一刻甚至连他也怀疑自己会不会听错了。爷爷活得太久，把他的儿女把朴实的父母都活死了，以至于他去世时只剩下了孙辈为他送终。但爷爷直到最后一刻头脑都是异常清醒的，昨天半夜朴实趴在爷爷胸前听他最后的耳语时，朴实当时跳出的一个念头是，活过一个世纪的老人，到最后一定已经变成了精怪。

他低头注视着爷爷已经僵硬干缩的身体，布满核桃般深纹的颜面上，两只硕大的耳朵了无生气地耷拉下来，苍白透明，薄如蝉翼。左边的那只耳垂上，有一个巨大的豁口，呈剪刀状，就像蜻蜓张开的翅膀，几乎触到肩部。许多年中它们光滑柔软地荡漾在爷爷的脖颈旁边，是朴实和弟弟们幼时伸手就可耍戏的玩具。爷爷活着时曾无数次告诉过他的孙辈，这只伤残的耳朵是日本人刺刀留下的证据，但那一次他没有死，以后就再也死不了了。爷爷对于日本人的仇恨，使得他在赶走日本人以后的和平岁月，有着疯狂的爱国热情。直到三十年前，每一次最高指示下达的深夜，爷爷都是澹城举着标语欢呼的游行队伍里，最老的一个成员。

朴实很想最后再摸一摸爷爷那只与众不同的开叉的耳朵。但朴实忍住了。朴实站起来，对众人扔下一句话以后，就冷着脸走到外间去给殡仪馆打电话。

朴实最后那句话是这样的：爷爷还说了，蔷薇自有蔷薇的颜色，其实蔷薇根本没有变红，那是 1949 年春天，满城的红旗红星红腰鼓红绸子的反光。

朴实推开窗，一股暖洋洋的蔷薇花气息，从楼下的墙根边升上来。

他想起奶奶活着的时候曾经说过，五十年前那个春天的蔷薇长得特别茂盛，花苞密得像河塘里青蛙的卵，一团团吓人倒怪。城里到处流传着大军打过了长江的消息，兵荒马乱，谣言四起，人心日日都吊在喉咙口上。那时候他们一家是城南郊外的茶农，但那几天她的男人不知道跑到哪里去了，连个影子都见不着，茶叶地里的草长得筷子样高，家里早已断顿，朴实他爹和叔叔姑姑们饿得前心贴后背，于是那天早晨她只得步行到城里一个堂兄家去借钱买粮。她走到城里已将近中午，马路上空空荡荡，商店全都打烊了，好像要打仗的样子。但路边上摆了许多地摊，有人在卖毛毯卖留声机卖镶金边的碗盏，价钱便宜得就像白送差不多。她知道那都是国民党军官的家属，想快点卖了东西带着钱往南逃。她在地摊前蹲下来，把一双八成新的翻毛皮鞋拎起来仔细察看，忽然就听得身后传来一阵乱哄哄的叫声，叫大家让开让开——有人喊不要怕不要怕，解放军进城啦！……她看见几个戴着红袖箍的人在指挥行人靠边，手里举着三角小红旗，然后，一支齐刷刷的队伍就从天上掉下来了……

奶奶在许多年中不厌其烦地描述这一天的情形，只是为了抱怨在如此重大的关键时刻，爷爷却没有待在家里的这一过错。爷爷的失职伴随奶奶终老，仍无法得到原谅，但奇怪的是爷爷从不加以辩解。

那是澹城解放的日子。澹城解放只有远远传来稀疏的枪炮声，没有一个老百姓流血没有一间民房被毁坏。澹城的百姓是有福的。澹城的解放就像夜间的蔷薇悄悄开放，连大军进城的脚步都是悄无声息。据朴实的堂伯回忆，那个不同凡响的春天，他在第二天清晨打开房门，看见沿街睡满了年轻的士兵，他们抱着大枪席地而眠，帽徽上的红五星就像刚刚升起的太阳一般闪闪发光。院子墙头上盛开着一簇簇怒放的蔷薇花，蜜蜂嗡嗡嘤嘤的飞舞声，淹没在战士们香甜的鼾声里。蔷薇浓重的花香混合着大兵的青春汗液，空气令人亢奋，充满了改朝换代的新鲜气息。爷爷说他后来进城时，只那么抬头瞄了一眼，就发现粉红的蔷薇花，竟然全都变成了火红色的小星星。

可你知道这些大军是从哪里来的吗？许多年前，爷爷有一晚喝了酒，曾经神秘兮兮地问过朴实。是从城外来的，朴实回答。城外又是从哪里来的呢？爷爷又问。朴实想了想，回答说是从大桥上来的。大桥在哪里呢？大桥在城外。

那是一个没有答案的提问，面对稚嫩的少年朴实，爷爷从此缄口不言。

朴实在五十年后的这个哀伤的清晨，突然觉得爷爷也许是把一个真正的秘密永远地带走了。

送爷爷遗体去火化的路上，街角的蔷薇呈现出暗紫和赭红，像一块块凝固的血痂。

钥匙的记忆

朴实爷爷的丧事办得简单，奶奶十几年前去世时，家人已经按照奶奶的嘱咐，在郊外的山上购置了双穴墓地，所以爷爷早就知道自己的去处。告别仪式除了几个亲戚和晚辈，几乎没有惊动什么人。事实上也没有什么人可惊动，因为爷爷已经把他所有同代的人都提前送走了。再说爷爷也没有留下任何有实质内容的遗嘱，他对这个世界没有什么牵挂，甩手一走，整整一个世纪的百年都被他带走了。再说他确实是一个普通得不能再普通的人，平凡得连一点历史问题都没有，朴实猜测爷爷的档案袋里一定空空如也。

朴实的弟兄姐妹们，后来总算在爷爷的床底下找到了用报纸草草包裹的一沓钞票，仔细数数，都是五元十元面值的，厚厚一大包，总共却只有一千一百多块钱。钞票就随随便便地放在那里，好像谁来了都可以拿走。这是一个令人失望的发现，比人们事先的期望值降低了许多。经过集体表决，这笔钱用作了爷爷的丧葬费用。朴实想给爷爷买一个质地好些的骨灰盒，自己添了几百块钱，算是了结了这件世纪末的家族大事。

料理完爷爷的丧事，朴实一算已经请了三天事假，赶紧上班去了。

朴实上班后，从主任手里接到的，是一把钥匙。

在任何年代，钥匙这种东西，都能让人怦然心动。在朴实下乡的时候，如果能得到一把连队伙房仓库的钥匙，意味着可以敞开肚子美餐一顿了；如果是返城那会儿厂长办公室的抽屉钥匙，那么在返城证明上盖个章就轻而易举了；如果是返城后重新上大学读书那几年，搞到一把学院会议室的钥匙，就能痛痛快快地看一夜世界女子排球锦标赛了；如果结婚后拥有大立柜的钥匙，家庭的经济大权就牢牢地掌握在他的手中，根本就不会任由妻子把全部存款都投入股市最终颗粒无收；如果能有儿子房间的钥匙，就能及时掌握儿子的日记和一切思想动态，不至于等到儿子突然宣布从好不容易考上的大专退学，然后跟着同学到俄罗斯去做买卖同爹妈拜拜的那一刻，他才大梦初醒眼睁睁看儿子从此远走高飞……

钥匙是一个好东西，无论是金灿灿黄澄澄的铜钥匙还是银亮亮白闪闪的不锈钢钥匙，所有的钥匙打开的都不是锁，而是秘密是好运是机遇是新空间。钥匙永远不会过时，那些长出了脏兮兮的铜绿或是锈斑的钥匙，并非钥匙生锈而是他的那一角生活作废了关闭了。所以到了90年代，钥匙的功能不仅没有退化反而越来越性命攸关，看看那些志满意得的成功人士，哪个人腰间不是别着一大串做工精致的钥匙，发出铮铮的叩门声，每把钥匙都有着含义复杂的暧昧用途。

朴实的心跳得厉害，他从主任的食指大拇指上接过那把钥匙的时候，掌心已是一片潮湿。早听说那些独资企业大公司，新雇员上班，上司第一天二话不说，啪地甩给你一把亮晶晶的小汽车钥匙，让你开着车上下班以便提高工作效率。如果这真的是一把奖励给他的新车钥匙，无论是奥拓还是夏利哪怕是辆大发，都意味着他从此将真正走向21世纪。那么会不会是单位分配的最后一套住房的钥匙呢？眼前主任鼻梁上的眼镜，很像新公寓墙上两扇闪闪发光的玻璃窗。他紧张得连主任的鼻子都看不见了。如果真是新房的钥匙，那么新房装修的款项……

他终于听清了主任的那句话。主任的表情很严肃，主任说他好几天没来上班了，市委交下来一个任务，让我们党史办出一篇文章，论述澹城解放前夕党的地下斗争的丰功伟绩，是一次系统的全面的客观的总结。这个工作我们一直在做但人手不够忙不过来。眼看五十周年了，再拿不出一篇有分量的文章，你的副高职称不好办呢，弄不好我也该提前退休了。记得你以前申报过这个课题，这次就请你来执笔吧,我们会尽力支持你的。

主任朝着朴实手里的钥匙点了点下颏说,这是党史办资料室新换的钥匙,以前明文规定不许发给个人,我给你破个例,这样方便些,上头要得挺急呢。

朴实攥着钥匙愣愣地望着主任远去的背影,一时没有回过味来,他多年来竭尽心力却一直被冷落的地方党史研究,怎么突然备受重视时来运转了?

那是一把拇指大小、异常粗糙的钥匙。他把它翻来覆去地看了一会儿,既看不清那是什么质地,也说不出颜色,就像一根晒蔫的咸菜。

这把钥匙面对的是一个小得难以对准的钥匙孔,却如隧道般深邃。

朴实在资料室一连泡了三天,泡得他眼皮肿胀、面色发青,头发上落了一层年代久远的灰尘。第四天中午,他夹着一堆复印的材料,找到主任说,他已经有了一个大概的思路,但目前那些现成的史料实在太老旧了,他希望能找几位当事人谈谈,补充一些新材料,以便能从新的角度,对那段历史做出更恰当的评价。

主任痛快地说好。然后问他可有具体的目标或说是人选。他说想找的人有好几个,这些年里陆续积累下来不少历史疑点,很希望借这次机会搞搞明白。主任的脸色顿时就有点发灰,眼睛移开去望着别处说,我看你应该先去北京找老首长马力,他是澹城解放时的军管会主任,最有发言权,目前还健在的老前辈已经不多了,你不找他找谁呢？他的政策水平高，分析问题高屋建瓴，澹城的人民至今对他怀有深厚的感情……

朴实迟疑着，他想说，你让我写的是澹城地下党迎接解放的活动，马力同志虽然南征北战功勋卓著，但对于这段历史未必掌握第一手资料，犯得上去北京跑一趟吗？但他内心的疑问与主任满眼洋溢着敬重的眼神相遇，只好颓然转了一个弯，落在自己的鞋尖上。

主任说那就这么定了，飞机就免啦，坐硬卧吧，火车还安全。

京城在朴实的记忆中，有一段不为人知的隐情。

记忆已遥远，却撅下锋利的牙齿，把后来的日子啃噬得千疮百孔。

这也是朴实不愿去北京的原因之一。偏偏行前，主任原来说好配给他的助手，临时被抽调去接手五十周年大庆的另一个重要任务，朴实就只能只身前往了。

朴实已多年未来京城，出了火车站一时有点转向。公事在身，不敢怠慢，急急按着手里的地址，一路寻去。令他惊讶的是，京城竟是大雾弥漫，多年前爽快晴朗的天空变得昏暗低沉，公共汽车裹着阴沉的浓雾，慢吞吞穿过大半个北京城，空气中看不见的细微颗粒，像澹城的蔷薇花粉令人窒息。湿重的雾气中，路边一座座庞大的新建筑如皮影戏扑朔迷离，屋顶上突兀凌架的翘角飞檐和琉璃瓦盖，笼罩在一种含义不明的氛围中，整个城市看上去无精打采。

朴实站在那座被称作"部长楼"的院门口，等待门卫与首长通电话，才能知道是否能被接见。这座被一道高高的围墙包裹的部长楼，看来已建了多年，外墙斑驳暗淡，窗栏上锈迹密布，若是与澹城郊外的农民盖起的三层小洋楼相比，显得过于寒酸陈旧；若是与澹城周围乡镇干部的宽敞气派的宅院相比，倒是另有一种廉政和朴素的风格。朴实觉得这京城的部长楼，同常见的普通职工宿舍楼并没有什么太大的差别，心情顿觉松快了一些。

其实，他不想来北京出这趟公差的真正原因，并非那天在主任面前咽回去的那个理由。朴实搞了多年的调查研究，应该说和上上下下什么样的领导同志都打过交道，只要是同党史有关的采访，大官小官都平易近人，即使没有实质性收获，借机逛逛京城也未尝不可。

但朴实真的是不太想见到这位当年在澹城威名赫赫的马力首长。

记忆这种东西，就像一条冬眠蛰伏的蛇，若是不去翻动，它便隐藏在一个深洞里，无声无息地蜷缩着；一旦被春暖的地气惊醒，有人不留神招惹上一家伙，它就会在你心头悄悄地咬上一口，留下深入骨髓的疼痛。

在京城上空飘浮的重帘纱雾中，一个女孩苍白的面孔一闪而过。

她朝着他走来，却被阻挡在一座防卫森严的大楼门口。

那个夏天的记忆不堪回首。二十年前，也许是二十一年前，朴实正在大学读书。由于出身好，朴实在下乡时就入了党，返城后上大学，担任了系党总支的组织委员。朴实喜欢上一个同班的女生，但他生性木讷，拙于表达，追求的手段不算太高明，只好用书上通常写的那种方法，一次次找她谈心，希望她积极靠拢组织争取入党。

那女生倒是聪明伶俐，每次谈心都很配合，任由朴实带着她在湖堤上一圈儿一圈儿地绕到半夜，古今中外天文地理，把天下的文化都讨论穷尽了，偏偏那入党申请书的事，无论朴实怎样引导，她就是不接茬儿。眼看就到了暑假，考完试朴实一身轻松，那个凉风习习的夜晚，他约了她到湖边，月明星暗，林深蝉鸣，从她的衣领上一阵阵传来好闻的香皂气息。走到一棵桂花树下，朴实抓住了她的手。朴实是蓄谋已久的，他最大的野心是吻一下她的脸颊。但她轻轻偏头一躲，眼泪就簌簌滚落下来，弄得朴实顿时乱了方寸。他只记得她的指尖冰凉如玉，颜面冷若凝脂。那个夏天的夜晚，在湖边一条窄硬的石凳上，她像一尊石雕寒气森森。

从她谨慎的陈述中，朴实得知，她的父亲曾经做过国民党澹城市政府秘书长，解放前夕曾千方百计搞到了一份全省十万分之一的军用地图，交给了当地地下党的一位负责人。伪市长逃跑后，他在地下党指示下，想方设法将国民党市政府的工作系统，破坏到瘫痪状态，为大军进城后的顺利接管做出了贡献。新中国成立后他一度在社会福利机构任职，但1951年"镇反"运动一开始，即被送去劳改，原判十五年，后来又无限延长。她说她的父亲曾经有罪但功已抵过，全国都在平反冤假错案，为何他们的一次次申诉仍然不见天日。父亲的政治问题不解决，她怎么敢考虑入党的事情……

朴实至今也许已忘了许多细节，但他依然记得那晚从湖面上飘来的淡淡夜雾，散发着忧伤和怜爱的气息，慢慢浸润着他的头发。她的泪球如黑夜里的萤火虫闪着惨淡的微光，洇湿了他的前胸后背。

那是一个容易被感动的年龄，何况面对着一个美丽而可爱的弱者。朴实的手心发烫，热血奔涌，他表示一定帮她，只要她认为有必要，他什么都愿意为她去做。他一再追问她可有什么线索什么途径什么人物，可以证明她父亲做的那一切，只要有人能够出来澄清事实，就有希望恢复历史真相……

于是，她费力地说出了马力那个名字。

因为马力是当年澹城解放时的军管会主任，是执行接管政策的主要领导干部。而马力的前妻任真，40 年代曾在澹城从事过地下活动，淮海战役之后，又重新被派回澹城担任地下市委委员。新中国成立后她父亲才得知，曾接受并传送军用地图的中共地下党负责人叫宁可，当时的合法职业是中学女教师，马力的妻子任真在地下时期曾是宁可的直接上级，应该说，关于地图的交换，任真必定曾有过指示，并通过她送往进城部队的最高领导手中。新中国成立后，任真任澹城市总工会主席，宁可任澹城市教育局局长。镇反运动时，公安部门以惩治反革命分子的名义，将国民党原市府秘书长逮捕法办。据说当时宁可正在苏联访问，回国时此事已成定局。而任真在新中国成立后工作一直不太顺心，60 年代中期自杀身亡。"十年浩劫"中，宁可精神上受了刺激，听说至今尚在外地疗养，无从寻访。这位女生的父亲失去了这些重要的证明人，如今只剩下那位在 60 年代调中央任职，"文革"后已官复原职的马力首长，也许是唯一能够为她父亲说上几句话的高级干部了。

朴实当即决定到北京去找马力，他不惜假公济私犯一点小错误，打算利用系党总支发展学生入党的借口，向马力同志进行外调。他的计划很周全，连措辞都再三斟酌好了，他要伸张正义，也为自己初恋的心上人助一臂之力。与其说他希望得到马力的证词，不如说是希望证明自己的爱情。

但那个夏天，朴实却大败而归，在北京根本连首长马力的面都没见着。在那座有卫兵站岗的大楼传达室门口，朴实一连三天认真填写会客单，并出示自己的证件和介绍信。但每次得到秘书的答复都是首长不在，就连秘书也没有出来见他，哪怕是用几分钟时间象征性地了解一下事由。朴实被没有结果的等待激怒了，他找到了当年下乡时的北京知青，有人建议他写一份书面材料，通过某知青家长的老战友关系，直接送达马力手中，这样既省时省力，又可得到首长马力亲自签署的书面意见，岂不稳妥。

朴实耐心地在北京等了十几天，把不多的盘缠用到山穷水尽，连每天的早餐都已免去，才得到一个知青战友转述的口信：马力首长答复，他不记得此人，况且解放澹城的过程中，并没有使用那人所说的地图，所以地图的作用和贡献也就无从体现。这类问题，还请当地组织调查审核为准。

经历了"十年浩劫"的朴实，是从那次去北京后，才真正开始失望的。

朴实心灰意冷地回到澹城，几番周折还是没能找到宁可，此事就此搁浅。开学后他再也没有约会过那个女生。他既不忍实言相告，也编造不出令人信服的谎言。他只能远远地离开她，就让她误以为他是个不负责任的坏蛋好了，她对他的失望，是他失望的代价。

毕业后，那个女生回到她父母所在的县城桐州，从此音信全无。听同学说，后来她父亲虽然被撤销了三十年前的判决，但生活无着，也没有人为他"落实政策"。那个女生去了一所中学教书，后来草草嫁人完事。很久以后，朴实收到过从桐州寄来的一首诗，是一份杂志的复印件，题目叫作《中国，我的钥匙丢了》，信封上像是她的字体，但作者是另一个人……

为什么又是钥匙？根本就没有什么钥匙，锁已锈死，还要钥匙干什么？

门卫挥挥手示意他可以进去了。

朴实按响门铃的那个瞬间，心想一个人在位和不在位，毕竟是大不一样的。个人的事和公众集体国家的事，待遇当然也是不一样的。他努力调整着自己的心情，很快整理出一些谦和的微笑，希望能掩饰自己骨髓深处的痛感。

有小阿姨来开门。眼前的客厅极大，四面八方都是宽大的沙发，灰色的卡其布面沙发罩，陈设简朴，墙上挂着马恩列斯毛的画像，像一个大而无当的会议室。通往走廊的门口出现一个高大健壮的人影，有爽朗的笑声传来，那个洪亮的声音说：澹城来人啊，要见，要见的！

尽管朴实做好了充分的心理准备，还是被眼前这位年近八十的老首长那贯通全身的军人气度震慑了。在他后来同朴实所做的一个多小时的谈话中，他的腰始终是挺立着的，他的脊背始终是笔直的，他的眉毛和头发有些花白，但眉毛下的双眼，却始终放射着一种洞察万物的锐气；他的额头和面颊上不均匀地分布着褐色的老年斑，但他的脸色却从内往外地透着红润的光泽；他的一口雪白而饱满的假牙，结实而牢固，似乎能把所有硌牙的语词统统嚼碎了咽下去。所以他讲话的速度很快，不绕弯子不打磕巴，简洁豪爽，直截了当，像一门保养精心依然有极强攻击性的老炮筒，三言两语就击中了目标。

他说我给你讲一讲澹城解放那天的情况吧，我已经讲了几百遍但我还是要讲，这不是我个人的英雄业绩而是我们全民族的骄傲。那天，我们的部队开进城，没有受到任何抵抗，我随着一支队伍直奔国民党伪市府大楼，老远就看见楼顶上飘着一面白旗，像一块让风吹干的尿布片片。那个大铁门紧闭，伪政府的牌牌早就被人摘下来扔在一边。国民党跑得比兔子还快，连牌牌都来不及摘啦。这时候，从大门的传达室，走出来一个老头儿，手里拿着一大串钥匙，每一把都有五四手枪的枪筒那么长，叮叮当当响个不停。他走上来，把钥匙恭恭敬敬地递过来说：我奉市政府秘书长之命，在此恭候解放军，现将市府各个办公室的钥匙奉上，请大军验收。哈哈，伪市政府大楼的钥匙，我们不费一兵一卒就到手了，我把那串钥匙紧紧抓住，命令守门的老头儿打开大门，我们的队伍唰唰冲了进去，几个战士把楼顶上的白旗扯下来，升上了我们的红旗。我领着一部分战士查看了机要室和档案室，办公室积满了灰尘，我在沙发上使劲坐了一下，沙发软乎乎地把个屁股都找不着了，你想想国民党这么腐败怎么能不完蛋嘛。十多天以前，那个蒋介石还在召集李宗仁、何应钦、汤恩伯开紧急会议，宣布要和共产党决战到底，可是，我们人民解放军一打过长江，他们就把市政府的钥匙乖乖交出来了，这不是人民的伟大胜利又是什么？！

他一口气不歇地讲下来，浓重的山东口音，像一阵旱天雷震得人耳膜嗡嗡响。

朴实眼前晃动着那一长串象征着政权交替的钥匙，每一枚钥匙都在马力的手掌中熠熠发光。那是首长马力八十年生涯中最灿烂的记忆，它们昼夜迸发出金色的火花，在夜空中如同焰火光芒四射；它们像一把把匕首一支支短剑一枚枚手榴弹一发发子弹，宣告了旧世界的土崩瓦解。关于这串钥匙，澹城党史上早有记载，但朴实还是第一次亲耳聆听首长马力的叙述，实在要比阅读那种枯燥的文字精彩许多。当这一串钥匙出现的时候，其他所有关于钥匙的记忆，统统黯然失色了。

但朴实的心猛地跳了一跳，手中的笔无端地哆嗦了一下。马力口中不经意掠过的那几个字，如银针刺入他的某个穴位，使他多年前疼痛的记忆，在刹那间复活。他几乎不假思索地脱口而出，急急插话说：马老马老，您是否还记得那个伪市政府秘书长的姓名呢？

马力谦虚地摆摆手说，都五十年过去了，哪有那样好的记性呢。

朴实有点不甘，又追一句：听说此人对澹城解放有贡献啊……

马力的浓眉皱了皱，挥挥手说，贡献？贡献这两个字可不能随便用啊。胜利了，谁都想来分一块肉吃，你们搞党史的，千万要提高警惕！

朴实拿着笔僵在那里，脑子忽地走了神儿。他想起澹城老一辈人私下里关于马力的传言。他们说世上真是一物降一物，当年那个英武雄健、身经百战的年轻首长马力，在自己的老婆那儿却打了个大败仗。朴实曾多次听人讲述马力夫人任真移情别恋的故事。听说

40 年代任真曾在澹城一带从事地下工作，后来去了解放区，1948 年重被派回澹城工作，回到澹城后，遇上了一位老战友，是她在根据地时期初恋的男朋友，此人 30 年代毕业于上海大夏大学，抗战初期参加革命，新中国成立前夕曾担任澹城地下市委书记，其人和蔼儒雅，同雷厉风行的马力完全另一种风格。任真旧情复萌的过程比较曲折，拖到 50 年代初，打报告请求组织批准她同马力离婚，在澹城一度闹得满城风雨，一直闹到 1957 年任真被打成"右派"，马力才同意同她正式分手。不幸的是，那位原地下市委书记在 50 年代整整十年里，不断为白区工作时的一些历史问题所困扰，终致 60 年代中期郁郁病故。任真独身一人好些年，"十年浩劫"中，她的"生活问题"被揭发批斗，最后不堪凌辱而割腕自尽。她个人的感情生活，同澹城的解放有没有一种微妙的联系呢？也许这样的故事才真正深藏玄机，可惜它不属于党史的研究范围……

马力首长豪情未尽地结束了他的报告。然后告诉朴实，如果还有什么没搞清楚的问题，尽管问来。

朴实当然有问题要问。他的那把资料室钥匙，为他此行准备了不少锁眼儿。准确地说，当马力的报告做完了以后，朴实才有可能进入正题。

关于澹江大桥的保护，党史资料上的记载比较完整：由于澹江大桥是南北交通枢纽，其重要的战略位置，成为国民党撤退前破坏的重点。澹城地下党组织派党员做好了澹江铁路局桥梁工程师何平的工作，让他保全重要的技术资料，并争取了担负炸桥任务的敌工兵营营长——这个营长同桥梁工程师是表兄弟，他答应将炸药从钢梁移至桥面，结果只在桥面上炸了一个洞，而钢梁桥柱均完好无损，使得我军大部队顺利通过大桥，浩浩荡荡挺进澹城市区。

朴实对此做了简单的复述后，马力漠然地点了点头表示认可。

朴实真正关心的是澹城解放那天，大军先头部队从城东挺进，攻占澹江大桥的过程中，澹城地下党接应与配合的具体事例，他很希望首长能对此做些补充。

马力微微显得有些气喘，他用双手撑着沙发扶手站了起来，然后将手背在身后，迈开步子径直往前走，走到墙根，又迅速向后转，一条直线地回到原来的位置。

马力以下的发言颇有些语重心长。他说：研究地方党史的同志必须懂得，澹江大桥的保护，对于澹城的解放，有重要的作用，但绝不是取得胜利的决定性保证。澹城解放的决定性因素是什么？是军队，是枪杆子，是战斗！解放澹城，经过全面部署，我军出动了三个师的兵力，急行军从东西南三个方向合围，完全切断了敌人逃窜的通道。一个团连夜翻山占领了棋盘山北侧高地，一个团迅速接近大桥，向守桥的国民党军队发起猛烈攻击，很快歼灭守军，控制了大桥的制高点，然后，在火力掩护下，一鼓作气拿下了大桥北侧的桥头堡，顺利占领了澹江大桥。胜利来之不易啊，侦察排十几名战士壮烈牺牲。想一想嘛，澹城的解放难道不是用战士的鲜血换来的吗？澹江大桥保护下来，当然好，但是，大桥就是被全部炸断，我们也一样能冲过去，长江天险我们都过来了，还怕这一条小小的澹江吗？！

望着马力同志由于激动而微微颤抖的眉毛，朴实一时无语。

解放军攻占大桥这一部分的内容，要加强，再加强，不要怕重复，宣传就是要重复。马力一边有力地挥动着手臂，一边剧烈地气喘。一定要记住，原则立场不能丢，这个原则就是——天下是我们人民子弟兵打下来的！

这一番话振聋发聩，朴实一个激灵，刹那间清醒下来。他机械地点着头，把伪市府秘书长树的那面白旗，活生生地咽了下去。他原本在心底尚侥幸存有一线希望，希望当年知青战友向他转达的那番话，仅仅是一种误解或是误传，马力首长决不会那么轻率那么冷漠地对待一个需要帮助的小人物。他那时还年轻，同马老的地位悬殊，根本见不到首长的面，所以那中间一定出了什么差错。如今他和马老面对面促膝而坐，难道还会有什么无法沟通的历史壕堑吗？

但他终于明白自己想错了。他年近五十却仍然太稚嫩。在马老八十年的岁月中，沉积了太多庄严的记忆，怎么能有空地来存放一份子虚乌有的地图？天下是子弟兵打下来的，一切有关新中国成立的论述都必须以此作为依据。马老已经用工事和沙袋，将别的通道牢牢封死，朴实只能把那一串锈迹斑斑的钥匙重新塞进心底。

朴实在起身告辞之前，小心翼翼结结巴巴地斗胆提了最后一个问题。他不甘心一无所获空手而返，在马老的记忆中，是否还会有别的缺口呢？

他委婉地说，在我们党史资料室的原始记录材料中，有一位当年进军澹城的战士曾经回忆说，当时大军翻越棋盘山的时候，在一个岔道口迷了路，一旦选错了路口，可能就再也没有时间纠正了。这时，林中走出来一个当地的茶农，自告奋勇给大军带路，使那一个营的兵力，及时赶到了大桥下。但匆忙之中，谁都没来得及问那个茶农的姓名，只记得是一个中年男子，拿一把柴刀为他们砍路，鞋子磨破了，两只脚都血肉模糊的。许多年过去，他都忘不了那个人。那个茶农没有名字，也没有人证明什么，他做的好事没人知道，新中国成立后也没人认账。所以，我们想在文章中添上这一笔，说明人民群众是真正的无名英雄，没有人民对人民解放军的支持，胜利不能来得那么快……

马力打断他说：你兜那么大个圈子，把我的头都绕昏啦，你到底想问什么？

朴实不好意思地说，他想请首长回忆一下，当时带兵翻越棋盘山的那个营长叫什么名字？后来转业到哪里去了？他们可以设法找到他，进一步核对事实。

马力首长显然已对这种烦琐的小事失去了兴趣，他挥挥手说，我年纪大了，搞不清了，你还是去找丰登同志吧，新中国成立前夕他是澹城地下市委组织部部长，什么情况都掌握，而且，原则性强得很！

刚才一直神采奕奕的马老，忽然间眯起了眼睛，显得疲惫不堪。朴实心有歉意，赶紧起身告辞。小阿姨手里提了一把钥匙过来送客，为他打开了门上的防盗锁。

部长楼外的花坛中，开满了金黄色的月季花。朴实眼前晃动着五十年前伪政府传达室门前，那一串金黄色的钥匙，它们在风中叮当作响，好像不是用来开锁，而是用来锁门的。朴实下意识地用眼角搜寻着蔷薇，就是在澹城开得铺天盖地的那种蔷薇。但是没有。

京城不种蔷薇还是没到季节？粉的没有，红的也没有。

应变记忆

朴实翻看着自己的采访笔记本，一页页都是空白，偶尔出现寥寥几个黑字，字迹潦草得连他自己都看不清楚，像一只只拍扁了的蚊虫被夹在里头，旁边打上了几个问号，活像蚊虫的断腿或是翅膀。

他回忆自己的京城之行，却什么也想不起来，就像从来没有去过一样。他发现记忆这种东西，来无踪去无影，忽然闪现或突然消失，都是鬼鬼祟祟的。有时像电脑上的文件，莫名其妙就丢失了，还得历尽千辛万苦从机器的硬盘里找出来；有时屏幕上会擅作主张地跳出来一些奇怪的词组，你就是把键盘都敲碎了也没法把它们删除。这半个月来，朴实好容易攒下的记忆，都是断断续续模模糊糊支离破碎的。

这一天早晨上班，朴实担心迟到，一口气奔上五楼的办公室，觉得有些气喘。停下来喘歇的工夫，隐隐约约地，想起了在北京时马力首长气喘吁吁的嘱咐。马老说让他回澹城后找丰登同志了解情况，他至今还没有落到实处。

其实，澹城的老领导丰登同志，因工作的缘故，朴实是早已认识的。

不仅是朴实认识丰登，全澹城的人民，凡是喜欢读报或看电视者，应该说都认识丰登，准确地说，是熟悉丰登的面孔。丰老慈祥和蔼笑眯眯的面孔，就像明星主持人，只要打开电视，隔三岔五就能看到。他总是不辞辛苦不厌其烦地在各种会议上讲话，为各种大厦开业剪彩，在植树节蔷薇节啤酒节西瓜节金鱼节螃蟹节父亲节老人节等等澹城所有欢庆的节日开幕式，发表神采飞扬而千篇一律的祝词。丰登虽已年望八十，早已从当年市委领导的位置上退居政协，据说患有糖尿病高血压等多种老年性疾病，却仍热心公益事业，关心人民疾苦精力充沛热情洋溢有求必应。

对于这样一位人敬人爱的老同志，朴实当然是十分尊重的。

大学毕业后一直从事地方党史研究的朴实，对于丰登的履历早已倒背如流：丰登原名丰登谷，1939 年在皖南加入新四军，"皖南事变"后回澹城从事地下工作，曾开设一家小旅店作为掩护。这家小旅店实际是我党地下联络站，风来遮雨，雪来化霜，丰老板表面八方应酬，暗中运筹帷幄，成为地下党组织系统的重要成员。到了 1948 年，澹城建立地下工委，新中国成立前三个月建立市委，丰登同志功不可没，是澹城地下战线的老前辈了。

由于工作需要，朴实历年来陆续搜集了丰登同志在各种不同场合的讲话稿。对于这样一位在澹城解放斗争中举足轻重的老领导，他的个人经历是党史的丰富资源。但在朴实掌握的资料中，他总觉得许多重大事件显得有些空洞，好像在哪里缺了一块，史实经常无故中断。朴实需要的不是树干而是树叶，不是房梁而是瓦片，他的文章历来尽量少谈理论多举实证，这是朴实多年的研究特点，所以他始终原地踏步，至今仍是一名科级干部，至今不思悔改。

朴实磨磨蹭蹭地拖延着，未把访问丰老及时排上日程。

那也许是因为朴实的心里一直在默念着另一个名字。

他真正急于想找的人，是那个名叫宁可的老太太。

一个名字在耳边厮磨二十年之久，就像蚌壳里的一粒沙，会在水流中旋成一粒珠子。如果说二十年前朴实记住了宁可这个名字，是由于班上那个纤弱的女生；那么二十年后朴实仍没有忘记宁可，却是因为宁可本身。

朴实曾在一个非常偶然的机会中，发现1949年前后，澹城地下党策动《国民日报》员工，组织"应变会"迎接解放的一些零星材料。但这段史料在地方党史上却完全是一片空白。据说此事是在当时的地下市委文教战线负责人宁可的直接领导下进行的。在朴实多年来大量阅读的澹城党史资料中，宁可这个人就像夜幕中的一颗小星，时不时从浩繁的往事中冷不丁蹦出来。澹城解放前夕，地下党所做的许多事情中，都忽隐忽现地闪过她神秘的身影。这个名叫宁可的离休女干部之所以引起了朴实的特别注意，不仅在于她的身世，更在于她与众不同的个性。据资料记载，宁可之父为苏南豪富，她在中学时代被父母送去英国读书，没念完大学就回国参加抗战，在上海加入了地下党，后去苏北根据地，再派来澹城，长期在敌占区从事地下工作，利用自己合法的社会身份，出色地完成过许多艰巨而危险的任务。但她在新中国成立后始终职位不高，身体一直虚弱，终身未婚。20世纪60年代中期，曾一度精神崩溃，复职后始终低调，至今仍孤身一人，平日深居简出，从不在公开场合露面，也从不接受媒体的采访。朴实认识的几位老同志谈起她的时候，都怀有几分敬意。有人曾对朴实说，你搞澹城地方党史，不听听宁可的意见等于打了百分之五十折扣。这些年里，朴实曾多次设法拜见宁可，拐弯抹角托各种关系打电话向宁可约谈，但无论是德高望重的长者，还是在位的官员，无一例外都遭到了宁可的拒绝。

80年代初期，被荒芜多年的地方党史研究，梳枝理叶曾一度热闹，后来便千流入海，各就各位了。朴实多年前那些雄心勃勃的课题研究计划，一项项被否决被遗忘被放弃，就像秋的落叶，最后在冬的田野上变成一根光秃秃的树干。朴实每日上班喝茶读报，十几年的日子，就在那些咸不咸淡不淡的官样文章中一页页打发了。每年"七一"来临，朴实总会莫名其妙生出一些歉疚的心情，好像南湖的那条船，倒是被他耽误了行程。

当朴实面临自己五十而知天命之年，才突然生出一种紧迫感，步步逼人。他的老去，意味着比他更老的人即将化整为零，死亡会取消所有的记忆，就像爷爷。

一连多日，朴实都在煞费苦心寻找通往宁可的路径，迟迟顾不上去找丰老。某日上午丰老却亲自打来了电话。丰老说小朴同志啊，马力老首长从北京给我打了电话，让我找你好好谈一谈呢。

朴实赶紧说，好的好的。

朴实按约定的时间，准时赶到丰登家里。那一日是个阴天，一路闷热，自行车卷起灰蒙蒙的尘土，路边褐红的蔷薇，像深秋落地的红枫叶萎靡不振。他敲门进屋，一时险些睁不开眼，只见客厅里一片灯火通明，雪亮的白炽灯同室外的暗淡形成了强烈对比，朴实觉得自己走进了一个演播厅，浑身不自在，五官顿时有些僵硬起来。

丰老一动不动地靠在沙发上，闭目养神。朴实轻轻叫了他一声，他睁开眼朝朴实微微欠了欠身子，算是打了招呼。一束银亮的筒灯光从他头顶的天花板上倾泻下来，加上沙发角上的一只立地台灯的侧光，抚平了他脸上的皱纹，使他平日干瘦的面颊显得饱满了许多，花白稀疏的头发精心地梳理了，一根根油亮亮整齐地摆放在头皮上。灯光下的丰登老部长，把瘦小的身子挪了挪，正襟危坐，双腿并拢，再把双手放在膝上，然后微微抬起下颏，露出慈祥的微笑。

这是一个固定不变的标准姿势，就像朴实每次在电视屏幕上见到的那个样子。朴实有点心慌，他想丰老一定把他当成电视台的记者了。正考虑要不要自我介绍一下，丰老说，我认识你，你是党史办的小朴，我们打过交道嘛。

看来丰登压根儿没有把朴实误当成电视台的人，丰登只是习惯于电视台式的访问罢了。朴实很想说一句类似打扰您啦之类的客套话，终是没说出口。

丰老从茶几上拿起一只精巧的耳塞，熟练地塞好。然后说，开始吧。你带录音机了吗？要录音不要怕麻烦，录音整理一定要经过我本人审阅，这是留给子孙后代的精神遗产嘛。

朴实把录音机打开，试了试，他很少使用录音机，有些手忙脚乱。

下面是那天的部分谈话录音。当朴实回家后进行整理，反复倒带听取录音的时候，他发现后半部分的谈话内容，不知什么原因，竟然完全没有被录上。在前面一个多小时的录音中，始终只有丰登一个人的声音，滔滔不绝浩浩荡荡，沙哑而亢奋的南方口音，像一条语言的泥石流，粗暴地覆盖了周边地区的山野谷地。朴实认为这不能算作一次访问，准确地说，只是一个报告会。

你是建国初期出生的吧，你还在娘胎里的时候，这个世界上正在发生着翻天覆地的变化。解放战争中，三大战役、渡江捣毁国民党老巢，多少人民子弟兵献出了宝贵的生命。同他们比起来，我们在国统区搞地下工作的同志，所做的一切一切，都是不足挂齿的，你必须把握住这个基本原则，否则就会迷失方向。你搞党史研究，就像我们写回忆录，首先要真实，不要为哪个个人树碑立传……

以下的录音冗长而沉闷，几乎可说是空洞无物。朴实奇怪丰老怎么能够把那些人所皆知的大道理，讲得如此津津有味。他不得不按了快进键。

录音机总算咔嗒响了一声，磁带就此停住。翻面后，磁带吱吱空转，却再也没有任何说话的声音。朴实有点着急，因为就是从磁带翻面开始，丰登的报告总算暂时告一段落。那会儿朴实终于忍不住打断了丰登的讲话，开始提问了。应该说，那天采访的后一半时间，才能算是谈话，尽管答非所问，总也有些许参考价值。录音的消失，令朴实颇为失望。他把录音机键按得噼啪响，试图把后半部分的谈话内容调出来，反复倒腾了几回，满头大汗却无回天之力。

接下来的几天里，朴实一直在拼命回忆那天自己的提问和丰登的解答。他觉得自己有点像莽林中的捕蛇人，一次次朝着那些稍纵即逝的花蛇小心扑去，然后扔进腰间的布袋扎紧，略一迟缓，那长蛇短蛇便向草丛深处游得无影无踪了。

在朴实陆陆续续的回忆中，那天他与丰登的谈话，大体是这样的：

朴实：对不起我打断您一下，当时您在澹城从事地下活动时，开了一家小旅馆作为掩护，您能不能再补充一些具体的事例。

丰登：这些情况，党史上都有记载的。那是抗战期间，上级党组织指示，要我想办法建立一个秘密交通站。我就利用社会关系开了一家小旅馆，开旅馆的资金，还是用我老婆的首饰典当的。旅馆开起来以后，来来往往的地下党领导就有了落脚之处，中央的×××、××琛同志，当年都在我这里住过，和我熟得很嘛。

朴实：你们有没有遇到过危险呢？

丰登：比如说，为根据地采购药品、输送人员、递接情报，事情是很多的。

朴实：除了这些，您还做些什么？

丰登：我这个人一向是很谨慎的，搞地下斗争顶要紧的就是谨慎。你看，从抗日战争到解放战争，从日本鬼子到国民党，形势那么复杂，就在敌人眼皮底下，我把自己隐蔽下来了，也把整个地下党组织保全下来了，我身为地下市委组织部部长，多少年都没有暴露目标，这就是胜利。

朴实：听说，大军渡江之后，宁可同志受命组织《国民日报》"员工应变会"，成功地抵制了国民党拆迁印刷设备运往台湾的企图，保证了澹城解放的第三天，新生的《澹城日报》顺利出版。您能谈谈当时的情况吗？

丰登：记得澹城一解放，我就亲自向市委建议，将《国民日报》改名为《澹城日报》。市委很快就采纳了我的意见。地下市委和新市委对我的意见一向都是非常重视的，所以我们迅速地占领了舆论阵地。

朴实：那么，关于"应变会"……

丰登：你研究党史，不要纠缠在一些群众组织的活动上，要掌握大方向。

朴实：那么，您知道有一个叫何平的人吗，就是那个保护澹江大桥的铁路工程师，听说新中国成立后被多次审查，1956年，他出国去继承遗产，再没有回来……

丰登：我不记得了。

朴实：那么，宁可同志……

丰登：这些情况嘛，任真最清楚，可惜她已经不在了。不过，你也可以去找《澹城日报》的华夏，他在住院，很容易找的。

朴实：那么，原国民党市府秘书长，究竟是通过什么关系和途径，交给地下党一份准确的军事地图？

丰登：有这样的事吗？我不清楚。我不记得了……啊啊，你应该懂得，记忆这个东西，是有原则的嘛。

朴实回忆同丰登的这一段对话时，十分吃力，问与答像是互相咬不上的齿轮，节节错位。作为原地下市委组织部部长，竟然对澹城的重大历史事件都模棱两可，似乎除了他自己的安全，再没有别的事情能留存于他的脑海。朴实渐渐明白，原来在丰登的记忆中，既没有时间，也没有他者，唯有他本人，才是记忆中处于中心位置的活动影像。他耳朵上的那只助听器，好像把外界所有的声音都堵上了。所以丰登只能不停地自顾自做报告，其实他根本听不见别人的问话。

可惜朴实的恍然大悟来得太迟。那天下午他已骑虎难下，只能继续耐心地执行着自己的使命。他记得当时又问了一些关于策反澹江大桥守军的情况，丰登的回答出乎意料地简练，他说那个大桥守军排长是他的同乡，有一次会面时，那个排长透露说他们已接到命令，撤退时将炸毁大桥。丰登说桥炸不得，要成千古罪人的。排长说炸是必须炸的，不过可以少用点炸药。在丰登的动员说服下，排长决定把上级规定炸桥用的六十公斤炸药，改成了六公斤，果然，大桥只被炸了一个小角，大军一冲就冲过去了。

这大概是那天下午朴实采访中最具实际内容的收获——炸药的确切数字，几十年一直众说纷纭没有定论，丰登发布的六公斤炸药，将成为迎接新中国成立的一个新注释。尽管朴实对丰登提供的新情况，心存多处疑问，但他在短时间内，是无法找到那位原国民党守桥排长核对的。

在那天的谈话结束之前，朴实抱着一线希望，问起了那个在棋盘山下为大军带路的茶农，请教丰老可有线索提供。但丰登的话题已迅速转向澹城的改革，泥石流一泻千里。朴实耐着性子坚持了一会儿，在句子与句子间宝贵的缝隙中，慌忙起身告辞。

朴实走到门口，在为丰老带上房门的那一瞬间，出于礼貌，他回头朝丰老再一次点头告别。丰老正端起茶杯喝水，他的目光停留在地板的某一个角落，脸上惯常的慈祥笑容，已被助听器一同摘下，脸上毫无表情，同刚才判若两人。在靠近丰老额头的地方，有一块小小的阴影，他的颧骨被罩在灰暗的影子里，一种冷漠而阴沉的神态，从他干瘪的嘴角浮上来。朴实忽然想起几年前曾看过丰登的一篇讲话稿，关于炸药的数量，似乎不是今天这样的说法。如果丰登对"应变会"和大桥真的一无所知，那么他在当年的小旅馆中，究竟创造了哪些光辉业绩？若是他有意避而不答，其中的玄奥又在何处？一个地下党的组织部部长，同地下党的普通干部之间，到底有过什么样的历史恩怨？朴实不知道是什么原因改变了丰登的记忆。也许记忆都是应变的？那么教科书上的历史，从来都只是一件应时替换的衣服而已。

朴实在后来回忆自己同丰登那部分没有被录音的对话时，对自己的记忆也发生了怀疑。他知道那不是全部，甚至也不是局部，而是一种被意识制作和阉割过的加工品。个人记忆常常筛选出自己需要保留的东西，而将其他不需要的部分删除。

那一刻，他决定一定要设法见到那个叫宁可的老太太。还有丰登提到的华夏老先生。似乎正是由于丰登，朴实对那个一直湮没在史料中无人问津的"应变会"，固执地发生了兴趣。

照片的记忆

几天以后，朴实终于在电话中得到了宁可同意他拜访的答复。他是通过宁可十分信赖的一个"老地下"的热心引荐，才和宁可联系上的。那位"老地下"曾是宁可的下级，近年来宁可几次心脏病发作，都是他帮忙送去医院的。他对宁可说，有位年轻朋友买到了几本刚出版的好书，希望能当面交给她。

看来宁可确有爱书如命的嗜好，她一口答应了。

朴实走进宁可家的客厅，把手中的那包书放在桌上。刚刚坐定，就望见了墙上正中央挂着的那幅黑白照片。照片上是一个年轻女子的头像，鬈曲的长波浪烫发垂肩，描着弯弯的细眉，嘴唇是涂了口红的，微微开启着，似笑非笑，有点欲言又止的样子。她的脸饱满圆润，说不上漂亮但有一种大家闺秀的端庄风范。在她的旗袍竖领和盘扣间，缀着一串白色的珠链，却没有戴耳坠。从她的服饰和神态看来，像是 20 世纪三四十年代的照片。

这是空荡荡的墙上唯一的装饰。从小小的客厅望出去，其他两间屋子一览无遗，除了几个满满的书橱、一张单人床和写字台，没有一件多余的家具。墙壁多年未粉刷了，辨不出颜色，天花板的角落里悬着蛛网，像壁挂似的垂下来。

朴实一时愣在那里。

他实在无法把这张照片上的女人，同面前这个衰弱的老太太联系在一起。

刚才宁可来给他开门，尽管有心理准备，他还是有点吃惊。时令已近春末，她还穿着一件灰色的厚毛衣，毛衣下摆露出里面黑色的棉背心，长长一截拖在外面，毛线散成一圈一圈，流苏似的在膝盖上飘荡。她好像怕冷，始终蜷着身子抱着一只热水袋，窗子却敞开着，穿堂风一阵阵吹起她的满头白发，刺猬一般朝四面八方蓬松开去。脏兮兮的棉拖鞋上，落着一层烟灰。她的皮肤依然光洁，灰黄的面色中却有一种对世相极度厌倦的颓丧。

眼前这个宁可，同朴实多年来在脑中盘旋、想象的形象，有太大的出入，他微微有些失望。在他积累的资料中，宁可完全应该是另一种样子。

朴实想起那位"老地下"，曾在一次闲聊中谈起的有关宁可的故事。

宁可当年从英国回来参加抗日的时候，只有十九岁。在上海认识了桥梁工程师何平，何平也刚从英国留学回来，那时的宁可充满青春活力，何平一度对她很是入迷，她也十分倾慕何平，要说那是宁可的初恋，也未尝不可。但偏偏人各有志，何平接受了重庆国民政府铁道部的聘任，而宁可去了苏北根据地，两个人的关系当然不可能再维持下去。后来宁可回沦陷区从事地下活动，到了澹城以后，直接领导人就是任真，当任真知道宁可曾有这样一段感情经历，劝说宁可与何平恢复联系。抗战胜利后，在澹城地下党领导中，任真恐怕是最早一个预计到澹江大桥未来的人。据说她从解放区奉派回澹城的第一件事，就是向市委领导提出了必须争取一个国民党桥梁专家的建议。由于澹江大桥的特殊位置，保卫大桥关系到全局胜败。宁可别无选择地担负了这一重要使命，在此后几年中，一直同何平有书信往来。到了1949年初，当任真在澹城投入迎接大军渡江的准备工作时，她迅速把保卫大桥和宁可拴在了一起。于是宁可真真假假地扮演着恋爱的角色，苦恼而欣悦地一步步接近着那个高尚的预谋。没有人知道宁可是怎样向何平灌输了进步思想，也没有人知道何平对宁可做出过怎样的承诺。宁可与何平旧情复燃之后，何平利用自己的社会关系，调到了澹城铁路分局。这位桥梁工程师或是出于正义，或是出于对桥梁的热爱以及对宁可的热爱，总之何平终于成功策反了守桥的国民党营长，完成了保卫澹江大桥的惊人之举。在"老地下"后来的叙述中，故事的结局超过了朴实的想象——澹城解放后，宁可与何平真的相爱了。据说这一场自然产生、水到渠成的爱情，却使宁可在党内受到了严厉的批评，自始至终，宁可只有任真一个支持者。但任真此时由于个人问题，已是自身难保。心灰意冷的何平在新中国成立后曾希望宁可随他回英国，却遭到了宁可的拒绝。准确地说，是被宁可心中的新中国所拒绝。最后那位桥梁工程师独自远走海外，宁可从此孤身一人再也没有结婚。这段夭折的爱情，成为宁可在澹城解放后，历次运动中无法逃避也无法说清的历史污点。一次次反复审查后，当年的守护变成了破坏，争取变成了勾结。如今人马既已过河，桥还有何用？安然无恙的澹江大桥，在新中国成立后是澹城和平胜利的象征，但江水已吞没了宁可一生的幸福。任真已死了十几年，就连一个可以替她证明和辩解的人都没有了。

岁月怎么会把当年那个浪漫机智的宁可，变成眼前这个邋遢乖戾的老太婆？

她悄声走进来，递一杯热水给他，没有放茶叶。

她背对着他说：墙上那个女人不是我，是另一个人。你不必费心思猜了。

所谓的客厅里，有一张藤椅和几把凳子，没有沙发。她在藤椅上坐下，把脚放在藤椅跟前的一小块用来代替脚垫的草席上。她开始打开桌上的那包书来看，挑了其中一本新近出版的戴煌所著《九死一生》，慢慢翻着，然后她摸出了一包烟和一盒火柴（不是打火机），还有一只生锈的铁盒。她狠狠地抽了一口烟，把烟灰弹在那只铁盒里，弥漫的烟雾中，朴实肯定了这个脸上没有一丝笑容的宁可，同墙上的照片确实不是同一个女人。

朴实沉默着，不知如何开口。他记得去年有一次想找她，听说她因严重的心脏病住院而作罢。一个心脏病人竟然还继续吸烟，可见真是活得横竖无所谓了。

宁可吸完了一支烟，把铁盒的盖子小心盖上，抱着那本书说：

你给我送了书来，我谢谢你，这几本书，都是我一直想买，托人都没有买到的。其实，你不说我也知道，你是党史办的小朴，你是想来找我谈事的。

朴实暗暗吃了一惊，心想这个老太太眼睛好毒，讪笑着说：您怎么一眼就把我看穿了呢？我找了您几年，您总是推托不见，我工作在身，不得已想出这么个办法，您千万别怪罪。

宁可冷着脸说：搞了十多年地下工作，那点经验有时还能派上用场。我之所以请你来，就是为了同你讲清楚，你不要再找我了，我不想同你谈什么。我指的是不想谈你想谈的那段历史。

朴实笑笑说：还是随便谈点什么吧，看在我等了那么多年的份儿上。

宁可不置可否，拿起另一本《甲午战争前后的晚清政局》，低下头翻了几页。

朴实又说：您不希望别人采访，总可以自己来写回忆录吧？

你说什么？宁可把埋在书页里的眼睛抬了一抬。

我是说，如今写回忆录很流行，您信不过别人，总信得过自己嘛。

你错了。其实自己是最不可信的，因为人都会欺骗自己，这叫作自欺欺人，我劝你千万不要相信回忆录那种东西，十个人有九个都在撒谎。而且是光天化日下，公然对后人撒谎。

所以知情人才有责任揭穿谎言，说出真实啊。朴实喝了一小口水。

宁可冷着脸说：可惜甲说的真实和乙说的真实，本来就不一样，真实不是一种事实，而是一种解释。绝对的真实根本就不存在。有的人说了真话反倒被当成谎言，所以最好闭嘴，让所谓的真实，保持它想要的那种样子。

那么历史呢，像你们这样的老一辈革命者，总有一种历史责任感吧？！

历史？宁可合上了手里的书，重重地擦着了第二根火柴，把手里的烟点燃了。她眯着眼，盯着袅袅上升的烟雾，自言自语说，什么叫历史？谁知道是历史误导了我们，还是我们误导了历史！

人家都说宁老清高，我今天是见识了。朴实扼着手腕干笑着，一边在心里琢磨着如何能让宁可开口。人若是被逼急了，指甲缝里都能挤出一星半点智慧。

我前几天去看望了丰登同志。朴实望着窗外说。丰老很配合我们的工作，给我讲了许多事情。我觉得，他是个地下斗争经验丰富的老同志。

宁可悠悠地吸烟，好像除了吸烟，这世上任何事都同她没有关系。

丰老对我谈到了有关地下党迎接澹城解放的一些情况，对我们很有帮助。朴实有点笨嘴拙舌地说。

宁可用冷冷的口气打断了他：既然你们找到了丰登，难道还不够吗，他是个大人物，有他说话，别的人都不用再多说了。

朴实说：可他到底年纪大了，许多事情都记不起来了。我提了一些问题，他总是说，我不清楚，我不了解。不过，他倒是谈到了您和任真同志，说你们做了许多具体工作。我想，过去我们对您了解得太少，所以才特别需要您的支持……

朴实注意到在他提到任真那两个字时，宁可微眯的眼睛，像黑暗中燃烧的烟头亮了一亮，未燃尽的火星，灼烫了她的手背，她从藤椅上直起了身子。

他还好意思提到任真？人都逼死了那么多年，还不肯罢休？你不必跟我核实任何事情，他说的那些所谓的事实，报纸上早都登过一百遍了。可惜，丰登同志没有跟你说——抗战期间他在澹城搞地下工作，五年里只发展了一个党员，是他的小舅子，后来还把地下党的经费都卷跑了。这个他总不会"不知道"吧？真是笑话！他没跟你说，大军渡江的消息传来以后，地下市委的领导根本就找不到这个组织部长了，是华夏冒着生命危险，领导《国民日报》的员工组织"应变会"，保护了印刷厂……

朴实心里咯噔一下，壮着胆子说：宁老啊，我今天来，就是为了搞清"应变会"的事情呀。这段地下斗争的历史，不知为什么一直被遗忘被埋没，我找过许多人，讲得都零零碎碎。他们说，只有您最了解全面情况，许多事情都同您有关系，您要是能给我们指点一下，这段史料就不会出现差错了。

宁可把脸转了开去，她划着了一根火柴，手指有些哆嗦。

什么史料不史料？她反问。你想要搜集的，都是有些人想要忘掉的东西！新中国成立后有人一直怀疑"应变会""兄弟会"这些有进步力量参加的群众社团，是特务组织。当年参加"应变会""兄弟会"的骨干，一解放就被打得落花流水了。1949 年之前我联系的地下党员，包括一些赤色群众，从 50 年代起，审查的下放的清洗的，还有人被送进了监狱劳改。那么多愿意跟共产党走的人都死了，这些光荣历史还有什么用？你恐怕是白费力气……

朴实的身子颤了颤，他本想借机问一问那个国民党市府秘书长的事情，终于还是把嘴边的话又吞了下去。窗外来的风直直地吹在他脊背上，4 月下旬阴天的寒意，透入骨髓。

朴实嗫嚅道：如果大家都不说话，就只剩下了一个声音……

宁可打断他：不对，不是不说话，是没有话说。华夏 1957 年被打成"右派"，我在 1959 年被打成"右倾"机会主义分子，任真熬到 1966 年，最后还不是自杀了事。地下党的大部分人都不明不白地消失了，到哪里去说话？谁来听你说话？在你们写的历史里头，好像中国人全都得了集体健忘症，所有的错误都一笔勾销了，然后再把这种忘却的记忆，当成史料留给后人。历史是什么？历史是一个哑巴！

她手里长长的一截烟灰，掉落在地，发出坠楼般心惊肉跳的扑通声。

现在还来得及啊宁老。朴实诚恳地说，我就是想来做这件事。我还想尽快去看看华夏老先生，您刚才提到过他，我知道他也是澹城解放的有功之臣……

宁可忽然古怪地笑了。在朴实看来，一个不会笑的人，笑起来有点瘆人。

你去找华夏，结果大概也是一样的。我刚才提到过他，但我同他有约在先，他不愿意讲的事，我也不能替他讲。前不久，有老朋友给我写信，劝我看开一点，潇洒一点，糊涂一点。我给他回信说，我这一辈子都够糊涂的了，如今，怎么潇洒得起来呢？太晚啦，我做不了什么了，我能做的，只求不在那本功劳簿上留下自己的名字。

宁可掐灭了烟头站起来，把铁盒的盖子小心盖上，用不容商量的口吻说：好了，我们已经谈得太多了，你应该走了！哦，这是给你的书款，谢谢。

朴实呆立着，心里有点发酸。他的笔记本上空无一字，脑子里一片浑浊。朴实不知道自己为什么要承担这项工作，那是一团理不清的乱麻，是一片无底的沼泽，是摊位林立众说纷纭的集市，是羽毛飘零的屠宰场。他在那条历史的隧道里走得越深，地面的阳光便离他越远，眼看连眼前微弱的烛光都即将消失了……

我还有一个请求——朴实绝望地大声说。请您告诉我，照片上的这个女人，到底是谁？

墙上那张照片中的女人，欲言又止地望着他，缥缈的目光中含有一种意味深长的疑问。她从泥泞的远方走来，穿过了半个世纪的迷雾，鬈曲的长发在寂静的穿堂风里猎猎舞动。她在一丛巨大的蔷薇花前停住了脚步，随后背转身去，殷红的鲜血顺着她白皙的手腕淌下来……

许久，朴实听见一个沙哑的声音，像一只被囚禁的鸟，撞击着低矮的天花板。

这就是任真。是我的入党介绍人，1943年，我被派来澹城工作，她一直是我的上级领导。这是她生前在澹城留下的唯一一张照片。

宁可说完后，径自走进卧室，不再搭理朴实。房门在她身后重重地关上了。

朴实站在窄小的门斗里，望见客厅墙上的镜框，他的泪水溢上来，镜框闪着幽幽的亮光。临走前，他对着照片上的女人，深深地鞠了一躬。

耳朵的记忆

朴实拎着一堆湿淋淋的水果，穿过医院狭长的走廊。外面正在下雨，他手中的自行车雨披，在走廊的地面上留下一长串水迹。

他把水果放在六号病人的床头，轻轻握了握那个老人的手。手掌绵软无力，有些轻微的痉挛。他触到病人右手中指上那块硬茧，他知道那是被几十年的笔杆子打磨出来的。好像笔端流出的所有文字，到最后都结成了一个硬块。

朴实低声向病人家属报了自己的名字。他说只是顺路来看望华老，并没有什么事情。老人正睡着，就不必惊扰他了。

话音未落，他听见从床边传来低微的声音，老人已睁开眼欠起身子，示意他过去。朴实曾在一些会议上见过华夏，对他鼻梁上那副厚若瓶底的眼镜印象最深，一副温文尔雅的书生模样。朴实曾经从资料室新中国成立前的旧报纸合订本上，查到过他在抗战时期写的许多抨击国民党专制腐败的杂文，笔锋犀利而幽默睿智，到今天读来仍让人回肠荡气。从抗战到解放前夕，华夏一直是资深副刊编辑，并以此职业为掩护，在新闻界穿针引线，为地下党做了大量工作，被人誉为传播进步思想的灵魂人物。他也曾被怀疑是赤色分子，但国民党抓不住把柄，多次被他侥幸逃脱。到了1949年，这位文弱书生居然在《国民日报》呼唤群众公开抵制国民党，一时大有翻江倒海之势，人们曾戏称他的眼镜就是标语……

　　但华夏眼下已不再需要眼镜了，没有了眼镜的华夏，眼眶深深地凹下去，面部看上去有些变形。他的鼻孔下连接着一根细管，显然是要依靠补氧才能呼吸。朴实的朋友事先告诉他，华夏的青光眼已到晚期，视力降到零点一左右，看什么东西都只是一个模糊的影子，再加上严重的肺气肿，说一句话都得歇上好几口气，最近喘得连夜里都无法入睡，才不得不住院治疗。朴实真的是不忍心骚扰华夏，他想来看看这位老人，只为给自己留下一点感性的纪念。

　　华夏正睁大着眼睛，默默地注视着他。浑浊的眼珠上，有一层蜡样的薄膜。他的皮肤苍白得近于透明，两只硕大的耳垂，如玉坠般滑落在枕侧。朴实觉得此刻的华夏有几分巫气，他虽不能说话，头脑却异常清醒，或许是黑暗给了老人极为灵敏的听觉，当人生的某个通道关闭时，另一个通道才会悄然开启。

有朋友来说……你想找我……华夏用轻得几乎听不见的声音说。可惜……我恐怕帮不了你……什么忙了……

不不不，您别这么说。朴实解释说，觉得自己有点口是心非。

华夏不再说话，粗重的呼吸声像残破的风箱，在空气中嘎嘎扇动。有淅淅沥沥的雨声从窗缝里飘进来。

朴实想起了爷爷临终前的情形。他至今不敢肯定，爷爷临走时究竟是揭示了一个秘密还是带走了一个秘密。游丝被风吹断时，他的灵魂定是乘风而去了。一个普通人的辞世，顶多意味着某一种历史注释的缺失，而不是历史本身。那么他眼前的华夏老人，是否还能给他一些别样的启示？

呆立在华夏床前的朴实，一时竟不知自己该对老人说些什么。他为什么不早些来拜访华老呢？朴实此时的心情愧疚还有几分尴尬。尽管他很清楚，即便他早几年就开始着手整理地下党所领导的澹城新闻界迎接解放的史料，他也同样会遭到华夏的拒绝。1947年开始在宁可领导下，担任地下党澹城文化区委负责人的华夏，自从1957年被打成"右派"以后，对地下斗争活动就从此缄口不言。澹城地方党史的资料档案中，竟然找不到有关他的一个字。华夏好像是早就打定主意不开口了，他似乎决意要让澹城的地方党史上，留下一块小小的空白。朴实心底不停地涌上一股深深的自责，因为当他终于得以乘着五十周年大庆的东风，降落在华老的床前时，垂危的老人已经真的发不出声音了。

老人浑浊的呼吸声减弱了，病房里突然静若禅院。

朴实一动不动地站立着，走也不是留也不是，耳际如同飞机降落般嗡嗡作响，一阵阵膨胀又一阵阵震颤。他的心已麻木，眼睛模糊，鼻子迟钝，张嘴说不出话，提笔写不了字。如果说历史是个哑巴，那是因为有的人说得太多，而本该说话的人，嘴上都贴了封条人工致残。朴实原本就只剩下了两只用来倾听的耳朵，但此刻连耳朵也已失去了它的功能。

朴实猛地晃了晃自己的脑袋，使劲咳了一声，然后低下头俯身贴着华老的耳朵，说出了他从进门后一直想说的那句话。他的喉咙里发出了一个嘶哑的声音，那个声音忽然响起来的时候，几乎把他自己吓了一跳，他发现自己原来会说话——他不是哑巴。即使天下的人都用哑语说话，他也要拉开破嗓大喊一声。

华老，我就想问您一句话，我真的想了解原《国民日报》在新中国成立前夕，地下党领导的"员工应变会"的来龙去脉。那么，究竟有谁能告诉我历史的事实和真相？

华夏的眉毛颤了颤。他的嘴角紧抿，两腮深深地塌陷下去。甚至，整个身子都在往下沉，唯有枕上的那两扇耳朵，薄如蝉翼，白羽毛似的浮升起来……

好一会儿，华夏从被单下伸出了颤巍巍的一只手，像冬天的秃树枝在风中摇曳。他慢慢睁开眼，从枕下摸索出一张小纸片，还有一支笔。他欠起身子，几乎把纸片贴在了鼻尖上，然后一笔一画吃力地画出了几条黑线。与其说那是汉字，不如说是一串符号，从白色的床栏和床单上袅袅地飞起来，在空中变成一片黑白分明的巨大影像。朴实的眼前闪过一束银色的光亮，他看清了那纸上的字是：

事有不可忘者，有不可不忘者。

华夏好像还想写下去，但捏在手里的笔不听使唤，他乏力地斜靠在枕上。

朴实用自己一双汗津津的手，轻轻抱住了华夏的肩膀。他不懂，他一时真的不懂华老这句话，深藏着什么玄机。他想问又不敢问，犹豫了一会儿，终是觉得自己再没有理由继续待下去了，只好把纸片小心地叠起放进衣袋，连声说着谢谢，向华老和家人辞行。

他走到门口，听见从病床上传来了含糊不清的嘟囔声，好像是叫他的名字。

华夏仍然闭着眼睛，但他张开了嘴。在这个春雨霏霏的下午，八十三岁的华老不知为什么突然开口，他断断续续对朴实说了一段话，使得朴实大喜过望，一时竟有点晕头转向。

华夏抓着朴实的手喃喃地说：听说……你们一直在寻访那个……当年在棋盘山上……为大军带路的人……别的事我不想讲……这件事……是应该告诉你的……前几天有人从外地……来看我，是当年……当年进军澹城……攻占澹江大桥先头部队的一个连指导员……他的孙子在澹城大学读书……他是来澹城看望孙子的……他摸着我的耳垂说，稀奇稀奇……记得当年翻越……棋盘山的时候，那个给我们……带路的茶农，耳朵同你生得蛮像的……他说那个人的大耳垂，有一只开叉了，走在前头爬坡，头颈一耸一耸，耳朵就像只燕子尾巴一翘一翘的……不知道这个线索，对你们有没有用？……那些普通老百姓……曾经支持过我们的群众，连名字都没有留下……你们搞党史的，不能忘记他们……

华夏连咳带喘地讲完了这番话，疲惫不堪地倒在床头上。他闭紧了嘴唇，好像把心里所有要说的话都说完了。

朴实顿时方寸大乱，他的耳朵由于受到强烈的冲击，变成了两只煎饺，冒出灼人的油烟。他甚至顾不上对华老说声再见，跌跌撞撞跨出病房，只得一把抱住了走廊上的一根柱子。

走廊的地面上，留着来往访客雨伞雨披滴下的水迹，像一根细细的链条，又像一串长长的问号。朴实不明白的是，这五十年中，爷爷究竟为什么从不与家人提起此事？爷爷真的认为这是区区小事不值一提，连自己都忘了，还是另有原因？

莫非连平凡的爷爷，也加入了宁可所说的集体健忘的行列？

百年灵慧通达的爷爷，为什么要同他开这么个大玩笑？

他永远不会知道其中的奥妙了。因朽蚀而断裂的链条，无论用什么材料修补，完整的解释都只存在于我们的想象之中。

"事有不可忘者，有不可不忘者。"

那天晚上，朴实在灯下仔细辨认纸片上华夏的那两行字。思之再三，虽若有所悟，却仍是不甚了了。为此他连续拨了几位老先生的电话，问他们可知道这句话的出处。几位老先生都说不清楚，有的说可能是出自曾国藩家书，也有的说好像取自清人笔记。朴实又去请教大学的一位老师，老师说，这句话的后面还有两句，记得是这样说的："人之有德于我，不可忘也；我之有德于人，不可不忘也。"可惜，这位老师也一下子无法准确地提供出典，只说等有工夫时再慢慢查了。

朴实茫然独坐灯下，反复琢磨着华夏的纸片，更觉得颇有玩味之处。夜已深，但窗外的街巷仍是市声嘈杂。他不想去睡，睡也睡不着，便顺手拿起一本新近买的学者论丛来翻，没翻上几页，一句话醒目地跳入他眼帘："什么是历史？它是与人类尊严密切相关的伟大的集体记忆。"这段文字其实早几日就被他画上了红道，读来读去，却叫他越发惘然。他曾一直努力忠实于"集体记忆"，但当纷繁的"记忆"被某种原则所垄断，只剩下一个声音的时候，集体记忆早就蜕变成了集体忘却。

朴实再次对自己的职业产生了怀疑。他沮丧地合上书，仰头望着窗外漆黑的天空。他觉得自己搞了那么多年党史根本就是个误会，还不如回到自己的近代史专业，去哪个中学当个历史教师算了。

1999年5月5日，《澹城日报》报头套红，头版下方刊出一篇文章，标题是《伟大的时刻，人民的丰碑——澹城人民迎接澹城解放五十周年纪念》，文章足有六千多字，从一版转接二版右下方。文章署名为党史征集研究委员会，可见比较权威。

那天上午九点，党史办主任在办公室里一边喝茶，一边哗哗地抖着手中的那张报纸，得意地对办公室的同事们说：快点去把朴实找来，让他好好看看，要不是我亲自动手修改，把他那些不相干的废话统统删掉，这篇文章根本上不了头版。

但楼上楼下哪里也没有找到朴实。这一天，朴实根本就没有来上班。让主任尤其生气的是，在朴实的桌上，随随便便扔着那把资料室的钥匙，还有一张病假条。

那份套红的报纸，在澹城的大街小巷被送进一家家收发室和报箱，像旗帜一般漫天飘扬的时候，朴实正在郊外的一个鱼塘边上，全神贯注地盯着浮在水面上的鱼漂。两个钟头不到，他的鱼篓里已经扔进了七八条半尺长的鲫鱼。

他脑子里满是应当去找某某人，如何调到一所大学或是中学当教员的念头。

他根本不需要看那张报纸，他甚至根本就不承认这篇文章是他起草的。他一个多月四处奔波的辛苦，最后就变成了这么一篇空洞无物的官样文章。其实他早该预见到这个结果，看来，宁可与华夏老先生，确实还是高他一筹。

连绵的春雨将歇，湿漉漉的澹城蔷薇落红遍地，像是一群群被击伤了翅膀的红蜻蜓，在泥水中苟延残喘。匆匆过往的行人，顾不得多看一眼，踩着花瓣就过去了，鞋跟上溅着点点猩红的花泥。天晴了，干蔫的花瓣被风卷起，碎纸一般飞舞，扫街的来了，一扫帚一扫帚都是蔷薇的气息，裹上臭鱼烂叶，变成垃圾运走了。

以蔷薇著称的澹城，却没有葬花的习俗。花开花落，穿衣吃饭。

朴实每天走过蔷薇山墙，都会驻足停留。他一直都在回味爷爷临终前的发现，但在他眼里，那蔷薇花横看竖看，仍然红得一团火似的，红得不可收拾，也许还将会不厌其烦地红下去。

在接下来的日子里，朴实积极实行的"跳槽"计划，刚刚有了点眉目，却被他自己延误下来。原因似乎有点出人意料——两周后他"病假"期满上班，在自己的办公桌上，看到了几封读者来信。同事告诉他说，这些信都是有人读了那篇文章后，请报社转给党史办的。主任连看都没看，就让交给朴实处理。他拿起信，心不在焉地溜了几眼，其中有一封信，是用圆珠笔写的，从信上的繁体字迹判断，那是一个老人的来信。

朴实的眼睛一下子睁得老大。

那个署名为周全的人写道，近日他读了报上的文章，觉得有些话如骨鲠在喉，思来想去，还是要在他有生之年一吐为快。他本人原是《国民日报》的一名记者，在当时的新闻界曾小有名气，因而一度被国民党所器重，参加过由国民党特务操纵的反动社团，是国民党报社当局"兄弟会"的骨干。后来多次受到同事华夏的影响，觉悟过来，加入了地下组织，并成为地下党组织领导的"员工应变会"的负责人之一，是报社地下组织迎接解放斗争的重要力量。早在1948年底，国民政府就开始拆迁机器运往台湾，但装载日式轮转机和汤姆森铸字炉的货船，在东海洋面遇到风暴沉没，激起报社员工哗然。地下党因势利导，发动全体员工反对拆迁，集体守厂护厂。公开身份为《国民日报》报社副刊部主任的地下党员华夏，暗中通过周全等人在"兄弟会"中发挥作用，让他将计就计，把国民党的动向及时汇报给地下组织。到了新中国成立前夕，由华夏暗中领导的"员工应变会"，已完全控制了局面，使国民党抢运德国产轮转机和其他印刷器材的计划完全流产，保证了人民的财产完整地回到人民手中。在这个过程中，共产党地下组织也使他获得了精神的新生。

周全的信上还说，新中国成立后，他曾被《澹城日报》留用，但仅仅两年以后，被追究历史问题而送去劳改，长期在一个林场劳动，早已妻离子散，对外界发生的变化所知甚少。到了1983年，幸亏华夏老先生偶尔得知了他的境遇，多次为他写信呼吁申诉平反，后来总算撤销原判，有了微薄的退休金，如今在县城默默安度晚年。他读到报上的文章，不明白为什么只字不提"应变会"为迎接澹城解放所做的贡献。他写这封信的意思，只是希望党史办的同志，能够了解这样一段微不足道的历史。

朴实飞快地把信封扫了一眼，那个地址让他的心里一紧——信发自桐州。是的，是桐州。

为什么偏偏是桐州而不是别的什么地方？

桐州这个地名，触到了他心底隐隐的痛。他曾以为青年时代的挫伤已随岁月淡漠了，但不是。当他在三天以后，跳下长途汽车，踏上了桐州地界，他才明白那种痛感永远不会消逝。不过，朴实并不是为她而来，他要去城边一条偏僻的小巷，找到那个名叫周全的老人。

他丢失了钥匙，但他仍然拒绝遗忘。

朴实在乡村公路上慢慢走着，5月的阳光鲜亮明媚，令人睁不开眼。

路边的油菜花已是一片散金碎玉，抖落着残存的一星半点金黄，懒洋洋地打不起精神，偶有几只蜜蜂嗡嗡飞来，像在寻找着昔日纷纭的记忆。

他不知道自己会在桐州县城停留多久。他会不会去看看那个女生呢？二十年前他没有能够做到的事情，二十年后他还在徒劳无益地做下去。不是为了宁可也不是为了华夏更不是为了她，他什么也不为，只为自己心安。就算能见到她，他又能对她说些什么？这样一想，他便气馁地打消了去找她的念头。

2000 年

写于北京颐和山庄 ①

---

① 发表于《收获》2000 年第 1 期。

芝麻

郭芝麻急慌慌撞进大钟寺边上的那栋楼房，只见大厅里满眼都是女人。她在心里喊着晚了晚了，还是晚了。倒了三趟公共汽车到这里，光路上就得一个多小时呢。她心里有些丧气，这么些人，到哪会儿才轮得上她呢？站排的那些女人说是排着队，哪有个正经的站样儿，倒像一根儿酥脆的天津大麻花，好多股拧成一团，油乎乎地拥在门边。她听见那个戴着尖尖白帽的小护士拉长声喊着一个女人的名字，门开了，一个女人红着脸出来，另一个女人忙不迭地挤进去。有个男人撞过来，像是要跟着往里进。小护士紧着关门，门缝里留下一句话：哎哎，抬眼看看门上的字儿，一边儿待着去！

芝麻心想，出门在外，是个城里人就能训你。

门上的蓝字儿有草帽那么大，明明白白写着：孕检。

孕检就是孕检。检查之后在表格上卡个戳儿，由妇联转回老家去，证明你在外打工没有超生。孕检这两个字儿，芝麻来北京五年，看了五年。每隔三个月来看一次，倒着写都认识了。其实芝麻心里一点儿都不愿意孕检，一次交五十元，三天的活儿都白干了。可每次三个月一过，她又盼着来孕检。每月的四号到十号，按照妇联的规定，就好像是专给河南来京打工的妇女办聚会。一屋子进进出出都是河南老乡，满耳朵是吵吵嚷嚷的女人声音，那声音芝麻耳熟，嗓子吊得又脆又亮又高，就跟梆子戏开了场，热闹得很。三个月听不着河南话，芝麻还真有点想。五年下来，芝麻觉着在北京城里做孕检，除了大夫说话和气、屋里的机器光亮，其他呢，跟乡里计生办的"孕检"也没啥不一样。女人还是那些女人，衣服穿得比老家齐整些了，哪管是烫了头，可一张口，就知道是个河南老乡。

芝麻交完费，排上队，把前头的人跟紧了，一步一步地挪动。手里的身份证、暂住证、外出务工证，都快攥出水了。这些证件可不敢丢了，要是做不上孕检，乡里让交罚款，一罚好几百块，值不当。一想到罚款，芝麻心里就有气。乡里养着那么些个吃皇粮的人，准是发不上工资了，找个茬子就让交罚款。还孕检，在北京打工这些年，芝麻的身子一年到头旱着，一粒种子都播不上，空空的肚子能长出苗来吗？男人喜树在家也是旱着，除了种地再养一窝猪娃，一夜一夜陪着猪娃睡觉。喜树搂不上老婆睡觉，只能陪猪娃睡觉，那是命，九个猪娃是喜树的命。要是一个能养到三四百斤，就能卖上好几千块钱。去年婆婆养了七只羊，上了满膘每只都有七八十斤，眼看就该出栏了，可不敢大意，羊群就圈在灶房，公爹卷了铺盖睡灶房，跟羊挨着睡，到了大清早一睁眼——七只羊愣是一只都不见了。公爹哆嗦着去喊婆婆，说树她娘，羊丢啦！婆婆迷糊着眼问：咋丢的？公爹说，被人偷走了，半夜我伸手还摸着一手羊毛软乎乎的，咋就被人偷走了？婆婆一边往灶房跑一边骂：咋没把你也给偷走呢？我要是跟你睡一起，半夜先把你卖了，再跟人跑了，等你睁眼，我都跑到驻马店了！公爹丢了羊又挨了骂，哭着闹着说是不想活了。七只羊啊七只，一年花销全指着它们呢。婆婆哭公爹哭，喜树给芝麻打电话让给家邮点钱，芝麻握着话筒也哭了。芝麻刚到北京时成天想家，有时候问自己，老家有啥可想的，那地方的人啥都偷，方圆跑不出几十里地，专偷知根知底儿的乡亲。芝麻一家人从不偷别人家东西，别人家就惦记她家的东西，养鸡丢鸡，养鸭丢鸭，见天防贼来偷。喜树敢不跟猪娃子睡一起吗？说人也不信，芝麻刚嫁给喜树那年，结婚没三天，喜树就搬到灶房去看牛了。家家的牛都跟人睡，若是头母牛呢，男人和牛就像是夫妻差不多少。喜树夜夜看着牛睡，芝麻就看着鸡鸭睡。芝麻嫁给喜树十几年，说真的没跟喜树在一起睡上几个囫囵觉。好容易等鸡鸭猪羊都宰了卖了，喜树和芝麻上屋睡一夜，就超生了。

芝麻看着"孕检"那两个字儿，眼睛生疼。想着夜夜陪猪娃子睡觉的喜树，心里拱起一股火。怨不得北京人不待见河南人呢。那年芝麻等在保姆介绍所，好容易来个人，问你话，一开口，那人脸就变，摇头就走。介绍所的阿姨都急了，说河南人怎么了？河南人也不个个都是坏人啊，您先试用一周，不行再给我送回来。刘丹妮把芝麻领回家那几天，李阿姨成天像个尾巴似的跟着芝麻，芝麻心里知道，阿姨是怕她……芝麻说不出那个"偷"字。她想你要有能耐，就像喜树守着猪娃一样，一夜夜守着我不睡觉呗。真要干坏事儿七只羊睡你床头你也看不住。一个星期过去，那天晚上阿姨边看着电视，长长松了口气说：留下吧，你这个傻郭。

芝麻知道自己有点笨，上学那会儿，考试能及格就是好事儿。但芝麻勤快，芝麻不怕干活儿。傻郭听上去，是个好的意思，傻郭从不拿别人的东西。

郭——芝——麻——小护士像唱歌一样喊起来，忽然就乐了：芝麻，你怎么叫这么个名儿，好好玩啊，该你了，快进去吧。

芝麻不笑。芝麻不觉得这名儿有啥好笑的。娘生她的那天，家门口的芝麻开花了，紫色儿的小花瓣，就像芝麻小脸上的耳垂子。娘说这闺女就叫个芝麻吧，芝麻开花节节高呢。这护士还小，没见过啥，不知道村里的男孩，还有叫"尿壶""砖头""驴娃""狗蛋"的，那才"好好玩"哩。芝麻一点也不喜欢刘伯伯李阿姨管她叫"小郭"，小锅大锅铁锅砂锅还罗锅呢，叫芝麻多好，芝麻能磨香油，不论是穷家富家，谁家也离不了芝麻的呀。

芝麻在铺着白床单的小床上躺下来，熟练地解开扣子，把裤子往下退退，露出圆圆的小腹。一台电视样的仪器就架在她脑袋顶上。戴着口罩的女大夫往她的小肚子上挤"牙膏"，然后用一把硬硬的刷子，在冰凉凉的"牙膏"上抹来抹去。机器吱吱地响着，像耗子磨牙的声音。芝麻知道这仪器叫作"毙超"，她都"毙超"了那么些年，每次躺下，心里仍是害怕那刷子把她的肚子咬坏了。她的身子一动不动，忽然就觉得喜树好可怜，喜树挨不着她的身子，她的身子倒让机器啃了，每隔三个月啃一回。是谁发明了这该死的孕检，就像翻兜儿抓小偷那样，让女人把肚子一个个打开，查你偷着生孩子没有。芝麻心里有说不出的委屈。

还没等芝麻的委屈蹿到脸上，耗子磨牙的声音忽然停了。完事儿了，起来吧。女大夫抓过一沓纸巾盖在她肚子上。护士说，表格我们会统一转到省妇联去的，你可以走了。

芝麻仰起身子说：你们给我卡上戳儿啊。护士就当着她面儿，啪一声把戳儿卡了。

芝麻放了心，把肚子上的"牙膏"擦净了，扣好裤子，说声谢谢，抿着嘴走了出去。

芝麻急匆匆走，一边走心口就有点发疼，五十块钱在老家能办多少事哩，置一床被窝打一口箱子；给爹买一件褂子一条裤子还能剩下好几块呢。得卖一百斤鸡蛋才能挣下五十块，刨去饲料人工防疫针啥的成本费，就得卖二百斤鸡蛋都不够。可是念头转回来，要是不出来打工，这一个月五百块的工钱就挣不着，挣不着就连这五十块都拿不起，拿不起就还不上超生罚款欠下的债，全家人就没好日子过。算来算去，还是到城里打工，比在老家待着强。五十就五十吧，就当养了一群鸡，全得鸡瘟病死了呗。

每回做了孕检，芝麻都得这样反复算一算，心里才会好受些。她抬头看看大厅墙上的钟，想着得快些赶回家做晚饭。忽然就听队伍中有人冲着她喊：芝麻芝麻！好久没听人喊她的名字了，芝麻心里忽地一热。那声音嘎嘣溜脆的，只有老家的人才这么喊她。芝麻的眼睛刚扫过乱糟糟的人群，一双热乎乎的手，已经把她箍住了。

是凤啊？芝麻有点不敢相信，真的会在这里碰见同一个村儿的凤。凤看上去比在老家时瘦多了，瘦得眼睛都眍䁖了。凤与芝麻同岁，是芝麻去年回家麦收后，带到北京来打工的。芝麻每次回老家，总有那么些大姑娘小媳妇，求着她带她们来北京打工。芝麻经不住人求，那次一咬牙带来了同村的七八个女人，都交给家政服务介绍所了。过了好几个月，芝麻给家政介绍所打电话，才知道她带来的人，跑得就剩下一个人了。有的人是因为又懒又不讲卫生，被雇主家辞了的；也有的是在城里待不惯嫌钱少又想家，自个儿买了火车票走的。就剩下一个叫凤的女人没走，给一个大款家带小孩儿。芝麻知道凤是走不成的，凤的男人一喝酒就打她，凤想和她男人离婚，男人不离，凤只好躲进城里不回去，也算是个"逃婚"的意思吧。

凤说：芝麻，看你脸儿圆的，又白又胖，一准儿过得不错啊。

芝麻嗯了一声，芝麻心说自己的苦只有自己知道，想想，咽下了没说。

凤亲热地拉着她的手，问这问那的，比如说，芝麻每月的工钱多少，吃米饭还是吃面食，有没有电视看，东家待她咋样啥啥的。芝麻一一答了。凤把芝麻上下打量一番，说芝麻你今天出门，咋不穿上件好看点的衣裳呢？芝麻笑笑说：哪有几件好衣裳呀，我是黄鼠狼赶集，出来进去一张皮。凤也笑了。芝麻这才想起来还没问问凤过得啥样，就说凤啊你还真行，到底是挺过来了，其实习惯了就好，也没啥难的……

芝麻的话没完，凤的眼圈儿就红了。凤接着絮絮叨叨颠来倒去地说了许多，芝麻用心地听着，大概是听明白了凤的意思。凤是说，早知道城里人那样抠门儿，说啥也不到城里来了。一天关在高楼上的房子里，脚沾不上土地，也出不了门，就跟圈猪差不多了。带小孩又怕磕着又怕摔着又怕噎着，几个月也睡不了一回踏实觉。可是城里的活儿再难也能学会，受气也不怕，看人脸色也惯了，就是吃不饱饭。那样有钱的一家人，三天两头给孩子买个玩具就好几百块，咋就不让人吃饱饭呢。一顿一小碗米饭，倒是有菜有肉的，刚垫个底儿就没了，一天饿得心慌，喝水喝得一天光上厕所了……

芝麻听得心烦，打断她说：我不怕吃不饱，就怕受气。

凤撇嘴说：咦，饿你几个月试试？人一饿就没力气，咋干活儿呀？

队伍往前挪了，芝麻被凤拽着，一边说话一边跟着凤走。芝麻想，莫不是还得陪着凤做一回孕检吧，该回家做晚饭了呀。可凤不放她走，凤说今儿见你真是高兴，你家日子好过了，往下也多帮衬帮衬我啊。芝麻说我家日子好个啥，超生罚款没还清，前年又盖了房，到现在还该人家几千块钱没还上呢。凤说你骗谁呢，我听村里人说，你家前些日子刚买一台拖拉机，喜树开着拖拉机满处跑，没把他美死！

芝麻的脑袋嗡的一下炸了。你说啥呢？她瞪大了眼睛问凤。你是说喜树买拖拉机了？我咋不知道哇？凤瞥她一眼说：别装了，你蒙谁也别蒙我啊！芝麻急得脸一下儿通红，她说谁蒙你啊，喜树那个王八蛋，他买拖拉机真没告诉我，他一准儿在蒙我！

芝麻说着就要走，她的头脑一阵阵发胀，脚板一阵阵发烫，大厅外头就有公用电话，她恨不能立马打个电话给喜树问个明白。凤一看芝麻的脸色不对，眼看着队伍也快排到地方了，便一把抓住芝麻的胳膊说：你走你的，你得给我留个电话号码，哪天咱俩凑个日子一块儿放假，再好好聊个够。哎，你要是遇着个好点的人家，也想着叫我去啊。

芝麻没心再跟凤扯，一时竟忘了李阿姨说过，不要把家的电话号码告诉别人的话。又见凤已跟后头的人借了圆珠笔来，塞在芝麻手里，芝麻想了又画，画了又涂，总算把刘家的电话记全了，写在凤从兜里掏出的一张一元钱钞票上头。没忘叮嘱一句说，你可别在中午打电话，人家老头儿老太太午休呢，记住了啊。芝麻说完，丢下凤就走出大门了。

喜树你个浑球！你是个驴养的！你买拖拉机那么大个事儿，都不跟我说一声，我跟你没完！你要是打我，我就跟你拼命！你有拳头，我有擀面杖、筲帚哩，李阿姨说了，那叫……叫个正当防卫，不犯法！你要敢再打我，我就不跟你过了，我待在城里再不回去了。你自个儿跟赵刚过吧，我把燕儿带走，让她到城里上学，我一人挣钱养她。我一个月挣好几百，还养不活个燕儿吗？这么些年，还不是我一个人在外头挣钱，才把欠下的账还上了一大半。换你行吗？换了你，下煤矿怕塌方，上省城当瓦工，白干一年也拿不到工钱，养几头猪还成天怕人偷了。你一个大男人，能给家挣回几个钱呀？还美得你牛得你，买上拖拉机了你！你这个败家子儿，你不是个浑球是个啥？！

芝麻站在大楼外的电话亭前，等着给喜树打电话问个明白，一边恨得牙痒痒。她在心里骂着喜树，把平常日子骂人的狠话，都用上了一遍，可是电话亭前面排队的人一个不见少下去。芝麻有点急起来，打电话的人咋这么多呢，听口音，全是河南人。好像如今河南人全都不在老家待着，都跑到北京来找饭吃了。她打定主意不再等了，还是先赶回刘伯伯家打紧。晚上干完了活儿，跟李阿姨说一声家里有事要借电话，李阿姨也不会不同意的。

芝麻上了公共汽车。快到下班时间了，汽车上的人就像秋收掰下的玉米棒子，一根根挤成了堆儿。马路上跑的全是小汽车，街两边走的全是人，男人女人老人，瞧瞧他们探头探脑的样儿，多半都是像芝麻那样出来打工的人。芝麻要是不从老家来北京，她想自己一辈子也不会知道，咱中国这地界上，原来有那么多人。多得像棉花地里长疯了的虫虫，捉也捉不完；多得像下雨天水洼里蠕动的孑孓，捞也捞不尽。指不定其中有多少人，是超生出来的呢。芝麻心里有了一点隐隐的愧意。生孩子不难，也就跟下个蛋差不多，可超生一个孩子，算上罚款得花费多少钱粮。就像燕儿。为了生燕儿，芝麻押上了自己的后半生。

喜树你听着，你要不把拖拉机给我退了，我就带着燕儿走！芝麻在心里喊着，一边抓紧了车上的扶手。当年要不是你和你妈非要让我再生一个，咱家至于到现在这样儿，穷得一年四季仨人盖一条被窝，盖了房子安不上窗户，一年到头就听窗户上的塑料纸哗啦哗啦响……

芝麻的眼里忽然有酸酸的泪涌出来，她低下头，用手背把眼角抹了抹，呆呆地望着慢吞吞后退的街景。一想起燕儿，芝麻心里就像有针扎着似的，身子动一下，针就动一下，扎得人心肝疼。其实，要说燕儿的事也不完全怨喜树，就怨喜树他妈。芝麻头一胎生下个大胖儿子，起名叫赵刚。刚满月了，村上的支书来找公爹，说你好歹是个党员，带个头吧，办个独生子女证，咱也好向上头交代。证办下没三天，公爹后悔了。婆婆没把公爹骂死，三年里天天叨叨着让芝麻再生一个。芝麻说你把证办下了，再生就是违法。婆婆说都像你这死脑筋，咱村儿里这些人，都打哪儿出来的？你看看谁家就生一个的？马和驴配种，才下一匹哩。你是驴骡还是马骡？芝麻不理婆婆了，这些年芝麻见得还少吗，村里那些超生的人家，哪家不是被乡政府罚得倾家荡产，芝麻害怕呀。拖过一年，偏偏芝麻害上了肚疼的病，每个月身上来了那个，血流得跟尿尿似的。上医院一检查，说是有炎症，炎症一时半会儿治不了，医生就把芝麻身上的节育环儿取了。取下环儿没两月，芝麻的炎症倒是轻了许多，身上那个不来了。再一查，说是芝麻怀上了。医院让芝麻做流产，婆婆公爹带上两个小叔子，赶到医院就把芝麻给抢回了家。芝麻说那咱赶紧补办一个准生证吧，婆婆说你红嘴白牙说得轻巧，一个准生证五百块，咱家五十块也拿不起。从古到今，咱就没听说生孩子还得花钱买证，证他个娘！

孩子生下了，是个女娃，婆婆的脸拉得比驴脸长。婆婆给芝麻煮鸡蛋汤，舀上一勺红糖，又倒回罐里半勺。芝麻吃不下，芝麻心里像拴着块铁，气儿都喘不匀乎了。燕儿刚过满月，杨宝拐（国）果然就带人来了。杨宝拐可不是一般人，杨宝拐管着全乡的计划生育，说罚谁就罚谁，比个铁面包公还铁面，比乡长还牛气。有一年，前院儿的草儿怀上了第三胎，肚子都冒了尖儿，那胎儿不说八个月也有七个月大了，芝麻听着汽车响，就见杨宝拐带着三个男人跳下车，跟那电影里头演的绑票似的，愣把大肚子的草儿拽上汽车，送到了乡医院，一刀就给宰了。宰的不是草儿，是草儿的肚子。孩子宰没了，草儿要跳河，杨宝拐还让大伙儿都别拦着。打那以后，草儿听见杨宝拐的名儿就哆嗦。村里谁家孩子哭闹，大人一说杨宝拐来了，那孩子吓得就没了声儿。那一天，杨宝拐带着人到了芝麻家门口，二话不说就开始卸芝麻家的门窗，卸下门窗就搬东西，一麻袋一麻袋粮食、柜子箱子凳子桌子架子车，除了房屋搬不走，能搬动的全搬上了车，临了还牵走了栏里的牛和猪，那辆破烂卡车装了满满一车厢。公爹上前小声求情说：你好歹给留下点东西吧，你瞧瞧这家啥都没了，可咋过日子呢？杨宝拐一边往车上拴绳一边大声嚷嚷：谁让你们生那么些孩子，你不知道河南省的人口都快爆炸了吗，你叫国家咋办呢？婆婆抄着手在一边哼哼：生下了，你敢把孩子掐死？！杨宝拐回答说：掐不死我罚死你，看你家还长不长记性！你想把这些东西要回来，拿上三万块钱，到乡里去换。婆婆眼睁睁看着杨宝拐的破汽车，把自己一个家都拉走了，她跟着车轮子喊：杨宝拐你这个王八蛋，我操你八辈子祖宗，叫你家断子绝孙！汽车扬起的尘土，把婆婆脸上一串串的泪，都裹成了泥球球。婆婆……

芝麻突然尖叫：停车停车，我过站了！一边没命地往车门口挤。没人理她，车反倒开得快了，芝麻急得真想从窗口跳下去。车在前一站总算停下了，芝麻挤下车，没头没脑就往回跑，跑到来时换车的那个站，又等一会儿，车来了。芝麻上了车，松下一口气，再不敢胡思乱想，就等着到站。一站一站地盼，眼见天都黑下了。芝麻怕天黑，天一黑城里就像个迷魂阵，哪儿哪儿都长得一样，人也就迷瞪了。刚来北京那会儿，芝麻迷过路，就跟在村边上的坟地里迷路没啥两样。后来撞上个警察，是警察把她领回主家去的。芝麻明白了街上为啥要站那么些警察，因为城里的房子都一样，怕人找不着家门。

　　再下了车，芝麻就不怕了，芝麻认道了。老远就能望见那栋楼，像个竖着的大火柴盒子。一个楼里能装下那么多家，你要是不小心记错一个号，就走别人家去了。这要在赵庄是不会有的事儿，一个房子盖在那地儿，那儿就永生永世都是你的家。杨宝拐带着人把门窗都扒了之后，被他拉走的那些家什，都堆在乡政府的院儿里，风吹雨淋的一天天烂着，喜树向放高利贷的借了几千块钱，又找了叔伯弟兄家给乡长开小汽车的亲戚去说情，才算把一车家什换回来。账就这么欠下了，喜树就是养下再多的猪羊，打下再多的粮食，能还上高利贷的利息就算好事儿。芝麻还有活路吗？没有了。欠下的债就像一根套在脖子上的绳，芝麻觉得自己快要被勒死了。芝麻走在麦田里，麦穗儿蹿得正欢，可麦穗儿变黄了也变不成金子，打下粮食卖的钱，一多半都还了赊账的化肥农药还有农业税啥的；芝麻走在宽宽的汝河边，河水浑浑的，都被上游开矿的染黑了，连条鱼都不见个影儿了；河对岸就是芝麻的娘家，娘病着，爹老了，芝麻两手空空，拿什么去走娘家，只怕连摆渡船工的粮食都给不起了。这一天晌午，芝麻绕着村子走了一大圈儿，走得腿肚子攥筋，回到家，劈头就对喜树说：树啊，我想好了，我得出去打工。

你打工？喜树的眉毛都竖起来了。你会个啥呀，你能砌墙还是垒砖？你上城里去割麦子还是采棉花？就你这样人，肚里没一根花花肠子，闹不好，倒把自个儿给丢了……

我会洗衣做饭不是？去给人当保姆不行？我打听好了，当保姆管吃管住还不欠工钱。杏她嫂子麦收后就走，我跟着，她还能把我卖了？！芝麻说得硬气，喜树当时就傻在那儿了。

芝麻走了三年，挣的工钱差不多就快把杨宝拐的罚款给还清了。前年芝麻回去探家，才发现老房子早已摇摇晃晃的咋也站不住了，喜树发了狠心盖新房。盖房又欠下几万块钱，芝麻真不知道这辈子，啥时候能过上不欠账的日子。这事儿究竟怨谁呢？喜树不赌博不喝酒，一天光知道干活儿，地里挣不上钱，能怨喜树吗？怨婆婆？要说，也怨不得婆婆。燕儿长到两岁，芝麻去了北京，燕儿就扔给婆婆了，燕儿是婆婆给带大的，婆婆也苦着呢。芝麻也不敢怨政府啊，政府早就把道理告诉你明白了，谁让你不办准生证呢。可人活一世，凡事总得有个头绪啊，芝麻想了好几年，思来想去，觉得还是该怨那个该死的杨宝拐。是杨宝拐罚款害得芝麻一家走投无路骨肉分离，那个杨宝拐干啥不好，干这个伤天害理的计划生育，谁知道罚款的那些钱，有没有进了杨宝拐的腰包呢？芝麻到了北京后，很多年里就翻来覆去地细想着老家的事情。李阿姨说这事儿谁也不怨，就该怨芝麻自个儿。芝麻不服。芝麻怀上燕儿，不是故意的，是一不留神，怨得着芝麻吗？芝麻满心的怨恨，过了五年都出不了这口气。喜树倒不发愁，如今不知道上哪处借了钱，买上拖拉机了，他真想把芝麻气死不成？！

芝麻一路小跑进了楼门，开电梯的小兰对她笑笑说：出门儿会老乡去啦？芝麻点点头，胡乱应着。小兰将她上下打量一番，又说：你呀，以后出门儿，可得注意形象。芝麻摸不着头脑，问：啥叫形象呢？小兰喷一声说：连形象都不懂？瞧瞧你自个儿吧。

芝麻低头看看自己，裤是裤，袄是袄，扣没扣错，衣襟上半点油星子没有，她真的不明白自己哪个地方"形象"不对劲。小兰是从四川来的，想是她形象好，所以让她开电梯。到了九层，芝麻扭身撇下小兰，咚咚跑了几步，捋了捋额头被汗洇湿的头发，按响了刘家的门铃。

芝麻进了门，没顾上喝水，先洗手，然后再上厕所。这是李阿姨定下的纪律。李阿姨凡事都有"纪律"，还有许多"注意"事项，芝麻来了刘家三年多，一条一条到现在都没记全。芝麻听着客厅静悄悄的，想起来今天是周末，丹妮一家去购物还没到家，心里松口气，对着李阿姨的屋喊一声：阿姨我回来了，便穿上围裙挽起袖子，一头钻进了厨房。晚上的蔬菜，芝麻走前都洗净收拾好了，面也和好了，把面条擀出来就可下锅。芝麻做面食不发愁，论是包饺子蒸包子蒸馒头烙饼，开个早点铺肯定没问题。可是开早店铺得有人手和"资金"，芝麻两样都没有，就只能在刘伯伯家当保姆。刘伯伯李阿姨有四个孩子，两个在国外，一个在深圳，家里就一个老四刘丹妮，也就是甜甜的妈妈，还有甜甜的爸和甜甜，和老两口住在一起。平常日子，丹妮一家三口，一早就上班上学了，家里白天就剩下刘伯伯李阿姨两个人。刘伯伯前几年得过一次脑血栓，如今走路有一条腿还不大利索。刘家人口不多，房子倒有五六间，打扫一遍卫生就得两小时，样样都不能马虎。甜甜的小舅舅在美国读博士后，芝麻一开始不明白啥叫博士后，是跟在博士身后拎包的还是在博士身后当保安？刘伯伯说博士后就是有学问的人，如今许多博士后都是从贫困地区出来的。芝麻只盼着赵刚和赵燕学习好，博士后不敢想，将来能考上个大专啥的，出息个有文化的人，芝麻就满足了。千万别像芝麻一样，高小刚毕业，连个初中都没念成，回家帮着娘带弟弟妹妹，还得帮爹干地里的活儿。芝麻从小就不怕干活儿，芝麻没来北京那会儿，家里的麦子总是赵庄第一个收完的。所以如今一到麦收，公爹和婆婆就盼着芝麻回去割麦子。

李阿姨推开厨房门，说：今天的面条软些，鸡汤要淡，你大爷今儿胃不大舒服。

芝麻哎了一声，埋头揉着面团，然后把面团分成三份，拿出擀面杖开始擀面。

凭良心说，芝麻觉得刘伯伯和李阿姨一家，待她还真是不赖。每个月的工钱，到日子一分不差地给了；毛衣外套裤子鞋子还有袜子，全是丹妮给的，虽说旧些，都不用花钱去买，芝麻自打来了刘家，自己就没买过衣服，省下不少钱呢；吃饭分餐制，李阿姨给她夹的菜，总是满满的一大盘，常把芝麻吃得撑着了；刘伯伯对丹妮说，郭芝麻的工作不叫保姆，叫家庭服务员。家里来了客人，刘伯伯给人介绍说：这是小郭同志。来人还伸出胳膊要跟芝麻握手，芝麻把手藏在身后，臊得脸都红了。刘伯伯是个老干部，说话办事可讲道理，他从不说农村如何如何，只说"基层"如何如何，芝麻觉得"基层"两个字儿怪难听哩，可刘伯伯叫得顺嘴。这三年多，芝麻在刘家可长不少见识，脸也白了人也胖了。芝麻去年回家，连喜树都说：在城里享福啊，还惦着回来干啥？

白面团在芝麻手下变成了一张薄薄的饼，就像燕儿写字的纸那么薄。撒上馎面，叠成几摺，就可以切成细面条了。芝麻在煤气灶坐上煮面条的锅和水，打开煤气，只想快些把晚饭弄完了，好腾个工夫给喜树打电话。一台拖拉机得花多少钱？少说也得是芝麻一年的工钱。这么大个事儿，你喜树连跟人商量都不商量，自个儿就做主买下了？芝麻若是站在那台拖拉机的车轮子跟前，跟它比一个头儿，芝麻真就成了一粒掉地找不见的芝麻了。老话说，金窝银窝不如自己家的狗窝，喜树你能知道人在外头的难处吗？就说这吃饭吧，老家的人吃饭都是端着碗，满村儿转悠着，要不就蹲在墙根底下，大伙儿边聊边吃。可城里人吃饭都围着桌子坐着吃。芝麻刚进城那会儿，坐在凳子上把碗放桌上吃饭，怎么都别扭，怎么就像吃不饱似的，心里就想要站着吃，再不就蹲着吃，又怕人笑话。起先遇上个主家是南方人，一天两顿米饭一顿大米粥，芝麻连一口米饭都咽不下去。换了一家，那家人不吃米饭，就爱吃玉米糊糊玉米窝头、蒸白薯煮白薯白薯粥，还有小米饭小米粥，说粗粮是健康食品，减肥还降血压。把芝麻吃得脸儿都青了，嘴里一天直反胃酸。芝麻打小就吃玉米白薯，那时候除了玉米白薯没别的吃，实在是吃怕了呀。如今农村人没钱归没钱，可谁家不是顿顿白面的，只把玉米白薯用来喂猪。没出来之前，芝麻想过城里的种种难处，就是没想到，在城里干活儿，反倒吃上了猪食。你喜树能信吗？芝麻在家政介绍所等了好多日子，直到等来了刘丹妮。刘丹妮开口第一句话就问：你会做面食吗？芝麻这一回才算找对了地方。

面条刚出锅，丹妮一家三口也进了门。芝麻把饭菜端上桌，招呼刘伯伯和李阿姨吃饭。今儿也真是的，不是汤洒了就是筷子掉地了，芝麻觉得自己的脑子好像成了一锅面糊糊。李阿姨用筷子挑起面条，放进嘴里尝了一口，眉头就皱了。她说芝麻我不是告诉你了吗，今儿的面条要细要软，你瞧瞧，这都什么呀，凉菜也拌咸了……

芝麻看着碗里的面条发愣，她也不知道，自己咋就擀出这样宽的宽、窄的窄的面条来。

李阿姨说：郭呀，今天去孕检，遇着啥事儿了吧？

芝麻吃一惊，问：你咋知道来？

李阿姨笑笑说：我还不知道你，你这傻郭，只要有一点事儿，我从你眼里就能看出来。

芝麻低下头不说话了。埋头扒了几口面条，还是没忍住，就把遇见凤、凤说喜树买了一台拖拉机的事儿说了。她的话还没说完，丹妮就嚷嚷起来：这喜树也太不像话了，家里买大件儿，得集体讨论通过，哪能他一个人自作主张呢？

芝麻问：你说啥？啥叫——讨——论？

讨论嘛，就是大伙儿一起商量的意思。刘伯伯回答。家里的事儿，怎么能不商量着办呢？

再说了，钱是小郭在外头辛苦挣的，盖房的债务还没还完，又借钱买拖拉机，喜树倒是超前消费呀，都成美国公民了。丹妮又说。哎，小郭你挣钱养家，可是一点财权都没有，你这不成了你家的挣钱机器了嘛……

话也不能这么说。甜甜的爸插话。喜树这么干，也许有他的道理，小郭你先别生气，打个电话问问清楚再说。

这顿饭，芝麻吃得没滋没味儿，不知道自己吃的是啥。"挣钱机器"？甜甜妈说的话像一把刀子，在芝麻心里割肉。以前在家时，芝麻当家不做主，说话不算数，喜树啥都好，就是脾气暴，芝麻要是有一回敢不听他的，他抄起手里的家伙就揍人。一次芝麻牙疼得脸都肿了，公爹上乡医院给她捎回点儿消炎药片，芝麻打小没吃过药，喝下去一大缸水，那药片还在舌头上。芝麻一生气，悄悄把药片给扔床底下了。没几天喜树上床底下找鞋，那白白的药片就在鞋帮子上粘着。喜树骂芝麻糟践东西，扑上来就是一拳头，芝麻不干了，挠破了喜树的脸，两口子打成一团，还是婆婆来拉架，喜树才住了手。可自打芝麻来北京打工，这几年没少往家捎钱，芝麻一年回一趟家，发现喜树像是换了个人，望一眼芝麻，满脸上都是笑，再没跟芝麻动过一指头，也知道疼芝麻了，芝麻还真以为喜树把自己当回事儿了哩。可就这一台拖拉机，让芝麻的心凉了半截，原来喜树还是那个喜树，芝麻还是那个芝麻，日子还是那个日子。芝麻就是买彩票中上个几十万元大奖，这个家还是得由喜树说了算。

芝麻去洗碗，手下一哆嗦，打碎了一只盘子。李阿姨没说啥，芝麻心里难受。她说李阿姨你扣我钱吧，损坏东西要赔。李阿姨说得了得了，你快点干完活儿，去我的屋里打电话吧。别忘了先拨个0啊。

芝麻洗净了手，就惶惶地往李阿姨的房间走。老家的电话号码早都在心里背得烂熟。其实，平常没事儿芝麻不咋愿意给喜树打电话。村儿里的电话，哪有一家一个号码的，都是好几家串在一起，一拨通那个号码，同时有好几个人一块儿接，乱七八糟地响成一片，谁也听不清谁的。有一回，在外打工的砖头，给他媳妇叶儿打电话，砖头说：叶儿，我想死你了。叶儿说：我也想着你哩。忽然耳边响起一片嘻嘻嘎嘎的坏笑，两人才想起那电话是有人听着的，叶儿吓得把话筒摔了就跑。那以后，砖头回村儿，走哪儿都有人冲他涎笑着说一句：我想死你了！弄得砖头讪讪地抬不起头来。芝麻记下这教训，每回给喜树打电话，一是一二是二，半句多余的话没有。其实，和喜树那样人，有啥话怕人听呢？芝麻问他：家里好吧？喜树答：都好。喜树问：你好吧？芝麻答：好着呢。芝麻想想又问：家里人都咋样啊？喜树答：还那样。芝麻就不知咋往下说了。这电话打着有啥意思，还白花钱。倒是燕儿有句话，好几年过去了，还让芝麻一想起来心里就乐得不行。那还是燕儿四岁那年，村儿里刚有几户人家安了电话，芝麻给那家打电话，让人家去喊喜树来听。喜树带着燕儿来了，让燕儿也听听芝麻的声音。芝麻对着话筒，长一声短一声喊着燕儿燕儿，燕儿抱着电话说：妈呀，我咋看不见你哩，你在哪儿猫着呢？那个傻丫头，真能把人笑死。

芝麻收起了嘴边的笑容，只听见电话里传来嘟嘟的忙音。再拨一遍，还是嘟嘟个不停。也不知是线路繁忙，还是老家那几家人合用的电话，正有人在打着。芝麻等了一会儿，再拨，心慌慌的，倒把号码拨错了；重又拨一遍，还是不通。她叹口气，只得把话筒放了回去。她想喜树咋就不给她来个电话呢，几千块的拖拉机他都敢买，可打个电话几块钱都舍不得花。这么一想，芝麻就有些气恼起来，她想还不如不给喜树打电话哩，看他以后咋跟她说！

芝麻走到客厅里，见一家人正看足球。看一眼墙上的挂钟，已经过了《新闻联播》，天气预报也播完了。今天错过了天气预报，芝麻不知为什么觉得心里空落落的。她刚想起该给甜甜洗脸洗脚了，只见丹妮对她招招手，把她叫到了厨房里。

丹妮说：跟你说了多少回，每天晚上剩下的饭菜都得倒掉，你怎么又留下了呢？尤其是蔬菜，隔夜就会产生有害物质，明白不？

芝麻有些不好意思，笑笑说：今天晚上的面条我没做好，剩下不少，看着怪可惜的，就想留着明天中午我吃。

丹妮说：你这人可真是的，又不是花你的钱，在我家，你吃剩的也不行，我就得让你改改这毛病。不是我说你，你也太农民了……行了行了，倒了吧啊。

说完她就走出了厨房。芝麻端起碗，掀开垃圾桶的盖子，刚要往下倒，手却停在那里。

甜甜的妈比芝麻小不了几岁，可芝麻常常觉得她和自己，好像是两个世界的人。丹妮两口子的工资加起来，一个月万把块钱都有了，还总吵吵钱不够花。买下东西不合适，转手就送了人，芝麻看着都心疼。丹妮从小在城里长大，哪里知道粮食的金贵。芝麻从打生下来，就像是为粮食在活。种地打粮，种地打粮，一年到头村里人惦记的就是这么点事儿。可年年不是天旱就是地涝，在芝麻十岁以前，生产队分下的粮食，从来也没有够吃的时候。她三岁那年，养牛的二大爷，将生产队的马料填了一把在嘴里，就被村里的人活活打死了。李阿姨有时候对她开玩笑，说小郭你这人可有点笨，教会你一件事儿真费劲啊。芝麻在心里应着说，自己的脑袋是玉米面糊糊喂大的，能不笨吗。芝麻只记得十一岁那年，大概是 1981 年前后吧，生产队把地都分到各家各户了，全家人从早到晚在地里干活儿，巴望着能多打点粮食。那年年成也好，6 月收小麦，晒场上的麦子流得像条河；秋收打下玉米，粒粒都像金豆豆。芝麻打小也没见过这么多的粮食，粮食堆在仓房里，冒尖冒尖顶到了房梁上，像座滑溜溜的小山。家里堆起了粮食，芝麻爹娘的脸上就堆起了笑容，笑得嘴都歪歪了。那些日子芝麻领着弟弟妹妹，成天在粮食堆上打滚儿闹玩儿，吃饭端起碗就坐在玉米堆上吃，晚上睡觉也不回屋，就躺在麦子堆上睡觉。晒干了的粮食上，有一股子太阳的香味儿，暖烘烘、干爽爽的，吸一口就觉得肚子都饱了，呼一口又觉得肚子饿了；芝麻和弟弟妹妹在粮食堆上唱着跳着，脚丫子陷在粮堆里了，再蹦再跳，身子就钻进粮堆里了。满囤的粮食能当被子盖，比刚翻的土地还软和。等到芝麻的娘把他们一个个从粮堆里拽出来，芝麻的头发上、脖子里、鞋壳里，全都沾满了麦粒。有一粒麦子钻到了芝麻的肚脐眼儿里头，把芝麻弄得怪痒痒的……

李阿姨总说芝麻记性不好，可芝麻的脑子再不好，也清清楚楚地记得，生产队集体种粮那会儿，一年也就给芝麻一家分下三四百斤小麦；可分了地之后，一家就能打下三四千斤小麦，差十倍多呢。分地后的那几年，芝麻一家的日子好过了，春荒时候，再不用东家西家借粮，顿顿吃白薯干了，锅里三天两头有了冒热气的大白馒头。馒头就是比白薯干好吃，就连村东头的那个傻子坏头，你若给他馒头和白薯干两样东西选，他连眼珠子都不转一下，抢了馒头就跑。刚出锅的白面馒头，咬一口那叫香啊，软乎乎的没留神就咽下了，可不像窝头那么拉嗓子。一个馒头吃完了，就跟没吃完似的，舌头上一天都留着甜味儿。芝麻进城后，在刘伯伯家吃过不少鸡鸭鱼肉，可芝麻觉得，这世界上最好吃的东西，除了馒头，还是馒头。

芝麻到现在也想不明白，为啥从打嫁到喜树家，这些年农村的日子越来越难过了。粮食打再多，卖完了刨去成本，就管了自个儿家的几张嘴。打下粮食挣不下钱，花钱还得指着用粮食去换。那时芝麻生下赵刚，又奶孩子又下地干活儿，不吃饭咋顶得住。芝麻胃口大，婆婆不愿意了。芝麻端起碗出溜出溜喝粥，婆婆在一边叨叨说：磨不大，瞎咋呼呢。芝麻撇了碗不吃了。不吃就饿呀，又过了几年，芝麻下了狠心走。芝麻走了以后，家里的粮食松快不少，油盐酱醋都指着芝麻的口粮去换。

芝麻给甜甜洗完了让甜甜睡下，李阿姨从电视上抬起头问：你给喜树的电话打了没有？芝麻说打不通，不打了，他睡得早，我明儿再打吧。李阿姨说那你来看会儿电视吧，歇歇。芝麻说歇啥哩，又没下地干活儿，累不着。说着就打了个哈欠，却在电视机前站着不走。刘伯伯拿着遥控器在调台，说要看晚间新闻。屏幕上忽然就跳出来个天气预报，芝麻一下儿就精神多了。

芝麻这才明白，自己原来一直是在等着重播天气预报呢。芝麻也奇怪，李阿姨交代的那些家务事儿，一天总是记了这个忘了那个，可咋就忘不了这天气预报哩。芝麻在城里这些年，别的毛病没有，就落下个看天气预报的习惯。说实在话，北京的天气有啥可惦记的呢，刮风下雨都在屋里待着，下雪天有暖气，就是下雹子也砸不着她，芝麻看天气预报，不是瞎耽误工夫吗？其实刘家的人都知道，芝麻压根儿不看北京的天气，芝麻看的是河南的天气。半个桌面儿大小的一台电视机，透亮透亮的，一个中国大的地方全在上头了。那个气象先生和气着呢，气象小姐俊着呢，他们啥都知道，告诉你云打哪儿过来，风走到哪儿了，哪地方下雨哪地方刮沙尘暴，最高温度最低温度，一样儿不缺。那河南省就在中国的正中靠下一丁点儿，好比是人的肚脐眼儿那个地方吧，一找就找着了。虽说人家只播郑州的气温，可郑州就离驻马店三个小时火车，郑州一刮风就刮到驻马店了。芝麻的眼睛一眨不眨地盯着电视机，她看见半个中国都哗哗掉着雨点儿，雨点儿把河南的天空都盖住了，一丝儿缝缝都不露。从大前天开始，厚厚的云就像是长在河南了，三天没挪动过。芝麻心里有点着急，这些日子正是小麦扬花的时候，这雨要是下个不停，小麦的花粉都让雨水给冲走了，麦粒灌不上浆，小麦就得减产。芝麻愣了一会儿，一直看到河南河北山东山西一个都不见了，才回过神来。

看过天气预报，这一天算是真正过完了。看过天气预报，芝麻的心放下又更放不下了。

北京咋就不下雨呢？这雨都下到河南去了？老家的地怕旱又怕涝，要是再下上几天，今年的馒头就吃不上了。芝麻一边脱袜子一边还在想着。汝河会不会发大水呢？汝河要是发了水，一村儿的庄稼全都毁了。芝麻钻进被窝，觉着自己的心也忽地沉了下去。她住的屋子临街，关了灯就听见从街上远远传来汽车的声音，轰隆轰隆响，就像汝河山洪暴发时发出的那个响声。每天晚上到了这个点儿，外地来的卡车都上了三环，马路上的汽车轮子声一夜都歇不下。芝麻来了北京五年，就是听不得这个声音。躺在床上的芝麻，心一阵一阵地发颤，那呜呜的怪叫声，像是冲着芝麻的耳朵在吼，野兽一样扑过来，只差一点就把芝麻卷走了……

汝河水库崩了的那年，芝麻才六岁。村里连着下了七天的雨，把墙根都泡软了。那天夜里十点多钟，爹猛地把芝麻从梦中晃醒了，芝麻听见屋外传来轰隆轰隆的响声，像是天上的雷落在地上了。爹娘颤声喊着来水了，拉起芝麻姐弟四个就跑，天黑得锅底儿一样，冰凉的水没过了芝麻的脚脖子，四处都是水，爹说咱上书记家吧，他家的瓦房能抗住水。走着走着就觉得水没了膝盖。书记家四间瓦房，里头满满的人，人把门都堵住了。书记说赶紧上房顶吧，晚了房顶都上不去啦。男人们手忙脚乱地在桌上架凳子，够着屋顶了，用棍子捅碎了瓦片，又一张张把瓦片揭开，掏出一个大洞，把女人和孩子一个一个托上去。等着芝麻被娘拽上房顶，就见身后的桌子都在水上漂起来了。爹——芝麻拼命喊，爹没答应。爹背着弟弟，拽爹的草绳断了，爹和弟弟都不见了。芝麻哭着上了房顶，被娘按着叉开两腿，让她骑在屋脊梁上。娘说别动啊，掉水里你就见不着娘了。芝麻紧紧搂着妹妹的身子，一动不敢动，腿都麻得不是自己的腿了，尿顺着裤腿流下去，尿和雨水分不清了。那一夜芝麻又冷又饿，眼睁睁看着白晃晃的大水，一寸一寸涨上来，天快亮的时候，芝麻的脚都挨着水了。她对娘说我怕，娘说不怕，这瓦房塌不了；她对娘说饿，娘就脱了一只鞋，兜了房檐下的水给芝麻喝。天亮了，雨停了，芝麻看见眼前的村子没了，村子变成了一大片水，连草房的尖尖都不见。水上漂来一根大木头，大人把木头拦下了，抱在怀里。大水一直到中午才慢慢退下去，木头架在墙根下，人都顺着木头往下滑，芝麻被木头茬子剌一下，剌去一块肉，那伤疤到现在还像一条蜈蚣，趴在芝麻的胳膊上。水退了，娘领着她和妹妹往家走，找不着家，那一间草房被冲得没影儿了，只见爹蹲在门口的泥墩子上抹泪儿。娘见了爹，娘也哭。爹把弟弟交到娘怀里，说昨夜那草绳断了，他背着娃被水冲跑了，撞着一棵树，是棵臭椿，他顺着树干往上爬，水往上涨一点，他往上爬一个树杈子。水猛地打过来，娃一下子掉水里找不见了。他哭着喊着，喊不着一个人。过了好一会儿，天上打个闪电，他见水里有个东西一沉一沉的，用手一抓，抓住个衣角，捞起来一看，正是自家的娃。他把娃翻过身，搭在肩上控水，娃把肚子里的水都吐了，控着控着娃就活过来了。娘说娃要死了，我也不活了。第二天天晴了，村里到处都是淹死的人，七横八竖地躺得哪儿都是，芝麻不敢看，走路用手掌捂住眼，手指间露个缝找路，缝缝里还是死人。草房里剩下几袋玉米面没冲走，太阳一出都捂了，发了霉长了毛，吃不成了。有飞机飞来，扔下大米白面和盐，村里的人都抢。柴火湿了，点不着火，就拌着盐生吃。芝麻家听信儿晚了，抢不上粮，也没人把粮食匀给他们，爹娘就带着他们几个，走路去了几十里外的姑姑家，住了半个月，一直等到公社的救济粮分下来。虽说芝麻的记性不好，可那么多年过去，那一夜轰隆轰隆的水声，还在芝麻耳边响着，就跟这马路上汽车的声音一模一样。芝麻不喜欢拖拉机，一听见拖拉机响，她就想起那一

芝麻

— 379 —

夜大水，看见自己分开腿骑在屋脊上，身子僵得像块木头，一动也不敢动……

芝麻睡不着了。翻个身，用被子捂住耳朵，那拖拉机的声音倒把床震得颤悠起来。喜树你等着，等我麦收回家再跟你算账！芝麻冲着窗外的拖拉机喊道。你当真以为我在城里享福呢？喊，这么多年，多少苦处都没敢告诉你，怕说了你再不让我出来。你说城里有高楼，城里有柏油马路，你说得没错。城里人家的地板，天天擦，擦得比咱家的面板都光溜；城里人家的坐便器，刷得比咱家的饭盆亮堂；可那不是咱自己家。实话跟你说，出来打工的人，一个个就跟要饭的差不多。芝麻刚到北京那会儿，天天就站在马路边上，等着找活儿干，两毛钱买个凉馒头，上人家小饭馆要一口自来水喝，一站站一天。要是来个男的，看样儿说话儿有一点不规矩，芝麻就是饿了三天了，也不敢跟他走，怕是个人贩子，把芝麻卖到山沟沟里去给瘸子当老婆。芝麻去的第一户人家，大热天也不让保姆洗澡，洗衣裳也不让，怕费水费电，得等着全家洗完衣服的水，用来给她擦澡，好像芝麻有传染病似的；第二家人，家里所有的柜门都上着锁，吃好东西都背着芝麻，水果一筐一筐的，宁可放坏了，也不让芝麻动一动；第三家那老太太更有病，你要是跟老头儿说一句话，她就跟儿女告状，说老头有啥——"外语"了，还说芝麻勾搭老头儿，芝麻实在忍不下这口气。后来有老乡让她到家政服务介绍所去，才算遇着讲理的人家。在城里干活儿，一大早人家没起你得先起，分分钟忙个不歇脚，连个擦汗的工夫都没有。哪像在老家，做完了饭喂完了鸡鸭，想上谁家串门儿，抬腿就走了。想跟谁聊天儿，端起热腾腾的面条碗就走了；村里的大柳树下，一天从早到晚，啥时候都有闲人，等着你去闲聊。老家除了麦收秋收赶时辰，平日里，想几点睡就几点睡，家里那点事儿，想啥时候干就啥时候干，兜儿里没钱是没钱，可日子过得自在着哩。喜树你是不知道，住人家看人脸色是啥滋味儿。就你这脾气，干不了三天就得往回跑。李阿姨这楼里头，差不多家家都有保姆，芝麻在这里，出来进去时间长了，啥事儿不在心里装着哩。一门二十层那个小保姆，那天抓着我的手哭说想家。她说那家人真是把人不当人呢，全家围着桌子吃西瓜，没一个人叫她吃。她刷完了碗，想去收拾桌子，老太太呵斥她说：刷完碗就没事儿了？打苍蝇去！

这城里人和农村人，不都一样是人吗？咋就有个高低贵贱呢？喜树你说。

话说回来，要不是芝麻狠下心上城里打工，咱家欠下的账能还上吗？新房能盖上吗？不说这些了，这些年再难也熬过来了。只要城里能挣着钱，芝麻啥苦都能受。你还记得赵刚的那个小学老师吗，那个戴老师，是个女的，我听风说，她不教学了，上头总拖欠教师工资，她家的日子过不下去了，也上北京来打工。有一回病了，发烧好几十度，也舍不得花钱看病，最后活活烧糊涂了，送到医院人就不行了。她男人从老家赶来，给她换衣裳，才发现她兜里揣着三千块钱。她攒下三千块了，就是不舍得花一分钱治病……

那老师死了，你说人活一世，为的是个啥呢？看看那城里人，就说甜甜她爸妈、她姥姥姥爷，都有个工作，有个事业，攒下钱，上国外旅游，叫个巴厘岛，也不知在哪旮，回来给我看那些相片儿，姨，咱没去过天堂，看那风景，天堂也就这样儿了。人家这一辈子不白活。你说咱家的刚和燕儿，能把书念下来吗？将来别像咱这么活，好歹也有个事业啥的……

街上轰隆轰隆的水声走得远了，芝麻心里的那些气恼和憋闷，也在一点点散开去。她觉着眼皮沉沉的，脑袋也迷糊起来。她梦见自己坐在院子里，一个劲儿地擦着白薯干儿，那白薯丝儿那么长，像条围脖把她缠起来了……

芝麻像往日一样，早早起了床，觉着有点头昏，心里堵得慌。急着用电饭锅把粥熬上，煮上鸡蛋，然后把客厅里散乱的报纸杂物收拾整齐了，再扫地抹桌子，都利索了，才顾上去梳头洗脸。今天是星期六，丹妮一家人都在睡懒觉哩，刘伯伯和李阿姨下楼锻炼去了，等丹妮一家起来了，再把牛奶热上，把面包片烤上不迟。刘伯伯不喝牛奶、李阿姨不吃鸡蛋，甜甜不喝粥，甜甜的妈专吃煎鸡蛋。一家人得做好几样饭，早餐就够芝麻忙乎的了。哪像在老家，蒸一锅馒头，能吃上好几天。煮一锅烂乎乎的热汤面，全家都撑得肚儿溜圆。吃啥不一样吃饱啊，城里人吃饭顿顿都换花样，也不怕费事，可甜甜的妈说这叫生活质量。芝麻问啥叫质量，甜甜的爸说：该怎么跟你说呢，比如，小麦的品种不同，种出来的麦子，有的就粒儿大、饱满，有的就又小又瘪；含水高的麦子，质量不够好，卖粮食的时候，等级不够，卖不上价。芝麻说，你这么一讲，我就明白了，城里人的生活，就是好麦子。一家人都乐了。

这几年芝麻在城里，学了不少新词儿。比如说"信息""高科技""歧视""家庭暴力"啥的，只要她开口问，刘伯伯可愿意给她讲，一直讲到她好像是明白了，又好像更不明白为止。李阿姨常说，芝麻你才三十来岁，以后的日子长着呢，你得勤学多问，没事儿的时候，也看看报纸什么的。芝麻有空就看报纸，看着看着，脑子倒越发糊涂了。

她想起小的时候，每年交公粮，亲爹都是把最好的麦子选出来，送到公社去。嫁到喜树家，公爹可就不这样，公爹总是把最次的粮食拿来交公粮，把狠施了化肥农药的蔬菜，拿去赶集卖给镇上的居民，把没施化肥的菜和粮，留着自己家吃。公爹是党员以前还当过生产队长，咋就这么没质量呢。办了赵刚的独生子女证还赖账，害芝麻几年都翻不了身。

钥匙在锁眼里响动，芝麻知道是刘伯伯和李阿姨回来了。她赶紧到厨房去，想看看粥好了没有。可平时吱吱冒热气儿的电饭锅，这会儿却一声不吭，一点动静没有，芝麻纳闷着，伸手摸一把，吓了一大跳——电饭锅冰凉，就像是刚从雪地上端回来的。

咋回事儿呢？芝麻围着电饭锅转来转去，又拍又打的，忽然就想起来，刚才盖上盖儿的时候，肯定是忘记把锅上的那个开关样的小片片儿按下去了。就是立马按下去，这粥也起码得半个多小时以后，才能吃到嘴。芝麻哭丧着脸向李阿姨报告，李阿姨不高兴了。李阿姨说，小郭不是我说你，你总是这么粗心大意，每天出一回错都是少的。吃完早饭我和你刘伯伯还得出门呢，今天社区有健康讲座，你这不是影响我们的工作吗？

芝麻恼恨地拍拍自己脑袋说：你看我这脑子，咋就这么不好使呢？

不是脑子不好使，是因为从小到大，你就没使过脑子，缺乏这方面的训练。李阿姨说。上回让你给地板打蜡，原先的蜡用完了，换了一种地板蜡，你也不问，也不看说明书，不管三七二十一，就往地板上喷。要知道，牌子不一样，用法也不一样，结果呢，那蜡都结成小疙瘩粘在地板上了，我从上海厂家邮购来一瓶去蜡水也洗不干净，到现在还在那儿待着呢。你说你。就这七八年，我先后用过五个家庭服务员，个个全像你这样儿，没一个脑子好使的。为什么？就因为从小习惯了不用脑子。不过，话说回来，真要来一个心眼儿多的机灵鬼儿，我还更不放心呢。有一回……

看李阿姨说个没完，芝麻有点着急。她小心地打断李阿姨说：要不要我下楼去买点豆腐脑，五分钟就能吃上早点了……

对对对，吃豆腐脑吧。刘伯伯插话说。好久没吃豆腐脑了，馋得很。

芝麻就拿了锅，下楼去买豆腐脑。她有些恼恨自己，昨晚尽做乱梦了，一早晨起来，这脑子就跟豆腐脑差不多。还是怨喜树那个浑球，都是让他给闹的。芝麻拿定主意不给喜树打电话了，说不定在电话里就得跟他吵起来。要是一生气，使唤那些家用电器更得出错了。就说这电饭锅，也真让人烦哩，插上了电插销，还非得按下那小片片才中，家里那么多电器，谁能一样样都记下？比如那个微波炉，东西放进去，还得按一下微波，按一下时间，再按一下大火小火，最后还得按一下启动，箱子里的盘盘才会转起来，时间短了不热，时间长了东西就干了煳了，一丝一毫都不能差。还有那个洗衣机，也是让芝麻头疼的物件，说是电脑控制，那么多个小点点，按错了一个，它就像个死猪似的不动弹。有一次咋弄它都不出水，突然间又猛地一震，咣当咣当响，差点把芝麻的魂儿都吓掉了。去年甜甜她爸给家里买了个35英寸的大彩电，就把原先那个20英寸的旧彩电"淘汰"了，放在芝麻的小屋里，李阿姨说让芝麻晚上看电视，好长长见识。那个电视遥控器，芝麻拿在手里直哆嗦，心里害怕把那些钮钮按错了，电视机会嘭地爆炸。甜甜的爸教了她好几回，总算能出人影出声儿了，前些日子，芝麻不知按了哪个钮钮，就把那么些个电视"频道"都给按没了，河南卫视也不见了，只剩下北京台了。芝麻最喜欢的河南豫剧也看不成了，气得芝麻直跺脚。甜甜的爸说她把遥控器的"系统"弄乱了，等他得空给弄，可他一天哪有空呢，有点空儿他还得"上网"呢。啥"上网""上网"的，不就一台电脑吗，网都在哪儿晾着啊……芝麻从此一挨着家用电器，心就怦怦跳个不停。可不敢随便去摸，只怕不小心招惹了它，那家伙又使坏捣乱……

　　也真是，这城里人的日子，过得太累。累心。芝麻心里涌上许多的同情。一家家那么些电器，把人都变得像个机器似的。芝麻也快成机器了。可老家没有电器，外头啥事儿不知道，吃了睡睡了吃，没吃的了就去偷，虽说不是个机器，可也跟个牲畜差不多少。村里买得起电视机的人家，晚上挤一屋子年轻人，就跟生产队放电影似的。要说喜树也让人心疼，没敢买个电视机看着玩儿，先紧着把拖拉机买下了，也是为干活儿用的哩……

　　芝麻吁了口气，要是让她在当机器和当牲畜之间选一样，她还真不知道该选哪样。

芝麻端着锅，在电梯里见着小兰，冷着脸没跟她搭腔。

电梯到了一层，芝麻刚走出大门，碰上二单元的一个湖南小保姆，名叫春娥。春娥刚从老家出来不久，倒是嘴甜，见了谁都叫得亲热。看样儿春娥是去买菜，手里拿个塑料条编的篮子。春娥一把挽住芝麻的胳膊，凑到她耳边说：芝麻姐姐，我正要问你点事儿呢，你到北京时间长，能听懂北京话吧？

芝麻笑着说：别提了，刚来那会儿，啥都听不懂，接个电话，那人说是科技大学，我写下来是个啃鸡大学，我说话人家也听不懂，闹的笑话多了。

春娥的嗓子突然变细了，说：那你现在懂了啵？我问你，啥叫"这人挺贼的"？是不是说我是个贼呀？他们要是敢说我是个贼，我就去告他们！

芝麻给她弄糊涂了：谁说你是贼了？他们说话得有证据，没有证据，就是，就是诬……什么陷吧……

春娥气呼呼的：主家的人在客厅里说我呢，让我听见了。他们说，这姑娘挺贼的。

芝麻一时真的不明白"挺贼"到底是个啥意思。想着李阿姨还等着吃豆腐脑，就说你再问问别人吧，先别着急啊。我也帮你问问。芝麻走到早点铺，碰巧遇上个三单元的安徽保姆，趁着等人盛豆腐脑的工夫，芝麻赶紧问那个安徽阿姨，北京话说"这人挺贼"，是不是说这人是个贼的意思。安徽保姆点头说，在她们老家，贼就是小偷的意思，肯定没有错的。北京话嘛她就不知道了。芝麻打上豆腐脑，不敢再耽误时间，赶紧往楼上奔。

芝麻一进门，看见丹妮已经起来了。芝麻一边张罗着给李阿姨盛豆腐脑，一边跟丹妮打招呼，说大姐今天起来咋这么早呢？星期天还不多睡会儿？丹妮一脸不高兴的样子，说：还问呢，一大早就来电话，把我吵醒了。芝麻附和着说：这人也是的，一大早打啥电话呀。丹妮说：是找你的！

芝麻吓一跳，转念一想，该不是喜树给她打电话了？

是喜树吧？她小声问。

哪呀——丹妮把声音拖得老长。是个——女的，听口音，像是河南人。我不是早跟你说了吗，不要把家里的电话号码告诉你那些老乡。

芝麻一勺下去，豆腐脑溢在碗沿儿外了。

丹妮往洗手间走，一边说：那人说她就在北京，一会儿还打来，你可告诉她啊，以后没事儿少打电话。李阿姨也跟了一句说：是啊，这是个安全问题，可大意不得。

会是谁呢？芝麻在厨房里忙乎着，心里直打鼓。老家在北京的人，没几个人知道她的电话号码。再说，没事儿谁愿意花钱打电话呀，准是有事儿了。可谁有事儿找芝麻呢？芝麻又不做买卖也不开公司，真是有人求到芝麻头上，就剩下借钱一件事儿了。芝麻才不借呢，芝麻攒下的那些钱，等下个月麦收，就得带回家去还账。求芝麻办啥事儿都行，就是不能借钱，钱一借走，十年八年也回不来了。

这天上午，芝麻觉得客厅墙上挂钟上的针，就像电池快用完了似的，走得那个慢。芝麻用吸尘器吸地板，找不着电插销了；芝麻洗衣裳，洗衣液一下子倒多了；芝麻洗菜，把烂叶子留下把好叶子扔了；芝麻从米箱里舀米，记不住舀了两勺还是三勺……芝麻想坏了坏了，万一是娘病了爹病了弟弟妹妹有灾有难了，这千里地，长了翅膀也飞不回去……

丹妮进厨房来拿杯子，瞧她一眼，说：郭呀，你就经不住一点事儿，不就是个电话嘛，至于这样呢。我看你呀……

她把话打住，不往下说了。

我咋了？芝麻愣愣地问。

我要不说，你又该犯嘀咕了。我看你呀，这么说吧——丹妮的两条细眉，像两片柳叶儿，一挑一扬的：我看你，好像是一个人分成了两半，一半在我家，还有那一半，留在河南驻马店呢。要是用书上的话说，就好比一个人身心两处，身子和心思是分开的，你的身子在北京，可是心呢，从来都在你自个儿家。我说得对不对？

芝麻不吭声。她想甜甜的妈到底是有文化的人，眼睛咋这么尖哩，一下子就把人的心看透了。叫她这一说，芝麻忽然明白，自己真就像她说的那样，身子在北京，心呢，连一半儿也没在这儿。在哪儿呢？在河南赵庄。

要说也是呢。芝麻胡乱应着，赶紧把话岔开去：大姐我问你点事儿吧，北京人说"这人挺贼的"，是说这人是个贼吗？芝麻就把刚才遇着春娥的事儿说了。话没说完，丹妮就仰头大笑起来，差点把眼泪都笑出来了。她一边笑一边说：我的天，这哪儿是哪儿呀，北京人说这人挺贼的，是拿贼的眼睛来打比方，意思是说这个人挺精的，心眼儿多，不是说这人是贼，绝对不是，这回知道了吧？

芝麻也笑起来。笑着笑着，脑子里忽然闪过一张一块钱的人民币。

对了，电话该是凤打来的吧？前几天孕检那会儿，她给凤留下个电话号码，就写在那一块钱上了。当时真是犯傻了，就不会说记不住吗？可芝麻天生是个笨人，芝麻不会编瞎话。要真是凤来的电话，凤找芝麻准保有事儿。凤那人，打小就有点儿"贼"……

刚想到凤，电话铃就响了。芝麻抢着去接，一接，真的是凤。芝麻等了好半天的电话，却原来是凤，芝麻觉得有点儿失望。凤的声音听上去怪热乎的，长一声短一声地叫着芝麻。芝麻听了一会儿说，凤你有啥事儿就说吧，我还得做午饭呢。凤嘻嘻地笑，憋尿似的，又扯一会儿，才哼哼呀呀地说到正题儿上。芝麻听得费劲，把话筒使劲儿按在耳朵上，按得耳朵都疼了，也听不明白。有一阵子好容易听清了，又觉得肯定是自己听错了，再问一遍，凤又说了一遍，芝麻心里一冷，拿着话筒的手臂就举在那儿，说不出话来。

凤说的事，大概是这么个意思：

村西头的那个杏儿，就是凤的干爹家的儿媳妇（排下来，也算是喜树家二叔的干闺女），怀孕都五个月了。杏儿前几年生了一个闺女，第二年又生一个，还是个闺女，杏儿她男人不让杏儿去结扎，非让杏儿生第三胎。可村里乡里计划生育查得紧，育龄妇女每三个月得交一份孕检证明，杏儿有了身孕，这孕检哪能通得过，证明交不上，超生就露馅儿了。杏儿的男人想了一个招儿，他对村干部说，他带着杏儿外出打工去了。其实呢，男人把杏儿带到了安阳的一个亲戚家，想让她在那儿把孩子生下来，然后再回村儿去。这叫作生米做成熟饭，孩子一生下来，你杨宝拐还能把孩子塞回娘肚子去？只要生下个儿子，认罚认赔咋的都认了。前几天，杏儿的男人打电话找到了凤，让凤想办法在北京给杏儿办一个孕检证明，先把乡里的干部糊弄住了，不让他们起疑心多生枝节。叫杏儿先混过这一关，只要再等上几个月，杏儿把孩子生下了，就咋的都不怕了……

芝麻说：这事儿你找我有啥用？

凤说：有用啊，这事儿还非得你不中。

芝麻说：我又不是接生婆。

凤说：谁让你接生了，是让你去给杏儿做个孕检。

芝麻结巴起来：为啥？我咋给杏儿做孕检？那得大夫做。

电话里的凤嚷嚷起来：你咋这傻，是让你拿着杏儿的身份证，哎，就是让你扮成杏儿，你就是杏儿，替杏儿去做个孕检，杏儿就妥了。

芝麻半天才转过弯来：你这是让我作假骗人哩？

瞧你说的，这是帮忙，助人为乐，你上学时没学过？

那……凤你咋不装成杏儿呢？要装你自个儿去装啊。

哎呀，我这阵子不是瘦多了嘛，长得不像，跟杏儿身份证上的照片差远了，大夫一看就查出来了。那天我一看见你，差点儿就把你认成杏儿了，你跟她长得一模一样，就你中。

你可拉倒吧。芝麻有点生气。我不是杏儿，咋能假装杏儿呢？

你这死脑筋，你帮人这么大个忙，人家还不好好谢你哩。

要去你去，我不中，我害怕。

我不是跟你说了，我长得不像嘛。哎，你就算帮我吧，人家求到我了，我也没法子。

不中不中。芝麻一口回绝了。我真的害怕。

我陪着你去，中吧？凤那边还没完没了地磨着，就差没说求你这几个字儿了。

那也不中，我挂了，我得做饭了。

你再好好想想啊。凤都快哭出来了。你说，人家有难处，八百年不求咱一回，要是不给办，以后回村儿去，抬头不见低头见的，咋跟人处呢？你说……

芝麻撂了电话，倚在沙发上发呆。丹妮走过来说：怎么了？出什么事儿了？我就知道，你老乡来电话，十有八九，没什么好事儿。

芝麻心想，这电话来来去去地说这么长时间，她这么精个人儿，怕是早就听明白了，还不如告诉她，让她给拿个主意呢。就把杏儿的事，前前后后的都给甜甜的妈说了。

丹妮还没听完，就打断她说：噢，我知道了，超生先斩后奏，水平越来越高啦，还知道冒名顶替、互相配合、集体作案呢。

芝麻低着头说：你别说这些我不懂的词儿，你说我该咋办呢？

这有什么咋办的？你不是告诉她说不愿意嘛，这就对了。别这么愁眉苦脸的，行了行了，快去做饭吧。丹妮说完，就上甜甜的房间给她检查作业去了。

午饭时，甜甜的妈却当着芝麻的面儿，向老太太报告了这件事。李阿姨一听，面孔就暗下来了，沉着脸对芝麻说：这可不行，做假证是违法的！

刘伯伯纠正说：这不还没做嘛，只是，我们要把事故扼杀在摇篮里。

芝麻端着碗，一口也咽不下去了。

下午芝麻擦窗玻璃。玻璃上映出个人影儿，圆脸、细眼、阔嘴，一头短发，刘海齐额——芝麻吓一跳，这不就是杏儿嘛，活活的是个杏儿，连着嘴角上怯怯的笑容，也跟杏儿一模一样。芝麻真要是替杏儿去孕检，大夫还真的认不出。凤这人可精哪，一眼就把芝麻相中了。

芝麻肯定不会去替杏儿孕检的。李阿姨都说了，做假证是违法。这道理芝麻明白。

难的是咋跟凤说呢？凤的身后是杏儿，杏儿的身后是喜树的二叔家，二叔家的身后就该是公爹和婆婆了，公爹婆婆的身后呢？是一个村儿的男女老少。再说，当初来北京打工，还是杏儿的嫂子把自己带出来的呢……

芝麻心烦得很，心里乱得像蓬干草。她把脸从玻璃上挪开了，侧着身擦窗子。她不想看见自己的脸，眨一眨眼，这张脸就变成了杏儿的脸。

杏儿咋这么没主意呢，你男人让你生你就生啊？芝麻在心里骂杏儿。你就是把孩子生下来，又是个闺女你咋办？孩子生下来，好几万块钱的罚款，你拿啥还哩？孩子要吃要穿将来还要上学，养活三个孩子，以后受苦的还不是你自个儿？生生生，农村的人就知道生，生那些孩子有啥用？没看人家刘伯伯李阿姨，养活了四个孩子，有出息的，都走了，上外国奋斗前程，谁能留在爹妈身边守着老人呢？到老了，家里一天都离不开人照顾，还得去请个保姆来伺候。就算身边有个孩子，就像甜甜的爸妈，一天忙成啥样儿，能顾上老人多少？单位都是竞争上岗，弄不好就被"淘汰"了。要是下了岗挣不来钱，孩子靠啥养活？在城里念书，找个好学校，光是那学费就吓死你，一般人念不起。甜甜的爸妈对待父母，就是有那份孝心，也没那个时间。芝麻在城里五年，看得多了。报纸上天天说失业待业就业的，但芝麻知道，城里只有一份工作，到啥时候都丢不了，那就是当保姆。因为城里的爹妈，都不愿带孩子；城里的儿女，都没工夫照顾老人。

芝麻一时已经忘了自己当年超生的往事，她在心里一遍遍埋怨着数落着杏儿，怪她不该怀上这第三胎。芝麻想起了村儿里的那些孩子，没人管没人教的，成天在路边上瞎玩儿，浑身滚得像只泥猴。自打芝麻离开家之后，赵刚的学习成绩从来没有超过七十分，燕儿刚上小学一年级，看不出来往后是不是块读书的料，也不知是农村的老师教得不好，还是赵刚和赵燕学得不好。这些年，芝麻出门在外，自己没管过孩子，喜树一年到头种地喂猪，回家来屋里连个做饭的人都没有，赵刚那孩子才七岁，就会抱柴火烧锅了，还得浇园子喂鸡鸭，他那学习能好得了？村儿里的孩子都是这么长大的，芝麻也是这么长大的，长大了能干啥？那些男人出来打工，当个电工都不够文化，就会砌墙垒砖盖房子，要不就到搬家公司给人卖苦力，挣的钱全吃肚里了。就那些十六七岁的女孩，能找上轻巧的活儿，上饭馆当服务员、上发廊给人洗头啥的，没文化也凑合。可是往后咋办呢？结婚生孩子，一眨眼人就到三十几岁，到了芝麻那样的年纪，还能干啥？只能当保姆了。如今当保姆也不容易，看个电器说明书都费劲，还想指望人给你加工钱？一个村儿的人都这么稀里糊涂地过，还想生，生你个迷！

芝麻的眼前一个个人影儿来来回回地晃，全是赵庄的人。她想起到北京后，第一次回老家，有个老太太问她说：你去哪儿啦？芝麻回答说去北京了。北京在哪旮？在北边，远着哪。你咋去的北京？坐火车。火车是个啥？着火了还能坐人？用牛拉着还是用马拉？芝麻咋跟她说也说不明白，笑得眼泪鼻涕一把一把地甩。芝麻去年春节回家，正是农闲时，家家的男人女人，都蹲墙根底下晒太阳，晒着太阳就瞎扯，说着谁家的媳妇孝顺、谁家的媳妇厉害；说谁家下了三条腿的牛犊、谁家的母鸡抱了窝……没太阳的日子，就聚在屋里打扑克。女人们都来家喊芝麻打扑克去，芝麻说咱玩牌就是玩儿，可不许耍钱啊。人说不耍钱玩个啥意思？芝麻说我没钱。人说你没钱谁有钱啊？你在城里那么些年，早就大款了。芝麻哭笑不得，玩上一晚上，输掉四块八毛钱，输得芝麻直心疼，以后再不敢了。不玩牌，也没个电视，黑灯瞎火的还能干啥呢？也不能天天吃了饭就上床吧。芝麻说咱聊天儿吧，你们有啥不明白的事儿就问我。有人就问：我听人说，老王家那丫头进城给人当保姆，说是住别墅里，啥叫别墅？是不是专给人栽树呢？芝麻说那哪是栽树呀，别墅是个房子，就咱这样独门独院儿的房子。大伙儿说，咱这样的就是别墅，那还上城里去干啥呀？芝麻给问住了，答不上来了。有人问芝麻，说当保姆挣钱容易，受气不受气？芝麻说那得看运气，东家要是好人，就不给气受。又有人问：听人说，当保姆就像扛长活儿那样，不叫一个桌上吃饭。你那东家，叫你在一个桌上吃饭不？芝麻回答说：我到北京这些年，都跟人家一个桌上吃饭。大伙儿都点头，夸芝麻有福。有个人插一句：不管咋的，咱再穷也不能让媳妇给人去当保姆，就说那在医院当保姆的，还得给人老头儿老太太洗……洗屁股哩。你们瞧南边狗蛋家，盖上新房了不是，可那新房全是狗蛋媳妇，天天给人洗屁股挣下的钱……大伙儿哈哈大笑，笑得喘不上气儿，笑得芝麻心里好难受。

就是这么些个人，年年月月，除了种下那一亩三分地，成天不是打牌就是蹲墙根，连个广播都懒得听，活该受穷哩。芝麻恨恨地想。还一个劲儿地生生生，生下这么些人，一辈子啥见识没有，啥奔头没有，啥好日子没过上，生下个人来，这人究竟为啥活呢？以前在老家时，芝麻不想这些。可现在咋就不一样了，芝麻就是不愿想，那脑子自己就转上了。芝麻下辈子假如能重新活一回，肯定就不这么活了。至少不能像村儿里人活的那个样。她忽然觉得，甜甜的妈前几天说的那个话，也不全对。甜甜的妈说芝麻的人分两半，身子在北京，心在老家，这话也只说对了一半。芝麻惦着家，是惦着自家的孩子，惦着赵刚和赵燕，将来不再像自己这么过一辈子。芝麻才不惦念老家的那些人，她压根儿不惦记那些人，她心里分明是有了瞧不起那些人的意思。还让她去给杏儿做假证，她不就成了跟那些人一样的人哩。

芝麻这一天，就这么七上八下地过去了。芝麻害怕电话铃声响，她发愁凤要是再来电话，她咋说才能断了凤的这个念头。

才一天过去，芝麻的脸就瘦了一圈儿，丹妮大惊小怪地告诉她。芝麻听了，倒是高兴起来，开始一天三遍地上洗手间照镜子，馒头从两个减到了半个。她想要是就这样瘦下去，不就不像杏儿了吗？不像杏儿就不用去替杏儿做孕检了。

这天上午，甜甜一家都上学上班了，李阿姨去医院给刘伯伯拿药，就剩刘伯伯一个人在家。电话铃声突然像只乌鸦一样呱呱叫起来。芝麻故意磨蹭着不去接，铃声响了好几遍，就听到刘伯伯在洗手间喊道：芝麻你接电话呀，说不定是你李阿姨在外头有什么事儿呢。

芝麻只好朝着电话机走过去。刚喂了一声，就听到了凤的声音，芝麻真想一下把话筒甩了，却不敢，拿着话筒，半天没说话，那话筒竟像砖头似的沉。

凤说：芝麻我听见了，是你呢。你就听我说一句，说完了你再撂不晚。昨天晚上，杏儿他男人又来电话了，让我告诉你，你给杏儿做孕检，不会让你白干。他说已经把杏儿的身份证寄出来了，只要你把孕检证办下，他就给五百块，亲手交给你家喜树。

咋这多呢？芝麻脱口而出。

不少吧？赶上咱一个月的工钱了不是？凤的声音一下子欢实起来。杏儿他男人这几年一直在郑州捡垃圾，攒下不少钱呢，只要杏儿给他生下儿子，他可舍得花钱。你不用惦记着，他到时候要不给你，我替你要去！

芝麻说：他要给我钱，我更不能去了。我成啥人了？

咦，你看你。凤啧了一声。你这个死脑筋，在北京咋越待越傻了？你成啥人？好人，热心人，讲情义的人。乡里乡亲的，要是见死不救，那才是良心被狗吃了呢。钱是他愿给的，不是你要的。现如今都讲有偿服务，咱不亏心……

芝麻听着，觉得话都让凤说完了，自己啥话也说不出来了。

芝麻呀，咱都是女人，你就不替杏儿想想？凤又说。这事儿还真得快办，杏儿的肚子一天天冒尖儿，要是真让杨宝拐发现了，把杏儿绑上去做引产，你想她得遭多大的罪？芝麻你咋不说话呀？你就这么心狠？……你把地址告诉我吧，等我收到了杏儿的身份证，我就去找你，按杏儿的照片，再把你的头发整整，不能叫人发现了……

你别来！芝麻往刘伯伯的房间扫了一眼。我不要那个钱，我也不想变成杏儿。你别再给我打电话了啊。芝麻说完就把电话撂下了。话筒让她捏得潮乎乎地发黏，手心里全是汗。

刚放下电话，刘伯伯就从他房间出来了，手里拿着一张报纸，笑眯眯地看着芝麻说：来来来，我给你看一篇文章，写的就是你们河南泌阳的事儿。刘伯伯把报纸在茶几上摊开了，用手指点着一个大标题，说：你看看，这儿——有志不在家贫穷，农家女考上航天大学。来，你自己念念吧。

芝麻一声不吭地把报纸接过来，却不好意思念出声。上学认那些字儿，早忘差不多了，念得磕磕巴巴的，叫人笑话。就把报纸铺在膝盖上，埋下头看起来。报上说是一个农村女孩，父母都有病，家里穷得交不上学费，她用星期天和寒暑假的时间，到处捡塑料瓶子、硬纸壳和废旧物品，卖了攒钱交学费，从小学捡到高中毕业，学习成绩一直排第一，后来终于考上了北京的航天大学……文章有名有姓有乡镇和村子的地名，旁边还有那女孩一张笑呵呵的照片。人家也是捡垃圾呢，咋就能捡成个大学生？芝麻看着看着，鼻子一酸，眼泪就流了下来。

哭什么呢，傻孩子。刘伯伯在芝麻对面坐下来，拿起一把剪子，把报纸上这一大块给剪了下来。剪下来就递给了芝麻，叫她把报纸收好了，等麦收回家时，拿给赵刚和赵燕看看，说不定能鼓励他们好好学习呢。芝麻一边抹着眼泪，一边嗯嗯地应着，把报纸小心地叠成四方块，走到自己房间，拉开柜子，用手绢包好了，压在衣服底下。她一眼看见了柜子里的那个包袱，忍不住打开了，用手轻轻摩挲着里头的东西——那里有一套给喜树的秋衣秋裤，枣红色儿的，经脏又结实。还是春节前陪李阿姨去一个展销会的时候，早早就买下的，花掉了芝麻好几十块钱。有一条粉红色的连衣裙，袖口和领口都带着白色的花边，漂亮得让人眼都花了，裙子是丹妮给芝麻的，说甜甜一次都没穿过，就嫌小了，让芝麻回家时带给燕儿穿。燕儿要穿上这条裙子，全村儿的人还不都得来家参观呀。还有一沓子硬皮儿的笔记本和一盒彩笔，是甜甜的爸送的，说是给赵刚上学用……这些东西，芝麻经常在晚上没人的时候拿出来，在灯下一遍遍地看着摸着，那软和那鲜亮那齐整，看一回叫人喜欢一回，看也看不够。包袱越来越鼓了，里头的东西越来越多了，离芝麻回家的日子越来越近了。那块淡黄色的包袱皮儿一抖开，眼前就像一片金灿灿的麦地，芝麻闻到了麦子成熟的气味儿。那是阳光留在麦秸上散发的香气，是麦粒儿溅出的麦浆的香味儿。芝麻把眼闭上，也能看见刚和燕儿在麦堆上蹦着跳着的情形。芝麻合上了包袱，就去看墙上的挂历，麦收的日子一天天近了，还得给爹娘给公婆再买几身儿衣裳才行……

五百块呢，芝麻脑子里跳出凤的声音。五百块能给全家买下多少东西？最起码买下拖拉机的两个轮子，能给刚和燕儿交上一年的学费。平常日子，挣下五百块钱，得养活两口大肥猪三十只大公鸡呢，是芝麻在城里干一个月的工钱……

芝麻忽然觉得，自己挂了凤的电话，像是丢了什么东西似的。

就是那天晚上，刚看完《新闻联播》，电话铃声又响了。芝麻不接。李阿姨在家呢。家里的电话，多一半是找甜甜的妈，丹妮只要一接电话，说起来就没个完。

李阿姨拿起了电话，听一会儿，对厨房喊：小郭，你的电话。

芝麻在厨房探出脑袋，一个劲儿跟她摆手，李阿姨不明白，又喊一声。芝麻轻手轻脚溜到李阿姨身边，贴着她耳朵问：男的女的？李阿姨大声回答：男的，我一听这河南口音，知道准是喜树打来的，说着就把话筒塞到了芝麻手中。

喜树？芝麻心里一颤。喜树到了是来电话啦？忙着拿过话筒，只听见里头一个男人沙哑的声音，冲着芝麻的耳膜吼道：芝麻你能耐了你！家让你办个事儿，咋就这费劲哩！

芝麻的嘴唇哆嗦一下，没来得及喊声公爹，那声音又说：杏儿有了难处，理该大伙儿相帮，他家就是不给钱，咱也得给办。不就是坐一趟汽车吗，也不叫你走着去！

趁着他喘气儿的工夫，芝麻赶紧插话说：爹，不是我嫌麻烦，是杏儿的事，这么干不合法……

爹打断了她：啧，天下哪有那些合法的事儿？你生燕儿的时候，也说不合法，现在不都长这么大了？在乡里，人情就是法，你得明白，咱这的法，跟北京那地方的法，不一回事儿。

芝麻的心咚咚跳，她觉得自己的声音轻得都快听不见了。她说：杏儿该去引产，要不，将来生下了，罚那多钱，不值当。这钱要留着，给她家老大老二上学用，多好……

公爹的声音更加怒气冲冲：她家的事儿不用你操心。你就给我说一句，你去是不去？去了，咱全家都舒坦；你要不去……我和你婆婆，在村儿里咋还有脸见人哩……

芝麻拿着话筒，半天没吭声。那头喂喂地喊，喊了好一会儿，芝麻才搭腔说：喜树呢？我跟他说句话啊……

他干活儿去了，你跟他说，没用。你要再不听，我找你娘家人说去！你要不去，你……我看你以后咋有脸回来……

芝麻眼泪一下儿就涌了上来。听着话筒里传来的嘟嘟声，眼前模模糊糊的，一时竟看不清电话机的位置了。甜甜的妈快步走过来，把话筒接了，叹口气说：哎呀，你们河南人也真是的啊，集体轮番轰炸，够顽强的呢。看来，你要不去扮演一回杏儿，弄不好就得给开除村籍喽……

李阿姨点头说：要不报上老批评河南人，这一次，我算是领教了。

　　刘伯伯放下报纸，纠正李阿姨：不要老说河南人河南人，这是中国的普遍现象……

　　一家人七嘴八舌地议论着，芝麻一句也听不见了。她走回厨房，在小凳子上坐下来，用手掌捂着脸，想哭又哭不出，一肚子的气没处出，要是个高压锅，就该炸了。

　　这河南人是咋的了呢？芝麻恼恨地想，忽然记起刘伯伯有一次告诉她说，河南省的人口，已将近一个亿了。一个亿到底是多少，芝麻想象不出来。该是像闹蝗虫时候，满天空呼啦啦地来了沙尘暴，虫子落在地上，把麦苗盖得黑压压，看不见一丝儿绿了。芝麻春节回家，那火车车厢就像个大麻袋，把人塞得透不过气儿；行李架上座位底下全是人，比村头那个养鸡专业户的鸡场还挤。有一次芝麻买不上票，硬是从驻马店站了十几个小时到北京，站得腿都肿了，是憋尿憋的。在火车上可不敢喝水，喝了水上不成厕所，那车还没开，厕所就被占领了，里头能挤下三五个人。芝麻每次坐火车回老家，把带回家的钱，贴着脚底板藏在袜子里，袜子再穿在鞋里头。虽说走路有点硌脚，可每走一步你都能知道它在那儿，心里踏实，比缝在衣服里还保险。有个外村儿的老乡，把钱缝在秋裤的肚子那儿，半夜一迷糊就让人给掏了。你想那小偷该多厉害。芝麻想不明白为什么世界上会有那么多人，芝麻只知道那么多的人，大多都是穷人。穷人争一锅饭吃，谁都吃不到嘴，吃不到嘴就偷就抢。人说兔子不吃窝边草，才不是，兔子饿急了，哪儿有草就吃哪儿的，管你是老乡是亲戚呢。前些年，芝麻那个村儿的高压线被人割走了，从村里一直割到乡里，割得那叫利落。芝麻家刚盖上新房，村里就断了电，全村人多半年使不上电，黑灯瞎火的，一直熬到县上拨了钱，重新给拉上电线。明知那贼就在眼皮子底下猫着，你没当场抓着，只能干瞪眼。你骂不死他，他装听不见。有一年芝麻家喂个猪，养到一百多斤，快出栏了，村里来个剧团唱大戏，家里人轮流守着猪，不敢听戏去。到了唱戏的最后一夜，芝麻忍不住去听了戏回来，实在困得不行了，倒床上就睡着了。第二天早上起来，怎么也推不开房门，喊后院的人来看，见房门被铁丝从外头拧上了，贼把猪偷了，还不忘把人关在里头不叫你追。再说村东头那个叫坏头的傻子，养着一头耕地的黄牛。坏头跟牛睡一屋，就怕人把牛偷了。可坏头一睡觉就跟死了一样，啥动静也听不见。有人给他出个主意，教他每晚睡觉之前，在牛的两个犄角上拴上两根绳，然后把那两根绳分别拴在屋两边的柱子上。还不够，再在牛腿上绑一根绳，拴在了坏头睡觉的床腿上。坏头有时也不傻，夜夜都照这法子办。有一晚，贼果然就来了，贼不走前门，在后墙上掏个大洞，人钻进来，把牛角上的两根绳不慌不忙地解了。凿了墙洞又牵牛，这么大动静，坏头还只顾打鼾做梦。幸得那贼没看见牛腿上还有一根绳，牵起牛要从那洞里出去，牛腿上的绳拽着坏头的床脚，把床一块儿拽到了洞口，床出不去，一动又一动，坏头的脑袋被牛尾巴甩得疼，才算把他给闹醒了。睁眼一看，后墙上好端端地出了个大洞，慌着钻出洞去，那贼早跑得没影儿了⋯⋯

　　这种事，在老家稀松平常，就像鸡屎牛粪，一捡一大堆，说也说不完。芝麻一想起来，心里就恨得冒火。按芝麻的看法，这样的坏人抓起来，一个个都该枪毙了才解气。

芝麻把脸从手掌中抬起来，揉了揉眼。她觉得心里好像有什么东西在蹿动，一拱一拱，闹得她胸口一会儿热一会儿凉。她站起来，觉着腿有点酸，脑子倒是像刚睡醒一个好觉，透亮透亮地清楚起来。

不管咋说，芝麻可不想给农村人丢脸。她不愿让刘伯伯一家人瞧不起河南人。这一回，她偏要跟赵庄的人较较劲。她好歹在北京待了五年，她知道自己该咋办。

第二天早晨，芝麻等一家人吃了早饭，洗净碗筷，把几间屋子的卫生收拾利索了。然后从自己房间拎出一只鼓鼓囊囊的编织袋，走到客厅里，低头叫了一声李阿姨。

李阿姨抬起头，不由吃了一惊，她看看芝麻，又看看地上的编织袋，问道：

小郭，你这是干吗？

我要走了。芝麻回答，眼睛仍看着地板。地板被她擦得那么光亮，比老家的锅台还干净。她的嘴唇翕动着，却发不出声音。她想说谢谢李阿姨一家人三年来对她的关心，让她学到了许多做人的道理。她想说她也不愿意离开这儿，但如果不走，凤和老家的人，就会没完没了地找她，逼着她去做孕检做假证。她是没有办法才走的，她惹不起还躲不起吗，躲到一个凤找不到她的地方，凤就不会再来电话了……这么多话都堆在嘴边，却不知先说哪一句。

刘伯伯费力地挪着助步器，朝她走过来，颤颤地说：你要走？为什么？

我走了，凤就找不到我了。芝麻说。

大家都愣在那里。丹妮这天没上班，在家写文件，这时也走了过来。听了芝麻这句话，丹妮却不知为什么咯咯地笑起来。

丹妮的笑声却被一阵急促的电话铃声打断了。电话铃声像一只报晓的公鸡，催着芝麻出门。芝麻说：你们听，凤又来了，我说不过她，我不想跟她说话。

丹妮把电话拿起来，芝麻已经转身去开门了。丹妮在芝麻身后大喊：你等等，这是你家喜树的电话！你要走，也等接完电话再走啊。

当真是喜树？芝麻站下了。你可问清楚了，这一回，怕是我亲爹来电话了。

真的是喜树，他都说话了，他的声音我还听不出来吗？丹妮有点儿急了。

芝麻慌慌地把东西放下，抓起话筒那会儿，她心里忽地涌上那么多的委屈，一种酸酸涩涩的说不上来的滋味儿，堵在了胸口。她真想骂一声喜树你个浑球，你开着拖拉机成天在外头瞎晃荡，美不死你！到现在才知道来个电话。再晚一会儿，你就找不着我了。可她只叫了一声喜树，张着嘴，说不出话来。

她只听见那个熟悉的声音，像一口大钟在耳边嗡嗡地响着。她听见喜树说，芝啊，我问你一句话：你是杏儿吗？

芝麻答道：我不是杏儿，我是芝麻。

那个声音震得芝麻耳朵疼：我不叫你变成杏儿，你不是杏儿，你是芝麻，明白不？

芝麻嗯了一声，嗓子像是被啥东西堵住了。

喜树又说：你别管那事儿，这儿有我哩。

喜树又说：要是能倒回去七八年，咱也不能把燕儿生下了。

喜树还说：其实杏儿也不愿生，她不会怨你的。

喜树还说：芝啊，你听着的吗？你倒是说话呀。

芝麻心里坠着的那个秤砣，砰地落了地。芝麻脚下踩着的棉花，变得像雪地一样瓷实。芝麻忽然间冲着电话大声嚷嚷说：喜树，你买下个拖拉机，咋不告诉我一声呢？

喜树咳一声说：你咋知道来？

芝麻说你别管我咋知道，反正我是知道了。

喜树嘿嘿地乐。喜树说，不告诉自有不告诉的道理。一是怕她担心家的钱不够，硬拦不让买，反误了农时。喜树说，这多年，咱家有犁铧有耙子，就是缺个四轮拖拉机头，翻地耙地都得跟人借车头。这回自家有了拖拉机，拉化肥拉种子运粮食，麦收一完想啥时翻地就翻，再也不用求人了，这不比买个啥都强哩。

芝麻不吭声了。她想喜树说得也对，这些年，一到农忙的时候就发愁，你借人家的拖拉机，可人的车头没空儿，你就得等着人家使完了，再给你使，等来等去，农时等没了不说，还欠下人情。芝麻多少年就想给喜树买个拖拉机，可家没钱，只管想不管做。

那"二"呢？芝麻追着问，她还是不想轻易放过了喜树。

那个二嘛……喜树吞吐着。二是想……是想等你麦收回家时，我开着拖拉机去驻马店接你，吓你一跳，叫你高兴个死。就像电视里演的那样，给你一个惊喜。

还电视呢，就你会哄人。芝麻嘴里嗔怪着，心里猛地辣辣的热了。忽然想起那年回家，把家里的活儿干差不多了，抽一天空儿去走娘家。到村口遇上了朵儿，朵儿问芝麻去哪儿，她说去走娘家。朵儿说：你还有娘啊？芝麻说：谁没娘呢？朵儿说：你有娘，你娘咋不给你家拆洗被窝，你家的被窝咋那么脏哩，也不知道洗洗。芝麻说我娘有病，隔着一条河，哪有工夫呀。说完芝麻就去了渡口。一路上想着朵儿的话，越想越不对劲，心里那个别扭。看完了娘回到家，劈头就问喜树：我说，朵儿上咱家走得挺勤啊？她咋知道咱家被窝脏啊？你给我说明白了！喜树摸不着头脑，回答说：我睁眼就起来干活儿，两个孩子急着上学走，能吃上饭就不错了，那被窝一年也不叠一回，就那么掀在床上，谁来家都看着了，我咋知道朵儿就留了心哩。芝麻不依不饶，她说为啥就朵儿知道咱家被窝脏了哩，谁知道她是不是在咱家被窝里干啥事儿了。喜树生气了，说你别没事儿找事儿啊，你不在家那么多年，我要是不规矩，别说是个朵儿，花儿叶儿都该找遍了。喜树气得一根烟接一根烟地抽，赵刚和燕儿都叫唤起来：朵儿没来咱家，哪个女的也没来咱家……

芝麻细想起来，觉得喜树也真是不易哩。这么多年，一个男人带着两个孩子，又当爹又当娘，夜夜的被窝都是凉的，连个暖脚的人都没有，可喜树从没怨过芝麻一句话。芝麻忽然记起来，等回老家前，千万别忘了上街扯些布，让裁缝做上两个被套，带回赵庄去，就像城里人那样，往被窝上一套，就不用回回拆洗缝线了，又干净又方便哩，让喜树也提高一下"生活质量"。这么个不喝酒不赌钱的喜树，一心就想买台拖拉机，能算是个过分的事儿吗？

可芝麻偏不这么说。芝麻对着电话大声地问喜树：那个买拖拉机的钱，你跟谁借了？等家里欠下的那些账都还上了，再买不行？你急啥急？

　　喜树一点儿不急，稳稳当当地答给芝麻说：前些日子猪的价钱好，我卖猪得了两千多，又跟我弟弟借了三千，凑凑就够了。你想想，先把拖拉机买下了，一年半载就挣回来了。你算算，哪样划得来？家里原先该人的账，我跟人说了，人说先把利息给了就行……

　　芝麻仍是不依不饶：那车斗呢？买得起马你配不起鞍，买个车斗还得两三千块呢。

　　喜树的声音就有些结巴起来。喜树说车斗嘛，车斗好说。等下半年咱家老母猪再下了羔子，我把猪养大卖了，车斗的钱就有了。眼下嘛，眼下我钉个木头板架子车，安上两个旧胶皮轮子，叫拖拉机拉着，也一样好使……

　　芝麻忍不住扑哧一声乐了。

　　芝麻说：我要是不给杏儿家办事，麦收我咋有脸回呀？

　　喜树一时被难住了。喜树说：那就不回了，我花钱雇联合收割机收麦子，也中。

　　芝麻说：那秋收呢？

　　喜树说：秋收也不回了，我有拖拉机了，我跟人换工。

　　芝麻说：那春节呢？春节也不回，我就一辈子待在北京，再不回赵庄了。你再找一个能给你拆被窝的人吧。

　　喜树不说话了。他好像还没想过这个事儿。等了好一会儿，芝麻听见那声音从很远的地方传过来，喜树说：不回就不回，等我再挣下钱，我上北京看你去！

芝麻放下电话，坐在门口的编织袋上出神。她想还是喜树明白事理呢，有了喜树这句话，她就不怕了。但她走还是不走呢，要是不走，凤的电话又快来了呀。芝麻忽然后悔当初生下燕儿后，为啥不去结扎呢。她不该相信婆婆的话，婆婆说女人一结扎人就废了，后来李阿姨告诉她说，那种看法无知得很。芝麻要是结扎了，就不用每三个月去做一回孕检，能省下不少钱呢。芝麻要是早早地结扎了，凤也就不会给她找下这个麻烦了。

很多事情，为啥都得绕上好大一个弯儿，才能明白过来哩？

李阿姨走过来，拍拍她的肩说：好啦，这回踏实了吧。把包儿拿回你屋去，该准备做午饭啦。

芝麻迟疑着，仰着脸问：我不走，那要是凤再来电话，可咋办哩？

全家人忽然都哈哈大笑起来，弄得芝麻有点发蒙。

李阿姨板着脸说：你看你，说你是个傻郭，我看真是没说错。你怎么就不懂得一点斗争策略呢？难道你还用真的离开这儿，才能把杏儿躲过去吗？我教你个法子吧，你愿意不愿意，也只能这样了。从现在开始，三五天之内，有电话响，你就别接。家里的人都听好了啊，谁接上电话，有人找小郭的，就说小郭走了，不在这里干了。对方如果问小郭去哪儿了，回答说不清楚。大家听明白了？

都说听明白了。丹妮笑着又加一句：这回轮到咱集体作案了。

芝麻不好意思地笑起来，想想自己确实是够傻的。这一招儿，可把凤和杏儿还有公爹，全给治住啦。到底还是城里的人"贼"啊。

芝麻走进厨房去，一边淘米择菜，心里却被一粒细细的沙子硌得慌：就算照李阿姨说的办，芝麻不也说了瞎话吗？只不过骗的是凤和杏儿。像凤那么精的人，怎么会不知道芝麻是故意为了躲她，才"走"的呢。凤那张嘴是不会有好话说给杏儿听的，公爹还不定怎么生气哩。要不了三天，全村的人都会知道芝麻是个坏良心的人。你就是有一百张嘴，也没法说清了。

一年多了，芝麻就盼着麦收时能回家，麦收眼看快到了，她却回不去了。

一条命还没出世，说不定就没了，也真是可怜呢。芝麻轻轻叹了口气。人活这一辈子，到底是图个啥呢？她问自己。人生下来若是受苦，莫不如不生哩。转念一想，心就狠了起来。

芝麻有些发愁地望着窗外。城里的楼房叠着楼房，汽车追着汽车，人挤着人。灰灰的天空，往南望去都是云。她觉得赵庄突然变远了，远得生分，她找不着自家的屋了。

2003 年

写于北京颐和山庄 ①

---

① 发表于《钟山》2003 年第 5 期，《中篇小说选刊》2003 年第 6 期连载。

请带我走

A

二十八年后，杜仲才第一次回国，那已经是世纪末的最后几天了。回到故乡的那个城市后，他发现自己几乎不认识什么人，也没人认识他了。他在 H 城陌生的街道上游走，茫然四顾地站在十字路口，必须不停地问路，才能去往下一个并不确定的目的地。他觉得这种感觉有点像以往很多次在世界各地旅行——那些擦肩而过的面孔中，既没有朋友，也不再有仇人。

没有朋友的日子，杜仲已经习惯了。许多年来，那种经历和感觉，对他来说，像俄罗斯的冬天一样漫长。但没有仇人的感觉，却使他感到失望与空落，觉得自己像一片被风刮掉的树叶，偶尔飘落到这里，不会有人对他多看一眼。杜仲第一次发觉，在这个世界上，一个人如果既没有朋友也没有仇人，就像在一个空荡荡的房间里，找不到地方坐下来。

于是，杜仲无聊地漫步在这座城市喧嚣的街市上。少年时代曾经居住过的老房子，那个秋天时飘着桂花香的大院子，那栋褐色的尖顶英式小楼，已经消失得无影无踪。昔日幽静的小巷，已被拓宽成一条六车道的马路，汽车如两股湍急的河水，朝着相反的方向流逝。他像一只小小的黑蚂蚁，围着一座装着蓝色玻璃幕墙的大厦转了好几圈儿，判断出大厦底座的范围，应该恰好是三十年前旧居的位置。它犹如一座拔地而起的大山，沉沉地压在了当年绿茵如毡的草坪上；在傍晚灰蓝色的暮霭中，大厦更像是一座巨大而豪华的坟墓，把他少年时代所有的生活都埋葬了。他不知道当年那些曾经鞭打过他父母的人、那些逼着他交出红色袖章的人，如今都躲藏在这座城市的哪个角落。城市脱下了旧时破烂的衣衫，换上了世界的流行样式，看上去那么崭新光鲜。过去已不复存在，眼前的城市像一个无辜的婴儿，没有思维也没有记忆。所有的人都好像搬了家，旧日的地址已毫无用处。但杜仲知道那些人就苟活在街道的缝隙里，或是隐匿在楼房灯光的暗处。他找不到他们也不想找到他们。既然大多数朋友都已经失散或是音讯全无，对于他来说，没有仇人同没有朋友相比，终是一样地无趣。

杜仲漫不经心地走着，极力把自己想象成一个与这座城市了无干系的观赏者。他在这个城市没有留下任何痕迹，就像在他身上也没有留下这座城市的任何痕迹一样。但事情并没有那么简单，几天下来，当令人困倦而眩晕的时差过去之后，他很快就发现，自己其实正置于一个十分尴尬的境地之中：他从那个遥远的 F 国，并非仅仅携带了自己的双眼回来，同时回来的还有他整个完整的身体——除了腿脚双臂五脏六腑，还有他的鼻子和耳朵。

他似乎闻到了一种异常的气味，如同幽灵一般，无形无色、似有似无地飘散在空气中。有点类似花香，比如春天的含笑花，或是百雀灵牌子的雪花膏，带着一丝人体的汗味儿，然后渐渐变得苦涩，混杂着街巷里油炸臭豆腐或是煎带鱼的气味，落在他的衣袖和领口上，拂之不去。那些气味好像留有时间的刻度，它们跟踪或是跟随着他，在这个城市里走来走去，他在那些气味中闻到了很久以前的自己。

他开始听见了一些极其细微而又杂乱的声音，搓擦着他的耳膜。那些声音在夜深人静时，会突然数倍地放大，就像台风袭来的夏季，巨大的香樟树在风中摇撼，树叶拍打着屋顶发出的哗响。那个雨夜，粗壮的树干上绑着一个瘦弱的男人，他的哀号在雨声中传来，像一个冤屈的鬼魂。天亮的时候，雨声与哭叫戛然而止，那个男人死了。但他的泣诉却留在了这个城市的上空，使得杜仲总是觉得外面正淅淅沥沥地下着雨……

这些气味与声音，此刻竟然都和杜仲一起回来了。杜仲不由得感到毛骨悚然。

还有，他的心脏也好像出了问题。有一种隐约的疼痛会冷不防地蹿出来，在他的胸口短暂停留而后迅速消遁。就像一把钝刀，无声无息地磨砺着，却又不见流血。一阵阵疼痛如同毫无规律的偷袭，弄得他疲惫不堪。

他相信自己无论走遍天下，都可以扮演一个路人的角色，但唯独在这座他出生长大的城市，他不可能是一个无忧无虑的观光客。

　　去国二十八年，算得上一个人的半生了。回来时，父母早已相继过世，只留下一个妹妹。从机场出来时，他朝着那个举着名字牌的中年妇女走去，他拥抱她，两个人都是涕泪满面。尽管他和妹妹已通了好几年信，也多次交换了照片，但他在眼前这个女人身上仍然找不到小妹当年的一丝踪影。她对他说了许多有关父母平反以后的事情，还有父母临终前，对他这个失踪多年的儿子死不瞑目的牵挂。杜仲回到 H 城的第二天就去为父母扫墓，他在父母的墓前长跪不起失声痛哭，然后与妹妹在父母墓前补种了两棵柏树。树根入土之时，他忽然想到，自己在 H 城的所谓根性，从今以后便是以这样的方式存在了。

　　杜仲在 F 国定居后，经过好几年锲而不舍的搜寻，几经周折，总算通过江苏老家的亲戚，找到了妹妹这个唯一的亲人，已属十分侥幸。亲人是一根剪不断的脐带，连接着他的来历与去处。但小妹并非他真正想要找的人。这么多天来他一直住在 H 城的妹妹家里，暗自希望着，通过妹妹的社会关系，也许能找到当年的一些同学和荒友的联络方式。有些事情应该在这个世纪内做完，杜仲正是为此而下决心回来的。

　　杜仲不知道妹妹是用什么办法，为他找到了孟迪。他对妹妹提起孟迪的时候，似乎并不抱有太大的希望。他担心那个叫孟迪的男人，也许早就不记得曾有过杜仲这个人。但这些年中，杜仲却从来没有忘记过孟迪这个名字。他记住孟迪并不是由于孟迪本人，而是另一个叫楚小溪的女孩。那个寒冷的冬夜，他去万山农场的一个连队看望楚小溪，分手时楚小溪把他领到了男生宿舍，让他和那个叫孟迪的男生合睡一个被窝。他猜想孟迪和楚小溪的关系应该很不一般。既然在今天的 H 城，楚小溪已经消失得杳无踪影，通往小溪的路径，就只有孟迪一个人了。

他和孟迪约在一个名叫"柳荫"的茶室见面。从电话里的声音听起来，孟迪对他会面的请求，答应得十分勉强，并且毫无热情。

从孟迪平静的叙述中，杜仲才第一次知道后来发生的事情。这个"后来"，指的是 1971 年冬天，他离开万山农场之后。那天早晨他在男生宿舍醒来时，孟迪和楚小溪都已经出工去刨粪了，他独自一人走上公路，搭一辆运粮的"热特"到了火车站，火车再转汽车，回到呼玛他插队的那个村子，然后按照事先早已周密设计好的路线，在一个风雪之夜越过黑龙江边境，到达苏联境内。"后来"的那一切，都是他当初绝然无法预料的，二十八年之中，他对此一无所知。

杜仲已经很多年没在 H 城过冬了。他觉得有一股彻骨的寒气，侵入脊背，令他一阵阵战栗。手边茶杯的热气很快就凉下去了，十指冻得渐渐有些麻木。他听完孟迪的讲述，过了很久，用结结巴巴的 H 城方言说：

孟迪，如果那时我能想到……一个无意中接触过越境者的人，会，会变成一个危险的同谋犯……我走前不去万山农场看望楚小溪……就好了。

孟迪喝了一口茶，说：看来你已经不会讲 H 城话了，你还是讲普通话好了。

杜仲改用普通话说：可在当时，我无法对楚小溪说出我去看望她的真正原因，我只能用这种方式，同她告别。对于她，我不能不辞而别的。

孟迪冷冷地笑了笑。

杜仲把杯子放在桌上，茶杯抖了一下，茶水晃出来。他觉得自己的普通话也说得同样难听，混杂着俄语、法语和英语的尾音，像一杯蹩脚的鸡尾酒。他一边用纸巾吸水，一边问：你是说，在我走后，楚小溪被作为同案犯隔离审查了好几个月，撤销了她预备党员的资格和其他所有的职务，以致断送了她的前程。可是我仍然不明白，在我插队的地方，有谁会知道，我在离境之前曾经到过万山农场、见过楚小溪呢？

孟迪说：这个问题，恐怕得问你自己。也许你无意中告诉过别人？也许在你走前扔下的东西里头，留下了什么蛛丝马迹？再说，那个时候，到处都是密探。

孟迪嚼着嘴里的茶叶，面无表情地接着说：你在临走之前，难道真的不知道过江那种事情，即便侥幸成功了，也会牵连很多人，造成严重后果的吗？

我……我当时顾不了那么多了……我满脑子想的都是怎样才能过江……

杜仲喃喃说着，颓然垂下头去。他觉得脑子里有一颗炮弹正在爆炸，身体随之迸裂成无数的碎片，血肉横飞地弹开去了。

只有经历过 1971 年隆冬的那个漆黑的风雪之夜，才会知道世上的地狱究竟是什么样子。但二十岁的杜仲已经懂得，比地狱更恐怖的地方是人间。他知道自己的面前，只剩下地狱那一条通道了，他唯有从地狱中穿过去，才会到达有一丝亮光的地方。若是在地狱里坠落，只是坠落在地狱的深处，他看不出来地狱与地狱深处有什么区别。

　　那天半夜，杜仲临出发前，抱定了从容赴死的决心。与其生不如死，死亡何惧之有？他甚至希望在穿越那片茫茫雪原的无人地带时，能挨上一粒不知何方射来的子弹，使他的生命在瞬间结束，也将他的痛苦彻底终止。他承认自己是一个对痛苦过于敏感的人，所以他才会无法忍受眼前的生活。而选择这样的方式去死，正符合他内心对于自由与尊严的渴望。那种凛然与高傲的性格植根于他的少年时代，更准确地说，来自他所读过的十八、十九世纪的欧洲文学作品。遗憾的是，决斗只能确定一个对手，而在他面前，似乎人人都是对手又都不是，太多的对手恰恰意味着没有对手，没有对手就意味着他的"敌人"是"大象无形"或是微缩胶卷。经过长达几个月的反复思虑，杜仲最后把"对手"这个位置，毅然留给了自己。

　　孟迪如果了解自己当时的真实处境，他就应该明白，那个冬天，杜仲是非走不可了。

　　那是杜仲父母被隔离审查的第四个年头，杜仲仍然看不到双亲有一天能获释回家的可能。他写给一位朋友的信，又带来了意想不到的麻烦。冬闲时节，他以去北安看病的借口请了几天假，从黑龙江边一路逃票扒车回了一趟 H 城。他下乡前，已将妹妹送往江苏老家的亲戚家抚养。杜仲借住在一个要好的同学家，一连在城里转了好些天，却得不到有关父母的任何音信。曾给他的童年少年时代带来欢乐的那栋小楼，底层已搬进了新的人家，他们一家所居住的二楼，每个房间门上都贴着封条，封条已变得破烂不堪，在阴冷的穿堂风中，如同一只只黑色的蝙蝠扇动着翅膀……

1967 年，是少年杜仲厄运的起始。一夜之间风云逆转，不断往纵深发展的运动终于波及杜仲的家庭。父母留苏期间与"苏修"的关系，还有许多杜仲所无法确切得知的"历史疑点"，都被红卫兵视为如获至宝的辉煌战果。父母曾在抗战胜利后被派往苏联学习与工作，1953 年回国，带回了留苏的成果之一——在莫斯科市出生的杜仲，小名德鲁卡。父母回国后即被派往 H 城工作，均任省厅局领导干部。"文革"开始之前，杜仲一家的生活风平浪静，即便父母的头上早已有阴影笼罩，快乐的小德鲁卡也是感觉不到的。但如今那一切都已随着父母的消失而不复存在，杜仲被迫摘下红卫兵袖章，被赶出那栋小楼的时候，觉得自己像一只被啄光了羽毛从高空坠落的麻雀。

杜仲选择了逃离 H 城作为唯一的出路，走得越远越好。他已经不记得自己当初为什么如此坚定地选择去黑龙江。时隔几十年，他仍然要辩解说自己后来的过江，绝非预谋，只能说是一种宿命。事实上，他报名去边境上那个叫呼玛的地方，很费了一番周折，在当时他那样"出身"的人，本是没有资格去"反修前线"的。他为此写了三次血书。幸而有一个从小一起长大的高一"战友"，时任奔赴三江的知青头头。火车开动的时候，杜仲看着伸出车窗外挥动的那一只只草绿色的胳膊，心想自己也许是这一列长长的火车中，一条政审不合格的漏网之鱼。

辽阔而丰饶的北大荒，以纯净的雪原和碧绿的田野，抚慰着他受伤的心灵。汗水无法洗刷耻辱，但至少能够证明改造的决心。大雪一场接着一场，阻断了通往外界的道路。杜仲一次次顶着风雪，步行几十公里到公社邮局去，企盼着会有一封 H 城的来信，带来有关父母的消息。也许在他的心底，更希望收到的是楚小溪的回信。他自从到达呼玛后，就开始不间断地给楚小溪写信。开始是寄往 H 城，后来楚小溪也到了北大荒，他的信就寄往万山农场的那个连队。他的信总是写得很长，至今他还记得，刚到呼玛的时候，他在信中怎样给楚小溪描绘黑龙江边的生活。他告诉她，"呼玛"是达斡尔语，意思是高山峡谷中不见阳光的激流，这地方冬天最冷时可达到零下五十二度；20 世纪 50 年代，边民可以到江中心的岛上去放牧，开了春儿把牛羊往岛上一赶，岛上草肥水美，到了秋天再把牛羊赶回来，就能增加好几十只。这儿的边民大多是当年闯关东的山东人，所以从江那边嫁过来的俄国女人，个个都会说山东话。喝了黑龙江的水，头发黄鼻子大，所以这里的人长得都像混血儿。那些混血儿因为长着一副修正主义面孔，所以不准入党参军不准当民兵。黑龙江里有许多种江鱼，俗称三花五罗，据说肉质鲜美细嫩，不过他至今还未吃到；鳇鱼子号称黑珍珠，金红色的大马哈鱼子每一粒都像玛瑙。在一个叫西岗子的地方，埋了几千名牺牲的苏联红军，附近有一座冒烟的活火山，夜里有红色的火星闪烁……可惜这些都是听人说的，他什么也没有亲眼见过。他每天的生活除了劳动还是劳动，除了学习就是学习，他很想到江边去看看，到了夏天，据说连江对岸钓鱼人的草帽，还有斑点狗身上漂亮的斑点，都能看得一清二楚……

刚开始的时候，楚小溪还常给他回信。奇怪的是，小溪对他讲的那些好玩的事，他好像一点都不感兴趣。她的回信总是在讲学大寨和大会战什么的，讲她们连队火热的生活，开荒、除草、麦收，怎样一次又一次胜利完成了任务。杜仲觉得小溪的信写得空洞无物，她的信上甚至出现了这样的句子："农业劳动使我从一个小资产阶级知识分子，变成了脚踏实地的劳动者，但世界观的改造还不够彻底。""我们种的是普通庄稼，收获的将是反修硕果。"……杜仲心想，一个"文革"开始时刚念完初一的女孩，也敢称自己是小资产阶级知识分子吗？他盼她的信又怕收到她的信。他若是在信上流露出一点低沉的情绪，小溪的回信就会用严肃的口气"批判"他，要他回到正确的路线上来，于是他只能在回信中据理力争。"猫冬"的农闲时节，他将大量的业余时间用来写信，他希望能说服楚小溪懂得自己。信写得越来越长也越来越激烈，这样做的结果，楚小溪的回信间隔时间越来越长，信也越来越短了……

但是杜仲还是盼着楚小溪的信。同去的知青中，那个唯一的哥们儿已调到整建党工作组，周围没有一个亲近的人，他需要有一个人能听他说话。何况楚小溪是那么单纯无邪，曾经在他最艰难的日子里，给予过他温暖与友情。

杜仲一次次往返于村子和公社之间。茫茫雪原，一根细弱的蒿草在雪地上摇晃，随时都会被风雪折断。公社的高音喇叭在寂静的旷野上尖叫，但整个世界都好像已经死去了。

等待是如此漫长，他没有等来父母和楚小溪的音信，却得知那个高一"战友"即将去当兵的"喜讯"。在这个遥远的边地，他这个唯一的哥们儿离开后，杜仲开始变得烦躁和焦虑。下乡时从 H 城带来的一箱书，看了一遍又一遍，书皮已经翻烂，那本普希金的长诗《叶甫盖尼·奥涅金》，他几乎已把第一章全背下来了：……不，他的情感早就冷却，他厌倦了上流社会的喧嚣……谁曾经生活，谁曾经思考，内心就不能不轻蔑世人；谁曾经感受，那逝去的岁月，就会用幻象来搅扰他们……我徘徊在海岸，等待晴天，招手向过往的船帆致意。迎着风暴，冲破波涛，沿着海上自由的通道，何时能开始我自由的航程……60 年代中苏交恶，他 1964 年进中学，学的是英语。学俄语纯粹是由于兴趣，自学加上父母辅导，到父母隔离审查之前，他已经可用简单的俄语对话。杜仲试着偷偷把那些诗翻译成俄文，以此来打发时间，到后来，他自己所译的俄文诗句，也能倒背如流了……

草绿了，草又黄了；下雪了，雪又化了。杜仲觉得自己的耐心已经到了尽头。

他开始给军队的那个朋友写信，诉说自己的郁闷，还有一些幼稚的质疑。那些质疑不可能像后来他的军人哥们儿认为的那样，是受到了旁人的"教唆"和"影响"。那仅仅是杜仲本人自发的不满情绪，是与他自身命运相关的牢骚，还有书本和文学作品在他体内残存的那些，与现实格格不入的情感。他在信中提出了许多难以解答的问题，求教于那位当年敢作敢为将他塞进车厢、带去反修前线的哥们儿。他完全没有想到，进入军队后的哥们儿已是今非昔比，正在迅速成长与成熟。他在阅读了杜仲的来信后，产生了极大的担忧，他感到杜仲的想法很危险简直是太危险了，他有责任挽救他，拯救这位在自己走后迷失了方向的战友。杜仲的信被果断地退回到公社，还附有军人要求公社党组织帮助杜仲的长信，言辞恳切，希望杜仲迷途知返。这封信对杜仲的打击几乎是毁灭性的——不是因为公社与生产大队为此事召开的一系列批判会，也不是因为杜仲被迫写下的无数检讨书；而是因为，经历了几年来在险风恶浪中的颠簸，杜仲曾以为前方有岸，至少还有一条大船一直在与他同行。但此时他举目四望，茫茫的海面上，只剩下了他一个人。风高浪急，视线之内没有飞鸟没有岛屿，他的呼救没有回应；小船已经漏水，再来一个浪头船就会倾覆了。

杜仲第一次真正感到了孤独。还有绝望。

杜仲明白自己是走投无路了。这封被退回的信，足以断送他原本就已经十分渺茫的前途，他决不会再有转机和出路可言。

尽管如此，他仍是认真而痛心地对自己信中的妄言，一遍一遍做出了深刻的自我检讨，颤抖的钢笔在他的中指上嵌下了硬币样的茧子。元旦即将来临时，他的脊背上发出了一个通红的痈疽，然后是持续的发烧。那时知青们都已准备回 H 城探家，大家都没心思再对他穷追猛打，公社革委会批准他去北安看病，他搭乘一辆牛车再是热特再是长途汽车，在北安医院做了一个门诊手术，拿到病假条后，他跳上了开往 H 城方向的火车。

1971 年年初的一日，杜仲在 H 城旧居门口的封条前站了很久，他忍不住轻轻地晃动房门，发现尘封已久的门锁已经不那么结实。他转身而去，在一家僻静的杂货店买到一把钳子和一个手电筒。那天晚上，他蹑手蹑脚地接近了自己曾经的家，然后顺利地破门而入。久无人居的房间里，浓重的霉味儿与灰尘的气息险些令他窒息。他并不知道自己要干什么，他只是想来看看，看一眼而已。残破的家具中，也许还能找到一点什么有用的东西。手电筒微弱的亮光下，他的影子如鬼魂无声地挪移，歪倒的衣架倾斜的柜子和满地的纸片，再次提醒着他的孤独与绝望。他在地板上疲倦地坐下来，一仰头，看见了墙上的那个镜框。

很多年中，杜仲一直认为，那个晚上他无意之中的一瞥，好像有人从微光中伸来一只手，亲自将那个地方指点给他的。他始终无法解释，当时他为什么一下子就对那只镜框发生了强烈的好奇心。镜框如书本大小，浅灰色像是镀银的窄边框架，是父母当年从苏联带回来的，一直就挂在那里。也许由于其中镶嵌着一幅列宁的炭笔素描画像，镜框毫发无损，竟然未被人掳走。杜仲用衣袖擦去玻璃上的浮灰，心想这也许是父母留给他的一件遗物了，便将镜框揣进怀里，然后悄然离去。

第二天上午，在他借住的地方，同学的家人都已上班。他把镜框拿出来细细端详，觉得里面的画像有点歪斜。闲来无事，他用钳子将镜框背后的小钉子拔了，揭开背后薄薄的盖板，想把那张画像正一正——那一刻他的呼吸突然急促起来，他在画像与盖板之间，发现了一张有些泛黄的硬纸，翻过来看，像是一份表格，上面有铅印的俄文。杜仲屏住了气，睁大了眼，开始阅读那些模糊不清的俄文字句。他出了一头大汗，心都快要跳出来了，他简直不敢相信，这是一份与他有关的文件——1951年，杜仲（俄文名字德鲁卡）在莫斯科某医院的出生证。

他的父母为什么要把这份证明，放在如此隐蔽的地方呢？

这张保存完好的证明，恰恰在他走投无路的时候出现，对于他来说，莫非是一种暗示与指引？它究竟意味着自投罗网还是绝路逢生？

杜仲傻呆呆地坐着，苦思冥想了整整一天。傍晚时分，当同学一家人回来时，他已经把镜框恢复原样，用一件棉毛衫将它包裹严实，塞在了自己简单的行李里。一个重大的决定在他绝望而混乱的脑子里大胆萌生，他甚至被自己的想法吓了一大跳，但他已经别无选择，他觉得除了这条路之外，自己再没有别的路可走了。没有退路就意味着只能勇往直前，无论前面是断崖还是陷阱，他都要用自己年轻的生命作为抵押，不顾一切地去试一试。

接下来的日子，杜仲在H城短暂逗留，开始为自己的计划进行了周密的准备。他又一次潜入封闭的旧居，竟然在杂物堆里找到了一只苏联生产的望远镜。也许是运气和天助，他在一个留城进了工厂的老同学家里，发现了在批"四旧"时，抄家得来的一只夜光指南针。他以身处边疆、自然条件恶劣经常迷路为借口，费尽口舌，向那人讨得了指南针。他不需要更多的东西了，只需要勇气和胆量，他相信自己那一口熟练的俄语，将会帮上大忙。

很多年以后，他回想当初近于疯狂的行动，觉得那次行动的原动力，仅仅是一种狗急跳墙的动物生存本能，是年少气盛的血液中自以为是的冒险精神，还有他希望亲自去考察一番"一声炮响"发祥地之真实面貌的狂妄之念。如果说其中混杂了少许诗意的憧憬与浪漫，那么也是由于静静的顿河、伏尔加纤夫、白净草原还有悲怆的天鹅湖……

也许就是为了这个缘故，他在从 H 城返回呼玛的途中，特地绕道松花江边的万山农场，去看望楚小溪。那是一次只能在心里进行的悲壮诀别，只有他自己明白——他若是能成功过江，他从此再也不能回来；如果他被打死在边境线上，他当然更回不来了。所以，无论成功与否，此一去，他都将与楚小溪永别。

回到呼玛之后，他的劳动表现异常出色。他多次偷偷揣着望远镜，到很远的草甸子去打柴火，江边瞭望哨的位置都已烂熟于心。如此地广人稀的边境，两岸间终会有被疏忽的隐蔽通道，就看你能否发现它了。

他终于等来一个刮着大烟泡的风雪之夜，风声怒吼，雪片横飞，他拧断了生产队马棚门上的铁条，把十几匹马都轰了出去。马在旷野上四散狂奔开去，那将是他行动的最好掩护。厚厚的羊皮袄翻了面紧裹在身上，他想自己如果被冻死在旷野上，天亮以后，看上去就像一只被埋在雪地里的羊。

生与死之间其实只有一步，这一步的距离却是如此之长。对于二十岁的杜仲来说，那已不是国境线，而是死亡的界碑。天地混沌，面孔上结了一层冰壳，眼球似乎被冻住了，他一次次用手套揩擦着眼睫毛上的白霜，远方隐约有一线光亮，如同沙漠中的海市蜃楼。

他听见从黑暗中传来一声俄语，喝令他站住。几个大兵迅速地将他捆绑起来。当他被带到一所暖和的小屋，他没有开口说话，而是用几乎冻僵的手，伸进贴着胸口的内衣，掏出了那份证明自己出生地的文件，还有写着他名字的边防证。

孟迪把一粒白瓜子轻轻嗑开了，放进嘴里，慢慢地嚼着，说：

跟你说句实话，其实，我根本没有想到，此生还能在H城见到你。听说你后来一直没有被遣送回来，大家都认为你在过江的时候，不是被打死了，就是冻死了。你能被他们留下，简直是一个神话，或是一个谜。不过我并不想知道，你没有被送回来的具体原因。到了我们今天这个年龄不会不懂，你能留下来，当然是因为对他们有用。可是你妹妹的一个朋友转告我说，你是从F国回来的，我倒很想知道，你这一次，究竟是途经F国呢，还是早已定居在F国了呢？

杜仲回答说：80年代中期，我从当时的苏联到了F国；我的妻子是俄国人，懂法语，但她一直到90年代才有机会离开俄国，到F国与我团聚。现在我们一起定居在F国南部，我在一所大学的图书馆工作。你也许能听懂，前二十几年中，我根本不可能拿到从苏联回国探亲的签证。

孟迪沉吟了一会儿，又问：杜仲，恕我冒昧，你既然冒着生命危险，到达了自己的目的地，后来为什么又一次离开那里去F国呢？孟迪在"又一次"三个字上，加重了语气。

杜仲很快回答：是因为失望。

是什么让你失望？

你应该知道是什么让我失望。

难道每一次失望都会导致——导致放弃吗？

是这样。我没有别的反抗方式，我所能选择的，只有放弃。

就像当初你放弃楚小溪那样？

……不，我和楚小溪之间，只是朋友，她不是我所要反抗的，当然就不存在放弃。

那么，如果说，当你有一天放弃到再没有什么可放弃的时候，你会怎么办？

事实上，现在，我已经就只剩下我自己了。这是坚守的底线。

很久的沉默。杜仲伸手从孟迪的烟盒里，抽出了一支烟。他戒烟已经好多年了。

杜仲并不想把自己这些年在海外的经历，一一从头道来。毕竟他与孟迪不熟。假如有一天他能见到楚小溪，而她也仍然有兴趣听他讲述，那么他会告诉楚小溪，这二十八年他是怎样过来的。那场暴风雪过去之后，他被押送到布拉戈维申斯克，然后送到赤塔。在经历了无数次的审查与等待之后，他终于被允许留在了远东地区，先是被送到一所大学学习国际政治，然后在一个研究所从事中苏关系研究。孟迪说得不错，以他那样特殊的身世和家庭背景，他是一个有用的人。但孟迪并不懂得，他有用却没有更多可用的价值。有关方面曾希望他到国际广播电台工作，担任对华广播，被他拒绝了。几年后他被送往莫斯科的另一个研究所，那时他已开始自学英语和法语。但几乎与此同时，漫长而缺少阳光的冬季，压抑而神经紧张的日常生活，以及长期的思乡之情，使他患上了轻度忧郁症。他突然感到了厌倦，对自己所谓庄严而神秘的工作失去了兴致。有时他甚至会产生幻觉，觉得在这里和当年在江对岸，除了食物和语言之外，并没有什么根本的区别。他怀疑，自己在若干年前，是否真的曾有过一次逃离？他是否还有必要重新逃离？

那年夏天，借着去 F 国治疗忧郁症的机会，他没有再回到莫斯科。他的妻子在 F 国的亲友为他提供了最初的生活费。忧郁症断断续续搅扰了他好几年，一直到苏联解体，他的妻子终于也来到 F 国，他才渐渐恢复了健康。当他重新振作起来，安顿好家人，找到一份合适的工作，几年下来略有积蓄之后，他才第一次有了回中国的可能性。

二十八年。半个地球的周旋，多么曲折漫长的一条弧线。

孟迪说：可我始终还是不明白，你明知过江是会带来严重后果的，走之前你为什么还非要去看望楚小溪？你知道你在万山农场住的那一夜，牵连了多少人吗？凡是和你说过话的人，每一个人都被反复盘问。我因为留你住宿，与你合睡了一条被子，团籍都被开除掉了。楚小溪的处境就不用说了，如果不是因为这件事，第二年招收工农兵学员上大学，她是完全可能被推荐的，但她却从此被打入冷宫。一直到知青大返城的 1978 年，才离开北大荒。有一段时间，连队的女生都不敢同她说话，我想了很多办法安慰她也没用，因为她总是觉得对不住我，一次次不断地向我道歉。那么沉重的心理压力之下，我真害怕她会神经错乱……

是啊，听你讲了这些，我觉得自己真是罪孽深重。杜仲长长地叹了口气。那口气一直压得他胸口憋闷，经过喉咙时，像一股腥黏的血流喷出来。他连续地咳嗽，每说一个字都用尽了全身的力气：

有生之年，我若是还能见楚小溪一面，我会请求她的原谅。今天在这里，请你先接受我的歉意，可是，我却无法偿还当年给你造成的损失了……

杜仲的眼睛发涩，呼吸也愈发滞重。他真的不愿意回想那一次见到楚小溪的情形，他也无法告诉孟迪，那一次付出了如此之大代价的会面，其实是很不愉快的。非但不愉快，甚至如同一把利剑，在他心里划下了一道不可愈合的印痕，由此更坚定了他逃离的决心。当年他和楚小溪曾因她的天真可爱而彼此走近，却也因她的纯真无知而分手。他是带着心灵与情感上难以述说的失落与迷惘，走向黑夜里冰封的江面的。他在雪地里一次次摔倒又一次次爬起来，他觉得只有自己的两条腿还在拼死行走，而心早已冻僵了……

杜仲在离开"柳荫"茶室之前，犹豫再三，还是向孟迪提了一个问题。他说对自己过江以后发生的那些事情，仍有些疑问。比如说，有关方面对楚小溪的处分，为什么会如此严厉？按说，楚小溪是把杜仲当作一个探访者和友人接待的，对他的逃离完全不知情，一旦交代清楚，应该可以脱身，却怎么会搞成那个样子？是不是楚小溪对他的逃离，表示了同情和理解呢？他说得小心翼翼，他知道自己的内心深处依然在渴望得到某种安慰。

孟迪很快回答说不是，以楚小溪当时积极向上的精神面貌，她怎么可能同情一个……她对审查是很配合的。孟迪的口气陡然变得不太友好，反问杜仲说：你是真不明白还是装糊涂呢？

你指的是什么？杜仲真的糊涂了。

我指的是，你应该知道，问题的关键在于，楚小溪她根本说不清楚。

什么说不清楚？

那张纸片。

什么纸片？

你真的不记得那张纸片了吗？一张有蓝色横条条的纸片，好像是从笔记本上撕下来的，上面有中文和俄文两种文字，一句在上，一句在下，中俄文对照的，实际是同一句话。

同一句什么话？

"请带我走！"

请带我走？

是的，时隔二十多年，我都不会忘记，就是这一句："请带我走！"

杜仲的脑子一片空白，思维已经完全停顿与混乱。他觉得这句话有点好像同自己有关。但他却实在想不起来，这句话在什么情况下同自己有关。

孟迪冷笑着说：你自己写下的纸片，怎么会不记得了呢？那天晚上你和楚小溪在她科研排种子站的小屋谈天，你在匆忙中把纸片遗落在那里了。纸片上有俄文，这在当时显然是令人警惕的，所以第二天有人捡到它之后，就把这张纸片悄悄收起来，交给了领导。你过江后，大规模的调查开始，这张纸片就成了铁的证据。问题在于，没有人愿意相信那张纸片是你遗落的；连队的 H 城知青中有人说，楚小溪在 60 年代中期就认识你，所以她的俄文肯定是你教的。专案组还让小溪对了笔迹，最后竟然断定，那张纸片就是出自楚小溪之手，"请带我走"那句话，是楚小溪早就写好了，想当面交给你的。也就是说，楚小溪本想跟你一起走，但你怕她碍事而没有答应。当时，只有我相信楚小溪是无辜的，可惜，楚小溪根本就无法证明，那张纸片不是她写的……

杜仲的记忆在刹那间复活。他隐约记起，在从 H 城回北大荒的路上，换车等车的中途，为打发时间，他写过一些中俄文对照的纸片，意在练习自己的俄文。其中当然会有"请带我走"这样过江后必须使用的句子，是的，他随手在笔记本上写过这句话，后又撕下来想扔掉，不知为什么没扔，后来他再也找不到这张纸片了。好在他已经把"请带我走"那句话完全背熟，也就把纸片的事情丢在脑后了。当年的这一疏忽，竟然惹下如此大祸，他怎么就会在无意中伤害了自己曾经最珍惜的人？

杜仲苦笑着，他觉得事情变得越来越荒唐了，甚至极其荒诞。面对那张遥远的纸片，他觉得自己任何悔恨与歉疚的语言都是何等无力，他对孟迪已是无话可说。

杜仲付了茶钱，与孟迪一同默默地往外走。

杜仲在一棵粗大的梧桐树下站住了。他觉得自己无论如何还得对孟迪再说最后一句话，这句话若是不说，他也许就永远没有机会了。希望尽管渺茫，他还是要试一试。

我听人说了……听说楚小溪在 80 年代初去了美国。杜仲说得有些紧张。孟迪，无论你怎样看待我都没关系，但你能告诉我楚小溪在美国的地址吗？

不，我和她很少联络。孟迪一口回绝了他。

你就不能想办法帮我去问问看吗？杜仲的口气已近于哀求，他觉得自己有点可怜。孟迪你住在 H 城，你想找她的话，是一定能找到的，而我再过几天就要回 F 国去了。我只是想……希望给我一个机会，向她致歉请她原谅，你哪怕给我一个她的电话号码也行……

孟迪不置可否，慢吞吞跨上了自行车，没有同他握手说再见。

杜仲从孟迪无法掩饰的眼神中看出，孟迪是有楚小溪的联系方式的。

B

但杜仲万万不会想到，楚小溪此时就在 H 城。

她几乎每年都会从美国飞回 H 城一两次，像一只没有季节规律的候鸟。

楚小溪在一次次漫长而孤单的飞行途中，总是选择靠窗的位置。她会久久地凝望着窗外悬浮的云海，在心里惊叹时空变幻的不可思议。那种宁静至无限的蓝，那样纯洁到透明的白，就像是从当年北大荒的上空飘来。很多年以前，楚小溪穿着被汗水湿透的衬衫，坐在田垄尽头的锄把上看云；云朵重重叠叠，穿过云还是云，它们静默无语，不容易被看穿，就像楚小溪的心事。旷野的视线之内，地球是一个圆圆的平面，弧形的蓝天如一顶巨大的帐篷，把孤独的楚小溪温柔地包裹起来……蓝天不变，白云依旧，但楚小溪却到了地球的另一端。

楚小溪喜欢这种不受打扰的旅行。天气晴朗的日子，从机舱的窗外能望见高空下苍茫无际的海面，银光灼灼如雪浪翻滚，风在水上逐起幽蓝的波纹，烟尘雪末壮阔辽远，却又透着冥无人迹的凄冷，令人想起冰雪覆盖的北大荒原野。厚厚的积雪封存了许多往事，只在风中露出衰弱的草尖。融雪的日子，那些已被埋葬的记忆，会如同保存完好的尸体或是腐蚀的骨骸，在阳光下渐渐显形。它们虽然失去了生命鲜活的血色，但是永远不会消失。楚小溪若是偶尔绕道从欧洲飞回中国，万米晴空下是延绵不绝的莽莽群山。她能清晰地看见阳光下高耸的喜马拉雅雪山山巅。有一刻她忽然觉得那些起伏的皱褶与沟壑，很像人的大脑，从空中无法看清的岩石树木和洞穴，犹如人的思绪，深藏于那些曲折而隐蔽的皱褶之中。

　　逝去的岁月已如此遥远，却又似乎触手可及。

　　1978年恢复高考时，楚小溪从北大荒病退回到H城，在一家街道小厂当铣工，一边自学英语。1979年她考上了省里的一所大学，在大学里她才开始恋爱，毕业后结婚生子，丈夫是自动化专业的同届校友，从本省农村插队回来，同代人相似的阅历，一切都自然而然。20世纪80年代明媚的阳光，驱散了多年来笼罩着她的阴影，修复着她内心深处的创伤。她开始变得活跃而开朗，常给校刊写些诗歌和短文。有人说她的文笔优美，何不往文学方面发展，楚小溪只是一笑。21世纪是生物的世纪，她痴迷于自己的专业，渴望出国深造，也渴望去看看外面的世界。20世纪80年代中期，她和丈夫先后分别被美国的大学录取，然后是很多年的努力与拼搏，读完了硕士和博士学位，留在美国芝加哥一家生物制品公司工作。等到生活安定下来，再把孩子接到了美国。这个过程就像大多数通过自我奋斗而实现人生价值的老知青留学普及版，听上去大同小异波澜不惊。

近年来，她所在的公司在中国开设了办事处，凡是有关中国方面的业务，公司都会派她前往中国处理。她已经习惯了在天空中来来去去，有一次，她乘坐泛美航空公司飞往上海的航班，只半天就把事情办完，当天晚上就又乘坐那架航班飞回了芝加哥。航班上的空姐还是来时那几位，认出她之后，友好地笑着对她说：您的工作效率具有飞机的航速。

那当然是比较极端的一个例子。其实，每次来中国出差，只要时间允许，她都会尽可能抽空回一趟H城。过去的老同学和荒友们都已很少联络，她回H城主要是为了看望年迈的父母，在家里住上两三天，又匆匆飞走。

楚小溪每次回H城，多半很少出门，在家里陪父母说话，或是打理一些家事。偶尔她会给孟迪打个电话，约他出来喝茶或是喝咖啡，给他的孩子带些巧克力或是维生素之类的东西。孟迪很少问起她在美国的生活，她也并不想知道当年的老同学老朋友目前的情形。闲谈之中，也没有太多可说的事情，坐一坐也就散了。

她这些年在大洋两岸飞来飞去，对于H城的变化已是习以为常。每一次回来，就会有一条小巷消失得无影无踪；下次回来，一条大街堂皇地穿城而过。眨眼间就看着H城的大厦，像春笋似的钻出地面巍然耸立；高架路立交桥，像电影外景地的布景一般迅速搭建起来。H城是一部正在公映的影片，整个中国是一部巨资制作的大片。猛一眼看去，楚小溪会觉得H城变得陌生，再细细勘察，又分明是熟悉的——一座城市无论怎样改变，那种充斥流散在空气中的味道，就像老字号馄饨的百年老汤，依然点点滴滴地融在碗里。偶尔地，她会冒出一些古怪的念头，希望 H 城能像一堆庞大的积木，统统推倒重来。未来 H 城的街道，将从宽大的绿草坪中穿过，一栋栋房屋都盖在浓密的树荫下，每一家商店都建在鲜花盛开的花坛上，音乐会或是戏剧节就设在河岸边，夜的河面上是灯光的倒影，乐声从水上传来……楚小溪这样遐想过后，会觉得自己十分可笑。她早已不再是一个浪漫的理想主义者了，这十几年来她严谨务实兢兢业业，不再会为那些无法实现的事情伤神费心……

楚小溪恍然觉得自己关于积木的那些想法，也许是出于她个人的原因。在她的潜意识中，抑或是企盼着一切能够从头开始吗？或是希望那种溃散后的重建，能帮她删除头脑中堆积的记忆吗？尽管后来的故事，并不是发生在这座城市，但几乎所有的事情，都与 H 城有着千丝万缕的关联，就像织完了网之后逃之夭夭的那只蜘蛛。她虽然已经离开了 H 城十几年，但这座城市仍然以残砖碎瓦、化整为零的方式，在不同的时间地点，冷不防地一次次袭击她。每次一入 H 城，路边的香樟树扑面而来，从那些釉质的绿叶上，散发出一种难以驱除的气息，总是令她头晕目眩。

那个人一直就站在一棵巨大的香樟树下，他的脸被浓密的树荫遮住了。

楚小溪知道，只要 H 城还在，那个人就不会从 H 城消失。虽然她根本无从知道，如今他是否还活在这个世上。

那个夏天的傍晚，香樟树上的蝉鸣悄然止息。从隔壁的小院子里，传来匆忙的脚步声和杂乱的人声，随着一些东西被推倒的破碎声，一声声响亮的口号，像知了一样尖叫起来。

那家院里的香樟树有两人合抱那么粗。前一天晚上，有个老头被绑在树干上，一群人用皮带鞭打着他，那人凄厉的哭叫声响了一夜。

楚小溪趴在厨房的窗子上，从铁栏杆里偷偷地观看着隔壁院子的情形。她看见许多戴红袖箍的男生和女生，把那个老头儿从树上解下来按倒在地上；她看见白色的纸帽子、白色的面孔上白色的牙齿、帽子上黑色的毛笔字和字上黑色的××；许多东西从房子里被搬出来，装上了卡车。一个女生走到门外，把一只锦缎的小盒子塞进了自己的裤兜。许多厚厚的书还有卷起来的画轴散落在地上，被许多人踩在脚下。有个男生弯着腰在捡拾那些书本。楚小溪看不清他的面孔，他的脸被浓密的树荫遮住了。他走路的样子很奇怪，踮着脚尖，从散落在地上那些书本里小心地穿过去，好像生怕踩坏了它们。楚小溪差点忍不住笑起来，这个动作实在有点像女生啊。他把那些零散的书画堆在一起后，就坐在门槛上守着那些东西。有一会儿他摘下眼镜擦汗，楚小溪觉得这个人脸上的表情很漠然。起初她猜想这人是不是被抄家那户人的子弟，但很快她就否定了自己的猜想，天黑下来的时候，他和其他戴红箍的男生一起走了，走到门口还回头看了看那堆东西。这时楚小溪发现他有一个很宽很亮的额头。

那天晚上，楚小溪一个人待在厨房里，等着自家的大猫。大猫不辞而别好几天了，小溪特意在窗台上放了一条它最爱吃的小鱼，希望它闻到腥味儿能回心转意。小溪没有开灯，她想也许这样大猫会回来得体面些。过了一会儿，她听见隔壁漆黑的院子里有响动，一条黑影翻墙而入，直奔那所房子门口的书堆而去。小溪在黑暗中拼命地睁大眼睛，心怦怦直跳。那人打开一只手电筒，在微弱的手电光下，开始翻动那些书。就在这个时候，又有一个黑影悄然无声地跳到了窗台上，柔软的尾巴扫到了小溪的面颊。小溪忍不住喊了一声，一把抱住了自家的猫。猫急着去抢鱼，小溪连声哄着它。那个黑影闻声站了起来，他朝着这个窗口看了一会儿，朝着楚小溪走过来。

喂，小姑娘，你都看见了吗？他轻声说。我可不是坏人啊。

我看见什么啦？我什么也没看见。楚小溪嘟哝着，啪地把厨房的灯打开了。一线光亮正好照在窗外他的脸上，小溪惊讶地发现，这人原来就是白天那个弯腰捡书的男生。

他把手里的一本书扬了扬，压低了声音说：就是几本书嘛，我只拿了几本书，你可千万别告诉别人啊。

楚小溪瞪大了眼睛说：什么书那么神秘呀？你给我看看？

他犹豫了一会儿，后退一步，举着书说：喏，你看好了，这不是坏书。

楚小溪一眼就看清了封面上的几个字"静静的顿河"，板着脸说：谁知道那是不是封资修的书啊，你半夜里来偷书，肯定不是好人。

那个男生宽宽的额头上渗出了汗珠子。他结结巴巴地说：你怎么能……这……这样说呢？这样说……太武断了，不看一看，你怎么知道它是不是封资修呢？

好了好了。楚小溪没有耐心再同他扯下去。她说：哎，这样好不好，假如你看完后，肯借给我看看，这就是我们两个人共同的秘密了，我肯定就不会告诉别人了。

可是……他犹豫着说，你……你看这样的书，还太早啊……

我已经上完初一了。我看过很多书啊，不骗你的。

他站在原地想了一会儿，勉强点了点头。又叮嘱一句：那你千万不能给别人看，连家里的人都不能让他们知道，好不好？楚小溪赶紧告诉了他自己家的门牌号码，并叮嘱说，从他站着的这个小院，得绕一个大圈儿，才能到达楚小溪家住的那栋楼房。

很久以后，杜仲告诉楚小溪，那天晚上回去后，他想来想去，觉得这个女孩要么是出于好奇，要么就是由于无知，竟然自愿成为他的同谋；她几乎不假思索，就想出个好主意把他从尴尬的情境下解脱了。换了他自己，肯定就不知道该怎么办了。那么她至少应该还算得聪明。无知而又聪明的女孩儿，对那些自以为是的男孩，会有一些吸引力。

学校已经停课，楚小溪整天待在家里无所事事，小溪的父母都是普通职员，没有历史问题也没有现行问题，她的生活太平静了，心里特别希望发生一些不平静的事情。那以后差不多有一年时间，时断时续的借书还书、再借再还，始终在秘密的情况下进行。她至今还记得，杜仲借给她的书，有《马克思的青年时代》《九三年》《巴黎圣母院》《约翰·克利斯朵夫》还有《战争与和平》什么的。杜仲通常都是白天来送书，拎一只菜篮子，面上放着几棵青菜，书就放在青菜底下。杜仲送书来的日子，小溪家就会吃青菜。其实那些书小溪基本都看不懂，人名太长了记不住，书里的故事离眼前的生活更是天差地远，她通常只是翻一翻也就放下了。不过她真是喜欢这种"地下工作者"似的感觉，敲门要对暗号，紧张令她兴奋，读什么书倒不重要了。只有一本《鲁滨孙漂流记》，小溪反反复复看了十几遍，看得晨昏颠倒就像吃了过多的酒酿一样。有一次杜仲对她说起，其实他家里有一套俄文版的《静静的顿河》，一直到他搞到了中文版之后，才明白父母为什么不让他看《静静的顿河》了。杜仲告诉楚小溪说，葛里高利这个人一生都在追求自由，而真正自由的心灵注定是没有归属的。当时他激情澎湃地说了有大半个小时，可惜当年十四岁的楚小溪只记住了这一句话。

1967年猝不及防的转折，对于杜仲来说是一次致命的打击。他的父母几乎同时被隔离审查，那时候楚小溪才知道杜仲的家世。那几天杜仲的脸色一下子变得苍白瘦削，明亮的额头像是罩上了一层灰土，从眼睛到眼镜片，整个人都变得灰蒙蒙的。小溪的父母禁止她再与杜仲来往，小溪只能寻找各种借口偷偷跑出来与杜仲在公园见面。小溪知道，那些日子，几乎所有的亲戚朋友和同学，都不敢同杜仲来往了。那样孤独无助的时候，天性傲慢的杜仲尤其需要安慰。在小溪看来，杜仲那一副拒绝同情的样子，多半是硬装出来的，其实他心里比谁都更渴望同情。不过小溪对杜仲并没有太多的同情，她对杜仲的好，是纯粹的喜欢，和原来对他的好没有什么区别。杜仲会给她讲许多她从来没听说过的事情，她喜欢杜仲，多少是有钦佩的因素在里头。虽然杜仲的家里倒霉了，但杜仲还是那个杜仲，跟他在一起，小溪总是觉得自己的眼睛会一次次发亮。一直到小溪去了北大荒之后，有一次杜仲在给她的信里说了一句话，让小溪明白了杜仲对她好的原因。杜仲说：在我最困难的日子，你从不让我感到你的友爱是一种施舍。小溪感动过后，又觉得这句话不算太对，其实女孩天生是热衷于安慰别人的。那时小溪常常从家里"偷"来几个橘子，或是粽子和荸荠给杜仲吃，他像一只饿狼一样大嚼的时候，小溪就搜肠刮肚地给他讲笑话，想让杜仲高兴起来。

楚小溪至今还记得那个"笑话"，忽然引得杜仲大发雷霆。

小溪说：哎哎，你听说化工厂发生爆炸的事情了吗？他们说有特务破坏，就把历史反革命沈阿三给揪出来了。许多人轮流打他，说他有定时炸弹，他被打得受不了，只好承认了。开批斗会的时候，革命群众都跳到台上，审问他究竟是怎么引爆炸弹的。哪里晓得，这些具体的问题，造反派事先忘记教他了，他回答不出，大家就打他。群众逼着他问：那个定时炸弹到底有多大？沈阿三连炸弹都没见过，想了想，臂膀朝两边一伸，说：这么大。差不多像自行车那么长了。群众不满意，横眉竖眼说：不对！沈阿三把双手缩回来说：这么大。这次像西瓜那么大。群众又说：不对。沈阿三想来想去，伸出食指和拇指比画说：这么大。就是像柿饼那么大吧，群众才算满意。又有人问他：炸弹是方的还是圆的？他又答不出，忽然想起《国庆十点钟》那个电影中的马蹄表，赶紧回答说：是圆的，圆的。革命群众大吼一声说：又错了！沈阿三连忙改口说：是方的，方的……

够了！杜仲两眼血红地大叫一声。你真觉得很好笑吗？这么荒唐的事情，我一点都笑不出来。那些人到我家搜查时，还问我电台在哪里，我父母是不是每天晚上给柯西金发报……

楚小溪被吓了一跳，泪水哗地涌了上来。杜仲手足无措地围着小溪转了好几个圈圈，掏出一块脏兮兮的眼镜布，要给小溪擦眼泪，倒惹得小溪又笑起来。

匆忙的约会中，他们的手里不再有书，谈论书本是需要心情的。书本里的故事很精彩，但现实却很严峻。杜仲说他们没有今天，因为今天充满了危险；他们也没有明天，明天像一条断流在沙漠的内陆河。从杜仲嘴里越来越多地蹦出一些不合时宜的话语，让楚小溪心惊胆战。几年以后，当杜仲从她的生活中彻底消失以后，她想起十六岁的杜仲当年的讲演，其实只有她一个听众，蓦然明白杜仲后来的结局，在那时就已经彰显。

很快，就连这样的约会也不能再继续了。小溪的父母知道她依然和杜仲来往后，迅速地把小溪送往了外县的奶奶家。十五岁的楚小溪还不懂得怎样拒绝和逃避，再说，她开始发现杜仲这个人变得神经兮兮的，越来越难相处。楚小溪有些害怕和杜仲在一起了，跟杜仲谈天，他总是会把人的心扰乱，让对方觉得自己的头脑不如他的头脑。在小溪那个年纪，既然什么人跟她说什么她都会相信，她为什么偏偏要相信杜仲跟她说的那些话呢？

很多年以后，楚小溪才知道，香樟树活着的时候，是闻不到樟木的香味儿的，只有把香樟木做成箱子之后，木材的香气才会一年一年经久不衰地散发出来。

她在外县的一个小镇上待了大半年，连猜带蒙地看完了厚厚的中国古典四大名著，还学会了踩缝纫机和裁剪衣服。偶尔地，她会想念起杜仲，但她没有给杜仲写过信，写了信他也是收不到的。小溪不知道杜仲后来的那些日子是怎么过来的，当她回到 H 城的时候，已是 1968 年年底，一批一批赴黑龙江反修前线的知识青年正在准备出发。当她想方设法终于打听到杜仲的消息，已是杜仲即将上火车的前一夜了。

她是在杜仲的学校教室里找到他的。一堆乱七八糟的行李，摊开在拼起来的一排课桌上，杜仲正弯腰往一只木箱里装书。她的突然到来，并没有使杜仲感到惊讶，杜仲拍着手上的灰尘笑眯眯地说：

哎，你怎么才来啊？跟我们一块儿走吧！

你是真的要走啊？

当然是真的。我对 H 城已经烦透了。

那干吗要去那么远的地方呀？

要走，就去远的地方。他说，走得越远越好。

楚小溪坐在空荡荡的教室的凳子上，不知道为什么就哭了起来。她哭得很伤心，一句话也说不出来，那一刻她才发现自己其实是在乎杜仲的。杜仲就像一本借来的书，看完了要去还掉的时候，才发现还有好多页没来得及细看。杜仲一走，这座城市好像塌了一角；往后没有杜仲的日子，这座城市就空了。

她哭了很久，杜仲在一边把行李和书本弄得哗哗响。楚小溪心里也许是在等待杜仲的安慰，比如走过来拉拉她的小辫子、摸摸她的头顶，或是……把她揽在怀里，拍拍她的后背。但杜仲一刻不停地忙碌着，一言不发地走来走去，就是不走到楚小溪的面前来。小溪有些失望了，她抬起头，扯下手臂上两只劳动布的蓝色新套袖，愤愤地递给他。

我没有什么东西送给你，这副套袖是我自己做的，你带着吧，也许用得着。

杜仲在接过套袖的那一刻，他的手掌碰到了楚小溪的指尖。小溪的手指冰凉，而他的手掌却冒着热汗。他的手掌在小溪的手指上停留了一小会儿，似乎迟疑了一下，立即就缩回去了。他粗声粗气说了声谢谢，把套袖分别戴在两条手臂上，然后在箱子里翻了一阵儿，说那我只好把这本书送给你了，说实话我真有点舍不得呢，不过你一定要保管好啊。

那本薄薄的《金蔷薇》，小溪有一次想跟他要，他推三阻四地找了好多借口拖着不给。

小溪捧着书的手掌忽然有些发胀，浑身都热起来了。她说杜仲你到了那里，一定要给我来信啊。你就把信寄到我学校好了，我每天都会到传达室去看信的。她说完就匆匆走出了教室。在昏暗的走廊里，她听见杜仲在身后大声喊：你要给我回信啊——

可连楚小溪自己也没有想到，第二年春天，她也报名去了北大荒的万山农场。那时候整个H城都已是红旗招展锣鼓喧天，她是被那些迎风飘扬的红旗裹挟而去的，是被那些惊天动地的锣鼓驱赶着去的。楚小溪欢欣鼓舞心情激荡，知青专列开动的那一刻，胸前戴着大红花的楚小溪，觉得自己忽然间好像变成了另一个楚小溪，一个崭新的楚小溪，英姿飒爽的女战士楚小溪。车厢里震耳欲聋的歌声中，她忽然想起杜仲说过的话，他说要走就走得越远越好。现在她真的是走向远方了，但不知为什么，杜仲的面孔却变得模糊起来；那个远方离杜仲近了，但杜仲却好像离她越来越远了……

楚小溪到达万山农场后不久，就给杜仲写了信。杜仲很快回了信。他的信都写得很长，厚厚一大沓，常常把信封都挤破了。他的信字迹很潦草，好像不那么飞快地写，那些话就会卡在他喉咙里。起初他在信里说着呼玛那儿的历史和风俗什么的，就是不谈怎样保卫边疆的事情。过了些日子，那些密密麻麻的小字，开始谈论法国大革命，然后是英国的工业革命，还有日本的明治维新什么的。楚小溪一看到杜仲的来信就喘不过气来，阅读他的来信变成了小溪生活中一件十分艰难和辛苦的工作。楚小溪有时候恍惚觉得那些信不知道从哪里寄来，杜仲好像不是在硝烟弥漫的反修前线，而是在一间与世隔绝的书斋里。小溪的忍耐终于到了头，她委婉地回信告诉杜仲，她所在的农场纪律很严，劳动很艰苦，晚上还得天天读，实在没有那么多时间看信和回信，他能不能把信写得简短一些。那以后杜仲忽然给小溪寄来了一首《知青之歌》，说是一个南京的知青自己写词谱曲，唱起来苍凉悲壮，把他的心情都表达出来了。小溪把那歌词给同去的知青看了，有人悄悄告诉小溪说外头正批判这首歌呢，让她赶紧把歌词撕掉。小溪浑身一凉，此后便多留了心眼儿，给杜仲的回信总是拖了又拖，回信也越来越短。那段时间的楚小溪正在蒸蒸日上，评上了五好战士和场劳模，又提了科研排的排长，连部已经让她填写了入党志愿书。她所在的连队那样火热的朝气蓬勃的生活，同杜仲的来信中那种越来越灰暗、悲观、消沉的情绪相比，简直是牛头不对马嘴。小溪觉得自己和杜仲之间，像是朝着相反方向跑去的马车，扬起的尘土在马车擦身而过的那一刻相会，尔后就各自飘散了。

每次给杜仲回信，都会使楚小溪烦恼而又痛苦，因为她实在想不出有什么话可对杜仲说。有一次杜仲来信，说她的信上一大半都是废话，还说若是把 1966 年的楚小溪与 1970 年的楚小溪相比，后者的脑髓正在萎缩。这句话深深地刺伤了楚小溪，她好几个月没有给杜仲回信。直到那年冬天那个寒冷的日子，杜仲突然精神抖擞地出现在她的宿舍门口……

往事不堪回首。这么多年来，楚小溪做成了许多事，然而，她唯独难以做到的，就是忘却。

楚小溪这次回 H 城，只能停留两天时间，就得转道去 B 城办事。回到家里，见过父母，她正在犹豫着要不要给孟迪打电话，电话铃猛地响起来，一接，却是孟迪的声音。楚小溪多少有些意外，因为孟迪从来是不主动给她打电话的。

她说孟迪你真是神了，我刚进门，你怎么会知道我回来了？

孟迪的声音听上去有些怪怪的：我不知道你回来，我只不过想试试看……

楚小溪问孟迪找她有什么事情。孟迪沉吟了一会儿说，如果她晚上有空，能不能出来坐坐？楚小溪立即就答应了，她不会拒绝孟迪的任何请求，因为孟迪从来没有任何请求。

孟迪的述说十分平静，他提到杜仲那个名字的时候，就好像在说着一个昨天刚刚分手的人。他那种与己无关的语气，明显地拒绝着楚小溪做出任何震惊、怀疑或是惊慌失措的反应。他转述了自己与杜仲见面的情形，还有杜仲最后请求他转告的那些话。他的语速很快，显然不希望被楚小溪的任何提问打断，好像一旦停顿下来，就会再也无法续接上去了。楚小溪渐渐发现，孟迪在叙述的过程中，并未对杜仲加以任何评论，显然他早就打定了主意，要让楚小溪自己来面对这一切。

楚小溪觉得脑子有些发晕，眼前一片混沌。

谈话快结束的时候，孟迪最后的一句话，令她悚然一惊。孟迪说：我给你打电话，其实心里希望你没回国，最好你不在 H 城，这样就等于你根本不知道。但是我又不能不打这个电话，因为我知道，这么多年，在你心里，你和杜仲的事情，并没有了结。

楚小溪的眼圈一下子就红了。

她很快说：不，还是算了吧，我不想同他联络。那么多年过去，许多话都不是一下子能讲清楚的，越讲反而越讲不清楚了。再说，也没必要讲清楚了。她拒绝得很干脆，如果她听出自己口气里有一丝迟疑，她觉得自己就会被这迟疑所动摇了。

……可是，我倒觉得，他的内疚和歉意，是真诚的。孟迪小心地补充了一句。

你不知道，我怕的就是这个。楚小溪轻轻地叹了口气。我不希望他给我道歉，因为他不是故意的。后来我经历过那么多的伤害，倒觉得杜仲是个一心想救我的人。

孟迪笑笑说：也许这就是你们之间的错位。你再好好考虑考虑，杜仲说他再过两天也就回 F 国了。这一走，不知道什么时候能再相遇的……

楚小溪打断他说：我后天一早头班飞机去 B 城，明天一整天，家里都有事儿，时间也排不开啊。

孟迪站起来说：那你自己决定吧，有事儿给我打电话好了。说完这话，他就告辞了。

楚小溪面对着桌上喝了一半的咖啡，怔怔独坐，一时还没有从孟迪带来的消息中回过味来。她觉得杜仲真是个奇怪的人，每次出现都像个空降兵一样，突如其来神出鬼没的，实在是可气可恨。他杳无音信地失踪了二十几年，却像个转世的灵魂一样重返人间。好像这才是杜仲的方式——突然消失，然后突然出现。

时隔那么多年，但一切都依然清晰得像昨天一样。

那年冬天傍晚的暮色中，杜仲如同一根木头桩子，一动不动地站立在楚小溪的连队宿舍门口，冲着她发出一声粗重的呼唤。当她看清面前这个人是杜仲的时候，楚小溪又惊又喜，心都快跳出来了。她脑子里闪过的第一个念头：是不是杜仲的家里出了什么事儿？但杜仲说什么事也没出，他刚从 H 城回来，顺便来看看她而已。近两年没见了，也许是应该见一见的，总是在信上见面，他连楚小溪长得什么样儿都快忘记了。听了这话小溪松了口气，咯咯笑起来。杜仲把她从头到脚细细打量了一番，皱着眉头说：小溪你怎么穿成这样啊？男的女的都分不清，我刚才差点不敢认你了。

小溪的眼睫毛上都是霜花，她揉揉眼睛低头看自己：一身黄不黄绿不绿的棉袄棉裤，臃肿得像一只大狗熊。黑色的棉胶鞋上全是刨粪时溅上的脏东西，一双厚厚的棉手套，像两只巨大的熊掌，指尖上却露着一个破洞，黑灰色的棉絮从洞里钻出来。她去摸自己的头发，小辫儿摸不到了，一顶狗皮帽子严严实实地包裹了整个脑袋，一条红得发黑的围巾缠在脖子上。小溪不高兴地哼了一声说：咋的啦？这有啥不好？男女都一样嘛。你看你，这么冷的天，帽耳朵也不放下来，耳朵冻得通红，臭美呢你。

杜仲被她噎得把话都咽了回去。他好像很饿的样子，问连队几点钟开饭。小溪这才觉得，杜仲的突然到来，是一件麻烦的事儿。连队刚收工，宿舍里的女生们都要洗洗涮涮，她不能把杜仲带到女生宿舍去，可这么冷的天，也不能让他留在外面挨冻。众目睽睽之下，把他带到连队食堂去吃饭，更是不合适，第二天就会有人问你和他是什么关系，如果被人认为楚小溪交了男朋友，肯定会影响自己进步。小溪有些犯难了，她在心里怪杜仲怎么事先也不打个招呼。想来想去，忽然想到了科研排的种子站，那里正在进行冬季育苗实验，封着炉火不会冷。自己有那屋的钥匙，不如把杜仲带到那里去，给他把饭打来，还可以一边吃饭一边聊天。小溪让他等等，进宿舍去拿了钥匙，就把杜仲带到种子站去了。

小溪开门开灯，杜仲走进去，把手里那只鼓鼓的旅行包放在地上，然后摘下帽子，脱下军大衣，背着手环顾四周，就像检阅似的踱步点头，说你这儿还不错嘛。小溪注意到他身上穿的一件小棉袄，袖口上套着一副劳动布的套袖，已经洗得发白。那是他下乡前小溪送给他的东西，他居然一直戴到现在。小溪心里忽地一热，刚才的怨气也都消了。

杜仲的目光停在墙上，脸上露出了讥讽的神色：哦，什么呀？这些都是什么呀！

小溪正在捅炉子添煤，抬头看，见墙上贴着一张大红纸，上面是连队赛诗会上科研排女生写的诗：齐心协力迎春播，播下种子播下歌，秋来粮食上纲要，革命青年喜心窝。

杜仲严肃地说：这也叫诗吗？开玩笑！这是标语。

小溪有些扫兴，但没工夫和心思跟他争辩，便说：你就先待在这儿休息会儿啊，我去食堂打饭，要是过了点儿，食堂就该关门了。

你去你去。他挥挥手，开始专心地琢磨小屋桌上的那些瓶子和育苗盒。

小溪打了饭回到小屋，见杜仲正用手扒着育苗盒里的土。她说哎哎你干吗呢，我们正在测试冬季出苗率，你别把我的苗碰坏了。杜仲头也不抬地说：哪有苗啊？都还没萌动呢，一点动静都没有，我看，这叫作——我自岿然不动啊。

小溪放下饭盒，赶紧用手把土壤拢回来，一边按压着一边说：你看你，把我的土弄松了，这可不行。育苗最初阶段的关键在于镇压，镇压越紧，毛细血管就越畅通，水分就上来得快，发芽也快，没有压力是不行的，懂吧？

杜仲的脸色唰地沉下来，用鼻子哼了一声说：镇压？连科研都用上这个词儿了？

小溪用调羹敲着饭盒说：饭都凉了，快吃吧。杜仲看一眼饭盒说：有菜吗？小溪说：有菜有菜，不过都是咸的。她打开饭盒，里头是几个黑面馒头，一撮没放油的咸菜丝儿，还有两块红腐乳。她笑了一下说：馒头夹腐乳，味道好着呢，我平时都舍不得吃，今天招待你，我也算是借你的光吧。杜仲刚坐下忽然又站起来，四下寻找自己的旅行袋，从里头找出一包皱巴巴的东西递给小溪说：这是我给你带的，差点忘了。

小溪打开纸包，看见了几根生的香肠、一袋虾皮、一袋笋干，还有一堆黑乎乎的东西，灰色的碎壳和黏稠的酱汁压成了一个饼状，散发出一种熟悉又难闻的气味。她问这是什么呀，杜仲盯着那东西看了一会儿，恍然大悟地回答说：是皮蛋，对，是皮蛋呀，它们怎么变成这个样子了呢？小溪又笑，说咱们就把它吃了吧，用调羹舀着吃，再把壳儿吐出来……

小溪觉得饿了，两个人一时顾不上说话就开饭了。没有酱油和盐，她和杜仲便就着皮蛋吃咸菜，再就着咸菜吃馒头，另一个饭盒里盛着酱油汤，杜仲喝汤的时候抿着嘴，一点响声都没有。吃了一会儿，杜仲突然哎了一声，站起来就冲到门外去了。过了一会儿回来，嚷嚷着要找水漱口。说那黑面馒头里有沙子，把他的牙硌着了。

就你那么多臭讲究。小溪不屑地瞪他一眼。我们天天都吃这个。在农场，有黑面馒头就算好的了，我还没给你吃窝头呢。到现在我才发现，你原来有那么多顽固的资产阶级生活习惯，下乡两年多了，你是怎么接受再教育的啊？

杜仲不搭腔，用水桶里浇种子的水漱了口。两眼盯着小溪的脸，仔细研究起来。他说：哎小溪，你的眼睛怎么啦？好像……怎么一只眼睛单眼皮，一只眼睛双眼皮了？我记得你原来两只眼睛都是单眼皮啊……

小溪下意识地去揉了揉眼睛，对杜仲解释说，那是去年冬天去苇荡割柳条子的大会战中，拉着满满一车柳条的牛车翻了，她被压在柳条子底下，一只眼睛的眼皮被柳条拉了一个口子，直流血。可当时大会战那么紧张，她坚持轻伤不下火线，简单包扎了一下，没去场部医院治疗。等伤好了以后，这只眼睛就变成双眼皮了。她强调说，其实这个样子，一点都不妨碍劳动。

杜仲用嘲讽的口吻说：好嘛，都成波斯猫了，还名贵品种呢。一边说着，站了起来，从旅行袋里掏出一只小黑匣子。

差点忘了，吃饭是应该有音乐的。为了庆祝重逢，咱们一起听音乐吧。他的脸上露出了一丝笑容。

音乐？小溪觉得这个词好生疏。在小溪的生活中，如今只有歌曲，没有音乐。这音乐也太奢侈了吧，再说，哪儿说变就能变出音乐来呀？

杜仲摆弄着手里的黑匣子，小溪看清了那是一只小小的半导体。杜仲旋转着开关，来来回回地调试着，半导体发出叽叽嘎嘎的噪声，根本就没有什么音乐。

看来你这儿干扰太大，信号不好。杜仲有些丧气。在我们那儿，什么时候都能听上音乐，清楚极了，就跟中央人民广播电台似的……

小溪当时并没有留意这句话的意思。她急于想问问杜仲H城的情况，还得跟他说说农场的事情，比如农业学大寨的前景、知青运动的历史意义，还有自己的进步和成绩，以前的信上不好意思提，这次可以当面告诉他了。她问起了他父母的情况，问起了他在 H 城有没有去看冬天的蜡梅。杜仲沉吟了一会儿说，他的父母大概这辈子也回不来了，他现在已经不再关心这件事了。他在 H 城也没有去看蜡梅，因为他对蜡梅已经不感兴趣。他三言两语就回答完了小溪的问题，又开始调试那只半导体。

小溪气恼地问：你这也不关心那也不关心，你到底关心什么呀？

杜仲把手里的半导体扬了扬，努嘴说：这个！

小溪说：那你跑那么远来看我干吗？你跟你的半导体待着好了。

杜仲说：那倒是不大一样的。你是个活人啊。

小溪收拾着饭盒，说：那你为什么不跟我好好说话呢？

杜仲连头也不抬：我来看你，就是想看看你，给你写了那么多信也不回，我就想来看看你到底怎么样了，说那么多话干吗？我想让你听半导体，听听你平时听不到的一种声音。

小溪满心委屈地嚷嚷说：没什么可说的，那你走好了。

杜仲总算把手里的半导体放下了，轻声叹了口气说：这只半导体，是我十五岁生日那天，我父母送给我的礼物，抄家那天我正好带在身上，没有被抄走，后来就带着下乡了，想不到还真是派上了大用。哎，好啦，那我就跟你说话吧。你想说什么呢？

小溪赌气说：你跟我说说，这两年你到底在想些什么？你信上写的那些乱七八糟的长篇大论，我没时间看也看不懂。

杜仲的声音忽然变得低沉。他斟酌了一会儿说：我想些什么，你真的想知道吗？我一直在想，既然教科书上说，资本主义是封建主义的天敌，那么为什么还得使用农药呢？

农药？什么是农药？

与天敌相比，社会主义不就成了农药了吗。

你……你这样比喻太不妥当了。

有什么不妥？杜仲振振有词地说：天敌就是克星，具有天然的杀伤力，这是自然规律。而农药是人工合成的……

小溪气愤地打断他说：你怎么可以这样想，你也太……太……她一时想不出合适的词儿。她想说"反动"，觉得太伤人了；说"过分"又太缺乏力量了。她觉得杜仲简直不可理喻，他此行来看望她，莫非就是为了兜售他的农药？小溪气得说不出话。

突然间电灯就灭了，杜仲和她自己一下子都隐没不见了。在农场，停电是常事。黑夜像浓密的云层一样涌上来，她觉得自己像一艘潜艇似的，沉入到黑暗的水底里去了。她听见杜仲的喘息，杜仲说你别着急啊我有电筒呢。就听见他磕磕绊绊地走动、又窸窸窣窣翻动旅行包的声音，但电筒却迟迟没有出现。小溪摸索着走到屋角的窗台上，用手摸到了火柴和一根细小的蜡烛。她把火柴划着了，蜡烛慢慢亮起来，金黄色的火苗在黑暗中抖动，杜仲惨白的面孔从黑暗中浮出来。小溪忽然觉得，眼前的杜仲犹如一个石膏头像，线条僵硬而呆板。

蜡烛几乎就像一节小鞭那么长短，这儿的人都管它叫"磕头了"，说是磕一个头的工夫就点完了，虽然有些夸张，但能点的时间确实很短。就这样的小蜡烛，还得凭证供应。小溪想，饭也吃过了，又是停电，自己太晚回宿舍会造成坏影响，还不如早些给他安排个地儿住下。她正在琢磨着今晚把杜仲弄到谁那儿去睡觉，桌子上的半导体突然响了起来，把小溪吓得一哆嗦，蜡烛的火苗也晃动起来。

小溪听见了一个柔和而低沉的女声，像房梁上悬挂的灰尘丝儿，在空气中轻悠悠地荡来荡去。那普通话的发音有些古怪，该用去声的，她发的是平声；该用上声的，她发的是去声；七高八低、七上八下的，和平时收听中央台的广播员完全不一样。那声音尽管模糊而暧昧，小溪终于还是听清了大概的意思。那个女声说：听众朋友，你们一定知道中国那位最优秀的小提琴家的名字，自从"文化大革命"开始以来，他目睹了中国知识分子遭受的悲惨命运，他本人也被审查被迫害被凌辱。前几年，他终于冒着生命危险，流亡到了西方国家，现在，我们为听众朋友们播放他著名的《思乡曲》……

那一刻小溪的呼吸都停止了。她像是听见了来自黄土高坡上的信天游，苍凉、悲怆、哀婉得揪人心扉；又如森林中流过的淙淙泉水、蓝天上飘过的朵朵白云；如轻风穿过峡谷，雪花轻盈地舞蹈。她很久很久没有听见如此美妙的琴声了，就像一群精灵似的，在这简陋的小屋子里盘旋，蜡烛微弱的火苗随着旋律舞动，昏暗的小屋忽然变得明亮而温暖……

烛光暗下去，战栗着抖动了几下，灭了。小屋重又一片黑暗。

小溪伸手去摸"磕头了"，摸了一手灰尘。这才记起来科研排就这么一根备用的蜡烛。音乐在暗夜里回旋，旋律渐渐变得沉重而压抑。一线圆柱形的手电筒光线忽然亮起来，穿过乐声投在她的棉袄上，胸前那枚小小的像章，在她眼皮下发出殷红的反光。小溪的头脑一激灵，顿时清醒过来。

杜仲你这是在干什么？她急吼吼地嚷道。你在收听……收听敌……快把你的半导体关掉！她急得捂住了耳朵。我不要听不要听，这太危险了，你难道疯了吗？听见没有，快给我关掉！她差点哭出声来，扑过去抢那只半导体。

杜仲一把将半导体搂在怀里，小溪听见"啪"的一响，声音消失了，屋子里突然静下来，寂灭无声，像一个密不透风的菜窖。

怎么会把你吓成这个样子。杜仲冷冷地说。不至于吧。你可以用批判的眼光欣赏嘛。

小溪已经回过神来。她真的很气愤，她不明白这个两年没见的杜仲，怎么会变得这么怪异了。其实在他的信中，早已透露出了思想大滑坡的种种苗头，由于她的同情和软弱，对他一再姑息纵容。她不能够眼看着他这样下去了，无论他怎样蔑视她嘲笑她，为了两年前那一段难忘的友谊，她一定要伸出手去拉他一把。

小溪觉得自己从来没有这样坚决而坚定过。她站了起来，慷慨激昂地对杜仲说了以下的话。那些话她永远都不会忘记，在后来的那些年里，她在心里一遍又一遍地重温着、检省着自己说过的每一个字。每一次回想，她的心都会因此而剧烈地疼痛起来。

她说：杜仲你听着，你现在所有的苦恼和委屈，都来自你自身处境的改变。"文革"前你的生活太优越了，你根本不懂得人民的疾苦和愿望。你由于父母的政治问题而产生强烈的不满情绪，这是私心杂念在作怪，我理解但不能赞同。你必须悬崖勒马！

手电筒的光一点点暗下去，杜仲的面孔也变得模糊不清。他沉默着，咬住了嘴角。他不断变换着坐姿，木头凳子在他身下嘎嘎作响。时间似乎过去了很久，他仍是一言不发。

你倒是说句话呀。小溪终于忍不住了。你难道真的就想不通这个道理吗？

我想不通。除非一粒子弹从我脑子里穿过去，恐怕才会通吧。杜仲的语气中有一种不容反驳的决绝，小溪不由打了一个寒噤。他站起来，伸了个懒腰，抓起手电筒说：好啦，麻烦你给我找个地方睡一觉，我明天早上就回呼玛去。

临出门前，小溪没忘给炉子添了煤压上火。门吱扭一声关上了，小溪的心里咯噔一下，像是有什么东西被锁在了里头。一个多月以后她才发现，杜仲离去之前，无意中遗落了一颗定时炸弹，炸弹被引爆的那一刻，她曾经拥有的美好理想都被炸成了碎片。

那晚的月光很亮，雪地上笼罩着一层凄迷而圣洁的月色，静寂的原野像一片银色的湖泊，寒风吹起的雪末，雾气迷蒙。小溪觉得自己就要在湖里沉下去，身子一阵阵发冷。在那条通往连队宿舍的小路上，她和杜仲谁也没再说话。她只听见笨重的棉胶鞋踩着雪地咕吱咕吱的响声，两个人一前一后，总也踩不到一个点子上。

她把杜仲送到了男生宿舍门口，敲开门叫出了孟迪。她对孟迪说，她的一个朋友来看她，能不能在孟迪这儿借住一晚，明天就走。孟迪什么也没问，就让杜仲进去了。分手的时候，杜仲神情严肃地伸出手来，很有礼貌地碰了碰小溪的指尖。留在小溪记忆中最后的印象，杜仲的手柔软而冰凉，像一团雪花。

小溪一个人走回女生宿舍去。刀子一般的小风钻进了她的脖颈，她一阵寒战，觉得心都好像被冻透了。那个瞬间她的脑子里忽然跳出了一段话："决不能把私人友谊和政治问题混为一谈……决不容许把私人友谊摆在事业的利益之上。"那是前不久她从一份学习材料上抄下来的斯大林语录，为了以此勉励自己。想不到在这个寒冷的冬夜，这段话真的给了她一丝勇气和安慰。

月光下，她看见自己大步行走的身影。两条粗壮而结实的双臂有力地甩动着，白色的雪地上，身子两侧晃动的黑影，犹如雄鹰黑色的翅膀，从雪地上飞升起来。

可是楚小溪还没等起飞，翅膀就突然折断了。

春节过后不久，上头来了外调人员，加上总场保卫科和连队的保卫干事，差不多坐了满满一屋子人。小溪被叫去谈话的时候，那些人面露凶光，如临大敌，让小溪觉得莫名其妙。他们用审讯犯人的口气，提到了杜仲的名字，并要楚小溪老实交代有关杜仲的一切问题。他们是从杜仲住处的灶坑里，临走前没有被焚烧彻底的一大堆信件残片中，发现他和楚小溪有联系。当楚小溪终于听明白，杜仲这个人已经在春节前夕"过江"去了，并且至今没有被遣送回来——她的脑子嗡的一声炸开了，后背上一层冷汗，像是箍上了一件铁制的盔甲。

杜仲确是来过万山，但他的告别只是一种象征，连一句暗示的话都没有。

假如她真的知道他有过江的念头，即使用自己的生命去阻止他，小溪也舍得。

但小溪连一丁点蛛丝马迹都没有察觉。她什么都不知道、什么也没有发现。在那天晚上他们单独相处的三个小时中，关于这个犯罪计划，他绝没有向她透露一丝一毫。她始终被蒙在鼓里，她真是太幼稚天真、太麻痹大意、太愚钝轻敌了。作为一个革命青年，如此缺乏阶级斗争的警惕性，她深感愧疚、悔恨，甚至万分痛恨自己。

可是没有人相信她的交代和检讨。他们说：那天杜仲突然来到万山农场，你为什么不在连队宿舍公开和他唠嗑？为什么要偷偷摸摸把他带到科研排的种子站，并且，谈话长达几个小时，你们不是在密谋在干什么？小溪结结巴巴回答：怎么是密谋呢，只不过说了点家常事、H城的熟人、下乡后各自的收获什么的。他们说：谈话有证人在场吗？小溪说没有证人。他们说没有证人怎么能证明你不知情？怎么能证明你不是他的同谋？怎么能证明你没有参与并协助他外逃？怎么能证明你没有为他提供帮助呢？否则他来找你干什么？

小溪哑然无语。她无法证明自己。她什么证明都没有。

一连许多天，她被拘禁在连队"小号"里，回忆交代反省自己与杜仲的"历史渊源"以及现行关系。夜深人静时仔细回想，其实那天晚上有许多微妙之处，都已显示出了杜仲决心"过江"的可疑迹象，可惜当时小溪浑然不觉。比如那只该死的半导体，比如农药，比如……但小溪什么也不能说，某种本能告诉她，她说得更多麻烦就会更多。她在拼命检讨、痛心疾首地认错、表示坚决与杜仲划清界限的决心的同时，也坚持一问三不知地守口如瓶。后来的许多年里，小溪时断时续地想起万山农场持续了几个月的审查，当时她那种顽强的缄默不语，其实并非出于良知，而是出于自我保护的基本常识。也许在潜意识中，还有一点对杜仲残留的友情。杜仲曾跟她说了那么多不该说、对一般人不敢说的话，想必杜仲是信任她的。也许在杜仲的生活中，只有她这一个可以信任的人了。她得对得起这种信任。

小溪抱着侥幸的心理，希望能躲过这场厄运。然而她终究还是躲不过。专案组初期劳而无功的审讯，因一张小纸片而突然起死回生。一个深夜他们得意扬扬地出示了那张纸片，纸片已经被揉得皱皱巴巴，但上面的中文字迹依然清晰可见：

请带我走！

下面是一行俄文：Возьми меня с собой！

小溪的心脏狂跳不已呼吸窒息，她感到自己快要晕过去了。她认出那是杜仲的笔迹，杜仲给她写过那么多信，不会有错。这不是栽赃，是杜仲亲手所写。但小溪从来没有见过这张纸片，它从哪里来？又怎么会到了专案组的手里？即使这张纸片是杜仲所写，和她有什么关系？小溪的脑子乱成了一锅粥，她觉得就算自己浑身上下都是嘴巴，也说不清楚了。

——请带我走！千真万确地明摆着，你是想让杜仲带你一起走，一同过江去！但杜仲狡猾得很，他怕带着你累赘，不愿带你走。你说你从来没有见过这张纸片，这是抵赖和狡辩！纸片是从科研排种子站的小屋里找到的，那天晚上就你和杜仲两人在那儿，不是你写的是谁写的？我们已经调查过了，杜仲在"文革"前就开始学俄语，想必他在H城时就教过你好几年了，可见你俩早就里通外国，预谋叛逃……

可我……我到北大荒以后的表现，是有目共睹的，我已经当了排长了，我是五好战士，我干吗要叛逃啊？小溪满心委屈地为自己辩护。

那是伪装的！正是为了掩盖你真正的目的。

我真要想走，可以当面同他说嘛，干吗要写在纸片上啊？小溪觉得事情简直荒唐到了极点。

那是……那是因为……因为当面说，你怕隔墙有耳，给旁人听见嘛。这张纸片正暴露了你的心虚……

一切的争辩都是那么无力和无用，事情已无可挽回。楚小溪叛逃未遂的罪名正式成立，很快被撤销了排长职务，取消了其他所有的荣誉称号。楚小溪从此一蹶不振心灰意冷。一直到她离开万山农场前夕，她才在无意中得知，对她的"审讯"和处理结果，是由当时正迅速蹿红的另一位知青把持的，他必须要除掉楚小溪这个未来可能对自己的成长进步构成威胁的对手，他和楚小溪是你死我活的关系，所以他决不会心慈手软。

在后来许多年孤寂灰暗的日子里，楚小溪曾无数次回想那个冬夜她与杜仲见面的情形。她的回忆像一把篦子，一遍一遍地梳理着她和杜仲在种子站小屋里的每一个动作。有时候，她觉得那一切也许早就被命运所注定了——由于停电，杜仲在黑暗中翻动着他的旅行袋寻找电筒。他的纸片就是在那时候掉出来的，然而当时，他和她，都没有发现。

曾经有很长一段时间，楚小溪一直恨着杜仲。她觉得在她和杜仲的交往中，杜仲一直把她当成一个无知的倾听者看待。他仅仅是需要有人倾听，而从不关心倾听者的感受。他不会顾及自己的悄然离去，会给与他相关的人造成怎样的伤害。楚小溪永远也无法原谅杜仲的原因之一，是杜仲其实从来没有把她当成一个同行者，或是一个共享秘密的朋友。如果是那样，她也许会认为，即便对自己的审讯和处分再严厉再过分，都还算值得。

楚小溪心目中向往的美好前途，在她十九岁那年断然中止。中止得如此迅猛无情，没有丝毫回旋的余地。就像一列高速行驶的列车，被铁轨上突然出现的不明障碍物拦住，不得不强行刹车。那一段被人冷落遭人侧目的日子，楚小溪觉得自己年轻的生命好像裂成了两半，她只能用高强度的劳动来麻痹自己，用沉默和无言来固守自己。她开始疯狂地读书，利用探亲假回 H 城的机会，带回了高中的数理化教材和其他所有能找到的书籍来读。书籍在许多年里抚慰着她枯涩寂寥的心灵，这样的日子一直持续到 1978 年知青大返城。

那件事情发生后，在春节回 H 城探亲的时候，她曾收到过孟迪当面交给自己的一张字条，让她忘记过去重新开始。孟迪用一种含糊的语气问她，他是否可以成为她最知心的朋友。楚小溪始终避而不答。她不希望这辈子永远生活在对孟迪的歉意之中。孟迪由于留宿杜仲也受到了处分，她觉得自己带给孟迪的牵连，无法用感情来偿还。

十九岁是多么年轻啊。一切都可以重新开始。杜仲的突然离去，使得楚小溪突然长大了。但对于十九岁的楚小溪来说，前行的道路已被阻塞，她还能做什么呢？她唯一能够开始的，只是在内心开始对自己无休止的追问。

所以小溪不能去见杜仲。追问本来已近尾声，她害怕新的追问又会开始。

C

楚小溪下了出租车，拉着行李箱快步往机场候机厅走去。早晨起得晚了些，离登机的时间已经很近。她匆匆穿过空旷的大厅，走到巨大的电子显示牌下，去看航班的换票柜台号码。那一刻她听见有人轻轻地喊自己的名字。循着声音低头看去，面前有一位陌生的中年男子，微笑地望着她。她不认识这个人，只觉得那人宽大的额头和眉间，有一种熟悉的神态，隐隐约约地似曾相识。

我是杜仲啊，不认识了吧。

楚小溪茫然睁大了眼。

是孟迪告诉了我你的航班号。我决定赶来见你一面。杜仲彬彬有礼地说。也不完全算是送你吧，因为今天我也要回国了。正好是下点钟的航班去上海，然后转机回 F 国。昨晚上我想了一夜，如果错过了这个机会，这辈子真不知道什么时候能够再见了。

那个瞬间楚小溪脑子里忽然闪过杜仲站在连队宿舍门口的样子。他总是突然出现然后突然消失，这种方式符合他一贯的风格。

杜仲笑了一笑说：二十多年过去了，差点认不出来了。不过，我还是一眼就认出了你。真的，你好像，没什么太大的变化……至少在我看来，你还是那个样子……

不，我不是原来那样了，其实我的变化很大。楚小溪友好地向杜仲伸出了手。

听说你常回 H 城？杜仲紧紧地握住了她的手。他觉得那手纤细而光滑，有一种香樟树叶韧性的质感。

是的，这几年回来多一些。小溪轻轻把手挣出来。

但我不可能常回来。所以，这次能见到你，对于我很重要。

没想到你经历了那么多坎坷，还健康活着，我……挺高兴的。小溪又说。

其实，我今天来，只是想对你说一句话：当年由于我的无知莽撞，连累了你并给你造成了无法补救的损失，我真是很后悔。杜仲诚恳地说。我走了以后，你们那儿发生的一切我都不知道。我这一次回来后，孟迪才告诉了我。我之所以一定想要见到你，就是想当面请求你的原谅，否则我的良心到死都会不安。那张纸片……

楚小溪面有愠色地打断了他：

可惜，这么多年过去了，那些本该向我致歉的人，那些内心应该感到惭愧的人，至今却没有一个人来向我表示歉意；唉，你说你……你向我道什么歉呀？望着杜仲尴尬的神情，楚小溪又说：不过，既然是见了面，我倒想借这个机会，当面感谢你呢。

杜仲诧异地摊开了双手问：为什么？

你说呢？小溪微微一笑。

我不知道怎么谈得上感谢我？你不会是用这种方式嘲讽我吧？

我不是在开玩笑。你想想，如果不是因为你过江后给我带来的那些麻烦，当时的我就会继续在原来的轨道上走下去。哦，我想你会明白轨道的意思。楚小溪已经平静多了，她突然觉得有许多话从心里涌上来。那些话已在她脑子里盘桓了数年，一点一滴地沉淀下来，在她胸口积成了厚重的块垒，必得一吐为快：

如果不是因为那年的事，我不知道自己后来会变成什么样子，我也许会成为一件出色的工具，成为那个年代的一个时尚模特儿，或者是一只笨拙学舌的鹦鹉。可是你无意中在那轨道上安放了一块石头，突然翻车了，原来顺畅的运行被强制中断了，把我甩到了轨道之外的角落里。那尽管不是我所情愿和我主动选择的，但我毕竟被推到了一扇新的门口，我不得不走了进去，走进了另一个房间。人说条条道路通罗马，这么多年过去，我们也许是殊途同归了。在美国读博士课程的时候，有一次我偶尔想到，其实是你救了我。你走后，我不得不变成了现在的我。难道我还不该感谢你吗？今天能够当面跟你说出这些话，在我也是了却了一件心事。我想，你真的不必再为当年的行为，感到内疚……

杜仲惊愕地怔在那里。小溪的面孔模糊起来，一种缥缈的幻觉之中，他几乎要怀疑眼前的楚小溪，会不会是与楚小溪同名的另一个女人。

其实……其实，当年我们都太幼稚了……杜仲有些语无伦次了。在我过江之前，曾经固执地认为，江对岸的土地原本就是中国的。我心里甚至还暗藏了几分收复失地的英雄情结……

楚小溪朗声大笑起来，杜仲也不好意思地笑出了声。

机场大厅的广播响起来。楚小溪听见了自己那趟航班的号码，正被一次一次播放着。她看了看表，抱歉地对杜仲说，如果再不去换登机牌，她就该误了这趟航班了。而她去 B 城的行程都已经安排好了无法更改。

杜仲点点头说：那我陪你过去吧，也算我送你了。

楚小溪通过安检口之后，还回头向杜仲挥了挥手，然后消失在通道的拐角处。杜仲在那里站了一会儿，长长地吁了口气，这才想起来竟然忘了留下楚小溪在美国的电话号码。他听见一架架飞机从候机厅上空飞过的隆隆巨响，目光循着声音追去，他想，他和楚小溪将在空中朝着相反的方向飞行，然后分别降落在东半球和西半球，远隔重洋，相望或是相忘。

　　杜仲乘坐的航班离开地面的那一刻，他从舷窗口望下去，城郊公路两边新栽的香樟树，隐约可见新叶嫩芽已经冒出一层淡绿，而去年深色的老叶还没有掉落。他懊悔自己曾对 H 城产生那样的苛责，其实，H 城只是他人生旅途上一个驿站和节点——出发、降落；偶尔在此停留、歇息。

　　恍惚间，杜仲对此次的 H 城之行，产生了一种梦幻般的虚妄感，就连楚小溪也变得朦胧难辨。只有湛蓝的晴空伸手可及。若是朝着弧形的天穹一直往前飞行，无论经由哪条航线，也许他和楚小溪都会在地球的某一处重新相遇。

　　地球是圆的。多年的旅行经验，使他对这点深信不疑。

2003 年

写于北京颐和山庄 ①

---

① 发表于《小说界》2003 年第 4 期。

把灯光调亮

一

好几个月过去了，卢娜总觉得这个人出现得有些蹊跷。

所谓蹊跷，只是一个说法。让卢娜郁闷的是，这人走后好多天，自己竟会常常想起他来。

这人是书店的一个陌生顾客。讲一口还算标准的普通话，面生，一听一看，就知道不是本地人。本城常来的买书人，卢娜差不多都认识。顾客顾客，是店家的客，光顾之后走人。在本地方言里，"过客"和"顾客"，是同一个发音，意思也差不多了。

他进门时，朝卢娜客气地点了点头，算是打过招呼。此后无话，独自一人站在书架前一排排看过去，他蹲下去又站起来，一本本看得仔细，拿出来又小心地放回去，有时还把书翻开，在版权页来回查看，让卢娜疑心是否"打黄扫非"部门来暗中探访？他下午四点多钟进店门，在书店里站了大半个钟头。其实每排书架的角上，都有带弧度的低木沿，是专门给那些来蹭书看的学生坐的。卢娜很想和他打个招呼：你要看书，爽性坐下来嘛。想了想，又忍住。这种"书痴"，时髦的叫法是"书虫"，卢娜以前也见过几个，随他。

那天下午，到了五点多钟，他的购书筐已经满了，又回身去抱了几本，一起放在收银台上。卢娜一眼看过去，算出有二十多本。等着卢娜清点的辰光，他踱步走到店门外去，抬头朝着门楣上的招牌看，然后一字一顿念道：明光书店！

又自言自语：明光书店，这个名字，蛮好！

明光——卢娜心里忽然被狠狠地剜了一下。明光？自己有多久没喊这个名字了？

就这一声唤，像招魂一样，另一个人在刹那间就回来了。那个人站在卢娜面前，使她一时乱了方寸。卢娜用手指敲打计算机，一次次敲错，重来，还是错。有人招魂，有人就失魂落魄了。

他站在一边耐心看着卢娜结账，当她拿起那本精装的《宽容》扫码时，他开口问：

明光书店开业有几年了？这本书，你店里前后卖过多少种版本？

卢娜的手指嗒嗒响，闷头答道：我的书店开了有十多年了，这本《宽容》，除了三联的老版本，起码还有过七八个版本，有中英文双语版、摄影艺术版，还有《房龙文集》呢，你买下的这一种，是三联去年新版的精装，前面的序言你有空看看，里面都写得蛮清楚……

这人有一刻没说话，卢娜能感觉到他惊讶的目光。然后，他伸出手把这本书抽了出来，把书翻到扉页，摊开在她面前：

请问明光书店有书章吗？就是，那种藏书用的书章，很多书店里都有的。你能不能帮我盖一个？我到这个县城好几天了，就想寻一家像样点的社科书店，我说的不是新华书店，是明光这样的民营书店，还真被我寻到了。我第一次到这里，也算留个纪念。

她摇头：没有，对不起哦。

他显然感到意外，抬眼环顾书店，又说：明光书店，这么好的名字。读书就是给人带来亮光，你为啥不刻个章呢？有些书店，收银台上放一排书章，读者自己就可以敲……

卢娜有些愣神。明光书店开业十几年，她为啥一直没有刻个书章？她问自己。这些年，书店生意越来越难做，为了让那些爱读书的老顾客满意，她去省城进货的频率越来越高，事先还要上网做功课，反复选择图书书目，以便在第一时间让"性价比"最高的图书在"明光"上架。不过，忙不是理由，以前就是再忙，每逢端午，她会亲自到小商品市场去挑选面料，蜡染、丝绸、蕾丝花边，做成各式各样的香袋，散发出好闻的香料气味儿，就像一只只小巧玲珑的五彩小粽子，送给书友和老顾客，作为明光书店的谢礼。还有中秋节，哪怕是自己设计的一张小小月亮卡片，也代表了"明光"的心意。但这两年，实际上她并不算太忙，甚至可以说越来越不忙了，顾客正在一天天少下去，那些她千挑万选购入的新书，常常被冷落在那里，封面上连个手指印都没留下。

她当然不会告诉这位顾客，她不刻书章，是因为她从一开始就没想过刻书章。她不想让"明光"这个名字，被人盖在书页上，跟着别人走了，然后住在别人的家里，被别人的手指触摸……

不过，这位陌生客人的建议，让卢娜在那个临近黄昏的时刻，不得不面对着另一个人。他不会晓得，明光是一个人的名字，一个很久以前的人，确切说，是她童年的伙伴，消失在她高考落榜那一年。这个陌生顾客身上好似发出了一种超能电波，把那个被她假装忘掉的人，一下子吸出来，像一幅放大一人高的图书封面广告，竖立在她面前。

这个轮廓清瘦、眉眼细长的中年人来过以后，他的身影常常无端从她眼前闪过，渐渐和另一张年轻的面孔叠在一起，难分彼此。卢娜忽然明白，她想的、等的那个人，其实不是面前这个买书人，而是那个当年的小男生。尽管"明光"每天都悬在店门的匾额上，漠然望着出出进进的顾客，卢娜却已经和那个"明光"生分了。是这个素不相识的人，把那个走远的人牵回来了。

那天傍晚，面对这个一下子买了二十多本书的人，卢娜拿不出一枚书章给他敲，觉得有点对不住，只好略带歉意地对他说：那我给你办一张优惠卡吧，今天就可以打九折。这几本，都是旧书，封面都被人看脏了，我按七折给你……

他笑着说不用不用，开书店不容易的。我在这里大概要住好几个月，假如不走，下次来，你再打折好了。

卢娜没有遇见过不肯打折的顾客，觉得这人有点好笑。转念一想，办卡是要填写他的名字和手机号的，他大概是不想让人家知道他的名字吧。下次再来？也就是说说罢了，他一下子买这么多书，要看上好几个月呢。真想问问他，为啥不去主街上的新华书店买书，他是从哪里听说明光书店的呢？

话到嘴边，又咽回去。卢娜心里其实还有更多问号，比如，他是做什么工作的？为什么买的都是社科类的书？《李光耀论世界与中国》、秦晖的《南非的启示》、徐贲的《明亮的对话》都是前两年进的货，封面早已被人摸得脏兮兮，每种只剩下了最后一本，她却一直舍不得退货，倒好像是专门给他留的。王蒙的《中国天机》、托克维尔的《法国大革命与旧制度》，早几年也都流行过了。他好像偏爱老书？大概平时没有很多时间看书吧？卢娜有点感激这个人，他好像特地来给明光书店"清仓"呢。县城还有几家小书店，从来不进这种素封面的讲道理书。所以本城的老顾客都有数，要买这种书，只能到明光书店里淘。这样一想，卢娜心里有点高兴，可见明光书店的牌子和名气早已传得很远了。卢娜用眼睛的余光扫他一眼，她卖了十几年书，眼光很刁，你只要看看他买什么样的书，就晓得他是个什么样的人，由此判断此人的学历和职业，十有八九是不会错的。不过，眼前这位顾客，让卢娜有点拿不定主意。县城附近有驻军，那里的军官士官都是书店的常客。可是这个人呢？一副文弱书生的面相，既不像穿便服的军官，更不像医生，也不像工程师；那么，他只能是一位大学教授了？当然是文科教授，理工男一般不读《巨流河》《没有宽恕就没有未来》这种书的。他买的都是历史人文类，连一本小说都没有，可见他也不是文学教授，而且是不会操作网购的那种老派教授，否则，卢娜倒有好几种最近大受欢迎的小说推荐给他：英国作家鲁西迪的长篇《午夜之子》、波兰小说家布鲁诺·舒尔茨的《沙漏做招牌的疗养院》，还有中国科幻作家刘慈欣的《三体》，年轻人都很喜欢。现在县城里大学毕业生研究生多的是，北上广刚开始流行什么好书，这里的读者就来电话催问了……

这么啰唆的问题，面对的又是一个陌生人，卢娜自然不好意思开口。她心想，卢娜你现在真是闲得要死了啊，这个人跟你半点不搭界，管他是教授还是工程师呢。

卢娜没开口，他却开了口。他抽出那本巨厚的《耶路撒冷三千年》，好奇地问她：这部书去年刚上市，你这里怎么能进到货？县城的读者，不容易买到经典书吧？我听说，这书连县城的新华书店都进不到几本，不要说民营书店了……

卢娜看他一眼，笑着说：卖书人总有办法的，不要小看了县城书店，这本《耶路撒冷三千年》，本店已经卖出去好几十本了……

她不想告诉他，为了让明光书店第一时间进到最新最抢手的书，她曾经动过很多脑筋。有个本城书友的女儿在北大读书，离五道口的"万圣书园"很近。那个女孩春节回来探亲，卢娜一次次叫她来吃饭，亲手做了霉干菜烧肉、鱼头炖火腿，就像亲生女儿回来了一样。惹得邻居说闲话：小娜你儿子高中还没毕业呢！那女孩回北京后，每礼拜都会去一趟万圣，把万圣的权威推荐"每周书榜"用手机拍了照，微信给她。卢娜再按图索骥直接去出版社进货，快捷度自然超高。按常规，民营书店只能从省城的博库书城及县新华书店进货，这一条，也被她七拐八弯地钻空子破了戒……书店、书店，有了好书，才会有好顾客！是她的回头客支撑了书店，这个他总应该懂的吧？

在他惊诧的目光里，她亲自为他把书捆好，再套上了一只大号的塑料袋，这样拎起来就稳当了，不会把书角褶皱。现在人工越来越贵，很多琐杂的事情，她常常都是自己做的。书店员工是体力劳动，拆包搬书上架，文弱小姑娘做不动；肯吃苦出力的年轻人，多半是从乡下出来打工的，连书名都记不牢，她哪里敢要呢？她见过网上一张图片，一家书店招聘员工的告示，只写了五个字——要求：女汉子。书店员工的工资低，很难招到合适的人，明光书店目前总算留住了两名职高毕业生，早上九点到夜里九点，两个人轮流倒班，样样要现教现学，她这个老板当得格外吃力。

他拎起那袋书，说了声谢谢，却不走，犹豫了一会儿，又说：我还想麻烦你一点小事，有一本《我们需要什么样的文化繁荣》，是社会科学文献出版社出版的，作者叫王京生。有人推荐给我，我在省城没买到，刚才找了一会儿，也没有。但我蛮想看这本书，你能不能想办法帮我代购一下？

卢娜有点犹豫。她和省里博库书城批销部门很熟，再冷门的书都找得到。问题是……这种书一旦进了来，本城没有人会看这种书的，他如果不来买，书就压在她手里了……

他好像看出了她的难处，解释说：这次他从省城来这个县城，是出长差，有一个大项目要完成，大概要蛮长时间。他平时喜欢看书，如今独自一人在外，只要晚上不加班，就可以把拖了好几年没看的书，一本本都补上。他指指书袋，又说：你看这几本老书，我以前早就看过了，还想再看一遍……

她记得他好像提了一句新区。她晓得县城往东的一片沙洲上，正在建一座新的小镇，听说平整土地的基础工程都已经做完了，卢娜还没有抽出时间去看新鲜。老县城三面环山一面临水，像一条狭长的船，搁浅在岸边。不想办法劈山填滩，再不会生出一寸空地。对于一座山区县城，政府举债发展是硬道理，不欠账发展就没有出路。这些消息都是店里买书的老顾客带来的。

卢娜不晓得说什么好，再说就是不相信人家了。一般情况下，她都愿意相信人家的。为了证明自己不是那种一心挣钱的人，她好心建议说：其实呀，你也可以到网上去寻，当当网，亚马逊，网上的图书，品种多，速度快……她奇怪自己怎么突然变成了电商推销员。

他想了想，认真地回答说：我不在网上买书，我一向都在书店里买书。我，想让书店活下去。

卢娜心里一震，一股电流从头顶瞬间传到脚底。我想让书店活下去——除了那几位明光书店的铁杆书友，隔三岔五给她发几条暖心的微信，鼓励她坚持下去，这句话从一个陌生人口里说出来，不由让卢娜一下子对这位顾客增添了几分好感。他到底是个什么人呢？卢娜有点好奇。

书店里暗下来，已经快要六点钟了。卢娜走过去开灯，啪嗒啪嗒，店里所有的灯都亮起来。不过，这几年，为了省电，她早已把所有的灯泡都换成了低瓦的节能灯。

他走到门口，回头看了看天花板，转过身，像是无心地随口说了一句：书店的灯光好像暗了点，夜里来买书的人，看不清书名。

你看，能不能，把灯光调亮一点？

卢娜心里咯噔一声，好像有个暗角忽然被照亮了。对的呀，自己怎么早早没想到这一层呢？等了他那么多年，挂了一块"明光书店"的牌子，不就是希望他哪一天回老家来探亲扫墓，路过这条小街，一眼就看见了自己的名字，然后，也就看见了她……书店的灯光那么暗，假如他偏偏天黑时经过这里，连个招牌都看不见，她不就全都白费心思了吗？说白费心思也不对，她又不是为他开的书店，而是为自己！她没考上大学，不等于没文化，她只不过是借他的名字给自己一点气力罢了……

等卢娜回过味醒过神，眼前还没亮灯的昏暗小街上，这个人已经走远了。

这是不是卢娜后来一直在等他再来的原因呢？卢娜不知道。

第二天，卢娜把墙上的壁灯、天花板上的筒灯，全都换了灯泡，书店好像一下子睁大了眼睛。

二

好几个月过去，每天每天，上午下午，像往常一样，店里客人很少。

不是没有人，而是没有卢娜的顾客。街上的行人多的是，男人女人老人小人，一个一个，从她的店门口急匆匆路过。看上去，个个都像是赶长途汽车赶火车的人，急得一刻都不能耽误。当然，闲人也是有的，慢悠悠的脚步，就从她的店门口，走过来又走过去。眼睛在额头下骨碌碌转圈，看东看西，看天看地，看着街对面的一家家店铺，服装店美容店足浴店手机店烟酒店小吃店，只要看到一家店，一个个的眼睛就像灯泡一样亮起来，只可惜，一线亮光都不肯落在"明光书店"那四个字上。

他们难道都不识字吗？官方统计数字公布说，中国的文盲还剩下总人口的百分之八左右……但卢娜知道还有一个数字：中国的人均阅读量，在全世界排在倒数十几名……

那些路人，难道真的看不见"明光书店"的招牌吗？卢娜不相信。门楣上浅褐色的匾额，"明光书店"金黄色的大字，清清爽爽明明白白。只要一抬眼就看得见。那四个字，当年她专门去省城，请美院一位书法家写的，十几年前，三千块的润笔费，可以买一只立式空调了。"明光书店"在县城的这条小街上，老字号不敢当，也算是有年头的"资深书店"了。七八年前，来店里买书看书的人，挤得转不开身，都说这书店好是好，就是小了点。如今，顾客一天天少下去，这个一层九十平方米的店铺显得空落落的，倒像是扩建了面积一样。

这些人，为啥就不肯多迈一步，走进书店来看看呢？哪怕不买书，翻一翻书也是好的呀。

记得书友会有个老书友说过：中国人虽有"耕读传家"的传统，但古人读书多半是为了"取仕"。今人谋官另有门道，不再读书取仕，人们也就不肯读书了。此话也许有一点道理的？

那天下午，明光书店的"老板"卢娜，坐在书店临街的一小角窗边，望着街上的行人发呆。她在等什么呢？卢娜当然是在等顾客，就像一个蹲在水边等鱼上钩的垂钓者。这样说也不对，鱼竿是那个陌生的买书人亲手递给她的——他应承过还会来的，他应该知道卢娜在等他拿书。他要的那本《我们需要什么样的文化繁荣》，早就给他准备好了，是特地请人从省城快递来的。

也不一定是等他。卢娜心里知道，自己是在等一个永远不会到来的人。

书架书铺上的书，早已整理了一遍又一遍，没人动过，就没什么可整理的了。以前忙的时候，几个钟头一刹过去，书架又被人翻乱了。那是以前的事了，辰光总归往前走，回是回不来的。卢娜是爱看书的人，如今清闲下来，按说应该把那只看了开头、最多看了一半的书，都接着读下去。那本获得诺贝尔奖的白俄罗斯女作家维特兰娜·阿列克谢耶维奇的《我是女兵，也是女人》，就放在侧身的窗台上，露出一角书签。卢娜很喜欢这个女作家，她的文字背后都是血迹，却又不那么悲伤，而有一种力量。但此时卢娜却不想伸手把书打开。不想看书，是因为没有心思，没有心思，是因为有别的心事。心思和心事是不一样的。她撇开心事问自己：就连开书店的人，都不想看书，还能指望谁看书呢？县城不比省城和首都，喜欢看书买书的人，都是有数的。虽然明光书店办了书友会，每个会员都有打折的购书卡，可是，就这百十个固定的老顾客，如今也来得越来越少了，偶尔来了，也不一定买书。二楼有个茶吧，两圈围拢的小沙发。晚餐前，看书的孩子们都散了，晚饭后来的老顾客，多半是带朋友来这里谈事情的，她多少能挣一点茶水钱，只当补了书店的图书损耗。

卢娜此时没有心情看书，但也不想看手机。她把手机调到振动状态，任凭它在柜台上发出一阵吱吱的颤动声。手机这个小东西，如今变得越来越聪明了：导航、购物、打车、挂号、订票、查询……只要你想让它做的事情，它没有办不到的，像一个忠实的仆人，以最快的速度，为你搞定所有的事情。卢娜每天用手机微信处理所有的书店杂务，包括查询新书信息、订购添货付款、与省城及邻县的书店同行们交换图书信息……使用微信的成本，低廉到几乎可以忽略不计，比聘用一个四体不勤的大学生划算多了，所以，若是从经济的角度看，购买手机的投入，与它的产出相比，实在超值。

但卢娜仍然和手机保持着一定的距离。她与这个服务周到的"贴身秘书"，始终无法建立起亲密无间的友谊。它二十四小时躲在你的身边，像一个鬼精灵、一个影子一般跟着你，从办公室餐桌厨房卧室一直跟到洗手间，在暗中窥视你的所作所为，无处不在无所不知，简直可以说居心叵测。它看似乖巧驯服顺从，样样事情与你配合默契。然而，你在这个世界上做过的一切，都会在它那里留下痕迹与记录。你点击点击再点击，你打开打开再打开，你转发转发再转发……你与它朝夕相处、形影不离、难舍难分、生死与共，它就这样渐渐控制了你，让你分分钟记挂它想念它，离开它一歇儿工夫，就像离开了心爱的人，魂灵都没有了……自从有了智能手机之后，她觉得自己的智商开始直线下降，一有不明白，随时随地去问度娘。度娘姓百，长年累月住在手机里值班值夜，随叫随到百问不厌。从此，天下好像没有卢娜不知道的事情，她再也不需要去动脑筋想事情、记事情。手机像一只平面的卡通小老鼠，鬼头鬼脑尖牙利齿，成天贴着你的耳朵甜言蜜语，或是挡住你的眼睛，只许你看着它盯着它抚摸它，一个个旧日老友看似近在眼前，却又被它阻挡在千里之外。它一寸寸咬噬着你的时间，把你一点点咬成粉末啃成碎屑，然后被它不知不觉地一口口吞进微小的芯片里。卢娜已经感觉到了，好像不是手机在为自己服务，而是自己在为手机服务。不是手机在侍候她，而是她在侍候手机，接电话回短信转发点赞充电交费响铃静音……不敢有一丝怠慢，生怕侍候不周错过了一个可有可无的消息。记得去年报纸上曾经有一场讨论：我们的时间都到哪里去了？问得好蠢，时间都到手机里去了！手机里有娱乐新闻明星结婚离婚出轨生孩子股票房市涨落楼盘开业养生保健新产品环球豪华游轮红海死海地中海冰岛巴尔干半岛巴厘岛济州岛欧洲足球联赛美国竞选伊拉克难民南美七胞胎婴儿……你只要抱着手机不放，就可以在第一时间获悉世界上每时每刻发生的事情。只要拥有一台 4G 手机，你即刻变成无所不知无所不能的先知。

然而，卢娜对此始终很疑惑：一个人，真的有必要知道世界上那么多不相干的信息吗？一生如此宝贵有限的生命，难道就这样交付给一台只会发布新闻、查询信息的手机了吗？如果一个人终身与手机为伴、患上了手机依赖症，岂不是会变得越来越傻越来越笨，变成一个根本不会用脑子的人？

所以，卢娜除了书店业务联系的朋友圈和书友微信群，通常不去看手机里的其他信息。若是有一点闲空，她还是喜欢泡一杯清茶，在窗边的阳光下抱一本书看。手机屏幕在亮光下通常会有反光，而书籍恰好相反，书页喜欢让阳光照亮，一行行黑字像是在白云间飞翔起伏的大雁……坐在窗前，微风拂过书页，纸面上散发出一种干草的气息；指尖摩挲书页，指肚能感觉到纸张的润泽与温度。卢娜对这种感觉太熟悉，她就是在无数次摩挲书页的感觉中长大的。记得她十二岁那年，母亲不知道从哪里捡来一本《爱丽丝漫游奇境》，书的封面有点破旧，爱丽丝的裙子皱巴巴的，裙带上盖着一个椭圆形的图书馆蓝印。卢娜不知道母亲那时候已经生病了，母亲想让这个名叫爱丽丝的女孩来陪她。后来母亲去世了，父亲很快有了新的女人，就把卢娜送到了外婆家。过了几年，外婆也生病了，卢娜从十四五岁开始，就独自照顾瘫痪的外婆。下课回家、冬夏长夜、星期天、寒暑假，她一个人守着外婆，端茶送水服药喂粥，不敢走远。亲戚们很少来看望外婆，只有那个可爱聪明的爱丽丝，一直留在她家里，和她一起陪伴外婆。每天夜里，爱丽丝就会跑出来，带卢娜去神奇的兔子洞里玩耍，那里有一只会咧嘴微笑的神出鬼没的猫、一只长着鼻子眼睛的鸡蛋、一只伤心流泪的甲鱼、一条抽着东方水烟管的毛毛虫，还有一个凶狠的红心王后……

他就是在卢娜最孤单无助的日子里，像一本新书，出现在卢娜的家门口。卢娜守着煤炉给外婆煎药，被那只会讲干巴故事的老鼠逗得笑个不停，忽然，书页上的阳光，被一条细细的小黑影挡住了。她抬头，看见他伸手递过来半只剥开的橘子：喏，和你换！把这本书给我看看！

后来，他和她常常一起头挨着头，坐在门槛上看同一本书，爱丽丝的奇幻树洞，成了她和他共同的秘密。他曾用大人的口气对她说：小娜，不要怕那个红心王后，她只不过是一副扑克牌……再后来，他给她带来新的书：《班主任》《青春万岁》《撒哈拉沙漠》《心有千千结》……再再后来，是《人生》《古船》《呼啸山庄》《复活》……自从有了书本以后，卢娜再也不感到孤单了。从那时开始，卢娜知道书本是一个有呼吸有生命的伴侣，假如世界上所有人都抛弃了你，只有书本不会离开你。那些读过的书，会走进你的心里脑子里，和你成为同一个人。从他那里，卢娜知道了天下有那么多好书，可以去学校图书馆、县城文化馆借书，也可以省下自己的零用钱去书店买书。80年代90年代那辰光，外国书中国书，多得像大湖里的鱼一样。高中三年，她差不多把所有中国当代作家写的书都看过了，结果离高考分数线差了三分。那年夏末，他收到了北京一所大学八年硕博连读的录取通知书，在他家楼下喜庆的鞭炮声和烟雾气里，卢娜躲在楼上笑一歇哭一歇，当然是为他高兴为自己悲叹，手绢一连湿了好几块。她想，他若不来寻她，她是再也不会和他见面了。临走前他来向她道别，说开学后一定会给她写信，给她寄最新的新书……第二年，他们全家都搬离了这座县城，他和他的家人，从此消失在那些从未降临的新书里。

很长一段时间，卢娜痴痴地等待着远方的来信，没有心情翻开他曾经送给她的那些旧书。但卢娜不得不去参加工作养活自己啊，商场邮局电影院好几个岗位招人，她却还是和书有缘，偏偏被县新华书店选上了。新华书店那栋二层楼的老房子，开在城中心最热闹的主街上，房产是国有的，每年卖教材吃饱到肚胀，每月奖金比合资企业都多。卢娜走进新华书店去上班，她忽然发现，没有他的世界里，依然到处都有书。她随手拿起一本书，书上说：书可以把人带到任何地方，人也可以把书带到任何地方。她想：书能够到达的那些地方，人却不一定能够到达。她当然是要去书能够到达的那些地方！当她从童书架上一眼看见了那本新出版的《爱丽丝漫游奇境》，她觉得自己一下子就"复活"了。封面上的爱丽丝，穿上了崭新的漂亮裙子，那是一个新的爱丽丝，爱丽丝重新回来陪伴她，她从此再不寂寞了。

　　卢娜在新华书店当了四年营业员，后来结婚生孩子。老公是县城对面大湖景区旅游公司的轮船机械师，专管维修游轮船舱里的机器。当初书店的同事介绍卢娜和他认识，见过几次后，卢娜一口答应了这门婚事。原因说起来也好笑，第一次见面，卢娜试探着想和他谈谈小说，这个男人倒是实诚，他说除了技术书科技书，从来没有工夫读闲书的。卢娜心中暗喜：假如未来的老公像她一样喜欢看小说，家里的事情谁管呢？如果没人管家务，有了孩子以后，她肯定就读不成书了。于是她对这个男人提了一个条件：他不喜欢看闲书不要紧，但不许妨碍她看闲书。老公竟然痛快应承了。老公在一座新建的小区买了一套单元房，把卢娜婚前住的一楼一底的街面房出租了，那是"文革"后退赔给卢娜娘家的私产，外婆临终前，念着卢娜独自照顾她七八年，就把房子留给了卢娜，遗嘱都公证过的。等到卢娜的儿子满月后，老公说他打算把那份陪嫁的店面老房子，用来给卢娜开一家美容店，平时也方便照顾家里和孩子。

　　老公说到开美容店后的一天晚上，卢娜给老公说了爱丽丝的故事。她说自己十二岁那年，爱丽丝就住进了这间老房子，爱丽丝比老公先到了十年，所以，她要用老房子开一家书店，让爱丽丝回来，在这里长住……老公惊诧地张大嘴巴看着卢娜，好像她变成了另一个人。那一刻，卢娜的老公才明白，这个女人不仅欢喜看书，原来她心里是有梦的。他晓得这个已经晚了，爱丽丝说来就真的来了。

等到老公下个月放假回来，书店已经注册下来了。再下个月，老租客已经搬走，清空的房屋，等着他帮她去装修。老公替她忙里忙外买建材，过了两个月，书店开业那天，老公亲自给她在"明光书店"的招牌下放鞭炮。卢娜每天走进书店，心里欢喜得就像走进爱丽丝的那个兔子洞，有多少奇迹在等着她发现呢？所以卢娜至今喜欢纸本书，因为书本早已和她的生命连在一起了。

说起来，那都是十几年前的事情了。卢娜有过几年卖书的经验，明光书店很快上路。虽说比起在新华书店当营业员，辛苦操心了好多倍，但是店小船小好掉头，自己一个人说了算，还是开心的辰光多。书店附近有个小学校，她就专门为学龄儿童办了个寄托班，小孩下午放学后，家人没大人的，都到书店来。二楼小书屋的小人儿，在窗下排排齐坐一圈免费看童话书，小红帽美人鱼皮皮鲁鲁西西，中国外国一样不缺，还兼卖些酸奶饼干小零食，小孩们来了书店就不肯回家，除非父母把童书买下了带回去看。没过半年，附近居民都成了她的顾客。也是赶上了图书销售的好年头，新书来了就走，很少压货。那时店里请了四个员工，除去工资水电，又不用交房租，一年下来，最好的月份，书店的纯利有好几万。顶要紧的是，卢娜的儿子放学后，就来书店做作业，其他地方从来都不去的。她在后墙的屋檐下搭了煤气灶，让员工小姑娘搭把手，煮饭蒸鱼炖肉炒菜烧汤，解决了大家的晚饭，顺便把自家儿子的教育也一起管了。

那辰光，每天晚上，儿子就乖乖伏在二楼做功课。老公专门为儿子在天花板上凿洞穿线，加了一盏伸缩灯，用的时候拉下来，不用的时候升上去。金黄色的灯光铺满了小桌子，墙上映出个小人儿的影子，弓身低头，像个专心念经的小沙弥。到了九点，书店打烊关门，卢娜牵着儿子的小手一起回家。四五月间，窗外的广玉兰开花了，藏在浓绿的阔叶里，圆月的晴夜，灼亮的月光洒在硕大的花朵上，树丛里好像挂起了一盏盏小灯，为读书人照亮……月色下，老远望见巷口老公的身影，来接他们母子，然后一手牵一个，三个人脸上的笑容，都像月亮一样亮晃晃……

那些年，卢娜觉得自己是天下最称心如意的女人和妈妈。她心想，自己兴许就是为了儿子才开了这家书店？让儿子从小就欢喜读书，长大了考上北大清华。总有一天，那个日日悬在头顶上的"明光"会晓得，不是只有他才能考上博士，她的儿子一定比他更有出息，不像他那样读了大学读了博士就从此没有音信，儿子将来肯定会记得年年回老家来看看。卢娜卖书一直卖到去年，才读到那本美国人写的《岛上的书店》。当她一眼看到书里那句"一个小孩，你把他放在什么地方，他就会成为什么样的人"，她惊诧得差点叫出声来：哎呀卢娜你好眼光，十几年前你就晓得把儿子放在书店里长大，那个岛上的美国人，难道听你讲过故事？

书店二楼东窗外的天井里，有一棵广玉兰树，高过房顶，宽大的叶片绿得乌亮，像一把把小扇子。广玉兰的叶片肥厚，小扇子看起来就有点重，春风秋风，风来了，满树的小扇子笨笨地摇起来，没有声响。县城的大街小巷，汽车喇叭摩托车自行车大屏幕广告理发店里震耳的音响餐馆门前长声的吆喝……没有一个地方不在发出各种响声。明光书店缩在小街的一个拐角上，就连窗外的广玉兰，都是规规矩矩的。书店、书店，除了书店，世界上还有什么地方，会这样安静呢？所以，到书店里来喝茶的人，欢喜的是书店楼上的清静，即使不买书，卢娜也欢迎。她听说北京的锣鼓巷里，有一家砖墙石阶的朴道书堂，后院有个"阅读空间"，要买门票才能进去，那个空间里没有宽带没有 Wi-Fi，一点声响都没有，那才是读书人待的地方。

然而，明光书店的好时光一去不复返了，差不多从七八年前开始，书店的销售额就开始下降，像秋分以后的气温，一天天往下落。北京上海广州还有各个省城，时不时传来民营书店倒闭的坏消息。北大校门口曾经很有名的"风入松"书店，当年和"国林风"等几家书店一起被称为"四大天王"，据说"风入松"明明前一天晚上还亮着灯，第二天就人去楼空了，真好像应了南宋文人吴文英填的那首《风入松》："听风听雨过清明……"骤然间"幽阶一夜苔生"，听说北大学生还给"风入松"开了追悼会。还有北京的"第三极""光合作用"……上千平方米的大书店，说关门就关门了。书店关张，不是因为经营不善，而是因为房租和员工工资一年年上涨，营业额一年年下降，连续亏本经营，哪个老板吃得消呢？这几年明光书店的资金周转不灵，常常拆东墙补西墙，老公交到她手里的月工资，转眼让她垫付了员工的工资。书店一直苦挨到前年，上头总算下了红头文件，对全国所有书店实行了税收优惠政策，明光书店算是柳暗花明了大半年。可惜减税仍然敌不过顾客锐减。从前年开始，书店利润扣除了店员工资和水电开销便所剩无几，去年开始亏损。到了今年下半年，说不定她连倒贴的私房钱都拿不出来，那就真的山穷水尽了。

每年春秋的旅游季节，老公在湖区忙得回不了家，等到放假回来，见她一副愁眉苦脸的样子，只好陪她一同叹气：小娜小娜，书店刚刚开门那辰光，你说书店里看书的人，多得挤坐在瓷砖地上，坐得屁股冰凉都不肯走。前年我帮你装了地板木楼梯，如今冬天不冷了嗳，怎么反倒没人来了？书又不是鸡蛋西瓜猪肉，价格跌上跌落，书不就还是那个书嘛，不会坏掉不会过期，怎么说卖不动就卖不动了呢？幸亏明光书店不交房租，要不然就连你也一道赔进去了。书店、书店，命里注定，恐怕只输不赢了……

卢娜苦笑。除了书，书还能叫什么呢？书院书吧书楼，不都是读一个"输"字的音吗？若是写成"素"，没有油水；写成"黍"，是杂粮；写成"舒"，也不对，读书那么舒服？为啥现今那些贪图舒服的人，都不肯读书呢！开书店当然只输不赢了。前一段时间，她听人说新华书店的日子也不好过了，书店电脑设备坏了都没钱更新，员工的福利越减越少。卢娜心里有数，新华书店退休员工多，生老病死都要钱，书店也像人走长路，一副担子越挑越重。何况书店的书越卖越少，只出不进，好比胃肠出血的人，输进去的血不及流失的血，血管瘪掉了，命就没了……

老公埋怨归埋怨，却是从来没有逼她关门。卢娜心想，只要老公能容下书，她就能容下他。

卢娜挥了挥手，幅度很大地撩开眼前的一只小飞虫，像在驱赶那些烦心事。还好儿子争气，高中两年下来，考试成绩一直在全年级前三名。可惜县中的教学质量总不如省城，明年要想考上重点大学，还要拼一把。她和老公商量过，万一儿子考得不理想，就让他申请去国外自费读大学。全家拼拼凑凑，头一年的二三十万还是拿得出来。再往后呢，就不好说了。读到博士毕业，学费加生活费，没有百十万恐怕下不来……想起儿子明年读大学的事情，卢娜心里有点纠结。

街上人来人往，仍然没有人走进书店里来。前几天倒是曾经来过一家三口，男女都穿得时髦，女的拎一只香奈儿包，男的戴一串手指粗的金项链。那个八九岁的小孩，一进门直奔童书架去，捧起一本最近刚刚出版的童话《不平凡的约克先生》，坐在楼梯上就看起来。这套书一封五本，卢娜拆成单本，方便孩子们在店里看。那女的走到"家庭实用类"专柜，拿起一本营养食谱翻了翻，顶多三分钟，脖子转过去，大声催小孩快点。小孩说，妈你让我看一歇歇，这本书真好看，我看一歇歇。女的不耐烦起来，说你蹲坑拉屎呀？不是说好买一本就回家吗？孩子噘嘴站起来，拿起那本《伟大的约克先生》，又拿起《傻傻的约克先生》，两本都抱在怀里，空出一只手，又去拿《森林里的约克先生》，小手抱不住，哗啦一下全掉地上了。卢娜走过去帮他捡书，轻声说：这套书一共五本，你想要哪一本呢？小孩吞吞吐吐说：五……本我都想要！那男的大步走过来，勾起食指，在小孩脑袋顶上敲了一记，呵斥道：五本？你想要五本？当饭吃啊？你看你看，封面上是一只小猪嘛，小猪有啥好看？越看越笨了喏！他抓起小孩的胳膊就往外拉，女的抓起小孩的另一只胳膊。小孩用求救的眼神看卢娜，卢娜刚开口说一句：童话书都很薄的，加起来也就是大人一本书的价……女的抬头狠狠瞪了卢娜一眼：一只小猪猡要写五本书，你当是动物电视连续剧啊？小孩被拽出门外，手里一本书都没有了，哭喊声从书店门外传来，伴随着小轿车重重关门的声音。卢娜被震得心里一阵疼痛，眼泪都涌上来。其实，这种人她见多了，衣着光鲜珠光宝气，看上去家里一点都不缺钱，可就是不肯花钱买书，好像买了一本书，衣裳就会少一只角；买了一本书，身上就会掉一块肉。他们舍得花钱买进口水果进高档饭店，就是舍不得买书，几十块钱呀，不就是一盒高档烟、一份麦当劳的价钱吗……可他们只晓得问这个物事有啥用场，只关心划算不划算，卢娜每次遇见这种人，有一本书的书名就会自动跳出来:《你无法叫醒一个装睡的人》。哦，看这个书名起得多聪明！不想花钱买书的人，就是那种赖床的人，床头一排闹钟震天响，假装听不见。这种人，恐怕一辈子都不肯为买书掏腰包。

偶尔，也会有相反的情况。上个月，店里来过一个女人，黑瘦，头发花白。她从一只环保布口袋里，摸出一张皱巴巴的纸片递给卢娜，一边小心问：还没有过期吧？是我女儿给我的优惠券，一张券买几本打折书呢？我骑车从城西赶到城东，路上大半个钟头，今天多买几本，你再打点折给我好不好？卢娜接过优惠券看一眼，是那种不含店家赠送金额的打折券。为了这一张券的优惠价，她跑那么远的路专门来一趟？每次遇上这样的顾客，卢娜也一阵心痛。

那位妇女直奔《红楼梦》去，说自己想买一套精装本，想了好几年。原来的那部书太旧了，字都看不清了。把《红楼梦》买下后，又寻出了一本白岩松的新书《白说》，说是要给女儿……卢娜给她结账时，手一哆嗦，打了个七折。那女人又在店里来回走了一圈，又拿了一本冯骥才的《俗世奇人》，那本书很薄，她坚决不让卢娜打折了……

可惜，像她这样钱包拮据，却喜欢看书的顾客，总是有数的。假如每一位过路客，都像几个月前来过的那个人，一口气买二十多本还不要她打折，明光书店的日子就好过了。卢娜转念到那个人身上，心里有点烦，他要的那本什么《文化繁荣》，已经过了三个月，再不来取，就很难退货，等于死在她手里了。这种书，就算白送给县委宣传部门，人家也不见得识货。政府的人买书，零售也好团购也好，都像钱塘江涨潮一样来得凶猛。前些年，宣传部突然来问有没有《万历十五年》；再有一年，县政府的官员忽然得了什么消息，一窝蜂到新华书店去买《旧制度与法国大革命》。其实，这本书那年刚上市，就有书友来通报卢娜，说它在北京很走俏，让明光书店赶紧进几本。卢娜心想，大革命与小县城有什么相干呢？心里不托底，先试试进了五本，没几天就被抢光了，又赶紧去添货。等到县政府那些官员十万火急寻这本书又到处寻不到的时候，终于想起了明光书店，寻到她这里，竟然还有几本存货。宣传部门就在明光书店一口气团购了一百本，县委县政府全体科级干部人手一册。书店老板当然喜欢单位团购，生意做得爽快。没想到那段时间，这本书热得在博库书城都脱销了。好像万历皇帝和路易十五马上要从棺材里爬起来，到本县来检查工作。

卢娜的图书信息灵通，除了业内的朋友推荐，主要还是靠她自己勤看勤记勤查。每天上午到了书店，先扫一遍京东网北发网博库网云中书城当当榜单开卷榜单，书店开门之前，她早已在网上浏览过一大圈了。所有的图书销售排行榜，动一动她都有数。各大出版社新书上市，凡是业绩好的，第一时间下订单，先买三五本试试，卖好了再进，快进快出。所以，不要小看县城的民营书店，信息时代，谁拥有信息谁就拥有读者和顾客。她还订《中国出版传媒商报》《中华读书报》《博览群书》这些和图书有关的报纸杂志，只要有时间，短书评也是要浏览一番的。多年来，明光书店在读者里有个好口碑，都是她一本书一本书做出来的。哪怕有一个顾客订购一本薄书，只要说得出书名或是作者，卢娜都会千方百计去帮他寻来。她从不拖欠出版社和经销商的回款，哪怕把自家的钱垫进去。所以，批发商手里凡有好书，总愿意先发货给她。她开书店十几年，该做的、能做的，都做到了。可为什么，书店的营业额还在直线往下落？每天晚上九点，卢娜打烊关门，一盏盏顶灯壁灯筒灯，啪嗒啪嗒全都灭了，最后漆黑一片。书店消失在黑暗的街角，像一艘冰海沉船……

假如有一天，明光书店夜里关了门，第二天上午再也不开门了。那会怎么样呢？卢娜被自己的想法吓了一跳。其实，这个想法已经在她脑子里闪过好几次了，每次她都有一种被撕裂被剜剐的感觉，就像她前些年做过一次人工流产，活生生的一块肉，被搅成一摊肉泥从身体深处吸出来……

卢娜曾经看过一本新书《我们这个时代的爱与怕》。她知道自己爱什么，却不明白自己到底怕什么？越是怕的事情越是会来，谁知道明光书店还能坚持到哪一天？

三

这个平常的下午，书店依然没有什么客人。街上的行人对"明光书店"不肯多看一眼，更不愿多走一步踏进书店来，卢娜对此已经见怪不怪。一般要等到周六周日下午和晚上，书店才会多一点人气、生气与活气。渐渐地，卢娜觉得眼皮发涩，两只眼睛都睁不开了。她靠在收银台的桌面上眯了一歇儿工夫，梦见了电影里的泰坦尼克号，船头竖起来，立在冰冷的海水里，有人把她推到了一条小舢板上，小船在海浪中一晃一颠，眼看就要靠岸了，又被一个浪头弹开去……

忽然，她听见了轻微的响动，好像是窸窸窣窣的脚步声，警醒地抬起头，见门口进来了几个年轻人。他们在书店里轻手轻脚像影子一样移来移去，总算挑了几本书，然后拿出手机，眼睛一边往她这厢溜，一边速速拍下了书的封面，动作快得像做贼一样。卢娜迅速做出了判断：这几个人虽然不是偷书的，也和偷书差不多。他们在书店选好自己喜欢的书，用手机拍下封面，然后转身回家上网去买。网上买书的价格，比书店差不多便宜了一半，现在的年轻人都把实体书店当成了一个不付费的图书展示店。网上买书不用出门，给你寄到家里，还只需付一半书款，真当叫人想不通。这些年实体

把灯光调亮

—491—

书店的销售量急速下降，书店一家家难以为继，就是因为最具购买力的年轻读者，大多转向了网购图书。卢娜到省城去参加民营书店协会的交流会，所有的书店老板都叫苦连天，就连新华书店的老总，在质疑网购图书这一点上，也和民营书店迅速结下了临时同盟，成了同一条战壕的战友。

但卢娜是识时务的人，她知道淘宝网购是大趋势，那个托夫勒应该去写一本《第五次浪潮》。卢娜并不是绝对反对网购，她自己的手机上，也装了支付宝，收银台的角落里，就有一堆从网上买的铁皮书立，价格比文具店便宜一半。只不过，她认为网购也该有个规矩、有个法规条款的约束，不可以随意任意叫价的，尤其是图书。书价就印在书上，是出版社按照图书成本和利润计算出来的，实打实没有一点水分。网上和网下，用行话说，就是"地面店"和"空中店"，天上地下，卖的书，都是一模一样的。（不像网购的衣物日用品，常有以次充好的冒牌货）却为什么同书不同价呢？书还是那个书，网上打那么低的折扣，和实体书店的实价相差那么大，还有多少人愿意去书店买书呢？这样的商业竞争，实在太不公平了！

卢娜硬压着火，把脸扭过去，一边在心里安慰自己：这几个学生来"买书"，买的总归还是纸质书，是有油墨书香味道的纸书，不是手机和电脑屏幕上的电子书。学生去网上买书，为了省钱，省了钱就能再多买几本书。这样总比那些不读书的人好许多啊。网购图书折扣低，有利于低收入消费者，她能理解。卢娜之所以默许这些年轻人拿书拍封面，眼开眼闭不计较，为的也是这一点。她最怕年轻人捧着手机和 iPad 看书，那种光不是自然的亮光也不是灯光，而是蓝幽幽的电子光，X 射线一般，从字面背后透出来，会把人的眼睛灼伤。再说，电子书摸上去冷冰冰硬邦邦的，哪里像纸质读物摸上去那么温暖那么柔软，在她看来，那根本不能称作书，只能说是机器，机器里装的并不是正儿八经的学问，而是玄幻穿越一类的畅销流行的娱乐性读物，就像麦当劳肯德基，偶尔吃一顿，或充饥或尝尝无妨，若是顿顿麦当劳，肯定会营养不良。四十岁出头的卢娜，对机器有着本能的排斥，对纸质书怀有一种偏执的热爱。儿子上了高中后，央求她给买一台 iPad，她回答说：你考上大学之前，我宁可给你买一辆上万块的山地车，也不会给你买平板电脑，你死心吧！儿子委屈地咬住嘴唇，终于还是忍不住：妈，你真是老土了哦！还用英语说了一声：OUT！这个英语词，店里的年轻人喜欢挂在嘴上，卢娜听得懂。OUT——没想到如今在儿子眼里，她也该出局淘汰了？

她的年纪还轻呢，就老土落伍了？如今人人都在拼命赶潮头，只怕自己赶不上。不过，卢娜却不这样认为：说不定哪天钱塘江的潮头退了，落在最后的那条船，转身一掉头，最先驶入东海也说不定。书友会那些消息灵通的朋友，曾经对她说过，不要绝对排斥平板电脑，现在的电脑都可以下载经典文学作品，有一种叫作"掌阅"的手机阅读器，可以装上几千万字的图书，文史哲经样样都可以输入，出门旅行，再不用带那些又重又厚的纸质书，又便宜又方便的。卢娜点头又摇头。她相信，世界上只要还有造纸厂，就会有纸质书。只要世上还有纸质书，就会有人去书店买书，书店的书，看得见摸得到。一家书店，就像一座城池的瞭望塔，走进书店就是登上塔顶，望得见远处的来路和去路。

去年冬天一个下雪的日子，她独自守着冷清清的书店，望着窗外飘飞的雪片，觉得那一片片白雪就像撕碎的书页，被一双巨手抛甩出去，纷纷扬扬落在湖里河里，雪花淹没在浪花里，不见踪影。天刚擦黑，她就把书店的灯全都打开了，忽然听见有人在门口跺脚，门推开了，有人走进来，身上冒着一股湿重的寒气。那人揭下头上的绒线帽，原来是一位头发花白的老书友，大概有六十多岁了，羽绒服的肩膀后背都湿了一大片。他的手冻得红肿，掏出一块手帕揩去脸上的雪水，然后从塑料袋里拿出一本书。她隐约想起来，这本《民国清流》，好像是不久前他刚从明光书店买去的。

老人把书翻开，书里夹着一张对折的三十二开宣纸。他打开宣纸，点着上面竖写的一行毛笔字说：就要过年了，我给你写了一句话，今天刚好路过这里，拿来送给明光书店。

卢娜看清了那行工整的小楷：是谁在黄昏里亮起一盏灯——祝明光书店新春吉祥。

她晓得这是台湾诗人痖弦多年前的一句诗，黄昏里那一盏灯，是书店。

卢娜的眼泪涌上来，喉咙里被一股热气堵塞了，说不出一个谢字。老人走后，她看着地面上两个拖泥带水的湿鞋印，像两只风雨飘摇的小舢板，航行在茫茫书海里……她的泪水落在水迹上，分不清是雪水还是泪水。她心想，自己之所以能够撑到现在，多一半是为了这些爱书的读者吧。

她想起前几年，有一位常来买书的中年女子，好像是做室内设计的，面容姣好，衣着的款式色调搭配都很讲究。但她买书很挑剔，装帧封面的品相哪怕有一点瑕疵，她也是坚持要换一本的。她不是书友会的人，卢娜不知道她的名字。有一天晚上她来买书，书店这一线的店家，忽然跳闸了。她耐心等着卢娜点亮了蜡烛，一边安慰卢娜说：不要着急，等一歇歇就会来电的，只要线路没有坏掉就不要紧……后来有一段日子，那女人没来店里，过了大半年又忽然出现了，卢娜差点没认出她，人瘦得脱了形，扶着门框，一条粉红色的长纱巾，把头顶到后脑都裹起来……卢娜不敢问她是不是病了，倒是她自己对卢娜说：我做了手术，正在养病，有很多时间可以看书。但我没有力气寻书了，你帮我推荐几本新出的小说，品相要好，故事不要太悲情……卢娜叫道：你为什么不打电话来？我可以把书给你送到家里去的呀！后来，卢娜常常去给她送书；再后来，那个女人去了省城的大医院；再后来，有一天卢娜收到一只小纸盒，打开了，里面是几本新书，一张印着玫瑰花的粉红色信笺飘下来，上面写着几行娟秀的小字：这些新书，我来不及看完了，寄还给你，也许还有别的人可以看。人生在世，读书是一件多么美好的事情……谢谢明光书店。

这几本书，都是她以前从明光书店买去的，封面还像新的一样。卢娜把她的信笺用一只白色的镜框镶起来，挂在书店一角的墙上。"读书是一件多么美好的事情。"是的，卢娜每天抬头看到这句话的时候，心里总是会微微一颤。即便就是为了她的顾客和书友，明光书店也没有理由不硬撑下去的，至少，她要撑到实在撑不下去为止……

所以，几个月前，那个省城的陌生人来买书那天，临走时对卢娜说：最好把灯光调亮一点。当时她下意识地环顾四周，微弱的亮光下，飘过了那个女人粉红色的纱巾……把灯光调亮，说得没错，但谁能保证电路不出毛病呢？不过，省城陌生人那句话，和那位女顾客留给她的话一样，毕竟是暖热的。也许就是因为这句话，她一直在等待他再来……

卢娜还记得，大概在半年前，她接过一个电话，是县里一家柑橘贸易公司的老板，也是她老公的一位远亲。老板一开口就是二十万块的订单，凡是古今中外的名著、历史地理经济军事，统统要豪华包装的精装本，书越厚越贵越好，他见过一套一套带锦缎盒子的那种，一盒就要好几万……卢娜一听就明白，老板是要买书当春节礼品。如今上头查得严，给官员送礼收礼是行贿，只剩下送书不违规，这点小心意，既风雅又安全……面对这笔即将到手的大生意，卢娜却并不领情，心想图书是用来读的，怎么变成装样子的摆设了？不过，老板又补了一句：卢娜，这个订单数目不小，你有得赚了。你卖了那么多年书，晓得什么样的书拿得出手，买什么书，都由你说了算，我十万个放心。但我有一个条件，你听好了：书价嘛，你要按网上进货的价格，加一成给我。如果我让人到网上去买，肯定便宜很多。我把这个单给你做，是为了照顾你的生意，你老公关照过的……卢娜被他噎在那里，半天才换过一口气。她想告诉他，网上卖的那些书，从出版社进价的折扣，都在三折左右，网上书店没有店面房租压力，按五折的价格卖出去，还有赢利空间。何况很多网站也是为了打广告赚人气，常常低价倒赔卖书，属于恶性竞争。而她这样的实体店，一般进货的图书折扣都在六折以上，即使全价卖出去，书店租金、物业管理、图书损耗，加起来占到成本的百分之五十，再加百分之二十的人工成本，一本书的纯利，只剩下一折左右了……她拿着话筒，一时不知该和他怎么说。图书当然是商品，但这个商品的精神价值，恐怕比封底的书价，要高出多少倍呢！算不出来的！她虽然是卖书的，但卖书和卖柑橘，不是同一个生意经。

卢娜想了想，客客气气回答说：你还是到网上去直接进货的好，网上品种齐全，你想要什么都有的……她刚要挂断电话，话筒那边大声喊道：哎哎，好说好说，只要你去帮我买来，价钱好商量，你叫我到网上去买？我又不懂书……卢娜好气又好笑，心里舍不得错过这笔生意，又有老公的情面在里头，便顺势落台，和他讨价还价了一番，柑橘老板知趣地让了价，最后是卢娜五折从网上帮他进货，六折卖给他。礼品书到货，彼此皆大欢喜，这是卢娜去年做成的最大一笔生意了。

春节过后，恰好省城的出版发行业协会举办一个"让城市留住书店"的研讨会，也邀请卢娜去参加。那天细雨霏霏雾气弥漫，从城区和邻县来了几十个书店老板，大家的衣服都是潮乎乎的，寒气阵阵袭来，一个个身子都缩了起来。轮到卢娜发言，她就把柑橘老板买书的事情讲给大家听了，她说没想到如今电商兼了批发商，看样子以后实体店要去网上进货，直接和电商合作算了。

有人打断她说，目前国内电商和实体店的价格竞争，已经危害到整个书业的健康发展，你还说去和电商合作？据说很多发达国家，对实体书店都有严格的价格保护措施，比如说，一本新书上市，半年一年之内，网上买书不可以打折，就像电影院公映大片，三个月内不允许发行影碟一样。……众人纷纷点头，议论说这么好的法规，可惜中国怎么就没有呢？政府有责任保护图书的价格稳定，市场经济也是要讲规矩的，不晓得中国以后会不会出台这个政策。

"纯真年代"书吧的经理盛绣接话：书店书吧书屋，统统姓"书"，凡是姓书的，都是一家人，但现在民营书店好像是被领养的，不是亲生儿子一样……有人附和：书店等于体验店、图书馆，老板花钱开店，读者免费阅读；网上各路神仙打架，网下凡人小民受苦！有人叹气说：现在实体书店不开咖啡吧就活不成，简餐文具，都成了实体店的标配，其实都以非图书的行为在养活书店。这样搞下去，将来书店就快变成美容院健身房台球屋棋牌室儿童乐园的"跨界"创意产业了……图书、图书，宏伟蓝图变成唯利是图！

省里报刊发行部门的人说：现在社会的整体阅读生态环境不好，这几年城市道路一整改，就把书报亭撤掉。据说书刊的零售额下降了百分之五十，书报亭也赔钱，街上那些报亭一个个都不见了，下班路上想买一份晚报都不晓得到哪里去买……

牢骚话说了一箩筐，大家心里越发惶然。

后来晓风书屋的褚经理发言。他们夫妻搭档经营的晓风书屋，已在全省开了十几家连锁店，每一家都是不同类型的主题书店。晓风在城区有一家分店，兼顾定制手工烘烤的小饼干，读书人与不读书的人，都是欢喜的。小褚慢悠悠说：我觉得实体书店正站在一个十字路口，大家都在摸索方向。政府的职责、书店的经营模式、读者的阅读习惯，这三者缺一个环节，都是水桶的那块短板。政府应当有长远眼光，对图书资源进行整体合理配置，用购买公共服务的方式，来扶持实体书店。年年开"两会"，代表委员年年呼吁建议政府设立"全民阅读日"，阅读方面的具体建议，已经提了很多，我就不重复了。我想说的是书店自身的问题，我倒是不担心没人读书，我想得最多的，是他们到底在读什么？如今书太多，普通读者一走进书店就头晕，不晓得哪一种书买了回去，正是自己需要的。我们卖书人要做的，就是把真正的好书送到读者手里。今后书业的发展趋势，不仅仅看流通效益，还要看书店的文化品位。书店怎么选书？怎样让读者知道什么是好书？我们书店自身的服务方式也要改进，提高书店从业人员对图书的鉴赏能力，假如顾客寻书，售货员一问三不知，读者掉头就走了，以后就会对买书产生排斥心理。我建议政府有关部门，能不能拿出一点资金，定期开办专业培训班呢？到了大学生的寒暑假，我们也可以主动招募、选择那些爱书的人，来书店做义工，做图书导购……

卢娜听得心里一阵阵发热，小褚的句句话都和她想到一起去了。晓风书屋进书的门槛高，对每一种书都要设立预期的"目标读者"，新书进货之前，提前做好功课，一本都不含糊，就像打靶射箭，不敢奢望命中十环九环，也不至于飞到靶向之外去。卢娜一向很佩服小褚的，自己什么时候能够做到晓风其中一家分店那么好，她就心满意足了。

最后新华书店的老板发言说：我同意小褚的意见，如今实体店确实是在垂死挣扎，但我们自己也要想办法转型自救，创造更多新的销售模式。比方说，可以用图书馆加书店的模式，为大企业、金融界、电子业的高收入员工，提供图书专项服务；零售书店也可以和新华书店合作，新华书店的品种齐全，小书店网点分布广、经营灵活，双方取其所长，加快流转率，把库存全部盘活……有人打断他，说新华书店当惯了老大，民营书店被"收编"，假如不按照新华书店的路数走，新华动不动就"断粮"，民营书店等于自投罗网，这个办法行不通……又有人抱怨，说一千道一万，归根结底还是房屋租金。依靠书店的自有资金，租不起好地段的街面房，只好搬到房租便宜的背街区位去，买书的人寻不到店面，客源越发减少，书店利润更少，变成恶性循环。有人提议，应该去找一位政协委员，为书店写个提案，建议设立一个全国性的实体书店基金会，政府拨款加民间募集资金，每年对城镇的大小实体书店，统一进行业绩综合评估。那些信誉好的书店，应当给予减免房租作为奖励。各地闲置的军产房、文化系统内部的空房、商业性楼盘的尾房，都可以想办法调剂出来给书店使用，也可以均衡社区的图书网点分布……

大家又七七八八说了很多，说来说去，除了网店电商的书价之外，大家最关心的话题，又回到书店的房租上头。有人说，房租必将成为压垮实体书店的最后一根稻草！危言耸听啊，卢娜的明光书店虽然是私产，但她也赞成这个说法。

窗外的小雨一直不停，天空像大家的心情一样灰暗。会议结束前，省出版物发行业协会的秘书长，给大家简单介绍了去年年底深圳市人大刚刚通过的阅读立法。卢娜觉得新鲜，阅读立法？难道不读书就是违法吗？往下细听，才渐渐明白，这个立法其实就是"全民阅读促进条例"，是为了规范政府行为，也就是说，政府必须为公众提供阅读服务的人才资金以及基本场馆设施，保障市民的文化公共权利，否则就是"不作为"……卢娜早就听说，深圳的读书活动搞得特别好，2013 年被联合国教科文组织评为"全球全民阅读典范城市"，她在网上查阅过，深圳市有一座设备先进的中心书城，每个区有区一级书城，所有的街道都配备了功能齐全的书吧。全城的图书馆自动借阅系统，已经覆盖了所有的机关企业大专院校……深圳每年都有"读书月"，延续整整一个月时间，举办百十种读书活动，图书不夜城、名家讲座、年度好书颁奖活动……最让卢娜感兴趣的是，深圳读书月活动，其中竟然还设了一个"领读者奖"，专门奖给那些优秀的图书推荐者、书评家，以及民间自发的各种"读书会"……

卢娜觉得眼前渐渐亮起来，天空好像转晴了，一线橘色的夕阳，穿过厚厚的云层，投射到会议室的窗户上，大家都在兴奋地交头接耳，有人提议，出版发行协会应该组织大家去深圳亲眼看一看，差旅费由各个书店自己承担好了。一时间，弥漫在会场上的愁云惨雾，渐渐飘散开去。

希望，亮光！——卢娜在笔记本上潦草地写。又写：坚持！高贵的坚持！

自己呆呆地看了一会儿，却又飞快地涂掉了。

那天散会后，卢娜本想赶紧开车到城西去一趟，她听说，省城有一位作家用自己的工作室，开了一家叫作"理想谷"的书吧，免费为读者提供读书场所。"理想谷"一间大屋，三面墙壁，一格格图书一直顶到天花板上，中间是瀑布一样垂挂的青藤（也许是绿萝或青苔），楼梯呀，地板呀，到处都是可以坐下来读书的地方，一伸手就能拿到书。每天都有人从很远的地方专门到"理想谷"来看书，一块钱一杯咖啡，可以坐一天……只要想一想那个场景，就让卢娜激动又感动。她早就打算去一趟，感受一下那里的氛围。但她刚出门，就被晓风书屋的小褚经理叫住了。

褚经理笑吟吟的，好像有什么开心的事情。果然，小褚给她透露了一个消息：刚才大家提的建议里，其中有一项，本省的有关部门已经领先开始了，专门设立了一项文化建设工程，拨出了一笔专款，给书店作为补贴和奖励，民营书店也有少量名额。本省是沿海经济发达地区，才能拿出这一大笔钱。不过，这个补贴是有条件的，书店的固定资产必须要在一百万以上，连续多年信誉良好，还有营业额呀，纳税状况呀，有关部门都要对书店——进行资产评估……卢娜的明光书店，房产是自主产权，县城的中心地段，一楼一底一百多平方米的房子，起码值个七八十万。加上流动资产，差不多就够百万了，其他条件都应该符合标准的……

面对这个突如其来的"好消息"，卢娜有点发蒙，好像寒冬腊月里，天上掉下一件厚厚的羽绒大衣，把她暖暖地罩在里头。她结结巴巴对小褚说：我不够的不够的，比我做得好的民营书店有的是，你看盛绣的宝石山"纯真年代"书吧，城市名片、文化客厅，好口碑好业绩好风景人人都欢喜，她的名气大、影响大，要评就应该评她……

小褚轻叹一声：纯真年代是好，但她的书吧房产租期五年，当年装修书吧，把她家的积蓄都用光了，平时书吧的收入，也就够维持日常开销而已，哪里来的百万固定资产呢？好多民营书店，都被卡在这一条上了，我不晓得这种规定是个什么道理。如果书店自己有百万资产，政府补贴也就不算是雪中送炭了。不说了不说了，我看你还是回去算算账，有个思想准备，尽量争取争取……

卢娜倒抽一口冷气。想不到她当年用自家房屋开书店，房产所有权在某一天能救她于水火。也是呢，那些租房开书店的小老板，等于月月在替房东打工。明光书店不用交房租，才算苟活到现在。假如明光书店既要交房租又要养员工，恐怕早两年就关门大吉了。感谢外婆，感谢老公啊！

等她回到县城后不久，县文化局果然有人到店里来"视察"了一番，向她简单介绍了情况，还让她填了好几份表格，书友会的人给她写了读者评议，她还去银行开了纳税证明，等等。如此折腾一番之后，不仅没有"好消息"传来，连什么消息都没有了。好像云雾里的那件羽绒服，塘边刚刚才开始养鸭子。一春一夏，即使等到鸭子长大，一寸寸绒毛填进大衣壳里，做成了羽绒服，又哪里就刚好披裹在自己身上呢？卢娜每天发愁操心的事情太多，过了一两个月，就把这个"好消息"，连同开会的热闹都忘在脑后了。在江南这个地方，一年四季，阴天下雨的日子，总归比晴天要多的。

这天下午，她望着那几个年轻人匆匆逃出书店的背影，真想对他们喊一声：要拍封面尽管来啊，说不定再过一年半载，明光书店关门了，你们连拍书的地方都没有了呢！

学生们走了以后，书店又冷清下来。卢娜坐在窗口，望着街上来来往往的行人发呆。她等的那个陌生的取书人，也许不会来了，过几天，她要记得把那本《文化繁荣》的书退掉。她等的那个老同学，也是永远不会回来了。她究竟还能撑多久呢？说不定哪一天，卢娜会到马路对面的那家装修公司去借一部梯子，亲自爬到书店门上，把"明光书店"那块木匾，从屋檐下摘掉。当他有一天终于想起回乡扫墓的辰光，这里是一扇紧闭的门，他再也寻不见她了。

四

这天下午，老公从湖区放假回家，亲自烧了几样小菜：春笋烧肉、油爆虾、雪菜蚕豆，清蒸鳊鱼，样样都是卢娜喜欢的。儿子临近高考，天天在县中晚自修很迟才回。但卢娜却没有胃口，吃了几口就放了筷子。她晓得老公是想同自己谈天，至少要问一问，书店这个月又亏进去多少……但她此刻却没有说话的情绪，老公见此，独自喝了几杯闷酒，早早就睡下了。

晚上卢娜翻来覆去睡不着，到了半夜，她一伸手，触到了老公的后背，顺手摸上去，出手很重地摇晃他的肩膀。黑暗中，她的声音听上去恶狠狠的：哎哎，我已经想好了，这样硬撑，越撑亏得越多，儿子要上大学了，家里等着用钱，书店还是早点关门算了！此话既出，她觉得自己的决心已经下定。这话不能让老公说，要由她自己说出来。这一回不说，等他下次回来，又是一两个月拖过去了。

老公睡得死，翻了一个身，好像还没醒，迷糊中嘟哝一声：开店是你，关店也是你……

卢娜撒娇地蹬了他一脚：你到底管不管嘛？

总算醒了一半，口齿含糊不清：你再想想办法嘛，办法总有的……

卢娜赌气翻身，用脊背顶着他。他又不是不晓得，所有她能想的办法，不但早已想过，而且做过多少次了：节日促销、新书推介、作家讲座对话、签名售书……到了如今，招数用完底牌出尽，已是"黔驴技穷"。在这个县城，就数明光书店的新书周转最快，一般图书上架几周后，假如一本卖不出就退货。只是，从县城到省城，毕竟相隔近百十公里，高速公路的图书运费，都要书店自己承担，进货退货的费用都打入成本，常年来回折腾也是吃不消的。亏得卢娜人缘好，几年来，书友们晓得书店生意清淡，一听书店进了好书，常常故意多买几本拿去送人。有一个中年人，好像是个中学语文老师，一到寒暑假就来买书，后来卢娜终于忍不住好奇问他：寒暑假人家老师都在忙着做家教，你倒有闲工夫看书啊？他这才说了实话：其实我也看不了那么多书，买回去都叠床架屋摞起来，家里堆满了，老婆有意见，我对她说：藏书可以保值升值啊，你看宁波的天一阁，以后传给子孙……他一边说着，一边笑起来：我也不全是为了帮你，家有书香，孩子也受熏陶的……

卢娜晓得，多年的老书友们，都在暗中帮她。但以人情来维持书店，总归不是长远之计。如今的书店，所剩无几的优势，大概也就是人们对纸质书的旧日感情了。老公毕竟不是这个行当的人，他不知道那些大城市的书店，也是各有各的难处。听说只有北京的"万圣书园"，只赚不赔生意笃定。那个老板自己就是个博学的读书人，凡有新书出版，他都要自己一本本先看过。万圣书园的咖啡吧赚的钱，还不如卖书的利润高，那是因为万圣就在北大清华附近，书店里进进出出的人，都是正儿八经的学者教授。全国有几个北大清华呢？万圣是个唯一，学也学不来的。就说北京的"三联书店"，半个世纪多的老牌书店，首创了"二十四小时营业"制，留住了读者和顾客，赚足了人气。然而，通宵长明的电费，还有夜夜加班的员工工资，算算账，要增加多少经营成本？若没有三联那样殷实的家底，绝对做不下来。又听说贵阳有个"西西弗"书店，在广州遵义等地开了十几家连锁，每一家都是同豪华大商城合作的，空间宽敞、装潢精美、分类精细……像卢娜这样的小书店，想都不敢想。再比如北京的"字里行间"书店，开张七八年，已经陆续开了十几家连锁。省出版发行协会有人去北京，见过"字里行间"的老板。说"字里行间"采用年度会员制，为会员提供高端阅读服务，所以它有充足的财力，把每一家分店都设计得各具特色：这一家主打书法字画、那一家主题是童书玩具、再一家主营陶瓷工艺，家家都是个性化的书店风格，开在京城最好的黄金地段。这种精品书店模式，特别适合大都市的白领金领阶层。"字里行间"多年来和一家资金雄厚的书业集团联手做出版，出书与发行配套，内循环加外循环，与"西西弗"是不同的路数，真可谓是"八仙过海、各显神通"了。其中一家"字里行间"，外墙是弧形的大玻璃墙面，内墙隔出一大圈书架，靠窗是雅致精美的文房四宝茶艺茶道，就好像一步踏进了高级会馆，进去就不想出来了。书店的中央空间，摆一张张小方桌，铺着豆绿色的餐布，经营纯正素餐，闻不到一丝油烟气味，正合书店的品位。来买书的人，想品尝素餐；专门来就餐的人，也会顺便买了书带回去……真是各得其所。据说市政府有规定，豪华商圈必须配备文化产业设施，所以那座商贸大厦，给予"字里行间"这种品牌书店的房租价格，显然相当优惠……

可是明光呢？百十平方米的一家民营小书店，简陋寒碜，无依无靠，靠的是卢娜十几年的死缠烂打不离不弃，她还能有什么绝路逢生的好办法？县城小书店的书，和那些大城市书店的书，除了书店规模不一样，但所有的书和读者，都是一样的啊。为什么卢娜救不了自己的书店，只能眼睁睁看着它在冰海中慢慢沉下去，自生自灭？前几天她看到一条网上留言：这个喜新厌旧、崇尚更新换代的年月，一家老书店倒下去，还有千百家新书店会站起来……看得卢娜从头到脚透心凉。

老公又睡着了，耳边是汽笛一般的呼噜声。卢娜在黑暗中睁大了眼睛，周围看不到一丝亮光。黑沉沉的海面上，风暴骤起，吞没了原来那一线微弱的航标灯。

卢娜没敢告诉老公，今天她的心情特别沮丧，是因为下午书店里，来过一个人。

此人不是那个陌生的买书人，当然更不是她等了多年的那个老同学，而是明光书友会的老会员，他下班经过书店，给卢娜带来了一个新消息。老县城的居民，或许对这个消息会有一点兴奋，但是对于卢娜，却如灭顶之灾雪上加霜，她好像跌落在一潭冰水里，浑身瞬间冻僵，只有脑子被冷水刺激得异常清醒：县城东边的那个新区扩建规划中，政府将要把很多大单位搬迁过去，比如县中心医院、县中、农科所、文化局、县人大、政协办公楼、广播电视台、长途汽车站……总之，原先条件不好的那些部门，全都要陆陆续续搬进新区新楼去，新区将逐渐发展成未来的县城中心……

这个消息千真万确，县人大昨天刚刚通过的……说不定明天就登报上电视了！

卢娜差一点就要哭出来了：医院、学校、政府机关、电视台，这些单位都是目前支撑着明光书店最主要的客源。一旦搬走，等于釜底抽薪人气散尽，没有了稳定的老客户，书店还怎么开得下去？新区建成之后，老县城必然会逐渐萎缩、凋敝，那么，明光书店还有什么前景可言？

那人又说：新区大发展，老城肯定人心惶惶，我看你还是早做打算的好……

那人走后，卢娜半天没缓过神，在椅子上傻坐了一会儿，心里焦灼如焚。她飞快地算了一笔账：假如这个消息是真的，最晚挨到明年，新区落定之后，书店的老顾客就将走得差不多了，书店亏空肯定越来越多，但亏损还是小数目，要命的是，新区投入使用之后，老县城的房价就会快速下跌，那么，自家这座老房子，那时再想出手转让，恐怕都卖不出好价钱了……

眼看已是山穷水尽，前头死路一条，她再也没有什么锦囊妙计了。将来县城老房子跌了价，弄不好连儿子出国留学的保底钱都搭进去——这才是促使卢娜今天突然下决心关闭书店的真正原因。

夜那么长那么黑，窗外连一丝月光都没有。卢娜翻过身，把脸贴在老公热烘烘的脊背上，绝望地抓住了他的手，那只手软绵绵松松垮垮，她觉得自己无奈又无助，想哭却哭不出来。

第二天卢娜早早起床，没有心思做早餐，到街上去给老公和儿子买了两杯豆浆四根油条，放在餐桌上，便早早离家去了书店。她想让自己一个人静一静，仔细再仔细地盘点一番：店里现有的库存书、书柜书架沙发桌椅灯具电脑等所有的家当，总共能折算多少钱？上半年流水收入总共是多少？还要支付多少即将到货的新书款？……她必须抓紧时间，趁着老城的人都还不知底细，尽快把书店的房产转让脱手，越早越好，然后速速把明光书店的"后事"料理完毕。书店关张后，她的工作不用发愁，新华书店那边早有人三番五次来探过虚实，明光一旦关门，新华欢迎她回去当部门主管，她肯不肯去还难说呢……

辰光还早，她开锁进店，觉得光线有点暗，顺手开了灯，一时灯光亮得晃眼。她抬头，看见了天花板上前些天刚刚新换的灯泡，心里突然一阵刺痛：把灯光调亮？——把灯光调亮，不是愈加费电了吗？她气呼呼地顺手把灯关掉了，省点电吧，能省一点是一点。这家昏暗的书店里，只剩下她的心里，还有一朵小火苗，那么小，那么弱，忽闪忽闪，飘摇不定，而今，这朵风里雨里挣扎太久的小火苗，也终于快要熄灭了……不怪我不怪我，她对自己说，我实在是已经尽力了哦……

就在这时，卢娜听见手机铃声在响，她走到窗口去拿包取手机，发现原来书店东窗的窗帘还拉着，怪不得书店这么暗。她用手指滑开屏幕的接听键，然后把窗帘唰地拉开了。

顷刻间，书店里洒满了亮晃晃的阳光，一格格在书架上跳跃，把书店染得一片金黄。还是开太阳好啊，她对自己说。把灯光调亮，就算再亮，也是夜里。她自嘲地笑了笑。

清晨的阳光下，手机里传来一个爽快的声音。电话是文化局的人打来的，就是上次让她填申请表的那个干部，让她赶紧到局里去一趟，要办手续——什么手续？——你来了就晓得了——你还是说一下吧，我店里忙，走不开呢！——是好事情，你中了头彩了，恭喜恭喜——对不起我从来不买彩票的，不要拿我开心哦——哎呀，你真当拎不清，就是省政府的那笔书店奖励基金，明光书店评上了！——我哪里评得上？你骗我——是真的，不是个小数目，你变百万富翁了，快点过来，上头还要核实几个数据呢……

卢娜终于听清楚听明白了，她的手抖了一抖，手机从掌心滑出去，落在一堆高高码起的书上。她站在窗口一动不动，整个人都好像傻了，然后肩膀轻轻地抖动起来，身子开始战栗。她伸出双手捂住了自己的脸，手心很热很烫，忽然又变得凉湿，泪水透过指缝，从脸颊上哗哗淌下来。她似乎意识到什么，往前挪移了一步。是的，她想躲开那堆书，怕自己的泪水把书弄湿了……她终于哭出了声，惊喜的啜泣，在晴天的阳光里，如急骤的阵雨一样砸下来……

天上云间飘荡的那件羽绒服，在寒风中落下来，终于披在了她的身上？一百万是多大的一笔钱啊！这么说，明光书店就要起死回生了？可以把这几年累计的债务亏空都补上了，早就想添置的新书柜，也有了着落。老公的工资不用再贴补书店了，积攒起来给儿子上大学交学费。退一万步说，假若书店继续赔钱，一年赔几万块，这笔补贴的钱，也够她再亏损十几年了……她一直想着能把隔壁老房子那个闲置的晒台买下来，和自家书店打通，在二楼的咖啡吧旁边，再扩建一个儿童书屋，就叫"爱丽丝奇境"，墙上都是爱丽丝那本童话的插图，天花板上全是爱丽丝那个奇幻王国的花草和小动物，孩子们放学了，尽管可以到这里来读书嬉戏做梦……卢娜已经完全忘记了老县城和新区的事情，思绪纷乱，忽喜忽忧，她仍然不敢相信，这样的好运气会降临到她头上。也不知道过了多久，她听见有人推门的声音，是员工来上班了。她赶紧用纸巾揩净泪水，换了一副喜气洋洋的笑脸，对员工简单吩咐了几句，顶着阳光去了文化局。

卢娜从文化局回到店里，已近中午。她在街上的灯具店里，顺便又买了一盒四十瓦的飞利浦灯泡——把灯光再调亮一点！她要让明光书店的老顾客们，老远就看到书店的灯光，无论夏夜冬晚，每天每天，天刚刚黑下来，明光书店的灯光就唰地亮了。如果她的资金宽裕，最好把书店临街的窗户也扩大一倍，宽敞明亮的一长排玻璃，等到夜幕降临，玻璃窗内的灯光雪亮雪亮，明光书店就像一座透明的水晶宫，所有的书都在闪闪发光……总有一天，他回老家来看看，一眼就会看到明光书店。如果有那么一天，卢娜会告诉他：当年你说过，只有知识才能改变命运，是的，你做到了。你苦学的知识，改变了你的命运。但我不是。这么多年，书本没有改变我的命运，但改变了我。我办了明光书店，我的书店给人送去知识，知识可以帮别人改变命运……

这么一想，卢娜的眼泪又流下来了——不对！不是知识改变命运，是文化！不对，文化也不一定能改变命运，但可以改变人！我不再是那个高考落榜的自卑女孩，我活得对人有用，我充实，我知足……我一点都不比你差！

傍晚时分，卢娜和员工简单用过晚餐，正抬头欣赏着白天刚换上的新灯泡，她觉得明光书店从来没有这么亮堂这么美妙，灯光简直可以用"璀璨"这个词来形容。她看过很多国外书店的图片，高低错落的书架、精致素雅的装潢，再配上明暗适度的灯光，那种弥漫着书卷气息的宁静氛围，充满了世界上所有其他场所都没有的神奇魅力。

就在这天晚上，明亮的灯光下，出现了一个人影。卢娜眯起眼，打量这个有点面熟的生客，忽然想起他就是几个月前那个要盖书章、要她代购《文化繁荣》那本书的省城顾客。他快步朝她走过来，身后还跟着另一个人。他抬起头环顾天花板的灯池，笑容满面地说：嗬，灯光调过了？书店亮了许多哦！我老远就看见了。

他终于想起来取书了？他会不会再一口气买二十多本书呢？

接下来的事情，完全出乎卢娜的意料。好像所有奇怪的新鲜的事情，都集中到今天来发生了。这个人对卢娜说了很多话，后来，同他一起来的那个人，也对卢娜说了很多话。卢娜的头脑不够用了，一时反应不过来，几乎无法判断这究竟是好事情还是坏事情。她好像听见他说，县城新区的整体规划中，需要有一家书店，中等规模的书店。但是老县城的新华书店，由于种种原因，暂时无法搬迁。他想到了明光书店，他推荐了明光书店，明光书店的信誉度和知名度，开在新区再恰当不过了。新区将为书店预留五百平方米门面房，作为公益书店，房租优惠到可以忽略不计。他今天就是和有关部门的人先来征求意见，也算考察调研，事情一旦列入规划，就按正规程序进行……

他还提到了城市发展战略，提到了公民的文化权利，提到了热爱、尊重、介入什么的，卢娜的脑子嗡嗡响，下意识嗯嗯地点头。只觉得他的话音一声声落下，头顶的灯光一盏盏变得闪闪发光。卢娜忽然莫名其妙地觉得有点紧张，假如一旦停电，眼前的一切是否会重新陷入黑暗中去？

卢娜渐渐冷静下来，望着灯光下地板上人与书堆的一条条暗影，心里有了些许疑惑。她暗自思忖：假如明光书店真的搬到新区去，那么县城书店的老顾客怎么办呢？新区那么远，总不能让那些书迷书虫书痴，为买一本书专门跑到新区去……再说，开了新书店，老书店还开不开呢？让她同时打理两家书店，哪有那么多人力和精力？开张一家五百平方米的新书店，装修就需要一大笔钱。这笔费用怎么出？政府有没有补贴？新区建成后，一年半载的，顾客肯定不会太多，书店十有八九会亏损，这笔亏空她背得起背不起呢？假如亏损都要她自己承担，她是不敢应承下来的。这个新区未来的新书店，就像那笔天上掉下来的补贴一样，把她刚刚想好的老书店发展计划，全都打乱了……

再说了，面前这个人，晓得不晓得卢娜很快就要领到一百万补助的事情呢？他不会是和文化局串通一气的吧？因为卢娜得到了政府的奖励，他们才会选中明光去开新店？她心里一点底也没有。

卢娜定了定神，故意把话题岔开去，对那个人说：对了，你要的那本《文化繁荣》的书，我早就帮你买来了，你还要不要？

那人连连谢过卢娜，摸出钱包，用现金把书买下了。他说：你先考虑考虑吧，文化建设的事情，急不来，一个好项目，从创意到最后完成，需要反复论证，我们还要继续沟通的。又有几分抱歉地加了一句：上次买的那些书，还没看完，今天就不买书了。你把好书给我留着，过些天我们再来。

临走前，他给卢娜留下了一沓表格，请卢娜有时间填写一下。

又是表格，卢娜看了一眼，接过来。又飞速地看了一眼那个人。他到底是做什么的呢？看样子，他不是教授，而是个文化官员，至少是主管新城的规划师。现在的人，身份都比较复杂，不像从前那么一目了然。她在心里懊恼自己的眼光不灵，上次他连个跟班都没带，卢娜到底还是看走眼了。像他这样欢喜读书的"规划师"，莫非就是书友们闲谈中提到过的那种"体制内的清流"吗？卢娜吃不准。

那天晚上，卢娜回到家，和老公一五一十地说了今天书店里发生的一连串怪事。说了天上掉下来的大额补贴，说了那个神秘的顾客，又说了新区未来的书店，说来说去，说得她自己也绕进去了。卢娜索性摊开了两只手，上下颠着手掌说：喏，给你简单打个比方吧，假如去新区再开一家明光分店，就好比我一只手拿进了一百万补贴，又从另一只手里赔出去了。

老公闷声不响。卢娜又说：这一进一出，不是等于还同原来一样嘛。

卢娜大声说：你听见没有啊？我昨天夜里和你说过的那些话，你听清爽了吗？

听见了，不过没听清爽。老公说，我当你是在说梦话。

卢娜有点恼，嗔怪地提高了声音：我想来想去，明光书店还是关门的好。老店没开好，再去开新店，找死啊！那笔补贴，我给他们退回去！我不去新区开店，我要和老书店同归于尽！

老公嘿嘿笑起来，笑得卢娜心里发慌。结婚二十多年，老公从来不和她吵嘴。他是一块牛皮糖，咬起来蛮吃力，经咬。

老公开口说：好了好了，我听懂了。反正你每天不是说梦话，就是说气话。卢娜，我晓得你开书店十多年，没一天好日子过。但是，假如你从此不开书店，恐怕就活不成了。

卢娜心里一紧。那个叫明光的博士，就算此刻站在她面前，也说不出这句话来。

命总比钞票要紧，你年纪还轻呢，我要你活着！

卢娜鼻子一酸，眼圈就红了。心里那朵奄奄一息的小火苗，忽的一下蹿上来，燃成了一蓬金红色的火焰。

那么，到底要不要去新区开分店呢？

我反正不欢喜看闲书的。老公慢吞吞说。你的书店，你自家做主！我只晓得，秦始皇焚书，后世的骂名都留在书里。嬴政也没赢过书去，他是输在书里头的，最后还是书赢了……

卢娜慢慢伸出双臂，环住了老公的腰，把脸贴在老公的胸前，他胸口散着热气，像一件厚厚的羽绒服，把她包裹起来。能坚持到哪天算哪天吧，她劝慰自己。心里那朵小火苗微微颤了颤，"噗"地蹿起了一团火焰。

隔着一条街，隔着几道墙，卢娜看见"明光书店"的四个字，在夜空里通体透亮。

　　水电火电风电核电，只要线路没有坏掉，灯光总归会重新亮起来的吧？

2016 年

写于北京保利垄上 ①

---

① 　发表于《上海文学》2016 年第 10 期,《小说月报》2016 年第 11 期转载,《北京文学》(中篇小说月报) 2016 年第 12 期转载,《中篇小说选刊》2016 年第 6 期转载,《新华文摘》2017 年第 3 期转载, 2018 年获得第 11 届《上海文学》奖。

跋

2022 年，是我从事文学创作活动五十周年。

自 1996 年出版《张抗抗自选集》（五卷本）以后，二十多年过去，又有几百万字的新作，但我一直没有出版更为完整的文集。很多朋友表示不解。

出版文集，意味着对自己文学成果的一次庄重梳理：篇目的选定、文字的校勘……包括选择出版社，均需反复斟酌，需要投入大量时间。

事实上，从 2007—2017 年，我埋头写作那部百万字、三卷本的长篇小说，七易其稿。根本没有多余的精力来进入十卷本文集编选的浩大工程。

直到长篇在 2020 年最后一次改定后，我终于下决心来完成自己的夙愿。

感谢我的文友、老友们慷慨伸出援手，热情做出安排。

多年来，广西师大出版社出版的书籍为我喜爱、为我敬重，我把文集交给这家出版社，欣然而往，恰得其所。广西师大出版社严谨细致高水平的编辑工作，纠正了我旧作中的多处谬误，在此诚致谢意。

2021年12月启动该书，整整大半年，我在电脑上反复校勘文稿，希望把完美的样貌呈现给读者。

遗憾的是，那部耗尽我心血的长篇三卷本，未能收入这部文集。

该文集的三审三校接近尾声，已是酷暑时节。

就在2022年夏季，九十九岁高龄的父亲在杭州仙逝。

悲痛之余，谨以这部即将出版的文集，敬献给我亲爱的父母。是他们引导我和妹妹走上文学之路，与我分享每一部新作，在文学中陪伴我走过了大半生。

那一晚，工作结束后，我坐在二楼阳台上发呆，看星星。

蝉鸣渐歇，薄云稀疏。眼前的夜色中，忽而闪过一点荧绿透明的亮色，在我身边萦绕，迅速隐入浓密的树影，无声地跳跃旋转。

萤火虫！

它从花园的草丛里飞起来，飞到二楼阳台。我没有想到，小小的萤火虫能够飞得这么高。

我终于见到了久违的萤火虫。那一刻，我喜极而泣。

谢谢你，自带光源的萤火虫。

是萤火虫还是星星，照亮了浩瀚苍茫的夜空？

2022年8月3日